Arthur Schnitzler

Ausgewählte Werke in acht Bänden

Herausgegeben

von Heinz Ludwig Arnold

Arthur Schnitzler

Spiel im Morgengrauen

Erzählungen
1923–1931

Mit einem Nachwort
von Michael Scheffel

S. Fischer

Nach den ersten Buchausgaben durchgesehene Ausgabe

Gesamtherstellung: Clausen & Bosse, Leck
Printed in Germany
ISBN 3-10-073554-4

Inhalt

Fräulein Else

»Du willst wirklich nicht mehr weiterspielen, Else?« – »Nein, Paul, ich kann nicht mehr. Adieu. – Auf Wiedersehen, gnädige Frau.« – *»Aber Else, sagen Sie mir doch: Frau Cissy. – Oder lieber noch: Cissy, ganz einfach.«* – »Auf Wiedersehen, Frau Cissy.« – *»Aber warum gehen Sie denn schon, Else? Es sind noch volle zwei Stunden bis zum Dinner.«* – »Spielen Sie nur Ihr Single mit Paul, Frau Cissy, mit mir ist's doch heut' wahrhaftig kein Vergnügen.« – *»Lassen Sie sie, gnädige Frau, sie hat heut' ihren ungnädigen Tag. – Steht dir übrigens ausgezeichnet zu Gesicht, das Ungnädigsein, Else. – Und der rote Sweater noch besser.«* – »Bei Blau wirst du hoffentlich mehr Gnade finden, Paul. Adieu.«

Das war ein ganz guter Abgang. Hoffentlich glauben die Zwei nicht, daß ich eifersüchtig bin. – Daß sie was miteinander haben, Cousin Paul und Cissy Mohr, darauf schwör' ich. Nichts auf der Welt ist mir gleichgültiger. – Nun wende ich mich noch einmal um und winke ihnen zu. Winke und lächle. Sehe ich nun gnädig aus? – Ach Gott, sie spielen schon wieder. Eigentlich spiele ich besser als Cissy Mohr; und Paul ist auch nicht gerade ein Matador. Aber gut sieht er aus – mit dem offenen Kragen und dem Bösen-Jungen-Gesicht. Wenn er nur weniger affektiert wäre. Brauchst keine Angst zu haben, Tante Emma...

Was für ein wundervoller Abend! Heut' wär' das richtige Wetter gewesen für die Tour auf die Rosetta-Hütte. Wie herrlich der Cimone in den Himmel ragt! – Um fünf Uhr früh wär' man aufgebrochen. Anfangs wär' mir natürlich übel gewesen, wie gewöhnlich. Aber das verliert sich. – Nichts köstlicher als das Wandern im Morgengrauen. – Der einäugige Amerikaner auf der Rosetta hat ausgesehen wie ein Boxkämpfer. Vielleicht hat ihm beim Boxen wer das Aug' ausgeschlagen. Nach Amerika würd' ich ganz gern heiraten, aber keinen Amerikaner. Oder ich heirat' einen Amerikaner und wir leben in Europa. Villa an der

Riviera. Marmorstufen ins Meer. Ich liege nackt auf dem Marmor. – Wie lang ist's her, daß wir in Mentone waren? Sieben oder acht Jahre. Ich war dreizehn oder vierzehn. Ach ja, damals waren wir noch in besseren Verhältnissen. – Es war eigentlich ein Unsinn, die Partie aufzuschieben. Jetzt wären wir jedenfalls schon zurück. – Um vier, wie ich zum Tennis gegangen bin, war der telegraphisch angekündigte Expreßbrief von Mama noch nicht da. Wer weiß, ob jetzt. Ich hätt' noch ganz gut ein Set spielen können. – Warum grüßen mich diese zwei jungen Leute? Ich kenn' sie gar nicht. Seit gestern wohnen sie im Hotel, sitzen beim Essen links am Fenster, wo früher die Holländer gesessen sind. Hab' ich ungnädig gedankt? Oder gar hochmütig? Ich bin's ja gar nicht. Wie sagte Fred auf dem Weg vom ›Coriolan‹ nach Hause? Frohgemut. Nein, hochgemut. Hochgemut sind Sie, nicht hochmütig, Else. – Ein schönes Wort. Er findet immer schöne Worte. – Warum geh' ich so langsam? Fürcht' ich mich am Ende vor Mamas Brief? Nun, Angenehmes wird er wohl nicht enthalten. Expreß! Vielleicht muß ich wieder zurückfahren. O weh. Was für ein Leben – trotz rotem Seidensweater und Seidenstrümpfen. Drei Paar! Die arme Verwandte, von der reichen Tante eingeladen. Sicher bereut sie's schon. Soll ich's dir schriftlich geben, teure Tante, daß ich an Paul nicht im Traum denke? Ach, an niemanden denke ich. Ich bin nicht verliebt. In niemanden. Und war noch nie verliebt. Auch in Albert bin ich's nicht gewesen, obwohl ich es mir acht Tage lang eingebildet habe. Ich glaube, ich kann mich nicht verlieben. Eigentlich merkwürdig. Denn sinnlich bin ich gewiß. Aber auch hochgemut und ungnädig Gott sei Dank. Mit dreizehn war ich vielleicht das einzige Mal wirklich verliebt. In den Van Dyck – oder vielmehr in den Abbé Des Grieux, und in die Renard auch. Und wie ich sechzehn war, am Wörthersee. – Ach nein, das war nichts. Wozu nachdenken, ich schreibe ja keine Memoiren. Nicht einmal ein Tagebuch wie die Bertha. Fred ist mir sympathisch, nicht mehr. Vielleicht, wenn er eleganter wäre. Ich bin ja doch ein Snob. Der Papa findet's auch und lacht mich aus. Ach, lieber Papa, du machst mir viel Sorgen. Ob er die Mama einmal betrogen hat? Sicher. Öfters. Mama ist ziemlich dumm. Von mir hat sie keine Ahnung. Andere Menschen auch nicht. Fred? – Aber eben nur eine Ahnung. – Himmlischer Abend. Wie festlich das Hotel aussieht. Man spürt: Lauter Leute, denen es gutgeht und die keine Sorgen haben. Ich zum Beispiel. Haha! Schad'. Ich wär' zu einem sorgenlosen Leben geboren. Es könnt' so schön sein. Schad'. – Auf dem Cimone liegt ein roter Glanz. Paul würde sagen: Alpenglühen. Das ist noch lang' kein Alpenglühen. Es ist zum Weinen schön. Ach, warum muß man wieder zurück in die Stadt!

»Guten Abend, Fräulein Else.« – »Küss' die Hand, gnädige Frau.« – *»Vom Tennis?«* – Sie sieht's doch, warum fragt sie? »Ja, gnädige Frau. Beinah drei Stunden lang haben wir gespielt. – Und gnädige Frau machen noch einen Spaziergang?« – *»Ja, meinen gewohnten Abendspaziergang. Den Rolleweg. Der geht so schön zwischen den Wiesen, bei Tag ist er beinahe zu sonnig.«* – »Ja, die Wiesen hier sind herrlich. Besonders im Mondenschein von meinem Fenster aus.« –

»Guten Abend, Fräulein Else. – Küss' die Hand, gnädige Frau.« – »Guten Abend, Herr von Dorsday.« – *»Vom Tennis, Fräulein Else?«* – »Was für ein Scharfblick, Herr von Dorsday.« – *»Spotten Sie nicht, Else.«* – Warum sagt er nicht ›Fräulein Else?‹ – *»Wenn man mit dem Rakett so gut ausschaut, darf man es gewissermaßen auch als Schmuck tragen.«* – Esel, darauf antworte ich gar nicht. »Den ganzen Nachmittag haben wir gespielt. Wir waren leider nur Drei. Paul, Frau Mohr und ich.« – *»Ich war früher ein engagierter Tennisspieler.«* – »Und jetzt nicht mehr?« – *»Jetzt bin ich zu alt dazu.«* – »Ach, alt, in Marienlust, da war ein fünfundsechzigjähriger Schwede, der spielte jeden Abend von sechs bis acht Uhr. Und im Jahr vorher hat er sogar noch bei einem Turnier mitgespielt.« – *»Nun, fünfundsechzig bin ich Gott sei Dank noch nicht, aber leider auch kein Schwede.«* – Warum leider? Das hält er wohl für einen Witz. Das Beste, ich lächle höflich und gehe. »Küss' die Hand, gnädige Frau. Adieu, Herr von Dorsday.« Wie tief er sich verbeugt und was für Augen er macht. Kalbsaugen. Hab' ich ihn am Ende verletzt mit dem fünfundsechzigjährigen Schweden?

Schad't auch nichts. Frau Winawer muß eine unglückliche Frau sein. Gewiß schon nah an Fünfzig. Diese Tränensäcke, – als wenn sie viel geweint hätte. Ach wie furchtbar, so alt zu sein. Herr von Dorsday nimmt sich ihrer an. Da geht er an ihrer Seite. Er sieht noch immer ganz gut aus mit dem graumelierten Spitzbart. Aber sympathisch ist er nicht. Schraubt sich künstlich hinauf. Was hilft Ihnen Ihr erster Schneider, Herr von Dorsday? Dorsday! Sie haben sicher einmal anders geheißen. – Da kommt das süße kleine Mädel von Cissy mit ihrem Fräulein. – »Grüß dich Gott, Fritzi. Bon soir, Mademoiselle. Vous allez bien?« – *»Merci, Mademoiselle. Et vous?«* – »Was seh' ich, Fritzi, du hast ja einen Bergstock. Willst du am End' den Cimone besteigen?« – *»Aber nein, so hoch hinauf darf ich noch nicht.«* – »Im nächsten Jahr wirst du es schon dürfen. Pah, Fritzi. A bientôt, Mademoiselle.« – *»Bon soir, Mademoiselle.«*

Eine hübsche Person. Warum ist sie eigentlich Bonne? Noch dazu bei Cissy. Ein bitteres Los. Ach Gott, kann mir auch noch blühen. Nein, ich wüßte mir jedesfalls was Besseres. Besseres? – Köstlicher Abend. ›Die Luft ist wie Champagner‹, sagte gestern Doktor Waldberg. Vorgestern hat es auch einer gesagt. – Warum die Leute bei dem wundervollen Wetter in der Halle sitzen? Unbegreiflich. Oder wartet jeder auf einen Expreßbrief? Der Portier hat mich schon gesehen; – wenn ein Expreßbrief für mich da wäre, hätte er mir ihn sofort hergebracht. Also keiner da. Gott sei Dank. Ich werde mich noch ein bißl hinlegen vor dem Diner. Warum sagt Cissy ›Dinner‹? Dumme Affektation. Passen zusammen, Cissy und Paul. – Ach, wär der Brief lieber schon da. Am Ende kommt er während des ›Dinner‹. Und wenn er nicht kommt, hab' ich eine unruhige Nacht. Auch die vorige Nacht hab' ich so miserabel geschlafen. Freilich, es sind gerade diese Tage. Drum hab' ich auch das Ziehen in den Beinen. Dritter September ist heute. Also wahrscheinlich am sechsten. Ich werde heute Veronal nehmen. O, ich werde mich nicht daran gewöhnen. Nein, lieber Fred, du mußt nicht besorgt sein. In Gedanken bin ich immer per Du mit ihm. – Versuchen sollte man alles, – auch Haschisch. Der Marinefähnrich Brandel hat sich aus China, glaub' ich, Haschisch mitgebracht. Trinkt man oder raucht man Haschisch? Man soll prachtvolle Visionen haben. Brandel hat mich eingeladen mit ihm Haschisch zu trinken oder – zu rauchen – Frecher Kerl. Aber hübsch. –

»Bitte sehr, Fräulein, ein Brief.« – Der Portier! Also doch! – Ich wende mich ganz unbefangen um. Es könnte auch ein Brief von der Karoline sein oder von der Bertha oder von Fred oder Miß Jackson? »Danke schön.« Doch von Mama. Expreß. Warum sagt er nicht gleich: ein Expreßbrief? »O, ein Expreß!« Ich mach' ihn erst auf dem Zimmer auf und les' ihn in aller Ruhe. – Die Marchesa. Wie jung sie im Halbdunkel aussieht. Sicher fünfundvierzig. Wo werd' ich mit fünfundvierzig sein? Vielleicht schon tot. Hoffentlich. Sie lächelt mich so nett an, wie immer. Ich lasse sie vorbei, nicke ein wenig, – nicht als wenn ich mir eine besondere Ehre daraus machte, daß mich eine Marchesa anlächelt. – *»Buona sera.«* – Sie sagt mir buona sera. Jetzt muß ich mich doch wenigstens verneigen. War das zu tief? Sie ist ja um so viel älter. Was für einen herrlichen Gang sie hat. Ist sie geschieden? Mein Gang ist auch schön. Aber – ich weiß es. Ja, das ist der Unterschied. – Ein Italiener könnte mir gefährlich werden. Schade, daß der schöne Schwarze mit dem Römerkopf schon wieder fort ist. ›Er sieht aus wie ein Filou‹, sagte Paul. Ach Gott, ich hab' nichts gegen Filous, im Gegenteil. – So, da wär' ich. Nummer siebenundsiebzig. Eigentlich eine Glücksnummer. Hübsches Zimmer. Zirbelholz. Dort steht mein jungfräuliches Bett. – Nun ist es richtig ein Alpenglühen geworden. Aber Paul gegenüber werde ich es abstreiten. Eigentlich ist Paul schüchtern. Ein Arzt, ein Frauenarzt! Vielleicht gerade deshalb. Vorgestern im Wald, wie wir so weit voraus waren, hätt' er schon etwas unternehmender sein dürfen. Aber dann wäre es ihm übel ergangen. Wirklich unternehmend war eigentlich mir gegenüber noch niemand. Höchstens am Wörthersee vor drei Jahren im Bad. Unternehmend? Nein, unanständig war er ganz einfach. Aber schön. Apoll vom Belvedere. Ich hab' es ja eigentlich nicht ganz verstanden damals. Nun ja mit – sechzehn Jahren. Meine himmlische Wiese! Meine –! Wenn man sich die nach

Wien mitnehmen könnte. Zarte Nebel. Herbst? Nun ja, dritter September, Hochgebirge.

Nun, Fräulein Else, möchten Sie sich nicht doch entschließen, den Brief zu lesen? Er muß sich ja gar nicht auf den Papa beziehen. Könnte es nicht auch etwas mit meinem Bruder sein? Vielleicht hat er sich verlobt mit einer seiner Flammen? Mit einer Choristin oder einem Handschuhmädel. Ach nein, dazu ist er wohl doch zu gescheit. Eigentlich weiß ich ja nicht viel von ihm. Wie ich sechzehn war und er einundzwanzig, da waren wir eine Zeitlang geradezu befreundet. Von einer gewissen Lotte hat er mir viel erzählt. Dann hat er plötzlich aufgehört. Diese Lotte muß ihm irgend etwas angetan haben. Und seitdem erzählt er mir nichts mehr. – Nun ist er offen, der Brief, und ich hab' gar nicht bemerkt, daß ich ihn aufgemacht habe. Ich setze mich aufs Fensterbrett und lese ihn. Achtgeben, daß ich nicht hinunterstürze. Wie uns aus San Martino gemeldet wird, hat sich dort im Hotel Fratazza ein beklagenswerter Unfall ereignet. Fräulein Else T., ein neunzehnjähriges bildschönes Mädchen, Tochter des bekannten Advokaten... Natürlich würde es heißen, ich hätte mich umgebracht aus unglücklicher Liebe oder weil ich in der Hoffnung war. Unglückliche Liebe, ah nein.

›Mein liebes Kind‹ – Ich will mir vor allem den Schluß anschaun. – ›Also nochmals, sei uns nicht böse, mein liebes gutes Kind und sei tausendmal‹ – Um Gottes willen, sie werden sich doch nicht umgebracht haben! Nein, – in dem Fall wär' ein Telegramm von Rudi da. – ›Mein liebes Kind, du kannst mir glauben, wie leid es mir tut, daß ich dir in deine schönen Ferialwochen‹ – Als wenn ich nicht immer Ferien hätt', leider – ›mit einer so unangenehmen Nachricht hineinplatze.‹ – Einen furchtbaren Stil schreibt Mama – ›Aber nach reiflicher Überlegung bleibt mir wirklich nichts anderes übrig. Also, kurz und gut, die Sache mit Papa ist akut geworden. Ich weiß mir nicht zu raten, noch zu helfen.‹ – Wozu die vielen Worte? – ›Es handelt sich um eine verhältnismäßig lächerliche Summe – dreißigtausend Gulden‹, lächerlich? – ›die in drei Tagen herbeigeschafft sein müssen, sonst ist alles verloren.‹ – Um Gottes willen, was heißt das? –

›Denk dir, mein geliebtes Kind, daß der Baron Höning‹, – wie, der Staatsanwalt? – ›sich heut' früh den Papa hat kommen lassen. Du weißt ja, wie der Baron den Papa hochschätzt, ja geradezu liebt. Vor anderthalb Jahren, damals, wie es auch an einem Haar gehangen hat, hat er persönlich mit den Hauptgläubigern gesprochen und die Sache noch im letzten Moment in Ordnung gebracht. Aber diesmal ist absolut nichts zu machen, wenn das Geld nicht beschafft wird. Und abgesehen davon, daß wir alle ruiniert sind, wird es ein Skandal, wie er noch nicht da war. Denk' dir, ein Advokat, ein berühmter Advokat, – der, – nein, ich kann es gar nicht niederschreiben. Ich kämpfe immer mit den Tränen. Du weißt ja, Kind, du bist ja klug, wir waren ja, Gott sei's geklagt, schon ein paar Mal in einer ähnlichen Situation und die Familie hat immer herausgeholfen. Zuletzt hat es sich gar um hundertzwanzigtausend gehandelt. Aber damals hat der Papa einen Revers unterschreiben müssen, daß er niemals wieder an die Verwandten, speziell an den Onkel Bernhard, herantreten wird.‹ – Na weiter, weiter, wo will denn das hin? Was kann denn ich dabei tun? – ›Der Einzige, an den man eventuell noch denken könnte, wäre der Onkel Viktor, der befindet sich aber unglücklicherweise auf einer Reise zum Nordkap oder nach Schottland‹ – Ja, der hat's gut, der ekelhafte Kerl – ›und ist absolut unerreichbar, wenigstens für den Moment. An die Kollegen, speziell Dr. Sch., der Papa schon öfter ausgeholfen hat‹ – Herrgott, wie stehn wir da – ›ist nicht mehr zu denken, seit er sich wieder verheiratet hat‹ – also was denn, was denn, was wollt ihr denn von mir? – ›Und da ist nun dein Brief gekommen, mein liebes Kind, wo du unter andern Dorsday erwähnst, der sich auch im Fratazza aufhält, und das ist uns wie ein Schicksalswink erschienen. Du weißt ja, wie oft Dorsday in früheren Jahren zu uns gekommen ist‹ – na, gar so oft – ›es ist der reine Zufall, daß er sich seit zwei, drei Jahren seltener blicken läßt; er soll in ziemlich festen Banden sein – unter uns, nichts sehr Feines‹ – warum ›unter uns?‹ – ›Im Residenzklub hat Papa jeden Donnerstag noch immer seine Whistpartie mit ihm, und im verflossenen Winter hat er ihm im Prozeß gegen einen andern Kunsthändler ein hübsches

Stück Geld gerettet. Im übrigen, warum sollst du es nicht wissen, er ist schon früher einmal dem Papa beigesprungen.‹ – Hab' ich mir gedacht – ›Es hat sich damals um eine Bagatelle gehandelt, achttausend Gulden, – aber schließlich – dreißig bedeuten für Dorsday auch keinen Betrag. Darum hab' ich mir gedacht, ob du uns nicht die Liebe erweisen und mit Dorsday reden könntest‹ – Was? – ›Dich hat er ja immer besonders gern gehabt‹ – Hab' nichts davon gemerkt. Die Wange hat er mir gestreichelt, wie ich zwölf oder dreizehn Jahre alt war. ›Schon ein ganzes Fräulein.‹ – ›Und da Papa seit den achttausend glücklicherweise nicht mehr an ihn herangetreten ist, so wird er ihm diesen Liebesdienst nicht verweigern. Neulich soll er an einem Rubens, den er nach Amerika verkauft hat, allein achtzigtausend verdient haben. Das darfst du selbstverständlich nicht erwähnen.‹ – Hältst du mich für eine Gans, Mama? – ›Aber im übrigen kannst du ganz aufrichtig zu ihm reden. Auch, daß der Baron Höning sich den Papa hat kommen lassen, kannst du erwähnen, wenn es sich so ergeben sollte. Und daß mit den dreißigtausend tatsächlich das Schlimmste abgewendet ist, nicht nur für den Moment, sondern, so Gott will, für immer.‹ – Glaubst du wirklich, Mama? – ›Denn der Prozeß Erbesheimer, der glänzend steht, trägt dem Papa sicher hunderttausend, aber selbstverständlich kann er gerade in diesem Stadium von den Erbesheimers nichts verlangen. Also, ich bitte dich, Kind, sprich mit Dorsday. Ich versichere dich, es ist nichts dabei. Papa hätte ihm ja einfach telegraphieren können, wir haben es ernstlich überlegt, aber es ist doch etwas ganz anderes, Kind, wenn man mit einem Menschen persönlich spricht. Am sechsten um zwölf muß das Geld da sein, Doktor F.‹ – Wer ist Doktor F.? Ach ja, Fiala – ›ist unerbittlich. Natürlich ist da auch persönliche Rancune dabei. Aber da es sich unglücklicherweise um Mündelgelder handelt‹ – Um Gottes willen! Papa, was hast du getan? – ›kann man nichts machen. Und wenn das Geld am fünften um zwölf Uhr mittags nicht in Fialas Händen ist, wird der Haftbefehl erlassen, vielmehr so lange hält der Baron Höning ihn noch zurück. Also Dorsday müßte die Summe telegraphisch durch seine Bank an Doktor F. überweisen lassen. Dann sind wir gerettet. Im andern Fall weiß Gott was geschieht. Glaub' mir, du vergibst dir nicht das Geringste, mein geliebtes Kind. Papa hatte ja anfangs Bedenken gehabt. Er hat sogar noch Versuche gemacht auf zwei verschiedenen Seiten. Aber er ist ganz verzweifelt nach Hause gekommen.‹ – Kann Papa überhaupt verzweifelt sein? – ›Vielleicht nicht einmal so sehr wegen des Geldes, als darum, weil die Leute sich so schändlich gegen ihn benehmen. Der eine von ihnen war einmal Papas bester Freund. Du kannst dir denken, wen ich meine.‹ – Ich kann mir gar nichts denken. Papa hat so viel beste Freunde gehabt und in Wirklichkeit keinen. Warnsdorf vielleicht? – ›Um ein Uhr ist Papa nach Hause gekommen, und jetzt ist es vier Uhr früh. Jetzt schläft er endlich, Gott sei Dank.‹ – Wenn er lieber nicht aufwachte, das wär' das beste für ihn. – ›Ich gebe den Brief in aller früh selbst auf die Post, expreß, da mußt du ihn vormittag am dritten haben.‹ – Wie hat sich Mama das vorgestellt? Sie kennt sich doch in diesen Dingen nie aus. – ›Also sprich sofort mit Dorsday, ich beschwöre dich und telegraphiere sofort, wie es ausgefallen ist. Vor Tante Emma laß dir um Gottes willen nichts merken, es ist ja traurig genug, daß man sich in einem solchen Fall an die eigene Schwester nicht wenden kann, aber da könnte man ja ebensogut zu einem Stein reden. Mein liebes, liebes Kind, mir tut es ja so leid, daß du in deinen jungen Jahren solche Dinge mitmachen mußt, aber glaub' mir, der Papa ist zum geringsten Teil selber daran schuld.‹ – Wer denn, Mama? – ›Nun, hoffen wir zu Gott, daß der Prozeß Erbesheimer in jeder Hinsicht einen Abschnitt in unserer Existenz bedeutet. Nur über diese paar Wochen müssen wir hinaus sein. Es wäre doch ein wahrer Hohn, wenn wegen der dreißigtausend Gulden ein Unglück geschähe?‹ – Sie meint doch nicht im Ernst, daß Papa sich selber... Aber wäre – das andere nicht noch schlimmer? – ›Nun schließe ich, mein Kind, ich hoffe, du wirst unter allen Umständen‹ – Unter allen Umständen? – ›noch über die Feiertage, wenigstens bis neunten oder zehnten in San Martino bleiben können. Unseretwegen mußt du keineswegs zurück. Grüße die Tante, sei nur weiter nett mit ihr. Also nochmals, sei uns nicht böse, mein liebes gutes Kind, und sei tausendmal‹ – ja, das weiß ich schon.

Also, ich soll Herrn Dorsday anpumpen... Irrsinnig. Wie stellt sich Mama das vor? Warum hat sich Papa nicht einfach auf die Bahn gesetzt und ist hergefahren? – Wär' grad' so geschwind gegangen wie der Expreßbrief. Aber vielleicht hätten sie ihn auf dem Bahnhof wegen Fluchtverdacht – – Furchtbar, furchtbar! Auch mit den dreißigtausend wird uns ja nicht geholfen sein. Immer diese Geschichten! Seit sieben Jahren! Nein – länger. Wer möcht' mir das ansehen? Niemand sieht mir was an, auch dem Papa nicht. Und doch wissen es alle Leute. Rätselhaft, daß wir uns immer noch halten. Wie man alles gewöhnt! Dabei leben wir eigentlich ganz gut. Mama ist wirklich eine Künstlerin. Das Souper am letzten Neujahrstag für vierzehn Personen – unbegreiflich. Aber dafür meine zwei Paar Ballhandschuhe, die waren eine Affäre. Und wie der Rudi neulich dreihundert Gulden gebraucht hat, da hat die Mama beinah' geweint. Und der Papa ist dabei immer gut aufgelegt. Immer? Nein. O nein. In der Oper neulich bei Figaro sein Blick, – plötzlich ganz leer – ich bin erschrocken. Da war er wie ein ganz anderer Mensch. Aber dann haben wir im Grand Hotel soupiert und er war so glänzend aufgelegt wie nur je.

Und da halte ich den Brief in der Hand. Der Brief ist ja irrsinnig. Ich soll mit Dorsday sprechen? Zu Tod' würde ich mich schämen. – – Schämen, ich mich? Warum? Ich bin ja nicht schuld. – Wenn ich doch mit Tante Emma spräche? Unsinn. Sie hat wahrscheinlich gar nicht so viel Geld zur Verfügung. Der Onkel ist ja ein Geizkragen. Ach Gott, warum habe ich kein Geld? Warum hab' ich mir noch nichts verdient? Warum habe ich nichts gelernt? O, ich habe was gelernt! Wer darf sagen, daß ich nichts gelernt habe? Ich spiele Klavier, ich kann Französisch, Englisch, auch ein bißl Italienisch, habe kunstgeschichtliche Vorlesungen besucht – Haha! Und wenn ich schon was Gescheiteres gelernt hätte, was hülfe es mir? Dreißigtausend Gulden hätte ich mir keineswegs erspart. – –

Aus ist es mit dem Alpenglühen. Der Abend ist nicht mehr

wunderbar. Traurig ist die Gegend. Nein, nicht die Gegend, aber das Leben ist traurig. Und ich sitz' da ruhig auf dem Fensterbrett. Und der Papa soll eingesperrt werden. Nein. Nie und nimmer. Es darf nicht sein. Ich werde ihn retten. Ja, Papa, ich werde dich retten. Es ist ja ganz einfach. Ein paar Worte ganz nonchalant, das ist ja mein Fall, ›hochgemut‹, – haha, ich werde Herrn Dorsday behandeln, als wenn es eine Ehre für ihn wäre, uns Geld zu leihen. Es ist ja auch eine. – Herr von Dorsday, haben Sie vielleicht einen Moment Zeit für mich? Ich bekomme da eben einen Brief von Mama, sie ist in augenblicklicher Verlegenheit, – vielmehr der Papa – – ›Aber selbstverständlich, mein Fräulein, mit dem größten Vergnügen. Um wieviel handelt es sich denn?‹ – Wenn er mir nur nicht so unsympathisch wäre. Auch die Art, wie er mich ansieht. Nein, Herr Dorsday, ich glaube Ihnen Ihre Eleganz nicht und nicht Ihr Monokel und nicht Ihre Noblesse. Sie könnten ebensogut mit alten Kleidern handeln wie mit alten Bildern. – Aber Else! Else, was fällt dir denn ein. – O, ich kann mir das erlauben. Mir sieht's niemand an. Ich bin sogar blond, rötlichblond, und Rudi sieht absolut aus wie ein Aristokrat. Bei der Mama merkt man es freilich gleich, wenigstens im Reden. Beim Papa wieder gar nicht. Übrigens sollen sie es merken. Ich verleugne es durchaus nicht und Rudi erst recht nicht. Im Gegenteil. Was täte der Rudi, wenn der Papa eingesperrt würde? Würde er sich erschießen? Aber Unsinn! Erschießen und Kriminal, all die Sachen gibt's ja gar nicht, die stehn nur in der Zeitung.

Die Luft ist wie Champagner. In einer Stunde ist das Diner, das ›Dinner‹. Ich kann die Cissy nicht leiden. Um ihr Mäderl kümmert sie sich überhaupt nicht. Was zieh' ich an? Das Blaue oder das Schwarze? Heut' wär vielleicht das Schwarze richtiger. Zu dekolletiert? Toilette de circonstance heißt es in den französischen Romanen. Jedenfalls muß ich berückend aussehen, wenn ich mit Dorsday rede. Nach dem Dinner, nonchalant. Seine Augen werden sich in meinen Ausschnitt bohren. Widerlicher Kerl. Ich hasse ihn. Alle Menschen hasse ich. Muß es gerade Dorsday sein? Gibt es denn wirklich nur diesen Dorsday auf der

Welt, der dreißigtausend Gulden hat? Wenn ich mit Paul spräche? Wenn er der Tante sagte, er hat Spielschulden, – da würde sie sich das Geld sicher verschaffen können. –

Beinah schon dunkel. Nacht, Grabesnacht. Am liebsten möcht' ich tot sein. – Es ist ja gar nicht wahr. Wenn ich jetzt gleich hinunterginge, Dorsday noch vor dem Diner spräche? Ah, wie entsetzlich! – Paul, wenn du mir die dreißigtausend verschaffst, kannst du von mir haben, was du willst. Das ist ja schon wieder aus einem Roman. Die edle Tochter verkauft sich für den geliebten Vater, und hat am End' noch ein Vergnügen davon. Pfui Teufel! Nein, Paul, auch für dreißigtausend kannst du von mir nichts haben. Niemand. Aber für eine Million? – Für ein Palais? Für eine Perlenschnur? Wenn ich einmal heirate, werde ich es wahrscheinlich billiger tun. Ist es denn gar so schlimm? Die Fanny hat sich am Ende auch verkauft. Sie hat mir selber gesagt, daß sie sich vor ihrem Manne graust. Nun, wie wär's, Papa, wenn ich mich heute Abend versteigerte? Um dich vor dem Zuchthaus zu retten. Sensation –! Ich habe Fieber, ganz gewiß. Oder bin ich schon unwohl? Nein, Fieber habe ich. Vielleicht von der Luft. Wie Champagner. – Wenn Fred hier wäre, könnte er mir raten? Ich brauche keinen Rat. Es gibt ja auch nichts zu raten. Ich werde mit Herrn Dorsday aus Eperies sprechen, werde ihn anpumpen, ich die Hochgemute, die Aristokratin, die Marchesa, die Bettlerin, die Tochter des Defraudanten. Wie komm' ich dazu? Wie komm' ich dazu? Keine klettert so gut wie ich, keine hat so viel Schneid, – sporting girl, in England hätte ich auf die Welt kommen sollen, oder als Gräfin.

Da hängen die Kleider im Kasten! Ist das grüne Loden überhaupt schon bezahlt, Mama? Ich glaube nur eine Anzahlung. Das Schwarze zieh' ich an. Sie haben mich gestern alle angestarrt. Auch der blasse kleine Herr mit dem goldenen Zwicker. Schön bin ich eigentlich nicht, aber interessant. Zur Bühne hätte ich gehen sollen. Bertha hat schon drei Liebhaber, keiner nimmt es ihr übel ... In Düsseldorf war es der Direktor. Mit einem verheirateten Manne war sie in Hamburg und hat im Atlantic gewohnt, Appartement mit Badezimmer. Ich glaub' gar, sie ist stolz darauf. Dumm sind sie alle. Ich werde hundert Geliebte haben, tausend, warum nicht? Der Ausschnitt ist nicht tief genug; wenn ich verheiratet wäre, dürfte er tiefer sein. – Gut, daß ich Sie treffe, Herr von Dorsday, ich bekomme da eben einen Brief aus Wien ... Den Brief stecke ich für alle Fälle zu mir. Soll ich dem Stubenmädchen läuten? Nein, ich mache mich allein fertig. Zu dem schwarzen Kleid brauche ich niemanden. Wäre ich reich, würde ich nie ohne Kammerjungfer reisen.

Ich muß Licht machen. Kühl wird es. Fenster zu. Vorhang herunter? – Überflüssig. Steht keiner auf dem Berg drüben mit einem Fernrohr. Schade. – Ich bekomme da eben einen Brief, Herr von Dorsday. – Nach dem Dinner wäre es doch vielleicht besser. Man ist in leichterer Stimmung. Auch Dorsday – ich könnt' ja ein Glas Wein vorher trinken. Aber wenn die Sache vor dem Dinner abgetan wäre, würde mir das Essen besser schmekken. Pudding à la merveille, fromage et fruits divers. Und wenn Herr von Dorsday Nein sagt? – Oder wenn er gar frech wird? Ah nein, mit mir ist noch keiner frech gewesen. Das heißt, der Marineleutnant Brandl, aber es war nicht bös gemeint. – Ich bin wieder etwas schlanker geworden. Das steht mir gut. – Die Dämmerung starrt herein. Wie ein Gespenst starrt sie herein. Wie hundert Gespenster. Aus meiner Wiese herauf steigen die Gespenster. Wie weit ist Wien? Wie lange bin ich schon fort? Wie allein bin ich da! Ich habe keine Freundin, ich habe auch keinen Freund. Wo sind sie alle? Wen werd' ich heiraten? Wer heiratet die Tochter eines Defraudanten? – Eben erhalte ich einen Brief, Herr von Dorsday. – ›Aber es ist doch gar nicht der Rede wert, Fräulein Else, gestern erst habe ich einen Rembrandt verkauft, Sie beschämen mich, Fräulein Else.‹ Und jetzt reißt er ein Blatt aus seinem Scheckbuch und unterschreibt mit seiner goldenen Füllfeder; und morgen früh fahr' ich mit dem Scheck nach Wien. Jedesfalls; auch ohne Scheck. Ich bleibe nicht mehr hier. Ich könnte ja gar nicht, ich dürfte ja gar nicht. Ich lebe hier als elegante junge Dame und Papa steht mit einem Fuß im Grab – nein im Kriminal. Das vorletzte Paar Seidenstrümpfe. Den kleinen Riß grad unterm Knie merkt niemand. Niemand? Wer weiß.

Nicht frivol sein, Else. – Bertha ist einfach ein Luder. Aber ist die Christine um ein Haar besser? Ihr künftiger Mann kann sich freuen. Mama war gewiß immer eine treue Gattin. Ich werde nicht treu sein. Ich bin hochgemut, aber ich werde nicht treu sein. Die Filous sind mir gefährlich. Die Marchesa hat gewiß einen Filou zum Liebhaber. Wenn Fred mich wirklich kennte, dann wäre es aus mit seiner Verehrung. – ›Aus Ihnen hätte alles Mögliche werden können, Fräulein, eine Pianistin, eine Buchhalterin, eine Schauspielerin, es stecken so viele Möglichkeiten in Ihnen. Aber es ist Ihnen immer zu gut gegangen.‹ Zu gut gegangen. Haha. Fred überschätzt mich. Ich hab' ja eigentlich zu nichts Talent. – Wer weiß? So weit wie Bertha hätte ich es auch noch gebracht. Aber mir fehlt es an Energie. Junge Dame aus guter Familie. Ha, gute Familie. Der Vater veruntreut Mündelgelder. Warum tust du mir das an, Papa? Wenn du noch etwas davon hättest! Aber an der Börse verspielt! Ist das der Mühe wert? Und die dreißigtausend werden dir auch nichts helfen. Für ein Vierteljahr vielleicht. Endlich wird er doch durchgehen müssen. Vor anderthalb Jahren war es ja fast schon soweit. Da kam noch Hilfe. Aber einmal wird sie nicht kommen – und was geschieht dann mit uns? Rudi wird nach Rotterdam gehen zu Vanderhulst in die Bank. Aber ich? Reiche Partie. O, wenn ich es darauf anlegte! Ich bin heute wirklich schön. Das macht wahrscheinlich die Aufregung. Für wen bin ich schön? Wäre ich froher, wenn Fred hier wäre? Ach Fred ist im Grunde nichts für mich. Kein Filou! Aber ich nähme ihn, wenn er Geld hätte. Und dann käme ein Filou – und das Malheur wäre fertig. – Sie möchten wohl gern ein Filou sein, Herr von Dorsday? – Von weitem sehen Sie manchmal auch so aus. Wie ein verlebter Vicomte, wie ein Don Juan – mit Ihrem blöden Monocle und Ihrem weißen Flanellanzug. Aber ein Filou sind Sie noch lange nicht. – Habe ich alles? Fertig zum ›Dinner‹? – Was tue ich aber eine Stunde lang, wenn ich Dorsday nicht treffe? Wenn er mit der unglücklichen Frau Winawer spazieren geht? Ach, sie ist gar nicht unglücklich, sie braucht keine dreißigtausend Gulden. Also ich werde mich in die Halle setzen, großartig in einen Fauteuil, schau mir die ›Illustrated News‹ an und die ›Vie parisienne‹, schlage die Beine übereinander, – den Riß unter dem Knie wird man nicht sehen. Vielleicht ist gerade ein Milliardär angekommen. – Sie oder keine. – Ich nehme den weißen Schal, der steht mir gut. Ganz ungezwungen lege ich ihn um meine herrlichen Schultern. Für wen habe ich sie denn, die herrlichen Schultern? Ich könnte einen Mann sehr glücklich machen. Wäre nur der rechte Mann da. Aber Kind will ich keines haben. Ich bin nicht mütterlich. Marie Weil ist mütterlich. Mama ist mütterlich, Tante Irene ist mütterlich. Ich habe eine edle Stirn und eine schöne Figur. – ›Wenn ich Sie malen dürfte, wie ich wollte, Fräulein Else.‹ – Ja, das möchte Ihnen passen. Ich weiß nicht einmal seinen Namen mehr. Tizian hat er keineswegs geheißen, also war es eine Frechheit. – Eben erhalte ich einen Brief, Herr von Dorsday. – Noch etwas Puder auf den Nacken und Hals, einen Tropfen Verveine ins Taschentuch, Kasten zusperren, Fenster wieder auf, ah, wie wunderbar! Zum Weinen. Ich bin nervös. Ach, soll man nicht unter solchen Umständen nervös sein. Die Schachtel mit dem Veronal hab' ich bei den Hemden. Auch neue Hemden brauchte ich. Das wird wieder eine Affäre sein. Ach Gott.

Unheimlich, riesig der Cimone, als wenn er auf mich herunterfallen wollte! Noch kein Stern am Himmel. Die Luft ist wie Champagner. Und der Duft von den Wiesen! Ich werde auf dem Land leben. Einen Gutsbesitzer werde ich heiraten und Kinder werde ich haben. Doktor Froriep war vielleicht der Einzige, mit dem ich glücklich geworden wäre. Wie schön waren die beiden Abende hintereinander, der erste bei Kniep, und dann der auf dem Künstlerball. Warum ist er plötzlich verschwunden – wenigstens für mich? Wegen Papa vielleicht? Wahrscheinlich. Ich möchte einen Gruß in die Luft hinausrufen, ehe ich wieder hinuntersteige unter das Gesindel. Aber zu wem soll der Gruß gehen? Ich bin ja ganz allein. Ich bin ja so furchtbar allein, wie es sich niemand vorstellen kann. Sei gegrüßt, mein Geliebter. Wer? Sei gegrüßt, mein Bräutigam! Wer? Sei gegrüßt, mein Freund! Wer? – Fred? – Aber keine Spur. So, das Fenster bleibt offen.

Wenn's auch kühl wird. Licht abdrehen. So. – Ja richtig, den Brief. Ich muß ihn zu mir nehmen für alle Fälle. Das Buch aufs Nachtkastel, ich lese heut' nacht noch weiter in ›Notre Coeur‹, unbedingt, was immer geschieht. Guten Abend, schönstes Fräulein im Spiegel, behalten Sie mich in gutem Angedenken, auf Wiedersehen...

Warum sperre ich die Tür zu? Hier wird nichts gestohlen. Ob Cissy in der Nacht ihre Türe offen läßt? Oder sperrt sie ihm erst auf, wenn er klopft? Ist es denn ganz sicher? Aber natürlich. Dann liegen sie zusammen im Bett. Unappetitlich. Ich werde kein gemeinsames Schlafzimmer haben mit meinem Mann und mit meinen tausend Geliebten. – Leer ist das ganze Stiegenhaus! Immer um diese Zeit. Meine Schritte hallen. Drei Wochen bin ich jetzt da. Am zwölften August bin ich von Gmunden abgereist. Gmunden war langweilig. Woher hat der Papa das Geld gehabt, Mama und mich aufs Land zu schicken? Und Rudi war sogar vier Wochen auf Reisen. Weiß Gott wo. Nicht zweimal hat er geschrieben in der Zeit. Nie werde ich unsere Existenz verstehen. Schmuck hat die Mama freilich keinen mehr. – Warum war Fred nur zwei Tage in Gmunden? Hat sicher auch eine Geliebte! Vorstellen kann ich es mir zwar nicht. Ich kann mir überhaupt gar nichts vorstellen. Acht Tage sind es, daß er mir nicht geschrieben hat. Er schreibt schöne Briefe. – Wer sitzt denn dort an dem kleinen Tisch? Nein, Dorsday ist es nicht. Gott sei Dank. Jetzt vor dem Diner wäre es doch unmöglich, ihm etwas zu sagen. – Warum schaut mich der Portier so merkwürdig an? Hat er am Ende den Expreßbrief von der Mama gelesen? Mir scheint, ich bin verrückt. Ich muß ihm nächstens wieder ein Trinkgeld geben. – Die Blonde da ist auch schon zum Diner angezogen. Wie kann man so dick sein! – Ich werde noch vors Hotel hinaus und ein bißchen auf und abgehen. Oder ins Musikzimmer? Spielt da nicht wer? Eine Beethovensonate! Wie kann man hier eine Beethovensonate spielen! Ich vernachlässige mein Klavierspiel. In Wien werde ich wieder regelmäßig üben. Überhaupt ein anderes Leben anfangen. Das müssen wir alle. So darf es nicht weitergehen. Ich werde einmal ernsthaft mit Papa sprechen – wenn noch Zeit dazu sein sollte. Es wird, es wird. Warum habe ich es noch nie getan? Alles in unserem Haus wird mit Scherzen erledigt, und keinem ist scherzhaft zumut. Jeder hat eigentlich Angst vor dem andern, jeder ist allein. Die Mama ist allein, weil sie nicht gescheit genug ist und von niemandem was weiß, nicht von mir, nicht von Rudi und nicht vom Papa. Aber sie spürt es nicht und Rudi spürt es auch nicht. Er ist ja ein netter eleganter Kerl, aber mit einundzwanzig hat er mehr versprochen. Es wird gut für ihn sein, wenn er nach Holland geht. Aber wo werde ich hingehen? Ich möchte fortreisen und tun können was ich will. Wenn Papa nach Amerika durchgeht, begleite ich ihn. Ich bin schon ganz konfus... Der Portier wird mich für wahnsinnig halten, wie ich da auf der Lehne sitze und in die Luft starre. Ich werde mir eine Zigarette anzünden. Wo ist meine Zigarettendose? Oben. Wo nur? Das Veronal habe ich bei der Wäsche. Aber wo habe ich die Dose? Da kommen Cissy und Paul. Ja, sie muß sich endlich umkleiden zum ›Dinner‹, sonst hätten sie noch im Dunkeln weitergespielt. – Sie sehen mich nicht. Was sagt er ihr denn? Warum lacht sie so blitzdumm? Wär' lustig, ihrem Gatten einen anonymen Brief nach Wien zu schreiben. Wäre ich so was imstande? Nie. Wer weiß? Jetzt haben sie mich gesehen. Ich nicke ihnen zu. Sie ärgert sich, daß ich so hübsch aussehe. Wie verlegen sie ist.

»Wie, Else, Sie sind schon fertig zum Diner?« – Warum sagt sie jetzt Diner und nicht Dinner. Nicht einmal konsequent ist sie. – »Wie Sie sehen, Frau Cissy.« – *»Du siehst wirklich entzückend aus, Else, ich hätte große Lust, dir den Hof zu machen.«* – »Erspar' dir die Mühe, Paul, gib mir lieber eine Zigarette.« – *»Aber mit Wonne.«* – »Dank' schön. Wie ist das Single ausgefallen?« – *»Frau Cissy hat mich dreimal hintereinander geschlagen.«* – *»Er war nämlich zerstreut. Wissen Sie übrigens, Else, daß morgen der Kronprinz von Griechenland hier ankommt?«* – Was kümmert mich der Kronprinz von Griechenland? »So wirklich?« O Gott, – Dorsday mit Frau Winawer! Sie grüßen. Sie gehen weiter. Ich habe zu höflich zurückgegrüßt. Ja, ganz anders als sonst. O, was bin ich für eine Person. – *»Deine Zigarette brennt ja nicht, Else?«* – »Also, gib mir

noch einmal Feuer. Danke.« – »*Ihr Schal ist sehr hübsch, Else, zu dem schwarzen Kleid steht er Ihnen fabelhaft. Übrigens muß ich mich jetzt auch umziehen.*« – Sie soll lieber nicht weggehen, ich habe Angst vor Dorsday. – »*Und für sieben habe ich mir die Friseurin bestellt, sie ist famos. Im Winter ist sie in Mailand. Also adieu, Else, adieu, Paul.*« – »*Küss' die Hand, gnädige Frau.*« – »Adieu, Frau Cissy.« – Fort ist sie. Gut, daß Paul wenigstens da bleibt. »*Darf ich mich einen Moment zu dir setzen, Else, oder stör' ich dich in deinen Träumen?*« – »Warum in meinen Träumen? Vielleicht in meinen Wirklichkeiten.« Das heißt eigentlich gar nichts. Er soll lieber fortgehen. Ich muß ja doch mit Dorsday sprechen. Dort steht er noch immer mit der unglücklichen Frau Winawer, er langweilt sich, ich seh' es ihm an, er möchte zu mir herüberkommen. – »*Gibt es denn solche Wirklichkeiten, in denen du nicht gestört sein willst?*« – Was sagt er da? Er soll zum Teufel gehen. Warum lächle ich ihn so kokett an? Ich mein' ihn ja gar nicht. Dorsday schielt herüber. Wo bin ich? Wo bin ich? »*Was hast du denn heute, Else?*« – »Was soll ich denn haben?« – »*Du bist geheimnisvoll, dämonisch, verführerisch.*« – »Red' keinen Unsinn, Paul.« – »*Man könnte geradezu toll werden, wenn man dich ansieht.*« – Was fällt ihm denn ein? Wie redet er denn zu mir? Hübsch ist er. Der Rauch meiner Zigarette verfängt sich in seinen Haaren. Aber ich kann ihn jetzt nicht brauchen. – »*Du siehst so über mich hinweg. Warum denn, Else?*« – Ich antworte gar nichts. Ich kann ihn jetzt nicht brauchen. Ich mache mein unausstehliches Gesicht. Nur keine Konversation jetzt. – »*Du bist mit deinen Gedanken ganz woanders.*« – »Das dürfte stimmen.« Er ist Luft für mich. Merkt Dorsday, daß ich ihn erwarte? Ich sehe nicht hin, aber ich weiß, daß er hersieht. – »*Also, leb' wohl, Else.*« – Gott sei Dank. Er küßt mir die Hand. Das tut er sonst nie. »Adieu, Paul.« Wo hab' ich die schmelzende Stimme her? Er geht, der Schwindler. Wahrscheinlich muß er noch etwas abmachen mit Cissy wegen heute nacht. Wünsche viel Vergnügen. Ich ziehe den Schal um meine Schulter und stehe auf und geh' vors Hotel hinaus. Wird freilich schon etwas kühl sein. Schad', daß ich meinen Mantel – Ah, ich habe ihn ja heute früh in die Portierloge hineingehängt. Ich fühle den Blick von Dorsday auf meinem Nacken, durch den Schal. Frau Winawer geht jetzt hinauf in ihr Zimmer. Wieso weiß ich denn das? Telepathie. »Ich bitte Sie, Herr Portier –« – *»Fräulein wünschen den Mantel?«* – »Ja, bitte.« – *»Schon etwas kühl die Abende, Fräulein. Das kommt bei uns so plötzlich.«* – »Danke.« Soll ich wirklich vors Hotel? Gewiß, was denn? Jedesfalls zur Türe hin. Jetzt kommt einer nach dem andern. Der Herr mit dem goldenen Zwicker. Der lange Blonde mit der grünen Weste. Alle sehen sie mich an. Hübsch ist diese kleine Genferin. Nein, aus Lausanne ist sie. Es ist eigentlich gar nicht so kühl.

»Guten Abend, Fräulein Else.« – Um Gottes willen, er ist es. Ich sage nichts von Papa. Kein Wort. Erst nach dem Essen. Oder ich reise morgen nach Wien. Ich gehe persönlich zu Doktor Fiala. Warum ist mir das nicht gleich eingefallen? Ich wende mich um mit einem Gesicht, als wüßte ich nicht, wer hinter mir steht. »Ah, Herr von Dorsday.« – *»Sie wollen noch einen Spaziergang machen, Fräulein Else?«* – »Ach, nicht gerade einen Spaziergang, ein bißchen auf und abgehen vor dem Diner.« – *»Es ist fast noch eine Stunde bis dahin.«* – »Wirklich?« Es ist gar nicht so kühl. Blau sind die Berge. Lustig wär's, wenn er plötzlich um meine Hand anhielte. – *»Es gibt doch auf der Welt keinen schöneren Fleck als diesen hier.«* – »Finden Sie, Herr von Dorsday? Aber bitte, sagen Sie nicht, daß die Luft hier wie Champagner ist.« – *»Nein, Fräulein Else, das sage ich erst von zweitausend Metern an. Und hier stehen wir kaum sechzehnhundertfünfzig über dem Meeresspiegel.«* – »Macht das einen solchen Unterschied?« – *»Aber selbstverständlich. Waren Sie schon einmal im Engadin?«* – »Nein, noch nie. Also dort ist die Luft wirklich wie Champagner?« – *»Man könnte es beinah' sagen. Aber Champagner ist nicht mein Lieblingsgetränk. Ich ziehe diese Gegend vor. Schon wegen der wundervollen Wälder.«* – Wie langweilig er ist. Merkt er das nicht? Er weiß offenbar nicht recht, was er mit mir reden soll. Mit einer verheirateten Frau wäre es einfacher. Man sagt eine kleine Unanständigkeit und die Konversation geht weiter. – *»Bleiben Sie noch längere Zeit hier in San Martino, Fräulein Else?«* – Idiotisch. Warum schau' ich ihn so kokett an? Und schon lächelt er in der gewissen Weise. Nein, wie

dumm die Männer sind. »Das hängt zum Teil von den Dispositionen meiner Tante ab.« Ist ja gar nicht wahr. Ich kann ja allein nach Wien fahren. »Wahrscheinlich bis zum zehnten.« – »*Die Mama ist wohl noch in Gmunden?*« – »Nein, Herr von Dorsday. Sie ist schon in Wien. Schon seit drei Wochen. Papa ist auch in Wien. Er hat sich heuer kaum acht Tage Urlaub genommen. Ich glaube, der Prozeß Erbesheimer macht ihm sehr viel Arbeit.« – »*Das kann ich mir denken. Aber Ihr Papa ist wohl der Einzige, der Erbesheimer herausreißen kann... Es bedeutet ja schon einen Erfolg, daß es überhaupt eine Zivilsache geworden ist.*« – Das ist gut, das ist gut. »Es ist mir angenehm zu hören, daß auch Sie ein so günstiges Vorgefühl haben.« – »*Vorgefühl? Inwiefern?*« – »Ja, daß der Papa den Prozeß für Erbesheimer gewinnen wird.« – »*Das will ich nicht einmal mit Bestimmtheit behauptet haben.*« – Wie, weicht er schon zurück? Das soll ihm nicht gelingen. »O, ich halte etwas von Vorgefühlen und von Ahnungen. Denken Sie, Herr von Dorsday, gerade heute habe ich einen Brief von zu Hause bekommen.« Das war nicht sehr geschickt. Er macht ein etwas verblüfftes Gesicht. Nur weiter, nicht schlucken. Er ist ein guter alter Freund von Papa. Vorwärts. Vorwärts. Jetzt oder nie. »Herr von Dorsday, Sie haben eben so lieb von Papa gesprochen, es wäre geradezu häßlich von mir, wenn ich nicht ganz aufrichtig zu Ihnen wäre.« Was macht er denn für Kalbsaugen? O weh, er merkt was. Weiter, weiter. »Nämlich in dem Brief ist auch von Ihnen die Rede, Herr von Dorsday. Es ist nämlich ein Brief von Mama.« – »*So.*« – »Eigentlich ein sehr trauriger Brief. Sie kennen ja die Verhältnisse in unserem Haus, Herr von Dorsday.« – Um Himmels willen, ich habe ja Tränen in der Stimme. Vorwärts, vorwärts, jetzt gibt es kein Zurück mehr. Gott sei Dank. »Kurz und gut, Herr von Dorsday, wir wären wieder einmal soweit.« – Jetzt möchte er am liebsten verschwinden. »Es handelt sich – um eine Bagatelle. Wirklich nur um eine Bagatelle, Herr von Dorsday. Und doch, wie Mama schreibt, steht alles auf dem Spiel.« Ich rede so blöd' daher wie eine Kuh. – »*Aber beruhigen Sie sich doch, Fräulein Else.*« – Das hat er nett gesagt. Aber meinen Arm brauchte er darum nicht zu berühren.

– *»Also, was gibt's denn eigentlich, Fräulein Else? Was steht denn in dem traurigen Brief von Mama?«* – »Herr von Dorsday, der Papa« – Mir zittern die Knie. »Die Mama schreibt mir, daß der Papa« – *»Aber um Gottes willen, Else, was ist Ihnen denn? Wollen Sie nicht lieber – hier ist eine Bank. Darf ich Ihnen den Mantel umgeben? Es ist etwas kühl.«* – »Danke, Herr von Dorsday, o, es ist nichts, gar nichts besonderes.« So, da sitze ich nun plötzlich auf der Bank. Wer ist die Dame, die da vorüberkommt? Kenn' ich gar nicht. Wenn ich nur nicht weiterreden müßte. Wie er mich ansieht! Wie konntest du das von mir verlangen, Papa? Das war nicht recht von dir, Papa. Nun ist es einmal geschehen. Ich hätte bis nach dem Diner warten sollen. – *»Nun, Fräulein Else?«* – Sein Monokel baumelt. Dumm sieht das aus. Soll ich ihm antworten? Ich muß ja. Also geschwind, damit ich es hinter mir habe. Was kann mir denn passieren? Er ist ein Freund von Papa. »Ach Gott, Herr von Dorsday, Sie sind ja ein alter Freund unseres Hauses.« Das habe ich sehr gut gesagt. »Und es wird Sie wahrscheinlich nicht wundern, wenn ich Ihnen erzähle, daß Papa sich wieder einmal in einer recht fatalen Situation befindet.« Wie merkwürdig meine Stimme klingt. Bin das ich, die da redet? Träume ich vielleicht? Ich habe gewiß jetzt auch ein ganz anderes Gesicht als sonst. – *»Es wundert mich allerdings nicht übermäßig. Da haben Sie schon recht, liebes Fräulein Else, – wenn ich es auch lebhaft bedauere.«* – Warum sehe ich denn so flehend zu ihm auf? Lächeln, lächeln. Geht schon. – *»Ich empfinde für Ihren Papa eine so aufrichtige Freundschaft, für Sie alle.«* – Er soll mich nicht so ansehen, es ist unanständig. Ich will anders zu ihm reden und nicht lächeln. Ich muß mich würdiger benehmen. »Nun, Herr von Dorsday, jetzt hätten Sie Gelegenheit, Ihre Freundschaft für meinen Vater zu beweisen.« Gott sei Dank, ich habe meine alte Stimme wieder. »Es scheint nämlich, Herr von Dorsday, daß alle unsere Verwandten und Bekannten – die Mehrzahl ist noch nicht in Wien – sonst wäre Mama wohl nicht auf die Idee gekommen. – Neulich habe ich nämlich zufällig in einem Brief an Mama Ihrer Anwesenheit hier in Martino Erwähnung getan – unter anderm natürlich.« – *»Ich vermutete gleich, Fräulein Else, daß* *ich nicht das einzige Thema Ihrer Korrespondenz mit Mama vorstelle.«* – Warum drückt er seine Knie an meine, während er da vor mir steht. Ach, ich lasse es mir gefallen. Was tut's! Wenn man einmal so tief gesunken ist. – »Die Sache verhält sich nämlich so, Doktor Fiala ist es, der diesmal dem Papa besondere Schwierigkeiten zu bereiten scheint.« – *»Ach Doktor Fiala.«* – Er weiß offenbar auch, was er von diesem Fiala zu halten hat. »Ja, Doktor Fiala. Und die Summe, um die es sich handelt, soll am fünften, das ist übermorgen um zwölf Uhr Mittag, – vielmehr, sie muß in seinen Händen sein, wenn nicht der Baron Höning – ja, denken Sie, der Baron hat Papa zu sich bitten lassen, privat, er liebt ihn nämlich sehr.« Warum red' ich denn von Höning, das wär' ja gar nicht notwendig gewesen. – *»Sie wollen sagen, Else, daß andernfalls eine Verhaftung unausbleiblich wäre?«* – Warum sagt er das so hart? Ich antworte nicht, ich nicke nur. »Ja.« Nun habe ich doch ja gesagt. – *»Hm, das ist ja – schlimm, das ist ja wirklich sehr – dieser hochbegabte geniale Mensch. – Und um welchen Betrag handelt es sich denn eigentlich, Fräulein Else?«* – Warum lächelt er denn? Er findet es schlimm und er lächelt. Was meint er mit seinem Lächeln? Daß es gleichgültig ist wieviel? Und wenn er Nein sagt! Ich bring' mich um, wenn er Nein sagt. Also, ich soll die Summe nennen. »Wie, Herr von Dorsday, ich habe noch nicht gesagt, wieviel? Eine Million.« Warum sag' ich das? Es ist doch jetzt nicht der Moment zum Spaßen? Aber wenn ich ihm dann sage, um wieviel weniger es in Wirklichkeit ist, wird er sich freuen. Wie er die Augen aufreißt? Hält er es am Ende wirklich für möglich, daß ihn der Papa um eine Million – »Entschuldigen Sie, Herr von Dorsday, daß ich in diesem Augenblick scherze. Es ist mir wahrhaftig nicht scherzhaft zumute.« – Ja, ja, drück' die Knie nur an, du darfst es dir ja erlauben. »Es handelt sich natürlich nicht um eine Million, es handelt sich im ganzen um dreißigtausend Gulden, Herr von Dorsday, die bis übermorgen mittag um zwölf Uhr in den Händen des Herrn Doktor Fiala sein müssen. Ja. Mama schreibt mir, daß Papa alle möglichen Versuche gemacht hat, aber wie gesagt, die Verwandten, die in Betracht kämen, befinden sich nicht in Wien.« – O, Gott, wie ich mich erniedrige. – »Sonst wäre es dem Papa natürlich nicht eingefallen, sich an Sie zu wenden, Herr von Dorsday, respektive mich zu bitten –« – Warum schweigt er? Warum bewegt er keine Miene? Warum sagt er nicht Ja? Wo ist das Scheckbuch und die Füllfeder? Er wird doch um Himmels willen nicht Nein sagen? Soll ich mich auf die Knie vor ihm werfen? O Gott! O Gott –

»Am fünften sagten Sie, Fräulein Else?« – Gott sei Dank, er spricht. »Jawohl übermorgen, Herr von Dorsday, um zwölf Uhr mittags. Es wäre also nötig – ich glaube, brieflich ließe sich das kaum mehr erledigen.« – *»Natürlich nicht, Fräulein Else, das müßten wir wohl auf telegraphischem Wege«* – ›Wir‹, das ist gut, das ist sehr gut. – *»Nun, das wäre das wenigste. Wieviel sagten Sie, Else?«* – Aber er hat es ja gehört, warum quält er mich denn? »Dreißigtausend, Herr von Dorsday. Eigentlich eine lächerliche Summe.« Warum habe ich das gesagt? Wie dumm. Aber er lächelt. Dummes Mädel, denkt er. Er lächelt ganz liebenswürdig. Papa ist gerettet. Er hätte ihm auch fünfzigtausend geliehen, und wir hätten uns allerlei anschaffen können. Ich hätte mir neue Hemden gekauft. Wie gemein ich bin. So wird man. – *»Nicht ganz so lächerlich, liebes Kind«* – Warum sagt er ›liebes Kind‹? Ist das gut oder schlecht? – *»wie Sie sich das vorstellen. Auch dreißigtausend Gulden wollen verdient sein.«* – »Entschuldigen Sie, Herr von Dorsday, nicht so habe ich es gemeint. Ich dachte nur, wie traurig es ist, daß Papa wegen einer solchen Summe, wegen einer solchen Bagatelle« – Ach Gott, ich verhasple mich ja schon wieder. »Sie können sich gar nicht denken, Herr von Dorsday, – wenn Sie auch einen gewissen Einblick in unsere Verhältnisse haben, wie furchtbar es für mich und besonders für Mama ist.« – Er stellt den einen Fuß auf die Bank. Soll das elegant sein – oder was? – *»O, ich kann mir schon denken, liebe Else.«* – Wie seine Stimme klingt, ganz anders, merkwürdig. – *»Und ich habe mir selbst schon manchesmal gedacht: schade, schade um diesen genialen Menschen.«* – Warum sagt er ›schade‹? Will er das Geld nicht hergeben? Nein, er meint es nur im allgemeinen. Warum sagt er nicht endlich Ja? Oder nimmt er das als selbstverständlich an?

Wie er mich ansieht! Warum spricht er nicht weiter? Ah, weil die zwei Ungarinnen vorbeigehen. Nun steht er wenigstens wieder anständig da, nicht mehr mit dem Fuß auf der Bank. Die Krawatte ist zu grell für einen älteren Herrn. Sucht ihm die seine Geliebte aus? Nichts besonders Feines ›unter uns‹, schreibt Mama. Dreißigtausend Gulden! Aber ich lächle ihn ja an. Warum lächle ich denn? O, ich bin feig. – »*Und wenn man wenigstens annehmen dürfte, mein liebes Fräulein Else, daß mit dieser Summe wirklich etwas getan wäre? Aber – Sie sind doch ein so kluges Geschöpf, Else, was wären diese dreißigtausend Gulden? Ein Tropfen auf einen heißen Stein.*« – Um Gottes willen, er will das Geld nicht hergeben? Ich darf kein so erschrockenes Gesicht machen. Alles steht auf dem Spiel. Jetzt muß ich etwas Vernünftiges sagen und energisch. »O nein, Herr von Dorsday, diesmal wäre es kein Tropfen auf einen heißen Stein. Der Prozeß Erbesheimer steht bevor, vergessen Sie das nicht, Herr von Dorsday, und der ist schon heute so gut wie gewonnen. Sie hatten ja selbst diese Empfindung, Herr von Dorsday. Und Papa hat auch noch andere Prozesse. Und außerdem habe ich die Absicht, Sie dürfen nicht lachen, Herr von Dorsday, mit Papa zu sprechen, sehr ernsthaft. Er hält etwas auf mich. Ich darf sagen, wenn jemand einen gewissen Einfluß auf ihn zu nehmen imstande ist, so bin es noch am ehesten ich.« – »*Sie sind ja ein rührendes, ein entzückendes Geschöpf, Fräulein Else.*« – Seine Stimme klingt schon wieder. Wie zuwider ist mir das, wenn es so zu klingen anfängt bei den Männern. Auch bei Fred mag ich es nicht. – »*Ein entzückendes Geschöpf in der Tat.*« – Warum sagt er ›in der Tat‹? Das ist abgeschmackt. Das sagt man doch nur im Burgtheater. »*Aber so gern ich Ihren Optimismus teilen möchte – wenn der Karren einmal so verfahren ist.*« – »Das ist er nicht, Herr von Dorsday. Wenn ich an Papa nicht glauben würde, wenn ich nicht ganz überzeugt wäre, daß diese dreißigtausend Gulden« – Ich weiß nicht, was ich weiter sagen soll. Ich kann ihn doch nicht geradezu anbetteln. Er überlegt. Offenbar. Vielleicht weiß er die Adresse von Fiala nicht? Unsinn. Die Situation ist unmöglich. Ich sitze da wie eine arme Sünderin. Er steht vor mir und bohrt mir das Monokel in die Stirn und schweigt. Ich werde jetzt aufstehen, das ist das beste. Ich lasse mich nicht so behandeln. Papa soll sich umbringen. Ich werde mich auch umbringen. Eine Schande dieses Leben. Am besten wär's, sich dort von dem Felsen hinunterzustürzen und aus wär's. Geschähe euch recht, allen. Ich stehe auf. – *»Fräulein Else.«* – »Entschuldigen Sie, Herr von Dorsday, daß ich Sie unter diesen Umständen überhaupt bemüht habe. Ich kann Ihr ablehnendes Verhalten natürlich vollkommen verstehen.« – So, aus, ich gehe. – *»Bleiben Sie, Fräulein Else.«* – Bleiben Sie, sagt er? Warum soll ich bleiben? Er gibt das Geld her. Ja. Ganz bestimmt. Er muß ja. Aber ich setze mich nicht noch einmal nieder. Ich bleibe stehen, als wär' es nur für eine halbe Sekunde. Ich bin ein bißchen größer als er. – *»Sie haben meine Antwort noch nicht abgewartet, Else. Ich war ja schon einmal, verzeihen Sie, Else, daß ich das in diesem Zusammenhang erwähne«* – Er müßte nicht so oft Else sagen – *»in der Lage, dem Papa aus einer Verlegenheit zu helfen. Allerdings mit einer – noch lächerlicheren Summe als diesmal, und schmeichelte mir keineswegs mit der Hoffnung, diesen Betrag jemals wiedersehen zu dürfen, – und so wäre eigentlich kein Grund vorhanden, meine Hilfe diesmal zu verweigern. Und gar wenn ein junges Mädchen wie Sie, Else, wenn Sie selbst als Fürbitterin vor mich hintreten –«* – Worauf will er hinaus? Seine Stimme ›klingt‹ nicht mehr. Oder anders! Wie sieht er mich denn an? Er soll achtgeben!! – *»Also, Else, ich bin bereit – Doktor Fiala soll übermorgen um zwölf Uhr mittags die dreißigtausend Gulden haben – unter einer Bedingung«* – Er soll nicht weiterreden, er soll nicht. »Herr von Dorsday, ich, ich persönlich übernehme die Garantie, daß mein Vater diese Summe zurückerstatten wird, sobald er das Honorar von Erbesheimer erhalten hat. Erbesheimers haben bisher überhaupt noch nichts gezahlt. Noch nicht einmal einen Vorschuß – Mama selbst schreibt mir« – *»Lassen Sie doch, Else, man soll niemals eine Garantie für einen anderen Menschen übernehmen, – nicht einmal für sich selbst.«* – Was will er? Seine Stimme klingt schon wieder. Nie hat mich ein Mensch so angeschaut. Ich ahne, wo er hinauswill. Wehe ihm! – *»Hätte ich es vor einer Stunde für möglich gehalten, daß ich in einem solchen Falle überhaupt mir jemals einfallen* *lassen würde, eine Bedingung zu stellen? Und nun tue ich es doch. Ja, Else, man ist eben nur ein Mann, und es ist nicht meine Schuld, daß Sie so schön sind, Else.«* – Was will er? Was will er –? – *»Vielleicht hätte ich heute oder morgen das Gleiche von Ihnen erbeten, was ich jetzt erbitten will, auch wenn Sie nicht eine Million, pardon – dreißigtausend Gulden von mir gewünscht hätten. Aber freilich, unter anderen Umständen hätten Sie mir wohl kaum Gelegenheit vergönnt, so lange Zeit unter vier Augen mit Ihnen zu reden.«* – »O, ich habe Sie wirklich allzu lange in Anspruch genommen, Herr von Dorsday.« Das habe ich gut gesagt. Fred wäre zufrieden. Was ist das? Er faßt nach meiner Hand? Was fällt ihm denn ein? – *»Wissen Sie es denn nicht schon lange, Else?»* – Er soll meine Hand loslassen! Nun, Gott sei Dank, er läßt sie los. Nicht so nah, nicht so nah. – *»Sie müßten keine Frau sein, Else, wenn Sie es nicht gemerkt hätten. Je vous désire.«* – Er hätte es auch deutsch sagen können, der Herr Vicomte. – *»Muß ich noch mehr sagen?«* – »Sie haben schon zuviel gesagt, Herr Dorsday.« Und ich stehe noch da. Warum denn? Ich gehe, ich gehe ohne Gruß. – *»Else! Else!«* – Nun ist er wieder neben mir. – *»Verzeihen Sie mir, Else. Auch ich habe nur einen Scherz gemacht, geradeso wie Sie vorher mit der Million. Auch meine Forderung stelle ich nicht so hoch – als Sie gefürchtet haben, wie ich leider sagen muß, – so daß die geringere Sie vielleicht angenehm überraschen wird. Bitte, bleiben Sie doch stehen, Else.«* – Ich bleibe wirklich stehen. Warum denn? Da stehen wir uns gegenüber. Hätte ich ihm nicht einfach ins Gesicht schlagen sollen? Wäre nicht noch jetzt Zeit dazu? Die zwei Engländer kommen vorbei. Jetzt wäre der Moment. Gerade darum. Warum tu' ich es denn nicht? Ich bin feig, ich bin zerbrochen, ich bin erniedrigt. Was wird er nun wollen statt der Million? Einen Kuß vielleicht? Darüber ließe sich reden. Eine Million zu dreißigtausend verhält sich wie – – Komische Gleichungen gibt es. – *»Wenn Sie wirklich einmal eine Million brauchen sollten, Else, – ich bin zwar kein reicher Mann, dann wollen wir sehen. Aber für diesmal will ich genügsam sein, wie Sie. Und für diesmal will ich nichts anderes, Else als – Sie sehen.«* – Ist er verrückt? Er sieht mich doch. – Ah, so meint er das, so! Warum schlage ich ihm nicht ins Gesicht, dem Schuften! Bin ich rot geworden oder blaß? Nackt willst du mich sehen? Das möchte mancher. Ich bin schön, wenn ich nackt bin. Warum schlage ich ihm nicht ins Gesicht? – Riesengroß ist sein Gesicht. Warum so nah, du Schuft? Ich will deinen Atem nicht auf meinen Wangen. Warum lasse ich ihn nicht einfach stehen? Bannt mich sein Blick? Wir schauen uns ins Auge wie Todfeinde. Ich möchte ihm Schuft sagen, aber ich kann nicht. Oder will ich nicht? – »*Sie sehen mich an, Else, als wenn ich verrückt wäre. Ich bin es vielleicht ein wenig, denn es geht ein Zauber von Ihnen aus, Else, den Sie selbst wohl nicht ahnen. Sie müssen fühlen, Else, daß meine Bitte keine Beleidigung bedeutet. Ja, ›Bitte‹ sage ich, wenn sie auch einer Erpressung zum Verzweifeln ähnlich sieht. Aber ich bin kein Erpresser, ich bin nur ein Mensch, der mancherlei Erfahrungen gemacht hat, – unter andern die, daß alles auf der Welt seinen Preis hat und daß einer, der sein Geld verschenkt, wenn er in der Lage ist, einen Gegenwert dafür zu bekommen, ein ausgemachter Narr ist. Und – was ich mir diesmal kaufen will, Else, so viel es auch ist, Sie werden nicht ärmer dadurch, daß Sie es verkaufen. Und daß es ein Geheimnis bleiben würde zwischen Ihnen und mir, das schwöre ich Ihnen, Else, bei – bei all den Reizen, durch deren Enthüllung Sie mich beglücken würden.*« – Wo hat er so reden gelernt? Es klingt wie aus einem Buch. – »*Und ich schwöre Ihnen auch, daß ich – von der Situation keinen Gebrauch machen werde, der in unserem Vertrag nicht vorgesehen war. Nichts anderes verlange ich von Ihnen, als eine Viertelstunde dastehen dürfen in Andacht vor Ihrer Schönheit. Mein Zimmer liegt im gleichen Stockwerk wie das Ihre, Else, Nummer fünfundsechzig, leicht zu merken. Der schwedische Tennisspieler, von dem Sie heut' sprachen, war doch gerade fünfundsechzig Jahre alt?*« – Er ist verrückt! Warum lasse ich ihn weiterreden? Ich bin gelähmt. – »*Aber wenn es Ihnen aus irgendeinem Grunde nicht paßt, mich auf Zimmer Nummer fünfundsechzig zu besuchen, Else, so schlage ich Ihnen einen kleinen Spaziergang nach dem Diner vor. Es gibt eine Lichtung im Walde, ich habe sie neulich ganz zufällig entdeckt, kaum fünf Minuten weit von unserem Hotel. – Es wird eine wundervolle Sommernacht heute, beinahe warm, und das Sternenlicht wird Sie herrlich kleiden.*« – Wie zu einer Sklavin spricht er. Ich spucke ihm ins Gesicht. – »*Sie sollen mir nicht gleich antworten, Else. Überlegen Sie. Nach dem Diner werden Sir mir gütigst Ihre Entscheidung kundtun.«* – Warum sagt er denn ›kundtun‹? Was für ein blödes Wort: kundtun. – *»Überlegen Sie in aller Ruhe. Sie werden vielleicht spüren, daß es nicht einfach ein Handel ist, den ich Ihnen vorschlage.«* – Was denn, du klingender Schuft! – *»Sie werden möglicherweise ahnen, daß ein Mann zu Ihnen spricht, der ziemlich einsam und nicht besonders glücklich ist und der vielleicht einige Nachsicht verdient.«* – Affektierter Schuft. Spricht wie ein schlechter Schauspieler. Seine gepflegten Finger sehen aus wie Krallen. Nein, nein, ich will nicht. Warum sag' ich es denn nicht? Bring' dich um, Papa! Was will er denn mit meiner Hand? Ganz schlaff ist mein Arm. Er führt meine Hand an seine Lippen. Heiße Lippen. Pfui! Meine Hand ist kalt. Ich hätte Lust, ihm den Hut herunterzublasen. Ha, wie komisch wär' das. Bald ausgeküßt, du Schuft? – Die Bogenlampen vor dem Hotel brennen schon. Zwei Fenster stehen offen im dritten Stock. Das, wo sich der Vorhang bewegt, ist meines. Oben auf dem Schrank glänzt etwas. Nichts liegt oben, es ist nur der Messingbeschlag. – *»Also auf Wiedersehen, Else.«* – Ich antworte nichts. Regungslos stehe ich da. Er sieht mir ins Auge. Mein Gesicht ist undurchdringlich. Er weiß gar nichts. Er weiß nicht, ob ich kommen werde oder nicht. Ich weiß es auch nicht. Ich weiß nur, daß alles aus ist. Ich bin halbtot. Da geht er. Ein wenig gebückt. Schuft! Er fühlt meinen Blick auf seinem Nacken. Wen grüßt er denn? Zwei Damen. Als wäre er ein Graf, so grüßt er. Paul soll ihn fordern und ihn totschießen. Oder Rudi. Was glaubt er denn eigentlich? Unverschämter Kerl! Nie und nimmer. Es wird dir nichts anderes übrigbleiben, Papa, du mußt dich umbringen. – Die Zwei kommen offenbar von einer Tour. Beide hübsch, er und sie. Haben sie noch Zeit, sich vor dem Diner umzukleiden? Sind gewiß auf der Hochzeitsreise oder vielleicht gar nicht verheiratet. Ich werde nie auf einer Hochzeitsreise sein. Dreißigtausend Gulden. Nein, nein, nein! Gibt es keine dreißigtausend Gulden auf der Welt? Ich fahre zu Fiala. Ich komme noch zurecht. Gnade, Gnade, Herr Doktor Fiala. Mit Vergnügen, mein Fräulein. Bemühen Sie sich in mein Schlafzimmer. – Tu mir doch den Gefallen, Paul, verlange dreißigtausend Gulden von deinem Vater. Sage, du hast Spielschulden, du mußt dich sonst erschießen. Gern, liebe Kusine. Ich habe Zimmer Nummer soundsoviel, um Mitternacht erwarte ich dich. O, Herr von Dorsday, wie bescheiden sind Sie. Vorläufig. Jetzt kleidet er sich um. Smoking. Also entscheiden wir uns. Wiese im Mondenschein oder Zimmer Nummer fünfundsechzig? Wird er mich im Smoking in den Wald begleiten?

Es ist noch Zeit bis zum Diner. Ein bißchen spazierengehen und die Sache in Ruhe überlegen. Ich bin ein einsamer alter Mann, haha. Himmlische Luft, wie Champagner. Gar nicht mehr kühl – dreißigtausend... dreißigtausend... Ich muß mich jetzt sehr hübsch ausnehmen in der weiten Landschaft. Schade, daß keine Leute mehr im Freien sind. Dem Herrn dort am Waldesrand gefalle ich offenbar sehr gut. O, mein Herr, nackt bin ich noch viel schöner, und es kostet einen Spottpreis, dreißigtausend Gulden. Vielleicht bringen Sie Ihre Freunde mit, dann kommt es billiger. Hoffentlich haben Sie lauter hübsche Freunde, hübschere und jüngere als Herr von Dorsday? Kennen Sie Herrn von Dorsday? Ein Schuft ist er – ein klingender Schuft...

Also überlegen, überlegen... Ein Menschenleben steht auf dem Spiel. Das Leben von Papa. Aber nein, er bringt sich nicht um, er wird sich lieber einsperren lassen. Drei Jahre schwerer Kerker oder fünf. In dieser ewigen Angst lebt er schon fünf oder zehn Jahre... Mündelgelder... Und Mama geradeso. Und ich doch auch. – Vor wem werde ich mich das nächste Mal nackt ausziehen müssen? Oder bleiben wir der Einfachheit wegen bei Herrn Dorsday? Seine jetzige Geliebte ist ja nichts Feines ›unter uns gesagt‹. Ich wäre ihm gewiß lieber. Es ist gar nicht so ausgemacht, ob ich viel feiner bin. Tun Sie nicht vornehm, Fräulein Else, ich könnte Geschichten von Ihnen erzählen... einen gewissen Traum zum Beispiel, den Sie schon dreimal gehabt haben – von dem haben Sie nicht einmal Ihrer Freundin Bertha erzählt. Und die verträgt doch was. Und wie war denn das heuer in Gmunden in der Früh um sechs auf dem Balkon, mein vornehmes Fräulein Else? Haben Sie die zwei jungen Leute im Kahn vielleicht gar nicht bemerkt, die Sie angestarrt haben? Mein Gesicht haben sie vom See aus freilich nicht genau ausnehmen können, aber daß ich im Hemd war, das haben sie schon bemerkt. Und ich hab' mich gefreut. Ah, mehr als gefreut. Ich war wie berauscht. Mit beiden Händen hab' ich mich über die Hüften gestrichen und vor mir selber hab' ich getan, als wüßte ich nicht, daß man mich sieht. Und der Kahn hat sich nicht vom Fleck bewegt. Ja, so bin ich, so bin ich. Ein Luder, ja. Sie spüren es ja alle. Auch Paul spürt es. Natürlich, er ist ja Frauenarzt. Und der Marineleutnant hat es ja auch gespürt und der Maler auch. Nur Fred, der dumme Kerl spürt es nicht. Darum liebt er mich ja. Aber gerade vor ihm möchte ich nicht nackt sein, nie und nimmer. Ich hätte gar keine Freude davon. Ich möchte mich schämen. Aber vor dem Filou mit dem Römerkopf – wie gern. Am allerliebsten vor dem. Und wenn ich gleich nachher sterben müßte. Aber es ist ja nicht notwendig gleich nachher zu sterben. Man überlebt es. Die Bertha hat mehr überlebt. Cissy liegt sicher auch nackt da, wenn Paul zu ihr schleicht durch die Hotelgänge, wie ich heute Nacht zu Herrn von Dorsday schleichen werde.

Nein, nein. Ich will nicht. Zu jedem andern – aber nicht zu ihm. Zu Paul meinetwegen. Oder ich such' mir einen aus heute abend beim Diner. Es ist ja alles egal. Aber ich kann doch nicht jedem sagen, daß ich dreißigtausend Gulden dafür haben will! Da wäre ich ja wie ein Frauenzimmer von der Kärntnerstraße. Nein, ich verkaufe mich nicht. Niemals. Nie werde ich mich verkaufen. Ich schenke mich her. Ja, wenn ich einmal den Rechten finde, schenke ich mich her. Aber ich verkaufe mich nicht. Ein Luder will ich sein, aber nicht eine Dirne. Sie haben sich verrechnet, Herr von Dorsday. Und der Papa auch. Ja, verrechnet hat er sich. Er muß es ja vorher gesehen haben. Er kennt ja die Menschen. Er kennt doch den Herrn von Dorsday. Er hat sich doch denken können, daß der Herr Dorsday nicht für nichts und wieder nichts. – Sonst hätte er doch telegraphieren oder selber herreisen können. Aber so war es bequemer und sicherer, nicht wahr, Papa? Wenn man eine so hübsche Tochter hat, wozu braucht man ins Zuchthaus zu spazieren? Und die Mama, dumm wie sie ist, setzt sich hin und schreibt den Brief. Der Papa hat sich nicht getraut. Da hätte ich es ja gleich merken müssen. Aber es soll euch nicht glücken. Nein, du hast zu sicher auf meine kindliche Zärtlichkeit spekuliert, Papa, zu sicher darauf gerechnet, daß ich lieber jede Gemeinheit erdulden würde als dich die Folgen deines verbrecherischen Leichtsinns tragen zu lassen. Ein Genie bist du ja. Herr von Dorsday sagt es, alle Leute sagen es. Aber was hilft mir das. Fiala ist eine Null, aber er unterschlägt keine Mündelgelder, sogar Waldheim ist nicht in einem Atem mit dir zu nennen... Wer hat das nur gesagt? Der Doktor Froriep. Ein Genie ist Ihr Papa. – Und ich hab' ihn erst einmal reden gehört! – Im vorigen Jahr im Schwurgerichtssaal – – zum ersten- und letztenmal! Herrlich! Die Tränen sind mir über die Wangen gelaufen. Und der elende Kerl, den er verteidigt hat, ist freigesprochen worden. Er war vielleicht gar kein so elender Kerl. Er hat jedenfalls nur gestohlen, keine Mündelgelder veruntreut, um Bakkarat zu spielen und auf der Börse zu spekulieren. Und jetzt wird der Papa selber vor den Geschworenen stehen. In allen Zeitungen wird man es lesen. Zweiter Verhandlungstag, dritter Verhandlungstag; der Verteidiger erhob sich zu einer Replik. Wer wird denn sein Verteidiger sein? Kein Genie. Nichts wird ihm helfen. Einstimmig schuldig. Verurteilt auf fünf Jahre. Stein, Sträflingskleid, geschorene Haare. Einmal im Monat darf man ihn besuchen. Ich fahre mit Mama hinaus, dritter Klasse. Wir haben ja kein Geld. Keiner leiht uns was. Kleine Wohnung in der Lerchenfelderstraße, so wie die, wo ich die Nähterin besucht habe vor zehn Jahren. Wir bringen ihm etwas zu essen mit. Woher denn? Wir haben ja selber nichts. Onkel Viktor wird uns eine Rente aussetzen. Dreihundert Gulden monatlich. Rudi wird in Holland sein bei Vanderhulst – wenn man noch auf ihn reflektiert. Die Kinder des Sträflings! Roman von Temme in drei Bänden. Der Papa empfängt uns im gestreiften Sträflingsanzug. Er schaut nicht bös drein, nur traurig. Er kann ja gar nicht bös dreinschauen. – Else, wenn du mir damals das

Geld verschafft hättest, das wird er sich denken, aber er wird nichts sagen. Er wird nicht das Herz haben, mir Vorwürfe zu machen. Er ist ja seelengut, nur leichtsinnig ist er. Sein Verhängnis ist die Spielleidenschaft. Er kann ja nichts dafür, es ist eine Art von Wahnsinn. Vielleicht spricht man ihn frei, weil er wahnsinnig ist. Auch den Brief hat er vorher nicht überlegt. Es ist ihm vielleicht gar nicht eingefallen, daß Dorsday die Gelegenheit benützen könnte und so eine Gemeinheit von mir verlangen wird. Er ist ein guter Freund unseres Hauses, er hat dem Papa schon einmal achttausend Gulden geliehen. Wie soll man so was von einem Menschen denken. Zuerst hat der Papa sicher alles andere versucht. Was muß er durchgemacht haben, ehe er die Mama veranlaßt hat, diesen Brief zu schreiben? Von einem zum andern ist er gelaufen, von Warsdorf zu Burin, von Burin zu Wertheimstein und weiß Gott noch zu wem. Bei Onkel Karl war er gewiß auch. Und alle haben sie ihn im Stich gelassen. Alle die sogenannten Freunde. Und nun ist Dorsday seine Hoffnung, seine letzte Hoffnung. Und wenn das Geld nicht kommt, so bringt er sich um. Natürlich bringt er sich um. Er wird sich doch nicht einsperren lassen. Untersuchungshaft, Verhandlung, Schwurgericht, Kerker, Sträflingsgewand. Nein, nein! Wenn der Haftbefehl kommt, erschießt er sich oder hängt sich auf. Am Fensterkreuz wird er hängen. Man wird herüberschicken vom Haus vis-à-vis, der Schlosser wird aufsperren müssen und ich bin schuld gewesen. Und jetzt sitzt er zusammen mit Mama im selben Zimmer, wo er übermorgen hängen wird, und raucht eine Havannazigarre. Woher hat er immer noch Havannazigarren? Ich höre ihn sprechen, wie er die Mama beruhigt. Verlaß dich drauf, Dorsday weist das Geld an. Bedenke doch, ich habe ihm heuer im Winter eine große Summe durch meine Intervention gerettet. Und dann kommt der Prozeß Erbesheimer... – Wahrhaftig. – Ich höre ihn sprechen. Telepathie! Merkwürdig. Auch Fred seh ich in diesem Moment. Er geht mit einem Mädel im Stadtpark am Kursalon vorbei. Sie hat eine hellblaue Bluse und lichte Schuhe und ein bißl heiser ist sie. Das weiß ich alles ganz bestimmt. Wenn ich nach Wien komme, werde ich Fred fragen, ob er am dritten September zwischen halb acht und acht Uhr abends mit seiner Geliebten im Stadtpark war.

Wohin denn noch? Was ist denn mit mir? Beinahe ganz dunkel. Wie schön und ruhig. Weit und breit kein Mensch. Nun sitzen sie alle schon beim Diner. Telepathie? Nein, das ist noch keine Telepathie. Ich habe ja früher das Tamtam gehört. Wo ist die Else? wird sich Paul denken. Es wird allen auffallen, wenn ich zur Vorspeise noch nicht da bin. Sie werden zu mir heraufschicken. Was ist das mit Else? Sie ist doch sonst so pünktlich? Auch die zwei Herren am Fenster werden denken: Wo ist denn heute das schöne junge Mädel mit dem rötlichblonden Haar? Und Herr von Dorsday wird Angst bekommen. Er ist sicher feig. Beruhigen Sie sich, Herr von Dorsday, es wird Ihnen nichts geschehen. Ich verachte Sie ja so sehr. Wenn ich wollte, morgen abend wären Sie ein toter Mann. – Ich bin überzeugt, Paul würde ihn fordern, wenn ich ihm die Sache erzählte. Ich schenke Ihnen das Leben, Herr von Dorsday.

Wie ungeheur weit die Wiesen und wie riesig schwarz die Berge. Keine Sterne beinahe. Ja doch, drei, vier, – es werden schon mehr. Und so still der Wald hinter mir. Schön, hier auf der Bank am Waldesrand zu sitzen. So fern, so fern das Hotel und so märchenhaft leuchtet es her. Und was für Schufte sitzen drin. Ach nein, Menschen, arme Menschen, sie tun mir alle so leid. Auch die Marchesa tut mir leid, ich weiß nicht warum, und die Frau Winawer und die Bonne von Cissys kleinem Mädel. Sie sitzt nicht an der Table d'hôte, sie hat schon früher mit Fritzi gesessen. Was ist das nur mit Else? fragt Cissy. Wie, auf ihrem Zimmer ist sie auch nicht? Alle haben sie Angst um mich, ganz gewiß. Nur ich habe keine Angst. Ja, da bin ich in Martino di Castrozza, sitze auf einer Bank am Waldesrand und die Luft ist wie Champagner und mir scheint gar, ich weine. Ja, warum weine ich denn? Es ist doch kein Grund zu weinen. Das sind die Nerven. Ich muß mich beherrschen. Ich darf mich nicht so gehenlassen. Aber das Weinen ist gar nicht unangenehm. Das Weinen tut mir immer wohl. Wie ich unsere alte Französin besucht habe im Krankenhaus, die dann gestorben ist, habe ich auch geweint. Und beim Begräbnis von der Großmama, und wie die Bertha nach Nürnberg gereist ist, und wie das Kleine von der Agathe gestorben ist, und im Theater bei der Kameliendame hab' ich auch geweint. Wer wird weinen, wenn ich tot bin? O, wie schön wäre das tot zu sein. Aufgebahrt liege ich im Salon, die Kerzen brennen. Lange Kerzen. Zwölf lange Kerzen. Unten steht schon der Leichenwagen. Vor dem Haustor stehen Leute. Wie alt war sie denn? Erst neunzehn. Wirklich erst neunzehn? – Denken Sie sich, ihr Papa ist im Zuchthaus. Warum hat sie sich denn umgebracht? Aus unglücklicher Liebe zu einem Filou. Aber was fällt Ihnen denn ein? Sie hätte ein Kind kriegen sollen. Nein, sie ist vom Cimone heruntergestürzt. Es ist ein Unglücksfall. Guten Tag, Herr Dorsday, Sie erweisen der kleinen Else auch die letzte Ehre? Kleine Else, sagt das alte Weib. – Warum denn? Natürlich, ich muß ihr die letzte Ehre erweisen. Ich habe ihr ja auch die erste Schande erwiesen. O, es war der Mühe wert, Frau Winawer, ich habe noch nie einen so schönen Körper gesehen. Es hat mich nur dreißig Millionen gekostet. Ein Rubens kostet dreimal soviel. Mit Haschisch hat sie sich vergiftet. Sie wollte nur schöne Visionen haben, aber sie hat zuviel genommen und ist nicht mehr aufgewacht. Warum hat er denn ein rotes Monokel der Herr Dorsday? Wem winkt er denn mit dem Taschentuch? Die Mama kommt die Treppe herunter und küßt ihm die Hand. Pfui, pfui. Jetzt flüstern sie miteinander. Ich kann nichts verstehen, weil ich aufgebahrt bin. Der Veilchenkranz um meine Stirn ist von Paul. Die Schleifen fallen bis auf den Boden. Kein Mensch traut sich ins Zimmer. Ich stehe lieber auf und schaue zum Fenster hinaus. Was für ein großer blauer See! Hundert Schiffe mit gelben Segeln –. Die Wellen glitzern. So viel Sonne. Regatta. Die Herren haben alle Ruderleibchen. Die Damen sind im Schwimmkostüm. Das ist unanständig. Sie bilden sich ein, ich bin nackt. Wie dumm sie sind. Ich habe ja schwarze Trauerkleider an, weil ich tot bin. Ich werde es euch beweisen. Ich lege mich gleich wieder auf die Bahre hin. Wo ist sie denn? Fort ist sie. Man hat sie davongetragen. Man hat sie unterschlagen. Darum ist der Papa im Zuchthaus. Und sie haben ihn doch freigesprochen auf drei Jahre. Die Geschworenen sind alle bestochen von Fiala. Ich werde jetzt zu Fuß auf den Friedhof gehen, da erspart die Mama das Begräbnis. Wir müssen uns einschränken. Ich gehe so schnell, daß mir keiner nachkommt. Ah, wie schnell ich gehen kann. Da bleiben sie alle auf den Straßen stehen und wundern sich. Wie darf man jemanden so anschaun, der tot ist! Das ist zudringlich. Ich gehe lieber übers Feld, das ist ganz blau von Vergißmeinnicht und Veilchen. Die Marineoffiziere stehen Spalier. Guten Morgen, meine Herren. Öffnen Sie das Tor, Herr Matador. Erkennen Sie mich nicht? Ich bin ja die Tote... Sie müssen mir darum nicht die Hand küssen... Wo ist denn meine Gruft? Hat man die auch unterschlagen? Gott sei Dank, es ist gar nicht der Friedhof. Das ist ja der Park in Mentone. Der Papa wird sich freuen, daß ich nicht begraben bin. Vor den Schlangen habe ich keine Angst. Wenn mich nur keine in den Fuß beißt. O weh.

Was ist denn? Wo bin ich denn? Habe ich geschlafen? Ja. Geschlafen habe ich. Ich muß sogar geträumt haben. Mir ist so kalt in den Füßen. Im rechten Fuß ist mir kalt. Wieso denn? Da ist am Knöchel ein kleiner Riß im Strumpf. Warum sitze ich denn noch im Wald? Es muß ja längst geläutet haben zum Dinner. Dinner.

O Gott, wo war ich denn? So weit war ich fort. Was hab' ich denn geträumt? Ich glaube ich war schon tot. Und keine Sorgen habe ich gehabt und mir nicht den Kopf zerbrechen müssen. Dreißigtausend, dreißigtausend... ich habe sie noch nicht. Ich muß sie mir erst verdienen. Und da sitz' ich allein am Waldesrand. Das Hotel leuchtet bis her. Ich muß zurück. Es ist schrecklich, daß ich zurück muß. Aber es ist keine Zeit mehr zu verlieren. Herr von Dorsday erwartet meine Entscheidung. Entscheidung. Entscheidung! Nein. Nein, Herr von Dorsday, kurz und gut, nein. Sie haben gescherzt, Herr von Dorsday, selbstverständlich. Ja, das werde ich ihm sagen. O, das ist ausgezeichnet. Ihr Scherz war nicht sehr vornehm, Herr von Dorsday, aber ich will Ihnen verzeihen. Ich telegraphiere morgen früh an Papa, Herr von Dorsday, daß das Geld pünktlich in Doktor Fialas Händen sein wird. Wunderbar. Das sage ich ihm. Da bleibt ihm nichts übrig, er muß das Geld abschicken. Muß? Muß er? Warum muß er denn? Und wenn er's täte, so würde er sich dann rächen irgendwie. Er würde es so einrichten, daß das Geld zu spät kommt. Oder er würde das Geld schicken und dann überall erzählen, daß er mich gehabt hat. Aber er schickt ja das Geld gar nicht ab. Nein, Fräulein Else, so haben wir nicht gewettet. Telegraphieren Sie dem Papa, was Ihnen beliebt, ich schicke das Geld nicht ab. Sie sollen nicht glauben, Fräulein Else, daß ich mich von so einem kleinen Mädel übertölpeln lasse, ich, der Vicomte von Eperies.

Ich muß vorsichtig gehen. Der Weg ist ganz dunkel. Sonderbar, es ist mir wohler als vorher. Es hat sich doch gar nichts geändert und mir ist wohler. Was habe ich denn nur geträumt? Von einem Matador? Was war denn das für ein Matador? Es ist doch weiter zum Hotel, als ich gedacht habe. Sie sitzen gewiß noch alle beim Diner. Ich werde mich ruhig an den Tisch setzen und sagen, daß ich Migräne gehabt habe und lasse mir nachservieren. Herr von Dorsday wird am Ende selbst zu mir kommen und mir sagen, daß das Ganze nur ein Scherz war. Entschuldigen Sie, Fräulein Else, entschuldigen Sie den schlechten Spaß, ich habe schon an meine Bank telegraphiert. Aber er wird es nicht sagen. Er hat nicht telegraphiert. Es ist alles noch genauso wie früher. Er wartet. Herr von Dorsday wartet. Nein, ich will ihn nicht sehen. Ich kann ihn nicht mehr sehen. Ich will niemanden mehr sehen. Ich will nicht mehr ins Hotel, ich will nicht mehr nach Hause, ich will nicht nach Wien, zu niemandem will ich, zu keinem Menschen, nicht zu Papa und nicht zu Mama, nicht zu Rudi und nicht zu Fred, nicht zu Bertha und nicht zu Tante Irene. Die ist noch die Beste, die würde alles verstehen. Aber ich habe nichts mehr mit ihr zu tun und mit niemandem mehr. Wenn ich zaubern könnte, wäre ich ganz woanders in der Welt. Auf irgendeinem herrlichen Schiff im Mittelländischen Meer, aber nicht allein. Mit Paul zum Beispiel. Ja, das könnte ich mir ganz gut vorstellen. Oder ich wohnte in einer Villa am Meer, und wir lägen auf den Marmorstufen, die ins Wasser führen, und er hielte mich fest in seinen Armen und bisse mich in die Lippen, wie es Albert vor zwei Jahren getan hat beim Klavier, der unverschämte Kerl. Nein. Allein möchte ich am Meer liegen auf den Marmorstufen und warten. Und endlich käme einer oder mehrere, und ich hätte die Wahl und die andern, die ich verschmähe, die stürzen sich aus Verzweiflung alle ins Meer. Oder sie müßten Geduld haben bis zum nächsten Tag. Ach, was wäre das für ein köstliches Leben. Wozu habe ich denn meine herrlichen Schultern und meine schönen schlanken Beine? Und wozu bin ich denn überhaupt auf der Welt? Und es geschähe ihnen ganz recht, ihnen allen, sie haben mich ja doch nur daraufhin erzogen, daß ich mich verkaufe, so oder so. Vom Theaterspielen haben sie nichts wissen wollen. Da haben sie mich ausgelacht. Und es wäre ihnen ganz recht gewesen im vorigen Jahr, wenn ich den Doktor Wilomitzer geheiratet hätte, der bald fünfzig ist. Nur daß sie mir nicht zugeredet haben. Da hat sich der Papa doch geniert. Aber die Mama hat ganz deutliche Anspielungen gemacht.

Wie riesig es dasteht das Hotel, wie eine ungeheuere beleuchtete Zauberburg. Alles ist so riesig. Die Berge auch. Man könnte sich fürchten. Noch nie waren sie so schwarz. Der Mond ist noch nicht da. Der geht erst zur Vorstellung auf, zur großen Vorstellung auf der Wiese, wenn der Herr von Dorsday seine Sklavin nackt tanzen läßt. Was geht mich denn der Herr Dorsday an? Nun, Mademoiselle Else, was machen Sie denn für Geschichten? Sie waren doch schon bereit auf und davon zu gehen, die Geliebte von fremden Männern zu werden, von einem nach dem andern. Und auf die Kleinigkeit, die Herr von Dorsday von Ihnen verlangt, kommt es Ihnen an? Für einen Perlenschmuck, für schöne Kleider, für eine Villa am Meer sind Sie bereit sich zu verkaufen? Und das Leben Ihres Vaters ist Ihnen nicht soviel wert? Es wäre gerade der richtige Anfang. Es wäre dann gleich die Rechtfertigung für alles andere. Ihr wart es, könnt ich sagen, Ihr habt mich dazu gemacht, Ihr alle seid schuld, daß ich so geworden bin, nicht nur Papa und Mama. Auch der Rudi ist schuld und der Fred und alle, alle, weil sich ja niemand um einen kümmert. Ein bißchen Zärtlichkeit, wenn man hübsch aussieht, und ein bißl Besorgtheit, wenn man Fieber hat, und in die Schule schicken sie einen, und zu Hause lernt man Klavier und Französisch, und im Sommer geht man aufs Land und zum Geburtstag kriegt man Geschenke und bei Tisch reden sie über allerlei. Aber was in mir vorgeht und was in mir wühlt und Angst hat, habt ihr euch darum je gekümmert? Manchmal im Blick von Papa war eine Ahnung davon, aber ganz flüchtig. Und dann war gleich wieder der Beruf da, und die Sorgen und das Börsenspiel – und wahrscheinlich irgendein Frauenzimmer ganz im geheimen, ›nichts sehr Feines unter uns‹, – und ich war wieder allein. Nun, was tätst du Papa, was tätst du heute, wenn ich nicht da wäre?

Da stehe ich, ja da stehe ich vor dem Hotel. – Furchtbar, da hineingehen zu müssen, alle die Leute sehen, den Herrn von Dorsday, die Tante, Cissy. Wie schön war das früher auf der Bank am Waldesrand, wie ich schon tot war. Matador – wenn ich nur drauf käm', was – eine Regatta war es, richtig und ich habe vom Fenster aus zugesehen. Aber wer war der Matador? – Wenn ich nur nicht so müd wäre, so furchtbar müde. Und da soll ich bis Mitternacht aufbleiben und mich dann ins Zimmer von Herrn von Dorsday schleichen? Vielleicht begegne ich der Cissy auf dem Gang. Hat sie was an unter dem Schlafrock, wenn sie zu ihm kommt? Es ist schwer, wenn man in solchen Dingen nicht geübt ist. Soll ich sie nicht um Rat fragen, die Cissy? Natürlich würde ich nicht sagen, daß es sich um Dorsday handelt, sondern sie müßte sich denken, ich habe ein nächtliches Rendezvous mit einem von den hübschen jungen Leuten hier im Hotel. Zum Beispiel mit dem langen blonden Menschen, der die leuchtenden Augen hat. Aber der ist ja nicht mehr da. Plötzlich war er verschwunden. Ich habe doch gar nicht an ihn gedacht bis zu diesem Augenblick. Aber es ist leider nicht der lange blonde Mensch mit den leuchtenden Augen, auch der Paul ist es nicht, es ist der Herr von Dorsday. Also wie mach' ich es denn? Was sage ich ihm? Einfach Ja? Ich kann doch nicht zu Herrn Dorsday ins Zimmer kommen. Er hat sicher lauter elegante Flakons auf dem Waschtisch, und das Zimmer riecht nach französischem Parfüm. Nein, nicht um die Welt zu ihm. Lieber im Freien. Da geht er mich nichts an. Der Himmel ist so hoch und die Wiese ist so groß. Ich muß gar nicht an den Herrn Dorsday denken. Ich muß ihn nicht einmal anschauen. Und wenn er es wagen würde, mich anzurühren, einen Tritt bekäme er mit meinen nackten Füßen. Ach, wenn es doch ein anderer wäre, irgendein anderer. Alles, alles könnte er von mir haben heute nacht, jeder andere, nur Dorsday nicht. Und gerade der! Gerade der! Wie seine Augen stechen und bohren werden. Mit dem Monokel wird er dastehen und grinsen. Aber nein, er wird nicht grinsen. Er wird ein vornehmes Gesicht schneiden. Elegant. Er ist ja solche Dinge gewohnt. Wie viele hat er schon so gesehen? Hundert oder tausend? Aber war schon eine darunter wie ich? Nein, gewiß nicht. Ich werde ihm sagen, daß er nicht der Erste ist, der mich so sieht. Ich werde ihm sagen, daß ich einen Geliebten habe. Aber erst, wenn die dreißigtausend Gulden an Fiala abgesandt sind. Dann werde ich ihm sagen, daß er ein Narr war, daß er mich auch hätte haben können um dasselbe Geld. – Daß ich schon zehn Liebhaber gehabt habe, zwanzig, hundert. – Aber das wird er mir ja alles nicht glauben. – Und wenn er es mir glaubt, was hilft es mir? – Wenn ich ihm nur irgendwie die Freude verderben könnte. Wenn noch einer dabei wäre? Warum nicht? Er hat ja nicht gesagt, daß er mit mir allein sein muß. Ach, Herr von Dorsday, ich habe solche Angst vor Ihnen. Wollen Sie mir nicht freundlichst gestatten, einen guten Bekannten mitzubringen? O, das ist keineswegs gegen die Abrede, Herr von Dorsday. Wenn es mir beliebte, dürfte ich das ganze Hotel dazu einladen, und Sie wären trotzdem verpflichtet, die dreißigtausend Gulden abzuschicken. Aber ich begnüge mich damit, meinen Vetter Paul mitzubringen. Oder ziehen Sie etwa einen andern vor? Der lange blonde Mensch ist leider nicht mehr da und der Filou mit dem Römerkopf leider auch nicht. Aber ich find' schon noch wen andern. Sie fürchten Indiskretion? Darauf kommt es ja nicht an. Ich lege keinen Wert auf Diskretion. Wenn man einmal so weit ist wie ich, dann ist alles ganz egal. Das ist heute ja nur der Anfang. Oder denken Sie, aus diesem Abenteuer fahre ich wieder nach Hause als anständiges Mädchen aus guter Familie?

Nein, weder gute Familie noch anständiges junges Mädchen. Das wäre erledigt. Ich stelle mich jetzt auf meine eigenen Beine. Ich habe schöne Beine, Herr von Dorsday, wie Sie und die übrigen Teilnehmer des Festes bald zu bemerken Gelegenheit haben werden. Also die Sache ist in Ordnung, Herr von Dorsday. Um zehn Uhr, während alles noch in der Halle sitzt, wandern wir im Mondenschein über die Wiese, durch den Wald nach Ihrer berühmten selbstentdeckten Lichtung. Das Telegramm an die Bank bringen Sie für alle Fälle gleich mit. Denn eine Sicherheit darf ich doch wohl verlangen von einem solchen Spitzbuben wie Sie. Und um Mitternacht können Sie wieder nach Hause gehen, und ich bleibe mit meinem Vetter oder sonstwem auf der Wiese im Mondenschein. Sie haben doch nichts dagegen, Herr von Dorsday? Das dürfen Sie gar nicht. Und wenn ich morgen früh zufällig tot sein sollte, so wundern Sie sich weiter nicht. Dann wird eben Paul das Telegramm aufgeben. Dafür wird schon gesorgt sein. Aber bilden Sie sich dann um Gottes willen nicht ein, daß Sie, elender Kerl, mich in den Tod getrieben haben. Ich weiß ja schon lange, daß es so mit mir enden wird. Fragen Sie doch nur meinen Freund Fred, ob ich es ihm nicht schon öfters gesagt habe. Fred, das ist nämlich Herr Friedrich Wenkheim, nebstbei der einzige anständige Mensch, den ich in meinem Leben kennengelernt habe. Der einzige, den ich geliebt hätte, wenn er nicht ein gar so anständiger Mensch wäre. Ja, ein so verworfenes Geschöpf bin ich. Bin nicht geschaffen für eine bürgerliche Existenz, und Talent habe ich auch keines. Für unsere Familie wäre es sowieso das Beste, sie stürbe aus. Mit dem Rudi wird auch schon irgendein Malheur geschehen. Der wird sich in Schulden stürzen für eine holländische Chansonette und bei Vanderhulst defraudieren. Das ist schon so in unserer Familie. Und der jüngste Bruder von meinem Vater, der hat sich erschossen, wie er fünfzehn Jahre alt war. Kein Mensch weiß warum. Ich habe ihn nicht gekannt. Lassen Sie sich die Photographie zeigen, Herr von Dorsday. Wir haben sie in einem Album... Ich soll ihm ähnlich sehen. Kein Mensch weiß, warum er sich umgebracht hat. Und von mir wird es auch keiner wissen. Ihretwegen keinesfalls, Herr von Dorsday. Die Ehre tue ich Ihnen nicht an. Ob mit neunzehn oder einundzwanzig, das ist doch egal. Oder soll ich Bonne werden oder Telephonistin oder einen Herrn Wilomitzer heiraten oder mich von Ihnen aushalten lassen? Es ist alles gleich ekelhaft, und ich komme überhaupt gar nicht mit Ihnen auf die Wiese. Nein, das ist alles viel zu anstrengend und zu dumm und zu widerwärtig. Wenn ich tot bin, werden Sie schon die Güte haben und die paar tausend Gulden für den Papa absenden, denn es wäre doch zu traurig, wenn er gerade an dem Tage verhaftet würde, an dem man meine Leiche nach Wien bringt. Aber ich werde einen Brief hinterlassen mit testamentarischer Verfügung: Herr von Dorsday hat das Recht, meinen Leichnam zu sehen. Meinen schönen nackten Mädchenleichnam. So können Sie sich nicht beklagen, Herr von Dorsday, daß ich Sie übers Ohr gehaut habe. Sie haben doch was für Ihr Geld. Daß ich noch lebendig sein muß, das steht nicht in unserem Kontrakt. O nein. Das steht nirgends geschrieben. Also den Anblick meines Leichnams vermache ich dem Kunsthändler Dorsday, und Herrn Fred Wenkheim vermache ich mein Tagebuch aus meinem siebzehnten Lebensjahr – weiter habe ich nichts geschrieben – und dem Fräulein bei Cissy vermache ich die fünf Zwanzigfranks-Stücke, die ich vor Jahren aus der Schweiz mitgebracht habe. Sie liegen im Schreibtisch neben den Briefen. Und Bertha vermache ich das schwarze Abendkleid. Und Agathe meine Bücher. Und meinem Vetter Paul, dem vermache ich einen Kuß auf meine blassen Lippen. Und der Cissy vermache ich mein Rakett, weil ich edel bin. Und man soll mich gleich hier begraben in San Martino di Castrozza auf dem schönen kleinen Friedhof. Ich will nicht mehr zurück nach Hause. Auch als Tote will ich nicht mehr zurück. Und Papa und Mama sollen sich nicht kränken, mir geht es besser als ihnen. Und ich verzeihe ihnen. Es ist nicht schade um mich. – Haha, was für ein komisches Testament. Ich bin wirklich gerührt. Wenn ich denke, daß ich morgen um die Zeit, während die andern beim Diner sitzen, schon tot bin? – Die Tante Emma wird natürlich nicht zum Diner herunterkommen und Paul auch nicht. Sie werden sich auf dem Zimmer servieren lassen. Neugierig bin ich, wie sich Cissy benehmen wird. Nur werde ich es leider nicht erfahren. Gar nichts mehr werde ich erfahren. Oder vielleicht weiß man noch alles, solange man nicht begraben ist? Und am Ende bin ich nur scheintot. Und wenn der Herr von Dorsday an meinen Leichnam tritt, so erwache ich und schlage die Augen auf, da läßt er vor Schreck das Monokel fallen.

Aber es ist ja leider alles nicht wahr. Ich werde nicht scheintot sein und tot auch nicht. Ich werde mich überhaupt gar nicht umbringen, ich bin ja viel zu feig. Wenn ich auch eine couragierte Kletterin bin, feig bin ich doch. Und vielleicht habe ich nicht einmal genug Veronal. Wieviel Pulver braucht man denn? Sechs glaube ich. Aber zehn ist sicherer. Ich glaube, es sind noch zehn. Ja, das werden genug sein.

Zum wievielten Mal lauf' ich jetzt eigentlich um das Hotel herum? Also was jetzt? Da steh' ich vor dem Tor. In der Halle ist noch niemand. Natürlich – sie sitzen ja noch alle beim Diner. Seltsam sieht die Halle aus so ganz ohne Menschen. Auf dem Sessel dort liegt ein Hut, ein Touristenhut, ganz fesch. Hübscher Gemsbart. Dort im Fauteuil sitzt ein alter Herr. Hat wahrscheinlich keinen Appetit mehr. Liest Zeitung. Dem geht's gut. Er hat keine Sorgen. Er liest ruhig Zeitung, und ich muß mir den Kopf zerbrechen, wie ich dem Papa dreißigtausend Gulden verschaffen soll. Aber nein. Ich weiß ja wie. Es ist ja so furchtbar einfach. Was will ich denn? Was will ich denn? Was tu' ich denn da in der Halle? Gleich werden sie alle kommen vom Diner. Was soll ich denn tun? Herr von Dorsday sitzt gewiß auf Nadeln. Wo bleibt sie, denkt er sich. Hat sie sich am Ende umgebracht? Oder engagiert sie jemanden, daß er mich umbringt? Oder hetzt sie ihren Vetter Paul auf mich? Haben Sie keine Angst, Herr von Dorsday, ich bin keine so gefährliche Person. Ein kleines Luder bin ich, weiter nichts. Für die Angst, die Sie ausgestanden haben, sollen Sie auch Ihren Lohn haben. Zwölf Uhr, Zimmer Nummer fünfundsechzig. Im Freien wäre es mir doch zu kühl. Und von Ihnen aus, Herr von Dorsday, begebe ich mich direkt zu meinem Vetter Paul. Sie haben doch nichts dagegen, Herr von Dorsday?

»Else! Else!«

Wie? Was? Das ist ja Pauls Stimme. Das Diner schon aus? – *»Else!«* – »Ach, Paul, was gibt's denn, Paul?« – Ich stell' mich ganz unschuldig. – *»Ja, wo steckst du denn, Else?«* – »Wo soll ich denn stecken? Ich bin spazierengegangen.« – *»Jetzt, während des Diners?«* – »Na, wann denn? Es ist doch die schönste Zeit dazu.« Ich red' Blödsinn. – *»Die Mama hat sich schon alles Mögliche eingeredet. Ich war an deiner Zimmertür, hab' geklopft.«* – »Hab' nichts gehört.« – *»Aber im Ernst, Else, wie kannst du uns in eine solche Unruhe versetzen! Du hättest Mama doch wenigstens verständigen können, daß du nicht zum Diner kommst.«* – »Du hast ja recht, Paul, aber wenn du eine Ahnung hättest, was ich für Kopfschmerzen gehabt habe.« Ganz schmelzend red' ich. O, ich Luder. – *»Ist dir jetzt wenigstens besser?«* – »Könnt' ich eigentlich nicht sagen.« – *»Ich will vor allem der Mama«* – »Halt Paul, noch nicht. Entschuldige mich bei der Tante, ich will nur für ein paar Minuten auf mein Zimmer, mich ein bißl herrichten. Dann komme ich gleich herunter und werde mir eine Kleinigkeit nachservieren lassen.« – *»Du bist so blaß, Else? – Soll ich dir die Mama hinaufschicken?«* – »Aber mach' doch keine solchen Geschichten mit mir, Paul, und schau' mich nicht so an. Hast du noch nie ein weibliches Wesen mit Kopfschmerzen gesehen? Ich komme bestimmt noch herunter. In zehn Minuten spätestens. Grüß dich Gott, Paul.« – *»Also auf Wiedersehen Else.«* – Gott sei Dank, daß er geht. Dummer Bub', aber lieb. Was will denn der Portier von mir? Wie, ein Telegramm? »Danke. Wann ist denn die Depesche gekommen, Herr Portier?« – *»Vor einer Viertelstunde, Fräulein.«* – Warum schaut er mich denn so an, so – bedauernd. Um Himmels willen, was wird denn da drin stehn? Ich mach' sie erst oben auf, sonst fall' ich vielleicht in Ohnmacht. Am Ende hat sich der Papa – Wenn der Papa tot ist, dann ist ja alles in Ordnung, dann muß ich nicht mehr mit Herrn von Dorsday auf die Wiese gehn ... O, ich elende Person. Lieber Gott, mach', daß in der Depesche nichts Böses steht. Lieber Gott, mach', daß der Papa lebt. Verhaftet meinetwegen, nur nicht tot. Wenn nichts Böses drin steht, dann will ich ein Opfer bringen. Ich werde Bonne, ich nehme eine

Stellung in einem Bureau an. Sei nicht tot, Papa. Ich bin ja bereit. Ich tue ja alles, was du willst...

Gott sei Dank, daß ich oben bin. Licht gemacht, Licht gemacht. Kühl ist es geworden. Das Fenster war zu lange offen. Courage, Courage. Ha, vielleicht steht drin, daß die Sache geordnet ist. Vielleicht hat der Onkel Bernhard das Geld hergegeben und sie telegraphieren mir: Nicht mit Dorsday reden. Ich werde es ja gleich sehen. Aber wenn ich auf den Plafond schaue, kann ich natürlich nicht lesen, was in der Depesche steht. Trala, trala, Courage. Es muß ja sein. ›Wiederhole flehentlich Bitte mit Dorsday reden. Summe nicht dreißig, sondern fünfzig. Sonst alles vergeblich. Adresse bleibt Fiala.‹ – Sondern fünfzig. Sonst alles vergeblich. Trala, trala. Fünfzig. Adresse bleibt Fiala. Aber gewiß, ob fünfzig oder dreißig, darauf kommt es ja nicht an. Auch dem Herrn von Dorsday nicht. Das Veronal liegt unter der Wäsche, für alle Fälle. Warum habe ich nicht gleich gesagt: fünfzig. Ich habe doch daran gedacht! Sonst alles vergeblich. Also hinunter, geschwind, nicht da auf dem Bett sitzen bleiben. Ein kleiner Irrtum, Herr von Dorsday, verzeihen Sie. Nicht dreißig, sondern fünfzig, sonst alles vergeblich. Adresse bleibt Fiala. – ›Sie halten mich wohl für einen Narren, Fräulein Else?‹ Keineswegs, Herr Vicomte, wie sollte ich. Für fünfzig müßte ich jedenfalls entsprechend mehr fordern, Fräulein. Sonst alles vergeblich, Adresse bleibt Fiala. Wie Sie wünschen, Herr von Dorsday. Bitte, befehlen Sie nur. Vor allem aber, schreiben Sie die Depesche an Ihr Bankhaus, natürlich, sonst habe ich ja keine Sicherheit. –

Ja, so mach' ich es. Ich komme zu ihm ins Zimmer und erst, wenn er vor meinen Augen die Depesche geschrieben – ziehe ich mich aus. Und die Depesche behalte ich in der Hand. Ha, wie unappetitlich. Und wo soll ich denn meine Kleider hinlegen? Nein, nein, ich ziehe mich schon hier aus und nehme den großen schwarzen Mantel um, der mich ganz einhüllt. So ist es am bequemsten. Für beide Teile. Adresse bleibt Fiala. Mir klappern die Zähne. Das Fenster ist noch offen. Zugemacht. Im Freien? Den Tod hätte ich davon haben können. Schuft! Fünfzigtausend. Er kann nicht Nein sagen. Zimmer fünfundsechzig. Aber vorher sag' ich Paul, er soll in seinem Zimmer auf mich warten. Von Dorsday geh' ich direkt zu Paul und erzähle ihm alles. Und dann soll Paul ihn ohrfeigen. Ja, noch heute nacht. Ein reichhaltiges Programm. Und dann kommt das Veronal. Nein, wozu denn? Warum denn sterben? Keine Spur. Lustig, lustig, jetzt fängt ja das Leben erst an. Ihr sollt euere Freude haben. Ihr sollt stolz werden auf euer Töchterlein. Ein Luder will ich werden, wie es die Welt noch nicht gesehen hat. Adresse bleibt Fiala. Du sollst deine fünfzigtausend Gulden haben, Papa. Aber die nächsten, die ich mir verdiene, um die kaufe ich mir neue Nachthemden mit Spitzen besetzt, ganz durchsichtig und köstliche Seidenstrümpfe. Man lebt nur einmal. Wozu schaut man denn so aus wie ich. Licht gemacht, – die Lampe über dem Spiegel schalt' ich ein. Wie schön meine blondroten Haare sind, und meine Schultern; meine Augen sind auch nicht übel. Hu, wie groß sie sind. Es wär' schad' um mich. Zum Veronal ist immer noch Zeit. – Aber ich muß ja hinunter. Tief hinunter. Herr Dorsday wartet, und er weiß noch nicht einmal, daß es indes fünfzigtausend geworden sind. Ja, ich bin im Preis gestiegen, Herr von Dorsday. Ich muß ihm das Telegramm zeigen, sonst glaubt er mir am Ende nicht und denkt, ich will ein Geschäft bei der Sache machen. Ich werde die Depesche auf sein Zimmer schicken und etwas dazu schreiben. Zu meinem lebhaften Bedauern sind es nun fünfzigtausend geworden, Herr von Dorsday, das kann Ihnen ja ganz egal sein. Und ich bin überzeugt, Ihre Gegenforderung war gar nicht ernstgemeint. Denn Sie sind ein Vicomte und ein Gentleman. Morgen früh werden Sie die fünfzigtausend, an denen das Leben meines Vaters hängt, ohne weiters an Fiala senden. Ich rechne darauf. – ›Selbstverständlich, mein Fräulein, ich sende für alle Fälle gleich hunderttausend, ohne jede Gegenleistung und verpflichte mich überdies, von heute an für den Lebensunterhalt Ihrer ganzen Familie zu sorgen, die Börsenschulden Ihres Herr Papas zu zahlen und sämtliche veruntreute Mündelgelder zu ersetzen.‹ Adresse bleibt Fiala. Hahaha! Ja, genauso ist der Vicomte von Eperies. Das ist ja alles

Unsinn. Was bleibt mir denn übrig? Es muß ja sein, ich muß es ja tun, alles muß ich tun, was Herr von Dorsday verlangt, damit der Papa morgen das Geld hat, – damit er nicht eingesperrt wird, damit er sich nicht umbringt. Und ich werde es auch tun. Ja, ich werde es tun, obzwar doch alles für die Katz' ist. In einem halben Jahr sind wir wieder gerade soweit wie heute! In vier Wochen! – Aber dann geht es mich nichts mehr an. Das eine Opfer bringe ich – und dann keines mehr. Nie, nie, niemals wieder. Ja, das sage ich dem Papa, sobald ich nach Wien komme. Und dann fort aus dem Haus, wo immer hin. Ich werde mich mit Fred beraten. Er ist der einzige, der mich wirklich gern hat. Aber soweit bin ich ja noch nicht. Ich bin nicht in Wien, ich bin noch in Martino di Castrozza. Noch nichts ist geschehen. Also wie, wie, was? Da ist das Telegramm. Was tue ich denn mit dem Telegramm? Ich habe es ja schon gewußt. Ich muß es ihm auf sein Zimmer schikken. Aber was sonst? Ich muß ihm etwas dazu schreiben. Nun ja, was soll ich ihm schreiben? Erwarten Sie mich um zwölf. Nein, nein, nein! Den Triumph soll er nicht haben. Ich will nicht, will nicht, will nicht. Gott sei Dank, daß ich die Pulver da habe. Das ist die einzige Rettung. Wo sind sie denn? Um Gottes willen, man wird sie mir doch nicht gestohlen haben. Aber nein, da sind sie ja. Da in der Schachtel. Sind sie noch alle da? Ja, da sind sie. Eins, zwei, drei, vier, fünf, sechs. Ich will sie ja nur ansehen, die lieben Pulver. Es verpflichtet ja zu nichts. Auch daß ich sie ins Glas schütte, verpflichtet ja zu nichts. Eins, zwei, – aber ich bringe mich ja sicher nicht um. Fällt mir gar nicht ein. Drei, vier, fünf – davon stirbt man auch noch lange nicht. Es wäre schrecklich, wenn ich das Veronal nicht mithätte. Da müßte ich mich zum Fenster hinunterstürzen und dazu hätt' ich doch nicht den Mut. Aber das Veronal, – man schläft langsam ein, wacht nicht mehr auf, keine Qual, keinen Schmerz. Man legt sich ins Bett; in einem Zuge trinkt man es aus, träumt, und alles ist vorbei. Vorgestern habe ich auch ein Pulver genommen und neulich sogar zwei. Pst, niemandem sagen. Heut' werden es halt ein bißl mehr sein. Es ist ja nur für alle Fälle. Wenn es mich gar gar zu sehr grausen sollte. Aber warum soll es mich denn grausen? Wenn er mich anrührt, so spucke ich ihm ins Gesicht. Ganz einfach.

Aber wie soll ich ihm denn den Brief zukommen lassen? Ich kann doch nicht dem Herrn von Dorsday durch das Stubenmädchen einen Brief schicken. Das beste, ich gehe hinunter und rede mit ihm und zeige ihm das Telegramm. Hinunter muß ich ja jedenfalls. Ich kann doch nicht da heroben im Zimmer bleiben. Ich hielte es ja gar nicht aus, drei Stunden lang – bis der Moment kommt. Auch wegen der Tante muß ich hinunter. Ha, was geht mich denn die Tante an. Was gehen mich die Leute an? Sehen Sie, meine Herrschaften, da steht das Glas mit dem Veronal. So, jetzt nehme ich es in die Hand. So, jetzt führe ich es an die Lippen. Ja, jeden Moment kann ich drüben sein, wo es keine Tanten gibt und keinen Dorsday und keinen Vater, der Mündelgelder defraudiert...

Aber ich werde mich nicht umbringen. Das habe ich nicht notwendig. Ich werde auch nicht zu Herrn von Dorsday ins Zimmer gehen. Fällt mir gar nicht ein. Ich werde mich doch nicht um fünfzigtausend Gulden nackt hinstellen vor einen alten Lebemann, um einen Lumpen vor dem Kriminal zu retten. Nein, nein, entweder oder. Wie kommt denn der Herr von Dorsday dazu? Gerade der? Wenn einer mich sieht, dann sollen mich auch andere sehen. Ja! – Herrlicher Gedanke!– Alle sollen sie mich sehen. Die ganze Welt soll mich sehen. Und dann kommt das Veronal. Nein, nicht das Veronal, – wozu denn?! dann kommt die Villa mit den Marmorstufen und die schönen Jünglinge und die Freiheit und die weite Welt! Guten Abend, Fräulein Else, so gefallen Sie mir. Haha. Da unten werden sie meinen, ich bin verrückt geworden. Aber ich war noch nie so vernünftig. Zum erstenmal in meinem Leben bin ich wirklich vernünftig. Alle, alle sollen sie mich sehen! – Dann gibt es kein Zurück, kein nach Hause zu Papa und Mama, zu den Onkeln und Tanten. Dann bin ich nicht mehr das Fräulein Else, das man an irgendeinen Direktor Wilomitzer verkuppeln möchte; alle hab' ich sie so zum Narren; – den Schuften Dorsday vor allem – und komme zum zweitenmal auf die Welt... sonst alles vergeblich – Adresse bleibt Fiala. Haha!

Keine Zeit mehr verlieren, nicht wieder feig werden. Herunter das Kleid. Wer wird der erste sein? Wirst du es sein, Vetter Paul? Dein Glück, daß der Römerkopf nicht mehr da ist. Wirst du diese schönen Brüste küssen heute nacht? Ah, wie bin ich schön. Bertha hat ein schwarzes Seidenhemd. Raffiniert. Ich werde noch viel raffinierter sein. Herrliches Leben. Fort mit den Strümpfen, das wäre unanständig. Nackt, ganz nackt. Wie wird mich Cissy beneiden! Und andere auch. Aber sie trauen sich nicht. Sie möchten ja alle so gern. Nehmt euch ein Beispiel. Ich, die Jungfrau, ich traue mich. Ich werde mich ja zu Tod lachen über Dorsday. Da bin ich, Herr von Dorsday. Rasch auf die Post. Fünfzigtausend. Soviel ist es doch wert?

Schön, schön bin ich! Schau' mich an, Nacht! Berge schaut mich an! Himmel schau' mich an, wie schön ich bin. Aber ihr seid ja blind. Was habe ich von euch. Die da unten haben Augen. Soll ich mir die Haare lösen? Nein. Da säh' ich aus wie eine Verrückte. Aber ihr sollt mich nicht für verrückt halten. Nur für schamlos sollt ihr mich halten. Für eine Kanaille. Wo ist das Telegramm? Um Gottes willen, wo habe ich denn das Telegramm? Da liegt es, friedlich neben dem Veronal. ›Wiederhole flehentlich – fünfzigtausend – sonst alles vergeblich. Adresse bleibt Fiala.‹ Ja, das ist das Telegramm. Das ist ein Stück Papier und da stehen Worte darauf. Aufgegeben in Wien vier Uhr dreißig. Nein, ich träume nicht, es ist alles wahr. Und zu Hause warten sie auf die fünfzigtausend Gulden. Und Herr von Dorsday wartet auch. Er soll nur warten. Wir haben ja Zeit. Ah, wie hübsch ist es, so nackt im Zimmer auf- und abzuspazieren. Bin ich wirklich so schön wie im Spiegel? Ach, kommen Sie doch näher, schönes Fräulein. Ich will Ihre blutroten Lippen küssen. Ich will Ihre Brüste an meine Brüste pressen. Wie schade, daß das Glas zwischen uns ist, das kalte Glas. Wie gut würden wir uns miteinander vertragen. Nicht wahr? Wir brauchten gar niemanden andern. Es gibt vielleicht gar keine andern Menschen. Es gibt Telegramme und Hotels und Berge und Bahnhöfe und Wälder, aber Menschen gibt es nicht. Die träumen wir nur. Nur der Doktor Fiala existiert mit der Adresse. Es bleibt immer dieselbe. O, ich bin keineswegs verrückt. Ich bin nur ein wenig erregt. Das ist doch ganz selbstverständlich, bevor man zum zweitenmal auf die Welt kommt. Denn die frühere Else ist schon gestorben. Ja, ganz bestimmt bin ich tot. Da braucht man kein Veronal dazu. Soll ich es nicht weggießen? Das Stubenmädel könnte es aus Versehen trinken. Ich werde einen Zettel hinlegen und darauf schreiben: Gift; nein, lieber: Medizin, – damit dem Stubenmädel nichts geschieht. So edel bin ich. So. Medizin, zweimal unterstrichen und drei Ausrufungszeichen. Jetzt kann nichts passieren. Und wenn ich dann heraufkomme und keine Lust habe mich umzubringen und nur schlafen will, dann trinke ich eben nicht das ganze Glas aus, sondern nur ein Viertel davon oder noch weniger. Ganz einfach. Alles habe ich in meiner Hand. Am einfachsten wäre, ich liefe hinunter – so wie ich bin über Gang und Stiegen. Aber nein, da könnte ich aufgehalten werden, ehe ich unten bin – und ich muß doch die Sicherheit haben, daß der Herr von Dorsday dabei ist! Sonst schickt er natürlich das Geld nicht ab, der Schmutzian. – Aber ich muß ihm ja noch schreiben. Das ist doch das Wichtigste. O, kalt ist die Sessellehne, aber angenehm. Wenn ich meine Villa am italienischen See haben werde, dann werde ich in meinem Park immer nackt herumspazieren... Die Füllfeder vermache ich Fred, wenn ich einmal sterbe. Aber vorläufig habe ich etwas Gescheiteres zu tun als zu sterben. ›Hochverehrter Herr Vicomte‹ – also vernünftig Else, keine Aufschrift, weder hochverehrt, noch hochverachtet. ›Ihre Bedingung, Herr von Dorsday, ist erfüllt‹ – – – ›In dem Augenblick, da Sie diese Zeilen lesen, Herr von Dorsday, ist Ihre Bedingung erfüllt, wenn auch nicht ganz in der von Ihnen vorgesehenen Weise.‹ – ›Nein, wie gut das Mädel schreibt‹, möcht' der Papa sagen. – ›Und so rechne ich darauf, daß Sie Ihrerseits Ihr Wort halten und die fünfzigtausend Gulden telegraphisch an die bekannte Adresse unverzüglich anweisen lassen werden. Else.‹ Nein, nicht Else. Gar keine Unterschrift. So. Mein schönes gelbes Briefpapier! Hab' ich zu Weihnachten bekommen. Schad' drum. So – und jetzt Telegramm und Brief ins Kuvert. – ›Herrn von Dorsday‹, Zimmer Nummer fünfundsechzig. Wozu die Nummer? Ich lege ihm den Brief einfach vor die Tür im Vorbeigehen. Aber ich muß nicht. Ich muß überhaupt gar nichts. Wenn es mir beliebt, kann ich mich jetzt auch ins Bett legen und schlafen und mich um nichts mehr kümmern. Nicht um den Herrn von Dorsday und nicht um den Papa. Ein gestreifter Sträflingsanzug ist auch ganz elegant. Und erschossen haben sich schon viele. Und sterben müssen wir alle.

Aber du hast ja das alles vorläufig nicht nötig, Papa. Du hast ja deine herrlich gewachsene Tochter, und Adresse bleibt Fiala. Ich werde eine Sammlung einleiten. Mit dem Teller werde ich herumgehen. Warum sollte nur Herr von Dorsday zahlen? Das wäre ein Unrecht. Jeder nach seinen Verhältnissen. Wieviel wird Paul auf den Teller legen? Und wieviel der Herr mit dem goldenen Zwicker? Aber bildet euch nur ja nicht ein, daß das Vergnügen lange dauern wird. Gleich hülle ich mich wieder ein, laufe die Treppen hinauf in mein Zimmer, sperre mich ein und, wenn es mir beliebt, trinke ich das ganze Glas auf einen Zug. Aber es wird mir nicht belieben. Es wäre nur eine Feigheit. Sie verdienen gar nicht soviel Respekt, die Schufte. Schämen vor euch? Ich mich schämen vor irgendwem? Das habe ich wirklich nicht nötig. Laß dir noch einmal in die Augen sehen, schöne Else. Was du für Riesenaugen hast, wenn man näher kommt. Ich wollte, es küßte mich einer auf meine Augen, auf meinen blutroten Mund. Kaum über die Knöchel reicht mein Mantel. Man wird sehen, daß meine Füße nackt sind. Was tut's, man wird noch mehr sehen! Aber ich bin nicht verpflichtet. Ich kann gleich wieder umkehren, noch bevor ich unten bin. Im ersten Stock kann ich umkehren. Ich muß überhaupt nicht hinuntergehen. Aber ich will ja. Ich freue mich drauf. Hab' ich mir nicht mein ganzes Leben lang so was gewüscht?

Worauf warte ich denn noch? Ich bin ja bereit. Die Vorstellung kann beginnen. Den Brief nicht vergessen. Eine aristokratische Schrift, behauptet Fred. Auf Wiedersehen, Else. Du bist schön mit dem Mantel. Florentinerinnen haben sich so malen lassen. In den Galerien hängen ihre Bilder und es ist eine Ehre für sie. – Man muß gar nichts bemerken, wenn ich den Mantel umhabe. Nur die Füße, nur die Füße. Ich nehme die schwarzen Lackschuhe, dann denkt man, es sind fleischfarbene Strümpfe. So werde ich durch die Halle gehen, und kein Mensch wird ahnen, daß unter dem Mantel nichts ist, als ich, ich selber. Und dann kann ich immer noch herauf... – Wer spielt denn da unten so schön Klavier? Chopin? – Herr von Dorsday wird etwas nervös sein. Vielleicht hat er Angst vor Paul. Nur Geduld, Geduld, wird sich alles finden. Ich weiß noch gar nichts, Herr von Dorsday, ich bin selber schrecklich gespannt. Licht ausschalten! Ist alles in Ordnung in meinem Zimmer? Leb' wohl, Veronal, auf Wiedersehen. Leb' wohl, mein heißgeliebtes Spiegelbild. Wie du im Dunkel leuchtest. Ich bin schon ganz gewohnt, unter dem Mantel nackt zu sein. Ganz angenehm. Wer weiß, ob nicht manche so in der Halle sitzen und keiner weiß es? Ob nicht manche Dame so ins Theater geht und so in ihrer Loge sitzt – zum Spaß oder aus anderen Gründen.

Soll ich zusperren? Wozu? Hier wird ja nichts gestohlen. Und wenn auch – ich brauche ja nichts mehr. Schluß... Wo ist denn Nummer fünfundsechzig? Niemand ist auf dem Gang. Alles noch unten beim Diner. Einundsechzig... zweiundsechzig... das sind ja riesige Bergschuhe, die da vor der Türe stehen. Da hängt eine Hose am Haken. Wie unanständig. Vierundsechzig, fünfundsechzig. So. Da wohnt er, der Vicomte... Da unten lehn' ich den Brief hin, an die Tür. Da muß er ihn gleich sehen. Es wird ihn doch keiner stehlen? So, da liegt er... Macht nichts... Ich kann noch immer tun, was ich will. Hab' ich ihn halt zum Narren gehalten... Wenn ich ihm nur jetzt nicht auf der Treppe begegne. Da kommt ja... nein, das ist er nicht! ... Der ist viel hübscher als der Herr von Dorsday, sehr elegant, mit dem kleinen schwarzen Schnurrbart. Wann ist denn der angekommen? Ich könnte eine kleine Probe veranstalten – ein ganz klein wenig den Mantel lüften. Ich habe große Lust dazu. Schauen Sie mich nur an, mein Herr. Sie ahnen nicht, an wem Sie da vorübergehen. Schade, daß Sie gerade jetzt sich heraufbemühen. Warum bleiben Sie nicht in der Halle? Sie versäumen etwas. Große Vorstellung. Warum halten Sie mich nicht auf? Mein Schicksal liegt in Ihrer Hand. Wenn Sie mich grüßen, so kehre ich wieder um. So grüßen Sie mich doch. Ich sehe Sie doch so liebenswürdig an... Er grüßt nicht. Vorbei ist er. Er wendet sich um, ich spüre es. Rufen Sie, grüßen Sie! Retten Sie mich! Vielleicht sind Sie an meinem Tode schuld, mein Herr! Aber Sie werden es nie erfahren. Adresse bleibt Fiala...

Wo bin ich? Schon in der Halle? Wie bin ich dahergekommen? So wenig Leute und so viele Unbekannte. Oder sehe ich so schlecht? Wo ist Dorsday? Er ist nicht da. Ist es ein Wink des Schicksals? Ich will zurück. Ich will einen andern Brief an Dorsday schreiben. Ich erwarte Sie in meinem Zimmer um Mitternacht. Bringen Sie die Depesche an Ihre Bank mit. Nein. Er könnte es für eine Falle halten. Könnte auch eine sein. Ich könnte Paul bei mir versteckt haben, und er könnte ihn mit dem Revolver zwingen, uns die Depesche auszuliefern. Erpressung. Ein Verbrecherpaar. Wo ist Dorsday? Dorsday, wo bist du? Hat er sich vielleicht umgebracht aus Reue über meinen Tod? Im Spielzimmer wird er sein. Gewiß. An einem Kartentisch wird er sitzen. Dann will ich ihm von der Tür aus mit den Augen ein Zeichen geben. Er wird sofort aufstehen. ›Hier bin ich, mein Fräulein.‹ Seine Stimme wird klingen. ›Wollen wir ein wenig promenieren, Herr Dorsday?‹ ›Wie es beliebt, Fräulein Else.‹ Wir gehen über den Marienweg zum Walde hin. Wir sind allein. Ich schlage den Mantel auseinander. Die fünfzigtausend sind fällig. Die Luft ist kalt, ich bekomme eine Lungenentzündung und sterbe... Warum sehen mich die zwei Damen an? Merken sie was? Warum bin ich denn da? Bin ich verrückt? Ich werde zurückgehen in mein Zimmer, mich geschwind ankleiden, das blaue, drüber den Mantel wie jetzt, aber offen, da kann niemand glauben, daß ich vorher nichts angehabt habe... Ich kann nicht zurück. Ich will auch nicht zurück. Wo ist Paul? Wo ist Tante Emma? Wo ist Cissy? Wo sind sie denn alle? Keiner wird es merken... Man kann es ja gar nicht merken. Wer spielt so schön? Chopin? Nein, Schumann.

Ich irre in der Halle umher wie eine Fledermaus. Fünfzigtausend! Die Zeit vergeht. Ich muß diesen verfluchten Herrn von Dorsday finden. Nein, ich muß in mein Zimmer zurück... Ich werde Veronal trinken. Nur einen kleinen Schluck, dann werde ich gut schlafen... Nach getaner Arbeit ist gut ruhen... Aber die Arbeit ist noch nicht getan... Wenn der Kellner den schwarzen Kaffee dem alten Herrn dort serviert, so geht alles gut aus. Und wenn er ihn dem jungen Ehepaar in der Ecke bringt, so ist alles verloren. Wieso? Was heißt das? Zu dem alten Herrn bringt er den Kaffee. Triumph! Alles geht gut aus. Ha, Cissy und Paul! Da draußen vor dem Hotel gehen sie auf und ab. Sie reden ganz vergnügt miteinander. Er regt sich nicht sonderlich auf wegen meiner Kopfschmerzen. Schwindler! ... Cissy hat keine so schönen Brüste wie ich. Freilich, sie hat ja ein Kind... Was reden die Zwei? Wenn man es hören könnte! Was geht es mich an, was sie reden? Aber ich könnte auch vors Hotel gehen, ihnen guten Abend wünschen und dann weiter, weiterflattern über die Wiese, in den Wald, hinaufsteigen, klettern, immer höher, bis auf den Cimone hinauf, mich hinlegen, einschlafen, erfrieren. Geheimnisvoller Selbstmord einer jungen Dame der Wiener Gesellschaft. Nur mit einem schwarzen Abendmantel bekleidet, wurde das schöne Mädchen an einer unzugänglichen Stelle des Cimone della Pala tot aufgefunden... Aber vielleicht findet man mich nicht... Oder erst im nächsten Jahr. Oder noch später. Verwest. Als Skelett. Doch besser, hier in der geheizten Halle sein und nicht erfrieren. Nun, Herr von Dorsday, wo stecken Sie denn eigentlich? Bin ich verpflichtet zu warten? Sie haben mich zu suchen, nicht ich Sie. Ich will noch im Spielsaal nachschauen. Wenn er dort nicht ist, hat er sein Recht verwirkt. Und ich schreibe ihm: Sie waren nicht zu finden, Herr von Dorsday, Sie haben freiwillig verzichtet; das entbindet Sie nicht von der Verpflichtung, das Geld sofort abzuschicken. Das Geld. Was für ein Geld denn? Was kümmert mich das? Es ist mir doch ganz gleichgültig, ob er das Geld abschickt oder nicht. Ich habe nicht das geringste Mitleid mehr mit Papa. Mit keinem Menschen habe ich Mitleid. Auch mit mir selber nicht. Mein Herz ist tot. Ich glaube, es schlägt gar nicht mehr. Vielleicht habe ich das Veronal schon getrunken... Warum schaut mich die holländische Familie so an? Man kann doch unmöglich was merken. Der

Portier sieht mich auch so verdächtig an. Ist vielleicht noch eine Depesche angekommen? Achtzigtausend? Hunderttausend? Adresse bleibt Fiala. Wenn eine Depesche da wäre, würde er es mir sagen. Er sieht mich hochachtungsvoll an. Er weiß nicht, daß ich unter dem Mantel nichts an habe. Niemand weiß es. Ich gehe zurück in mein Zimmer. Zurück, zurück, zurück! Wenn ich über die Stufen stolperte, das wäre eine nette Geschichte. Vor drei Jahren auf dem Wörthersee ist eine Dame ganz nackt hinausgeschwommen. Aber noch am selben Nachmittag ist sie abgereist. Die Mama hat gesagt, es ist eine Operettensängerin aus Berlin. Schumann? Ja, Karneval. Die oder der spielt ganz schön. Das Kartenzimmer ist aber rechts. Letzte Möglichkeit, Herr von Dorsday. Wenn er dort ist, winke ich ihn mit den Augen zu mir her und sage ihm, um Mitternacht werde ich bei Ihnen sein, Sie Schuft. – Nein, Schuft sage ich ihm nicht. Aber nachher sage ich es ihm … Irgendwer geht mir nach. Ich wende mich nicht um. Nein, nein. –

»Else!« – Um Gottes willen die Tante. Weiter, weiter! *»Else!«* – Ich muß mich umdrehen, es hilft mir nichts. »O, guten Abend, Tante.« – *»Ja, Else, was ist denn mit dir? Grad wollte ich zu dir hinaufschauen. Paul hat mir gesagt – – Ja, wie schaust du denn aus?«* – »Wie schau ich denn aus, Tante? Es geht mir schon ganz gut. Ich habe auch eine Kleinigkeit gegessen.« Sie merkt was, sie merkt was. – *»Else – du hast ja – keine Strümpfe an!«* – »Was sagst du da, Tante? Meiner Seel, ich habe keine Strümpfe an. Nein –!« – *»Ist dir nicht wohl, Else? Deine Augen – du hast Fieber.«* – »Fieber? Ich glaub' nicht. Ich hab' nur so furchtbare Kopfschmerzen gehabt, wie nie in meinem Leben noch.« – *»Du mußt sofort zu Bett, Kind, du bist totenblaß.«* – »Das kommt von der Beleuchtung, Tante. Alle Leute sehen hier blaß aus in der Halle.« Sie schaut so sonderbar an mir herab. Sie kann doch nichts merken? Jetzt nur die Fassung bewahren. Papa ist verloren, wenn ich nicht die Fassung bewahre. Ich muß etwas reden. »Weißt du, Tante, was mir heuer in Wien passiert ist? Da bin ich einmal mit einem gelben und einem schwarzen Schuh auf die Straße gegangen.« Kein Wort ist wahr. Ich muß weiterreden. Was sag' ich nur?

»Weißt du, Tante, nach Migräneanfällen habe ich manchmal solche Anfälle von Zerstreutheit. Die Mama hat das auch früher gehabt.« Nicht ein Wort ist wahr. – *»Ich werde jedesfalls um den Doktor schicken.«* – »Aber ich bitte dich, Tante, es ist ja gar keiner im Hotel. Man müßt' einen aus einer anderen Ortschaft holen. Der würde schön lachen, daß man ihn holen läßt, weil ich keine Strümpfe anhabe. Haha.« Ich sollte nicht so laut lachen. Das Gesicht von der Tante ist angstverzerrt. Die Sache ist ihr unheimlich. Die Augen fallen ihr heraus. – *»Sag', Else, hast du nicht zufällig Paul gesehen?«* – Ah, sie will sich Sukkurs verschaffen. Fassung, alles steht auf dem Spiel. »Ich glaube, er geht auf und ab vor dem Hotel mit Cissy Mohr, wenn ich nicht irre.« – *»Vor dem Hotel? Ich werde sie beide hereinholen. Wir wollen noch alle einen Tee trinken, nicht wahr?«* – »Gern.« Was für ein dummes Gesicht sie macht. Ich nicke ihr ganz freundlich und harmlos zu. Fort ist sie. Ich werde jetzt in mein Zimmer gehen. Nein, was soll ich denn in meinem Zimmer tun? Es ist höchste Zeit, höchste Zeit. Fünfzigtausend, fünfzigtausend. Warum laufe ich denn so? Nur langsam, langsam... Was will ich denn? Wie heißt der Mann? Herr von Dorsday. Komischer Name... Da ist ja das Spielzimmer. Grüner Vorhang vor der Tür. Man sieht nichts. Ich stelle mich auf die Zehenspitzen. Die Whistpartie. Die spielen jeden Abend. Dort spielen zwei Herren Schach. Herr von Dorsday ist nicht da. Viktoria. Gerettet! Wieso denn? Ich muß weitersuchen. Ich bin verdammt, Herrn von Dorsday zu suchen bis an mein Lebensende. Er sucht mich gewiß auch. Wir verfehlen uns immerfort. Vielleicht sucht er mich oben. Wir werden uns auf der Stiege treffen. Die Holländer sehen mich wieder an. Ganz hübsch die Tochter. Der alte Herr hat eine Brille, eine Brille, eine Brille... Fünfzigtausend. Es ist ja nicht soviel. Fünfzigtausend, Herr von Dorsday. Schumann? Ja, Karneval... Hab' ich auch einmal studiert. Schön spielt sie. Warum denn sie? Vielleicht ist es ein Er? Vielleicht ist es eine Virtuosin? Ich will einen Blick in den Musiksalon tun.

Da ist ja die Tür. – – Dorsday! Ich falle um. Dorsday! Dort

steht er am Fenster und hört zu. Wie ist das möglich? Ich verzehre mich – ich werde verrückt – ich bin tot – und er hört einer fremden Dame Klavierspielen zu. Dort auf dem Diwan sitzen zwei Herren. Der Blonde ist erst heute angekommen. Ich hab' ihn aus dem Wagen steigen sehen. Die Dame ist gar nicht mehr jung. Sie ist schon ein paar Tage lang hier. Ich habe nicht gewußt, daß sie so schön Klavier spielt. Sie hat es gut. Alle Menschen haben es gut... nur ich bin verdammt... Dorsday! Dorsday! Ist er das wirklich? Er sieht mich nicht. Jetzt schaut er aus, wie ein anständiger Mensch. Er hört zu. Fünfzigtausend! Jetzt

oder nie. Leise die Tür aufgemacht. Da bin ich, Herr von Dorsday! Er sieht mich nicht. Ich will ihm nur ein Zeichen mit den Augen geben, dann werde ich den Mantel ein wenig lüften, das ist genug. Ich bin ja ein junges Mädchen. Bin ein anständiges junges Mädchen aus guter Familie. Bin ja keine Dirne... Ich will fort. Ich will Veronal nehmen und schlafen. Sie haben sich geirrt, Herr von Dorsday, ich bin keine Dirne. Adieu, adieu! ...Ha, er schaut auf. Da bin ich, Herr von Dorsday. Was für

Augen er macht. Seine Lippen zittern. Er bohrt seine Augen in meine Stirn. Er ahnt nicht, daß ich nackt bin unter dem Mantel. Lassen Sie mich fort, lassen Sie mich fort! Seine Augen glühen. Seine Augen drohen. Was wollen Sie von mir? Sie sind ein Schuft. Keiner sieht mich als er. Sie hören zu. So kommen Sie doch, Herr von Dorsday! Merken Sie nichts? Dort im Fauteuil – Herrgott, im Fauteuil – das ist ja der Filou! Himmel, ich danke dir. Er ist wieder da, er ist wieder da! Er war nur auf einer Tour! Jetzt ist er wieder da. Der Römerkopf ist wieder da. Mein Bräutigam, mein Geliebter. Aber er sieht mich nicht. Er soll mich auch nicht sehen. Was wollen Sie, Herr von Dorsday? Sie schauen mich an, als wenn ich Ihre Sklavin wäre. Ich bin nicht Ihre Sklavin. Fünfzigtausend! Bleibt es bei unserer Abmachung, Herr von Dorsday? Ich bin bereit. Da bin ich. Ich bin ganz ruhig. Ich lächle. Verstehen Sie meinen Blick? Sein Auge spricht zu mir: komm! Sein Auge spricht: ich will dich nackt sehen. Nun, du Schuft, ich bin ja nackt. Was willst du denn noch? Schick die Depesche ab... Sofort... Es rieselt durch meine Haut. Die Dame spielt weiter. Köstlich rieselt es durch meine Haut. Wie wundervoll ist es nackt zu sein. Die Dame spielt weiter, sie weiß nicht, was hier geschieht. Niemand weiß es. Keiner noch sieht mich. Filou, Filou! Nackt stehe ich da. Dorsday reißt die Augen auf. Jetzt endlich glaubt er es. Der Filou steht auf. Seine Augen leuchten. Du verstehst mich, schöner Jüngling. »Haha!« Die Dame spielt nicht mehr. Der Papa ist gerettet. Fünfzigtausend! Adresse bleibt Fiala! »Ha, ha, ha!« Wer lacht denn da? Ich selber? »Ha, ha, ha!« Was sind denn das für Gesichter um mich? »Ha, ha, ha!« Zu dumm, daß ich lache. Ich will nicht lachen, ich will nicht. »Haha!« *»Else!«* – Wer ruft Else? Das ist Paul. Er muß hinter mir sein. Ich spüre einen Luftzug über meinen nackten Rücken. Es saust in meinen Ohren. Vielleicht bin ich schon tot? Was wollen Sie, Herr von Dorsday? Warum sind Sie so groß und stürzen über mich her? »Ha, ha, ha!«

Was habe ich denn getan? Was habe ich getan? Was habe ich getan? Ich falle um. Alles ist vorbei. Warum ist denn keine Mu-

sik mehr? Ein Arm schlingt sich um meinen Nacken. Das ist Paul. Wo ist denn der Filou? Da lieg ich. »Ha, ha, ha!« Der Mantel fliegt auf mich herab. Und ich liege da. Die Leute halten mich für ohnmächtig. Nein, ich bin nicht ohnmächtig. Ich bin bei vollem Bewußtsein. Ich bin hundertmal wach, ich bin tausendmal wach. Ich will nur immer lachen. »Ha, ha, ha!« Jetzt haben Sie Ihren Willen, Herr von Dorsday, Sie müssen Geld für Papa schicken. Sofort. »Haaaah!« Ich will nicht schreien, und ich muß immer schreien. Warum muß ich denn schreien? – Meine Augen sind zu. Niemand kann mich sehen. Papa ist gerettet. – *»Else!«* – Das ist die Tante. – *»Else! Else!«* – *»Ein Arzt, ein Arzt!«* – *»Geschwind zum Portier!«* – *»Was ist denn passiert?«* – *»Das ist ja nicht möglich.«* – *»Das arme Kind.«* – Was reden sie denn da? Was murmeln sie denn da? Ich bin kein armes Kind. Ich bin glücklich. Der Filou hat mich nackt gesehen. O, ich schäme mich so. Was habe ich getan? Nie wieder werde ich die Augen öffnen. – *»Bitte, die Türe schließen.«*. – Warum soll man die Türe schließen? Was für Gemurmel. Tausend Leute sind um mich. Sie halten mich alle für ohnmächtig. Ich bin nicht ohnmächtig. Ich träume nur. – *»Beruhigen Sie sich doch, gnädige Frau.«* – *»Ist schon um den Arzt geschickt?«* – *»Es ist ein Ohnmachtsanfall.«* – Wie weit sie alle weg sind. Sie sprechen alle vom Cimone herunter. – *»Man kann sie doch nicht auf dem Boden liegen lassen.«* – *»Hier ist ein Plaid.«* – *»Eine Decke.«* – *»Decke oder Plaid, das ist ja gleichgültig.«* – *»Bitte doch um Ruhe.«* – *»Auf den Diwan.«* – *»Bitte doch endlich die Türe zu schließen.«* – *»Nicht so nervös sein, sie ist ja geschlossen.«* – *»Else! Else!«* – Wenn die Tante nur endlich still wär! – *»Hörst du mich Else?«* – *»Du siehst doch, Mama, daß sie ohnmächtig ist.«* – Ja, Gott sei Dank, für euch bin ich ohnmächtig. Und ich bleibe auch ohnmächtig. – *»Wir müssen sie auf ihr Zimmer bringen.«* – *»Was ist denn da geschehen? Um Gottes willen!«* – Cissy. Wie kommt denn Cissy auf die Wiese. Ach, es ist ja nicht die Wiese. – *»Else!«* – *»Bitte um Ruhe.«* – *»Bitte ein wenig zurückzutreten.«* – Hände, Hände unter mir. Was wollen sie denn? Wie schwer ich bin. Pauls Hände. Fort, fort. Der Filou ist in meiner Nähe, ich spüre es. Und Dorsday ist fort. Man muß ihn suchen. Er darf sich nicht umbringen, ehe er die fünfzigtausend abgeschickt hat. Meine Herrschaften, er ist mir Geld schuldig. Verhaften sie ihn. *»Hast du eine Ahnung, von wem die Depesche war, Paul?«* – *»Guten Abend, meine Herrschaften.«* – *»Else, hörst du mich?«* – *»Lassen Sie sie doch, Frau Cissy.«* – *»Ach Paul.«* – *»Der Direktor sagt, es kann vier Stunden dauern, bis der Doktor da ist.«* –*»Sie sieht aus, als wenn sie schliefe.«* – Ich liege auf dem Diwan. Paul hält meine Hand, er fühlt mir den Puls. Richtig, er ist ja Arzt. – *»Von Gefahr ist keine Rede, Mama. Ein – Anfall.«* *»Keinen Tag länger bleibe ich im Hotel.«* – *»Bitte dich, Mama.«* – *»Morgen früh reisen wir ab.«* – *»Aber einfach über die Dienerschaftsstiege. Die Tragbare wird sofort hier sein.«* – Bahre? Bin ich nicht heute schon auf einer Bahre gelegen? War ich nicht schon tot? Muß ich denn noch einmal sterben? – *»Wollen Sie nicht dafür sorgen, Herr Direktor, daß die Leute sich endlich von der Türe entfernen.«* – *»Rege dich doch nicht auf, Mama.«* – *»Es ist eine Rücksichtslosigkeit von den Leuten.«* – Warum flüstern sie denn alle? Wie in einem Sterbezimmer. Gleich wird die Bahre da sein. Mach' auf das Tor, Herr Matador! – *»Der Gang ist frei.«* – *»Die*

Leute könnten doch wenigstens so viel Rücksicht haben.« – *»Ich bitte dich, Mama, beruhige dich doch.«* – *»Bitte, gnädige Frau.«* – *»Wollen Sie sich nicht ein wenig meiner Mutter annehmen, Frau Cissy?«* – Sie ist seine Geliebte, aber sie ist nicht so schön wie ich. Was ist denn schon wieder? Was geschieht denn da? Sie bringen die Bahre. Ich sehe es mit geschlossenen Augen. Das ist die Bahre, auf der sie die Verunglückten tragen. Auf der ist auch der Doktor Zigmondi gelegen, der vom Cimone abgestürzt ist. Und jetzt werde ich auf der Bahre liegen. Ich bin auch abgestürzt. »Ha!« Nein, ich will nicht noch einmal schreien. Sie flüstern. Wer beugt sich über meinen Kopf? Es riecht gut nach Zigaretten. Seine Hand ist unter meinem Kopf. Hände unter meinem Rükken, Hände unter meinen Beinen. Fort, fort, rührt mich nicht an. Ich bin ja nackt. Pfui, pfui. Was wollt Ihr denn? Laßt mich in Ruhe. Es war nur für Papa. – *»Bitte vorsichtig, so, langsam.«* – *»Der Plaid?«* – *»Ja, danke, Frau Cissy.«* – Warum dankt er ihr? Was hat sie denn getan? Was geschieht mit mir? Ah, wie gut, wie gut. Ich schwebe. Ich schwebe. Ich schwebe hinüber. Man trägt mich, man trägt mich, man trägt mich zu Grabe. – *»Aber mir sein das g'wohnt, Herr Doktor. Da sind schon Schwerere darauf gelegen. Im vorigen Herbst einmal zwei zugleich.«* – *»Pst, pst.«* – *»Vielleicht sind Sie so gut, vorauszugehen, Frau Cissy, und sehen, ob in Elses Zimmer alles in Ordnung ist.«* – Was hat Cissy in meinem Zimmer zu tun? Das Veronal, das Veronal! Wenn sie es nur nicht weggießen. Dann müßte ich mich doch zum Fenster hinunterstürzen. – *»Danke sehr, Herr Direktor, bemühen Sie sich nicht weiter.«* – *»Ich werde mir erlauben, später wieder nachzufragen.«* – Die Treppe knarrt, die Träger haben schwere Bergstiefel. Wo sind meine Lackschuhe? Im Musikzimmer geblieben. Man wird sie stehlen. Ich habe sie der Agathe vermachen wollen. Fred kriegt meine Füllfeder. Sie tragen mich, sie tragen mich. Trauerzug. Wo ist Dorsday, der Mörder? Fort ist er. Auch der Filou ist fort. Er ist gleich wieder auf die Wanderschaft gegangen. Er ist nur zurückgekommen, um einmal meine weißen Brüste zu sehen. Und jetzt ist er wieder fort. Er geht einen schwindligen Weg zwischen Felsen und Abgrund; – leb' wohl, leb' wohl. – Ich schwebe, ich schwebe. Sie sollen mich nur hinauftragen, immer weiter, bis zum Dache, bis zum Himmel. Das wäre so bequem. – »*Ich habe es ja kommen gesehen, Paul.*« – Was hat die Tante kommen gesehen? – »*Schon die ganzen letzten Tage habe ich so etwas kommen gesehen. Sie ist überhaupt nicht normal. Sie muß natürlich in eine Anstalt.*« – »*Aber Mama, jetzt ist doch nicht der Moment davon zu reden.*« – Anstalt –? Anstalt –?! – »*Du denkst doch nicht, Paul, daß ich in ein und demselben Coupé mit dieser Person nach Wien fahren werde. Da könnte man schöne Sachen erleben.*« – »*Es wird nicht das Geringste passieren, Mama. Ich garantiere dir, daß du keinerlei Ungelegenheiten haben wirst.*« – »*Wie kannst du das garantieren?*« – Nein, Tante, du sollst keine Ungelegenheiten haben. Niemand wird Ungelegenheiten haben. Nicht einmal Herr von Dorsday. Wo sind wir denn? Wir bleiben stehen. Wir sind im zweiten Stock. Ich werde blinzeln. Cissy steht in der Tür und spricht mit Paul. – »*Hieher bitte. So. So. Hier. Danke. Rücken Sie die Bahre ganz nah ans Bett heran.*« – Sie heben die Bahre. Sie tragen mich. Wie gut. Nun bin ich wieder zu Hause. Ah! – »*Danke. So, es ist schon recht. Bitte die Türe zu schließen. – Wenn Sie so gut sein wollten mir zu helfen, Cissy.*« – »*O, mit Vergnügen, Herr Doktor.*« – »*Langsam, bitte. Hier, bitte, Cissy, fassen Sie sie an. Hier an den Beinen. Vorsichtig. Und dann – – Else – –? Hörst du mich, Else?*« – Aber natürlich höre ich dich, Paul. Ich höre alles. Aber was geht euch das an. Es ist ja so schön, ohnmächtig zu sein. Ach, macht, was ihr wollt. – »*Paul!*« – »*Gnädige Frau?*« – »*Glaubst du wirklich, daß sie bewußtlos ist, Paul?*« – Du? Sie sagt ihm du. Hab' ich euch erwischt! Du sagt sie ihm! – »*Ja, sie ist vollkommen bewußtlos. Das kommt nach solchen Anfällen gewöhnlich vor.*« – »*Nein, Paul, du bist zum Kranklachen, wenn du dich so erwachsen als Doktor benimmst.*« – Hab' ich euch, Schwindelbande! Hab' ich euch? – »*Still, Cissy.*« – »*Warum denn, wenn sie nichts hört?!*« – Was ist denn geschehen? Nackt liege ich im Bett unter der Decke. Wie haben sie das gemacht? – »*Nun, wie geht's? Besser?*« – Das ist ja die Tante. Was will sie denn da? – »*Noch immer ohnmächtig?*« – Auf den Zehenspitzen schleicht sie heran. Sie soll zum Teufel gehen. Ich laß mich in keine Anstalt bringen. Ich bin nicht irrsinnig. – »*Kann man sie nicht zum Be-*

wußtsein erwecken?« – »Sie wird bald wieder zu sich kommen, Mama. Jetzt braucht sie nichts als Ruhe. Übrigens du auch, Mama. Möchtest du nicht schlafen gehen? Es besteht absolut keine Gefahr. Ich werde zusammen mit Frau Cissy bei Else Nachtwache halten.« – »Jawohl, gnädige Frau, ich bin die Gardedame. Oder Else, wie man's nimmt.« – Elendes Frauenzimmer. Ich liege hier ohnmächtig und sie macht Späße *»Und ich kann mich darauf verlassen, Paul, daß du mich wecken läßt, sobald der Arzt kommt?« – »Aber Mama, der kommt nicht vor morgen früh.« – »Sie sieht aus, als wenn sie schliefe. Ihr Atem geht ganz ruhig.« – »Es ist ja auch eine Art von Schlaf, Mama.« – »Ich kann mich noch immer nicht fassen, Paul, ein solcher Skandal! – Du wirst sehen, es kommt in die Zeitung!« – »Mama!« – »Aber sie kann doch nichts hören, wenn sie ohnmächtig ist. Wir reden doch ganz leise.« – »In diesem Zustand sind die Sinne manchmal unheimlich geschärft.« – »Sie haben einen so gelehrten Sohn, gnädige Frau.« – »Bitte dich, Mama, geh' zu Bette.« – »Morgen reisen wir ab unter jeder Bedingung. Und in Bozen nehmen wir eine Wärterin für Else.«* – Was? Eine Wärterin? Da werdet ihr euch aber täuschen. – *»Über all' das reden wir morgen, Mama. Gute Nacht, Mama.« – »Ich will mir einen Tee aufs Zimmer bringen lassen und in einer Viertelstunde schau ich noch einmal her.« – »Das ist doch absolut nicht notwendig, Mama.«* – Nein, notwendig ist es nicht. Du sollst überhaupt zum Teufel gehen. Wo ist das Veronal? Ich muß noch warten. Sie begleiten die Tante zur Türe. Jetzt sieht mich niemand. Auf dem Nachttisch muß es ja stehen, das Glas mit dem Veronal. Wenn ich es austrinke, ist alles vorbei. Gleich werde ich es trinken. Die Tante ist fort. Paul und Cissy stehen noch an der Tür. Ha. Sie küßt ihn. Sie küßt ihn. Und ich liege nackt unter der Decke. Schämt ihr euch denn gar nicht? Sie küßt ihn wieder. Schämt ihr euch nicht? *– »Siehst du, Paul, jetzt weiß ich, daß sie ohnmächtig ist. Sonst wäre sie mir unbedingt an die Kehle gesprungen.« »Möchtest du mir nicht den Gefallen tun und schweigen, Cissy?« – »Aber was willst du denn, Paul? Entweder ist sie wirklich bewußtlos. Dann hört und sieht sie nichts. Oder sie hält uns zum Narren. Dann geschieht ihr ganz recht.« – »Es hat geklopft, Cissy.« – »Mir kam es auch so vor.« – »Ich will leise aufmachen und sehen wer es ist. – Guten Abend Herr* *von Dorsday.« – »Verzeihen Sie, ich wollte nur fragen, wie sich die Kranke«* - Dorsday! Dorsday! Wagt er es wirklich? Alle Bestien sind losgelassen. Wo ist er denn? Ich höre sie flüstern vor der Tür. Paul und Dorsday. Cissy stellt sich vor den Spiegel hin. Was machen Sie vor dem Spiegel dort? Mein Spiegel ist es. Ist nicht mein Bild noch drin? Was reden sie draußen vor der Tür, Paul und Dorsday? Ich fühle Cissys Blick. Vom Spiegel aus sieht sie zu mir her. Was will sie denn? Warum kommt sie denn näher? Hilfe! Hilfe! Ich schreie doch, und keiner hört mich. Was wollen Sie an meinem Bett, Cissy?! Warum beugen Sie sich herab? Wollen Sie mich erwürgen? Ich kann mich nicht rühren. – *»Else!«* – Was will sie denn? – *»Else! Hören Sie mich, Else?«* – Ich höre, aber ich schweige. Ich bin ohnmächtig, ich muß schweigen. – *»Else, Sie haben uns in einen schönen Schreck versetzt.«* – Sie spricht zu mir. Sie spricht zu mir, als wenn ich wach wäre. Was will sie denn? – *»Wissen Sie, was Sie getan haben, Else? Denken Sie, nur mit dem Mantel bekleidet sind Sie ins Musikzimmer getreten, sind plötzlich nackt dagestanden vor allen Leuten und dann sind Sie ohnmächtig hingefallen. Ein hysterischer Anfall wird behauptet. Ich glaube kein Wort davon. Ich glaube auch nicht, daß Sie bewußtlos sind. Ich wette, Sie hören jedes Wort, das ich rede.«* – Ja, ich höre, ja, ja, ja. Aber sie hört mein Ja nicht. Warum denn nicht? Ich kann meine Lippen nicht bewegen. Darum hört sie mich nicht. Ich kann mich nicht rühren. Was ist denn mit mir? Bin ich tot? Bin ich scheintot? Träume ich? Wo ist das Veronal? Ich möchte mein Veronal trinken. Aber ich kann den Arm nicht ausstrecken. Gehen Sie fort, Cissy. Warum sind Sie über mich gebeugt? Fort, fort! Nie wird sie wissen, daß ich sie gehört habe. Niemand wird es je wissen. Nie wieder werde ich zu einem Menschen sprechen. Nie wache ich wieder auf. Sie geht zur Türe. Sie wendet sich noch einmal nach mir um. Sie öffnet die Türe. Dorsday! Dort steht er. Ich habe ihn gesehen mit geschlossenen Augen. Nein, ich sehe ihn wirklich. Ich habe ja die Augen offen. Die Türe ist angelehnt. Cissy ist auch draußen. Nun flüstern sie alle. Ich bin allein. Wenn ich mich jetzt rühren könnte.

Ha, ich kann ja, kann ja. Ich bewege die Hand, ich rege die Finger, ich strecke den Arm, ich sperre die Augen weit auf. Ich sehe, ich sehe. Da steht mein Glas. Geschwind, ehe sie wieder ins Zimmer kommen. Sind es nur Pulver genug?! Nie wieder darf ich erwachen. Was ich zu tun hatte auf der Welt, habe ich getan. Der Papa ist gerettet. Niemals könnte ich wieder unter Menschen gehen. Paul guckt durch die Türspalte herein. Er denkt, ich bin noch ohnmächtig. Er sieht nicht, daß ich den Arm beinahe schon ausgestreckt habe. Nun stehen sie wieder alle drei draußen vor der Tür, die Mörder! – Alle sind sie Mörder. Dorsday und Cissy und Paul, auch Fred ist ein Mörder und die Mama ist eine Mörderin. Alle haben sie mich gemordet und machen sich nichts wissen. Sie hat sich selber umgebracht, werden sie sagen. Ihr habt mich umgebracht, ihr alle, ihr alle! Hab' ich es endlich? Geschwind, geschwind! Ich muß. Keinen Tropfen verschütten. So. Geschwind. Es schmeckt gut. Weiter, weiter. Es ist gar kein Gift. Nie hat mir was so gut geschmeckt. Wenn ihr wüßtet, wie gut der Tod schmeckt! Gute Nacht, mein Glas. Klirr, klirr! Was ist denn das? Auf dem Boden liegt das Glas. Unten liegt es. Gute Nacht. – »*Else, Else!*« – Was wollt ihr denn? – »*Else!*« – Seid ihr wieder da? Guten Morgen. Da lieg' ich bewußtlos mit geschlossenen Augen. Nie wieder sollt ihr meine Augen sehen. – »*Sie muß sich bewegt haben, Paul, wie hätte es sonst herunterfallen können?*« – »*Eine unwillkürliche Bewegung, das wäre schon möglich.*« – »*Wenn sie nicht wach ist.*« – »*Was fällt dir ein, Cissy. Sieh sie doch nur an.*« – Ich habe Veronal getrunken. Ich werde sterben. Aber es ist geradeso wie vorher. Vielleicht war es nicht genug... Paul faßt meine Hand. – »*Der Puls geht ruhig. Lach' doch nicht, Cissy. Das arme Kind.*« – »*Ob du mich auch ein armes Kind nennen würdest, wenn ich mich im Musikzimmer nackt hingestellt hätte?*« – »*Schweig' doch, Cissy.*« – »*Ganz nach Belieben, mein Herr. Vielleicht soll ich mich entfernen, dich mit dem nackten Fräulein allein lassen. Aber bitte, geniere dich nicht. Tu' als ob ich nicht da wäre.*« – Ich habe Veronal getrunken. Es ist gut. Ich werde sterben. Gott sei Dank. – »*Übrigens weißt du, was mir vorkommt. Daß dieser Herr von Dorsday in das nackte Fräulein verliebt ist. Er war so erregt, als ginge ihn die Sache persönlich an.«* – Dorsday, Dorsday! Das ist ja der – Fünfzigtausend! Wird er sie abschicken? Um Gottes willen, wenn er sie nicht abschickt? Ich muß es ihnen sagen. Sie müssen ihn zwingen. Um Gottes willen, wenn alles umsonst gewesen ist? Aber jetzt kann man mich noch retten. Paul! Cissy! Warum hört ihr mich denn nicht? Wißt ihr denn nicht, daß ich sterbe? Aber ich spüre nichts. Nur müde bin ich, Paul! Ich bin müde. Hörst du mich denn nicht? Ich bin müde, Paul. Ich kann die Lippen nicht öffnen. Ich kann die Zunge nicht bewegen, aber ich bin noch nicht tot. Das ist das Veronal. Wo seid ihr denn? Gleich schlafe ich ein. Dann wird es zu spät sein! Ich höre sie gar nicht reden. Sie reden und ich weiß nicht was. Ihre Stimmen brausen so. So hilf mir doch, Paul! Die Zunge ist mir so schwer. – *»Ich glaube, Cissy, daß sie bald erwachen wird. Es ist, als wenn sie sich schon mühte, die Augen zu öffnen. Aber Cissy, was tust du denn?«* – *»Nun, ich umarme dich. Warum denn nicht? Sie hat sich auch nicht geniert.«* – Nein, ich habe mich nicht geniert. Nackt bin ich dagestanden vor allen Leuten. Wenn ich nur reden könnte, so würdet ihr verstehen warum. Paul! Paul! Ich will, daß ihr mich hört. Ich habe Veronal getrunken, Paul, zehn Pulver, hundert. Ich hab' es nicht tun wollen. Ich war verrückt. Ich will nicht sterben. Du sollst mich retten, Paul. Du bist ja Doktor. Rette mich! – *»Jetzt scheint sie wieder ganz ruhig geworden. Der Puls – der Puls ist ziemlich regelmäßig.«* – Rette mich, Paul. Ich beschwöre dich. Laß mich doch nicht sterben. Jetzt ist's noch Zeit. Aber dann werde ich einschlafen und ihr werdet es nicht wissen. Ich will nicht sterben. So rette mich doch. Es war nur wegen Papa. Dorsday hat es verlangt. Paul! Paul! – *»Schau mal her, Cissy, scheint dir nicht, daß sie lächelt?«* – *»Wie sollte sie nicht lächeln, Paul, wenn du immerfort zärtlich ihre Hand hältst.«* – Cissy, Cissy, was habe ich dir denn getan, daß du so böse zu mir bist. Behalte deinen Paul – aber laßt mich nicht sterben. Ich bin noch so jung. Die Mama wird sich kränken. Ich will noch auf viele Berge klettern. Ich will noch tanzen. Ich will auch einmal heiraten. Ich will noch reisen. Morgen machen wir die Partie auf den Cimone. Morgen wird ein wunderschöner Tag sein. Der Filou soll mitkommen. Ich lade ihn ergebenst ein. Lauf' ihm doch nach, Paul, er geht einen so schwindligen Weg. Er wird dem Papa begegnen. Adresse bleibt Fiala, vergiß nicht. Es sind nur fünfzigtausend, und dann ist alles in Ordnung. Da marschieren sie alle im Sträflingsgewand und singen. Mach' auf das Tor, Herr Matador! Das ist ja alles nur ein Traum. Da geht auch Fred mit dem heiseren Fräulein und unter dem freien Himmel steht das Klavier. Der Klavierstimmer wohnt in der Bartensteinstraße, Mama! Warum hast du ihm denn nicht geschrieben, Kind? Du vergißt aber alles. Sie sollten mehr Skalen üben, Else. Ein Mädel mit dreizehn Jahren sollte fleißiger sein. – Rudi war auf dem Maskenball und ist erst um acht Uhr früh nach Hause gekommen. Was hast du mir mitgebracht, Papa? Dreißigtausend Puppen. Da brauch ich ein eigenes Haus dazu. Aber sie können auch im Garten spazierengehen. Oder auf den Maskenball mit Rudi. Grüß dich Gott, Else. Ach Bertha, bist du wieder aus Neapel zurück? Ja, aus Sizilien. Erlaube, daß ich dir meinen Mann vorstelle, Else. Enchanté, Monsieur. – *»Else, hörst du mich, Else? Ich bin es, Paul.«* – Haha, Paul. Warum sitzest du denn auf der Giraffe im Ringelspiel? – *»Else, Else!«* – So reit' mir doch nicht davon. Du kannst mich doch nicht hören, wenn du so schnell durch die Hauptallee reitest. Du sollst mich ja retten. Ich habe Veronalica genommen. Das läuft mir über die Beine, rechts und links, wie Ameisen. Ja, fang' ihn nur, den Herrn von Dorsday. Dort läuft er. Siehst du ihn denn nicht? Da springt er über den Teich. Er hat ja den Papa umgebracht. So lauf' ihm doch nach. Ich laufe mit. Sie haben mir die Bahre auf den Rücken geschnallt, aber ich laufe mit. Meine Brüste zittern so. Aber ich laufe mit. Wo bist du denn, Paul? Fred, wo bist du? Mama, wo bist du? Cissy? Warum laßt ihr mich denn allein durch die Wüste laufen? Ich habe ja Angst so allein. Ich werde lieber fliegen. Ich habe ja gewußt, daß ich fliegen kann.

»Else!« ...

»Else!« ...

Wo seid ihr denn? Ich höre euch, aber ich sehe euch nicht.

»Else!» ...

»Else!« ...

»Else! ...«

Was ist denn das? Ein ganzer Chor? Und Orgel auch? Ich singe mit. Was ist es denn für ein Lied? Alle singen mit. Die Wälder auch und die Berge und die Sterne. Nie habe ich etwas so Schönes gehört. Noch nie habe ich eine so helle Nacht gesehen. Gib mir die Hand, Papa. Wir fliegen zusammen. So schön ist die Welt, wenn man fliegen kann. Küss' mir doch nicht die Hand. Ich bin ja dein Kind, Papa.

»Else! Else!«

Sie rufen von so weit! Was wollt ihr denn? Nicht wecken. Ich schlafe ja so gut. Morgen früh. Ich träume und fliege. Ich fliege... fliege... fliege... schlafe und träume... und fliege... nicht wecken... morgen früh...

»El...«

Ich fliege... ich träume... ich schlafe... ich träu... träu – ich flie......

Die Frau des Richters

Nach zweiunddreißigjähriger Regierung, im siebenundfünfzigsten Jahre seines Lebens, wurde Karl Eberhard XVI., Herzog von Sigmaringen, im Hause der Gartenmägdlein, und zwar dem Gerüchte nach in den Armen des allerjüngsten, von einem plötzlichen Tode ereilt. Haus der Gartenmägdlein, so nämlich wurde im Volke das Jagdschloß Karolslust genannt, das, drei Wagenstunden von der Residenz und kaum eine halbe von dem Landstädtchen Karolsmarkt entfernt, innerhalb weitgedehnter Waldungen gelegen war, und in dem die herzoglicher Gunst sich erfreuenden Mädchen oder Frauen – stets zehn bis fünfzehn an der Zahl – ein zwar sorgenfreies, aber im übrigen höchst eingeschränktes Leben führten.

Für den Fall seines plötzlichen Hinscheidens hatte der Herzog schon vor längerer Zeit die Verfügung getroffen, daß sämtliche Gartenmägdlein, mit Geldmitteln ausreichend versehen, unverzüglich aus dem Schlosse zu entfernen und über die nahe Grenze zu bringen wären. Daher stand nach getreuer Ausführung des Befehls durch die des Gehorchens gewöhnten Verwalter und Hofbediensteten nicht nur das Residenzschloß Sigmaringen, sondern auch Karolslust schon wenige Tage nach dem Tode des Herzogs zum Empfange des neuen Herrn bereit, der, wie allgemein bekannt war, Art und Wandel seines Vaters stets mißbilligt und, seit Eintritt seiner Mündigkeit immer auf Reisen, das Herzogtum, das er später regieren sollte, schon drei Jahre lang nicht mehr betreten hatte. So war er von der Trauernachricht in Paris ereilt worden, wo er nicht nur in höfischen und adligen Kreisen wohl aufgenommen war, sondern auch, mehr den Hohn als die Erbitterung seines Vaters herausfordernd, mit Gelehrten und Schriftstellern, darunter mit den berühmten Enzyklopädisten Diderot und Baron von Grimm, persönlichen Verkehr gepflogen hatte.

Der verstorbene Herzog, in jungen Jahren beim Volk ziemlich verhaßt gewesen, hatte seinen Untertanen längst keinen Anlaß zu ernstlicher Klage mehr gegeben. Im Genusse großer Einkünfte aus dem Erbe seiner früh dahingeschiedenen, mit dem unermeßlich reichen polnischen Fürstengeschlecht der Poniatowski verschwägerten Gattin, durfte er darauf verzichten, das Volk mit Steuern und Abgaben über Gebühr zu belasten, und hatte sich's, insbesondere in den letzten Jahren, an den Vergnügungen der Jagd und an der Gesellschaft seiner Gartenmägdlein so völlig genügen lassen, daß ihm für politische und soldatische Spielereien keine Zeit übriggeblieben war. Obwohl sich's daher in dem kleinen Lande, das ein rüstiger Fußgänger in sieben Tagen umwandern mochte, behaglicher und ungefährdeter leben ließ als in manchem anderen deutschen Fürstentum, fehlte es auch hier nicht an Unzufriedenen und Aufmuckern, deren manche sich zuweilen kecker äußerten als ihre Gleichgesinnten in anderen Ländern, wo eine allzu freie oder gar aufrührerische Rede nicht nur dem Sprecher, sondern wohl auch dem Zuhörer hätte übel geraten können.

Als der verwegenste Schwätzer im Fürstentum, ja überhaupt als ein bedenklicher Geselle, galt ein gewisser Tobias Klenk, der immer wieder, auch wenn man ihn schon für alle Zeit losgeworden zu sein glaubte, in seinem Geburtsstädtchen Karolsmarkt auftauchte, wo seine Mutter, eine Schlosserswitwe, zurückgezogen und in dürftigen Umständen lebte. Ihre beiden Zwillingstöchter, Brigitte und Maria, hatten schon als Sechzehnjährige, keineswegs ohne Zustimmung der Mutter, im Hause der Gartenmägdlein Aufnahme gefunden, wo es ihnen gar nicht übel erging, um so weniger, als sie beide, durch die nachbarlichen Umstände begünstigt, öfters Gelegenheit hatten, auf halbe oder ganze Tage zu entweichen und das ärmliche Haus der Mutter mit Backwerk und Wein zu versehen; daran mitzunaschen und mitzutrinken der Bruder Tobias, wenn auch unter allerlei höhnischen Reden, keineswegs verschmähte. Doch schon zehn Jahre vor dem plötzlichen Hinscheiden des Herzogs waren sie aus dem Lustschlößchen und zugleich aus dem Lande geflohen, ohne von ihrer Mutter oder sonst irgendeinem Menschen Abschied zu nehmen.

Geraume Zeit nach ihrem Verschwinden überbrachte ein unbekannter Reisender der alternden Frau Grüße ihrer Töchter aus Rom, wo diese in zweideutigen, aber gesicherten Verhältnissen zu leben schienen; sowie ein ansehnliches Geldgeschenk. Solches wiederholte sich einige Male im Lauf der Jahre, nur daß die Grüße und Gaben stets von einem anderen Reisenden überbracht wurden, – bis endlich auch dies ein Ende nahm und die Zwillingsschwestern für alle Zukunft verschollen blieben.

Ihr Bruder Tobias aber erschien in gemessenen Abständen immer wieder in seinem Heimatsort, ohne daß man je gewußt hätte, woher und warum; wie auch er selbst sich über seine Weltfahrten und sonstigen Umstände nur obenhin und in unklaren Andeutungen auszulassen liebte. Jedenfalls war er weit herumgekommen, hatte trotz mangelnder Vorbildung an verschiedenen deutschen Universitäten studiert und randaliert, später – niemand wußte, unter welchem Feldherrn und auf welchen Kriegsschauplätzen – als Soldat gefochten, war mit einem jungen Baron in Spanien, Portugal und England als Reisebegleiter oder Hofmeister umhergezogen und in allerlei mehr oder minder ehrenvolle Händel verwickelt gewesen, wobei er öfters mit der Polizei und den Gerichten, wohl auch mit den Gefängnissen näher Bekanntschaft gemacht haben sollte. Noch etliche Jahre vor dem Tod des alten Herzogs war er sehr vornehm, fast kavaliermäßig angetan, in Karolsmarkt aufgetaucht, hatte seiner Mutter Leinenzeug und Tuch aus Holland, sowie ein Halbdutzend silberne Teller mitgebracht, an der Tafel beim ›Goldenen Ochsen‹ eine Woche lang alle Bekannten freigehalten, und war eines Abends mittels einer alten Kutsche, in der eine nicht mehr ganz junge, reichgekleidete Dame saß, aus dem Wirtshaus abgeholt worden; seither aber war er von einem Mal zum anderen in immer verschlissenerem Gewand, in immer verdrossenerer Laune und mit trotzdem immer loserem Maul – stets nur zu kurzem Aufenthalt – in Karolsmarkt aufgetaucht; – und so hatte es sich gefügt, daß er gerade an dem Tage, da man den alten

Herzog in der Gruft seiner Ahnen beisetzte, in schlimmerem Zustand als je, beinahe zerlumpt, in Karolsmarkt eingetroffen war, und sich nun als dreiunddreißigjähriger Mensch anschickte, seiner alten Mutter, die sich längst auch von dem letzten silbernen Teller hatte trennen müssen, und sich ihren Unterhalt mühselig durch Näh- und Flickarbeiten in fremden Häusern verdiente, in der Tasche zu liegen.

Aber trotz seines üblen Aus- und Ansehens nahm er allabendlich seinen Platz wie ihm gebührend am Wirtshaustische ein, und obwohl es manchem friedlichen Bürger bei seinen frechen und lästerlichen Reden unbehaglich zumute ward, hörten sie ihn nicht nur mit leidlicher Geduld und Nachsicht an, sondern es zahlte sogar, wie nach einer stillen Verabredung, jeden Abend ein anderer für ihn die Zeche, in geheimer Angst vor dem abenteuerlichen Menschen, den sie, ohne es einer dem anderen zu gestehen, nach seinen wilden Reden jedes bösen Tuns, ja – vielleicht zu Unrecht – selbst einer hinterhältigen Rache für fähig hielten.

Es kam wohl vor, daß der eine oder der andere Tischgenosse ihn mit ängstlichen, wenn auch scherzhaft klingenden Worten zu beschwichtigen suchte; dafür aber gab es einen, der niemals anstand, seine Partei zu ergreifen, ihm wohl auch in seinen aufrührerischen Reden mit Gründen anscheinend philosophischer und historischer Natur beizustehen und sich bei solcher Gelegenheit zuweilen zu noch schlimmeren und gefährlicheren Äußerungen, ja bis zu Prophezeiungen und Drohungen zu versteigen pflegte, wie man sie nicht einmal von Tobias Klenk zu hören gewohnt war. Und dieser eine war wunderlicherweise kein anderer als der Richter in Karolsmarkt, Adalbert Wogelein, ein Altersgenosse und einstiger Schulkamerad des Tobias.

Beider Eltern hatten in den gleichen, zwar bescheidenen, doch auskömmlichen Verhältnissen gelebt, bis durch den frühen Tod des Schlossermeisters, der die Seinen vermögenslos zurückgelassen, sich zwischen den beiden Familien eine Kluft aufzutun begonnen hatte, die sich von Jahr zu Jahr weiter spannte. Dies konnte aber dem Freundschaftsband zwischen den beiden Knaben nichts anhaben, schien es vielmehr in eigentümlicher Weise nur noch fester zu knüpfen. Adalbert, ein musterhaft sanfter und fleißiger Schüler, geriet nämlich zu dem ungebärdigen und leichtfertigen Tobias in ein Verhältnis von unbegreiflicher Botmäßgikeit, so daß er sich von ihm nicht nur allerlei kindlichen harmlosen Spaß, sondern auch gelegentliche Bosheit und Tyrannei mit Langmut, ja beinahe mit Lust, gefallen ließ.

Geschah es einmal, daß Adalbert versuchte sich aufzulehnen, indem er etwa sich weigerte, dem anderen bei der Lösung einer Rechenaufgabe behilflich zu sein oder sich an irgendeinem Bubenstreich zu beteiligen, so verstand es Tobias, ihn schon dadurch zu bestrafen, daß er so lange kein Wort an ihn richtete, ja nicht einmal seine Anrede zu hören schien; bis Adalbert nicht umhin konnte, nachzugeben oder gar den Kameraden unterwürfig um Verzeihung zu bitten.

Einmal, kurz nach dem Tode des Schlossermeisters, in der Pause zwischen zwei Schulstunden, ließ sich Adalbert einfallen, dem Freund, der gewissermaßen von einem Tag zum anderen ein armer Schlucker geworden war, zum Ankauf von Brot und Wurst ein paar Silbergroschen anzubieten, worauf ihm als Erwiderung und Dank eine kräftige Ohrfeige zuteil wurde. Doch eine Viertelstunde darauf, unwirsch befehlenden Tons, forderte Tobias von Adalbert alles Eßbare, das dieser bei sich trug, wie eine ihm rechtens zustehende Abgabe ein; und während er sich's vortrefflich schmecken ließ, verhöhnte er den anderen, der mit hungrigem Magen dabeistehen und zusehen mußte.

Ein andermal wieder hatte Adalbert auf einem Spaziergang nahe der Stadt die Schwestern des Tobias zufällig getroffen, als – ob ebenso zufällig, war schwer zu entscheiden – Tobias ihnen in den Weg lief und ohne jeden Anlaß behauptete, daß Adalbert sich gegen die beiden Mädchen, die damals fünfzehn Jahre zählten, ungebührlich benommen habe, ihn unter Drohungen aufforderte, sich mit größter Beschleunigung davonzumachen und ihm verbot, jemals wieder ein Wort an die Mädchen zu richten. Wenige Tage später lief Adalbert den Geschwistern abends an einer Straßenecke unversehens in die Arme, machte sofort Anstalt, in weitem Bogen auszuweichen, worauf Tobias ihn gebieterisch heranwinkte, das Ansinnen an ihn stellte, Brigitte und Maria nacheinander auf den Mund zu küssen, und den Unschlüssigen so lange in die Rippen puffte, bis der nicht anders konnte, als sich der unbegreiflichen Laune des Freundes zu fügen. Noch aber spürte er die brennenden Lippen der Mädchen auf den seinen, als ihn Tobias auch schon mit harten Worten anfuhr und ihn warnte, sich im Laufe der nächsten Tage bei Gefahr schwerer Prügelstrafe vor ihm und den Schwestern blicken zu lassen, – worauf sich Adalbert, vom Gelächter der Geschwister verfolgt, im zwiespältigen Nachgefühl eines bittersüßen Erlebnisses um die nächste Ecke davonschlich.

Als wenige Tage nach diesem Vorkommnis die beiden Mädchen, wie die Nachbarschaft übrigens seit geraumer Zeit prophezeit hatte, aus der elterlichen Wohnung in das Haus der Gartenmägdlein übersiedelt waren, äußerte sich Tobias vorerst zu Adalbert wie zu einem vertrauten Freunde in finster drohenden Worten über die Unbill, die seinen tugendhaften Schwestern widerfahren sei, schien sich aber bald um so williger in sein und ihr Schicksal zu fügen, als die Zustände im Mutterhaus von diesem Zeitpunkt an sich zusehends behaglicher gestalteten. In der Schule freilich, soweit es Tobias überhaupt beliebte, sie zu besuchen, wollte er immer weniger gut tun; und für den braven Adalbert wurde es geradezu bedenklich, ein Freundschaftsverhältnis aufrechtzuerhalten, das ihm in den Augen der Lehrer, der Mitschüler, ja des ganzen Städtchens, als eine unfaßbare, jedenfalls höchst beklagenswerte Verirrung ausgelegt wurde. Ließ er dies auch wie ein selbstgewähltes Schicksal in Ergebung, ja gewissermaßen freudig über sich ergehen, so atmete er doch, wenn auch zu seiner eigenen Verwunderung, wie befreit auf, als eines Tages, kurze Zeit vor der Flucht der Schwestern aus Karolslust, auch Tobias aus der Stadt verschwunden war, um sich vorerst, wie man von seiner Mutter hören konnte, aufs Land zu Verwandten von väterlicher Seite her zu begeben, die sich angeblich aus Gutmütigkeit des ungeratenen Jungen annehmen wollten.

Während nun von seinem weiteren Lebenslauf nur das Wenige und Unzuverlässige in Karolsmarkt bekannt wurde, was die Gerüchte herbeitrugen und was er selbst bei Gelegenheit seiner flüchtigen Besuche in der Heimat zu erzählen für gut fand, lag des Adalbert Wogelein Werdegang und Wirken klar für jedermann zutage. Nachdem er in Göttingen Jura studiert, innerhalb welcher Epoche seine Eltern kurz hintereinander verstorben waren, und er sich in der Residenzstadt als Gerichtsadjunkt betätigt hatte, trat er im Alter von siebenundzwanzig Jahren in seinem Geburtsort das Richteramt an, das er mit genügendem Anstand und getreu nach dem Buchstaben des Gesetzes verwaltete.

Im Alter von dreißig Jahren nahm er die Tochter des Stadtapothekers und Bürgermeisters zum Weib, ein stilles, heiteres, wohlgebildetes Geschöpf, das dem gelehrten Gatten in Treue und Achtung anhing, ihm sein von den Eltern ererbtes, am Ende des Städtchens gelegenes kleines Haus sowie die Wirtschaft in bestem Stand erhielt und unbeirrt in Herz und Sinnen dahinlebte, wie tausend andere Bürgerstöchter, die in engem Kreise ohne Ahnung einer weiteren und größeren Welt und ohne Sehnsucht nach ihr aufgewachsen sind. Noch war die Ehe mit Nachkommenschaft nicht gesegnet; außer dem Vater, etlichen Verwandten und einigen verheirateten und unverheirateten Jugendgespielinnen kam niemand ins Haus; und von den Männern, besonders den unvermählten, hielt sie sich möglichst fern, da Adalbert es nicht gerne sah, wenn irgendjemand dem zarten, hübschen Wesen, das nun einmal ihm gehörte, allzu freundliche Augen machte oder allzu angenehme Dinge sagte, wie das junge Männer, auch ohne jede unehrbare Absicht, nun einmal nicht lassen können.

Zwei- bis dreimal in der Woche begab sich der Herr Richter nach dem Abendessen in das Wirtshaus ›Zum Goldenen Ochsen‹, was ihm Agnes um so weniger verübeln konnte, als auch ihr Vater, der Bügermeister, und andere geachtete Bürger sich dort regelmäßig als Gäste einzufinden pflegten und Adalbert, der aus angeborener Sparsamkeit sich im Trinken größter Mäßigkeit befliß, niemals nach Mitternacht heimkehrte.

Hierin war nun allerdings in den letzten Tagen, seit Tobias

Klenks Wiederkunft an des Herzogs Begräbnistag, ein Wandel eingetreten, der Agnes mit einiger Besorgnis erfüllte. Nicht nur, daß kein Abend mehr verging, an dem es den Adalbert zu Hause gehalten hätte, er kehrte zu immer späterer Stunde heim, und überdies in einem seltsam erregten Gemütszustand, den Agnes anfangs nur dem reichlicher genossenen Weine zuzuschreiben geneigt war, bis sie sich erinnerte, daß auch vor zwei Jahren, als Tobias Klenk zum letzten Male hier geweilt, sich ihr Gatte, dessen Jugendfreundschaft mit Tobias wie eine halbverschollene Legende im Städtchen weiterlebte, für kurze Zeit in gleich unerfreulicher Weise verändert hatte. Damals war Agnes dem Tobias zuweilen in den Straßen des Städtchens begegnet; doch in einer ganz ehrlichen, selbst von unlauterer Neugier freien Scheu hatte sie sich kaum um ihn gekümmert, geschweige denn, daß sie zu einem Gespräch Gelegenheit gefunden oder eine solche gar gesucht hätte.

Diesmal aber hatte sie, da er sich in den Straßen kaum jemals blicken ließ, von seiner Anwesenheit überhaupt erst durch den Vater vernommen, der eines Morgens, als der Schwiegersohn bereits das Haus verlassen, es geraten fand, die Tochter von gewissen bedenklichen Äußerungen zu unterrichten, die ihr Gatte am vorhergegangenen Abend, offenbar unter dem gefährlichen Einfluß des kürzlich heimgekehrten Freundes, und diesen noch überbietend, im Wirtshaus getan, und die, aus dem Munde eines richterlichen Beamten, geradezu unbegreiflich geklungen hätten, und allerlei Unannehmlichkeiten, wenn nicht schlimmere Folgen, nach sich ziehen könnten. Hatte der Herzog selbst auch das Zeitliche gesegnet, – der herzogliche Konseil stand weiter in Amt und Würden, hielt nach wie vor seine Sitzungen, erließ Verordnungen, verhängte Strafen; der Oberjägermeister von Karolslust führte ein wohlbekanntes, strenges Regiment, das insbesondere die Wilderer und Holzklauber oft genug zu fühlen bekamen; und überdies wurde die Ankunft des jungen Herzogs mit jedem Tag erwartet. Und hatte man bisher auch nichts Nachteiliges von ihm vernommen, so konnte doch niemand vorhersagen, wie er sich als Regent betragen würde.

Und als Adalbert am Abend dieses Tages heimkehrte und, wie es in der letzten Zeit seine Art war, sich schon während des Auskleidens über das Unrecht zu ereifern anfing, das rings in deutschen Landen Bürger und Bauer zu erleiden hätten, über die Zehnten und Steuern loszog, die die Fürsten aus der Arbeit und dem Schweiß ihrer Untertanen zur Befriedigung eigener Gelüste preßten, von ihren Jagden sprach, die Acker und Feld zerstampften, von dem Schacher, den sie mit ihren eigenen Landeskindern trieben, indem sie sie als Soldaten nach Amerika verkauften, von der schändlichen Mätressenwirtschaft, deren Duldung für die Frauen und Jungfrauen des Landes eine stete Gefahr und Schande bedeutete, – da nickte Agnes zwar zustimmend, wie sie es gewohnt war, schüttelte auch wie bedauernd ihr blondes Haupt; aber gerade als Adalbert, auf dem Bettrand sitzend, die Stiefel auszog und einen Augenblick im Reden innehielt, wagte sie einen ersten leisen Einwand.

Sie selbst, so bemerkte sie schüchtern, das Ehepaar Wogelein nämlich, auch ihre näheren und entfernteren Verwandten und das ganze Städtchen Karolsmarkt, ja, wenn man es recht bedenke, das gesamte Herzogtum – soweit sie sich zurückerinnern könne –, hätten von all den Übeln, deren Adalbert Erwähnung getan, eigentlich niemals etwas zu spüren bekommen; und so vermöchte sie nicht recht zu verstehen, warum er sich denn mit einemmal über Dinge so sehr erbittere, die ihn im Grunde nichts angingen.

Adalbert, von ihrem ungewohnten Widerspruch überrascht, entgegnete scharf, daß er, wie ihr wohl bekannt sein sollte, mit der Fähigkeit begabt sei, über das eigene Schicksal und das von Verwandten, Freunden und Landsleuten weit hinauszuschauen; daß es aber, wenn man schon davon reden wolle, auch in ihrer nächsten Umgebung keineswegs so vortrefflich bestellt sei, wie Agnes sich einzubilden vorgebe. Und er finde es wahrlich sonderbar, daß Agnes sich anstelle, als wisse sie nicht einmal etwas von der Schmach, die sich in ihrer nächsten Nachbarschaft seit Jahren und Jahrzehnten in frecher und höhnischer Weise breitgemacht habe –, und unvermittelt erkärte er den Tag als nicht mehr fern, an dem das Schloß Karolslust, das so viele Jungfrauen und ehrbare Frauen wie in einem Höllenrachen verschlungen habe, so zum Exempel die Schwestern seines alten Freundes Tobias Klenk, – daß Karolslust und manches andere Schloß von ähnlicher Bestimmung spurlos vom Erdboden verschwunden sein werde – und nicht diese Schlösser allein.

Erschrocken setzte sich Agnes im Bette auf, die reichen blonden Haare fielen ihr gelöst über die Schultern, und in wachsender Bangnis lauschte sie den Worten ihres Gatten, der in losem Schlafrock, mit schiefer Perücke, die Stiefel in der Hand schwingend seiner ersten Prophezeiung noch andere und wildere folgen ließ, so daß das friedliche Schlafgemach sich gleichsam mit einem Geruch von Blut und Brand zu füllen schien. Endlich warf er die Stiefel hin, entledigte sich des Schlafrocks und der Perücke, und während er über seine dunkelrote Stirn und die kurzen, gesträubten Haare eine weiße Nachtmütze stülpte, nahm Agnes die Gelegenheit zu der ängstlichen Frage wahr, ob er so furchtbare Voraussagungen, verführt von seinem Mitgefühl mit der gequälten Menschheit, am Ende auch vor Leuten vernehmen ließe, die vielleicht nicht klug genug seien, ihn recht zu vestehen oder sie ihm übel auslegen und bei irgendeiner Gelegenheit aus Bosheit und Neid gegen ihn ausnützen könnten.

Adalbert rollte die Augen, drehte das Polster ohne jede Ursache zweimal in der Luft umher, ehe er sein Haupt darauf bettete, und wandte sich an Agnes mit der höhnischen Gegenfrage, ob sie ihn für einen Mann oder eine Memme halte, worauf er, den einen Arm wie zur Abwehr jeder Erwiderung vor sich hinstrekkend – ohne Agnes eines weiteren Blickes zu würdigen, die Decke über sein Kinn zog und abgewandten Angesichts rascher einschlief, als Agnes nach einem so gewaltigen Leidenschaftsausbruch erwartet oder nur für möglich gehalten hätte.

Am nächsten Morgen war ihm von der gestrigen Erregung nicht das geringste mehr anzumerken; und als er sich nach eilig genossenem Frühstück von seiner noch im Bette ruhenden Gattin mit einem flüchtigen Kuß auf die Stirn verabschiedete und in würdiger Amtstracht, erhobenen Hauptes, Hut und Stock in der Hand, das Haus verließ, schien er ein ganz anderer zu sein als der grimmige Empörer, dessen Rede und Gehaben sie in der verflossenen Nacht in Erregung und Schrecken versetzt hatte.

Im Laufe des Tages beruhigte sie sich weiter – und als Adalbert auch nach der Rückkehr vom Amt, ganz nach seiner früheren Art, mit der ihm eigenen Wichtigkeit von allerlei gleichgültigen Vorkommnissen in Markt und Land sowie von seinen im Lauf des Tages gefällten, durchaus scharfsichtigen richterlichen Entscheidungen erzählte; – und sich nach beendeter Mahlzeit, behaglich die Hände über dem Magen gekreuzt, in den Sessel zurücklehnte, Agnes an sich heranzog und ehelichen Zärtlichkeiten nicht abgeneigt schien, gab sie sich schon der Hoffnung hin, den Gatten ohne besondere Schwierigkeit heute gänzlich zu Hause halten zu können.

Doch plötzlich, in einem Augenblick, da sie es am wenigsten erwartete, erhob er sich mit einem verschlagenen Lächeln, als habe er die arglose Gattin absichtlich in Sicherheit gewiegt; ohne weitere Erklärung, sich an ihrer Enttäuschung weidend, fast ohne Gruß ergriff er Hut und Stock und war mit einem Male aus der Tür.

Agnes aber vermochte keine Ruhe zu finden, bis Adalbert, wieder lange nach Mitternacht, zurückkehrte und, wie leicht zu merken war, in der gleichen oder einer noch schlimmeren Verfassung als an den vorhergegangenen Tagen. Hatte gestern seine Rede bei aller inneren Verwegenheit immer noch eine gewisse Wohlgesetztheit zu bewahren gewußt, so brachte er heute nur abgerissene, wirre Sätze hervor, aus denen zeitweise allzu verständlich ein unheilvolles Wort in die Stube gellte; und als er plötzlich einen fast gotteslästerlichen Fluch ausstieß, wie Agnes ihn noch niemals von ihm gehört, richtete sie sich jählings aus ihren Polstern auf und rief wie erleuchtet: »Nun ist mir alles klar, Adalbert, sie wollen dich verderben!«

Er stand mit offenem Munde da und lallte etwas; sie, seine Betroffenheit nützend, hastig und flehend, als hätte alles, was ihr nun zu eigener Überraschung mühelos von den Lippen floß, ihr seit langem auf dem Herzen gelastet, sagte ihm auf den Kopf zu, daß er offenbar in eine geheime Konspiration verwickelt sei; und daß die Verschwörer, als deren Abgesandter der entsetzliche Tobias Klenk wieder im Lande erschienen sei, gewiß nichts anderes im Sinne hätten, als sich zur Erreichung ihrer dunklen Ziele seines Muts, seiner Schlauheit und insbesondere seiner amtlichen Stellung zu bedienen. Aber sie bringe es nicht länger über sich, diesem Treiben ruhig zuzusehen, denn nicht er, ein richterlicher Beamter, ein Ehemann und vielleicht später einmal Familienvater, sei eingesetzt, um die Übel auszurotten, an denen Deutschland kranken möge, von denen aber gerade in ihrem Herzogtum weniger zu verspüren sei als anderwärts; – dazu seien Junggesellen oder Landstreicher da, überhaupt Leute, die nichts zu verlieren hätten und nicht für das Schicksal von Frauen und Kindern mitverantwortlich seien.

»Hast du den Verstand verloren?« schrie Adalbert.

»Ich wollte«, erwiderte sie, »ich hätte so wenig Anlaß, an deinem Verstand zu zweifeln, wie du an dem meinen. Weiß ich doch wahrhaftig nicht, was für ein böser Geist in den letzten Tagen in dich gefahren ist. Solange der Herzog lebte, dem man freilich allerlei Übles nachsagen konnte, auch wenn wir für unseren Teil nie was Schlimmes zu erleiden hatten, ist es dir nie eingefallen, so schauerliche Reden zu führen, daß einem das Blut erstarren konnte. Und nun, da wohl eine bessere Zeit anbrechen mag und wir einen jungen Fürsten über uns haben, von dem man niemals was Böses gehört hat, und der vielleicht unser Land zum glücklichsten im Reiche machen wird, predigst du Empörung, Brand und Mord.«

Adalbert stand vor ihr mit immer weiter aufgerissenen Augen, erstaunter noch über den ungehemmten Fluß als über die Verwegenheit ihrer Rede. »Woher weißt du, daß der Fürst schon im Lande ist?« fragte er drohend.

Ihre Blicke leuchteten hell auf. »Er ist da?« rief sie aus.

»Was schert es dich?« schrie er, »ob er da ist oder nicht.«

»Er ist da!« wiederholte sie, und es klang nicht wie eine Frage, eher wie ein Freudenruf.

»Wer hat dir verraten, daß er im Lande ist?«

Sie lachte. »Niemand als du selbst. Sollte es denn ein Geheimnis sein – oder gerade nur eines für mich?«

»Mittags erst fuhr er in die Residenz ein«, schrie Adalbert, »eben erst brachte man uns die Kunde ins Wirtshaus – und du weißt es schon?« Er hatte sich zu ihr aufs Bett gesetzt, faßte ihre beiden Hände und sah ihr fürchterlich ins Auge.

»Warum bist du so zornig, Adalbert?« fragte sie und wunderte sich, daß sie immer weniger Angst vor ihm verspürte. »Soll ich mich nicht freuen? Sollen wir uns nicht alle freuen, daß unser junger Landesherr endlich da ist?«

»Was geht's dich an, ob er jung ist oder alt«, fauchte er ihr ins Antlitz.

»Sechsundzwanzig«, sagte sie unbefangen. »Als er sich das letztemal im Lande aufhielt, war er einundzwanzig, und das sind eben fünf Jahre her.«

Er starrte sie an. »Du kennst ihn, Agnes?«

Sie lachte lustig auf. »Geradeso gut wie du, wie wir alle. Sollt' ich den Erbprinzen nicht kennen?«

»Du hast ihn gesehen?«

»Was ist dir denn, Adalbert? Sollt' ich mir die Augen verbinden, wenn er durch unser Städtchen zur Jagd fuhr? Ach, es geschah selten genug. Wie edel war seine Haltung, wie milde sein Blick, wie strahlend seine Stirn. Von einem, der so aussieht, Adalbert, kann uns nichts Böses kommen.«

Und wieder schrie er sie an, ob sie denn völlig toll geworden sei; warum sie sich einbilde, daß der junge Fürst aus anderem Holz geschnitzt sei als die anderen hohen Herren. Wenn sich auch mancher in jungen Tagen besser anzulassen scheine, – käme er erst zur Macht – hundertmal hätte man's erfahren, – so treibe er's genau so, wie seine Väter und Großväter es getan. Und was den neuen Herzog betreffe, so sei er zwar in Paris der Freund von Gelehrten und Schriftstellern gewesen, zugleich aber habe er sich mit Frauenzimmern der übelsten Art herumgetrieben, und daß er bei diesem Lebenswandel von der abscheulichen Krankheit verschont geblieben, die man mit gutem Grund die »Franzosen« nenne, sei wohl nicht anzunehmen. Und sein erstes hier im Lande werde jedenfalls sein, das Haus der Gartenmägdlein wieder in Betrieb zu setzen, das ja schon, wie man höre, zum Empfang des neuen Herrn sich rüste, woraus man wieder schließen könne, daß der ganze Hof, vom Minister bis zum Leibjäger, wohl wüßte, was er von dem jungen Fürsten zu gewärtigen habe.

»Und hast du nicht gehört, daß es wieder streng verboten ist, sich auf hundert Schritt Entfernung dem Schlößchen zu nähern, und daß keiner im Umkreis des Jagdgebietes sich mit einer Waffe zeigen darf? Man treibt wohl auch schon das Wild zusammen für ihn und seine saubere Gesellschaft, – und unsern armen Bauersleuten gnade Gott für die Dauer der Jagdzeit.«

Agnes lag da mit kindlichen, offenen Augen und hörte ruhig zu, fast wie eine wißbegierige Schülerin dem Lehrer, ohne einen Zweifel zu verraten oder gar einen Widerspruch zu wagen. Und so mochte Adalbert allmählich glauben, daß es ihm gelungen sei, sie von der Wahrheit der Tatsachen, die er berichtete, wie auch von der Unfehlbarkeit seiner Ansichten zu überzeugen. An diesem Glauben beruhigte er sich selbst; der Druck seiner Hände wurde merklich milder, und was ihn durchglühte, war nicht mehr Zorn, sondern ein sanfteres Feuer, das an dem Blick ihrer Augen, die er niemals so hell hatte leuchten gesehen, sich immer heftiger entzündete.

Doch als er sich endlich an ihrer Seite hinstreckte, schien Agnes zu seiner Enttäuschung schon in tiefen Schlaf versunken; und als er sie durch einen sanften Kuß auf die Stirn zu wecken suchte, fuhr sie mit der Hand über ihre Stirn und rollte sich unter der Decke zusammen wie ein kleines Kind, das von einer Fliege im Schlummer gestört worden ist. Und so schlief sie noch weiter, als am nächsten Morgen Adalbert erwachte, sich erhob, vernehmlich räusperte, hin und wider wandelte, frühstückte, sich in seine Amtstracht warf; – und schlief immer noch, als er endlich das Haus verließ und die Türe nicht ohne Geräusch hinter ihm zufiel.

Bald nach seinem Weggehen verließ auch Agnes das Haus und

begab sich in den Markt. Die Gassen lagen still wie sonst; die Unterhaltungen der jungen Frau mit Bekannten, denen sie zufällig begegnete, und mit Kaufleuten, bei denen sie Einkäufe zu besorgen hatte, waren gleichgültig wie je, und wenn auch immer wieder auf die Rückkehr des jungen Fürsten die Rede kam, niemand schien sonderlich erregt über ein Ereignis, das ja im Lauf der Dinge ganz natürlich hatte eintreten müssen.

Auch in der Apotheke des Vaters hielt sich Agnes eine kurze Weile auf und teilte ihm mit, daß sie ihrem Gatten das Wort abgenommen, sich von nun an im Wirtshaus gefährlicher Reden zu enthalten, worauf sie zu ihrer Verwunderung vernahm, daß er schon am gestrigen Abend zwar nicht wenig getrunken, doch in des Tobias Klenk Geschwätz, das man nun als ganz widersinnig zu verlachen beginne, nicht wie sonst eingestimmt habe.

Auch zu einer ihrer Freundinnen trat Agnes ins Haus, die vor etlichen Jahren als ganz junges Mädchen ihr anvertraut, daß sie sich kein schöneres Los denken könne als das eines Gartenmägdleins, sich bald darauf, etwa zur selben Zeit wie Agnes, vermählt, seither zwei Kinder geboren hatte und nun ihren Frauen- und Mutterpflichten völlig hingegeben war. Agnes fühlte sich heute versucht, ohne recht zu wissen warum, der Freundin jene harmlos lüsternen Mädchenträume ins Gedächtnis zurückzurufen, indem sie Adalberts Vermutung von gestern abend, daß der junge Fürst das Schloß Karolslust unverzüglich seinen früheren Zwecken wieder zurückgeben werde, als eine ganz bestimmte Tatsache mitteilte. Die Freundin aber schien kaum zu begreifen, was Agnes eigentlich meinte, diese wurde verlegen, fühlte sich auf Wangen, Hals und Nacken blutrot werden und begann jetzt erst selbst zu verstehen, was sie und warum sie es ausgesprochen hatte. »Gartenmägdlein«, das war plötzlich nicht mehr ein Wort, wie es bisher eines gewesen. Es war ein Bild, das vor ihr emportauchte und dessen Anblick sie süß erschauern machte. Bis zu dieser Stunde hatte sie es noch nicht beklagt, daß ihr kein Kind geschenkt war. Plötzlich empfand sie es wie einen Schmerz, und im nächsten Augenblick wurde ein Vorwurf gegen Adalbert daraus. Als sie nach kurzem Abschied von der

Freundin wieder auf der Straße stand, bebte die Luft in erwartungsvoller Unruhe, – und es war doch nur ein Frühsommertag, wie sie schon viele ohne sonderliche Erregung erlebt hatte. Was kümmert's mich denn, fragte sie sich, daß der junge Fürst wieder im Lande ist! Hätte Adalbert nicht so törichtes Zeug über ihn geschwätzt, ich dächte gar nicht an ihn. Und auch daraus wurde ein Vorwurf gegen Adalbert.

Der aber schien sich wohl bewußt zu sein, welch eine Trübung im Verlauf der letzten Tage sein Bild in der Seele der Gattin erfahren hatte. Während des Mittagessens trug er heute ein minder lautes, ja befangenes Wesen zur Schau, als wollte er den Eindruck seines Gebarens von gestern und vorgestern in Vergessenheit bringen; und als er recht unvermittelt zwischen Suppe und Fleisch eines Gerüchtes Erwähnung tat, daß der junge Herzog sich demnächst mit einer Prinzessin von Württemberg verloben würde, verriet der Ton seiner Stimme nichts davon, daß er von dem gleichen Manne sprach, von dem gestern erst in einer ganz anderen Weise zwischen ihm und Agnes die Rede gewesen war. Und Agnes ließ darauf nur ein gleichgültiges »Ach, wirklich!« vernehmen, ohne die Miene zu verziehen.

Nach dem Essen machte er sich mit Akten zu tun, die er aus dem Amt nach Hause genommen, und Agnes merkte, daß der Gedanke, Adalbert könne heute vielleicht auf den gewohnten Wirtshausbesuch Verzicht leisten, nichts Erfreuliches für sie barg. Ja, sie atmete beinahe auf, als Adalbert bei Eintritt der Dämmerung doch das Haus verließ, und sie war entschlossen, wann immer und wie lärmend er auch nach Hause zurückkehren sollte, sich fest schlafend zu stellen.

Doch sie hatte wirklich geschlafen, und so wachte sie auch wirklich auf, als Adalbert um Mitternacht an ihrem Bette stand, und es konnte ihm nicht entgehen, daß sie die Lider öffnete und blinzelte. Er schien diesen Augenblick nur erwartet zu haben; und sofort, in gelassenem, aber wichtigem Ton, berichtete er von dem Begebnis, das heute an der Tafelrunde im ›Goldenen Ochsen‹ das einzige Tischgespräch gewesen war.

Tobias Klenk war im Walde nächst Schloß Karolslust mit

einer Flinte betroffen und auf Anordung des Oberjägermeisters wegen Verdachts der Wilddieberei und tätlicher Widersetzlichkeit gegen die Jagdgehilfen festgenommen und gefesselt in das Gefängnis von Karolsmarkt geschafft worden, wo er morgen dem Richter, also ihm, Adalbert Wogelein, vorgeführt werden sollte.

»Und was wirst du tun?« fragte Agnes ängstlich.

»Dies kann ich nicht sagen, ehe ich den Angeklagten vernommen habe.«

»Du erzähltest doch eben selbst, Adalbert, daß Tobias Klenk Wilddieberei getrieben und sich gewalttätig betragen habe. Sonst hätte man ihn wohl nicht in Ketten ins Gefängnis gebracht. So wirst du ihn in jedem Fall zu einer strengen Strafe verurteilen müssen.«

»Die Wilddieberei ist nicht erwiesen«, erwiderte Adalbert stirnrunzelnd. »Und was es mit dem gewalttätigen Betragen gegenüber einer dreifachen Übermacht auf sich hatte, ob es sich nicht vielmehr um Notwehr gehandelt, auch das wird sich erst erweisen müssen. Ich werde meinen Spruch keinesfalls dem Oberjägermeister oder dem Fürsten zu Gefallen, auch nicht nach dem Buchstaben eines hinfälligen Gesetzes, sondern nach dem wahren Rechte fällen. Und selbst, wenn Tobias Klenk für seine arme Mutter einen Rehbock hätte schießen wollen, ja, wenn er einen von den fürstlichen Knechten, der sich an ihm vergriffen, niedergeschlagen hätte, – ich werde vor allem die Frage untersuchen, ob nicht auch diejenigen Personen zur Verantwortung zu ziehen wären, die ihm sein Eigentum, die Flinte, konfisziert, ihn körperlich angegriffen und ihm Hand- und Fußschellen angelegt haben.«

»Adalbert«, rief sie und sah ihn mit angstvollen Augen an.

Doch glaubte er in ihren Blicken etwas wie Bewunderung zu lesen, und so fuhr er unbeirrt fort: »Ich überlege eben, ob ich dem Tobias Klenk nicht ohne weiteres die Fesseln abnehmen oder ihn gar in Freiheit setzen lassen sollte. Aber bei genauerer Erwägung erscheint es mir richtig, daß die Sache in völliger Öffentlichkeit verhandelt werde.«

»Was hast du vor, Adalbert?«

»Hast du Furcht, Agnes, so steht es dir frei, dich heute noch in das Haus deines Vaters, des Bürgermeisters, zu begeben, um die etwaigen Folgen meines Tuns nicht mit mir tragen zu müssen.« Und er fühlte sich immer höher wachsen.

»Nie und nimmer würde ich dich verlassen, Adalbert, aber«, sie hob beschwörend die Hände, »noch einmal bitte ich dich, zu bedenken –«

»Es ist alles bedacht, Agnes. Und wenn ich eines bedauere, so ist es, daß der Prozeß in unserem kleinen Städtchen und nicht in der Residenz oder besser noch vor dem Reichsgericht in Wetzlar verhandelt wird. Aber es könnte wohl sein, daß mein Wort auch von hier aus ins Weite dränge und sich an meinem Spruch eine Fackel entzündete, die über ganz Deutschland leuchtete.«

»Adalbert«, rief Agnes, »du opferst dich deiner Freundchaft für Tobias Klenk auf.«

Adalbert reckte sich. »Ob Tobias oder ein anderer, ob Freund oder Feind, das kümmert mich nicht.«

»Du stürzest dich ins Verderben, Adalbert, und – mich dazu.«

Doch während sie so sprach, war es ihm wieder, als sähe er in der Tiefe ihres Blickes einen Strahl scheuer Bewunderung erglänzen, und es fuhr ihm durch den Sinn, daß er sich nun den Lohn für seine Kühnheit von ihren Lippen holen wollte. Er neigte sich zu ihr; ihr aber wehte Weindunst entgegen, sie zuckte zusammen; – und als er ihr näherrückte, brach sie plötzlich in Tränen aus. Adalbert war außerstande, sie zu beschwichtigen, – und so bitter es ihm ums Herz war, er mußte endlich von ihr lassen.

Als Adalbert Wogelein am nächsten Morgen die Gerichtsstube betrat, die zu ebener Erde in einem geräumigen, alten Gebäude auf dem Marktplatz untergebracht war, legte ihm der Schreiber, wie es Brauch war, eine Liste der zur Verhandlung bestimmten Fälle vor. Zuerst wurden zwei Bürger vorgerufen, zwischen denen eine Schuldforderung schwebte, die Adalbert nach Anhörung der Parteien und dreier Zeugen nach bestem Wissen und

Gewissen zuungunsten des Klägers entschied, dessen Forderung als verjährt abgewiesen wurde. Dann wurden zwei Burschen vorgeführt, die einander bei einem Raufhandel erheblich verletzt, sich im Arrest unterdessen versöhnt hatten und nun nicht begreifen wollten, warum sie trotzdem jeder nach dem Spruch des Richters ein paar Wochen bei Wasser und Brot brummen sollten.

Während sie abgeführt wurden, drang in die Gerichtsstube die Kunde, daß soeben der junge Herzog in Karolsmarkt ohne jede Begleitung eingetroffen und vor dem Schulhause abgestiegen sei, wo er nun einer Unterrichtsstunde beiwohne. Der Schreiber, ein Mann in mittleren Jahren, nicht eben gelehrt, aber pfiffig genug, mit dem sich Adalbert Wogelein in eigener Person über verzwickte Rechtsfälle öfters in Diskurse einzulassen liebte, ließ nun den Richter wissen, daß der Herzog schon gestern, also kurz nach seiner Ankunft, in der Residenzstadt gewisse staatliche Ämter und öffentliche Anstalten überraschend visitiert hätte, was einigen Räten und Angestellten nicht sehr wohl bekommen sei.

Dem Adalbert Wogelein rieselte es leicht über den Rücken; aber ohne sich zu der Mitteilung des Schreibers irgendwie zu äußern, trat er in die Verhandlung des nächsten Falles ein. Ein Landstreicher stand vor Gericht, ein jämmerlich aussehender, magerer, ältlicher Mensch, der verdächtig war, aus dem Hause einer Witwe, wo er genächtigt, allerlei von ihrem verstorbenen Gatten hinterlassenes Handwerkzeug und auch Lebensmittel entwendet zu haben. Während er sich elend und weinerlich verschwor, daß er in seinem ganzen Leben nicht so viel gestohlen, als unter den Nägeln eines Fingers Platz habe, flog die Türe auf, ein junger Bursche stand da und rief atemlos: »Seine Gnaden, der Herzog!«

Adalbert wußte seine Ruhe völlig zu bewahren, verwies den Schreiber, der aufgesprungen war, auf seinen Platz und schickte sich eben an, dem Landstreicher eine neue Frage vorzulegen, als der Herzog eintrat, vornehm, aber ohne jede Prachtentfaltung in Schwarz gekleidet, schlank und stattlich, zwar jung, aber doch älter aussehend, als seinen Jahren gemäß war.

Adalbert Wogelein erhob sich und wollte dem Herzog ein paar

Schritte entgegentun, um ihn mit schuldiger Ehrfurcht zu begrüßen; dieser aber, mit ziemlich leiser, aber wohlklingender Stimme sagte: »Ich trag' Euch auf, Herr Richter, Eures Amtes weiter zu walten und die Verhandlung weiterzuführen, geradeso, als wenn ich nicht anwesend wäre.« Ebenso bedeutete er dem Gerichtsdiener, der das nachdrängende Volk zurückhalten wollte, er möge so viele hereinlassen, als immer nur Platz finden könnten, ließ es sich gerade noch gefallen, daß der Schreiber ihm einen Stuhl hinschob, und rückte ihn selber so, daß er seitlich neben dem Richter, doch ein wenig hinter ihm zu sitzen kam.

Ohne mit der Stimme zu beben, fuhr Adalbert Wogelein in seinen Fragen fort, und als der Landstreicher noch weiterhin leugnete, während die Witwe schwor, es könne kein anderer als er der Übeltäter gewesen sein, tat Adalbert den Spruch, daß der Angeklagte, bei dem sich nichts von den gestohlenen Sachen vorgefunden, aus der Haft entlassen, daß er aber unverzüglich den Ort und innerhalb vierundzwanzig Stunden das Land zu verlassen habe. Dann sagte er einfach: »Weiter«, wie das eben seine Art war, wenn ein neuer Fall zur Verhandlung kommen sollte; und er bewies so seine Unbekümmertheit um die Anwesenheit des Herzogs, empfand es aber zugleich mit Genugtuung, daß er damit nach des Herzogs ausdrücklich kundgetanem Willen vorgegangen war.

Ohne den Aufruf des Gerichtsdieners abzuwarten, der sich noch mit dem Landstreicher zu befassen hatte, trat Tobias Klenk ein, in einem kavaliersmäßig zugeschnittenen, doch abgetragenen Gewand, zu dem die hohen, gelben Stiefel nicht recht passen wollten. Das dunkle Haar hing ihm wirr in die blasse, gerunzelte Stirn, sein Blick war hochmütig und nicht ohne Tücke, und er sah abenteuerlich und beinahe bedrohlich aus. Er trat, als sei ihm von der Anwesenheit des Herzogs nichts bekannt, gerade vor den Richter hin und sagte in scharfem, aber nicht gerade grobem Ton: »Vor allem, Freund Adalbert, wünsche ich der Handschellen entledigt zu werden.«

Ein Raunen und Murmeln ging durch die enge, menschenerfüllte Stube, die Leute sahen zum Herzog hin, der unbeweglich mit gekreuzten Armen dasaß; – und dann erst zum Richter.

Dieser aber sprach: »Die Handschellen wären Euch schon vor Eurem Eintritt abgenommen worden, wenn Ihr so lange Geduld gehabt hättet, bis man Euch vorrief. Euer Freund aber, Tobias Klenk, wo immer ich es sein mag, hier in der Amtsstube bin ich es nicht.«

Auf seinen Wink wurden dem Tobias die Fesseln abgenommen und zugleich wies der Richter den Schreiber an, die Anklage gegen Tobias Klenk zur Verlesung zu bringen. Doch kaum hatte sich der Schreiber erhoben, als Tobias nach dem Papier griff, das jener in den Händen hielt, es zusammenknitterte und auf den Tisch warf. Er soll es mir nur nicht zu schwer machen, dachte Adalbert.

»Was kümmert mich das Papier!« rief Tobias. »Wo sind die Kerle, die mir meine Flinte weggenommen, mich geprügelt und mir Hand- und Fußschellen angelegt haben? Wo sind die Jagdgehilfen? Wo der Herr Oberjägermeister? Mit ihnen habe ich zu schaffen, nichts mit dem Papier.«

»Tobias Klenk«, sagte Adalbert Wogelein, und er hoffte, daß niemand das leise Zittern in seiner Stimme merken würde, »ich ermahne Euch, der Würde dieses Ortes eingedenk zu sein, der heute überdies durch die Anwesenheit Seiner Gnaden, unseres durchlauchtigsten Herzogs ausgezeichnet ist.«

Das hätte ich nicht sagen sollen, dachte er gleich und vernahm auch schon die milde, aber feste Stimme des Herzogs: »Meine Anwesenheit tut nichts zur Sache, Herr Richter.« Und mit einer leichten Handbewegung wehrte er zugleich die allzu tiefe, geradezu höhnische Verbeugung ab, zu der sich Tobias Klenk nun bequemte, als wäre er des Herzogs eben erst gewahr worden.

Adalbert Wogelein aber wies den Schreiber durch einen Blick an, zu lesen, worauf dieser das zerknitterte Papier, das er schon vorher an sich genommen, völlig entfaltete und begann:

»Am heutigen Nachmittag, bei einem Rundgange durch das herzogliche Revier, kaum hundert Schritte weit vom eingefriedeten Park, betraf ich, der unterzeichnete herzogliche Oberjägermeister Franz Sever von Wolfenstein, den hier gebürtigen, aber meist von hier abwesenden, übel beleumundeten Einwohner von Karolsmarkt Tobias Klenk« (hier lachte Tobias auf, und Adalbert schüttelte mißfällig den Kopf, man wußte nicht ob über des Tobias Lachen oder über die Bemerkung des Oberjägermeisters zu des Tobias Leumund) – »mit einer Jagdflinte im Arm. Obzwar ich nach bestehendem Gesetz berechtigt, ja vielleicht sogar verpflichtet gewesen wäre, bemeldetem Tobias Klenk die Waffe ohne weiteres abzunehmen und ihn in Arrest führen zu lassen, verwarnte ich ihn vorerst und forderte ihn auf, sich unverzüglich aus dem Revier zu entfernen, das er offenbar nur zum Zwecke der Wilddieberei betreten hatte. Erst als er meine Aufforderung mit unverschämten, ja drohenden Worten erwiderte, pfiff ich um Sukkurs, worauf die in der Nähe befindlichen Jäger Kuno Waldhaber und Franz Rebler herbeieilten, bemeldetem Tobias Klenk die Flinte wegnahmen und, da er mit Händen und Füßen um sich schlug, sich überhaupt gebärdete wie ein Wütender, ihm Fesseln anlegten, worauf ich ihn in den Arrest nach Karolsmarkt abführen ließ, damit er vor dem ordentlichen Gericht in aller Form Rechtens verhört und abgeurteilt würde, wegen folgender drei Vergehen, als da sind: Erstens: unbefugtes Tragen einer Waffe im herzoglichen Revier, zweitens: geplante Wilddieberei und drittens: gewalttätiges Vorgehen gegenüber herzoglichen Angestellten im Dienst.«

Sofort, nachdem der Schreiber geendet, richtete Adalbert Wogelein das Wort an den Angeklagten. »Euer Name ist Tobias Klenk?«

»So wahr der deine Adalbert Wogelein ist.«

»Alter – dreiunddreißig Jahre, unvermählt –«

»Und hoffe es zu bleiben.«

»Euer Beruf?«

»Bist du der überflüssigen Fragen nicht endlich müde, Adalbert?«

»Meine Pflicht ist zu fragen, wie die Eure zu antworten.«

»So setze in die Rubrik: was er war, kümmert keinen; was er einmal sein wird, vermag er selbst heute noch nicht vorherzusagen; was er ist, sieht jeder auf den ersten Blick – und wer es nicht sieht, dem ist durch Worte nicht zu helfen.«

»Euer Witz ist etwas zeitraubend«, bemerkte Adalbert Wogelein. Und da er, zum Herzog schielend, zu bemerken glaubte, daß dieser lächelte, fügte er leichten Tones hinzu: »Somit werde ich auf eigene Verantwortung einschreiben: Dermalen beschäftigungslos.«

»Wieso, Freund Wogelein? Deine Beschäftigung ist zu fragen, meine zu antworten. Ich kann mir sowenig helfen als du; wir stehen beide unter demselben Gesetz, doch glaube ich fast, daß mir wohler zumute ist als dir.«

Ein leises Murmeln ging durch den Raum. Adalbert Wogelein saß unbeweglich. Und trotzdem werde ich ihn freisprechen, dachte er, mag daraus werden, was will. »Bekennt Ihr Euch schuldig, Tobias Klenk?« fragte er.

»Nein«, erwiderte Tobias Klenk.

»So leugnet Ihr die Richtigkeit des Protokolls von des Herrn Oberjägermeisters Hand, das Euch eben vorgelesen wurde?«

»In den Tatsachen keineswegs, doch stelle ich in Abrede, daß diese Tatsachen eine Schuld zu bedeuten haben.«

»Ihr seid erstlich angeklagt, im herzoglichen Jagdrevier eine Waffe, und zwar eine Jagdflinte getragen zu haben, womit Ihr wissentlich ein strenges Gebot überschritten habt.«

»Ich weiß, daß dies ein Verbot ist, doch bestreite ich, daß man sich jedem, auch einem unsinnigen Verbot bedingungslos unterwerfen muß. So könnte es irgendeinem Fürsten einmal einfallen, ein Gebot zu erlassen, daß niemand mit gelben Stiefeln sein Revier betrete, – oder daß kein Untertan mehr als drei Knöpfe an der Weste tragen dürfe. Wie denkst du, Adalbert Wogelein, wäre ich – oder wärst du gehalten, auch ein solches Gebot zu erfüllen, weil ein Fürst oder ein Oberjägermeister es erlassen?«

»Solche Verbote wären allerdings ohne Sinn«, erwiderte Adalbert, »und schon die Annahme, daß ein Fürst solche Gebote erlassen könnte, bedeutet gewissermaßen eine Beleidigung der fürstlichen Autorität... Aber es handelt sich hier um das Verbot des Waffentragens, das keineswegs unsinnig ist, sondern, wie jedermann weiß, den offenbaren Zweck hat, die Wilddieberei zu verhindern.«

»Ich erkläre jedes Verbot als unsinnig«, sagte Tobias, »durch das zugunsten eines Mächtigen die Freiheit von tausend Geknechteten willkürlich beschränkt wird. Und ich erkenne eine Welt nicht an, in der dem einen unbeschränkte Gewalt verliehen ist zu befehlen, und hunderttausend andere verdammt sind, ihm zu gehorchen; eine Welt, wo der eine, der den Rehbraten verspeist, wann es ihm beliebt und ohne dafür zu bezahlen, überdies noch den andern darf einsperren lassen, der auch nur im Verdacht steht, Lust auf den Rehbraten verspürt zu haben.«

Das Raunen und Murmeln ringsum wuchs an. Adalbert Wogelein fühlte es heiß in seine Stirn steigen, denn der Satz, den Tobias Klenk eben vorgebracht, sah einem zu Verwechseln ähnlich, den Adalbert selbst vor wenigen Tagen am Wirtshaustisch ›Zum Goldenen Ochsen‹ ausgesprochen hatte. Doch er behielt die Fassung und bemerkte mit überlegenem Lächeln: »Dies ist eine Philosophie, Tobias Klenk, über die Ihr Euch mit Gelehrten und Staatsmännern oder mit wem immer am Wirtshaustisch unterhalten mögt. Für uns hier bei Gericht steht nur der Kasus als solcher in Frage. Und was diesen anbelangt, kann ich Euere bisherigen Antworten nur einem Geständnis gleichsetzen, – daß Ihr deshalb mit der Flinte ins herzogliche Revier gekommen seid, um Euch... auf wohlfeile Weise einen Rehbraten zu verschaffen.«

»Leg' mir nichts in den Mund, was ich nicht gesagt habe, Adalbert. Man trägt Waffen zu mancherlei Anlaß, manchmal sogar zum eigenen Schutz. Daß ich die Waffe zum Zwecke der sogenannten Wilddieberei getragen, ist nicht bewiesen.«

»Hierüber wird das Gericht entscheiden«, bemerkte Adalbert rasch. Und fügte hinzu: »Wir kommen nun zu dem dritten Punkt der Anklage: daß Ihr Euch der Entwaffnung widersetzt und gegen die herzoglichen Jäger tätlich vergangen habt.«

»Auch dies gestehe ich zu, – doch keineswegs als Schuld. Die Flinte ist mein Eigentum und gewiß so redlich von mir erworben, wie manches Jagdrevier und weiteres Gebiet von manchem deutschen Fürsten erworben ward. Kein Mensch hatte das Recht, mir mein Eigentum abzuverlangen oder gar zu entreißen. Ich aber war wohl berechtigt, mich meiner Haut zu wehren, als zwei bewaffnete Kerle über mich herfielen, die keinerlei Strafe zu erwarten gehabt hätten, auch wenn ich bei dieser Gelegenheit umgebracht worden wäre.«

»Es ist mit Gewißheit anzunehmen«, sagte Adalbert mild, »daß Euch nichts zuleide geschehen wäre, wenn Ihr Euch gutwillig gefügt hättet, Tobias Klenk.«

»Ich bin der Mann nicht, mich zu fügen, auch wo mein Recht nicht über allem Zweifel steht. Und ich sollte es tun, wo mir Unrecht und Gewalt angetan wird?«

»Somit gesteht Ihr also zu«, sagte Adalbert Wogelein, und es ward ihm schwül zumut, denn er fühlte, daß die Verhandlung ihrem Ende nahte und die Entscheidung, nicht über des Tobias Klenk Schicksal allein, in seine Hand gelegt war – »somit gesteht Ihr auch zu, daß Ihr Euch der Verhaftung tätlich widersetzt habt. Habt Ihr in diesem Punkte etwas zu Eurer Rechtfertigung vorzubringen?«

»Ich habe mich nicht zu rechtfertigen, da ich mir keiner Schuld bewußt bin, sondern ich erhebe Anklage, und zwar vorerst –«

Eilends unterbrach ihn Adalbert. »Habt Ihr eine Anklage vorzubringen, so mögt Ihr es zu gelegener Zeit und in ordnungsgemäßer Weise tun. Noch vier Fälle harren heute meines Spruchs. Wir müssen zu Ende kommen.«

»Ich klage an«, begann Tobias Klenk von neuem –

»Stille«, rief Adalbert Wogelein und dachte bei sich: Es ist ihm nicht zu helfen – und mir auch nicht.

»Ich klage an«, rief Tobias Klenk, »erstens die beiden Jagdgehilfen Kuno Waldhaber und Franz Rebler, ferner den Oberjägermeister Franz Sever von Wolfenstein und drittens« –

Nur weiter, dachte Adalbert Wogelein, er gräbt sich selber sein Grab ... und das könnte mich retten ...

»Und zum dritten«, schrie Tobias, »erhebe ich die Anklage gegen den Fürsten dieses Landes, den Herzog –«

»Es ist genug«, rief Adalbert Wogelein mit erhobener Stimme, während aller Augen sich neugierig auf den Herzog richteten, dessen Miene nicht die geringste Bewegung verriet. »Die Anklage gegen den Landesherrn ist bei den Gerichten dieses Landes unzulässig. Doch steht es jedem Untertanen frei, der sich in seiner Ehre oder seinem Wohlergehen, durch wen immer es sei, auch durch den Fürsten seines Landes, gekränkt fühlt, die Klage beim Reichsgericht in Wetzlar einzubringen.« Er atmete tief auf, denn nun war er dem verwegenen und unverschämten Menschen so weit entgegengekommen, als es überhaupt möglich war. »Was aber nun den heute zur Verhandlung stehenden Fall anbelangt«, – er erhob sich, – »so spreche ich, Adalbert Wogelein, Richter in Karolsmarkt, Euch, Tobias Klenk, im Namen Seiner Gnaden des durchlauchtigsten Herzogs in drei Punkten – nach Euerm eigenen Geständnis – schuldig. Erstlich wegen Tragens einer verbotenen Waffe, zweitens wegen versuchter Wilddieberei und drittens wegen tätlicher Widersetzlichkeit gegen Beamte in Diensten Seiner Gnaden des Herzogs. Daß Ihr mit der Jagdflinte im herzoglichen Revier betroffen seid, könnt Ihr selbst nicht leugnen. Daß Ihr sie zu einem andern Zweck als zu dem der Wilddieberei getragen habt, ist durchaus unglaubwürdig. Daß Ihr Euch gegen Eure Festnahme mit unerlaubten Mitteln zur Wehr gesetzt, worauf Gefahr für Gesundheit und Leben der in Ausübung ihrer Pflicht handelnden Personen erfolgte, ist gleichfalls erwiesen. Somit verurteile ich Euch« – er zögerte, denn nun fühlte er, daß er im Begriff war, den Schicksalsspruch über sich selbst zu fällen – »zu Gefängnis in der Dauer von einem Jahr und nachheriger Landesverweisung.«

In diesem Augenblick war Adalbert auf mancherlei gefaßt. Er hielt es ebenso für denkbar, daß Tobias Klenk ihn sofort als Verschwörer und Spießgesellen angeben, als auch, daß er sich auf ihn stürzen und ihn tätlich angreifen würde. Scharf sah er ihm ins Auge, als wollte er ihn durch seinen Blick in Schach halten, doch vermochte er in dem des Tobias nichts anderes zu lesen als den Ausdruck einer grenzenlosen Verachtung. Noch unheimlicher aber war ihm, daß der Herzog nach wie vor schweigend, unbeweglich, mit über der Brust gekreuzten Armen auf seinem Platz sitzen geblieben war.

Adalbert gab dem Gerichtsdiener einen Wink, den Verurteilten abzuführen. Dieser, ohne den Richter, den Fürsten oder sonst einen der Anwesenden auch nur eines Blickes zu würdigen, wandte sich zur Türe und ging. Die übrigen blieben in der Gerichtsstube und, wie durch das Schweigen und die Unbeweglichkeit des Fürsten in Bann gehalten, sahen einander wohl unsicher an, verhielten sich aber völlig regungslos.

Adalbert, einsam wie in einem luftlosen Raum, ließ wieder, fast ohne es selbst zu wissen, sein »Weiter« vernehmen. Er nahm einen Akt zur Hand, der vor ihm lag, wandte sich an den Schreiber, als hätte er ihm irgend etwas darauf Bezügliches zu sagen, und nahm die Gelegenheit wahr, ihm zuzuflüstern: »Sorgt dafür, daß der Tobias in eines der unteren völlig sicheren Kellergelasse eingeschlossen werde.« Der Schreiber nickte, erhob sich, – zugleich trat ein Bauer mit seinem Weibe ein, als Klägerin gegen ihren Mann, der sie mißhandelt hatte.

Noch als Adalbert Wogelein die ersten Fragen an die beiden stellte, erhob sich der Herzog; als Adalbert das gleiche tat, wehrte der Herzog ab, sagte mild: »Ihr dürft Euch nicht stören lassen, Herr Richter!«, grüßte nach allen Seiten und ging, wie er gekommen, ohne auch nur durch ein Wort seiner Zufriedenheit oder seiner Mißbilligung Ausdruck zu verleihen. Von der Türe aus winkte er, ohne zu lächeln, dem Richter huldvoll zu, der trotzdem nicht vermochte, sich beglückt zu fühlen.

Die Leute, die nun dem Herzog nachströmten, verwies er unwirsch zur Ruhe und fuhr in der Vernehmung des Ehepaares fort. Der Schreiber kam zurück und bedeutete dem Richter durch einen Blick, daß dessen Auftrag bestellt und ausgeführt sei. Adalbert Wogelein brachte die Angelegenheit mit dem uneinigen Ehepaar eilig und etwas verdrossen zu Ende, noch eiliger die nächsten Streitfälle, schloß vorzeitig die Gerichtsstunde, vergewisserte sich beim Gefängnisaufseher, daß Tobias sich in sicherem Gewahrsam befinde, und mahnte nochmals, daß man ja keinerlei Vorsichtsmaßregeln gegenüber Tobias Klenk außer acht, daß man es ihm aber an reichlichem Essen und Trinken nicht fehlen lassen dürfe.

Auf der Straße erfuhr er, daß der Herzog indes einige Handwerker aufgesucht hatte; so einen Goldschmied, dem er ein paar Schmuckstücke abgekauft, einen Drechsler, von dem er ein Schachspiel erworben; – und daß er sich jetzt eben in der Kirche aufhalte, nicht etwa, um seine Andacht zu verrichten, sondern, um sich von dem Schullehrer, der als geschickter Organist bekannt war, auf der Orgel vorspielen zu lassen. Die mächtigen Töne drangen an Adalberts Ohr, als er an der Kirche vorbeiging, vor der der Wagen des Herzogs wartete. Im übrigen war die Straße fast leer, da die Menge dem Herzog in das Gotteshaus gefolgt war.

Der Tag war schwüler, als es zu dieser frühen Jahreszeit der Fall zu sein pflegte, kein Lüftchen rührte sich, und Adalbert war es an Leib und Seele nicht behaglich zumute. Obzwar er sich selbst das Zeugnis erteilen mußte, daß er sich in seiner unsäglich schwierigen Lage so würdig und klug betragen, als nur immer möglich war; er fühlte sich nicht nur seltsam unsicher, sondern auch unzufrieden mit sich selbst, wie nie zuvor. Er fragte sich aufs Gewissen, ob sein Spruch anders ausgefallen wäre, wenn der Fürst der Verhandlung nicht beigewohnt hätte. Doch hier erhob sich gleich die zweite Frage, ob nicht vor allem Tobias Klenk in diesem Falle sich anders benommen, – ob sanfter oder frecher war freilich schwer zu sagen. Nun, wie immer, nach dem offenbaren Tatbestand war es nicht möglich gewesen, den Tobias Klenk jeder Strafe zu entheben; und ob man ihn nun auf ein halbes oder für ein ganzes Jahr hinter Schloß und Riegel sperrte, das machte keinen großen Unterschied.

Was den Richter Wogelein am schlimmsten peinigte, das war, daß er sich seinem Weibe gegenüber gerühmt hatte, er würde den Tobias in jedem Falle völlig frei ausgehen lassen. Aber war sie von dieser seiner Absicht nicht selbst aufs heftigste erschreckt gewesen und mußte nun erleichtert aufatmen, wenn sie hörte, daß Tobias Klenk seine Schuld gar nicht geleugnet und sich vor Gericht so über alle Maßen frech und herausfordernd betragen hatte, als legte er es geradezu darauf an, das strengste Urteil über sich heraufzubeschwören? Was mochte nur hinter diesem Betragen für eine geheime Absicht gesteckt haben? War es nur leidige Prahlsucht gewesen? Oder ehrliche innere Empörung? Oder am Ende nur der boshafte Drang, den alten Freund und Schulkameraden, den Richter Adalbert Wogelein, in die Tinte zu bringen?

Bei diesem Gedanken überlief es ihn kalt. Was wußte er am Ende von des Herzogs wahrer Gemütsart und eigentlichem Wesen? Hatte der Schreiber heute morgen nicht allerlei verlauten lassen von unangenehmen Dingen, die gewissen Räten in der Residenz zugestoßen waren? Ob man es mit einem milden oder gar edlen Fürsten zu tun hatte, oder mit einem verschlagenen grausamen Herrn, das mußte sich erst erweisen. Und keineswegs war es außer dem Bereich aller Möglichkeit, daß vor dem Hause des Richters Wogelein schon die Häscher warteten, um ihn wegen geheimen Einverständnisses mit einem frechen und staatsgefährlichen Gesellen festzunehmen und in den Kerker zu schleppen. Durch die undurchdringliche, aber herablassende Art des Herzogs in trügerische Sicherheit gewiegt, hatte Adalbert die furchtbare Gefahr, in der er schwebte, bisher kaum erwogen. War es nicht geraten vorzubauen, soweit das noch möglich war? Sollte er nicht unverzüglich Audienz nehmen beim Herzog und ihn aufklären, daß es mit ihm, dem Richter Wogelein, keineswegs so bestellt sei, wie man nach des Tobias Klenk Geschwätz und Gebaren wohl hätte vermuten dürfen? Daß er ein redlicher und treuer, wenn auch eigenwillig und mutig denkender Beamter des Herzogtums war, der sich in seinem Leben nichts Böses hatte zuschulden kommen lassen?

Und nun erst kam die rechte Erbitterung über ihn. Welch ein heilloser Narr dieser Tobias in jedem Falle! Was war ihm nur ins Gehirn gefahren, daß er sich vor dem Herzog als Empörer gebärdet, ja bekannt hatte, ehe die Zeit für solche Vermessenheit gekommen war? Hatte er nicht Verdacht geweckt gerade an der Stelle, wo Mittel zu Gebote standen, Verschwörungen nachzuspüren, sie im Keim zu ersticken und ihre Anstifter aufs grausamste zu bestrafen? Und was hatte es überhaupt für eine Bewandtnis mit der Verschwörung, von der Tobias immer in dunklen Worten redete? Und wo steckten sie denn, die Kameraden, die nur auf die Zeichen warteten? Und was waren das für Zeichen, die kommen sollten –? Ha, ob dem Tobias Klenk nicht am Ende selbst bange geworden war vor gewissen Verpflichtungen, die er auf sich genommen, vor Schwüren, die er geleistet – und ob er sich nicht einfach ins Gefängnis hatte sperren lassen, um vor den Mahnungen und Befehlen seiner Spießgesellen in Sicherheit zu sein? – Und nun stand er, Adalbert Wogelein, als der allein Verantwortliche, als eingeweiht gewissermaßen, stand selbst als ein Verschworener da, gerade er, der im Grunde von der ganzen Sache so gut wie gar nichts wußte und nicht das geringste verstand –?

Und wie, wenn nun die Verschwörer, die jetzt, wenn man dem Tobias glauben durfte, verstreut, an verschiedenen Orten des Deutschen Reichs in der Verborgenheit warteten, hier in Karolsmarkt erschienen und ihn zur Rechenschaft forderten dafür, daß er den Tobias Klenk ins Gefängnis gesperrt hatte –?

Schweißtropfen perlten ihm auf der Stirn. Gefahren überall – es war, um toll zu werden. Er war so rasch gegangen, daß er sein Haus schon zu sehen vermochte, das, als das letzte im Ort, in freundlicher Spätnachmittagsstille mit blühendem Flieder im Vorgarten, friedlich und unbeirrt heiter dalag, obzwar indes graue Wölkchen am Himmel heraufgezogen waren. Nun, hier sah es keineswegs danach aus, als wenn Häscher irgendwo im Hinterhalt lauerten.

Doch nun war es ein anderer Gedanke, der ihn ganz plötzlich beunruhigte und schlimmer beinahe, als es die früheren getan: er mußte sich gestehen, daß er dem Wiedersehen mit Agnes geradezu mit Angst entgegensah. Am Morgen, da er das Haus verlassen, war sie noch zu Bette gelegen, und eine unbegreifliche Befangenheit hatte ihn erfüllt, als sie ihm mit fremdem Blick, in dem keine Erinnerung des vergangenen Abends mehr zu schimmern schien, die Stirne zum Morgenkuß geboten und sich gleich wieder, als wollte sie den Beginn eines neuen Tages überhaupt noch nicht wahrhaben, abgewandt und die Augen geschlossen hatte. Wie würde sie ihn nun empfangen? Wie aufnehmen, was er ihr zu erzählen hatte?

Er fand Agnes im Erker sitzen, den Blick dem Wäldchen zugewandt, das, ein paar Schritte von hier beginnend, sich bis zum Schlosse Karolslust und darüber hinaus erstreckte, und eine Häkelarbeit ruhte ihr im Schoß. Sonst, wenn sie Adalberts Schritt nur hörte, pflegte sie ihre Arbeit zu unterbrechen und ihm entgegenzugehen. Heute aber schien sie seinen Eintritt zuerst nicht zu bemerken; dann, ganz plötzlich, erhob sie sich, lief ihm entgegen und umhalste ihn so stürmisch, wie es sonst ihre Art nicht war. Zuerst stutzte er, dann dachte er aufatmend: Sie weiß schon! Man hat ihr berichtet, wie würdig ich mich gehalten habe, und sie ist stolz auf ihren Gatten. Er überließ der Magd Mantel und Hut, und heiter bemerkte er: »Das Essen ist hoffentlich fertig. Ich darf sagen, daß ich mich bei recht gutem Appetit befinde.«

Als die Magd das Zimmer verlassen, wollte Agnes, wie sie es manchmal halb scherzend zu tun pflegte, selbst die Perücke vom Haupte ihres Gatten entfernen. Er ließ es sich nicht gefallen und behielt sie, als gälte es, Würde zu bewahren, auf dem Kopf.

»Nun, wie hat man sich heute den ganzen Tag befunden?« fragte er vergnügt. »Viel geschafft in Haus und Garten? Besuch empfangen?«

Sie verneinte. Er wunderte sich. Wenn niemand dagewesen war, woher wußte sie? Und wenn sie nicht wußte, was war es, das sie so fröhlich machte? Und vorsichtig fragte er: »Was hast du denn, meine liebe Frau? So guter Dinge und dabei so schweigsam kenn' ich dich gar nicht.«

»Denk' nur, Adalbert«, sagte sie, und ihre Augen leuchteten. »Gleich nachdem du fortgingst heute morgen, ich war eben aufgestanden, fuhr der Herzog vorbei und winkte mir einen Gruß zu.«

Dem Adalbert Wogelein wollte das Herz vor Grimm erstarren. Er ließ sich's nicht merken, und mit abgewandtem Gesicht sagte er: »Das ist weiter nicht wunderbar. Er kann wohl nicht anders als an unserem Haus vorbeifahren, wenn er von der Residenz über Karolslust in den Markt will.«

»Und ich, denk' nur Adalbert, erkannte ihn nicht gleich. Ich dachte, es sei ein Hofkavalier oder sonstwas von der Art. Erst als er lächelte und grüßte, wußte ich, daß er es war und kein anderer. Und da verneigte ich mich tief.« Und in der Erinnerung neigte sie sich wieder und blieb eine Weile in dieser Haltung stehen.

»Da hast du recht daran getan«, sagte Adalbert mit noch verhaltenem Grimm, »daß du dich so höflich verneigt hast. Es muß freilich etwas komisch ausgesehen haben, wenn du dabei geradeso rot geworden bist, wie jetzt, – da du mir's berichtest.«

Mühselig beherrscht, nahm er sie um die Hüfte, sie sah ihn befremdet von der Seite an, und er geleitete sie zum Tisch, wo eben die Suppe aufgetragen war.

Agnes teilte vor und sagte: »Es mag wohl sein, daß ich ihm etwas komisch erschienen bin, denn er wandte sich lächelnd nach mir um und winkte mir nochmals einen Gruß zu.« Sie hob die Hand und winkte in der gleichen Art, wie es der Herzog getan haben mochte.

»Ist es möglich?« rief Adalbert, mit dem Löffel heftig in seinem Teller rührend, »winkte dir einen Gruß zu? Was für ein herablassender, gnädiger Herr. Nun, wenn die Tante Katharina am Fenster gestanden wäre, dann hätte sich der Herzog wohl nicht umgewandt, vielleicht kaum gegrüßt, – die würdige Frau am Ende gar nicht bemerkt.« Und er lachte überlaut.

»Was sprichst du denn da, Adalbert! Meinst du wirklich, sein Gruß galt meiner Jugend, meinem Blondhaar und glatten Gesicht? Er grüßt gewiß alle Menschen, Frauen und Männer, Junge und Alte auf die gleiche Weise. Hättest du ihn nur gesehen! Welche Güte, welcher Adel, welche Heiterkeit in seinem Blick! Es hat mich froh gemacht für den ganzen Tag. Nicht nur um meinetwillen, Adalbert, für uns alle!«

»Wahrhaftig, Agnes, was du aus seinem Antlitz alles herauszulesen vermochtest! Es muß wohl an mir liegen, daß mir nicht das gleiche gelang. Was freilich daher kommen mag, daß ich ihn leider nicht lächeln, sondern nur eine ganz verdammte Tyrannenfratze schneiden sah.«

Ihr blieb der Löffel zwischen Mund und Teller stehen. »Was sagst du da? Du hast den Herzog gesehen, Adalbert?«

»Nun, was ist daran wieder Wunderbares? Denkst du, im Markte habe er sich unsichtbar gemacht? Oder er habe nur Schule, Bürgermeisteramt und Kirche besucht, ein Schachspiel, Kettlein und Ringe gekauft und sich Orgel vorspielen lassen? Bei Gericht war er gleichfalls, wie sich's gehört, – und hatte die besondere Gnade, wohl eine Stunde lang oder mehr meiner Amtierung beizuwohnen.«

Sie erblaßte. »Und das sagtest du mir nicht gleich, Adalbert? Was ist geschehen? Was sprachst du da früher von Tyrannenfratze und verdammt? Rede, Adalbert, rede! Mir ist, als hätte ich zu heiterer Laune keinen Anlaß mehr! Er war dabei, als du über Tobias Klenk zu Gericht saßest? Rede, Adalbert? – Du hast den Tobias – am Ende gar freigesprochen?«

Adalbert runzelte die Stirn. »Wenn ich's nicht getan, so war es nur, um ihn vor Schlimmerem zu bewahren.« Und den Teller von sich wegschiebend: »Daß du's nur gleich weißt, Agnes, um des Tobias Klenk willen war der Herzog nach Karolsmarkt gefahren.«

»Wie?!«

»Alles andere geschah nur zum Schein. Es war ihm nämlich unverzüglich hinterbracht worden, daß der Oberjägermeister von Tobias Klenk so übel behandelt worden sei, und man ließ mich wissen – daß du's nicht verrätst, Unglückselige – es werde gewünscht, daß den Tobias die strengste Strafe ereile, kurz und gut, daß er gehängt werden sollte. Denn es ist kein Zweifel, daß das Gerücht von der Verschwörung, die sich vorbereitet, auch schon zum Herzog gedrungen ist.«

»Um Himmels willen«, rief Agnes und rührte keinen Bissen von dem Braten an, der eben aufgetragen worden war. »So geht's am Ende auch dir an den Kragen?«

Adalbert stürzte ein Glas Wein hinunter. »Nicht von mir ist

die Rede – bis auf weiteres – aber daß du's nur weißt: so verhält es sich in Wahrheit, Agnes, so sieht dein edler, gütiger Herzog in der Nähe aus. Hängen lassen einen armen Teufel, der seiner Mutter was zum Essen heimbringen will! – Und wenn du den Kerl gesehen hättest, Agnes, der sich heute in aller Frühe, ehe ich ins Amt trat, an mich heranschlich und mir zu verstehen gab, man werde meine Dienste zu belohnen wissen! Aus welchem Stoff, frage ich mich, schafft unser Herrgott solche Visagen? Und wie sind einem Fürsten dergleichen Kreaturen immer sofort zur Hand? Und wie machen sie's, daß sie in den Erdboden verschwinden, wenn sie ihr Sprüchlein aufgesagt haben?«

»Erzähl' doch, erzähl' doch«, sagte Agnes mit erstickter Stimme.

»Als wüßtest du nicht schon genug«, entgegnete Adalbert. »Plötzlich saß der Herzog da, niemand wußte, wie er hereingekommen war. Daß er selbst in höchsteigener Person erscheinen würde, das hatte jener Kerl verschwiegen. Aber nun, als ich ihn da sitzen sah, den Herzog, wußte ich, daß er nur wegen des Tobias Klenk aus der Residenz hierhergefahren war, den man ihm als Anführer denunziert hatte. Ich aber ließ mich's nicht anfechten, waltete meines Amtes weiter wie jeden Tag und gab nicht eher Weisung, den Tobias vorzuführen, als bis die Reihe an ihn kam. Der aber schien es geradezu darauf angelegt zu haben, sich um den Hals zu reden. Nicht nur, daß er ohne weiteres gestand, wessen er beschuldigt war, zum Überfluß hielt er noch eine Rede gegen Fürstentum und Tyrannei, behandelte mich dabei als seinen Duzkameraden, so, als hätte er es verwettet, daß ich neben ihm am Galgen hängen sollte – wahrhaftig, er hat es nicht um mich verdient, daß ich ihn so gelind behandelte, wie ich's tat, und ihn nur zu ein paar Monaten verurteilte, noch weniger aber verdient er's, daß ich ihn, wie es meine feste Absicht ist, sobald es irgend angeht, vielleicht noch in dieser Nacht, aus dem Gefängnis befreien und in sicherer Hut über die Grenze schaffen lasse, um ihn vor der Rache des Herzogs zu erretten.«

»Ist dies dein Ernst?« rief Agnes aus.

»So wahr ich hier an diesem Tische sitze.«

»Nun«, rief Agnes, »da mir Gott solch einen unverbesserlichen Narren zum Mann gegeben hat, so will ich selbst um Audienz beim Herzog ansuchen und ihn anflehen, daß er dich dein Betragen nicht soll büßen lassen, weil ja nur der Tobias Klenk an allem schuld ist, der dich verrückt gemacht hat.«

»Was fällt dir ein, Unglückselige«, schrie Adalbert auf. »Willst du mich dem Herzog in die Hände liefern, dem in diesem Augenblick doch wohl noch keinerlei triftige Beweise gegen mich vorliegen?« Er packte sie bei den Schultern und hielt sie fest, als hätte er Angst, daß sie ihr Wort gleich wahrmachen könnte. »Oder wünschest du etwa – daß ich ohnmächtig hinter Kerkermauern schmachte, damit der elende Wüstling ungehindert –«

In diesem Augenblick ließ sich von der Straße her ein dumpfer Krach vernehmen. Da der Himmel sich indes völlig umwölkt hatte, dachte Adalbert zuerst, es könnte ein Donnerschlag sein, aber es hatte doch anders geklungen; etwa so, wie wenn irgendein schwerer Gegenstand niedergestürzt wäre. Agnes lief ans Fenster, beugte den Kopf hinaus, wandte sich zurück an Adalbert, der in ahnungsvollem Schreck dastand, wie an den Boden gewurzelt.

»Ein Wagen ist – umgefallen«, sagte Agnes tonlos. Adalbert trat zu ihr. Am Fenster vorbei lief eben die Magd der Unfallstelle zu.

Etwa fünfzig Schritte vom Haus entfernt, auf offener Straße, lag die Hofkarosse. Der Kutscher richtete sich eben aus dem Felde auf, auf das der Sturz ihn hingeschleudert; ein Lakai, etwas gekrümmt, reichte seine Hand einer männlichen Gestalt entgegen, die unter allerlei Körperverrenkungen unter dem Wagen emportauchte, plötzlich aufrecht dastand und die Arme reckte. Es war der Herzog. Sie hörten seine Stimme, ohne die Worte verstehen zu können. Er wandte sich anscheinend mit beruhigenden Worten an einige Leute, die herbeigeeilt waren, und schien dem Lakai einen Befehl zu erteilen. Der Kutscher war schon mit den Pferden beschäftigt, der Herzog sah rings um sich, und sein Blick fiel sofort auf das alleinstehende Haus des

Richters, ohne daß er von seinem Standort aus die beiden Köpfe am Fenster hätte wahrnehmen können.

Nach kurzer Überlegung schritt er dem Hause zu, die Magd lief ihm voraus, Gartenpforte und Haustür waren offengeblieben. Die Magd stürzte ins Zimmer, vermochte aber kein Wort herauszubringen, wies hilflos mit beiden Armen hinter sich und verschwand wieder. Adalbert und Agnes sahen einander mit leeren Blicken an. Sie hörten Schritte draußen. Adalbert, zuerst seine Fassung gewinnend, ging dem Herzog in den Vorraum entgegen und empfing den Eintretenden mit einem tiefen Bückling.

Der Herzog erkannte ihn sofort. »So, ist das Euer Haus, mein werter Herr Richter? Das trifft sich gut. Wollt Ihr mir Obdach gewähren, bis der kleine Schaden an meinem Wagen repariert ist?«

Die ersten schweren Regentropfen fielen eben auf die Schwelle.

»Herzogliche Gnaden«, begann Adalbert, ohne vorerst ein weiteres Wort herauszubringen, und mit devoter Gebärde wies er auf die offene Tür ins Wohngemach. Der Herzog trat ein, Adalbert folgte.

Agnes, immer noch am Fenster, hatte dem Eintretenden den Kopf zugewandt. Sie neigte sich kaum; die Blässe ihres Angesichts, das Leuchten ihres Blicks, das schlaffe Niedersinken ihrer Arme war Gruß genug.

Der Herzog wandte sich flüchtig zu Adalbert, der in gebückter Haltung hinter ihm stand. »Eure Hausfrau, Herr Richter?« Und, ohne eine Antwort abzuwarten, vor Agnes hintretend: »Heute morgen, als ich vorüberfuhr, hielt ich Euch für ein junges Mädchen. Willkommene Fügung, daß mir das Rad gerade vor diesem Hause aus der Achse lief. Schlimmeres nämlich ist nicht geschehen. Ich werde Euch nicht lange zur Last fallen. Aber ich habe Euer Mahl unterbrochen, das war nicht die Absicht; mit Eurer Erlaubnis werde ich an Eurem Tische Platz nehmen.«

»Durchlauchtigster Herzog«, sagte Adalbert und rückte einen Sessel zurecht, »die Ehre, die unserem geringen Hause widerfährt, ist so groß, daß auch der untertänigste Dank weit hinter dem Gefühl unseres Glückes zurückbleiben mußte.« Er warf einen raschen zwinkernden Blick zu Agnes hin, mit dem er sie glauben machen wollte, daß nur versteckter Hohn seiner Rede eine so demütige Fassung verliehen.

Agnes aber, völlig in den Anblick des Herzogs verloren, hatte kaum gehört, was Adalbert gesprochen. Der Herzog lud sie durch eine Gebärde ein, Platz zu nehmen. Sie stand regungslos. Adalbert gab ihr einen Wink, der Aufforderung des Herzogs Folge zu leisten. Sie merkte nichts davon. Nun trat der Herzog selbst auf sie zu, ergriff ihre Hand, führte sie nach höfischer Sitte an den Tisch hin; und erst, als sie sich niedergelassen, setzte er selbst sich ihr gegenüber, während Adalbert unschlüssig stehenblieb.

»Nun, Herr Richter«, meinte der Herzog lächelnd, »wollt Ihr uns nicht Gesellschaft leisten?«

»Durchlauchtigster Herzog«, erwiderte Adalbert, »unser Mahl war bereits zu Ende. Aber ich bitte um gnädige Erlaubnis, Durchlaucht einen Imbiß und einen Trunk anzubieten.«

Der Herzog entgegnete, daß er gern von den verzuckerten Früchten und dem Backwerk ein paar Bissen verzehren und dazu einen Schluck Wein trinken wolle. Adalbert brachte Teller und Glas, teilte vor und schenkte ein. Nun aber bestand der Herzog darauf, daß Adalbert sich niedersetzte; trank seinen Gastgebern zu und forderte sie auf, ihm Bescheid zu tun.

Adalbert tat so, Agnes aber hielt ihr Glas fest umklammert, und erst ein neuer ermutigender Blick des Herzogs vermochte sie dazu, ihr Glas an die Lippen zu führen und daran zu nippen. Adalbert schenkte dem Herzog von neuem ein, dieser trank, aß eine verzuckerte Aprikosenschnitte, sah sich beifällig im Zimmer um, lobte die blitzblanke Wohlgehaltenheit des Raums, die hübsche Lage des Hauses, das anmutige Gärtchen; seine Worte flossen freundlich-harmlos dahin, er legte es sichtlich darauf an, der schönen Hausfrau jede Befangenheit zu nehmen. Adalbert aber, so sehr er es bedauerte, daß der Herzog bei dem Sturz mit dem Wagen sich nicht den Hals gebrochen, fühlte sich widerstandslos von dem Glanz geblendet, den die Anwesenheit des Fürsten in seinem Haus verbreitete.

Der Herzog äußerte sich mit Anerkennung über das treffliche Spiel des Organisten, woran er sich eben in der Kirche erfreut, und pries die Geschicklichkeit der Handwerker, bei denen er Waren eingehandelt hatte; der Besuch der Schule war gleichfalls zu seiner Zufriedenheit verlaufen, für das reinliche Aussehen sowie die Betriebsamkeit des Städtchens fand er die freundlichsten Worte und kargte nicht mit Lob für die Person des Bürgermeisters, den er schon in früher Morgenstunde, völlig unerwartet aus der Residenz vor dem Stadthaus eintreffend, fleißig über den Stadtakten angetroffen habe.

»Der Bürgermeister, Herzogliche Gnaden«, erlaubte sich der Richter einzuwerfen, »ist der Vater meiner Frau.«

Der Herzog nickte und lächelte zu Agnes hin, die noch immer keine Silbe gesprochen und mit großem Blick an den Lippen des Herzogs hing. »So habt Ihr denn, schöne Frau«, sagte der Herzog, »nicht nur einen guten Ehemann, sondern einen vorzüglichen Vater; und ich freue mich, so treffliche Männer in meinen Diensten zu wissen.« Und sich an Adalbert wendend, dem das Herz nun wieder heftig zu klopfen anfing. – »Die Stunde bei Gericht, warum soll ich's verschweigen, war mir die merkwürdigste von allen. Und besonders die Erscheinung dieses abenteuerlichen Gesellen in gelben Stiefeln, wie hieß er doch nur?«

»Tobias Klenk, Herzogliche Gnaden.«

– »war mir unterhaltend und lehrreich zugleich. Ich hätte kaum gedacht, daß es in meinem kleinen Lande so originale Köpfe gibt.«

Adalbert Wogelein hielt den Atem vor angstvoller Spannung an, und der Herzog sprach weiter: »Ich finde es sehr lobenswürdig von Euch, Herr Richter, daß Ihr es nicht verschmäht, Euch mit solchen Subjekten, wenn sich's so fügt, an einen Tisch zu setzen. Nur auf solche Weise gewinnen Menschen, deren Beruf Einblick in andere menschliche Seelen erfordert, Kenntnisse und Erfahrungen, die ihnen sonst leicht versagt bleiben.«

»Dies habe ich früh eingesehen, Herzogliche Gnaden«, bemerkte der Richter mit einem unsicheren Blick zu Agnes hin, die sich in ihrem Schweigen immer weiter von ihm zu entfernen schien, und er fügte hinzu: »Es gibt allerhand gefährliche Gesellen in unserem Land.« Dies hatte er eigentlich nicht sagen wollen, aber nun war es einmal geschehen.

»Da mögt Ihr recht haben, Herr Richter«, sagte der Herzog. »Aber zu diesen gefährlichen Menschen scheint mir der Tobias Klenk nicht zu gehören. Dergleichen Subjekte sind nicht ernst zu nehmen. Zum mindesten bedeuten sie nichts für sich allein. Vereint mit vielen ihresgleichen und innerhalb einer aufgeregten Masse können sie wohl Unheil stiften, aber hierzulande besteht wenig Gefahr, daß die Ansichten, die der närrische Mensch vor Gericht großtuerisch zum besten gab, bei meinen wohlgesinnten Untertanen irgendwelchen Widerhall fänden. Wie denkt Ihr darüber, Herr Richter Adalbert Wogelein?«

»Hierfür, Herzogliche Gnaden, glaube ich gleichfalls mich verbürgen zu können. Freilich, wenn mir eine Bemerkung verstattet ist –«

»Sprecht nur frei, Adalbert Wogelein«, sagte der Herzog.

»Auch als einzelne Personnage, Durchlauchtigste Gnaden, wäre gerade Tobias Klenk nicht als ungefährlich anzusehen, wie Durchlauchtigste Gnaden es in fürstlicher Milde anzunehmen geruhen. Solches hat er nicht nur durch sein Verhalten gegenüber dem Herrn Oberjägermeister und dessen Gehilfen, durch sein ungebührliches Betragen vor Gericht, überdies in Anwesenheit seines Durchlauchtigsten Fürsten in höchst bedauerlicher Art kundgegeben – auch seine Vergangenheit, sein Leumund, die Gerüchte –«

»Nun«, unterbrach ihn der Herzog mit leichter Ungeduld, »es wird solchen Gesellen niemals gelingen, in meinem Land irgendwas Übles anzurichten, solange ich so tüchtige Leute, seien es nun Jäger oder Richter, in meinen Diensten habe, als mir – durch Gottes Fügung – vergönnt ist.«

Während er so sprach, sah er in wachsendem Unbehagen an dem Richter vorbei. Doch den Blick seiner Frau fühlte Adalbert von Sekunde zu Sekunde immer starrer auf sich gerichtet, und er begann zu wünschen, daß all die freundlich herablassenden Worte des Herzogs, dessen gütig-mildes Betragen nichts anderes zu bedeuten hätte als Verstellung und Tücke – wünschte beinahe, daß draußen vor dem Haus wirklich die Häscher schon bereitstünden und nur eines herzoglichen Winkes harrten, um ihn, Adalbert, ins Gefängnis zu schleppen, so daß sich am Ende doch alles, was er lügnerisch und feig seiner Frau über den Fürsten erzählt hatte, als traurige Wahrheit erwiese. Doch während er so dachte, fühlte er zugleich, wie er das Haupt zum Dank für das Lob des Herzogs wider Willen gleichsam bis zum Teller hinabneigte; und was er sich zu eigenem Staunen fast wie einen, der gar nicht er selber war, sagen hörte, waren die demütigen Worte: »Meines Durchlauchtigsten Herrn Zufriedenheit zu erringen, wird mir jederzeit das höchste Glück bedeuten.«

Der Lakai trat ein und meldete, daß der Wagen instand gesetzt sei. Der Herzog erhob sich, trank Agnes noch einmal zu und sprach: »Nehmt meinen Dank für die freundliche Bewirtung. Ich möchte mich Euch gerne erkenntlich zeigen, und so bitt' ich Euch, einen Wunsch auszusprechen, dessen Erfüllung Euch am Herzen liegt – noch ehe ich von diesem gastlichen Hause Abschied nehme.«

Doch Adalbert, als wollte er verhüten, daß Agnes vor dem Herzog ihre Stimme vernehmen lasse, erwiderte an ihrer Statt: »Daß Eure Herzogliche Gnaden geruhten, in unsere arme Hütte einzutreten, an unserem bescheidenen Tisch zu sitzen und von unserem schlechten Wein zu trinken, ist uns überreicher Dank.«

»Euch vielleicht, Herr Richter«, entgegnete der Herzog kühl. »Und da ich eine Erwiderung dieser Art von Euch beinahe erwarten konnte, zog ich es vor, meine Frage an Eure anmutige Gattin zu richten; – auch darum, daß ich endlich den Ton ihrer Stimme zu vernehmen so glücklich sei, was mir bis zu diesem Augenblick leider noch nicht vergönnt war. Also nochmals, schöne Frau, sprecht einen Wunsch aus; – wenn es irgend in meiner Macht steht, will ich ihn erfüllen.«

»Durchlaucht«, begann Agnes mit leiser, aber klarer Stimme – und Adalbert ging ein Zittern durch den ganzen Leib, »Durchlauchtigster Herzog, ich habe nur diese eine Bitte, daß Ihr huldreichst geruhen mögt, dem Tobias Klenk seine Strafe nachzusehen und ihn aus seiner Haft zu entlassen.«

Des Herzogs Züge wurden mit einem Male ernst. Adalbert schöpfte eine Hoffnung, eine unklare, törichte Hoffnung, der Herzog würde Agnes' Bitte abschlagen mit hartem Wort: Wie, dies eine Jahr, das ohnehin viel zu wenig ist, soll ich ihm nachsehen? Welche Verwegenheit! Nun seh' ich, daß Ihr alle im Bunde mit ihm seid. Ins Gefängnis mit Euch beiden, und der Tobias soll hängen!

Aber der Herzog sprach anders: »Wie sehr beklag' ich«, sagte er, »beste Frau, daß Ihr von hundert oder tausend Wünschen, die Ihr wohl hättet äußern dürfen, gerade den einen aussprecht, den zu erfüllen ich völlig außerstande bin.« Und nach einem kleinen Zögern: »Ich kann dem Tobias Klenk die Freiheit nicht schenken – weil er sich schon seit einer Stunde wieder ihrer erfreuen darf.« Und zu Adalbert gewandt, der, wie auf die Stirn geschlagen, dastand: »Mit Eurer Erlaubnis, Herr Richter, habe ich den lächerlichen Patron aus dem Gefängnis entlassen und denke daran, wie ich Euch verraten will, ihn im Schlosse Karolslust als Jagdgehilfen anzustellen, wo er dann seinen Gelüsten in bequemerer Weise als bisher und ohne Fährlichkeiten für sich selbst und meine anderen Jäger wird frönen können.«

Adalbert war totenblaß, und ein dünnes, leeres Lächeln verzerrte seinen Mund. Zu Agnes wagte er nicht einmal hinzusehen. Nach einer Entgegnung zu suchen, war ohne Sinn, und so tat er nichts weiter, als daß er sich, wie er schon so oft in dieser Stunde getan, tief neigte, als fühlte er sich gedrängt, in des Tobias Klenk Namen dem Herzog für dessen Gnade zu danken.

Dies aber ermutigte Agnes, irgendeinen andern, leichter zu erfüllenden Wunsch auszusprechen, damit er nicht am Ende genötigt sei, wie er sagte, dies gastliche Haus als Schuldner zu verlassen.

Und mit einer Stimme, die so fern und fremd für Adalbert klang, daß es ihm kalt über den Rücken lief, erwiderte Agnes: »So wünsche ich mir denn, von meinem Durchlauchtigsten

Herrn und Herzog als Gartenmägdlein erwählt zu werden – und wenn es meinem Herrn nicht gefällt, mich sofort mit sich nach Karolslust zu nehmen, so erbitte ich mir, unter seinem Schutz unverzüglich an irgendeinen andern sichern Ort gebracht zu werden, um auch nicht eine Stunde länger in diesem Hause, an der Seite dieses Mannes, der mein Gatte war, weiterleben zu müssen.«

Adalbert glaubte vor Scham, Wut und Verzweiflung zu Boden sinken zu müssen; doch er wurde nur noch blässer, seine Züge noch verzerrter; und seine Lippen bebten.

Der Herzog warf einen mitleidigen, aber kaum verwunderten Blick auf ihn, sah gleich wieder, wie um ihn zu schonen, von ihm fort, dann wandte er sich zu Agnes, die regungslos vor ihm stand, keineswegs einem Weibe gleichend, das gewillt wäre, in plötzlich erwachter Leidenschaft sich einem Geliebten an den Hals zu werfen, sondern wie eines, das zu irgendeiner unwiderruflichen, düsteren Tat fest entschlossen war, und langsam den Kopf schüttelnd, wie in höflichem Bedauern, erwiderte der Herzog: »Seltsam, auch dieser Euer zweiter Wunsch ist einer, den zu erfüllen ich außerstande bin, denn die Institution der Gartenmägdlein, schöne Frau, denke ich abzuschaffen, wie es noch mit manchem anderem in diesem Lande geschehen wird – und das Schloß Karolslust soll mir und meiner künftigen Gattin, der Prinzessin von Württemberg, während der Sommermonate als Aufenthalt dienen.«

Agnes stand regungslos, doch alles Blut war aus ihren Wangen gewichen.

Der Herzog betrachtete sie lange, und mit sanfter, fast gütiger Stimme sprach er weiter: »Vielleicht aber, schöne Frau, geht Euer Wunsch gar nicht so weit, als Ihr es Euch in diesem Augenblick einbildet; und es lockt Euch nur, das Schloß, über das so viele Sagen hier im Lande umgehen, einmal in der Nähe zu besehen. Und so lade ich Euch denn zu einer kleinen Spazierfart nach Karolslust ein; wir wollen dort, wenn's Euch genehm ist, eine Weile im Park auf und ab wandeln; – Ihr vertraut mir Eure Bedenken und Kümmernisse an, die wohl nicht so schwer zu beschwichtigen sein werden, als es Euch in dieser Stunde erscheinen mag; – und Ihr werdet selbst entscheiden, ob Ihr in Karolslust unter dem Schutz der Frau Oberjägermeisterin Aufenthalt nehmen wollt, oder ob Ihr nicht vorzieht, noch vor Abend in dieses Haus zurückzukehren – um nicht zu tun, was Euch später doch einmal gereuen könnte.«

»Mich«, erwiderte Agnes, und Adalbert war es, als hätte er ihre Stimme noch nie gehört, »wird von heute ab nichts mehr gereuen, was immer ich tun werde, mag's eine Spazierfahrt ins Wäldchen sein, mein Durchlauchtigster Fürst, oder eine Reise in die weite Welt.« Sie griff nach einem Mäntelchen, das über einer Stuhllehne hing. »Hier bin ich«, sagte sie, – und als wäre sie solche Sitte von jeher gewöhnt, reichte sie dem Herzog erhobenen Arms die Hand, der diese ergriff und Agnes, wie irgendeine Dame adeligen Geblüts, in höfischer Haltung bis zur Türe geleitete.

An Adalbert sah sie vorbei – vielmehr sie schien ihn überhaupt nicht zu sehen, als wäre er für sie aus der Zahl der Lebendigen weggölscht.

Der Herzog, wie in plötzlichem Mitleid, wandte sich an der Türe noch einmal nach ihm um. »Herr Richter Wogelein«, sagte er, »wir wollen trotz allem hoffen, daß sich die Sache in befriedigender Weise und nicht durchaus zu Eurem Nachteile aufklären werde. Ihr mögt in jedem Fall bis auf weiteres meiner Huld versichert sein.«

So verließ er mit Agnes das Haus. Adalbert, an der Stelle festgewurzelt wo er stand, hörte ihre Schritte über den Gartenkies, gleich darauf klang ein Murmeln von draußen an sein Ohr, und er wußte, ohne es zu sehen, daß Leute den Wagen umstanden und mit ansahen, wie sein Weib mit dem Herzog davonfuhr.

Er hörte, wie das Murmeln sich verstärkte, er glaubte, das eine und andere zusammenhanglose Wort zu verstehen; dann entfernten sich die Stimmen allmählich. Ihm blieb nur ein dumpfes Brausen im Ohr, das Zimmer drehte sich um ihn, die Beine waren ihm bleischwer, es wirbelten ihm die Sinne. Er lauschte in die Küche hinaus. Es war ganz still, auch die Magd war davon. Gewiß war sie in den Markt geeilt, zu seinem Schwiegervater, dem Bürgermeister, ihm schnellstens die kostbare Neuigkeit zu bringen. Er schlich zur Tür, die noch offenstand, und versperrte sie, ohne recht zu wissen warum, dann ließ er sich auf den Stuhl niedersinken, auf dem früher der Herzog gesessen hatte, krampfte das Tischtuch zwischen den Händen, daß die Teller und Gläser klirrten, und stöhnte vor sich hin mit verglasten Augen. Er griff nach einem Tafelmesser, ließ es in den Fingern hin und her spielen, dachte, daß er am klügsten daran täte, sich den Hals abzuschneiden, und wußte doch, daß er zu solcher Kühnheit nie und nimmer geschaffen war.

Er fragte sich, was er nun eigentlich beginnen sollte. Hier sitzen und warten, bis der Herr Schwiegervater erschien – und andere Leute aus dem Markt und ihm ihre höhnische Teilnahme bezeigten? Oder so lange etwa, bis Agnes von ihrer Spazierfahrt wieder heimkehrte? – Ha, ha, heimkehrte! Nie kam sie zurück, das war gewiß. Solch ein Narr war der Herzog nicht, daß er nicht nehmen sollte, was man so bereitwillig ihm entgegenbot. Heute nacht, in dieser Stunde noch, wurde Agnes, was sie werden wollte, Gartenmägdlein, des neuen Herzogs erstes Gartenmägdlein im Schlosse Karolslust. Schon im Augenblick, da der Herzog zum erstenmal durch diese Tür geschritten, ja heute morgen schon, als er vorbeigefahren war, hatte sie sich ihm mit Herz und Sinnen hingegeben. Er, Adalbert, hatte es ja gespürt, und darum nur, aus Wut und Ekel, hatte er über den Herzog all den Unsinn geschwatzt, der doch tiefen Sinnes voll, all diese Lügen, die wahrer als alle Wahrheit waren. Wie hatten Seine Herzoglichen Gnaden doch gesagt, ehe sie mit dem infamen Weibsbild durch die Türe hinausspaziert waren? »Wir wollen trotzdem hoffen, daß sich die Sache nicht durchaus zu Eurem Nachteil aufkläre.« Das war schlau vorgebaut. Denn daß Agnes nichts sonderlich Gutes über ihn reden werde, das konnte der Herzog wohl voraussehen.

Die Elende! Schmach und Schande hatte sie über ihn gebracht, über den Richter Adalbert Wogelein, der vor wenigen Stunden noch in Amt und Würden auf seinem Stuhl gethront hatte, als gerecht und weise, hochgeehrt in Stadt und Land, und der sich nun niemals wieder auf die Gasse wagen durfte, ein Gespött jedem Buben, jeder Magd, dem ganzen Volk von Karolsmarkt. Und auch in die Gerichtsstube nicht mehr, ins Wirthaus nicht und nirgendshin, wo die Leute ihn kannten! Vorbei war es mit Amt und Würden, vorbei mit dem Aufenthalt an diesem Ort; nicht eine Nacht mehr durfte er hier verweilen; – wie immer er sein Schicksal nahm, dies eine stand über allem fest, er mußte fort, fort, fort, noch ehe Leute kamen.

Er stürzte ins Nebenzimmer, wo er im Kleiderschrank an verborgener Stelle ein Sümmchen verwahrt hatte, das wohl für ein paar Monate reichen mochte. Fort – fort – aber wohin? Mußte er denn nicht vor allem fort, um der Rache des Tobias Klenk zu entfliehen, der, von diesem Unglücksherzog in Freiheit gesetzt, vielleicht jetzt schon auf dem Weg hierher war und weiß Gott, wie Schlimmes gegen ihn im Schilde führte? Sie hatten sich ja alle gegen ihn verschworen, Agnes, der Herzog und Tobias Klenk; und auf irgendeine teuflische Art schienen sie ihm nun alle miteinander gegen ihn im Bunde zu stehen; – ihnen allen mußte er entfliehen.

Und was sollte mit diesem Hause geschehen, das sein Eigentum war? Wem ließ er es zurück? Dem schamlosen Weibsbild, das ihm mit dem Herzog durchgegangen war? Er sah sie vor sich an des Herzogs Seite in stolzer Hofkarosse die Straße nach dem Schlosse zu fahren. Er sah sie aussteigen, sah den Herzog ihr die Hand reichen, sah, wie das Parktor sich vor ihr auftat, wie Lakaien sich tief vor ihr neigten, wie der Herzog sie in der Allee spazierenführte, wie sie mit ihm die breite Treppe des Schlosses hinaufstieg; er sah das Gemach, das für sie bereitet war, das schwellende Bett mit blauem Baldachin darüber, er sah, wie sie dem Herzog in die Arme sank, und hörte, wie sie aufschrie und jauchzte in endlich gestillten Lüsten.

Er ballte die Fäuste, schlug seine Stirn gegen die Kanten der offenen Schranktür, es war ihm nun, als müßte er unverzüglich sich aufmachen nach Schloß Karolslust, das Weib zurückfordern, das ihm gehörte und das er mit dem Herzog hatte davonfahren lassen, ohne eine Hand zu rühren, ohne das Maul aufzutun, demütig an der Türe stehend, durch die sie geschritten war wie eine Hofdame – ja – wie eine Prinzessin, – an des Fürsten Hand.

Der Raum, in dem er sich befand, war fast dunkel, und im Dämmer draußen, hinter dem Hause, lag das freie Feld. In diesem Augenblick klopfte es an die Fensterscheibe. Er schrak zusammen; dort draußen, riesengroß, stand einer. Wie ein ungeheurer Schatten stand er da, Tobias Klenk. Eben hob er die Faust, als wollte er das Fenster zerschmettern, aber es wurde nur ein Klopfen daraus, und nicht einmal ein sonderlich heftiges.

Adalbert tat die paar Schritte zum Fenster hin, er hörte den Tobias sprechen, leise, beinahe sanft: »Mach' auf, Adalbert! In Küche und Garten ist niemand, nicht deine Frau, nicht die Magd, mach' auf! Mach' auf!«

Adalbert zögerte. Mit den Augen suchte er nach einer Waffe oder nach einem Ding, das dafür gelten konnte. Er griff nach einem Bügeleisen, das in der Nähe lag, ließ es aber wieder fallen, ohne daß Tobias etwas davon hätte wahrnehmen können.

»Mach' auf, Adalbert!« rief Tobias noch einmal, und wieder hob er die Faust, diesmal so drohend, als wollte er das Fenster wirklich in Trümmer schlagen.

Und Adalbert öffnete. Da stand nun Tobias Klenk, wie er heute morgen vor Gericht gestanden, in verschlissenem Reiteranzug mit hohen, gelben Stiefeln und hatte einen braunen Radmantel über die Schultern geworfen. Hinter ihm breiteten sich die dämmernden Felder aus, der Kirchturm von Karolsmarkt ragte dünn und spitzig in den Abend auf.

»Was willst du von mir?« fragte Adalbert und erschauderte vor seiner eigenen Stimme.

»Was fragst du«, erwiderte Tobias. »Wenn du Courage genug gehabt hast, mich aus dem Loch herauszulassen, so wirst du wohl auch Courage haben, mich ein Viertelstündchen bei dir zu beherbergen; komm' ich doch mehr um deinet- als um meinetwillen.«

Adalbert riß die Augen weit auf, Tobias aber stieß ihn beiseite, schwang sich ohne weiteres über die Brüstung ins Zimmer und schloß das Fenster hinter sich zu.

Wie hatte Tobias gesagt? Courage genug, mich aus dem Loch zu lassen? Hatte er ihn recht verstanden? Adalbert wich zurück und starrte ihm ins Gesicht.

»Ha, ich sehe, es ist dir doch nicht ganz geheuer«, lachte Tobias. »Packst ja schon deine Sachen zusammen!« und er wies auf das Wäschezeug, das herumlag.

»Was pack' ich zusammen«, stammelte Adalbert. Wollte Tobias ihn höhnen, mit ihm spielen wie die Katze mit der Maus? Genug Courage, um ihn aus dem Loch zu lassen? Was sollte das bedeuten? Hier hatte sich etwas ereignet, was noch nicht zu fassen war, worüber man erst durch des Tobias weitere Reden völlige Klarheit gewinnen konnte; und er selbst, Adalbert, er hatte vorerst nichts anderes zu tun als zu schweigen.

»Und hast dein Weib schon vorausgeschickt? Recht so, Adalbert, recht so, Vorsicht schadet nie!«

»Komm«, sprach Adalbert aus verstörtem Sinnen und ging ihm voran ins Wohngemach. Die Teller und die Gläser, halb noch gefüllt, blinkten durch den halbdunklen Raum. »Hier ist noch Backwerk und Wein«, sagte Adalbert, »wirst heute nicht viel zu Mittag genossen haben.« Er schenkte ihm das Glas voll, aus dem vor kaum einer Stunde der Herzog getrunken hatte, und es wurde ihm wohler dabei, so, als leite er damit irgendwie ein Werk der Rache ein.

Tobias trank; dann ergriff er selbst den Weinkrug, schenkte sich noch ein Glas voll und stürzte es hinab. »Ich danke dir, Adalbert«, sagte Tobias. »Und nun machen wir's rasch. Ich muß gleich über die Grenze. Noch in dieser Nacht. Drüben hab' ich Freunde. Gar nicht weit. Aber was geschieht mit dir? Dem Herzog bleibt's nicht lange verborgen, daß du mich herausgelassen. Trau' dem Kerkermeister nicht, sag' ich dir, und auch sonst keinem.«

Nun war es dem Adalbert über allem Zweifel klar, daß der Herzog selbst den Befehl gegeben, den Tobias, als geschähe es in Adalberts Namen, aus dem Gefängnis zu entlassen. Aber warum? Aus Edelmut oder aus Tücke? Wer fand sich zurecht in dem Mann? Was war ihm nicht alles zuzutrauen? Gutes und Böses! Doch war es nicht derselbe Mensch, der nun eben mit Agnes davongefahren war? Das Blut stieg ihm von neuem zu Kopf. Und wenn der Herzog sie nun doch zurückbrächte, und sie sähe ihn mit Tobias an einem Tische sitzen und trinken, und sie wüßte sicher vom Herzog schon, wie die Sache in Wahrheit sich zugetragen? – Der Tobias mußte fort von hier, dies vor allem. Denn wenn der die Wahrheit erfuhr, dann war alles verloren. Über die Grenze mußte er und durfte niemals wieder zurück.

»Du mußt fort«, sagte er zu Tobias. »Du mußt fort! Was stierst du mich an? Noch ein Glas meinethalben, aber dann mach' dich davon – oder juckt es dich sehr, noch einmal ins Loch zu spazieren, in ein tieferes und finstereres als das, in das ich dich für ein paar Stunden habe sperren lassen – zu deiner vorläufigen Sicherheit?«

»Zu meiner Sicherheit?«

»Zu deiner Sicherheit, ja, zu deiner Rettung. Denn wenn du ahntest, was dir in Wirklichkeit drohte, so wüßtest du, wie einem zumut ist, der den Raben als Mahlzeit zugedacht war.«

»Bist du bei Sinnen?« rief Tobias, und das Glas in seinen Händen klirrte.

»Von Sinnen bist du, Tobias, und warst es von dem Augenblick an, da du in die Gerichtsstube geführt wurdest, den Herzog da sitzen sahst und trotz all meines Blinzelns und Zwinkerns nicht begreifen wolltest, daß jedes Wort, das ich sprach, darauf angelegt war, deinen Kopf zu retten, vielmehr alles dazu tatest, um ihn nur ganz sicher zu verlieren, als wäre er nicht mehr wert denn ein Kürbis. Jede Sekunde war ich gewärtig, daß der Herzog sich erheben würde, um selbst das Urteil über dich zu sprechen, das er von mir erwartete – den Tod.«

Tobias lachte auf. »Willst du mich zum Narren machen? Oder hat dich einer dazu gemacht, soweit das noch vonnöten war?«

Adalbert aber beugte sich über den Tisch zu ihm hin, daß

ihre Stirnen sich fast berührten, und sagte: »Denkst du wirklich, der Herzog wäre nach Karolsmarkt gefahren, um sich einen Wilddieb in der Nähe zu betrachten? Den Aufrührer, den Verschwörer wollte er von Angesicht zu Angesicht sehen, über den ihm schon ausführlicher Bericht war erstattet worden.«

»Bericht über mich?«

»Und ein kleiner, hagerer Mensch in dunkler Hoftracht, mit einer goldenen Kette um den Hals, der dann spurlos verschwand, als hätte ihn der Erdboden verschlungen, der hatte mir schon heute auf dem Weg zum Gericht aufgepaßt und mich wissen lassen, wenn ich einen bösen Verdacht von mir selbst abschütteln wolle, so gäbe es heute die einzige und letzte Gelegenheit dazu: indem ich den Tobias Klenk in seiner ganzen Gefährlichkeit enthüllen und zu der Strafe verdammen würde, die Hochverrätern gebühre.«

»Wahnwitziges Zeug redest du«, schrie Tobias, »wer in aller Welt kann mir was nachweisen! Mag ich jemals Übles verbrochen haben, so liegt es weit hinter mir und ist nicht hier im Lande geschehen.«

»Ich weiß von deinen Übeltaten nichts, die du in fremden Landen verbrochen hast. Du hast sie mir bis heute wohlweislich verschwiegen, wenn auch mancherlei darüber gemunkelt wurde. Andere aber, du kannst nicht daran zweifeln, wissen mehr als ich, und insbesondere spinnen sich Fäden von Hof zu Hof, von Fürsten zu Fürsten, von Gericht zu Gericht, geheimnisvolle Fäden aller Art, und Seine Gnaden, der Herzog, jawohl, Freund Tobias, derselbe, der vor kaum einer Stunde hier an dieser Stelle saß, auf dem gleichen Stuhle wie du in diesem Augenblick, und aus demselben Glase trank, aus dem du jetzt trinkst, dem ist wohlbekannt, was man von dir und deinesgleichen zu gewärtigen habe. Und also –«

Nun erhob sich Tobias, die Lehne des Stuhls in der einen Hand. »An dem Tisch hier der Herzog – und getrunken aus dem Glas? Nun denk' ich aber wirklich, du bist toll geworden. Zu welchem Zweck wäre der Herzog hier gewesen? War von mir die Rede?«

»Ha, von dir!« rief Adalbert und sah stier vor sich hin.

»Wann war er da, warum war er da? Willst du reden oder nicht?«

»Vor zwei Stunden, just als der Regen niederging, fuhr er hier an meinem Hause vor und eine Viertelstunde darauf mit Agnes davon – nach Karolslust.«

»Davon mit Agnes, der Herzog?«

»Davon mit meinem Weib nach Karolslust, und wenn nicht indes ein Wunder geschehen ist, so passiert ihr wohl in dieser Stunde das gleiche, was deinen beiden Schwestern zu ihrer Zeit mit dem alten Herzog passiert ist.«

Tobias Klenk saß mit aufgerissenen Augen, und es klang mehr nach Freude als nach Spott oder Zorn, da er ausrief: »Dein Weib davon mit dem Herzog? Faselst du, oder hältst du mich zum Narren, so ergeht's dir übel, Adalbert.«

»Du drohst mir noch, Mensch, dem ich all das Unheil verdanke, das über uns gekommen ist? Zum Teufel mein Weib, mein Amt, meine Ehre – und all das, weil ich dich vor dem Galgen gerettet – und du drohst mir?«

»Wenn du die Wahrheit sprichst, Adalbert, so hab' ich nicht gedroht. Aber ich kann mir all das nicht zusammenreimen. Wenn es so gefährlich für dich stand, und du hast's gewußt, warum ließest du mich frei noch am selben Tag? Bist du der Mann dazu? Und ferner, wie gelang es dem Herzog so rasch, dein Weib nach Karolslust zu zwingen, wenn sie nicht schon vorher eines Sinnes mit ihm war? Und wenn du sie ziehen ließest mit ihm, warum packst du deine Sachen zusammen, als hättest du noch irgendwas zu fürchten und wolltest selber davon?«

»Was sollen die Fragen, Tobias? Deine Gefährten will ich kennenlernen, die gleichen Sinnes sind mit mir und mit dir, daß wir uns gemeinsam beraten alle, was zu tun, um das Unrecht und die Schmach aus der Welt zu schaffen und die Tyrannen zu stürzen.«

Tobias Klenk legte die Hand schwer auf Adalberts Schultern. »Hast du auch wohl überlegt, was du sprichst? Gehst du mit mir davon, so wisse, daß es keinen Weg zurück für dich gibt. Reut es dich einmal, sei es morgen schon oder erst in Tagen oder Wochen, dann ist es zu spät! Der uns verrät, ja, der auch nur abfällt von uns, ist unerbittlich der Rache ausgeliefert, so gewiß, als hätte die heilige Feme das Urteil über ihn gesprochen. Bleib' lieber daheim, Adalbert. Denn hier, dafür leg' ich die Hand ins Feuer, droht dir nun keinerlei Gefahr mehr. Ja, meinen Hals verwett' ich, daß du nun bald so hoch hinauf gelangen wirst, wie schon mancher andere es in deiner Lage erfahren hat, und mag auch mancher anfangs die Nase über dich rümpfen, nicht lange dauert's, so finden sich alle drein, erweisen dir Reverenz und Respekt, und bald gibt es keinen, der dir dein Glück nicht neiden würde.«

»Hältst du mich für einen Schuft«, schrie Adalbert, »so bist du's nicht wert, daß ich für dich –«

Ein Wagen stand vor dem Hause still. Adalbert blickte durchs Fenster hinaus, und das Herz ward ihm kalt in der Brust. »Fort, fort!« rief er mit erstickter Stimme, »duck' dich, schleich' hier durch die Tür und durchs Fenster dann, wie du gekommen.«

»Der Herzog?« flüsterte Tobias wie fragend und hatte ihn doch selbst gesehen und erkannt.

»Fort, fort, Unglückseliger«, rief Adalbert und drängte Tobias in den Nebenraum, wo das Fenster offenstand wie vorher, nur daß der Ausblick aufs freie Feld verstellt war durch zwei dunkle Gestalten, die vom dämmernden Himmel sich übergroß abzeichneten. Zugleich klopfte es an die Haustür. Adalbert stürzte hinaus, und seiner Sinne kaum mächtig öffnete er.

Der Herzog stand da, hinter ihm ein Lakai mit einer Fackel. Auf seines Herrn Wink zündete er mit der Fackel die Kerzen der zwei dreiarmigen Leuchter an, die auf der Anrichte standen. Dies geschah, ohne daß ein Wort gesprochen wurde. Auf einen neuerlichen Wink des Herzogs entfernte sich der Lakai mit der Fackel und schloß die Tür hinter sich.

»Schließt Ihr die andere Tür, Tobias Klenk, und tretet näher«, sagte der Herzog.

Tobias tat, wie ihm geheißen. Nun waren die drei Männer in dem abgeschlossenen Raum versammelt; – nur das Fenster gegen die Straße zu stand offen, – und die Kerzen flackerten im Frühlingsabendwind.

Der Herzog, als wäre er hier zu Hause, ließ sich nieder und sprach: »Es trifft sich gut, Tobias Klenk, daß ich Euch hier bei Eurem Freunde finde. Er hat es Euch wohl schon zur Kenntnis gebracht, was ich mit Euch für Pläne habe?«

Dem Adalbert schnürte es die Kehle zu, denn nichts anderes konnte die Frage des Herzogs bedeuten als dies, ob Adalbert dem Tobias des Herzogs Absicht kundgegeben, ihn als Jäger in seine Dienste zu nehmen. Tobias hinwieder mußte glauben, die Frage des Herzogs spiele auf die Todesstrafe an, die nach Adalberts Bericht ihm zugedacht gewesen. Was immer Adalbert nun erwidern konnte, aufs neue und immer furchtbarer hätte er sich verstrickt; nichts anderes blieb ihm übrig, als unverzüglich alles zu bekennen, was ja doch binnen kurzem in Rede und Gegenrede notwendig zutage kommen mußte.

Da hörte er schon, wie Tobias an seiner Statt erwiderte: »Was hilft nun alles, Durchlauchtigste Gnaden, da bin ich nun einmal und weiß mich völlig in Euerer Gewalt. Draußen stehen auch zwei, ich hab' sie gesehen, und wenn ich auch keineswegs sagen will, daß ich mich reumütig in mein Schicksal ergebe, es wird nun wohl dafür gesorgt sein, daß ich nicht dawider ankann, was immer über mich beschlossen sei. So wage ich nur die Bitte, Herr Herzog, daß Ihr es meinem kläglichen Freund nicht entgelten lasset, wenn er mir vor der Zeit die Tür des Kerkers wieder aufgetan. Er hatte schlimmere Angst vor mir als vor Eurer Herzoglichen Gnaden. Und dies mit allem Anlaß. Denn die ungerechte Strafe, die er über mich verhängte, währe ihm übel geraten. Und die Rache wäre schlimmer gewesen als jede Strafe, die Euere Herzogliche Gnaden über ihn hätte verhängen können.«

Adalbert ließ das Haupt sinken wie ein Verurteilter. Er wagte es nicht, dem Herzog ins Antlitz zu sehen, und hielt den Atem an, als jener, wieder an ihn sich wendend, zu reden anfing. »Ehe wir den Fall des Tobias Klenk mit aller nötigen Umsicht behandeln, werdet Ihr wohl über das Schicksal Eurer Gattin Gewißheit haben wollen. Herr Richter Adalbert Wogelein, sorgt Euch nicht um sie. Da sie vorläufig in keiner Weise zu bewegen war, zu Euch zurückzukehren, hab' ich sie bei der Frau Oberjägermeisterin einquartiert. Nach einem Monat, so hab' ich von ihr gefordert, wird sie bereit sein, Euch zu empfangen zu gründlicher Aussprache; und es wird sich erweisen, ob Ihr Euch miteinander verständigen und wieder vereinigen könnt oder nicht. Da ich Euch in Euerm Amt als einen klügeren und gewitzteren Mann erfunden als in Eurer Ehe, mir aber scheint, daß Ihr Eure Rechtskenntnisse besser an Dingen werdet erweisen können, wo mehr Schlauheit als Mut vonnöten, will ich dafür sorgen, daß Euch eine Stelle am Reichsgericht zu Wetzlar zugewiesen werde. Was nun Euer Vergehen anbelangt, das Ihr Euch durch die eigenmächtige Freilassung des Tobias Klenk habt zuschulden kommen lassen, so wollen wir es durch die Angst, die Ihr ausgestanden, als gesühnt erachten. Ihr aber, Tobias Klenk, mögt vor allem dahin aufgeklärt sein, daß die zwei Menschen draußen keineswegs beauftragt waren, Euch wieder gefangenzusetzen, sondern vielmehr: Euch aus dem Gefängnis abzuholen und vor mich nach Karolslust zu bringen. Ich will nicht eben sagen, daß Ihr mir wohl gefallt; doch da Ihr doch zu nichts Besserem taugt, Euch aber das Jagen Spaß zu machen scheint, so wollt' ich Euch im Schloß Karolslust als Jagdgehilfe in Dienst nehmen. Dies aber merkt wohl, daß Ihr dort unter strenger Hut und Aufsicht stehen und die geringste Auflehnung oder Nachlässigkeit aufs strengste zu büßen haben würdet. Insbesondere aber seid Ihr dringend gewarnt, dem Richter Adalbert Wogelein irgend etwas nachzutragen oder gar auf irgendeine Weise nach Vergeltung zu trachten.«

Indes hatte Adalbert manchen bangen Blick zu Tobias Klenk hingeworfen und gewahrte nun ein so tückisches Aufblitzen in dessen Augen, daß er nicht zweifeln konnte, wessen er sich von ihm bei allernächster Gelegenheit zu versehen hätte. Und so stürzte er, von seiner Angst völlig um alle Besinnung gebracht, vor dem Herzog auf die Knie, und ehe noch Tobias antworten konnte, rief er aus: »Was liegt an mir, Herzogliche Gnaden, und an meinem armseligen Leben? Nur durch ein aufrichtiges Geständnis vermag ich meine Dankesschuld an Eure Herzogliche Gnaden abtragen. Herr Herzog, es gibt eine geheime Brüderschaft in deutschen Landen, – Tobias selbst hat es mir vertraut, er wird es nicht leugnen, – die verbrecherische Anschläge gegen die geheiligten Häupter der Fürsten plant. Ich würde mich zum Mitschuldigen machen, wenn ich es in Kenntnis dieser Umstände wortlos mit ansähe, daß Eure Herzogliche Gnaden ein Mitglied dieser geheimen Brüderschaft, daß Ihr den Tobias Klenk in Eurer unmittelbaren Nähe verweilen ließet, da doch den Versicherungen und Schwüren solcher Leute, auch wenn sie anfangs ehrlichen Willens sein mögen, in keinem Falle zu trauen ist.«

»Erhebt Euch«, befahl der Herzog in hartem Ton. Adalbert erhob sich und wagte nicht aufzuschauen. Und noch weniger getraute er sich, den Blick zu Tobias Klenk hin zu richten. Der Herzog schwieg eine ganze Weile, dann sagte er: »Was ich gesagt habe, Tobias Klenk, bleibt aufrecht. Ich nehm' Euch zum Jagdgehilfen in Schloß Karolslust. Euern Dienst sollt Ihr sofort antreten.«

»Durchlauchtigster Herzog«, erwiderte Tobias Klenk, »mit allem schuldigen Danke schlage ich Euer Hoheit gnädiges Angebot aus. Ein so arger Lumpenkerl, mit Respekt zu vermelden, der Herr Richter Adalbert Wogelein auch sein mag, wie ich ihn schon in meinen Kinderjahren erkannt, – es wäre wohl möglich, daß ich noch immer der Schlimmere von uns beiden bin. Und mit seiner Warnung hat er recht, Herzogliche Gnaden, und in höherem Maße, als er selbst ahnen konnte. Denn wenn ich im Revier herumschlich mit geladener Waffe, so war es keineswegs, um einen Rehbock zu schießen, sondern vielmehr, um Örtlichkeit und Umstände in der Nähe von Karolslust auszukundschaften für bessere Gelegenheit.«

»Was meint Ihr damit?« fragte der Herzog. »Des Lebens und der Freiheit dürft Ihr Euch in jedem Fall versichert halten. Sprecht also ohne alle Scheu.«

Tobias zögerte und sah vor sich hin.

Um des Herzogs Mundwinkel zuckte es verächtlich. »Wenn Ihr Furcht hegen solltet ungeachtet meines fürstlichen Worts, daß Ihr des Lebens und der Freiheit sicher seid, so mögt Ihr auch schweigen, Tobias Klenk«, und er machte Miene, sich von ihm abzuwenden.

Doch nun, als kenne er keine schlimmere Schmach, als daß man ihm zumute, für sein Leben zu zittern, begann Tobias mit Hast: »Von der geheimen Brüderschaft, Herr Herzog, und all dem Unsinn, den dieser Wicht hier vorgebracht, ist kein Wort wahr, – und ich will nicht, daß irgendein unschuldig Verdächtigter zu leiden habe. Doch was ich für meinen Teil zu tun vorhatte, Herr Herzog, das war und ist meine Sache allein. Und wenn einer den Anfang machen sollte mit den Dingen, die doch einmal geschehen müssen, daß Ordnung, Gerechtigkeit und Gleichheit geschaffen werde in der Welt – ich glaube wohl, daß ich der Richtige gewesen wäre, es zu tun. – Und Ihr, Herr Herzog«, – und er blickte ihm mit düsterer Frechheit ins Auge, – »Ihr wart mir am nächsten zur Hand«, und er senkte den Blick nicht.

»Nun, Tobias Klenk«, entgegnete der Herzog nach einem kurzen Schweigen, »ob nun Euer Geschwätz nur eitel Prahlerei sein mag oder Schlimmeres oder Besseres – einen Gesellen wie Euch will ich weiterhin weder in meiner Nähe noch in meinem Lande dulden. Die beiden, die da draußen warten, die sollen Euch unverzüglich an die Grenze bringen. Und ich rat' Euch, daß Ihr nicht allzusehr auf meine Großmut baut, der ich an diesem einen Tag müd genug geworden bin für – lange Zeit. Und merkt Euch, Tobias Klenk, trifft man Euch irgendwann oder irgendwo je wieder im Bereiche meines Landes an, so sollt Ihr am nächsten Galgen hängen, so gewiß ich hier auf diesem Stuhle sitze. Und nun öffnet die Tür, an der Ihr steht, Tobias Klenk.«

Der gehorchte. Draußen vor dem Fenster in der Dunkelheit standen die zwei Männer regungslos. »Hört«, rief der Herzog ihnen zu. »Im nächsten Augenblick wird einer durchs Fenster springen. Nehmt ihn in Eure Mitte und bringt ihn bis zur Grenze nach Feldbach. Gebt aber wohl acht auf ihn; und wenn er Miene macht zu entwischen, so schickt ihm Eure Kugeln nach. Von der Grenze aus mag er sich trollen, wohin es ihm beliebt, und sein töricht fruchtloses Leben weiterführen, bis sein Schicksal ihn ereilt.«

Gebieterisch wies er mit gestrecktem Arm gegen das Fenster zu, Tobias wandte sich ohne Gruß, schwang sich über die Brüstung, die beiden Wartenden draußen legten ihm schwer die Hände auf die Schultern und verschwanden mit ihm in die Nacht.

Nun stand Adalbert allein mit dem Herzog da, und dieser sprach weiter: »Ihr habt nun wohl eingesehen, Herr Richter Wogelein, daß es nicht gut tut, vor der Welt, insbesondere aber vor seinem Weib, den Helden spielen zu wollen, wenn man nun einmal als Hasenfuß geboren ward. Es geht in solchem Falle ohne Lüge nicht ab; – und habt Ihr Euch erst zu einer herbeigelassen, so folgen ihr die nächsten unweigerlich und umstehen Euch am Ende alle wie böse Feinde, die Ihr selbst aus Eurer Brust gezeugt, und schlagen Euch zu Boden, daß Ihr Euch nimmer erheben könnt. So ist es Euch geschehen, Adalbert Wogelein, und Ihr liegt nun so kläglich da, daß Ihr mich dauern solltet. Doch Ihr dauert mich nicht; – Und da Ihr mir irgendeiner Großmut oder nur geringsten Rücksicht noch weniger wert scheint als Euer Freund Tobias Klenk, vor dem Ihr nun nicht weiter zu zittern braucht, so sollt Ihr wissen, daß ich von hier keineswegs in die Residenz, sondern geradenwegs nach dem Schlosse Karolslust zu fahren gedenke, und daß Euer Weib heute nicht im Hause der Oberjägermeisterin, sondern in meinem fürstlichen Bette schlafen wird, wie es ihr eigener Wunsch war. Die Stelle in Wetzlar beim Reichsgericht soll Euch gewahrt sein... Und nun gehabt Euch wohl, Herr Richter Wogelein.«

Er ging. Draußen mit der Fackel stand der Lakai. Die Tür fiel zu, Schritte verhallten, bald darauf auch das Rollen der Räder.

Adalbert, mit einemmal wie gefällt, brach zusammen. Auf dem Boden liegend, wimmerte er eine Weile vor sich hin, plötzlich brüllte er auf wie ein wildes Tier. Die Magd, zu Tode erschrocken, trat ein. »Was will sie da«, schrie Adalbert, die Arme auf den Boden gestützt. »Wo war sie den ganzen Tag?« und er sprang auf die Füße.

Die Magd machte große Augen, dann fing sie blöde an zu schluchzen. Adalbert trat näher auf sie zu. Da sie zu jammern nicht aufhörte, faßte er sie bei den Schultern, und wie er sie so immer näher an sich heranzog und von ihren Brüsten ein heißer Dunst ihm in die Nüstern stieg, wandelte sich seine ungeheure Wut, wie es ihm nicht zum erstenmal geschah, zu brünstiger Erregung; und während er immer noch schrie: »Hinaus mit ihr! Geh sie zum Teufel!« preßte er sie immer heftiger an sich, so daß sie endlich zu lachen begann und sich seinen Liebkosungen fügte, noch ehe sie oder er selber wußten, daß es Liebkosungen waren, die sie von ihm zu leiden hatte.

Als Frau Agnes am nächsten Morgen in der herzoglichen Karosse vor dem Hause anlangte, fand sie die Tür unverschlossen, niemanden in Vorzimmer und Küche, doch im ehelichen Schlafgemach ihre Magd in Adalberts Armen. Er empfing sie mit höhnisch albernem Grinsen, sie, blaß und stumm, schlug der Magd ins Gesicht, diese sprang heulend aus dem Bett und lief im Hemde hinaus.

Adalbert zog sich unwillkürlich die Decke übers Gesicht, das Gefühl einer untilgbaren Schmach und einer nichtigen Rache rann ihm, zu bitterer Wollust vereint, durch das Blut.

Als er den Kopf wieder hervorstreckte, war er allein. Jählings stand er auf, noch unschlüssig, was er zunächst beginnen sollte, doch da ihm am Ende nichts anderes übrigblieb, machte er sich endlich, wie an jedem andern Morgen, fertig für den gewohnten Lauf des Tags. Und da er sich doch nicht für die künftige Zeit seines Lebens im Hause einschließen und verborgen halten konnte, entschied er sich, wohl etwas verspätet, ins Amt zu gehen.

Die Magd besorgte schon ihre allmorgendliche Arbeit in der Küche, als der Herr vorüberging, und sah nicht auf. Doch was ihn noch seltsamer berührte, war, daß im Vorgarten Frau Agnes saß, im hellen Morgenkleide, und sich von der köstlichen Frühsonne das blonde Haupt bescheinen ließ. Für einen Augenblick war ihm, als sei alles, was sich seit gestern abend begeben, doch nur ein böser Traum gewesen und nicht mehr. Und fast war er daran, Agnes anzurufen, ihr einen guten Morgen zu wünschen, doch er fühlte, wie ihr Blick durch ihn hindurchging wie durch einen Schatten, so daß er unwillkürlich an seinem Leibe auf und ab tastete, ob er überhaupt noch vorhanden und nicht eigentlich ein Gespenst geworden sei.

Auf dem Wege zum Gerichte hin empfing er und erwiderte er, wie allmorgendlich, manchen Gruß, in dem kein Spott, keine Mißachtung, ja keinerlei Ahnung von dem Geschehenen sich zu verraten schien. In der Amtsstube wartete der Schreiber ganz wie gewöhnlich, zeigte keinerlei Erstaunen, daß der Herr Richter so verspätet, noch darüber, daß er überhaupt erschien; und ohne weiteren Verzug nahmen die Verhandlungen ihren Anfang und Fortgang wie jeden Tag. Herr Adalbert Wogelein urteilte streng, aber gerecht, wie man es von ihm gewohnt war, und während er amtshandelte, wurde ihm mit jeder Minute deutlicher bewußt, um wieviel wohler ihm zumute war als gestern zur selben Stunde und im gleichen Raum. Kein Mensch auf Erden, aufatmend fühlte er's, konnte ihm nun etwas anhaben; nach allen Seiten hin war er wie gefeit gegen Unbill und Gefahr.

Erhobenen Hauptes verließ er das Gericht, vom Schreiber aufs devoteste gegrüßt, mit allem Respekt auch von den andern höheren und geringeren Amtspersonen, denen er in Gang und Flur begegnete; auf dem Heimweg hielt er sich eine Weile in der Apotheke auf, um dem Schwiegervater, der zuerst eine gewisse Betroffenheit nicht verbergen konnte, sich aber gleich wieder faßte, die Hand zu drücken und ihm, wie er es auch sonst manchmal tat, im Vorübergehen einen Gruß von seiner Tochter Agnes zu bestellen. Dann schritt er in weit beruhigteren Gedanken als vierundzwanzig Stunden vorher den besonnten Weg seinem Hause zu.

Agnes fand er nicht daheim, sie war, wie die Magd berichtete, schon in früher Nachmittagsstunde von der herzoglichen Karosse abgeholt worden. Es war ihm behaglicher, als wenn sie dagewesen wäre. Und er wußte sich leidlich die Zeit zu vertreiben, bis am nächsten Morgen der Wagen mit Agnes vor dem Hause wieder hielt.

In der gleichen Weise ging es noch manchen Abend, manche Nacht, manchen Morgen. Und alle, Agnes, ihr Gatte, ihr Vater, der Bürgermeister, und ganz Karolsmarkt fanden sich rascher in den Lauf der Dinge, als irgendeiner am dem Tage hätte prophezeien dürfen, da der Herzog in sein Land wieder heimgekehrt war.

Der aber ward binnen kurzer Frist ein Fürst von ganz ähnlicher Art, wie seine Ahnen es gewesen. Kein geradezu schlimmer Herr, wie von manchen seiner Vorfahren der Ruf ging, aber auch keiner von den besten. Er verblieb noch einige Zeit in Korrespondenz mit dem Baron Grimm, lud manchmal fremde Notabilitäten an den Hof von Sigmaringen, verdankte seinen Ruf aber auch weiterhin mehr der Pracht seiner Jagden und der Üppigkeit seiner Zechgelage, als der Förderung der Wissenschaften und schönen Künste.

Karl Eberhardt XVII. hatte eine Prinzessin von Württemberg zur Frau, hielt manches Gartenmägdlein neben ihr, bekam im Laufe der Jahre drei eheliche und sieben uneheliche Kinder, deren erstes von Agnes war und im Hause ihres Gatten als ein junger Wogelein aufwuchs. Drei Jahre später wurde dem Richter, von dessen Anstellung beim Reichsgericht in Wetzlar nicht weiter die Rede war, noch ein zweiter Sohn geboren, der es aber in seinem ferneren Leben nicht zu gleichem Ansehen brachte, wie sein älterer Bruder, der um die Wende des Jahrhunderts die Würde eines Oberstallmeisters am Hofe zu Sigmaringen bekleidete.

Der Galgen, an dem Tobias Klenk sein abenteuerliches Leben endete, stand in einem andern Land.

Traumnovelle

I

»Vierundzwanzig braune Sklaven ruderten die prächtige Galeere, die den Prinzen Amgiad zu dem Palast des Kalifen bringen sollte. Der Prinz aber, in seinen Purpurmantel gehüllt, lag allein auf dem Verdeck unter dem dunkelblauen, sternbesäten Nachthimmel, und sein Blick –«

Bis hierher hatte die Kleine laut gelesen; jetzt, beinahe plötzlich, fielen ihr die Augen zu. Die Eltern sahen einander lächelnd an, Fridolin beugte sich zu ihr nieder, küßte sie auf das blonde Haar und klappte das Buch zu, das auf dem noch nicht abgeräumten Tische lag. Das Kind sah auf wie ertappt.

»Neun Uhr«, sagte der Vater, »es ist Zeit schlafen zu gehen.« Und da sich nun auch Albertine zu dem Kind herabgebeugt hatte, trafen sich die Hände der Eltern auf der geliebten Stirn, und mit zärtlichem Lächeln, das nun nicht mehr dem Kinde allein galt, begegneten sich ihre Blicke. Das Fräulein trat ein, mahnte die Kleine, den Eltern gute Nacht zu sagen; gehorsam erhob sie sich, reichte Vater und Mutter die Lippen zum Kuß und ließ sich von dem Fräulein ruhig aus dem Zimmer führen. Fridolin und Albertine aber, nun allein geblieben unter dem rötlichen Schein der Hängelampe, hatten es mit einemmal eilig, ihre vor dem Abendessen begonnene Unterhaltung über die Erlebnisse auf der gestrigen Redoute wieder aufzunehmen.

Es war in diesem Jahr ihr erstes Ballfest gewesen, an dem sie gerade noch vor Karnevalschluß teilzunehmen sich entschlossen hatten. Was Fridolin betraf, so war er gleich beim Eintritt in den Saal wie ein mit Ungeduld erwarteter Freund von zwei roten Dominos begrüßt worden, über deren Person er sich nicht klar zu werden vermochte, obzwar sie über allerlei Geschichten aus seiner Studenten- und Spitalzeit auffallend genauen Bescheid wußten. Aus der Loge, in die sie ihn mit verheißungsvoller

Freundlichkeit geladen, hatten sie sich mit dem Versprechen entfernt, sehr bald, und zwar unmaskiert, zurückzukommen, waren aber so lange fortgeblieben, daß er, ungeduldig geworden, vorzog, sich ins Parterre zu begeben, wo er den beiden fragwürdigen Erscheinungen wieder zu begegnen hoffte. So angestrengt er auch umherspähte, nirgends vermochte er sie zu erblicken; statt ihrer aber hing sich unversehens ein anderes weibliches Wesen in seinen Arm: seine Gattin, die sich eben jäh einem Unbekannten entzogen, dessen melancholisch-blasiertes Wesen und fremdländischer, anscheinend polnischer Akzent sie anfangs bestrickt, der sie aber plötzlich durch ein unerwartet hingeworfenes, häßlich-freches Wort verletzt, ja erschreckt hatte. Und so saßen Mann und Frau, im Grunde froh, einem enttäuschend banalen Maskenspiel entronnen zu sein, bald wie zwei Liebende, unter andern verliebten Paaren, im Büfettraum bei Austern und Champagner, plauderten sich vergnügt, als hätten sie eben erst Bekanntschaft miteinander geschlossen, in eine Komödie der Galanterie, des Widerstandes, der Verführung und des Gewährens hinein; und nach einer raschen Wagenfahrt durch die weiße Winternacht sanken sie einander daheim zu einem schon lange Zeit nicht mehr so heiß erlebten Liebesglück in die Arme. Ein grauer Morgen weckte sie allzubald. Den Gatten forderte sein Beruf schon in früher Stunde an die Betten seiner Kranken; Hausfrau- und Mutterpflichten ließen Albertine kaum länger ruhen. So waren die Stunden nüchtern und vorbestimmt in Alltagspflicht und Arbeit hingegangen, die vergangene Nacht, Anfang wie Ende, war verblaßt; und jetzt erst, da beider Tagewerk vollendet, das Kind schlafen gegangen und von nirgendher eine Störung zu gewärtigen war, stiegen die Schattengestalten von der Redoute, der melancholische Unbekannte und die roten Dominos, wieder zur Wirklichkeit empor; und jene unbeträchtlichen Erlebnisse waren mit einemmal vom trügerischen Scheine versäumter Möglichkeiten zauberhaft und schmerzlich umflossen. Harmlose und doch lauernde Fragen, verschmitzte, doppeldeutige Antworten wechselten hin und her; keinem von beiden entging, daß der andere es an der letzten Aufrichtigkeit fehlen ließ, und so fühlten sich beide zu gelinder Rache aufgelegt. Sie übertrieben das Maß der Anziehung, das von ihren unbekannten Redoutenpartnern auf sie ausgestrahlt hätte, spotteten der eifersüchtigen Regungen, die der andere merken ließ, und leugneten ihre eigenen weg. Doch aus dem leichten Geplauder über die nichtigen Abenteuer der verflossenen Nacht gerieten sie in ein ernsteres Gespräch über jene verborgenen, kaum geahnten Wünsche, die auch in die klarste und reinste Seele trübe und gefährliche Wirbel zu reißen vermögen, und sie redeten von den geheimen Bezirken, nach denen sie kaum Sehnsucht verspürten und wohin der unfaßbare Wind des Schicksals sie doch einmal, und wär's auch nur im Traum, verschlagen könnte. Denn so völlig sie einander in Gefühl und Sinnen angehörten, sie wußten, daß gestern nicht zum erstenmal ein Hauch von Abenteuer, Freiheit und Gefahr sie angerührt; bang, selbstquälerisch, in unlauterer Neugier versuchten sie eines aus dem andern Geständnisse hervorzulocken und, ängstlich näher zusammenrückend, forschte jedes in sich nach irgendeiner Tatsache, so gleichgültig, nach einem Erlebnis, so nichtig es sein mochte, das für das Unsagbare als Ausdruck gelten und dessen aufrichtige Beichte sie vielleicht von einer Spannung und einem Mißtrauen befreien könnte, das allmählich unerträglich zu werden anfing. Albertine, ob sie nun die Ungeduldigere, die Ehrlichere oder die Gütigere von den beiden war, fand zuerst den Mut zu einer offenen Mitteilung; und mit etwas schwankender Stimme fragte sie Fridolin, ob er sich des jungen Mannes erinnere, der im letztverflossenen Sommer am dänischen Strand eines Abends mit zwei Offizieren am benachbarten Tisch gesessen, während des Abendessens ein Telegramm erhalten und sich daraufhin eilig von seinen Freunden verabschiedet hatte.

Fridolin nickte. »Was war's mit dem?« fragte er.

»Ich hatte ihn schon des Morgens gesehen«, erwiderte Albertine, »als er eben mit seiner gelben Handtasche eilig die Hoteltreppe hinanstieg. Er hatte mich flüchtig gemustert, aber erst ein paar Stufen höher blieb er stehen, wandte sich nach mir um, und unsere Blicke mußten sich begegnen. Er lächelte nicht, ja, eher schien mir, daß sein Antlitz sich verdüsterte, und mir erging es wohl ähnlich, denn ich war bewegt wie noch nie. Den ganzen Tag lag ich traumverloren am Strand. Wenn er mich riefe – so meinte ich zu wissen –, ich hätte nicht widerstehen können. Zu allem glaubte ich mich bereit; dich, das Kind, meine Zukunft hinzugeben, glaubte ich mich so gut wie entschlossen, und zugleich – wirst du es verstehen? – warst du mir teurer als je. Gerade an diesem Nachmittag, du mußt dich noch erinnern, fügte es sich, daß wir so vertraut über tausend Dinge, auch über unsere gemeinsame Zukunft, auch über das Kind plauderten, wie schon seit lange nicht mehr. Bei Sonnenuntergang saßen wir auf dem Balkon, du und ich, da ging er vorüber unten am Strand, ohne aufzublicken, und ich war beglückt, ihn zu sehen. Dir aber strich ich über die Stirne und küßte dich aufs Haar, und in meiner Liebe zu dir war zugleich viel schmerzliches Mitleid. Am Abend war ich sehr schön, du hast es mir selber gesagt, und trug eine weiße Rose im Gürtel. Es war vielleicht kein Zufall, daß der Fremde mit seinen Freunden in unserer Nähe saß. Er blickte nicht zu mir her, ich aber spielte mit dem Gedanken, aufzustehen, an seinen Tisch zu treten und ihm zu sagen: Da bin ich, mein Erwarteter, mein Geliebter – nimm mich hin. In diesem Augenblick brachte man ihm das Telegramm, er las, erblaßte, flüsterte dem jüngeren der beiden Offiziere einige Worte zu, und mit einem rätselhaften Blick mich streifend, verließ er den Saal.«

»Und?« fragte Fridolin trocken, als sie schwieg.

»Nichts weiter. Ich weiß nur, daß ich am nächsten Morgen mit einer gewissen Bangigkeit erwachte. Wovor mir mehr bangte – ob davor, daß er abgereist, oder davor, daß er noch da sein könnte –, das weiß ich nicht, das habe ich auch damals nicht gewußt. Doch als er auch mittags verschwunden blieb, atmete ich auf. Frage mich nicht weiter, Fridolin, ich habe dir die ganze Wahrheit gesagt. – Und auch du hast an jenem Strand irgend etwas erlebt, – ich weiß es.«

Fridolin erhob sich, ging ein paarmal im Zimmer auf und ab, dann sagte er: »Du hast recht.« Er stand am Fenster, das Antlitz im Dunkel. »Des Morgens«, begann er mit verschleierter, etwas feindseliger Stimme, »manchmal sehr früh noch, ehe du aufgestanden warst, pflegte ich längs des Ufers dahinzuwandern, über den Ort hinaus; und, so früh es war, immer lag schon die Sonne hell und stark über dem Meer. Da draußen am Strand gab es kleine Landhäuser, wie du weißt, die, jedes, dastanden, eine kleine Welt für sich, manche mit umplankten Gärten, manche auch nur von Wald umgeben, und die Badehütten waren von den Häusern durch die Landstraße und ein Stück Strand getrennt. Kaum daß ich je in so früher Stunde Menschen begegnete; und Badende waren überhaupt niemals zu sehen. Eines Morgens aber wurde ich ganz plötzlich einer weiblichen Gestalt gewahr, die, eben noch unsichtbar gewesen, auf der schmalen Terrasse einer in den Sand gepfählten Badehütte, einen Fuß vor den andern setzend, die Arme nach rückwärts an die Holzwand gespreitet, sich vorsichtig weiterbewegte. Es war ein ganz junges, vielleicht fünfzehnjähriges Mädchen mit aufgelöstem blonden Haar, das über die Schultern und auf der einen Seite über die zarte Brust herabfloß. Das Mädchen sah vor sich hin, ins Wasser hinab, langsam glitt es längs der Wand weiter, mit gesenktem Auge nach der andern Ecke hin, und plötzlich stand es mir gerade gegenüber; mit den Armen griff sie weit hinter sich, als wollte sie sich fester anklammern, sah auf und erblickte mich plötzlich. Ein Zittern ging durch ihren Leib, als müßte sie sinken oder fliehen. Doch da sie auf dem schmalen Brett sich doch nur ganz langsam hätte weiterbewegen können, entschloß sie sich innezuhalten – und stand nun da, zuerst mit einem erschrockenen, dann mit einem zornigen, endlich mit einem verlegenen Gesicht. Mit einemmal aber lächelte sie, lächelte wunderbar; es war ein Grüßen, ja ein Winken in ihren Augen – und zugleich ein leiser Spott, mit dem sie ganz flüchtig zu ihren Füßen das Wasser streifte, das mich von ihr trennte. Dann reckte sie den jungen schlanken Körper hoch, wie ihrer Schönheit froh, und, wie leicht zu merken war, durch den Glanz meines Blicks, den sie auf sich fühlte, stolz und süß erregt. So standen wir uns gegenüber, vielleicht zehn Sekunden lang, mit halboffenen Lippen und flimmernden Augen. Unwillkürlich breitete ich meine

Arme nach ihr aus, Hingebung und Freude war in ihrem Blick. Mit einemmal aber schüttelte sie heftig den Kopf, löste einen Arm von der Wand, deutete gebieterisch, ich solle mich entfernen; und als ich es nicht gleich über mich brachte zu gehorchen, kam ein solches Bitten, ein solches Flehen in ihre Kinderaugen, daß mir nichts anderes übrigblieb, als mich abzuwenden. So rasch als möglich setzte ich meinen Weg wieder fort; ich sah mich kein einziges Mal nach ihr um, nicht eigentlich aus Rücksicht, aus Gehorsam, aus Ritterlichkeit, sondern darum, weil ich unter ihrem letzten Blick eine solche, über alles je Erlebte hinausgehende Bewegung verspürt hatte, daß ich mich einer Ohnmacht nah fühlte.« Und er schwieg.

»Und wie oft«, fragte Albertine, vor sich hinsehend und ohne jede Betonung, »bist du nachher noch denselben Weg gegangen?«

»Was ich dir erzählt habe«, erwiderte Fridolin, »ereignete sich zufällig am letzten Tag unseres Aufenthalts in Dänemark. Auch ich weiß nicht, was unter anderen Umständen geworden wäre. Frag' auch du nicht weiter, Albertine.«

Er stand immer noch am Fenster, unbeweglich. Albertine erhob sich, trat auf ihn zu, ihr Auge war feucht und dunkel, leicht gerunzelt die Stirn. »Wir wollen einander solche Dinge künftighin immer gleich erzählen«, sagte sie.

Er nickte stumm.

»Versprich's mir.«

Er zog sie an sich. »Weißt du das nicht?« fragte er; aber seine Stimme klang immer noch hart.

Sie nahm seine Hände, streichelte sie und sah zu ihm auf mit umflorten Augen, auf deren Grund er ihre Gedanken zu lesen vermochte. Jetzt dachte sie seiner andern, wirklicherer, dachte seiner Jünglingserlebnisse, in deren manche sie eingeweiht war, da er, ihrer eifersüchtigen Neugier allzu willig nachgebend, ihr in den ersten Ehejahren manches verraten, ja, wie ihm oftmals scheinen wollte, preisgegeben, was er lieber für sich hätte behalten sollen. In dieser Stunde, er wußte es, drängte manche Erinnerung sich ihr mit Notwendigkeit auf, und er wunderte sich kaum, als sie, wie aus einem Traum, den halbvergessenen Namen einer seiner Jugendgeliebten aussprach. Doch wie ein Vorwurf, ja wie eine leise Drohung klang er ihm entgegen.

Er zog ihre Hände an seine Lippen.

»In jedem Wesen – glaub' es mir, wenn es auch wohlfeil klingen mag –, in jedem Wesen, das ich zu lieben meinte, habe ich immer nur dich gesucht. Das weiß ich besser, als du es verstehen kannst, Albertine.«

Sie lächelte trüb. »Und wenn es auch mir beliebt hätte, zuerst auf die Suche zu gehen?« sagte sie. Ihr Blick veränderte sich, wurde kühl und undurchdringlich. Er ließ ihre Hände aus den seinen gleiten, als hätte er sie auf einer Unwahrheit, auf einem Verrat ertappt; sie aber sagte: »Ach, wenn ihr wüßtet«, und wieder schwieg sie.

»Wenn wir wüßten –? Was willst du damit sagen?«

Mit seltsamer Härte erwiderte sie: »Ungefähr, was du dir denkst, mein Lieber.«

»Albertine – so gibt es etwas, was du mir verschwiegen hast?«

Sie nickte und blickte mit einem sonderbaren Lächeln vor sich hin.

Unfaßbare, unsinnige Zweifel wachten in ihm auf.

»Ich verstehe nicht recht«, sagte er. »Du warst kaum siebzehn, als wir uns verlobten.«

»Sechzehn vorbei, ja, Fridolin. Und doch« – sie sah ihm hell in die Augen – »lag es nicht an mir, daß ich noch jungfräulich deine Gattin wurde.«

»Albertine –!«

Und sie erzählte:

»Es war am Wörthersee, ganz kurz vor unserer Verlobung, Fridolin, da stand an einem schönen Sommerabend ein sehr hübscher, junger Mensch an meinem Fenster, das auf die große, weite Wiese hinaussah, wir plauderten miteinander, und ich dachte im Laufe dieser Unterhaltung, ja höre nur, was ich dachte: Was ist das doch für ein lieber, entzückender, junger Mensch – er müßte jetzt nur ein Wort sprechen, freilich, das richtige müßte es sein, so käme ich zu ihm hinaus auf die Wiese und spazierte mit ihm, wohin es ihm beliebte – in den Wald vielleicht; – oder schöner noch wäre es, wir führen im Kahn zusammen in den See hinaus – und er könnte von mir in dieser Nacht alles haben, was er nur verlangte. Ja, das dachte ich mir. – Aber er sprach das Wort nicht aus, der entzückende junge Mensch; er küßte nur zart meine Hand, – und am Morgen darauf fragte er mich – ob ich seine Frau werden wollte. Und ich sagte ja.«

Fridolin ließ unmutig ihre Hand los. »Und wenn an jenem Abend«, sagte er dann, »zufällig ein anderer an deinem Fenster gestanden hätte und ihm wäre das richtige Wort eingefallen, zum Beispiel – –«, er dachte nach, welchen Namen er nennen sollte, da streckte sie schon wie abwehrend die Arme vor.

»Ein anderer, wer immer es gewesen wäre, er hätte sagen können, was er wollte – es hätte ihm wenig geholfen. Und wärst nicht du es gewesen, der vor dem Fenster stand« – sie lächelte zu ihm auf –, »dann wäre wohl auch der Sommerabend nicht so schön gewesen.«

Er verzog spöttisch den Mund. »So sagst du in diesem Augenblick, so glaubst du vielleicht in diesem Augenblick. Aber –«

Es klopfte. Das Dienstmädchen trat ein und meldete, die Hausbesorgerin aus der Schreyvogelgasse sei da, den Herrn Doktor zum Hofrat zu holen, dem es wieder sehr schlecht gehe. Fridolin begab sich ins Vorzimmer, erfuhr von der Botin, daß der Hofrat einen Herzanfall erlitten und sich sehr übel befinde; und er versprach, unverzüglich hinzukommen.

»Du willst fort –?« fragte ihn Albertine, als er sich rasch zum Fortgehen bereit machte, so ärgerlichen Tons, als füge er ihr mit Vorbedacht ein Unrecht zu.

Fridolin erwiderte, beinahe verwundert: »Ich muß wohl.«

Sie seufzte leicht.

»Es wird hoffentlich nicht so schlimm sein«, sagte Fridolin, »bisher haben ihm drei Centi Morphin immer noch über den Anfall weggeholfen.«

Das Stubenmädchen hatte den Pelz gebracht, Fridolin küßte

Albertine ziemlich zerstreut, als wäre das Gespräch der letzten Stunde aus seinem Gedächtnis schon weggewischt, auf Stirn und Mund und eilte davon.

2

Auf der Straße mußte er den Pelz öffnen. Es war plötzlich Tauwetter eingetreten, der Schnee auf dem Fußsteig beinahe weggeschmolzen, und in der Luft wehte ein Hauch des kommenden Frühlings. Von Fridolins Wohnung in der Josefstadt nahe dem Allgemeinen Krankenhaus, war es kaum eine Viertelstunde in die Schreyvogelgasse; und so stieg Fridolin bald die schlecht beleuchtete gewundene Treppe des alten Hauses in das zweite Stockwerk hinauf und zog an der Glocke; doch ehe der altväterische Klingelton sich vernehmen ließ, merkte er, daß die Türe nur angelehnt war; er trat durch den unbeleuchteten Vorraum in das Wohnzimmer und sah sofort, daß er zu spät gekommen war. Die grün verhängte Petroleumlampe, die von der niederen Decke herabhing, warf einen matten Schein über die Bettdecke, unter der regungslos ein schmaler Körper hingestreckt lag. Das Antlitz des Toten war überschattet, doch Fridolin kannte es so gut, daß er es in aller Deutlichkeit zu sehen vermeinte – hager, runzlig, hochgestirnt, mit dem weißen, kurzen Vollbart, den auffallend häßlichen weißbehaarten Ohren. Marianne, die Tochter des Hofrats, saß am Fußende des Bettes mit schlaff herabhängenden Armen, wie in tiefster Ermüdung. Es roch nach alten Möbeln, Medikamenten, Petroleum, Küche; auch ein wenig nach Kölnisch Wasser und Rosenseife, und irgendwie spürte Fridolin auch den süßlich faden Geruch dieses blassen Mädchens, das noch jung war und seit Monaten, seit Jahren in schwerer häuslicher Arbeit, anstrengender Krankenpflege und Nachtwachen langsam verblühte.

Als der Arzt eingetreten war, hatte sie den Blick zu ihm gewandt, doch in der kärglichen Beleuchtung sah er kaum, ob ihre Wangen sich röteten wie sonst, wenn er erschien. Sie wollte sich erheben, eine Handbewegung Fridolins verwehrte es ihr, sie nickte ihm mit großen, aber trüben Augen einen Gruß zu. Er trat an das Kopfende des Bettes, berührte mechanisch die Stirn des Toten, dessen Arme, die in weiten offenen Hemdärmeln über der Bettdecke lagen, dann senkte er mit leichtem Bedauern die Schultern, steckte die Hände in die Taschen seines Pelzrokkes, ließ den Blick im Zimmer umherschweifen und endlich auf Marianne verweilen. Ihr Haar war reich und blond, aber trokken, der Hals wohlgeformt und schlank, doch nicht ganz faltenlos und von gelblicher Tönung, und die Lippen wie von vielen ungesagten Worten schmal.

»Nun ja«, sagte er flüsternd und fast verlegen, »mein liebes Fräulein, es trifft Sie wohl nicht unvorbereitet.«

Sie streckte ihm die Hand entgegen. Er nahm sie teilnahmsvoll, fragte pflichtgemäß nach dem Verlauf des letzten tödlichen Anfalls, sie berichtete sachlich und kurz und sprach dann von den letzten, verhältnismäßig guten Tagen, in denen Fridolin den Kranken nicht mehr gesehen hatte. Fridolin hatte einen Stuhl herangerückt, setzte sich Marianne gegenüber und gab ihr tröstend zu bedenken, daß ihr Vater in den letzten Stunden kaum gelitten haben dürfte; dann erkundigte er sich, ob Verwandte verständigt seien. Ja; die Hausbesorgerin sei schon auf dem Weg zum Onkel, und jedenfalls werde bald Herr Doktor Roediger erscheinen, »mein Verlobter«, setzte sie hinzu und blickte Fridolin auf die Stirn statt ins Auge.

Fridolin nickte nur. Er war Doktor Roediger im Verlaufe eines Jahres zwei- oder dreimal hier im Hause begegnet. Der überschlanke, blasse, junge Mensch mit kurzem, blondem Vollbart und Brille, Dozent für Geschichte an der Wiener Universität, hatte ihm recht gut gefallen, ohne weiter sein Interesse anzuregen. Marianne sähe sicher besser aus, dachte er, wenn sie seine Geliebte wäre. Ihr Haar wäre weniger trocken, ihre Lippen röter und voller. Wie alt mag sie sein? fragte er sich weiter. Als ich zum erstenmal zum Hofrat gerufen wurde, vor drei oder vier Jahren, war sie dreiundzwanzig. Damals lebte ihre Mutter noch. Sie war heiterer, als ihre Mutter noch lebte. Hat sie nicht eine kurze Zeit hindurch Gesangslektionen genommen? Also diesen Dozenten wird sie heiraten. Warum tut sie das? Verliebt ist sie gewiß nicht in ihn, und viel Geld dürfte er auch nicht haben. Was wird das für eine Ehe werden? Nun, eine Ehe wie tausend andere. Was kümmert's mich. Es ist wohl möglich, daß ich sie niemals wiedersehen werde, denn nun habe ich in diesem Hause nichts mehr zu tun. Ach, wie viele Menschen habe ich nie mehr wiedergesehen, die mir näher standen als sie.

Während ihm diese Gedanken durch den Kopf gingen, hatte Marianne von dem Verstorbenen zu reden begonnen – mit einer gewissen Eindringlichkeit, als wäre er durch die einfache Tatsache seines Todes plötzlich ein merkwürdigerer Mensch geworden. Also wirklich erst vierundfünfzig Jahre war er alt gewesen? Freilich, die vielen Sorgen und Enttäuschungen, die Gattin immer leidend – und der Sohn hatte ihm so viel Kummer bereitet! Wie, sie besaß einen Bruder? Gewiß. Sie hatte es dem Doktor doch schon einmal erzählt. Der Bruder lebte jetzt irgendwo im Auslande, da drin in Mariannens Kabinett hing ein Bild, das er im Alter von fünfzehn Jahren gemalt hatte. Es stellte einen Offizier dar, der einen Hügel hinuntersprengt. Der Vater hatte immer getan, als sähe er das Bild überhaupt nicht. Aber es war ein gutes Bild. Der Bruder hätte es schon weiterbringen können unter günstigern Umständen.

Wie erregt sie spricht, dachte Fridolin, und wie ihre Augen glänzen! Fieber? Wohl möglich. Sie ist magerer geworden in der letzten Zeit. Spitzenkatarrh vermutlich.

Sie sprach immer weiter, aber ihm schien, als wüßte sie gar nicht recht, zu wem sie sprach; oder als spräche sie zu sich selbst. Zwölf Jahre war der Bruder nun fort vom Haus, ja, sie war noch ein Kind gewesen, als er plötzlich verschwand. Vor vier oder fünf Jahren zu Weihnachten war die letzte Nachricht von ihm gekommen, aus einer kleinen italienischen Stadt. Sonderbar, sie hatte den Namen vergessen. So redete sie noch eine Weile gleichgültige Dinge, ohne Notwendigkeit, fast ohne Zusammenhang, bis sie mit einemmal schwieg und nun stumm dasaß, den Kopf in den Händen. Fridolin war müde und noch mehr gelangweilt, wartete sehnlich, daß jemand käme, die Verwandten oder der Verlobte. Das Schweigen im Raume lastete schwer. Es war ihm, als schwiege der Tote mit ihnen; nicht etwa weil er nun unmöglich mehr reden konnte, sondern absichtsvoll und mit Schadenfreude.

Und mit einem Seitenblick auf ihn sagte Fridolin: »Jedenfalls, wie die Dinge nun einmal liegen, ist es gut, Fräulein Marianne, daß Sie nicht mehr allzulange in dieser Wohnung bleiben müssen« – und da sie den Kopf ein wenig hob, ohne aber zu Fridolin aufzuschauen –, »Ihr Bräutigam wird wohl bald eine Professur erhalten; an der philosophischen Fakultät liegen ja die Verhältnisse in dieser Beziehung günstiger als bei uns.« – Er dachte daran, daß er vor Jahren auch eine akademische Laufbahn angestrebt, daß er aber bei seiner Neigung zu einer behaglicheren Existenz sich am Ende für die praktische Ausübung seines Berufes entschieden hatte; – und plötzlich kam er sich dem vortrefflichen Doktor Roediger gegenüber als der Geringere vor.

»Im Herbst werden wir übersiedeln«, sagte Marianne, ohne sich zu regen, »er hat eine Berufung nach Göttingen.«

»Ah«, sagte Fridolin und wollte eine Art Glückwunsch anbringen, aber das schien ihm wenig angemessen in diesem Augenblick und in dieser Umgebung. Er warf einen Blick nach dem geschlossenen Fenster und, ohne vorher um Erlaubnis zu fragen, wie in Ausübung eines ärztlichen Rechtes öffnete er beide Flügel und ließ die Luft herein, die, indes noch wärmer und frühlingshafter geworden, einen linden Duft aus den erwachenden fernen Wäldern mitzubringen schien. Als er sich wieder ins Zimmer wandte, sah er die Augen Mariannens wie fragend auf sich gerichtet. Er trat näher zu ihr hin und bemerkte: »Die frische Luft wird Ihnen hoffentlich wohl tun. Es ist geradezu warm geworden, und gestern nacht« – er wollte sagen: fuhren wir im Schneegestöber von der Redoute nach Hause, aber er formte rasch den Satz um und ergänzte: »Gestern abend lag der Schnee noch einen halben Meter hoch in den Straßen.«

Sie hörte kaum, was er sagte. Ihre Augen wurden feucht, große Tränen liefen ihr über die Wangen herab, und wieder verbarg sie ihr Gesicht in den Händen. Unwillkürlich legte er seine Hand auf ihren Scheitel und strich ihr über die Stirn. Er fühlte, wie ihr Körper zu zittern begann, sie schluchzte in sich hinein, kaum hörbar zuerst, allmählich lauter, endlich ganz ungehemmt. Mit einemmal war sie vom Sessel herabgeglitten, lag Fridolin zu Füßen, umschlang seine Knie mit den Armen und preßte ihr Antlitz daran. Dann sah sie zu ihm auf mit weit offenen, schmerzlich-wilden Augen und flüsterte heiß: »Ich will nicht fort von hier. Auch wenn Sie niemals wiederkommen, wenn ich Sie niemals mehr sehen soll; ich will in Ihrer Nähe leben.«

Er war mehr ergriffen als erstaunt; denn er hatte es immer gewußt, daß sie in ihn verliebt war oder sich einbildete, es zu sein.

»Stehen Sie doch auf, Marianne«, sagte er leise, beugte sich zu ihr herab, richtete sie milde auf und dachte: natürlich ist auch Hysterie dabei. Er warf einen Seitenblick auf den toten Vater. Ob er nicht alles hört, dachte er. Vielleicht ist er scheintot? Vielleicht ist jeder Mensch in diesen ersten Stunden nach dem Verscheiden nur scheintot –? Er hielt Marianne in den Armen, aber zugleich etwas entfernt von sich, und drückte beinahe unwillkürlich einen Kuß auf ihre Stirn, was ihm selbst ein wenig lächerlich vorkam. Flüchtig erinnerte er sich eines Romans, den er vor Jahren gelesen und in dem es geschah, daß ein ganz junger Mensch, ein Knabe fast, am Totenbett der Mutter von ihrer Freundin verführt, eigentlich vergewaltigt wurde. Im selben Augenblick, er wußte nicht warum, mußte er seiner Gattin denken. Bitterkeit gegen sie stieg in ihm auf und ein dumpfer Groll gegen den Herrn in Dänemark mit der gelben Reisetasche auf der Hotelstiege. Er zog Marianne fester an sich, doch verspürte er nicht die geringste Erregung; eher flößte ihm der Anblick des glanzlos trockenen Haares, der süßlich-fade Geruch ihres ungelüfteten Kleides einen leichten Widerwillen ein. Nun ertönte die Glocke draußen, er fühlte sich wie erlöst, küßte Marianne die Hand rasch, gleichwie in Dankbarkeit, und ging öffnen. Es war Doktor Roediger, der in der Tür stand, in dunkelgrauem Havelock, mit Überschuhen, einen Regenschirm in der Hand, mit einem den Umständen angemessenen ernsten Gesichtsausdruck. Die beiden Herren nickten einander zu, vertrauter, als es ihren tatsächlichen Beziehungen entsprach. Dann traten sie beide ins Zimmer, Roediger drückte Marianne nach einem befangenen Blick auf den Toten seine Teilnahme aus; Fridolin begab sich ins Nebenzimmer, um die ärztliche Todesanzeige abzufassen, drehte die Gasflamme über dem Schreibtisch höher, und sein Blick fiel auf das Bildnis des weißuniformierten Offiziers, der mit geschwungenem Säbel den Hügel hinabsprengte, einem unsichtbaren Feind entgegen. Es war in einen altgoldenen schmalen Rahmen gespannt und wirkte nicht viel besser als ein bescheidener Öldruck.

Mit dem ausgefüllten Totenschein trat Fridolin wieder in den Nebenraum, wo am Bett des Vaters, die Hände ineinander verschlungen, die Brautleute saßen.

Wieder ertönte die Türglocke, Doktor Roediger erhob sich und ging öffnen; indessen sagte Marianne, unhörbar fast, auf den Boden blickend: »Ich liebe dich.« Fridolin erwiderte nur, indem er, nicht ohne Zärtlichkeit, Mariannens Namen aussprach. Roediger trat wieder ein mit einem älteren Ehepaar. Es waren der Onkel und die Tante Mariannens; einige Worte, den Umständen entsprechend, wurden gewechselt, mit der Befangenheit, die die Anwesenheit eines eben Verstorbenen rings zu verbreiten pflegt. Das kleine Zimmer sah plötzlich wie von Trauergästen überfüllt aus, Fridolin erschien sich überflüssig, empfahl sich und wurde von Roediger zur Tür geleitet, der sich zu einigen Dankesworten verpflichtet fühlte und die Hoffnung baldiger Wiederbegegnung aussprach.

3

Fridolin, vor dem Haustor, sah zu dem Fenster auf, das er früher selbst geöffnet hatte; die Flügel zitterten leise im Vorfrühlingswinde. Die Menschen, die dort oben zurückgeblieben waren, die lebendigen geradeso wie der Tote, waren ihm in gleicher

Weise gespensterhaft unwirklich. Er selbst erschien sich wie entronnen; nicht so sehr einem Erlebnis als vielmehr einem schwermütigen Zauber, der keine Macht über ihn gewinnen sollte. Als einzige Nachwirkung empfand er eine merkwürdige Unlust, sich nach Hause zu begeben. Der Schnee in den Straßen war geschmolzen, links und rechts waren kleine schmutzig-weiße Häuflein aufgeschichtet, die Gasflammen in den Laternen flakkerten, von einer nahen Kirche schlug es elf. Fridolin beschloß, vor dem Schlafengehen noch eine halbe Stunde in einer stillen Kaffeehausecke nahe seiner Wohnung zu verbringen, und nahm den Weg durch den Rathauspark. Auf beschatteten Bänken saß da und dort ein Paar eng aneinandergeschmiegt, als wäre wirklich schon der Frühling da und die trügerisch-warme Luft nicht schwanger von Gefahren. Auf einer Bank der Länge nach ausgestreckt, den Hut in die Stirn gedrückt, lag ein ziemlich zerlumpter Mensch. Wenn ich ihn aufweckte, dachte Fridolin, und ihm Geld für ein Nachtlager schenkte? Ach, was wäre damit getan, überlegte er weiter, dann müßte ich morgen auch für eines sorgen, sonst hätte es ja keinen Sinn, und am Ende würde ich noch sträflicher Beziehungen mit ihm verdächtigt. Und er beschleunigte seinen Schritt, wie um jeder Art von Verantwortung und Versuchung so rasch als möglich zu entfliehen. Warum gerade der? fragte er sich, Tausende von solchen armen Teufeln gibt's in Wien allein. Wenn man sich um die alle kümmern wollte – um die Schicksale aller Unbekannten! Und der Tote fiel ihm ein, den er eben verlassen, und mit einigem Schauer, ja nicht ohne Ekel dachte er daran, daß in dem langdahingestreckten mageren Leib unter der braunen Flanelldecke nach ewigen Gesetzen Verwesung und Zerfall ihr Werk schon begonnen hatten. Und er freute sich, daß er noch lebte, daß für ihn aller Wahrscheinlichkeit nach all diese häßlichen Dinge noch ferne waren; ja daß er noch mitten in seiner Jugend stand, eine reizende und liebenswerte Frau zu eigen hatte und auch noch eine oder mehrere dazu haben konnte, wenn es ihm gerade beliebte. Zu dergleichen hätte freilich mehr Muße gehört, als ihm vergönnt war; und es fiel ihm ein, daß er morgen um acht Uhr früh auf der Abteilung sein, von elf bis eins Privatpatienten besuchen, nachmittags von drei bis fünf Ordination halten mußte und daß ihm auch für die Abendstunden noch einige Krankenbesuche bevorstanden. – Nun – hoffentlich würde er wenigstens nicht wieder mitten in der Nacht geholt werden, wie es ihm heute geschehen war.

Er überquerte den Rathausplatz, der trüb erglänzte wie ein bräunlicher Teich, und wandte sich dem heimatlichen Josefstädter Bezirk zu. Von weitem hörte er dumpfe, regelmäßige Schritte und sah, noch ziemlich entfernt, eben um eine Straßenecke biegend, einen kleinen Trupp von Couleurstudenten, die, sechs oder acht an der Zahl, ihm entgegenkamen. Als die jungen Leute in den Schein einer Laterne gerieten, glaubte er die blauen Alemannen in ihnen zu erkennen. Er selbst hatte nie einer Verbindung angehört, aber seinerzeit ein paar Säbelmensuren ausgefochten. Im Zusammenhang mit dieser Erinnerung an seine Studentenzeit fielen ihm die roten Dominos ein, die ihn gestern nacht in die Loge gelockt und so bald wieder schnöde verlassen hatten. Die Studenten waren ganz nahe, sie redeten laut und lachten; – ob er nicht einen oder den andern aus dem Spitale kennen mochte? Doch bei der unsicheren Beleuchtung war es nicht möglich, die Physiognomien deutlich auszunehmen. Er mußte sich ganz nahe an die Mauer halten, um nicht mit ihnen zusammenzustoßen; – jetzt waren sie vorbei; nur der zuletzt ging, ein langer Kerl im offnen Winterrock, eine Binde über dem linken Auge, schien geradezu absichtlich ein Stückchen zurückzubleiben und stieß mit seitlich abgestrecktem Ellbogen an ihn an. Es konnte kein Zufall sein. Was fällt dem Kerl ein, dachte Fridolin und blieb unwillkürlich stehen; der andere nach zwei Schritten tat desgleichen, und so sahen sie einander einen Moment lang aus mäßiger Entfernung in die Augen. Plötzlich aber wandte Fridolin sich wieder ab und ging weiter. Er hörte ein kurzes Lachen hinter sich – fast hätte er sich nochmals umgewandt, um den Burschen zu stellen, aber er verspürte ein sonderbares Herzklopfen – ganz wie einmal vor zwölf oder vierzehn Jahren, als es so heftig an seine Tür gepocht hatte, während das anmutige junge Ding bei ihm war, das immer von einem entfernt lebenden, wahrscheinlich gar nicht existierenden Bräutigam zu faseln liebte; es war auch tatsächlich nur der Briefträger gewesen, der so drohend gepocht hatte. – Und geradeso wie damals fühlte er jetzt sein Herz klopfen. Was ist das, fragte er sich ärgerlich und merkte nun, daß ihm die Knie ein wenig zitterten. Feig –? Unsinn, erwiderte er sich selbst. Soll ich mich mit einem betrunkenen Studenten herstellen, ich, ein Mann von fünfunddreißig Jahren, praktischer Arzt, verheiratet, Vater eines Kindes! – Kontrahage! Zeugen! Duell! Und am Ende wegen einer solchen dummen Rempelei einen Hieb in den Arm? Und für ein paar Wochen berufsunfähig? – Oder ein Auge heraus? – Oder gar Blutvergiftung? – Und in acht Tagen so weit wie der Herr in der Schreyvogelgasse unter der Bettdecke aus braunem Flanell! Feig –? Drei Säbelmensuren hatte er ausgefochten, und auch zu einem Pistolenduell war er einmal bereit gewesen, und nicht auf s e i n e Veranlassung war die Sache damals gütlich beigelegt worden. Und sein Beruf! Gefahren von allen Seiten und in jedem Augenblick – man vergaß nur immer wieder dran. Wie lange war es her, daß das diphtheritiskranke Kind ihm ins Gesicht gehustet hatte? Drei oder vier Tage, nicht mehr. Das war immerhin eine bedenklichere Sache als so eine kleine Säbelfechterei. Und er hatte überhaupt nicht mehr daran gedacht. Nun, wenn er dem Kerl wieder begegnete, ließ sich die Angelegenheit immer noch ins reine bringen. Keineswegs war er verpflichtet, um Mitternacht auf dem Weg von einem Kranken oder auch zu einem Kranken, das hätte ja schließlich auch der Fall sein können – nein, er war wirklich nicht verpflichtet, auf solch eine alberne Studentenrempelei zu reagieren. Wenn jetzt zum Exempel der junge Däne ihm entgegenkäme, mit dem Albertine – ach nein, was fiel ihm denn nur ein? Nun – es war ja doch nicht anders, als wenn sie seine Geliebte gewesen wäre. Schlimmer noch. Ja, der sollte ihm jetzt entgegenkommen. Oh, eine wahre Wonne wäre es, dem irgendwo in einer Waldlichtung gegenüberzustehen und auf die Stirn mit dem glattgestrichenen Blondhaar den Lauf einer Pistole zu richten.

Er fand sich, mit einem Male, schon über sein Ziel hinaus in einer engen Gasse, durch die nur ein paar armselige Dirnen auf nächtlichem Männerfang umherstrichen. Gespenstisch, dachte er. Und auch die Studenten mit den blauen Kappen wurden ihm plötzlich gespenstisch in der Erinnerung, ebenso Marianne, ihr Verlobter, Onkel und Tante, die er sich nun alle, Hand in Hand, um das Totenbett des alten Hofrats gereiht vorstellte; auch Albertine, die ihm nun im Geist als tief Schlafende, die Arme unter dem Nacken verschränkt, vorschwebte – sogar sein Kind, das jetzt zusammengerollt in dem schmalen weißen Messingbettchen lag, und das rotbäckige Fräulein mit dem Muttermal an der linken Schläfe –, sie alle waren ihm völlig ins Gespenstische entrückt. Und in dieser Empfindung, obzwar sie ihn ein wenig schaudern machte, war zugleich etwas Beruhigendes, das ihn von aller Verantwortung zu befreien, ja aus jeder menschlichen Beziehung zu lösen schien.

Eines der herumstreifenden Mädchen forderte ihn zum Mitgehen auf. Es war ein zierliches, noch ganz junges Geschöpf, sehr blaß mit rotgeschminkten Lippen. Könnte gleichfalls mit Tod enden, dachte er, nur nicht so rasch! Auch Feigheit? Im Grunde schon. Er hörte ihre Schritte, bald ihre Stimme hinter sich. »Willst nicht mitkommen, Doktor?«

Unwillkürlich wandte er sich um. »Woher kennst du mich?« fragte er.

»Ich kenn' Ihnen nicht«, sagte sie, »aber in dem Bezirk sind ja alle Doktors.«

Seit seiner Gymnasiastenzeit hatte er mit einem Frauenzimmer dieser Art nichts zu tun gehabt. Geriet er plötzlich in seine Knabenjahre zurück, daß dieses Geschöpf ihn reizte? Er erinnerte sich eines flüchtigen Bekannten, eines eleganten jungen Mannes, dem man ein fabelhaftes Glück bei Frauen nachsagte, mit dem er als Student nach einem Ball in einem Nachtlokal gesessen hatte und der, ehe er sich mit einer der gewerbsmäßigen Besucherinnen entfernte, Fridolins etwas verwunderten Blick mit den Worten erwidert hatte: »Es bleibt immer das Bequemste; – und die Schlimmsten sind es auch nicht.«

»Wie heißt du?« fragte Fridolin.

»No, wie wir i denn heißen? Mizzi natürlich.« Schon hatte sie den Schlüssel im Haustor umgedreht, trat in den Flur und wartete, daß Fridolin ihr folgte.

»G'schwind!« sagte sie, als er zögerte. Plötzlich stand er neben ihr, das Tor fiel hinter ihm zu, sie sperrte ab, zündete ein Wachskerzchen an und leuchtete ihm vor. – Bin ich verrückt? fragte er sich. Ich werde sie natürlich nicht anrühren.

In ihrem Zimmer brannte eine Öllampe. Sie drehte den Docht weiter auf, es war ein ganz behaglicher Raum, nett gehalten, und jedenfalls roch es da viel angenehmer als zum Beispiel in Mariannens Behausung. Freilich – hier hatte kein alter Mann monatelang krank gelegen. Das Mädchen lächelte, näherte sich ohne Zudringlichkeit Fridolin, der sie sanft abwehrte. Dann wies sie auf einen Schaukelstuhl, in den er sich gerne sinken ließ.

»Bist gewiß sehr müd«, meinte sie. Er nickte. Und sie, während sie sich ohne Hast entkleidete:

»Na ja, so ein Mann, was der den ganzen Tag zu tun hat. Da hat's unsereiner leichter.«

Er merkte, daß ihre Lippen gar nicht geschminkt, sondern von einem natürlichen Rot gefärbt waren, und machte ihr ein Kompliment darüber.

»Ja warum soll ich mich denn schminken?« fragte sie. »Was glaubst denn du, wie alt ich bin?«

»Zwanzig?« riet Fridolin.

»Siebzehn«, sagte sie, setzte sich auf seinen Schoß und schlang wie ein Kind den Arm um seinen Nacken.

Wer auf der Welt möchte vermuten, dachte er, daß ich mich jetzt gerade in diesem Raum befinde? Hätte ich selbst es vor einer Stunde, vor zehn Minuten für möglich gehalten? Und – warum? Warum? Sie suchte mit ihren Lippen die seinen, er bog sich zurück, sie sah ihn groß, etwas traurig an, ließ sich von seinem Schoß heruntergleiten. Fast tat es ihm leid, denn in ihrer Umschlingung war viel tröstende Zärtlichkeit gewesen.

Sie nahm einen roten Schlafrock, der über der Lehne des offenen Bettes hing, schlüpfte hinein und preßte die Arme über der Brust zusammen, so daß ihre ganze Gestalt verhüllt war.

»Ist's dir jetzt recht?« fragte sie ohne Spott, wie schüchtern, als gäbe sie sich Mühe, ihn zu verstehen. Er wußte kaum, was antworten.

»Du hast es richtig erraten«, sagte er dann, »ich bin wirklich müd, und ich finde es sehr angenehm, hier im Schaukelstuhl zu sitzen und dir einfach zuzuhören. Du hast so eine liebe, sanfte Stimme. Red' nur, erzähl' mir was.«

Sie saß auf dem Bett und schüttelte den Kopf.

»Du fürchtest dich halt«, sagte sie leise – und dann vor sich hin, kaum vernehmlich, »schad'!«

Dieses letzte Wort jagte eine heiße Welle durch sein Blut. Er trat zu ihr hin, wollte sie umfassen, erklärte ihr, daß sie ihm völliges Vertrauen einflöße, und sprach damit sogar die Wahrheit. Er zog sie an sich, er warb um sie, wie um ein Mädchen, wie um eine geliebte Frau. Sie widerstand, er schämte sich und ließ endlich ab.

Sie sagte: »Man kann ja nicht wissen, irgendeinmal muß es ja doch kommen. Du hast ganz recht, wenn du dich fürchten tust. Und wenn was passiert, dann möchtest du mich verfluchen.«

Die Banknoten, die er ihr bot, lehnte sie mit solcher Bestimmtheit ab, daß er nicht weiter in sie dringen konnte. Sie nahm einen schmalen blauen Wollschal um, zündete eine Kerze an, leuchtete ihm, begleitete ihn hinab und sperrte das Tor auf. »Ich bleib heut schon z'Haus«, sagte sie. Er nahm ihre Hand und küßte sie unwillkürlich. Sie sah erstaunt, fast erschrocken zu ihm auf, dann lachte sie verlegen und beglückt. »Wie einer Fräuln«, sagte sie.

Das Tor fiel hinter ihm zu, und Fridolin prägte mit einem raschen Blick seinem Gedächtnis die Hausnummer ein, um in der Lage zu sein, dem lieben armen Ding morgen Wein und Näschereien heraufzuschicken.

4

Es war indes noch etwas wärmer geworden. Der laue Wind brachte in die enge Gasse einen Duft von feuchten Wiesen und fernem Bergfrühling. Wohin jetzt? dachte Fridolin, als wäre es nicht das Selbstverständliche, endlich nach Hause zu gehen und sich schlafen zu legen. Aber dazu konnte er sich nicht entschließen. Wie heimatlos, wie hinausgestoßen erschien er sich seit der widerwärtigen Begegnung mit den Alemannen... Oder seit Mariannens Geständnis? – Nein, länger schon – seit dem Abendgespräch mit Albertine rückte er immer weiter fort aus dem gewohnten Bezirk seines Daseins in irgendeine andere, ferne, fremde Welt.

Er wandelte kreuz und quer durch die nächtlichen Straßen, ließ den leichten Föhn um seine Stirne wehen, und endlich, entschlossenen Schritts, als wäre er nun an ein langgesuchtes Ziel gelangt, trat er in ein Kaffeehaus niederen Ranges ein, das altwienerisch gemütlich, nicht besonders geräumig, mäßig beleuchtet und zu dieser späten Stunde nur wenig besucht war.

In einer Ecke spielten drei Herren Karten; ein Kellner, der ihnen bisher zugeschaut hatte, half Fridolin beim Ablegen des Pelzes, nahm seine Bestellung entgegen und legte ihm illustrierte Zeitungen und Abendblätter auf den Tisch. Fridolin erschien sich wie geborgen und begann flüchtig die Journale zu durchblättern. Da und dort blieb sein Blick haften. In irgendeiner böhmischen Stadt waren deutschsprachige Straßentafeln heruntergerissen worden. In Konstantinopel gab es eine Konferenz wegen eines Bahnbaus in Kleinasien, an der auch Lord Cranford teilnahm. Die Firma Benies & Weingruber war insolvent geworden. Die Prostituierte Anna Tiger hatte auf ihre Freundin Hermine Drobizky ein Eifersuchtsattentat mit Vitriol verübt. Heute abend fand ein Heringsschmaus in den Sophiensälen statt. Ein junges Mädchen, Marie B., wohnhaft Schönbrunner Hauptstraße 28, hatte sich mit Sublimat vergiftet. – Alle diese Tatsachen, die gleichgültigen und die traurigen, in ihrer trockenen Alltäglichkeit wirkten irgendwie ernüchternd und beruhigend auf Fridolin. Das junge Mädchen, Marie B., tat ihm leid; Sublimat, wie dumm. In dieser Sekunde, während er gemütlich im Café sitzt und Albertine ruhig schläft mit im Nacken verschränkten Armen und der Hofrat schon alles irdische Leid überwunden hat, windet sich Marie B., Schönbrunner Hauptstraße 28, in sinnlosen Schmerzen.

Er blickte von der Zeitung auf. Da sah er von einem gegenüberliegenden Tisch zwei Augen auf sich gerichtet. War es möglich? Nachtigall –? Der hatte ihn schon erkannt, hob freudig überrascht beide Arme, trat auf Fridolin zu, ein großer, ziemlich breiter, beinahe plumper, noch junger Mensch mit langem, leicht gelocktem, blondem, schon etwas graumeliertem Haar und einem blonden, in polnischer Art herunterhängenden Schnurrbart. Er trug einen offenen grauen Havelock, darunter einen etwas speckigen Frack, ein zerdrücktes Hemd mit drei falschen Brillantknöpfen, einen zerknitterten Kragen und eine flatternde weiße Seidenkrawatte. Seine Lider waren gerötet wie von vielen durchwachten Nächten, doch die Augen strahlten heiter und blau.

»Du bist in Wien, Nachtigall?« rief Fridolin.

»Du weißt nicht«, sagte Nachtigall in polnisch weichem Akzent mit mäßigem jüdischen Beiklang. »Wie weißt du nicht? Ich bin doch so beriehmt.« Er lachte laut und gutmütig und setzte sich Fridolin gegenüber.

»Wie?« fragte Fridolin. »Vielleicht Professor der Chirurgie geworden im geheimen?«

Nachtigall lachte noch heller auf: »Hast du mich jetzt nicht geheert? Jetzt äben?«

»Wieso gehört? – Ach ja!« Und nun erst kam es Fridolin zu Bewußtsein, daß er während seines Eintretens, ja schon früher, als er sich dem Kaffeehaus genähert, aus irgendeiner Kellertiefe Klavierspiel heraufklingen gehört hatte. »Also das warst du?« rief er aus.

»Wer denn als ich?« lachte Nachtigall.

Fridolin nickte. Natürlich; – dieser eigentümlich energische Anschlag, diese sonderbaren, etwas willkürlichen aber wohlklingenden Harmonien der linken Hand waren ihm ja gleich so bekannt vorgekommen. »Also du hast dich ganz darauf verlegt?« meinte er. Er erinnerte sich, daß Nachtigall das Studium der Medizin schon nach der zweiten, sogar geglückten, wenn auch mit siebenjähriger Verspätung abgelegten Vorprüfung in Zoologie, endgültig aufgegeben hatte. Doch noch durch geraume Zeit hatte er sich in Krankenhaus, Seziersaal, Laboratorien und Hörsälen herumgetrieben, wo er mit seinem blonden Künstlerkopf, seinem stets zerknitterten Kragen, der flatternden, einst weiß gewesenen Krawatte eine auffallende, im heiteren Sinn populäre und nicht nur bei Kollegen, sondern auch bei manchen Professoren geradezu beliebte Figur vorgestellt hatte. Sohn eines jüdischen Branntweinschenkers in einem polnischen Nest war er seinerzeit aus der Heimat nach Wien gekommen, um Medizin zu studieren. Die geringfügigen elterlichen Unterstützungen waren von Anfang an kaum der Rede wert gewesen und überdies bald gänzlich eingestellt worden, was ihn nicht hinderte, auch weiterhin im Riedhof an einem Stammtisch von Medizinern zu erscheinen, dem auch Fridolin angehörte. Die Bezahlung seiner Zeche hatte von einem gewissen Zeitpunkt an jedesmal ein anderer der wohlhabenderen Kollegen übernommen. Auch Kleidungsstücke erhielt er manchmal zum Geschenk, was er sich gleichfalls gern und ohne falschen Stolz gefallen ließ. Schon in seinem Heimatstädtchen hatte er bei einem dort gestrandeten Pianisten die Anfangsgründe des Klavierspielens gelernt, und in Wien als Studiosus medicinae besuchte er zugleich das Konservatorium, wo er angeblich als vielversprechendes pianistisches Talent galt. Aber auch hier war er nicht ernst und fleißig genug, um sich regelrecht weiter auszubilden; und bald ließ er es sich an seinen musikalischen Erfolgen im Kreise seiner Bekannten, vielmehr an dem Vergnügen, das er ihnen durch sein Klavierspiel bereitete, vollauf genügen. Eine Zeitlang wirkte er in einer vorstädtischen Tanzschule als Pianist. Universitätskollegen und Tischgenossen versuchten ihn in besseren Häusern in gleicher Eigenschaft einzuführen, doch spielte er bei solcher Gelegenheit immer nur, was ihm eben und solange es ihm beliebte, ließ sich mit den jungen Damen in Unterhaltungen ein, die von seiner Seite nicht immer harmlos geführt waren, und trank mehr, als er vertragen konnte. Einmal spielte er im Hause eines Bankdirektors zum Tanze auf. Nachdem er schon vor Mitternacht durch anzüglich-galante Bemerkungen die vorbeitanzenden jungen Mädchen in Verlegenheit gebracht und bei ihren Herren Anstoß erregt hatte, fiel es ihm ein, einen wüsten Cancan zu spielen und mit seinem gewaltigen Baß ein zweideutiges Couplet dazu zu singen. Der Bankdirektor verwies es ihm heftig. Nachtigall, wie von seliger Heiterkeit erfüllt, erhob sich, umarmte den Direktor, dieser, empört, fauchte, obwohl selbst Jude, dem Pianisten ein landesübliches Schimpfwort ins Gesicht, das Nachtigall unverzüglich mit einer gewaltigen Ohrfeige quittierte – womit seine Laufbahn in den besseren Häusern der Stadt endgültig abgeschlossen erschien. In intimeren Zirkeln wußte er sich im allgemeinen anständiger zu betragen, wenn man auch bei solchen Gelegenheiten in vorgerückten Stunden manchmal genötigt war, ihn gewaltsam aus dem Lokal zu entfernen. Doch am nächsten Morgen waren solche Zwischenfälle von allen Beteiligten verziehen und vergessen. – Eines Tages, seine Kollegen hatten längst alle ihre Studien beendet, war er plötzlich ohne Abschied aus der Stadt verschwunden. Einige Monate hindurch trafen noch Kartengrüße von ihm aus verschiedenen russischen und polnischen Städten ein; und einmal, ohne weitere Erklärung, wurde Fridolin, den Nachtigall stets besonders in sein Herz geschlossen hatte, nicht nur durch einen Gruß, sondern durch die Bitte um einen mäßigen Geldbetrag an Nachtigalls Existenz erinnert. Fridolin sandte die Summe unverzüglich ab, ohne jemals einen Dank oder sonst ein Lebenszeichen von Nachtigall zu erhalten.

In diesem Augenblick aber, um dreiviertel ein Uhr nachts, nach acht Jahren, bestand Nachtigall darauf, dieses Versäumnis unverzüglich gutzumachen, und in genau stimmender Anzahl entnahm er Banknoten einer ziemlich defekten Brieftasche, die übrigens leidlich gefüllt war, so daß Fridolin sich die Rückzahlung mit gutem Gewissen durfte gefallen lassen...

»Also es geht dir gut«, meinte er lächelnd, wie zu seiner eigenen Beruhigung.

»Kann nicht klagen«, erwiderte Nachtigall. Und seine Hand auf Fridolins Arm legend: »Aber jetzt sag' einmal, wie kommst du mitten in der Nacht daher?«

Fridolin erklärte seine Anwesenheit zu so später Stunde mit dem dringenden Bedürfnis, nach einem nächtlichen Krankenbesuch noch eine Tasse Kaffee zu sich zu nehmen; verschwieg aber, ohne recht zu wissen warum, daß er seinen Patienten nicht mehr am Leben getroffen. Dann äußerte er sich ganz im allgemeinen über seine ärztliche Tätigkeit an der Poliklinik und seine Privatpraxis und erwähnte, daß er verheiratet, glücklich verheiratet und Vater eines sechsjährigen Mädchens sei.

Nun berichtete Nachtigall. Er hatte sich, wie Fridolin richtig vermutet, die ganzen Jahre über als Pianist in allen möglichen polnischen, rumänischen, serbischen und bulgarischen Städten und Städtchen fortgebracht, in Lemberg lebte ihm eine Frau mit vier Kindern; – und er lachte hell, als wäre es ausnehmend lustig, vier Kinder zu haben, alle in Lemberg und alle von ein und derselben Frau. Seit dem vergangenen Herbst hielt er sich wieder in Wien auf. Das Varieté, das ihn engagiert hatte, war sofort verkracht, nun spielte er in den verschiedensten Lokalen, wie es sich eben fügte, manchmal auch in zweien oder dreien in derselben Nacht, hier unten zum Beispiel, im Keller – kein sehr vornehmes Etablissement, wie er bemerkte, eigentlich eine Art von Kegelbahn, und was das Publikum anbelangt... »Aber wenn man für vier Kinder zu sorgen hat und eine Frau in Lemberg« – und er lachte wieder, nicht mehr ganz so lustig wie vorher. »Auch privat habe ich manchmal zu tun«, fügte er rasch hinzu. Und als er ein erinnerndes Lächeln auf Fridolins Antlitz gewahrte – »nicht bei Bankdirektoren und soo, nein, in allen mäglichen Kreisen, auch gräßere, äffentliche und gehäime.«

»Geheime?«

Nachtigall blickte düster-pfiffig vor sich hin. »Sofort werd' ich wieder abgeholt.«

»Wie, heute noch spielst du?«

»Ja, dort fangt es nämlich erst um zwei an.«

»Das ist ja besonders fein«, sagte Fridolin.

»Ja und nein«, lachte Nachtigall, wurde aber gleich wieder ernst.

»Ja und nein –?« wiederholte Fridolin neugierig.

Nachtigall beugte sich über den Tisch zu ihm.

»Ich spielle heute in einem Privathaus, aber wem es gehärt, weiß ich nicht.«

»Du spielst also heute zum erstenmal dort?« fragte Fridolin mit steigendem Interesse.

»Nein, das drittemal. Aber es wird wahrscheinlich wieder ein anderes Haus sein.«

»Das versteh' ich nicht.«

»Ich auch nicht«, lachte Nachtigall. »Besser du fragst nicht.«

»Hm«, machte Fridolin.

»Oh, du irrst dich. Nicht was du glaubst. Ich hab' schon viel gesehen, man glaubt nicht, in solchen kleinen Städten – besonders Rumänien –, man erläbt vieles. Aber hier...« Er schlug den gelben Fenstervorhang ein wenig zurück, blickte auf die Straße hinaus und sagte wie für sich: »Noch nicht da« – dann zu Fridolin, erklärend, »nämlich der Wagen. Immer holt mich ein Wagen ab, und immer ein anderer.«

»Du machst mich neugierig, Nachtigall«, meinte Fridolin kühl.

»Här' zu«, sagte Nachtigall nach einigem Zögern. »Wenn ich einem auf der Welt vergennte – aber, wie macht man nur –«, und plötzlich: »Hast du Courage?«

»Sonderbare Frage«, sagte Fridolin im Ton eines beleidigten Couleurstudenten.

»Ich meine nicht soo.«

»Also wie meinst du eigentlich? Wozu braucht man bei dieser Gelegenheit so besondere Courage? Was kann einem denn passieren?« Und er lachte kurz und verächtlich.

»Mir kann nichts passieren, heechstens, daß ich zum letzten Male heite – aber das ist vielleicht auch soo.« Er schwieg und blickte wieder durch den Vorhangspalt hinaus.

»Na also?«

»Wie meinst du?« fragte Nachtigall wie aus einem Traum.

»Erzähl' doch weiter. Wenn du schon einmal angefangen hast... Geheime Veranstaltung? Geschlossene Gesellschaft? Geladene Gäste?«

»Ich weiß nicht. Neilich waren dreißig Menschen, das erstemal nur sechzehn.«

»Ein Ball?«

»Natürlich ein Ball.« Er schien jetzt zu bereuen, daß er überhaupt gesprochen hatte.

»Und du machst Musik dazu?«

»Wieso dazu? Ich weiß nicht wozu. Wirklich, ich weiß nicht. Ich spielle, ich spielle – mit verbundene Augen.«

»Nachtigall, Nachtigall, was singst du da für ein Lied!«

Nachtigall seufzte leise. »Aber leider nicht ganz verbunden. Nicht so, daß ich gar nichts sehe. Ich seh' nämlich im Spiegel durch das schwarze Seidentuch über meine Augen...« Und wieder schwieg er.

»Mit einem Wort«, sagte Fridolin ungeduldig und verächtlich, fühlte sich aber sonderbar erregt... »nackte Frauenzimmer.«

»Sag nicht Frauenzimmer, Fridolin«, erwiderte Nachtigall wie beleidigt, »solche Weiber hast du nie gesehen.«

Fridolin räusperte sich leicht. »Und wie hoch ist das Entrée?« fragte er beiläufig.

»Billetts meinst du und soo? Ha, was fallt dir ein.«

»Also wie verschafft man sich Eintritt?« fragte Fridolin mit gepreßten Lippen und trommelte auf die Tischplatte.

»Parolle mußt du kennen, und jedesmal ist eine andere.«

»Und die heutige?«

»Weiß ich noch nicht. Erfahr' ich erst vom Kutscher.«

»Nimm mich mit, Nachtigall.«

»Unmeglich, zu gefährlich.«

»Vor einer Minute hattest du doch selbst die Absicht... mir zu ›vergennen‹. Es wird schon möglich sein.«

Nachtigall betrachtete ihn prüfend. »So wie du bist – kenntest du auf keinen Fall, nämlich alle sind maskiert, Herren und Damen. Hast du eine Maske bei dir und soo? Unmeglich. Vielleicht nächstes Mal. Werde mir was ausspekulieren.« Er horchte auf und blickte wieder durch den Vorhangspalt auf die Straße, und aufatmend: »Da ist der Wagen. Adieu.«

Fridolin hielt ihn beim Arm fest. »So kommst du mir nicht davon. Du wirst mich mitnehmen.«

»Aber Kollega...«

»Überlaß mir alles Weitere. Ich weiß schon, daß es ›gefährlich‹ ist – vielleicht lockt mich gerade das.«

»Aber ich sage dir schon – ohne Kostim und Larve –«

»Es gibt Maskenleihanstalten.«

»Um ein Uhr früh –!«

»Hör einmal zu, Nachtigall. Ecke Wickenburgstraße befindet sich so ein Unternehmen. Täglich gehe ich ein paarmal an der Tafel vorbei.« Und hastig, in wachsender Erregung: »Du bleibst hier noch eine Viertelstunde, Nachtigall, ich versuch' indessen dort mein Glück. Der Besitzer der Leihanstalt wohnt vermutlich im gleichen Haus. Wenn nicht – dann verzichte ich eben. Das Schicksal soll entscheiden. Im selben Haus ist ein Café, Café Vindobona heißt es, glaube ich. Du sagst dem Kutscher – daß du in dem Café irgend etwas vergessen hast, gehst hinein, ich warte nah der Tür, du sagst mir rasch die Parole, steigst wieder in deinen Wagen; ich, wenn es mir gelungen ist, ein Kostüm zu bekommen, nehme mir rasch einen andern, fahre dir nach – das Weitere muß sich finden. Dein Risiko, Nachtigall, mein Ehrenwort, trage ich in jedem Falle mit.«

Nachtigall hatte einige Male versucht, Fridolin zu unterbrechen, doch vergeblich. Fridolin warf die Zeche auf den Tisch mit einem allzu reichlichen Trinkgeld, wie ihm das in den Stil dieser Nacht zu passen schien, und ging. Draußen stand ein geschlossener Wagen, unbeweglich auf dem Bock saß ein Kutscher, ganz in Schwarz, mit hohem Zylinder; – wie eine Trauerkutsche, dachte Fridolin. Nach wenigen Minuten, im Laufschritt, war er zu dem Eckhaus gelangt, das er suchte, läutete, erkundigte sich beim Hausmeister, ob der Maskenverleiher Gibiser hier im Hause wohnte, und hoffte im stillen, daß es nicht der Fall wäre. Aber Gibiser wohnte tatsächlich hier, im Stockwerk unterhalb der Leihanstalt, der Hausmeister schien nicht einmal sonderlich erstaunt über den späten Besuch, sondern, durch das ansehnliche Trinkgeld Fridolins leutselig gestimmt, bemerkte er, daß während des Faschings gar nicht so selten auch in solcher Nachtstunde Leute kämen, um Kostüme auszuleihen. Er leuchtete von unten aus so lange mit der Kerze, bis Fridolin im ersten Stockwerk geklingelt hatte. Herr Gibiser, als hätte er an der Türe gewartet, öffnete selbst, er war hager, bartlos, kahl, trug einen altmodischen geblümten Schlafrock und eine türkische Mütze mit einer Troddel, so daß er wie ein lächerlicher Alter auf dem Theater aussah. Fridolin brachte sein Begehren vor und erwähnte, daß der Preis keine Rolle spiele, worauf Herr Gibiser beinahe wegwerfend bemerkte: »Ich verlange, was mir zukommt, nicht mehr.«

Er führte Fridolin über eine Wendeltreppe ins Magazin hinauf. Es roch nach Seide, Samt, Parfüms, Staub und trockenen Blumen; aus schwimmendem Dunkel blitzte es silbern und rot; und plötzlich glänzten eine Menge kleiner Lämpchen zwischen offenen Schränken eines engen, langgestreckten Gangs, der sich rückwärts in Finsternis verlor. Rechts und links hingen Kostüme aller Art; auf der einen Seite Ritter, Knappen, Bauern, Jäger, Gelehrte, Orientalen, Narren, auf der anderen Hofdamen, Ritterfräulein, Bäuerinnen, Kammerzofen, Königinnen der Nacht. Oberhalb der Kostüme waren die entsprechenden Kopfbedeckungen zu sehen, und es war Fridolin zumute, als wenn er durch eine Allee von Gehängten schritte, die im Begriffe wären, sich gegenseitig zum Tanz aufzufordern. Herr Gibiser ging hinter ihm einher. »Haben der Herr einen besonderen Wunsch? Louis Quatorze? Directoire? Altdeutsch?«

»Ich brauche eine dunkle Mönchskutte und eine schwarze Larve, nichts weiter.«

In diesem Augenblick tönte vom Ende des Gangs her ein gläsernes Geklirr. Fridolin sah dem Maskenverleiher erschrocken ins Gesicht, als sei dieser zu sofortiger Aufklärung verpflichtet.

Gibiser selbst aber stand starr, tastete nach einem irgendwo versteckten Schalter – und eine blendende Helle ergoß sich sofort bis zum Ende des Gangs, wo ein kleines gedecktes Tischchen mit Tellern, Gläsern und Flaschen zu sehen war. Von zwei Stühlen rechts und links erhoben sich je ein Femrichter in rotem Talar, während ein zierliches helles Wesen im selben Augenblick verschwand. Gibiser stürzte mit langen Schritten hin, griff über den Tisch und hielt eine weiße Perücke in der Hand, während zugleich unter dem Tisch sich hervorschlängelnd ein anmutiges, ganz junges Mädchen, fast noch ein Kind, im Pierrettenkostüm mit weißen Seidenstrümpfen durch den Gang bis zu Fridolin gelaufen kam, der sie notgedrungen in seinen Armen auffing. Gibiser hatte die weiße Perücke auf den Tisch fallen lassen und hielt rechts und links die Femrichter an den Falten ihrer Talare fest. Zugleich rief er zu Fridolin hin: »Herr, halten Sie mir das Mädel fest.« Die Kleine preßte sich an Fridolin, als müßte er sie schützen. Ihr kleines schmales Gesicht war weiß bestäubt, mit einigen Schönheitspflästerchen bedeckt, von ihren zarten Brüsten stieg ein Duft von Rosen und Puder auf; – aus ihren Augen lächelte Schelmerei und Lust.

»Meine Herren«, rief Gibiser, »Sie bleiben hier so lange, bis ich Sie der Polizei übergeben habe.«

»Was fällt Ihnen ein?« riefen die beiden. Und wie aus einem Munde: »Wir sind einer Einladung des Fräuleins gefolgt.«

Gibiser ließ sie beide los, und Fridolin hörte, wie er zu ihnen sagte: »Hierüber werden Sie nähere Auskunft zu geben haben. Oder sahen Sie nicht sofort, daß Sie es mit einer Wahnsinnigen zu tun hatten?« und zu Fridolin gewendet: »Verzeihen Sie den Zwischenfall, mein Herr.«

»Oh, es tut nichts«, sagte Fridolin. Am liebsten wäre er dageblieben oder hätte die Kleine gleich mitgenommen, wohin immer – und was immer daraus gefolgt wäre. Sie sah lockend und kindlich zu ihm auf, wie gebannt. Die Femrichter am Ende des Ganges unterhielten sich aufgeregt miteinander. Gibiser wandte sich sachlich an Fridolin mit der Frage: »Sie wünschen eine Kutte, mein Herr, einen Pilgerhut, eine Larve?«

»Nein«, sagte die Pierrette mit leuchtenden Augen, »einen Hermelinmantel mußt du diesem Herrn geben und ein rotseidenes Wams.«

»Du rührst dich nicht von meiner Seite«, sagte Gibiser und wies auf eine dunkle Kutte, die zwischen einem Landsknecht und einem venezianischen Senator hing. »Dieses entspricht Ihrer Größe, hier der passende Hut, nehmen Sie, rasch.«

Nun meldeten sich von neuem die Femrichter. »Sie werden uns unverzüglich hinauslassen, Herr Chibisier«, sie sprachen den Namen Gibiser zu Fridolins Befremden französisch aus.

»Davon kann keine Rede sein«, erwiderte der Maskenverleiher höhnisch, »vorläufig werden Sie die Freundlichkeit haben, hier meine Rückkehr abzuwarten.«

Indes fuhr Fridolin in die Kutte, band die Enden der herunterhängenden weißen Schnur in einen Knoten, Gibiser reichte ihm, auf einer schmalen Leiter stehend, den schwarzen, breitkrempigen Pilgerhut herunter, und Fridolin setzte ihn auf; doch dies alles tat er wie unter einem Zwang, denn immer stärker empfand er es wie eine Verpflichtung, zu bleiben und der Pierrette in einer drohenden Gefahr beizustehen. Die Larve, die Gibiser ihm nun in die Hand drückte und die er gleich probierte, roch nach einem fremdartigen, etwas widerlichen Parfüm.

»Du gehst mir voran«, sagte Gibiser zu der Kleinen und wies gebieterisch zur Treppe. Pierrette wandte sich um, blickte zum Ende des Gangs und winkte einen wehmütig-heiteren Abschiedsgruß hin. Fridolin folgte ihrem Blick; dort standen keine Femrichter mehr, sondern zwei schlanke junge Herrn in Frack und weißer Krawatte, doch beide noch mit den roten Larven über den Gesichtern. Pierrette schwebte die Wendeltreppe hinab, Gibiser ging hinter ihr, ihnen folgte Fridolin. Im Vorzimmer unten öffnete Gibiser eine Tür, die nach den inneren Räumen führte, und sagte zu Pierrette: »Du gehst augenblicklich zu Bette, verworfenes Geschöpf, wir sprechen uns, sobald ich mit den Herren oben abgerechnet habe.«

Sie stand in der Türe, weiß und zart, und schüttelte mit einem Blick auf Fridolin traurig den Kopf. Fridolin erblickte in einem großen Wandspiegel rechts einen hageren Pilger, der niemand anderer war als er selbst, und wunderte sich darüber, mit so natürlichen Dingen es eigentlich zuging.

Pierrette war verschwunden, der alte Maskenverleiher sperrte hinter ihr ab. Dann öffnete er die Wohnungstür und drängte Fridolin ins Stiegenhaus.

»Verzeihen Sie«, sagte Fridolin, »meine Schuldigkeit ...«

»Lassen Sie, mein Herr, Bezahlung erfolgt bei Rückstellung, ich traue Ihnen.«

Doch Fridolin rührte sich nicht vom Fleck. »Sie schwören mir, daß Sie dem armen Kind nichts Böses tun werden?«

»Was kümmert Sie das, Herr?«

»Ich hörte, wie Sie die Kleine vorher als wahnsinnig bezeichneten – und jetzt nannten Sie sie ein verworfenes Geschöpf. Ein auffallender Widerspruch, Sie werden es nicht leugnen.«

»Nun, mein Herr«, entgegnete Gibiser mit einem Ton wie auf dem Theater, »ist der Wahnsinnige nicht verworfen vor Gott?«

Fridolin schüttelte sich angewidert.

»Wie immer«, bemerkte er dann, »es wird sich Rat schaffen lassen. Ich bin Arzt. Wir reden morgen weiter über die Sache.«

Gibiser lachte höhnisch und lautlos. Im Stiegenhaus flammte plötzlich Licht auf, die Türe zwischen Gibiser und Fridolin schloß sich, und sofort wurde der Riegel vorgelegt. Fridolin entledigte sich, während er die Treppe hinunterging, des Huts, der Kutte, der Larve, nahm alles unter den Arm, der Hausbesorger öffnete das Tor, die Trauerkutsche stand gegenüber, mit dem unbeweglichen Lenker auf dem Bock. Nachtigall schickte sich eben an, das Café zu verlassen, und schien nicht sehr angenehm berührt, daß Fridolin pünktlich zur Stelle war.

»Du hast dir also richtig ein Kostüm verschafft?«

»Wie du siehst. Und die Parole?«

»Du bestehst also darauf?«

»Unbedingt.«

»Also – Parole ist Dänemark.«

»Bist du toll, Nachtigall?«

»Weshalb toll?«

»Nichts, nichts. – Ich war zufällig heuer im Sommer an der dänischen Küste. Also steig ein – aber nicht gleich, damit ich Zeit habe, mir drüben einen Wagen zu nehmen.«

Nachtigall nickte, zündete sich gemächlich eine Zigarette an, indes überquerte Fridolin rasch die Straße, nahm einen Fiaker und wies im harmlosen Ton, als handle es sich um einen Scherz, seinen Kutscher an, dem Trauerwagen zu folgen, der sich eben vor ihnen in Bewegung setzte.

Sie fuhren über die Alserstraße, dann unter einem Bahnviadukt der Vorstadt zu und weiter durch schlecht beleuchtete menschenleere Nebengassen. Fridolin erwog die Möglichkeit, daß der Kutscher seines Wagens die Spur des vorderen verlieren könnte; doch sooft er den Kopf durch das offene Fenster in die unnatürlich warme Luft hinaussteckte, immer sah er den anderen Wagen in mäßiger Entfernung vor sich, und unbeweglich saß der Kutscher mit dem hohen schwarzen Zylinder auf dem Bock. Es könnte auch übel ausgehen, dachte Fridolin. Dabei spürte er immer noch den Geruch von Rosen und Puder, der von Pierrettens Brüsten zu ihm aufgestiegen war. An welch einem seltsamen Roman bin ich da vorübergestreift? fragte er sich. Ich hätte nicht fortgehen sollen, vielleicht nicht dürfen. Wo bin ich nun eigentlich?

Zwischen bescheidenen Villen in langsamer Steigung ging es hinan. Nun glaubte Fridolin sich zurechtzufinden; Spaziergänge hatten ihn vor Jahren manchmal hierhergeführt: es mußte der Galitzinberg sein, den er hinanfuhr. Zur Linken in der Tiefe sah er die in Dunst verschwimmende, von tausend Lichtern flimmernde Stadt. Er hörte Räderrollen hinter sich und blickte aus dem Fenster nach rückwärts. Zwei Wagen fuhren hinter ihm, und das war ihm lieb, so konnte er dem Trauerkutscher in keinem Fall verdächtig sein.

Plötzlich, mit einem sehr heftigen Ruck, bog der Wagen seitlich ab, und zwischen Gittern, Mauern, Abhängen ging es abwärts wie in eine Schlucht. Fridolin fiel es ein, daß es höchste Zeit war, sich zu maskieren. Er zog den Pelz aus, fuhr in die Kutte, geradeso wie er jeden Morgen auf der Spitalabteilung in die Ärmel seines Leinenkittels zu schlüpfen pflegte; und wie an etwas Erlösendes dachte er daran, daß er in wenigen Stunden schon, wenn alles gut ging, wie jeden Morgen zwischen den Betten seiner Kranken herumgehen würde – ein hilfsbereiter Arzt.

Der Wagen stand still. Wie wär's, dachte Fridolin, wenn ich gar nicht erst ausstiege – sondern lieber gleich zurückkehrte? Aber wohin? Zu der kleinen Pierrette? Oder zu dem Dirnchen in der Buchfeldgasse? Oder zu Marianne, der Tochter des Verstorbenen? Oder nach Hause? Und mit einem leichten Schauer empfand er, daß er nirgendshin sich weniger sehnte als gerade dorthin. Oder war es, weil dieser Weg ihn der weiteste dünkte? Nein, ich kann nicht zurück, dachte er bei sich. Weiter meinen Weg, und wär's mein Tod. Er lachte selbst zu dem großen Wort, aber sehr heiter war ihm dabei nicht zumut.

Ein Gartentor stand weit offen. Die Trauerkutsche vor ihm fuhr eben tiefer in die Schlucht hinab oder in das Dunkel, das ihm so erschien. Nachtigall war also jedenfalls schon ausgestiegen. Fridolin sprang rasch aus dem Wagen, wies den Kutscher an, oben an jener Biegung seine Rückkehr abzuwarten, solange es auch dauern sollte. Und um sich seiner zu versichern, entlohnte er ihn im vorhinein reichlich und versprach ihm einen gleichen Betrag für die Rückfahrt. Die Wagen, die dem seinen gefolgt waren, kamen angefahren. Aus dem ersten sah Fridolin eine verhüllte Frauengestalt steigen; dann trat er in den Garten, nahm die Larve vor, ein schmaler, vom Hause her beleuchteter Pfad führte bis zum Tor, zwei Flügel sprangen auf, und Fridolin befand sich in einer schmalen weißen Vorhalle. Harmoniumklänge tönten ihm entgegen, zwei Diener in dunkler Livree, die Gesichter grau verlarvt, standen rechts und links.

»Parole?« umflüsterte es ihn zweistimmig. Und er erwiderte: »Dänemark.« Der eine Diener nahm seinen Pelz in Empfang und verschwand damit in einem Nebenraum, der andere öffnete eine Tür, und Fridolin trat in einen dämmerigen, fast dunklen hohen Saal, der ringsum von schwarzer Seide umhangen war. Masken, durchaus in geistlicher Tracht, schritten auf und ab, sechzehn bis zwanzig Personen, Mönche und Nonnen. Die Harmoniumklänge, sanft anschwellend, eine italienische Kirchenmelodie, schienen aus der Höhe herabzutönen. In einem Winkel des Saales stand eine kleine Gruppe, drei Nonnen und zwei Mönche; von dort aus hatte man sich flüchtig zu ihm hin und gleich wieder, wie mit Absicht, abgewandt. Fridolin merkte, daß er als einziger das Haupt bedeckt hatte, nahm den Pilgerhut ab und wandelte so harmlos als möglich auf und nieder; ein Mönch streifte seinen Arm und nickte einen Gruß; doch hinter der Maske bohrte sich ein Blick, eine Sekunde lang, tief in Fridolins Augen. Ein fremdartiger, schwüler Wohlgeruch, wie von südländischen Gärten, umfing ihn. Wieder streifte ihn ein Arm. Diesmal war es der einer Nonne. Wie die andern hatte auch sie um Stirn, Haupt und Nacken einen schwarzen Schleier geschlungen, unter den schwarzen Seidenspitzen der Larve leuchtete ein blutroter Mund. Wo bin ich? dachte Fridolin. Unter Irrsinnigen? Unter Verschwörern? Bin ich in die Versammlung irgendeiner religiösen Sekte geraten? War Nachtigall vielleicht beordert, bezahlt, irgendeinen Uneingeweihten mitzubringen, den man zum besten haben wollte? Doch für einen Maskenscherz schien ihm alles zu ernst, zu eintönig, zu unheimlich. Den Harmoniumklängen hatte sich eine weibliche Stimme beigesellt, eine altitalienische geistliche Arie tönte durch den Raum. Alle standen still, schienen zu lauschen, auch Fridolin gab sich für eine Weile der wundervoll anschwellenden Melodie gefangen. Plötzlich flüsterte eine weibliche Stimme hinter ihm: »Wenden Sie sich nicht nach mir um. Noch ist es Zeit, daß Sie sich entfernen. Sie gehören nicht hierher. Wenn man es entdeckte, erginge es Ihnen schlimm.«

Fridolin schrak zusammen. Eine Sekunde lang dachte er der Warnung zu folgen. Aber die Neugier, die Lockung und vor allem sein Stolz waren stärker als jedes Bedenken. Nun bin ich einmal so weit, dachte er, mag es enden, wie es wolle. Und er schüttelte verneinend den Kopf, ohne sich umzuwenden.«

Da flüsterte die Stimme hinter ihm: »Es täte mir leid um Sie.«

Jetzt wandte er sich um. Er sah den blutroten Mund durch die

Spitzen schimmern, dunkle Augen sanken in die seinen. »Ich bleibe«, sagte er in einem heroischen Ton, den er nicht an sich kannte, und wandte das Antlitz wieder ab. Der Gesang schwoll wundersam an, das Harmonium tönte in einer neuen, durchaus nicht mehr kirchlichen Weise, sondern weltlich, üppig, wie eine Orgel brausend; und um sich schauend, merkte Fridolin, daß die Nonnen alle verschwunden waren und sich nur mehr Mönche im Saale befanden. Auch die Gesangsstimme war indes aus ihrem dunklen Ernst über einen kunstvoll ansteigenden Triller ins Helle und Jauchzende übergegangen, statt des Harmoniums aber hatte irdisch und frech ein Klavier eingesetzt. Fridolin erkannte sofort Nachtigalls wilden, aufreizenden Anschlag, und die vorher so edle weibliche Frauenstimme hatte sich in einem letzten grellen, wollüstigen Aufschrei gleichsam durch die Decke davongeschwungen in die Unendlichkeit. Türen rechts und links hatten sich aufgetan, auf der einen Seite erkannte Fridolin am Klavier die verdämmernden Umrisse von Nachtigalls Gestalt, der gegenüberliegende Raum aber strahlte in blendender Helle, und Frauen standen unbeweglich da, alle mit dunklen Schleiern um Haupt, Stirn und Nacken, schwarze Spitzenlarven über dem Antlitz, aber sonst völlig nackt. Fridolins Augen irrten durstig von üppigen zu schlanken, von zarten zu prangend erblühten Gestalten; – und daß jede dieser Unverhüllten doch ein Geheimnis blieb und aus den schwarzen Masken als unlöslichste Rätsel große Augen zu ihm herüberstrahlten, das wandelte ihm die unsägliche Lust des Schauens in eine fast unerträgliche Qual des Verlangens. Doch wie ihm erging es wohl auch den andern. Die ersten entzückten Atemzüge wandelten sich zu Seufzern, die nach einem tiefen Weh klangen; irgendwo entrang sich ein Schrei; – und plötzlich, als wären sie gejagt, stürzten sie alle, nicht mehr in ihren Mönchskutten, sondern in festlichen weißen, gelben, blauen, roten Kavalierstrachten aus dem dämmerigen Saal zu den Frauen hin, wo ein tolles, beinahe böses Lachen sie empfing. Fridolin war der einzige, der als Mönch zurückgeblieben war, und schlich sich, einigermaßen ängstlich, in die entfernteste Ecke, wo er sich Nachtigall nahe befand, der ihm den Rücken zugewendet hatte. Fridolin sah wohl, daß Nachtigall eine Binde um die Augen trug, aber zugleich glaubte er zu bemerken, wie hinter dieser Binde seine Augen in den hohen Spiegel gegenüber sich bohrten, in dem die bunten Kavaliere mit ihren nackten Tänzerinnen sich drehten.

Plötzlich stand eine der Frauen neben Fridolin und flüsterte – denn niemand, als müßten auch die Stimmen Geheimnis bleiben, sprach ein lautes Wort –: »Warum so einsam? Warum schließest du dich vom Tanze aus?«

Fridolin sah, daß von einer anderen Ecke her ihn zwei Edelleute scharf ins Auge gefaßt hatten, und er vermutete, daß das Geschöpf an seiner Seite – es war knabenhaft und schlank gewachsen – zu ihm gesandt war, ihn zu prüfen und zu versuchen. Trotzdem breitete er die Arme nach ihr aus, um sie an sich zu ziehen, als ein anderes der Weiber sich von ihrem Tänzer löste und geradewegs zu Fridolin gelaufen kam. Er wußte sofort, daß es seine Warnerin von früher war. Sie stellte sich an, als erblicke sie ihn zum erstenmal, und flüsterte, doch so vernehmlich, daß man sie auch in jener anderen Ecke hören mußte: »Bist du endlich zurück?« Und heiter lachend: »Es ist alles vergeblich, du bist erkannt.« Und zu der Knabenhaften gewandt: »Laß mir ihn nur für zwei Minuten. Dann sollst du ihn gleich wieder, wenn du willst, bis zum Morgen haben.« Und leiser zu ihr, wie freudig: »Er ist es, ja, er.« Die andere erstaunt: »Wirklich?« und schwebte fort in die Ecke zu den Kavalieren.

»Frage nicht«, sprach nun die Zurückbleibende zu Fridolin, »und wundere dich über nichts. Ich versuchte sie irrezuführen, aber ich sage dir gleich: auf die Dauer kann es nicht gelingen. Flieh, ehe es zu spät ist. Und es kann in jedem Augenblick zu spät sein. Und gib acht, daß man deine Spur nicht verfolgt. Niemand darf erfahren, wer du bist. Mit deiner Ruhe, mit dem Frieden deines Daseins wäre es vorbei für immer. Geh!«

»Seh' ich dich wieder?«

»Unmöglich.«

»So bleib' ich.«

Ein Zittern ging durch ihren nackten Leib, das sich ihm mitteilte und ihm fast die Sinne umnebelte.

»Es kann nicht mehr auf dem Spiel stehen als mein Leben«, sagte er, »und das bist du mir in diesem Augenblick wert.« Er faßte ihre Hände, versuchte sie an sich zu ziehen.

Sie flüsterte wieder, wie verzweifelt: »Geh!«

Er lachte und hörte sich, wie man sich im Traume hört. »Ich sehe ja, wo ich bin. Ihr seid doch nicht nur darum da, ihr alle, damit man von euerm Anblick toll wird! Du treibst nur einen besondern Spaß mit mir, um mich völlig verrückt zu machen.«

»Es wird zu spät, geh!«

Er wollte sie nicht hören. »Es sollte hier keine verschwiegenen Gemächer geben, in die Paare sich zurückziehen, die sich gefunden haben? Werden alle, die hier sind, mit höflichen Handküssen voneinander Abschied nehmen? Sie sehen nicht danach aus.«

Und er wies auf die Paare, die nach den rasenden Klängen des Klaviers in dem überhellen, spiegelnden Nebenraume weitertanzten, glühende, weiße Leiber an blaue, rote, gelbe Seide geschmiegt. Ihm war, als kümmerte sich jetzt niemand um ihn und die Frau neben ihm; sie standen in dem fast dunklen Mittelsaal ganz allein.

»Vergebliche Hoffnung«, flüsterte sie. »Es gibt hier keine Gemächer, wie du sie dir träumst. Es ist die letzte Minute. Flieh!«

»Komme mit mir.«

Sie schüttelte heftig den Kopf, wie verzweifelt.

Er lachte wieder und kannte sein Lachen nicht. »Du hältst mich zum besten. Sind diese Männer und diese Frauen hierher gekommen, nur um einander zu entflammen und dann zu verschmähen? Wer kann dir verbieten, mit mir fortzugehen, wenn du willst?«

Sie atmete tief auf und senkte das Haupt.

»Ah, nun versteh' ich«, sagte er. »Es ist die Strafe, die ihr dem bestimmt habt, der sich ungeladen einschleicht. Ihr hättet keine grausamere ersinnen können. Erlasse sie mir. Begnadige mich. Verhänge eine andere Buße über mich. Nur nicht diese, daß ich ohne dich gehen soll!«

»Du bist wahnsinnig. Ich kann nicht mit dir von hier fortgehen, sowenig – wie mit irgendeinem andern. Und wer versuchen wollte, mir zu folgen, hätte sein und mein Leben verwirkt.«

Fridolin war wie trunken, nicht nur von ihr, ihrem duftenden Leib, ihrem rotglühenden Mund, nicht nur von der Atmosphäre dieses Raums, den wollüstigen Geheimnissen, die ihn hier umgaben; – er war berauscht und durstig zugleich von all den Erlebnissen dieser Nacht, deren keines einen Abschluß gehabt hatte; von sich selbst, von seiner Kühnheit, von der Wandlung, die er in sich spürte. Und er rührte mit den Händen an den Schleier, der um ihr Haupt geschlungen war, als wollte er ihn herunterziehen.

Sie ergriff seine Hände. »Es war eine Nacht, da fiel es einem ein, einer von uns im Tanz den Schleier von der Stirn zu reißen. Man riß ihm die Larve vom Gesicht und peitschte ihn hinaus.«

»Und – sie?«

»Du hast vielleicht von einem schönen, jungen Mädchen gelesen... es sind erst wenige Wochen her, die am Tag vor ihrer Hochzeit Gift nahm.«

Er erinnerte sich, auch des Namens. Er nannte ihn. War es nicht ein Mädchen aus fürstlichem Hause, das mit einem italienischen Prinzen verlobt gewesen war?

Sie nickte.

Plötzlich stand einer der Kavaliere da, der vornehmste von allen, der einzige in weißer Tracht; und mit einer kurzen, zwar höflichen, doch zugleich gebieterischen Verneigung forderte er die Frau, mit der Fridolin sprach, zu einem Tanze auf. Es war Fridolin, als zögerte sie einen Augenblick. Doch schon hatte der andere sie umfaßt und wirbelte mit ihr davon zu den andern Paaren im erleuchteten Nebensaal.

Fridolin fand sich allein, und diese plötzliche Verlassenheit überfiel ihn wie Frost. Er sah um sich. In diesem Augenblick schien sich niemand um ihn zu kümmern. Vielleicht war jetzt noch eine letzte Möglichkeit, sich ungestraft zu entfernen. Was ihn trotzdem in seine Ecke gebannt hielt, wo er sich nun ungesehen und unbeachtet fühlen durfte – die Scheu vor einem ruhmlosen und etwas lächerlichen Rückzug, das ungestillte, quälende Verlangen nach dem wundersamen Frauenleib, dessen Duft noch um ihn strich; oder die Erwägung, daß alles, was bisher geschehen, vielleicht eine Prüfung seines Muts bedeutet hätte und daß ihm die herrliche Frau als Preis zufallen würde – das wußte er selbst nicht. Jedenfalls aber war ihm klar, daß diese Spannung nicht länger zu ertragen war und daß er auf alle Gefahr hin diesem Zustand ein Ende machen mußte. Wozu immer er sich entschlösse, das Leben konnte es nicht kosten. Er befand sich vielleicht unter Narren, vielleicht unter Wüstlingen, gewiß nicht unter Buben oder Verbrechern. Und es kam ihm der Einfall, unter sie hinzutreten, sich selbst als Eindringling zu bekennen und sich ihnen in ritterlicher Weise zur Verfügung zu stellen. Nur in solcher Art, wie mit einem edeln Akkord, durfte diese Nacht abschließen, wenn sie mehr bedeuten sollte als ein schattenhaft wüstes Nacheinander von düsteren, trübseligen, skurrilen und lüsternen Abenteuern, deren doch keines zu Ende gelebt worden war. Und aufatmend machte er sich bereit.

In diesem Augenblick aber flüsterte es neben ihm: »Parole!« Ein schwarzer Kavalier war unversehens zu ihm hingetreten, und da Fridolin nicht gleich erwiderte, stellte er seine Frage ein zweites Mal. »Dänemark«, sagte Fridolin.

»Ganz recht, mein Herr, dies ist die Parole des Eingangs. Die Parole des Hauses, wenn ich bitten darf?«

Fridolin schwieg.

»Sie wollen nicht die Güte haben, uns die Parole des Hauses zu sagen?« Es klang messerscharf.

Fridolin zuckte die Achseln. Der andere trat in die Mitte des Raumes, erhob die Hand, das Klavierspiel verstummte, der Tanz brach ab. Zwei andere Kavaliere, einer in Gelb, der andere in Rot, traten herzu. »Die Parole, mein Herr«, sagten sie beide gleichzeitig.

»Ich habe sie vergessen«, erwiderte Fridolin mit einem leeren Lächeln und fühlte sich ganz ruhig.

»Das ist ein Unglück«, sagte der Herr in Gelb, »denn es gilt hier gleich, ob Sie die Parole vergessen oder ob Sie sie nie gekannt haben.«

Die andern männlichen Masken strömten herein, die Türen nach beiden Seiten schlossen sich. Fridolin stand allein da im Mönchsgewand mitten unter bunten Kavalieren.

»Die Maske herunter!« riefen einige zugleich. Wie zum Schutz hielt Fridolin die Arme vor sich hingestreckt. Tausendmal schlimmer wäre es ihm erschienen, der einzige mit unverlarvtem Gesicht unter lauter Masken dazustehen, als plötzlich unter Angekleideten nackt. Und mit fester Stimme sagte er: »Wenn einer von den Herren sich durch mein Erscheinen in seiner Ehre gekränkt fühlen sollte, so erkläre ich mich bereit, ihm in üblicher Weise Genugtuung zu geben. Doch meine Maske werde ich nur in dem Falle ablegen, daß Sie alle das gleiche tun, meine Herren.«

»Es handelt sich hier nicht um Genugtuung«, sagte der rotgekleidete Kavalier, der bisher noch nicht gesprochen hatte, »sondern um Sühne.«

»Die Maske herunter!« befahl wieder ein anderer mit einer hellen frechen Stimme, durch die sich Fridolin an den Kommandoton eines Offiziers erinnert fühlte. »Man wird Ihnen ins Gesicht sagen, was Ihrer harrt, und nicht in Ihre Larve.«

»Ich nehme sie nicht ab«, sagte Fridolin in noch schärferem Ton, »und wehe dem, der es wagt, mich zu berühren.«

Irgendein Arm griff plötzlich nach seinem Gesicht, wie um ihm die Maske herunterzureißen, als plötzlich die eine Tür sich auftat und eine der Frauen – Fridolin konnte sich nicht im Zweifel darüber befinden, welche es war – dastand, in Nonnentracht, so wie er sie zuerst erblickt hatte. Hinter ihr aber in dem überhellten Raum waren die andern zu sehen, nackt mit verhüllten Gesichtern, aneinandergedrängt, stumm, eine verschüchterte Schar. Doch die Türe schloß sich sofort wieder.

»Laßt ihn«, sagte die Nonne, »ich bin bereit, ihn auszulösen.«

Ein kurzes tiefes Schweigen, als wenn etwas Ungeheueres sich ereignet hätte, dann wandte sich der schwarze Kavalier, der Fridolin zuerst die Parole abverlangt hatte, an die Nonne mit den Worten: »Du weißt, was du damit auf dich nimmst.«

»Ich weiß es.«

Wie ein tiefes Aufatmen ging es durch den Raum.

»Sie sind frei«, sagte der Kavalier zu Fridolin, »verlassen Sie ungesäumt dieses Haus und hüten Sie sich, weiter nach den Geheimnissen zu forschen, in deren Vorhof Sie sich eingeschlichen haben. Sollten Sie irgend jemanden auf unsere Spur zu leiten versuchen, ob es nun glückte oder nicht – Sie wären verloren.«

Fridolin stand unbeweglich. »Auf welche Weise soll – diese Frau mich auslösen?« fragte er.

Keine Antwort. Einige Arme wiesen der Türe zu, zum Zeichen, er möge sich unverzüglich entfernen.

Fridolin schüttelte den Kopf. »Verhängen Sie über mich, meine Herren, was Ihnen beliebt, ich werde nicht dulden, daß ein anderes menschliches Wesen für mich bezahlt.«

»An dem Los dieser Frau«, sagte der schwarze Kavalier nun ganz sanft, »würden Sie doch nichts mehr ändern. Wenn hier ein Versprechen geleistet wurde, gibt es kein Zurück.«

Die Nonne nickte langsam wie zur Bestätigung. »Geh!« sagte sie zu Fridolin.

»Nein«, erwiderte dieser in erhöhtem Ton. »Das Leben hat keinen Wert mehr für mich, wenn ich ohne dich von hier fortgehen soll. Woher du kommst, wer du bist, ich frage nicht danach. Was kann es Ihnen, meine unbekannten Herren, bedeuten, ob Sie diese Faschingskomödie, und sei sie auch auf einen ernsthaften Schluß angelegt, zu Ende spielen oder nicht. Wer immer Sie sein mögen, meine Herren, Sie führen in jedem Fall noch eine andere Existenz als diese. Ich aber spiele keinerlei Komödie, auch nicht hier, und wenn ich es bisher notgedrungen getan habe, so gebe ich es jetzt auf. Ich fühle, daß ich in ein Schicksal geraten bin, das mit dieser Mummerei nichts mehr zu tun hat, ich will Ihnen meinen Namen nennen, ich will meine Larve abtun und nehme alle Folgen auf mich.«

»Hüte dich!« rief die Nonne aus, »du würdest dich verderben, ohne mich zu retten! Geh!« Und zu den andern gewendet: »Hier bin ich, hier habt ihr mich – alle!«

Die dunkle Tracht fiel wie durch einen Zauber von ihr ab, im Glanz ihres weißen Leibes stand sie da, sie griff nach dem Schleier, der ihr um Stirn, Haupt und Nacken gewunden war, und mit einer wundersamen runden Bewegung wand sie ihn los. Er sank zu Boden, dunkle Haare stürzten ihr über Schultern, Brust und Lenden – doch ehe noch Fridolin das Bild ihres Antlitzes zu erhaschen vermochte, war er von unwiderstehlichen Armen erfaßt, fortgerissen und zur Türe gedrängt worden; im Augenblick darauf befand er sich im Vorraum, die Türe hinter ihm fiel zu, ein verlarvter Bedienter brachte ihm den Pelz, war ihm beim Anziehen behilflich, und das Haustor öffnete sich. Wie von einer unsichtbaren Gewalt fortgetrieben eilte er weiter, er stand auf der Straße, das Licht hinter ihm erlosch, er blickte sich um und sah das Haus schweigend daliegen mit verschlossenen Fenstern, aus denen kein Schimmer drang. Daß ich mir nur alles genau einpräge, dachte er vor allem. Ich muß das Haus wiederfinden, alles Weitere ergibt sich.

Nacht war um ihn, in einiger Entfernung über ihm, dort, wo der Wagen seiner warten sollte, leuchtete trüb-rötlich eine Laterne. Aus der Tiefe der Gasse fuhr die Trauerkutsche vor, als hätte er nach ihr gerufen. Ein Diener öffnete den Schlag.

»Ich habe meinen Wagen«, sagte Fridolin. Der Bediente schüttelte den Kopf. »Sollte er davongefahren sein, so werde ich zu Fuß nach der Stadt zurückkehren.«

Der Diener antwortete mit einer Handbewegung so wenig bedientenhafter Art, daß sie jeden Widerspruch ausschloß. Der Zylinder des Kutschers ragte lächerlich lang in die Nacht auf. Der Wind blies heftig, über den Himmel hin flogen violette Wolken. Fridolin konnte sich nach seinen bisherigen Erlebnissen nicht darüber täuschen, daß ihm nichts übrigblieb, als in den Wagen zu steigen, der sich auch mit ihm unverzüglich in Bewegung setzte.

Fridolin fühlte sich entschlossen, auf alle Gefahr hin die Aufklärung des Abenteuers, sobald es anging, in Angriff zu nehmen. Sein Dasein, so schien ihm, hatte nicht den geringsten Sinn mehr, wenn es ihm nicht gelang, die unbegreifliche Frau wiederzufinden, die in dieser Stunde den Preis für seine Rettung bezahlte. Was für einen, das war allzu leicht zu erraten. Aber welchen Anlaß hatte sie, sich für ihn zu opfern? Zu opfern –? War sie überhaupt eine Frau, für die, was ihr bevorstand, was sie nun über sich ergehen ließ, ein Opfer bedeutete? Wenn sie an diesen Gesellschaften teilnahm – und es konnte heute nicht zum erstenmal der Fall sein, da sie sich in die Bräuche so eingeweiht zeigte –, was mochte ihr daran liegen, einem dieser Kavaliere oder ihnen allen zu Willen zu sein? Ja, konnte sie überhaupt etwas anderes sein als eine Dirne? Konnten alle diese Weiber etwas anderes sein? Dirnen – kein Zweifel. Auch wenn sie alle noch irgendein zweites, sozusagen bürgerliches Leben neben diesem führten, das eben ein Dirnenleben war. Und war nicht alles, was er eben erlebt, wahrscheinlich nur ein infamer Spaß gewesen, den man sich mit ihm erlaubt hatte? Ein Spaß, der für den Fall, daß sich einmal ein Unberufener hier einschleichen sollte, schon vorgesehen, vorbereitet, ja möglicherweise einstudiert war? Und doch, wenn er nun wieder dieser Frau dachte, die ihn von Anfang an gewarnt hatte, die nun bereit war, für ihn zu bezahlen – in ihrer Stimme, in ihrer Haltung, in dem königlichen Adel ihres unverhüllten Leibes war etwas gewesen, das unmöglich Lüge sein konnte. Oder hatte vielleicht nur seine, Fridolins plötzliche Erscheinung als Wunder gewirkt, sie zu verwandeln? Nach allem, was ihm in dieser Nacht begegnet war, hielt er – und er war sich in diesem Gedanken keiner Geckerei bewußt – auch ein solches Wunder nicht für unmöglich. Vielleicht gibt es Stunden, Nächte, dachte er, in denen solch ein seltsamer, unwiderstehlicher Zauber von Männern ausgeht, denen unter gewöhnlichen Umständen keine sonderliche Macht über das andere Geschlecht innewohnt?

Der Wagen fuhr immer hügelaufwärts, längst hätte er, wenn's mit rechten Dingen zuging, in die Hauptstraße einbiegen müssen. Was hatte man mit ihm vor? Wohin sollte ihn der

Wagen bringen? Sollte die Komödie vielleicht noch eine Fortsetzung finden? Und welcher Art sollte diese sein? Aufklärung vielleicht? Heiteres Wiederfinden an anderm Ort? Lohn nach rühmlich bestandener Probe, Aufnahme in die geheime Gesellschaft? Ungestörter Besitz der herrlichen Nonne –? Die Wagenfenster waren geschlossen, Fridolin versuchte hinauszublicken; – sie waren undurchsichtig. Er wollte die Fenster öffnen, rechts, links, es war unmöglich; und ebenso undurchsichtig, ebenso fest verschlossen war die Glaswand zwischen ihm und dem Kutschbock. Er klopfte an die Scheiben, er rief, er schrie, der Wagen fuhr weiter. Er wollte den Wagenschlag öffnen, rechts, links, sie gaben keinem Drucke nach, sein neuerliches Rufen verhallte im Knarren der Räder, im Sausen des Windes. Der Wagen begann zu holpern, fuhr bergab, immer rascher, Fridolin, von Unruhe, von Angst erfaßt, war eben daran, eines der blinden Fenster zu zerschmettern, als der Wagen plötzlich stillstand. Beide Türen öffneten sich gleichzeitig wie durch einen Mechanismus, als wäre nun Fridolin ironischerweise die Wahl zwischen rechts und links gegeben. Er sprang aus dem Wagen, die Türen klappten zu – und ohne daß der Kutscher sich um Fridolin im geringsten gekümmert hatte, fuhr der Wagen davon, über das freie Feld in die Nacht hinein.

Der Himmel war bedeckt, die Wolken jagten, der Wind pfiff, Fridolin stand im Schnee, der ringsum eine blasse Helligkeit verbreitete. Er stand allein mit offenem Pelz über seinem Mönchsgewand, den Pilgerhut auf dem Kopf, und es war ihm nicht eben heimlich zumute. In einiger Entfernung lief die breite Straße. Eine Prozession von trübflackernden Laternen bezeichnete die Richtung nach der Stadt. Fridolin aber lief geradeaus, den Weg abkürzend, über das mäßig sich senkende, beschneite Feld nach abwärts, um so rasch als möglich unter Menschen zu gelangen. Mit durchnäßten Füßen kam er in ein schmales, fast unbeleuchtetes Gäßchen, schritt zuerst zwischen hohen Planken hin, die im Sturme ächzten; um die nächste Ecke geriet er in eine etwas breitere Gasse, wo spärliche kleine Häuser und leere Bauplätze miteinander abwechselten. Von einer Turmuhr schlug es drei

Uhr morgens. Jemand kam Fridolin entgegen, in kurzer Jacke, die Hände in den Hosentaschen, den Kopf zwischen die Schultern gezogen, den Hut tief in die Stirne gedrückt. Fridolin stellte sich wie gegen einen Angriff in Bereitschaft, aber unerwarteterweise machte der Strolch plötzlich kehrt und lief davon. Was bedeutet das? fragte sich Fridolin. Dann besann er sich, daß er unheimlich genug aussehen mochte, nahm den Pilgerhut vom Kopf, knöpfte den Mantel zu, unter dem das Mönchshabit bis über die Knöchel schlotterte. Wieder bog er um eine Ecke; er betrat eine vorortliche Hauptstraße, ein ländlich gekleideter Mensch kam an ihm vorüber und grüßte, wie man einen Priester grüßt. Der Lichtstrahl einer Laterne fiel auf die Straßentafel des Eckhauses. Liebhartstal – also nicht sehr weit von dem Haus, das er vor kaum einer Stunde verlassen. Eine Sekunde lockte es ihn, den Weg zurück zu nehmen, in der Nähe des Hauses der weiteren Dinge zu harren. Doch er stand sofort ab, in der Erwägung, daß er sich in schlimme Gefahr begeben hätte und der Lösung des Rätsels doch kaum näher gekommen wäre. Die Vorstellung der Dinge, die sich eben jetzt in der Villa ereignen mochten, erfüllte ihn mit Grimm, Verzweiflung, Beschämung und Angst. Dieser Gemütszustand war so unerträglich, daß Fridolin beinahe bedauerte, von dem Strolch, dem er begegnet war, nicht angefallen worden zu sein, ja beinahe bedauerte, nicht mit einem Messerstich zwischen den Rippen an einer Planke in der verlorenen Gasse zu liegen. So hätte diese unsinnige Nacht mit ihren läppischen, abgebrochenen Abenteuern am Ende doch eine Art von Sinn erhalten. So heimzukehren, wie er nun im Begriff war, erschien ihm geradezu lächerlich. Aber noch war nichts verloren. Morgen war auch ein Tag. Er schwor sich, nicht zu ruhen, ehe er das schöne Weib wiedergefunden, dessen blendende Nacktheit ihn berauscht hatte. Und nun erst dachte er an Albertine – doch so, als hätte er auch sie erst zu erobern, als könnte sie, als dürfte sie nicht früher wieder die Seine werden, ehe er sie mit all den andern von heute nacht, mit der nackten Frau, mit Pierrette, mit Marianne, mit dem Dirnchen aus der engen Gasse hintergangen. Und sollte er sich nicht auch bemühen, den frechen Studenten ausfindig zu machen, der ihn angerempelt hatte, um ihn auf Säbel, lieber noch auf Pistolen zu fordern? Was lag ihm an eines andern, was an seinem eigenen Leben? Sollte man es immer nur aus Pflicht, aus Opfermut aufs Spiel setzen, niemals aus Laune, aus Leidenschaft oder einfach, um sich mit dem Schicksal zu messen?!

Und wieder fiel ihm ein, daß er möglicherweise schon den Keim einer Todeskrankheit im Leibe trug. Wäre es nicht zu albern, daran zu sterben, daß einem ein diphtheriekrankes Kind ins Gesicht gehustet hatte? Vielleicht war er schon krank. Hatte er nicht Fieber? Lag er in diesem Augenblick nicht daheim zu Bett – und all das, was er erlebt zu haben glaubte, waren nichts als Delirien gewesen?!

Fridolin riß die Augen so weit auf als möglich, strich sich über Stirn und Wange, fühlte nach seinem Puls. Kaum beschleunigt. Alles in Ordnung. Er war völlig wach.

Er ging die Straße weiter, der Stadt zu. Ein paar Marktwagen kamen hinter ihm, rumpelten vorbei, hin und wieder begegnete er ärmlich angezogenen Leuten, für die der Tag eben anfing. Hinter einem Kaffeehausfenster, an einem Tisch, über dem eine Gasflamme flackerte, saß ein dicker Mensch mit einem Schal um den Hals, den Kopf in die Hände gestützt und schlief. Die Häuser lagen noch im Dunkel, wenige vereinzelte Fenster waren erleuchtet. Fridolin glaubte zu fühlen, wie die Menschen allmählich erwachten, es war ihm, als sähe er sie in ihren Betten sich recken und rüsten zu ihrem armseligen, sauren Tag. Auch ihm stand einer bevor, aber doch nicht armselig und trüb. Und mit einem seltsamen Herzklopfen ward er sich freudig bewußt, daß er in wenigen Stunden schon im weißen Leinenkittel zwischen den Betten seiner Kranken herumgehen würde. An der nächsten Ecke stand ein Einspänner, der Kutscher schlief auf dem Bock, Fridolin weckte ihn, nannte ihm seine Adresse und stieg ein.

5

Es war vier Uhr morgens, als er die Treppe zu seiner Wohnung hinaufschritt. Er begab sich vor allem in sein Sprechzimmer, verschloß das Maskengewand sorgfältig in einen Schrank, und da er es vermeiden wollte, Albertine zu wecken, legte er Schuhe und Kleider ab, noch ehe er ins Schlafzimmer trat. Vorsichtig schaltete er das gedämpfte Licht seiner Nachttischlampe ein. Albertine lag ruhig, die Arme im Nacken verschlungen, ihre Lippen waren halb geöffnet, schmerzliche Schatten zogen rings um sie; es war ein Antlitz, das Fridolin nicht kannte. Er beugte sich über ihre Stirne, die sich sofort, wie unter einer Berührung, in Falten legte, ihre Mienen verzerrten sich sonderbar; und plötzlich, immer noch im Schlafe, lachte sie so schrill auf, daß Fridolin erschrak. Unwillkürlich rief er sie beim Namen. Sie lachte von neuem, wie zur Antwort, in einer völlig fremden, fast unheimlichen Weise. Nochmals und lauter rief Fridolin sie an. Nun öffnete sie die Augen, langsam, mühselig, groß, blickte ihn starr an, als erkenne sie ihn nicht.

»Albertine!« rief er zum dritten Male. Nun erst schien sie sich zu besinnen. Ein Ausdruck der Abwehr, der Furcht, ja des Entsetzens trat in ihr Auge. Sie streckte die Arme empor, sinnlos und wie verzweifelt, ihr Mund blieb geöffnet.

»Was ist dir?« fragte Fridolin stockenden Atems. Und da sie ihn immer noch wie mit Entsetzen anstarrte, fügte er wie beruhigend hinzu: »Ich bin's, Albertine.« Sie atmete tief, versuchte ein Lächeln, ließ die Arme auf die Bettdecke sinken, und wie aus der Ferne fragte sie: »Ist es schon Morgen?«

»Bald«, erwiderte Fridolin. »Vier Uhr vorüber. Eben erst bin ich nach Hause gekommen.« Sie schwieg. Er fuhr fort: »Der Hofrat ist tot. Er lag schon im Sterben, als ich kam, – und ich konnte natürlich – die Angehörigen nicht gleich allein lassen.«

Sie nickte, schien ihn aber kaum gehört oder verstanden zu haben, starrte wie durch ihn hindurch ins Leere, und ihm war – so unsinnig ihm selbst der Einfall im gleichen Augenblick erschien, als müßte ihr bekannt sein, was er in dieser Nacht erlebt hatte. Er neigte sich über sie und berührte ihre Stirn. Sie erschauerte leicht.

»Was ist dir?« fragte er wieder.

Sie schüttelte nur langsam den Kopf. Er strich ihr über die Haare. »Albertine, was ist dir?«

»Ich habe geträumt«, sagte sie fern.

»Was hast du denn geträumt?« fragte er mild.

»Ach, so viel. Ich kann mich nicht recht besinnen.«

»Vielleicht doch.«

»Es war so wirr – und ich bin müde. Und du mußt doch auch müde sein?«

»Nicht im geringsten, Albertine, ich werde kaum mehr schlafen. Du weißt ja, wenn ich so spät nach Hause komme – – das Vernünftigste wäre eigentlich, ich setzte mich sofort an den Schreibtisch – gerade in solchen Morgenstunden – –« Er unterbrach sich. »Aber willst du mir nicht doch lieber deinen Traum erzählen?« Er lächelte etwas gezwungen.

Sie antwortete: »Du solltest dich doch noch ein wenig hinlegen.«

Er zögerte eine Weile, dann tat er nach ihrem Wunsch und streckte sich an ihrer Seite aus. Doch er hütete sich, sie zu berühren. Ein Schwert zwischen uns, dachte er in der Erinnerung an eine halb scherzhafte Bemerkung gleicher Art, die einmal bei ähnlicher Gelegenheit von seiner Seite gefallen war. Sie schwiegen beide, lagen mit offenen Augen, fühlten gegenseitig ihre Nähe, ihre Ferne. Nach einer Weile stützte er den Kopf auf seinen Arm, betrachtete sie lange, als vermöchte er mehr zu sehen als nur die Umrisse ihres Anlitzes.

»Deinen Traum!« sagte er plötzlich noch einmal, und es war, als hätte sie diese Aufforderung nur erwartet. Sie streckte ihm eine Hand entgegen; er nahm sie, und gewohnheitsmäßig, mehr zerstreut als zärtlich, hielt er wie spielend ihre schlanken Finger umklammert. Sie aber begann:

»Erinnerst du dich noch des Zimmers in der kleinen Villa am Wörthersee, wo ich mit den Eltern im Sommer unserer Verlobung gewohnt habe?«

Er nickte.

»So fing der Traum nämlich an, daß ich in dieses Zimmer trat, ich weiß nicht woher – wie eine Schauspielerin auf die Szene. Ich wußte nur, daß die Eltern sich auf Reisen befanden und mich allein gelassen hatten. Das wunderte mich, denn morgen sollte unsere Hochzeit sein. Aber das Brautkleid war noch nicht da. Oder irrte ich mich vielleicht? Ich öffnete den Schrank, um nachzusehen, da hingen statt des Brautkleides eine ganze Menge von anderen Kleidern, Kostüme eigentlich, opernhaft, prächtig, orientalisch. Welches soll ich denn nur zur Hochzeit anziehen? dachte ich. Da fiel der Schrank plötzlich wieder zu oder war fort, ich weiß nicht mehr. Das Zimmer war ganz hell, aber draußen vor dem Fenster war finstere Nacht... Mit einem Male standest du davor, Galeerensklaven hatten dich hergerudert, ich sah sie eben im Dunkel verschwinden. Du warst sehr kostbar gekleidet, in Gold und Seide, hattest einen Dolch mit Silbergehänge an der Seite und hobst mich aus dem Fenster. Ich war jetzt auch herrlich angetan, wie eine Prinzessin, beide standen wir im Freien im Dämmerschein, und feine graue Nebel reichten uns bis an die Knöchel. Es war die wohlvertraute Gegend: dort war der See, vor uns die Berglandschaft, auch die Landhäuser sah ich, sie standen da wie aus einer Spielzeugschachtel. Wir zwei aber, du und ich, wir schwebten, nein, wir flogen über die Nebel hin, und ich dachte: Dies ist also unsere Hochzeitsreise. Bald aber flogen wir nicht mehr, wir gingen einen Waldweg hin, den zur Elisabethhöhe, und plötzlich befanden wir uns sehr hoch im Gebirge in einer Art Lichtung, die auf drei Seiten von Wald umfriedet war, während rückwärts eine steile Felswand in die Höhe ragte. Über uns aber war ein Sternenhimmel so blau und weit gespannt, wie er in Wirklichkeit gar nicht existiert, und das war die Decke unseres Brautgemachs. Du nahmst mich in die Arme und liebtest mich sehr.«

»Du mich hoffentlich auch«, meinte Fridolin mit einem unsichtbaren bösen Lächeln.

»Ich glaube, noch viel mehr«, erwiderte Albertine ernst. »Aber, wie soll ich dir das erklären – trotz der innigsten Umarmung war unsere Zärtlichkeit ganz schwermütig wie mit einer Ahnung von vorbestimmtem Leid. Mit einemmal war der Morgen da. Die Wiese war licht und bunt, der Wald ringsum köstlich betaut, und über der Felswand zitterten Sonnenstrahlen. Und wir beide sollten nun wieder zurück in die Welt, unter die Menschen, es war die höchste Zeit. Doch nun war etwas Fürchterliches geschehen. Unsere Kleider waren fort. Ein Entsetzen ohnegleichen erfaßte mich, brennende Scham bis zu innerer Vernichtung, zugleich Zorn gegen dich, als wärst du allein an dem Unglück schuld; – und all das: Entsetzen, Scham, Zorn war an Heftigkeit mit nichts zu vergleichen, was ich jemals im Wachsein empfunden habe. Du aber im Bewußtsein deiner Schuld stürztest davon, nackt wie du warst, um hinabzusteigen und uns Gewänder zu verschaffen. Und als du verschwunden warst, wurde mir ganz leicht zumut. Du tatest mir weder leid, noch war ich in Sorge um dich, ich war nur froh, daß ich allein war, lief glückselig auf der Wiese umher und sang: es war die Melodie eines Tanzes, die wir auf der Redoute gehört haben. Meine Stimme klang wundervoll, und ich wünschte, man sollte mich unten in der Stadt hören. Diese Stadt sah ich nicht, aber ich *wußte* sie. Sie lag tief unter mir und war von einer hohen Mauer umgeben; eine ganz phantastische Stadt, die ich nicht schildern kann. Nicht orientalisch, auch nicht eigentlich altdeutsch, und doch bald das eine, bald das andere, jedenfalls eine längst und für immer versunkene Stadt. Ich aber lag plötzlich auf der Wiese hingestreckt im Sonnenglanz – viel schöner, als ich je in Wirklichkeit war, und während ich so dalag, trat aus dem Wald ein Herr, ein junger Mensch hervor, in einem hellen, modernen Anzug, er sah, wie ich jetzt weiß, ungefähr aus wie der Däne, von dem ich dir gestern erzählt habe. Er ging seines Weges, grüßte sehr höflich, als er an mir vorüberkam, beachtete mich aber nicht weiter, ging geradenwegs auf die Felswand zu und betrachtete sie aufmerksam, als überlegte er, wie man sie bezwingen könnte. Zugleich aber sah ich auch dich. Du eiltest in der versunkenen Stadt von Haus zu Haus, von Kaufladen zu Kaufladen, bald unter Laubengängen, bald durch eine Art von türkischem Bazar, und kauftest die schönsten Dinge ein, die du für mich nur finden konntest: Kleider, Wäsche, Schuhe, Schmuck; – und all das tatest du in eine kleine gelblederne Handtasche, in der doch alles Platz fand. Immerfort aber warst du von einer Menschenmenge verfolgt, die ich nicht wahrnahm, ich hörte nur ihr dumpfes, drohendes Geheul. Und nun erschien der andere wieder, der Däne, der früher vor der Felswand stehengeblieben war. Wieder kam er vom Walde her auf mich zu – und ich wußte, daß er indessen um die ganze Welt gewandert war. Er sah anders aus als zuvor, aber doch war er derselbe. Er blieb wie das erstemal vor der Felswand stehen, verschwand wieder, dann kam er wieder aus dem Wald hervor, verschwand, kam aus dem Wald; das wiederholte sich zwei- oder drei- oder hundertmal. Es war immer derselbe und immer ein anderer, jedesmal grüßte er, wenn er an mir vorüberkam, endlich aber blieb er vor mir stehen, sah mich prüfend an, ich lachte verlockend, wie ich nie in meinem Leben gelacht habe, er streckte die Arme nach mir aus, nun wollte ich fliehen, doch ich vermochte es nicht – und er sank zu mir auf die Wiese hin.«

Sie schwieg. Fridolin war die Kehle trocken, im Dunkel des Zimmers merkte er, wie Albertine das Gesicht in den Händen gleichsam verborgen hielt.

»Ein merkwürdiger Traum«, sagte er. »Ist er schon zu Ende?« Und da sie verneinte: »So erzähl' doch weiter.«

»Es ist nicht so leicht«, begann sie wieder. »In Worten lassen sich diese Dinge eigentlich kaum ausdrücken. Also – mir war, als erlebte ich unzählige Tage und Nächte, es gab weder Zeit noch Raum, es war auch nicht mehr die von Wald und Fels eingefriedete Lichtung, in der ich mich befand, es war eine weit, unendlich weithin gedehnte, blumenbunte Fläche, die sich nach allen Seiten in den Horizont verlor. Ich war auch längst – seltsam: dieses längst! – nicht mehr mit diesem einen Mann allein auf der Wiese. Aber ob außer mir noch drei oder zehn oder noch tausend Paare da waren, ob ich sie sah oder nicht, ob ich nur jenem einen oder auch andern gehörte, ich könnte es nicht sagen. Aber so wie jenes frühere Gefühl von Entsetzen und Scham über alles im Wachen Vorstellbare weit hinausging, so gibt es gewiß nichts in unserer bewußten Existenz, das der Gelöstheit, der Freiheit, dem Glück gleichkommt, das ich nun in diesem Traum empfand. Und dabei hörte ich keinen Augenblick lang auf, von dir zu wissen. Ja, ich sah dich, ich sah, wie du ergriffen wurdest, von Soldaten, glaube ich, auch Geistliche waren darunter; irgendwer, ein riesengroßer Mensch, fesselte deine Hände, und ich wußte, daß du hingerichtet werden solltest. Ich wußte es ohne Mitleid, ohne Schauer, ganz von fern. Man führte dich in einen Hof, in eine Art von Burghof. Da standest du nun mit nach rückwärts gefesselten Händen und nackt. Und so wie ich dich sah, obwohl ich anderswo war, so sahst du auch mich, auch den Mann, der mich in seinen Armen hielt, und alle die anderen Paare, diese unendliche Flut von Nacktheit, die mich umschäumte, und von der ich und der Mann, der mich umschlungen hielt, gleichsam nur eine Welle bedeuteten. Während du nun im Burghof standest, erschien an einem hohen Bogenfenster zwischen roten Vorhängen eine junge Frau mit einem Diadem auf dem Haupt und im Purpurmantel. Es war die Fürstin des Landes. Sie sah hinab zu dir mit einem streng fragenden Blick. Du standest allein, die andern, so viele es waren, hielten sich abseits, an die Mauern gedrückt, ich hörte ein tückisches, gefahrdrohendes Murmeln und Raunen. Da beugte sich die Fürstin über die Brüstung. Es wurde still, und die Fürstin gab dir ein Zeichen, als gebiete sie dir, zu ihr hinaufzukommen, und ich wußte, daß sie entschlossen war, dich zu begnadigen. Aber du merktest ihren Blick nicht oder wolltest ihn nicht bemerken. Plötzlich aber, immer noch mit gefesselten Händen, doch in einen schwarzen Mantel gehüllt, standest du ihr gegenüber, nicht etwa in einem Gemach, sondern irgendwie in freier Luft, schwebend gleichsam. Sie hielt ein Pergamentblatt in der Hand, dein Todesurteil, in dem auch deine Schuld und die Gründe deiner Verurteilung aufgezeichnet waren. Sie fragte dich – ich hörte die Worte nicht, aber ich wußte es –, ob du bereit seist, ihr Geliebter zu werden, in diesem Fall war dir die Todesstrafe erlassen. Du schütteltest verneinend den Kopf. Ich wunderte mich nicht, denn es war vollkommen in der Ordnung und konnte gar nicht anders sein, als daß du mir auf alle Gefahr hin und in alle Ewigkeit die Treue halten mußtest. Da zuckte die Fürstin die Achseln, winkte ins Leere, und da befandest du dich plötzlich in einem unterirdischen Kellerraum, und Peitschen sausten auf dich nieder, ohne daß ich die Leute sah, die die Peitschen schwangen. Das Blut floß wie in Bächen an dir herab, ich sah es fließen, war mir meiner Grausamkeit bewußt, ohne mich über sie zu wundern. Nun trat die Fürstin auf dich zu. Ihre Haare waren aufgelöst, flossen um ihren nackten Leib, das Diadem hielt sie in beiden Händen dir entgegen – und ich wußte, daß sie das Mädchen vom dänischen Strande war, das du einmal des Morgens nackt auf der Terrasse einer Badehütte gesehen hattest. Sie sprach kein Wort, aber der Sinn ihres Hierseins, ja ihres Schweigens war, ob du ihr Gatte und der Fürst des Landes werden wolltest. Und da du wieder ablehntest, war sie plötzlich verschwunden, ich aber sah zugleich, wie man ein Kreuz für dich aufrichtete; – nicht unten im Burghof, nein, auf der blumenübersäten unendlichen Wiese, wo ich in den Armen eines Geliebten ruhte, unter all den andern Liebespaaren. Dich aber sah ich, wie du durch altertümliche Gassen allein dahinschrittest ohne jede Bewachung, doch wußte ich, daß dein Weg dir vorgezeichnet und jede Flucht unmöglich war. Jetzt gingst du den Waldpfad bergan. Ich erwartete dich mit Spannung, aber ohne jedes Mitgefühl. Dein Körper war mit Striemen bedeckt, die aber nicht mehr bluteten. Du stiegst immer höher hinan, der Pfad wurde breiter, der Wald trat zu beiden Seiten zurück, und nun standest du am Wiesenrand in einer ungeheuern, unbegreiflichen Ferne. Doch du grüßtest mich lächelnd mit den Augen, wie zum Zeichen, daß du meinen Wunsch erfüllt hattest und mir alles brachtest, wessen ich bedurfte: – Kleider und Schuhe und Schmuck. Ich aber fand dein Gebaren über alle Maßen töricht und sinnlos, und es lockte mich, dich zu verhöhnen, dir ins Gesicht zu lachen – und gerade darum, weil du aus Treue zu mir die Hand einer Fürstin ausgeschlagen, Foltern erduldet und nun hier heraufgewankt kamst, um einen furchtbaren Tod zu erleiden. Ich lief dir entgegen, auch du schlugst einen immer rascheren Gang ein – ich begann zu schweben, auch du schwebtest in den Lüften; doch plötzlich entschwanden wir einander, und ich wußte: wir waren aneinander vorbeigeflogen. Da wünschte ich, du solltest doch wenigstens mein Lachen hören, gerade während man dich ans Kreuz schlüge. – Und so lachte ich auf, so schrill, so laut ich konnte. Das war das Lachen, Fridolin – mit dem ich erwacht bin.«

Sie schwieg und blieb ohne jede Regung. Auch er rührte sich nicht und sprach kein Wort. Jedes wäre in diesem Augenblick matt, lügnerisch und feig erschienen. Je weiter sie in ihrer Erzählung fortgeschritten war, um so lächerlicher und nichtiger erschienen ihm seine eigenen Erlebnisse, soweit sie bisher gediehen waren, und er schwor sich, sie alle zu Ende zu erleben, sie ihr dann getreulich zu berichten und so Vergeltung zu üben an dieser Frau, die sich in ihrem Traum enthüllt hatte als die, die sie war, treulos, grausam und verräterisch, und die er in diesem Augenblick tiefer zu hassen glaubte, als er sie jemals geliebt hatte.

Nun merkte er, daß er immer noch ihre Finger mit seinen Händen umfaßt hielt und daß er, wie sehr er diese Frau auch zu hassen gewillt war, für diese schlanken, kühlen, ihm so vertrauten Finger eine unveränderte, nur schmerzlicher gewordene Zärtlichkeit empfand; und unwillkürlich, ja gegen seinen Willen – ehe er diese vertraute Hand aus der seinen löste, berührte er sie sanft mit seinen Lippen.

Albertine öffnete noch immer nicht die Augen, Fridolin glaubte zu sehen, wie ihr Mund, ihre Stirn, ihr ganzes Antlitz mit beglücktem, verklärtem, unschuldsvollem Ausdruck lächelte, und er fühlte einen ihm selbst unbegreiflichen Drang, sich über Albertine zu beugen und auf ihre blasse Stirn einen Kuß zu drücken. Aber er bezwang sich in der Erkenntnis, daß es nur die allzu begreifliche Ermüdung nach den aufwühlenden Ereignissen der letzten Stunden war, die in der trügerischen Atmosphäre des Ehegemachs sich in sehnsüchtige Zärtlichkeit verkleidet hatte.

Doch wie immer es in diesem Augenblicke mit ihm stand – zu welchen Entschlüssen er im Laufe der nächsten Stunden gelangen sollte, das dringende Gebot des Augenblicks für ihn war, sich auf eine Weile wenigstens in Schlaf und Vergessen zu flüchten. Auch in der Nacht, die dem Tod seiner Mutter gefolgt war, hatte er geschlafen, hatte tief und traumlos schlafen können, und er sollte es in dieser nicht? Und er streckte sich an der Seite Albertinens hin, die schon eingeschlummert zu sein schien. Ein Schwert zwischen uns, dachte er wieder. Und dann: wie Todfeinde liegen wir hier nebeneinander. Aber es war nur ein Wort.

6

Das leise Klopfen des Dienstmädchens weckte ihn um sieben Uhr früh. Er warf einen raschen Blick auf Albertine. Manchmal, nicht immer, weckte dieses Klopfen auch sie. Heute schlief sie regungslos, allzu regungslos weiter. Fridolin machte sich rasch fertig. Ehe er fortging, wollte er seine kleine Tochter sehen. Sie lag ruhig in ihrem weißen Bett, die Hände nach Kinderart zu kleinen Fäustchen verkrampft. Er küßte sie auf die Stirn. Und noch einmal, auf den Fußspitzen, schlich er zur Tür des Schlafzimmers, wo Albertine immer noch ruhte, unbeweglich wie vorher. Dann ging er. In seiner schwarzen Arztenstasche, wohl verwahrt, trug er Mönchskutte und Pilgerhut mit sich. Das Programm für den Tag hatte er sorgfältig, ja mit einiger Pedanterie entworfen. An erster Stelle stand ein Besuch ganz in der Nähe bei einem schwerkranken jungen Rechtsanwalt. Fridolin nahm eine sorgfältige Untersuchung vor, fand den Zustand etwas gebessert, gab seiner Befriedigung darüber ehrlich erfreuten Ausdruck und versah ein altes Rezept mit dem üblichen Repetatur. Dann begab er sich unverzüglich nach dem Hause, in dessen Kellertiefen Nachtigall gestern abend Klavier gespielt hatte. Das Lokal war noch gesperrt, doch im Café oben die Kassiererin wußte, daß Nachtigall in einem kleinen Hotel der Leopoldstadt wohne. Eine Viertelstunde darauf fuhr Fridolin dort vor. Es war ein elender Gasthof. Im Flur roch es nach ungelüfteten Betten, schlechtem Fett und Zichorienkaffee. Ein übel aussehender Portier, mit rotgeränderten pfiffigen Augen, stets auf polizeiliche Einvernahme gefaßt, gab bereitwillig Auskunft. Herr Nachtigall sei heute morgen um fünf Uhr in Gesellschaft zweier Herren vorgefahren, die ihr Gesicht durch hochgeschlungene Halstücher vielleicht absichtlich beinahe unkenntlich gemacht hätten. Während Nachtigall sich in sein Zimmer begeben, hätten die Herren seine Rechnung für die letzten vier Wochen bezahlt; als er nach einer halben Stunde nicht wieder erschienen war, hätte ihn der eine Herr persönlich heruntergeholt, worauf alle drei zum Nordbahnhof gefahren wären. Nachtigall hatte einen höchst aufgeregten Eindruck gemacht; ja – warum sollte man einem so vertrauenerweckenden Herrn nicht die ganze Wahrheit sagen – er hatte dem Portier einen Brief zuzustecken versucht, was die beiden Herren aber sofort verhindert hatten. Briefe, die für Herrn Nachtigall kämen – so hatten die Herren weiter erklärt –, würden von einer hierzu legitimierten Person abgeholt werden. Fridolin empfahl sich, es war ihm angenehm, daß er seine Arztenstasche in der Hand trug, als er aus dem Haustor trat; so würde man ihn wohl nicht für einen Bewohner dieses Hotels halten, sondern für eine Amtsperson. Mit Nachtigall war es also vorderhand nichts. Man war recht vorsichtig gewesen und hatte wohl allen Anlaß dazu.

Nun fuhr er zur Maskenverleihanstalt. Herr Gibiser öffnete selbst. »Hier bringe ich das entliehene Kostüm zurück«, sagte Fridolin, »und wünsche meine Schuld zu begleichen.« Herr Gibiser nannte einen mäßigen Betrag, nahm das Geld in Empfang, machte eine Eintragung in ein großes Geschäftsbuch und sah vom Bürotisch einigermaßen verwundert zu Fridolin auf, der keine Miene machte, sich zu entfernen.

»Ich bin ferner hier«, sagte Fridolin im Ton eines Untersuchungsrichters, »um ein Wort wegen ihres Fräulein Tochter mit Ihnen zu reden.«

Irgend etwas zuckte um die Nasenflügel des Herrn Gibiser; –

Unbehagen, Spott oder Ärger, es war nicht recht zu entscheiden.

»Wie meinen der Herr?« fragte er in einem gleichfalls völlig unbestimmbaren Ton.

»Sie bemerkten gestern«, sagte Fridolin, die eine Hand mit gespreizten Fingern auf den Bürotisch gestützt, »daß Ihr Fräulein Tochter geistig nicht ganz normal sei. Die Situation, in der wir sie betrafen, legte diese Vermutung tatsächlich nahe. Und da mich der Zufall nun einmal zum Teilnehmer oder wenigstens zum Zuschauer jener sonderbaren Szene gemacht hat, so möchte ich Ihnen doch nahelegen, Herr Gibiser, einen Arzt zu Rate zu ziehen.«

Gibiser, einen unnatürlich langen Federstiel in der Hand hin und her drehend, maß Fridolin mit einem unverschämten Blick.

»Und Herr Doktor wären vielleicht selbst so gütig, die Behandlung zu übernehmen?«

»Ich bitte mir keine Worte in den Mund zu legen«, erwiderte Fridolin scharf, aber etwas heiser, »die ich nicht ausgesprochen habe.«

In diesem Augenblick öffnete sich die Tür, die nach den Innenräumen führte, und ein junger Herr mit offenem Überzieher über dem Frackanzug trat heraus. Fridolin wußte sofort, daß es niemand anders sein konnte als einer der Femrichter von heute nacht. Kein Zweifel, er kam aus Pierrettens Zimmer. Er schien betreten, als er Fridolins ansichtig wurde, faßte sich aber sofort, grüßte Gibiser flüchtig durch ein Winken mit der Hand, zündete sich dann noch eine Zigarette an, wozu er sich eines auf dem Bürotisch befindlichen Feuerzeugs bediente, und verließ die Wohnung.

»Ach so«, bemerkte Fridolin mit einem verächtlichen Zucken der Mundwinkel und mit einem bitteren Geschmack auf der Zunge.

»Wie meinen der Herr?« fragte Gibiser mit vollkommenem Gleichmut.

»Sie haben also darauf verzichtet, Herr Gibiser«, und er ließ den Blick überlegen von der Wohnungstür nach der andern schweifen, aus der der Femrichter getreten war, »verzichtet, die Polizei zu verständigen.«

»Man hat sich auf anderm Weg geeinigt, Herr Doktor«, bemerkte Gibiser kühl und erhob sich, als wäre eine Audienz beendet. Fridolin wandte sich zum Gehen, Gibiser öffnete beflissen die Türe, und mit unbeweglicher Miene sagte er: »Wenn der Herr Doktor wieder einen Bedarf haben sollten... Es muß ja nicht gerade ein Mönchsgewand sein.«

Fridolin schlug die Tür hinter sich zu. Dies wäre nun erledigt, dachte er mit einem Gefühl des Ärgers, das ihn selbst unverhältnismäßig dünkte. Er eilte die Treppen hinab, begab sich ohne besondere Eile auf die Poliklinik und telephonierte vor allem nach Hause, um sich zu erkundigen, ob ein Patient nach ihm geschickt habe, ob Post gekommen sei, was es sonst Neues gebe. Das Dienstmädchen hatte kaum ihre Antworten erteilt, als Albertine selbst an den Apparat kam und Fridolin begrüßte. Sie wiederholte alles, was das Dienstmädchen schon gesagt, dann erzählte sie unbefangen, daß sie eben erst aufgestanden sei und mit dem Kinde gemeinsam frühstücken wolle. »Gib ihr einen Kuß von mir«, sagte Fridolin, »und laßt es euch gut schmekken.«

Ihre Stimme hatte ihm wohlgetan, und gerade darum läutete er rasch ab. Er hatte eigentlich noch fragen wollen, was Albertine im Laufe dieses Vormittags vorhabe, aber was ging ihn das an? In der Tiefe seiner Seele war er doch fertig mit ihr, wie immer das äußere Leben weitergehen sollte. Die blonde Schwester half ihm aus den Ärmeln seines Rocks und reichte ihm den weißen Ärztekittel. Dabei lächelte sie ihn ein wenig an, wie sie eben alle zu lächeln pflegen, ob man sich um sie kümmerte oder nicht.

Ein paar Minuten darauf war er im Krankensaal. Der Chefarzt hatte melden lassen, daß er eines Konsiliums wegen plötzlich habe verreisen müssen, die Herren Assistenten möchten ohne ihn Visite machen. Fridolin fühlte sich beinahe glücklich, als er, von den Studenten gefolgt, von Bett zu Bett ging, Untersuchungen vornahm, Rezepte schrieb, mit Hilfsärzten und Wärterinnen sich fachlich besprach. Es gab allerlei Neuigkeiten. Der

Schlossergeselle Karl Rödel war in der Nacht gestorben. Sektion nachmittag halb fünf. Im Weibersaal war ein Bett frei geworden, aber schon wieder belegt. Die Frau von Bett siebzehn hatte man auf die chirurgische Abteilung transferieren müssen. Zwischendurch wurden auch Personalfragen berührt. Die Neubesetzung der Augenabteilung sollte übermorgen entschieden werden; Hügelmann, jetzt Professor in Marburg, vor vier Jahren noch zweiter Assistent bei Stellwag, hatte die meisten Chancen. Rasche Karriere, dachte Fridolin. Ich werde nie für die Leitung einer Abteilung in Betracht kommen, schon weil mir die Dozentur fehlt. Zu spät. Warum eigentlich? Man müßte eben wieder wissenschaftlich zu arbeiten anfangen oder manches Begonnene mit größerem Ernst wieder aufnehmen. Die Privatpraxis ließ immer noch Zeit genug.

Er bat Herrn Doktor Fuchstaler, die Ambulanz zu leiten, und mußte sich gestehen, daß er lieber hier geblieben als auf den Galitzinberg gefahren wäre. Und doch, es mußte sein. Nicht nur sich allein gegenüber war er verpflichtet, der Sache weiter nachzugehen; noch allerlei anderes gab es heute zu erledigen. Und so entschloß er sich für alle Fälle, Herrn Doktor Fuchstaler auch mit der Abendvisite zu betrauen. Das junge Mädchen mit dem verdächtigen Spitzenkatarrh dort im letzten Bett lächelte ihm zu. Es war dieselbe, die neulich bei Gelegenheit einer Untersuchung ihre Brüste so zutraulich an seine Wange gepreßt hatte. Fridolin erwiderte ihren Blick ungnädig und wandte sich stirnrunzelnd ab. Eine wie die andere, dachte er mit Bitterkeit, und Albertine ist wie sie alle – sie ist die Schlimmste von allen. Ich werde mich von ihr trennen. Es kann nie wieder gut werden.

Auf der Treppe wechselte er noch ein paar Worte mit einem Kollegen von der chirurgischen Abteilung. Nun, wie stand es eigentlich mit der Frau, die heute nacht hinübertransferiert worden war? Er für seinen Teil glaubte nicht recht an die Notwendigkeit einer Operation. Man werde ihm doch das Resultat der histologischen Untersuchung berichten?

»Selbstverständlich, Herr Kollega.«

An der Ecke nahm er einen Wagen. Er zog sein Notizbuch zu

Rate, lächerliche Komödie vor dem Kutscher, als müsse er sich jetzt erst entscheiden. »Nach Ottakring«, sagte er dann, »die Straße gegen den Galitzinberg. Ich werde Ihnen sagen, wo Sie zu halten haben.«

Im Wagen kam plötzlich wieder eine schmerzlich-sehnsüchtige Erregung über ihn, ja beinahe ein Schuldbewußtsein, daß er in den letzten Stunden seiner schönen Retterin kaum mehr gedacht hatte. Ob es ihm nun gelingen würde, das Haus zu finden? Nun, das konnte nicht sonderlich schwierig sein. Die Frage war nur: was dann? Polizeiliche Anzeige? Das konnte gerade für die Frau, die sich vielleicht für ihn geopfert oder bereit gewesen war, sich für ihn zu opfern, üble Folgen nach sich ziehen. Oder sollte er sich an einen Privatdetektiv wenden? Das erschien ihm ziemlich abgeschmackt und seiner nicht ganz würdig. Aber was blieb ihm sonst noch übrig? Er hatte doch weder die Zeit noch wahrscheinlich das Talent, die nötigen Nachforschungen kunstgerecht durchzuführen. – Eine geheime Gesellschaft? Nun ja, jedenfalls geheim. Aber untereinander kannten sie sich doch? Aristokraten, vielleicht gar Herren vom Hof? Er dachte an gewisse Erzherzöge, denen man dergleichen Scherze schon zutrauen konnte. Und die Damen? Vermutlich... aus Freudenhäusern zusammengetrieben. Nun, das war keineswegs sicher. Jedenfalls ausgesuchte Ware. Aber die Frau, die sich ihm geopfert hatte? Geopfert? Warum er nur immer wieder sich einbilden wollte, daß es wirklich ein Opfer gewesen war! Eine Komödie. Selbstverständlich war das Ganze eine Komödie gewesen. Eigentlich sollte er froh sein, so leichten Kaufs davongekommen zu sein. Nun ja, er hatte gute Haltung bewahrt. Die Kavaliere konnten wohl merken, daß er nicht der erste beste war. Und sie hatte es jedenfalls auch gemerkt. Wahrscheinlich war er ihr lieber als alle diese Erzherzöge oder was sie sonst gewesen sein mochten.

Am Ende des Liebhartstals, wo der Weg entschiedener nach aufwärts führte, stieg er aus und schickte den Wagen vorsichtshalber wieder fort. Der Himmel war blaßblau, mit weißen Wölkchen, und die Sonne schien frühlingswarm. Er blickte zurück – nichts Verdächtiges war zu sehen. Kein Wagen, kein Fußgänger. Langsam stieg er bergan. Der Mantel wurde ihm schwer; er legte ihn ab und warf ihn um die Schultern. Er kam an die Stelle, wo rechts die Seitenstraße abbiegen mußte, in der das geheimnisvolle Haus stand; er konnte nicht fehlgehen; sie führte nach abwärts, aber keineswegs so steil, als es ihn nachts im Fahren gedünkt hatte. Eine stille Gasse. In einem Vorgarten standen Rosenstöcke, sorgfältig in Stroh gehüllt, in einem nächsten stand ein Kinderwägelchen; ein Bub, ganz in blaue Wolle gekleidet, tollte hin und her; vom Parterrefenster aus schaute eine junge Frau lachend zu. Dann kam ein unbebauter Platz, dann ein wilder eingezäunter Garten, dann eine kleine Villa, dann ein Rasenplatz, und nun, kein Zweifel – dies hier war das Haus, das er suchte. Es sah keineswegs groß oder prächtig aus, es war eine einstöckige Villa in bescheidenem Empirestil und offenbar vor nicht allzu langer Zeit renoviert. Die grünen Jalousien waren überall heruntergelassen, nichts deutete darauf hin, daß die Villa bewohnt sein könnte. Fridolin blickte rings um sich. Niemand war in der Gasse zu sehen; nur weiter unten gingen, sich entfernend, zwei Knaben mit Büchern unter dem Arm. Er stand vor der Gartentür. Und was nun? Einfach wieder zurückspazieren? Das wäre ihm geradezu lächerlich erschienen. Er suchte nach dem elektrischen Taster. Und wenn man ihm aufschlösse, was sollte er sagen? Nun, ganz einfach – ob das hübsche Landhaus nicht über den Sommer zu vermieten wäre? Doch schon tat sich das Haustor von selbst auf, ein alter Diener in einfacher Morgenlivree trat heraus und ging langsam den schmalen Pfad bis zur Gartentür. Er hielt einen Brief in der Hand und reichte ihn stumm zwischen den Gitterstäben Fridolin, dem das Herz klopfte.

»Für mich?« fragte er stockend. Der Diener nickte, wandte sich, ging, und die Haustür fiel hinter ihm zu. Was bedeutet das? fragte sich Fridolin. Am Ende von ihr? Sie ist es vielleicht selbst, der das Haus gehört –? Rasch schritt er wieder die Straße aufwärts, jetzt erst merkte er, daß auf dem Kuvert sein Name stand in steiler, hoheitsvoller Schrift. An der Ecke öffnete er den

Brief, entfaltete ein Blatt und las: »Geben Sie Ihre Nachforschungen auf, die völlig nutzlos sind, und betrachten Sie diese Worte als zweite Warnung. Wir hoffen in Ihrem Interesse, daß keine weitere nötig sein wird.« Er ließ das Blatt sinken.

Diese Botschaft enttäuschte ihn in jeder Hinsicht; jedenfalls aber war es eine andere, als die er törichterweise für möglich gehalten hatte. Immerhin, der Ton war merkwürdig zurückhaltend, gänzlich ohne Schärfe. Er ließ erkennen, daß die Leute, die diese Botschaft gesandt, sich keineswegs sicher fühlten.

Zweite Warnung –? Wieso? Ach ja, in der Nacht war die erste an ihn ergangen. Warum aber zweite – und nicht letzte? Wollten sie seinen Mut nochmals erproben? Sollte er eine Prüfung zu bestehen haben? Und woher kannten sie seinen Namen? Nun, das war weiter nicht sonderbar, wahrscheinlich hatte man Nachtigall gezwungen, ihn zu verraten. Und überdies – er lächelte unwillkürlich über seine Zerstreutheit – im Futter seines Pelzes war sein Monogramm und seine genaue Adresse eingenäht.

Doch wenn er auch nicht weiter war als vorher, – der Brief hatte ihn im ganzen beruhigt – ohne daß er recht zu sagen gewußt hätte, warum. Insbesondere war er überzeugt, daß die Frau, um deren Schicksal er gebangt hatte, sich noch am Leben befand und daß es nur an ihm lag, sie zu finden, wenn er mit Vorsicht und Schlauheit zu Werke ging.

Als er etwas ermüdet, aber in einer seltsam erlösten Stimmung, die er doch zugleich als trügerisch empfand, zu Hause anlangte, hatten Albertine und das Kind schon zu Mittag gegessen, leisteten ihm aber Gesellschaft, während er selbst sein Mahl einnahm. Da saß sie ihm gegenüber, die ihn heute nacht ruhig ans Kreuz hatte schlagen lassen, mit engelhaftem Blick, hausfraulich-mütterlich, und er verspürte zu seiner Verwunderung keinerlei Haß gegen sie. Er ließ es sich schmecken, befand sich in etwas erregter, aber eigentlich heiterer Laune, und nach seiner Art sprach er sehr lebhaft von den kleinen Berufserlebnissen des Tages, insbesondere von den ärztlichen Personalfragen, über die er Albertine immer genau zu unterrichten pflegte. Er erzählte, daß die Ernennung Hügelmanns so gut wie sicher sei, und sprach von seinem eigenen Vorsatz, die wissenschaftlichen Arbeiten wieder mit etwas größerer Energie aufzunehmen. Albertine kannte diese Stimmung, wußte, daß sie nicht allzulange anzuhalten pflegte, und ein leises Lächeln verriet ihre Zweifel. Fridolin ereiferte sich, worauf Albertine mit milder Hand ihm beruhigend über die Haare strich. Jetzt zuckte er leicht zusammen und wandte sich dem Kinde zu, wodurch er seine Stirn weiterer peinlicher Berührung entzog. Er nahm die Kleine auf den Schoß, schickte sich eben an, sie auf den Knien zu schaukeln, als das Dienstmädchen meldete, daß schon einige Patienten warteten. Fridolin erhob sich wie befreit, erwähnte noch beiläufig, daß doch Albertine und das Kind die schöne sonnige Nachmittagsstunde zum Spazierengehen benützen sollten, und begab sich in sein Sprechzimmer.

Im Laufe der nächsten zwei Stunden hatte Fridolin sechs alte Patienten und zwei neue vorzunehmen. Er war in jedem einzelnen Fall völlig bei der Sache, untersuchte, machte Notizen, verordnete – und freute sich, daß er nach den zwei letzten, fast ohne Schlaf verbrachten Nächten sich so wunderbar frisch und geistesklar fühlte.

Nach Erledigung der Sprechstunde sah er noch einmal, wie es seine Gewohnheit war, nach Frau und Kind und stellte nicht ohne Befriedigung fest, daß Albertine eben Besuch von ihrer Mutter hatte, sowie daß die Kleine mit dem Fräulein Französisch lernte. Und erst auf der Stiege kam ihm wieder zu Bewußtsein, daß all diese Ordnung, all dies Gleichmaß, all diese Sicherheit seines Daseins nur Schein und Lüge zu bedeuten hatten.

Trotzdem er die Nachmittagsvisite abgesagt hatte, zog es ihn doch unwiderstehlich auf die Abteilung. Es lagen zwei Fälle dort, die für die wissenschaftliche Arbeit, die er vor allem plante, besonders in Betracht kamen, und er beschäftigte sich eine Weile eingehender mit ihnen, als er es bisher getan. Dann hatte er noch einen Krankenbesuch in der inneren Stadt zu erledigen, und so war es sieben Uhr abends geworden, als er vor dem alten Hause in der Schreyvogelgasse stand. Nun erst, da er zu Mariannens Fenster aufblickte, wurde ihm ihr Bild, das indes völlig verblaßt war, noch mehr als das aller anderen wieder lebendig. Nun – hier konnte es ihm nicht fehlen. Ohne Aufwand besonderer Mühe konnte er hier sein Rachewerk beginnen, hier gab es für ihn keine Schwierigkeit, keine Gefahr; und das, wovor andere vielleicht zurückgeschreckt wären, der Verrat an dem Bräutigam, das bedeutete für ihn beinahe einen Anreiz mehr. Ja, verraten, betrügen, lügen, Komödie spielen, da und dort, vor Marianne, vor Albertine, vor diesem guten Doktor Roediger, vor der ganzen Welt; – eine Art von Doppelleben führen, zugleich der tüchtige, verläßliche, zukunftsreiche Arzt, der brave Gatte und Familienvater sein – und zugleich ein Wüstling, ein Verführer, ein Zyniker, der mit den Menschen, mit Männern und Frauen spielte, wie ihm just die Laune ankam – das erschien ihm in diesem Augenblick als etwas ganz Köstliches; – und das Köstlichste dran war, daß er später einmal, wenn Albertine sich schon längst in der Sicherheit eines ruhigen Ehe- und Familienlebens geborgen wähnte, ihr kühl lächelnd alle seine Sünden eingestehen wollte, um so Vergeltung zu üben für das, was sie ihm in einem Traume Bitteres und Schmachvolles angetan hatte.

Im Hausflur fand er sich dem Doktor Roediger gegenüber, der ihm harmlos-herzlich die Hand entgegenreichte.

»Wie geht es Fräulein Marianne?« fragte Fridolin. »Hat sie sich ein wenig beruhigt?«

Doktor Roediger zuckte die Achseln. »Sie war lange genug auf das Ende vorbereitet, Herr Doktor. – Nur als man heute gegen Mittag die Leiche holte – –«

»Ah, ist das schon geschehen?«

Doktor Roediger nickte. »Morgen nachmittag drei Uhr findet das Begräbnis statt ...«

Fridolin sah vor sich hin. »Es sind wohl – die Verwandten bei Fräulein Marianne?«

»Nicht mehr«, erwiderte Doktor Roediger, »jetzt ist sie allein. Es wird sie gewiß freuen, Sie noch zu sehen, Herr Doktor. Morgen bringen wir sie nämlich nach Mödling, meine Mutter und ich«, und auf einen höflich fragenden Blick Fridolins: »Meine Eltern haben nämlich dort ein kleines Häuschen. Auf Wiedersehen, Herr Doktor. Ich habe noch allerlei zu besorgen. Ja, was so ein – Fall zu tun gibt! Ich hoffe, Sie noch oben anzutreffen, Herr Doktor, wenn ich zurückkomme.« Und schon trat er aus dem Haustor auf die Straße.

Fridolin zögerte einen Augenblick, dann schritt er langsam die Treppe hinauf. Er klingelte; und Marianne selbst war es, die ihm öffnete. Sie war schwarz gekleidet, um den Hals trug sie eine schwarze Jettkette, die er noch nie an ihr gesehen. Ihr Antlitz rötete sich leise.

»Sie lassen mich lange warten«, sagte sie mit einem schwachen Lächeln.

»Verzeihen Sie, Fräulein Marianne, ich hatte heute einen besonders angestrengten Tag.«

Er folgte ihr durch das Sterbezimmer, in dem das Bett nun leer stand, in den Nebenraum, wo er gestern unter dem Bilde mit dem weißuniformierten Offizier den Totenschein für den Hofrat geschrieben hatte. Auf dem Schreibtisch brannte schon eine kleine Lampe, so daß Zwielicht im Zimmer war. Marianne wies ihm einen Platz auf dem schwarzen Lederdiwan an, sie selbst setzte sich ihm gegenüber an den Schreibtisch.

»Eben bin ich im Hausflur Herrn Doktor Roediger begegnet. – Also morgen schon fahren Sie aufs Land?«

Marianne sah ihn an, als wundere sie sich über den kühlen Ton seiner Fragen, und ihre Schultern senkten sich, als er mit beinahe harter Stimme fortsetzte: »Ich finde das sehr vernünftig.« Und er erläuterte sachlich, wie günstig die gute Luft, die neue Umgebung auf sie wirken würde.

Sie saß unbeweglich, und Tränen flossen ihr über die Wangen. Er sah es ohne Mitgefühl, eher mit Ungeduld; und die Vorstellung, daß sie vielleicht in der nächsten Minute wieder zu seinen Füßen liegen, ihr gestriges Geständnis wiederholen könnte, erfüllte ihn mit Angst. Und da sie schwieg, stand er brüsk auf. »So leid es mir tut, Fräulein Marianne –« Er sah auf die Uhr.

Sie hob den Kopf, blickte Fridolin an, und ihre Tränen flossen weiter. Er hätte ihr gern irgendein gutes Wort gesagt und war es nicht imstande.

»Sie bleiben wohl einige Tage auf dem Land«, begann er gezwungen. »Ich hoffe, Sie geben mir Nachricht... Herr Doktor Roediger sagt mir übrigens, daß die Hochzeit bald stattfinden werde. Erlauben Sie mir schon heute Ihnen meinen Glückwunsch auszusprechen.«

Sie rührte sich nicht, als hätte sie seinen Glückwunsch, seinen Abschied überhaupt nicht zur Kenntnis genommen. Er streckte ihr die Hand entgegen, die sie nicht nahm, und fast in einem Ton des Vorwurfs wiederholte er: »Also, ich hoffe zuversichtlich, Sie geben mir Nachricht über Ihr Befinden. Auf Wiedersehen, Fräulein Marianne.« Sie saß da wie versteinert. Er ging, eine Sekunde lang blieb er in der Türe stehen, als gewähre er ihr noch eine letzte Frist, ihn zurückzurufen, sie schien den Kopf eher wegzuwenden, und nun schloß er die Türe hinter sich. Auf dem Gang draußen verspürte er irgend etwas wie Reue. Einen Augenblick dachte er daran, umzukehren, aber er fühlte, daß das vor allem andern sehr lächerlich gewesen wäre.

Aber was nun? Nach Hause? Wohin sonst! Heute konnte er ja doch nichts mehr unternehmen. Und morgen? Was? Und wie? Er fühlte sich ungeschickt, hilflos, alles zerfloß ihm unter den Händen; alles wurde unwirklich, sogar sein Heim, seine Frau, sein Kind, sein Beruf, ja, er selbst, wie er so mit schweifenden Gedanken die abendlichen Straßen mechanisch weiterging.

Von der Uhr des Rathausturmes schlug es halb acht. Es war übrigens gleichgültig, wie spät es war; die Zeit lag in völliger Überflüssigkeit vor ihm. Nichts, niemand ging ihn an. Er verspürte ein leises Mitleid mit sich selbst. Ganz flüchtig, nicht etwa wie ein Vorsatz, kam ihm der Einfall, zu irgendeinem Bahnhof zu fahren, abzureisen, gleichgültig wohin, zu verschwinden für alle Leute, die ihn gekannt, irgendwo in der Fremde wieder aufzutauchen und ein neues Leben zu beginnen als ein anderer, neuer Mensch. Er besann sich gewisser merkwürdiger Krankheitsfälle, die er aus psychiatrischen Büchern kannte, sogenannter Doppelexistenzen: ein Mensch verschwand plötzlich aus ganz geordneten Verhältnissen, war verschollen, kehrte nach Monaten oder nach Jahren wieder, erinnerte sich selbst nicht, wo er in dieser Zeit gewesen, aber später erkannte ihn irgendwer, der irgendwo in einem fernen Land mit ihm zusammengetroffen war, und der Heimgekehrte wußte gar nichts davon. Solche Dinge kamen freilich selten vor, aber immerhin, sie waren erwiesen. Und in abgeschwächter Form erlebte sie wohl mancher. Wenn man aus Träumen wiederkehrte zum Beispiel? Freilich, man erinnerte sich... Aber gewiß gab es auch Träume, die man völlig vergaß, von denen nichts übrigblieb als irgendeine rätselhafte Stimmung, eine geheimnisvolle Benommenheit. Oder man erinnerte sich erst später, viel später und wußte nicht mehr, ob man etwas erlebt oder nur geträumt hatte. Nur – nur – –!

Und wie er so weiterging und doch unwillkürlich die Richtung nach seiner Wohnung zu nahm, geriet er in die Nähe der dunklen, ziemlich verrufenen Gasse, in der er vor weniger als vierundzwanzig Stunden einem verlorenen Geschöpf nach ihrer armseligen und doch traulichen Behausung gefolgt war. Verloren, gerade die? Und gerade diese Gasse verrufen? Wie man doch immer wieder, durch Worte verführt, Straßen, Schicksale, Menschen in träger Gewohnheit benennt und beurteilt. War dieses junge Mädchen nicht im Grunde von allen, mit denen seltsame Zufälle ihn in der letzten Nacht zusammengeführt, das anmutigste, ja geradezu das reinste gewesen? Er fühlte einige Rührung, wenn er ihrer dachte. Und nun erinnerte er sich auch seines Vorsatzes von gestern; rasch entschlossen kaufte er im nächsten Laden allerlei Eßbares ein; und als er mit dem kleinen Päckchen die Häusermauern entlangschritt, fühlte er sich geradezu froh in dem Bewußtsein, daß er im Begriffe war, eine zum mindesten vernünftige, vielleicht sogar lobenswerte Handlung zu begehen. Immerhin schlug er den Kragen hoch, als er in den Hausflur trat, nahm beim Treppensteigen einige Stufen auf einmal, die Wohnungsglocke tönte ihm mit unerwünschter Schrille ins Ohr; und als er von einer übel aussehenden Frauensperson den Bescheid erhielt, daß das Fräulein Mizzi nicht zu Hause sei, atmete er auf. Doch ehe die Frau noch Gelegenheit hatte, das Päckchen für die Abwesende in Empfang zu nehmen, trat ein anderes, noch junges, nicht unhübsches Frauenzimmer, in eine Art von Bademantel gehüllt, ins Vorzimmer und sagte: »Wen sucht der Herr? Die Fräuln Mizzi? Die wird so bald nicht z'haus kommen.«

Die Alte gab ihr ein Zeichen zu schweigen; Fridolin aber, als wünschte er dringend eine Bestätigung zu erhalten für das, was er irgendwie doch schon geahnt hatte, bemerkte einfach: »Sie ist im Spital, nicht wahr?«

»Na, wenn's der Herr eh weiß. Aber mir sein g'sund, Gott sei Dank«, rief sie fröhlich aus und trat ganz nahe an Fridolin heran mit halbgeöffneten Lippen und einem frechen Zurückwerfen ihres üppigen Leibes, so daß der Bademantel sich öffnete. Fridolin sagte ablehnend: »Ich bin nur im Vorbeigehen heraufgekommen, um der Mizzi was zu bringen«, und er erschien sich plötzlich wie ein Gymnasiast. Und in einem neuen, sachlichen Ton fragte er: »Auf welcher Abteilung liegt sie denn?«

Die Junge nannte ihm den Namen eines Professors, auf dessen Klinik Fridolin vor einigen Jahren Sekundararzt gewesen war. Und dann fügte sie gutmütig hinzu: »Geben S' es her, die Pakkerln, ich bring ihr's morgen. Können sich drauf verlassen, daß ich nichts wegnaschen werde. Und grüßen werd' ich sie auch von Ihnen und ihr ausrichten, Sie sein ihr nicht untreu worden.«

Zugleich aber trat sie näher auf ihn zu und lachte ihn an. Doch als er leicht zurückwich, gab sie es sofort auf und bemerkte tröstend: »In sechs, spätestens acht Wochen, hat der Doktor g'sagt, is sie wieder zu Haus.«

Als Fridolin aus dem Haustor auf die Straße trat, fühlte er Tränen in der Kehle; aber er wußte, daß das nicht so sehr Ergriffenheit zu bedeuten hatte als ein allmähliches Versagen seiner Nerven. Er nahm absichtlich einen rascheren und lebhafteren Schritt an, als seiner Stimmung gemäß war. Sollte dieses Erlebnis ein weiteres, ein letztes Zeichen sein, daß ihm alles mißlingen mußte? Warum? Daß er einer so großen Gefahr entgangen war, konnte immerhin auch ein gutes Zeichen bedeuten. Und war es gerade das, worauf es ankam: Gefahren zu entgehen? Allerlei andere standen ihm wohl noch bevor. Er dachte keineswegs daran, die Nachforschungen nach der wunderbaren Frau von heute nacht aufzugeben. Nun war freilich nicht mehr Zeit dazu. Und überdies mußte genau erwogen werden, auf welche Art diese Nachforschungen weiterzuführen waren. Ja, wenn man jemanden hätte, mit dem man sich beraten könnte! Aber er wußte keinen, den er in die Abenteuer der vergangenen Nacht gerne eingeweiht hätte. Seit Jahren war er mit keinem Menschen wirklich vertraut als mit seiner Frau, und mit der konnte er sich in diesem Fall doch kaum beraten, in diesem nicht und in keinem andern. Denn man mochte es nehmen, wie man wollte: heute nacht hatte sie ihn ans Kreuz schlagen lassen.

Und nun wußte er, warum seine Schritte ihn statt in der Richtung seines Hauses unwillkürlich immer weiter in die entgegengesetzte führten. Er wollte, er konnte Albertine jetzt nicht entgegentreten. Das Vernünftigste war es, irgendwo auswärts zur Nacht zu essen, dann auf die Abteilung nach seinen zwei Fällen sehen – und keinesfalls daheim sein – »daheim!« –, bevor er sicher sein konnte, Albertine schon schlafend anzutreffen.

Er trat in ein Café, eines der vornehmeren, stilleren in der Nähe des Rathauses, telephonierte nach Hause, daß man ihn zum Abendessen nicht erwarten solle, läutete rasch ab, damit nicht etwa Albertine noch ans Telephon käme, dann setzte er sich an ein Fenster und zog den Vorhang zu. In einer entfernten Ecke nahm eben ein Herr Platz; in dunklem Überzieher, auch sonst ganz unauffällig gekleidet. Fridolin erinnerte sich, diese Physiognomie im Laufe dieses Tages schon irgendwo gesehen zu haben. Das konnte natürlich auch Zufall sein. Er nahm ein Abendblatt zur Hand und las, so wie er es gestern nacht in einem anderen Kaffeehaus getan, da und dort ein paar Zeilen: Berichte über politische Ereignisse, Theater, Kunst, Literatur, über kleine und große Unglücksfälle aller Art. In irgendeiner Stadt Amerikas, deren Namen er niemals gehört hatte, war ein Theater abgebrannt. Der Rauchfangkehrermeister Peter Korand hatte sich zum Fenster hinausgestürzt. Es kam Fridolin irgendwie sonderbar vor, daß auch Rauchfangkehrer sich zuweilen umbrachten, und er fragte sich unwillkürlich, ob der Mann sich vorher ordentlich gewaschen oder schwarz, wie er war, ins Nichts gestürzt hatte. In einem vornehmen Hotel der inneren Stadt hatte sich heute früh eine Frau vergiftet, eine Dame, die unter dem Namen einer Baronin D. vor wenigen Tagen dort abgestiegen war, eine auffallend hübsche Dame. Fridolin fühlte sich sofort ahnungsvoll berührt. Die Dame war morgens um vier Uhr in Begleitung zweier Herren nach Hause gekommen, die am Tore sich von ihr verabschiedeten. Vier Uhr. Gerade zu der Stunde, da auch er nach Hause gekommen war. Und gegen Mittag war sie bewußtlos – so hieß es weiter – mit den Anzeichen einer schweren Vergiftung im Bette aufgefunden worden... Eine auffallend hübsche junge Dame... Nun, es gab manche auffallend hübsche junge Damen... Es war kein Anlaß, anzunehmen, daß die Baronin D., vielmehr die Dame, die unter dem Namen Baronin D. in dem Hotel abgestiegen war, und eine gewisse andere ein und dieselbe Person vorstellen. Und doch – ihm klopfte das Herz, und das Blatt bebte in seiner Hand. In einem vornehmen Stadthotel... in welchem –? Warum so geheimnisvoll? – So diskret?...

Er ließ das Blatt sinken und sah, wie zugleich der Herr dort in der fernen Ecke eine Zeitung, eine große illustrierte Zeitung, wie einen Vorhang vor sein Gesicht schob. Sofort nahm auch Fridolin sein Blatt wieder zur Hand, und er wußte in diesem Augenblick, daß die Baronin D. unmöglich jemand anders sein konnte als die Frau von heute nacht... In einem vornehmen Stadthotel... Es gab nicht so viele, die in Betracht kamen – für eine Baronin D. ... Und nun mochte geschehen, was da wolle – diese Spur mußte verfolgt werden. Er rief nach dem Kellner, zahlte, ging. An der Tür wandte er sich noch einmal nach dem verdächtigen Herrn in der Ecke um. Der aber war sonderbarerweise schon verschwunden...

Schwere Vergiftung... Aber sie lebte... In dem Augenblick, da man sie aufgefunden hatte, lebte sie noch. Und es war am Ende kein Grund, anzunehmen, daß sie nicht gerettet war. Jedenfalls, ob sie lebte oder tot war – er würde sie finden. Und er würde sie sehen – in jedem Fall –, ob tot oder lebendig. Sehen würde er sie; kein Mensch auf der Erde konnte ihn daran hindern, die Frau zu sehen, die seinetwegen, ja, die für ihn in den Tod gegangen war. Er war schuldig an ihrem Tod – er allein – wenn sie es war. Ja, sie war es. Um vier Uhr morgens nach Hause gekommen in Begleitung zweier Herren! Wahrscheinlich derselben, die ein paar Stunden später Nachtigall zur Bahn gebracht hatten. Sie hatten kein sonderlich reines Gewissen, diese Herren.

Er stand auf dem großen weiten Platz vor dem Rathaus und blickte nach allen Seiten. Nur wenige Menschen befanden sich innerhalb seiner Sehweite, der verdächtige Herr aus dem Kaffeehaus war nicht unter ihnen. Und wenn auch – die Herren fürchteten sich, der Überlegene war er. Fridolin eilte weiter, auf dem Ring nahm er einen Wagen, ließ sich zuerst zum Hotel Bristol fahren und erkundigte sich bei dem Portier, als wäre er dazu befugt oder beauftragt, ob die Frau Baronin D., die sich heute morgen bekanntlich vergiftet, hier in dem Hotel gewohnt habe. Der Portier schien weiter nicht erstaunt, hielt Fridolin vielleicht für einen Herrn von der Polizei oder sonst eine Amtsperson, in jedem Fall erwiderte er höflich, daß sich der traurige Fall nicht hier, sondern im Hotel Erzherzog Karl zugetragen habe...

Fridolin fuhr sofort in das bezeichnete Hotel und erhielt dort die Auskunft, daß die Baronin D. unverzüglich nach ihrer Auffindung ins Allgemeine Krankenhaus geschafft worden sei. Fridolin erkundigte sich, auf welche Weise die Entdeckung des Selbstmordversuches erfolgt sei. Was für Anlaß denn vorgelegen habe, sich schon um die Mittagsstunde um eine Dame zu kümmern, die doch erst um vier Uhr früh nach Hause gekommen war? Nun, das war ganz einfach: zwei Herren (also wieder zwei Herren!) hatten vormittags um elf Uhr nach ihr gefragt. Da die Dame sich auf wiederholten telephonischen Anruf nicht gemeldet, hatte das Stubenmädchen an die Türe geklopft; da sich darauf wieder nichts gerührt hatte und die Türe von innen verriegelt blieb, war nichts übriggeblieben, als sie aufzusprengen, und da hatte man die Baronin bewußtlos im Bette liegend gefunden. Man hatte sofort Rettungsgesellschaft und Polizei verständigt.

»Und die zwei Herren?« fragte Fridolin scharf und kam sich selbst vor wie ein Geheimpolizist.

Ja, die Herren, das gab freilich zu denken, die waren indes spurlos verschwunden. Im übrigen dürfte es sich keineswegs um eine Baronin Dubieski gehandelt haben, unter welchem Namen die Dame im Hotel gemeldet war. Sie war das erstemal in diesem Hotel abgestiegen, und es gab überhaupt keine Familie dieses Namens, jedenfalls keine adlige.

Fridolin dankte für die Auskunft, entfernte sich ziemlich rasch, da einer der eben hinzugetretenen Hoteldirektoren ihn mit unangenehmer Neugier zu mustern begann, stieg wieder in den Wagen und ließ sich zum Krankenhaus fahren. Wenige Minuten später, in der Aufnahmekanzlei, erfuhr er nicht nur, daß die angebliche Baronin Dubieski auf die zweite interne Klinik eingeliefert worden, sondern daß sie nachmittags um fünf, trotz aller ärztlichen Bemühungen – ohne das Bewußtsein wiedererlangt zu haben – gestorben war.

Fridolin holte tief Atem, so glaubte er, doch es war ein schwerer Seufzer gewesen, der sich ihm entrungen. Der diensthabende Beamte blickte mit einiger Verwunderung zu ihm auf. Fridolin faßte sich gleich wieder, empfahl sich höflich und stand in der nächsten Minute im Freien. Der Krankenhausgarten war fast menschenleer. In einer benachbarten Allee unter einer Laterne ging eben eine Wärterin in blauweiß gestreiftem Kittel und weißem Häubchen. »Tot«, sagte Fridolin vor sich hin. – Wenn sie es ist. Und wenn sie es nicht ist? Wenn sie noch lebt, wie kann ich sie finden?

Wo der Leichnam der Unbekannten sich in diesem Augenblick befand, diese Frage konnte er sich leicht beantworten. Da sie erst vor wenigen Stunden gestorben war, lag sie jedenfalls in der Totenkammer, nur wenige hundert Schritte von hier. Schwierigkeiten für ihn als Arzt, sich auch in dieser späten Stunde dort Eingang zu verschaffen, gab es natürlich nicht.

Doch – was wollte er dort? Er kannte ja nur ihren Körper, ihr Antlitz hatte er nie gesehen, nur eben einen flüchtigen Schimmer davon erhascht in der Sekunde, da er heute nacht den Tanzsaal verlassen hatte oder, richtiger gesagt, aus dem Saal gejagt worden war. Doch daß er diesen Umstand bis jetzt gar nicht erwogen, das kam daher, daß er in diesen ganzen letztverflossenen Stunden, seit er die Zeitungsnotiz gelesen, die Selbstmörderin, deren Antlitz er nicht kannte, sich mit den Zügen Albertinens vorgestellt hatte, ja, daß ihm, wie er nun erst erschaudernd wußte, ununterbrochen seine Gattin als die Frau vor Augen geschwebt war, die er suchte. Und nochmals fragte er sich, was er eigentlich in der Totenkammer wollte? Ja, hätte er sie lebend wiedergefunden, heute, morgen – in Jahren, wann, wo und in welcher Umgebung immer –, an ihrem Gang, ihrer Haltung, ihrer Stimme vor allem hätte er sie, so war er überzeugt, unwidersprechlich erkannt. Nun aber sollte er nur den Körper wiedersehen, einen toten Frauenkörper und ein Antlitz, von dem er nichts kannte als die Augen – Augen, die nun gebrochen waren. Ja – diese Augen kannte er und die Haare, die sich in jenem letzten Augenblick, ehe man ihn aus dem Saal gejagt, plötzlich gelöst und die nackte Gestalt verhüllt hatten. Würde das genug sein, um ihn untrüglich wissen zu lassen, ob sie es sei oder nicht?

Und langsamen, zögernden Schritts nahm er den Weg durch die wohlbekannten Höfe nach dem Pathologisch-anatomischen Institut. Er fand das Tor unverschlossen, so daß er nicht nötig hatte zu klingeln. Der steinerne Fußboden hallte unter seinen Tritten, als er durch den schwach beleuchteten Gang schritt. Ein vertrauter, gewissermaßen heimatlicher Geruch von allerlei Chemikalien, der den angestammten Duft dieses Gebäudes übertönte, umfing Fridolin. Er klopfte an die Tür des histologischen Kabinetts, wo er wohl noch einen Assistenten bei der Arbeit vermuten durfte. Auf ein etwas unwirsches »Herein« trat Fridolin in den hohen, geradezu festlich erhellten Raum, in dessen Mitte, das Auge eben vom Mikroskop entfernend, wie Fridolin beinahe erwartet, sein alter Studienkollege, der Assistent des Institutes, Doktor Adler, sich von seinem Stuhl erhob.

»Oh, lieber Kollege«, begrüßte ihn Doktor Adler immer noch etwas unwillig, aber zugleich verwundert, »was verschafft mir die Ehre zu so ungewohnter Stunde?«

»Entschuldige die Störung«, sagte Fridolin. »Du bist gerade mitten in der Arbeit.«

»Allerdings«, erwiderte Adler in dem scharfen Ton, der ihm noch von seiner Burschenzeit eigen war. Und leichter fügte er hinzu: »Was sollte man in diesen heiligen Hallen sonst um Mitternacht zu schaffen haben? Aber du störst mich natürlich nicht im geringsten. Womit kann ich dienen?«

Und da Fridolin nicht gleich antwortete: »Der Addison, den ihr uns heute heruntergeliefert habt, liegt noch in holder Unberührtheit da drüben. Sektion morgen früh acht Uhr dreißig.«

Und auf eine verneinende Bewegung Fridolins: »Ah so – der Pleuratumor! Nun – die histologische Untersuchung hat unwiderleglich Sarkom ergeben. Darüber braucht ihr euch also auch keine grauen Haare wachsen zu lassen.«

Fridolin schüttelte wieder den Kopf. »Es handelt sich um keine – dienstliche Angelegenheit.«

»Na, um so besser«, sagte Adler, »ich hab' schon geglaubt, das schlechte Gewissen treibt dich da herunter zu nachtschlafender Zeit.«

»Mit schlechtem Gewissen oder wenigstens mit Gewissen überhaupt hängt es schon eher zusammen«, erwiderte Fridolin.

»Oh!«

»Kurz und gut« – er befliß sich eines harmlos-trockenen Tones –, »ich möchte gern Auskunft wegen einer Frauensperson, die heute abend auf der zweiten Klinik an Morphiumvergiftung gestorben ist und die jetzt da herunten liegen dürfte, eine gewisse Baronin Dubieski.« Und rascher fuhr er fort: »Ich habe nämlich die Vermutung, daß diese angebliche Baronin Dubieski eine Person ist, die ich vor Jahren flüchtig gekannt habe. Und es würde mich interessieren, ob meine Vermutung stimmt.«

»Suicidium?« fragte Adler.

Fridolin nickte. »Ja. Selbstmord«, übersetzte er, als wünschte er damit der Angelegenheit wieder ihren privaten Charakter zu verleihen.

Adler deutete mit humoristisch gestrecktem Zeigefinger auf Fridolin. »Unglückliche Liebe zu Euer Hochwohlgeboren?«

Fridolin verneinte etwas ärgerlich. »Der Selbstmord dieser Baronin Dubieski hat mit meiner Person nicht das geringste zu tun.«

»Bitte, bitte, ich will nicht indiskret sein. Wir können uns ja sofort überzeugen. Meines Wissens ist heute abend keine Anforderung von der gerichtlichen Medizin gekommen. Also jedenfalls –«

Gerichtliche Obduktion, zuckte es durch Fridolins Hirn. Das könnte wohl noch der Fall sein. Wer weiß, ob ihr Selbstmord überhaupt ein freiwilliger war? Die zwei Herren fielen ihm wieder ein, die so plötzlich aus dem Hotel verschwunden waren, nachdem sie von dem Selbstmordversuch erfahren hatten. Die Angelegenheit könnte sich wohl noch zu einer Kriminalaffäre ersten Ranges entwickeln. Und ob er – Fridolin – nicht gar als Zeuge vorgeladen würde – ja, ob er nicht eigentlich verpflichtet wäre, sich freiwillig bei Gericht zu melden?

Er folgte Doktor Adler über den Gang zu der gegenüberliegenden Türe, die halb offen stand. Der kahle hohe Raum war durch die zwei offenen, etwas heruntergeschraubten Flammen eines zweiarmigen Gaslüsters schwach beleuchtet. Von den zwölf oder vierzehn Leichentischen war nur die geringere Anzahl belegt. Einige Körper lagen nackt da, über die anderen waren Leinentücher gebreitet. Fridolin trat zu dem ersten Tisch gleich an der Türe und zog vorsichtig das Tuch von dem Kopf der Leiche weg. Ein greller Lichtschein von der elektrischen Taschenlampe des Doktor Adler fiel plötzlich hin. Fridolin sah ein gelbes, graubärtiges Männergesicht und bedeckte es gleich wieder mit dem Leichentuch. Auf dem nächsten Tisch lag ein hagerer nackter Jünglingsleib. Doktor Adler, von einem anderen Tische her, sagte: »Eine zwischen sechzig und siebzig, die wird's also wohl auch nicht sein.«

Fridolin aber, wie plötzlich hingezogen, schritt ans Ende des

Saales, von wo ein Frauenleib ihm fahl entgegenleuchtete. Der Kopf war zur Seite gesenkt; lange, dunkle Haarsträhnen fielen fast bis zum Fußboden herab. Unwillkürlich streckte Fridolin die Hand aus, um den Kopf zurechtzurücken, doch mit einer Scheu, die ihm, dem Arzt, sonst fremd war, zögerte er wieder. Doktor Adler war herzugetreten und bemerkte hinter sich deutend: »Kommen alle nicht in Betracht – – also die?« Und er leuchtete mit der elektrischen Lampe auf den Frauenkopf, den Fridolin eben, seine Scheu überwindend, mit beiden Händen gefaßt und ein wenig emporgehoben hatte. Ein weißes Antlitz mit halbgeschlossenen Lidern starrte ihm entgegen. Der Unterkiefer hing schlaff herab, die schmale, hinaufgezogene Oberlippe ließ das bläuliche Zahnfleisch und eine Reihe weißer Zähne sehen. Ob dieses Antlitz irgendeinmal, ob es vielleicht gestern noch schön gewesen – Fridolin hätte es nicht zu sagen vermocht –, es war ein völlig nichtiges, leeres, es war ein totes Antlitz. Es konnte ebensogut einer Achtzehnjährigen als einer Achtunddreißigjährigen angehören.

»Ist sie's?« fragte Doktor Adler.

Fridolin beugte sich unwillkürlich tiefer herab, als könnte sein bohrender Blick den starren Zügen eine Antwort entreißen. Und er wußte doch zugleich, auch wenn es wirklich *ihr* Antlitz wäre, *ihre* Augen, dieselben Augen, die gestern so lebensheiß in die seinen geleuchtet, er wüßte es nicht, könnte es – wollte es am Ende gar nicht wissen. Und sanft legte er den Kopf wieder auf die Platte hin und ließ seinen Blick den toten Körper entlang schweifen, vom wandernden Schein der elektrischen Lampe geleitet. War es ihr Leib? – der wunderbare, blühende, gestern noch so qualvoll ersehnte? Er sah einen gelblichen, faltigen Hals, er sah zwei kleine und doch etwas schlaff gewordene Mädchenbrüste, zwischen denen, als wäre das Werk der Verwesung schon vorgebildet, das Brustbein mit grausamer Deutlichkeit sich unter der bleichen Haut abzeichnete, er sah die Rundung des mattbraunen Unterleibs, er sah, wie von einem dunklen, nun geheimnis- und sinnlos gewordenen Schatten aus wohlgeformte Schenkel sich gleichgültig öffneten, sah die leise auswärts gedrehten Kniewölbungen, die scharfen Kanten der Schienbeine und die schlanken Füße mit den einwärts gekrümmten Zehen. All dies versank nacheinander rasch wieder im Dunkel, da der Lichtkegel der elektrischen Lampe den Weg zurück mit vielfacher Geschwindigkeit zurücklegte, bis er endlich leicht zitternd über dem bleichen Antlitz ruhen blieb. Unwillkürlich, ja wie von einer unsichtbaren Macht gezwungen und geführt, berührte Fridolin mit beiden Händen die Stirne, die Wangen, die Schultern, die Arme der toten Frau; dann schlang er seine Finger wie zu einem Liebesspiel in die der Toten, und so starr sie waren, es schien ihm, als versuchten sie sich zu regen, die seinen zu ergreifen; ja ihm war, als irrte unter den halbgeschlossenen Lidern ein ferner, farbloser Blick nach dem seinen; und wie magisch angezogen beugte er sich herab.

Da flüsterte es plötzlich hinter ihm: »Aber was treibst du denn?«

Fridolin kam jählings zur Besinnung. Er löste seine Finger aus denen der Toten, umklammerte ihre schmalen Handgelenke und legte sorglich, ja mit einer gewissen Pedanterie die eiskalten Arme zu seiten des Rumpfes hin. Und ihm war, als ob jetzt, eben erst in diesem Augenblick, dieses Weib gestorben sei. Dann wandte er sich ab, lenkte die Schritte zur Türe und über den hallenden Gang, trat in das Arbeitskabinett zurück, das man früher verlassen. Doktor Adler folgte ihm schweigend und schloß hinter ihnen ab.

Fridolin trat ans Waschbecken. »Du erlaubst«, sagte er und reinigte seine Hände sorgfältig mit Lysol und Seife. Indes schien Doktor Adler ohne weiteres seine unterbrochene Arbeit wieder aufnehmen zu wollen. Er hatte die entsprechende Lichtvorrichtung neu eingeschaltet, drehte die Mikrometerschraube und blickte ins Mikroskop. Als Fridolin zu ihm trat, um sich zu verabschieden, war Doktor Adler völlig in seine Arbeit vertieft.

»Willst du dir das Präparat einmal anschauen?« fragte er.

»Warum?« fragte Fridolin abwesend.

»Nun, zur Beruhigung deines Gewissens«, erwiderte Doktor Adler – als nähme er doch an, daß Fridolins Besuch nur einen medizinisch-wissenschaftlichen Zweck gehabt hätte.

»Findest du dich zurecht?« fragte er, während Fridolin ins Mikroskop schaute. »Es ist nämlich eine ziemlich neue Färbungsmethode.«

Fridolin nickte, ohne das Auge vom Glas zu entfernen. »Geradezu ideal«, bemerkte er, »ein farbenprächtiges Bild, könnte man sagen.«

Und er erkundigte sich nach verschiedenen Einzelheiten der neuen Technik.

Doktor Adler gab ihm die gewünschten Aufklärungen, und Fridolin äußerte die Ansicht, daß ihm diese neue Methode bei einer Arbeit, die er für die nächste Zeit vorhabe, voraussichtlich gute Dienste leisten würde. Er erbat sich die Erlaubnis, morgen oder übermorgen wiederkommen zu dürfen, um sich weitere Aufschlüsse zu holen.

»Stets gerne zu Diensten«, sagte Doktor Adler, begleitete Fridolin über die hallenden Steinfliesen bis zum Tore, das indessen geschlossen worden war, und sperrte es mit seinem eigenen Schlüssel auf.

»Du bleibst noch?« fragte Fridolin.

»Aber natürlich«, erwiderte Doktor Adler, »das sind ja die allerschönsten Arbeitsstunden – so von Mitternacht bis früh. Da ist man wenigstens vor Störungen ziemlich sicher.«

»Na –«, sagte Fridolin mit einem leisen, wie schuldbewußten Lächeln.

Doktor Adler legte die Hand beruhigend auf Fridolins Arm, dann fragte er mit einiger Zurückhaltung: »Also – war sie's?«

Fridolin zögerte einen Augenblick, dann nickte er wortlos, und war sich kaum bewußt, daß diese Bejahung möglicherweise eine Unwahrheit bedeutete. Denn ob die Frau, die nun da drin in der Totenkammer lag, dieselbe war, die er vor vierundzwanzig Stunden zu den wilden Klängen von Nachtigalls Klavierspiel nackt in den Armen gehalten, oder ob diese Tote irgendeine andere, eine Unbekannte, eine ganz Fremde war, der er niemals vorher begegnet; er wußte: auch wenn das Weib noch am Leben war, das er gesucht, das er verlangt, das er eine Stunde lang vielleicht geliebt hatte, und, wie immer sie dieses Leben weiter lebte; – was da hinter ihm lag in der gewölbten Halle, im Scheine von flackernden Gasflammen, ein Schatten unter andern Schatten, dunkel, sinn- und geheimnislos wie sie – ihm bedeutete es, ihm konnte es nichts anderes mehr bedeuten als, zu unwiderruflicher Verwesung bestimmt, den bleichen Leichnam der vergangenen Nacht.

7

Durch die finsteren menschenleeren Gassen eilte er nach Hause, und wenige Minuten später, nachdem er, wie vierundzwanzig Stunden vorher, schon in seinem Ordinationszimmer sich entkleidet hatte, so leise als möglich betrat er das eheliche Schlafgemach.

Er hörte den gleichmäßig-ruhigen Atem Albertinens und sah die Umrisse ihres Kopfes sich auf dem weichen Polster abzeichnen. Ein Gefühl von Zärtlichkeit, ja von Geborgenheit, wie er es nicht erwartet, durchdrang seine Herz. Und er nahm sich vor, ihr bald, vielleicht morgen schon, die Geschichte der vergangenen Nacht zu erzählen, doch so, als wäre alles, was er erlebt, ein Traum gewesen – und dann, erst wenn sie die ganze Nichtigkeit seiner Abenteuer gefühlt und erkannt hatte, wollte er ihr gestehen, daß sie Wirklichkeit gewesen waren. Wirklichkeit? fragte er sich – und gewahrte in diesem Augenblick, ganz nahe dem Antlitz Albertines auf dem benachbarten, auf *seinem* Polster etwas Dunkles, Abgegrenztes, wie die umschatteten Linien eines menschlichen Gesichts. Einen Moment nur stand ihm das Herz still, im nächsten schon wußte er, woran er war, griff nach dem Polster hin und hielt die Maske in der Hand, die er während der vorigen Nacht getragen, die ihm, während er heute morgen das Paket zusammengerollt, ohne daß er es bemerkt, entglitten, und von dem Stubenmädchen oder Albertine selbst gefunden sein mochte. So konnte er auch nicht daran zweifeln, daß Albertine nach diesem Fund mancherlei ahnte und vermutlich noch mehr und noch Schlimmeres, als sich tatsächlich ereignet hatte. Doch die Art, wie sie ihm das zu verstehen gab, ihr Einfall, die dunkle Larve neben sich auf das Polster hinzulegen, als hätte sie nun sein, des Gatten, ihr nun rätselhaft gewordenes Antlitz zu bedeuten, diese scherzhafte, fast übermütige Art, in der zugleich eine milde Warnung und die Bereitwilligkeit des Verzeihens ausgedrückt schien, gab Fridolin die sichere Hoffnung, daß sie, wohl in Erinnerung ihres eigenen Traums – was auch geschehen sein mochte, geneigt war, es nicht allzu schwer zu nehmen. Fridolin aber, mit einem Male am Ende seiner Kräfte, ließ die Maske zu Boden gleiten, schluchzte, sich selbst ganz unerwartet, laut und schmerzlich auf, sank neben dem Bette nieder und weinte leise in die Kissen hinein.

Nach wenigen Sekunden fühlte er eine weiche Hand über seine Haare streichen. Da erhob er sein Haupt, und aus der Tiefe seines Herzens entrang sich's ihm: »Ich will dir alles erzählen.«

Sie hob zuerst, wie in leiser Abwehr die Hand; er faßte sie, behielt sie in der seinen, sah wie fragend und zugleich bittend zu ihr auf, sie nickte ihm zu und er begann.

Der Morgen dämmerte grau durch die Vorhänge, als Fridolin zu Ende war. Nicht ein einziges Mal hatte ihn Albertine mit einer neugierigen oder ungeduldigen Frage unterbrochen. Sie fühlte wohl, daß er ihr nichts verschweigen wollte und konnte. Ruhig lag sie da, die Arme im Nacken verschlungen, und schwieg noch lange, als Fridolin schon längst geendet hatte. Endlich – er lag an ihrer Seite hingestreckt – beugte er sich über sie, und in ihr regungsloses Antlitz mit den großen hellen Augen, in denen jetzt auch der Morgen aufzugehen schien, fragte er zweifelnd und hoffnungsvoll zugleich: »Was sollen wir tun, Albertine?«

Sie lächelte, und nach kurzem Zögern erwiderte sie: »Dem Schicksal dankbar sein, glaube ich, daß wir aus allen Abenteuern heil davongekommen sind – aus den wirklichen und aus den geträumten.«

»Weißt du das auch ganz gewiß?« fragte er.

»So gewiß, als ich ahne, daß die Wirklichkeit einer Nacht, ja daß nicht einmal die eines ganzen Menschenlebens zugleich auch seine innerste Wahrheit bedeutet.«

»Und kein Traum«, seufzte er leise, »ist völlig Traum.«

Sie nahm seinen Kopf in beide Hände und bettete ihn innig an ihre Brust. »Nun sind wir wohl erwacht«, sagte sie – »für lange.«

Für immer, wollte er hinzufügen, aber noch ehe er die Worte ausgesprochen, legte sie ihm einen Finger auf die Lippen und, wie vor sich hin, flüsterte sie: »Niemals in die Zukunft fragen.«

So lagen sie beide schweigend, beide wohl auch ein wenig schlummernd und einander traumlos nah – bis es wie jeden Morgen um sieben Uhr an die Zimmertür klopfte und mit den gewohnten Geräuschen von der Straße her, einem sieghaften Lichtstrahl durch den Vorhangspalt und einem hellen Kinderlachen von nebenan der neue Tag begann.

Spiel im Morgengrauen

I

»Herr Leutnant!... Herr Leutnant!... Herr Leutnant!« Erst beim dritten Anruf rührte sich der junge Offizier, reckte sich, wandte den Kopf zur Tür; noch schlaftrunken, aus den Polstern, brummte er: »Was gibt's?« – Dann, wacher geworden, als er sah, daß es nur der Bursche war, der in der umdämmerten Türspalte stand, schrie er: »Zum Teufel, was gibt's denn in aller Früh'?«

»Es ist ein Herr unten im Hof, Herr Leutnant, der den Herrn Leutnant sprechen will.«

»Wieso ein Herr? Wie spät ist es denn? Hab' ich Ihnen nicht g'sagt, daß Sie mich nicht wecken sollen am Sonntag?«

Der Bursche trat ans Bett und reichte Wilhelm eine Visitenkarte.

»Meinen Sie, ich bin ein Uhu, Sie Schafskopf, daß ich im Finstern lesen kann? Aufzieh'n!«

Noch ehe der Befehl ausgesprochen war, hatte Joseph die inneren Fensterflügel geöffnet und zog den schmutzig-weißen Vorhang in die Höhe. Der Leutnant, sich im Bette halb aufrichtend, vermochte nun den Namen auf der Karte zu lesen, ließ sie auf die Bettdecke sinken, betrachtete sie nochmals, kraute sein blondes, kurz geschnittenes, morgendlich zerrauftes Haar und überlegte rasch: »Abweisen? – Unmöglich! – Auch eigentlich kein Grund. Wenn man wen empfängt, das heißt ja noch nicht, daß man mit ihm verkehrt. Übrigens hat er ja nur wegen Schulden quittieren müssen. Andere haben halt mehr Glück. Aber was will er von mir?« – Er wandte sich wieder an den Burschen: »Wie schaut er denn aus, der Herr Ober –, der Herr von Bogner?«

Der Bursche erwiderte mit breitem, etwas traurigem Lächeln: »Melde gehorsamst, Herr Leutnant, Uniform ist dem Herrn Oberleutnant besser zu G'sicht gestanden.«

Wilhelm schwieg eine Weile, dann setzte er sich im Bett zurecht: »Also, ich laß bitten. Und der Herr – Oberleutnant möcht' freundlichst entschuldigen, wenn ich noch nicht fertig angezogen bin. – Und hören S' – für alle Fälle, wenn einer von den anderen Herren fragt, der Oberleutnant Höchster oder der Leutnant Wengler oder der Herr Hauptmann oder sonstwer – ich bin nicht mehr zu Haus – verstanden?«

Während Joseph die Tür hinter sich schloß, zog Wilhelm rasch die Bluse an, ordnete mit dem Staubkamm seine Frisur, trat zum Fenster, blickte in den noch unbelebten Kasernenhof hinab; und als er den einstigen Kameraden unten auf und ab gehen sah, mit gesenktem Kopf, den steifen, schwarzen Hut in die Stirne gedrückt, im offenen, gelben Überzieher, mit braunen, etwas bestaubten Halbschuhen, da wurde ihm beinah weh ums Herz. Er öffnete das Fenster, war nahe daran, ihm zuzuwinken, ihn laut zu begrüßen; doch in diesem Augenblick war eben der Bursche an den Wartenden herangetreten, und Wilhelm merkte den ängstlich gespannten Zügen des alten Freundes die Erregung an, mit der er die Antwort erwartete. Da sie günstig ausfiel, heiterten sich Bogners Mienen auf, er verschwand mit dem Burschen im Tor unter Wilhelms Fenster, das dieser nun schloß, als wenn die bevorstehende Unterredung solche Vorsicht immerhin verlangen könnte. Nun war mit einem Male der Duft von Wald und Frühjahr wieder fort, der in solchen Sonntagsmorgenstunden in den Kasernenhof zu dringen pflegte und von dem an Wochentagen sonderbarerweise überhaupt nichts zu bemerken war. Was immer geschieht, dachte Wilhelm – was soll denn übrigens geschehen?! – nach Baden fahr' ich heute unbedingt und speise zu Mittag in der ›Stadt Wien‹ – wenn sie mich nicht wie neulich bei Keßners zum Essen behalten sollten. »Herein!« Und mit übertriebener Lebhaftigkeit streckte Wilhelm dem Eintretenden die Hand entgegen. »Grüß dich Gott, Bogner. Es freut mich aber wirklich. Willst nicht ablegen? Ja, schau' dich nur um; alles wie früher. Geräumiger ist das Lokal auch nicht geworden. Aber Raum ist in der kleinsten Hütte für ein glücklich...«

Otto lächelte höflich, als merke er Wilhelms Verlegenheit

und wollte ihm darüber weghelfen. »Hoffentlich paßt das Zitat für die kleine Hütte manchmal besser als in diesem Augenblick«, sagte er.

Wilhelm lachte lauter, als nötig war. »Leider nicht oft. Ich leb' ziemlich einschichtig. Wenn ich dich versicher', sechs Wochen mindestens hat diesen Raum kein weiblicher Fuß betreten. Der Plato ist ein Waisenknabe gegen mich. Aber nimm doch Platz.« Er räumte Wäschestücke von einem Sessel aufs Bett. »Und darf ich dich vielleicht zu einem Kaffee einladen?«

»Danke, Kasda, mach' dir keine Umstände. Ich hab' schon gefrühstückt... Eine Zigarette, wenn du nichts dagegen hast...«

Wilhelm ließ nicht zu, daß Otto sich aus der eigenen Dose bediente, und wies auf das Rauchtischchen, wo eine offene Pappschachtel mit Zigaretten stand. Wilhelm gab ihm Feuer, Otto tat schweigend einige Züge, und sein Blick fiel auf das wohlbekannte Bild, das an der Wand über dem schwarzen Lederdiwan hing und eine Offizierssteeplechase aus längst verflossenen Zeiten vorstellte.

»Also, jetzt erzähl'«, sagte Wilhelm, »wie geht's dir denn? Warum hat man so gar nichts mehr von dir gehört? – Wie wir uns – vor zwei Jahren oder drei – Adieu gesagt haben, hast du mir doch versprochen, daß du von Zeit zu Zeit –«

Otto unterbrach ihn: »Es war vielleicht doch besser, daß ich nichts hab' von mir hören und sehen lassen, und ganz bestimmt wär's besser, wenn ich auch heut' nicht hätt' kommen müssen.« Und, ziemlich überraschend für Wilhelm, setzte er sich plötzlich in die Ecke des Sofas, in dessen anderer Ecke einige zerlesene Bücher lagen –: »Denn du kannst dir denken, Willi« – er sprach hastig und scharf zugleich –, »mein Besuch heute zu so ungewohnter Stunde – ich weiß, du schläfst dich gern aus an einem Sonntag –, dieser Besuch hat natürlich einen Zweck, sonst hätte ich mir natürlich nicht erlaubt – kurz und gut, ich komm', an unsere alte Freundschaft appellieren – an unsere Kameradschaft darf ich ja leider nicht mehr sagen. Du brauchst nicht blaß zu werden, Willi, es ist nicht gar so gefährlich, es handelt sich um ein paar Gulden, die ich halt morgen früh haben muß, weil mir sonst nichts übrigbliebe als –« seine Stimme schnarrte militärisch in die Höhe –, »na – was vielleicht schon vor zwei Jahren das Gescheiteste gewesen wäre.«

»Aber, was red'st denn da«, meinte Wilhelm im Ton freundschaftlich-verlegenen Unwillens.

Der Bursche brachte das Frühstück und verschwand wieder. Willi schenkte ein. Er verspürte einen bitteren Geschmack im Mund und empfand es unangenehm, daß er noch nicht dazu gekommen war, Toilette zu machen. Übrigens hatte er sich vorgenommen, auf dem Weg zur Eisenbahn ein Dampfbad zu nehmen. Es genügte ja vollkommen, wenn er gegen Mittag in Baden eintraf. Er hatte keine bestimmte Abmachung; und wenn er sich verspätete, ja, wenn er gar nicht käme, es würde keinem Menschen sonderlich auffallen, weder den Herren im Café Schopf, noch dem Fräulein Keßner; vielleicht eher noch ihrer Mutter, die übrigens auch nicht übel war.

»Bitt' schön, bedien' dich doch«, sagte er zu Otto, der die Tasse noch nicht an die Lippen gesetzt hatte. Nun nahm er rasch einen Schluck und begann sofort: »Um kurz zu sein: du weißt ja vielleicht, daß ich in einem Büro für elektrische Installation angestellt bin, als Kassierer, seit einem Vierteljahr. Woher sollst du das übrigens wissen? Du weißt ja nicht einmal, daß ich verheiratet bin und einen Buben hab' – von vier Jahren. Er war nämlich schon auf der Welt, wie ich noch bei euch war. Es hat's keiner gewußt. Na also, besonders gut ist es mir die ganze Zeit über nicht gegangen. Kannst dir ja denken. Und besonders im vergangenen Winter – der Bub war krank –, also, die Details sind ja weiter nicht interessant –, da hab' ich mir etliche Male aus der Kasse was ausleihen müssen. Ich hab's immer rechtzeitig zurückgezahlt. Diesmal ist's ein bissel mehr geworden als sonst, leider, und«, er hielt inne, indes Wilhelm mit dem Löffel in seiner Tasse rührte, »und das Malheur ist außerdem, daß am Montag, morgen also, wie ich zufällig in Erfahrung gebracht habe, von der Fabrik aus eine Revision stattfinden soll. Wir sind nämlich eine Filiale, verstehst du, und es sind ganz geringfügige Beträge, die bei uns ein- und ausgezahlt werden; es ist ja auch wirklich nur eine Bagatelle – die ich schuldig bin –, neunhundertsechzig Gulden. Ich könnte sagen tausend, das käm' schon auf eins heraus. Es sind aber neunhundertsechzig. Und die müssen morgen vor halb neun Uhr früh dasein, sonst – na – also, du erwiesest mir einen wirklichen Freundschaftsdienst, Willi, wenn du mir diese Summe –« Er konnte plötzlich nicht weiter. Willi schämte sich ein wenig für ihn, nicht so sehr wegen der kleinen Veruntreuung – oder Defraudation, so mußte man's ja wohl nennen –, die der alte Kamerad begangen, sondern vielmehr, weil der ehemalige Oberleutnant Otto von Bogner – vor wenigen Jahren noch ein liebenswürdiger, wohlsituierter und schneidiger Offizier – bleich und ohne Haltung in der Diwanecke lehnte und vor verschluckten Tränen nicht weiterreden konnte.

Er legte ihm die Hand auf die Schulter. »Geh, Otto, man muß ja nicht gleich die Kontenance verlieren«, und da der andere auf diese nicht sehr ermutigende Einleitung hin mit trübem, fast erschrecktem Blick zu ihm aufsah – »nämlich, ich selber bin so ziemlich auf dem trockenen. Mein ganzes Vermögen beläuft sich auf etwas über hundert Gulden. Hundertzwanzig, um ganz so genau zu sein wie du. Die stehen dir natürlich bis auf den letzten Kreuzer zur Verfügung. Aber wenn wir uns ein bißl anstrengen, so müssen wir doch auf einen Modus kommen.«

Otto unterbrach ihn. »Du kannst dir denken, daß alle sonstigen – Modusse bereits erledigt sind. Wir brauchen also die Zeit nicht mit unnützem Kopfzerbrechen zu verlieren, um so weniger, als ich schon mit einem bestimmten Vorschlage komme.«

Wilhelm sah ihm gespannt ins Auge.

»Stell' dir einmal vor, Willi, du befändest dich selbst in einer solchen Schwulität. Was würdest du tun?«

»Ich versteh' nicht recht«, bemerkte Wilhelm ablehnend.

»Natürlich, ich weiß, in eine fremde Kasse hast du noch nie gegriffen – so was kann einem nur in Zivil passieren. Ja. Aber schließlich, wenn du einmal aus einem – weniger kriminellen

Grund eine gewisse Summe dringend benötigtest, an wen würdest du dich wenden?«

»Entschuldige, Otto; darüber hab' ich noch nicht nachgedacht, und ich hoffe... Ich hab' ja auch manchmal Schulden gehabt, das leugne ich nicht, erst im vorigen Monat, da hat mir der Höchster mit fünfzig Gulden ausgeholfen, die ich ihm natürlich am Ersten retourniert habe. Drum geht's mir ja diesmal so knapp zusammen. Aber tausend Gulden – tausend –, ich wüßte absolut nicht, wie ich mir die verschaffen könnte.«

»Wirklich nicht?« sagte Otto und faßte ihn scharf ins Auge.

»Wenn ich dir sag'.«

»Und dein Onkel?«

»Was für ein Onkel?«

»Dein Onkel Robert.«

»Wie – kommst du auf den?«

»Es liegt doch ziemlich nahe. Der hat dir ja manchmal ausgeholfen. Und eine regelmäßige Zulage hast du doch auch von ihm.«

»Mit der Zulage ist es längst vorbei«, erwiderte Willi ärgerlich über den in diesem Augenblick kaum angemessenen Ton des einstigen Kameraden. »Und nicht nur mit der Zulage. Der Onkel Robert, der ist ein Sonderling geworden. Die Wahrheit ist, daß ich ihn mehr als ein Jahr lang mit keinem Aug' gesehen habe. Und wie ich ihn das letztemal um eine Kleinigkeit ersucht habe – ausnahmsweise – na, nur, daß er mich nicht hinausgeschmissen hat.«

»Hm, so.« Bogner rieb sich die Stirn. »Du hältst es wirklich für absolut ausgeschlossen?«

»Ich hoffe, du zweifelst nicht«, erwiderte Wilhelm mit einiger Schärfe.

Plötzlich erhob sich Bogner aus der Sofaecke, rückte den Tisch beiseite und trat zum Fenster hin. »Wir müssen's versuchen«, erklärte er dann mit Bestimmtheit. »Jawohl, verzeih, aber wir m ü s s e n. Das Schlimmste, das dir passieren kann, ist, daß er nein sagt. Und vielleicht in einer nicht ganz höflichen Form. Zugegeben. Aber gegen das, was mir bevorsteht, wenn ich bis morgen früh die paar schäbigen Gulden nicht beisammen hab', ist doch das alles nichts als eine kleine Unannehmlichkeit.«

»Mag sein«, sagte Wilhelm, »aber eine Unannehmlichkeit, die vollkommen zwecklos wäre. Wenn nur die geringste Chance bestünde – na, du wirst doch hoffentlich nicht an meinem guten Willen zweifeln. Und zum Teufel, es muß doch noch andere Möglichkeiten geben. Was ist denn zum Beispiel – sei nicht bös, er fällt mir grad ein – mit deinem Cousin Guido, der das Gut bei Amstetten hat?«

»Du kannst dir denken, Willi«, erwiderte Bogner ruhig, »daß es auch mit dem nix ist. Sonst wär' ich ja nicht da. Kurz und gut, es gibt auf der ganzen Welt keinen Menschen –«

Willi hob plötzlich einen Finger, als wäre er auf eine Idee gekommen. Otto sah ihn erwartungsvoll an.

»Der Rudi Höchster, wenn du's bei dem versuchen würdest. Er hat nämlich eine Erbschaft gemacht vor ein paar Monaten. Zwanzig- oder fünfundzwanzigtausend Gulden, davon muß doch noch was übrig sein.«

Bogner runzelte die Stirn, und etwas zögernd erwiderte er: »An Höchster habe ich – vor drei Wochen einmal, wie es noch nicht so dringend war – geschrieben – um viel weniger als tausend –, nicht einmal geantwortet hat er mir. Also du siehst, es gibt nur einen einzigen Ausweg: dein Onkel.« Und auf Willis Achselzucken: »Ich kenn' ihn ja, Willi – ein so liebenswürdiger, charmanter alter Herr. Wir waren ja auch ein paarmal im Theater zusammen und im Riedhof – er wird sich gewiß erinnern! Ja, um Gottes willen, er kann doch nicht plötzlich ein anderer Mensch geworden sein.«

Ungeduldig unterbrach ihn Willi. »Es scheint doch. Ich weiß ja auch nicht, was mit ihm eigentlich vorgegangen ist. Aber das kommt ja vor zwischen Fünfzig und Sechzig, daß sich die Leut' so merkwürdig verändern. Ich kann dir nicht mehr sagen, als daß ich – seit fünfviertel Jahren oder länger – sein Haus nicht mehr betreten und – kurz und gut – es unter keiner Bedingung je wieder betreten werde.«

Bogner sah vor sich hin. Dann plötzlich hob er den Kopf, sah Willi wie abwesend an und sagte: »Also, ich bitt' dich um Entschuldigung, grüß dich Gott«, nahm den Hut und wandte sich zum Gehen.

»Otto!« rief Willi. »Ich hätt' noch eine Idee.«

»Noch eine ist gut.«

»Also hör' einmal, Bogner. Ich fahre nämlich heut' aufs Land – nach Baden. Da ist manchmal am Sonntag nachmittag im Café Schopf eine kleine Hasardpartie: Einundzwanzig oder Bakkarat, je nachdem. Ich bin natürlich höchst bescheiden daran beteiligt oder auch gar nicht. Drei- oder viermal habe ich mitgetan, aber mehr zum Spaß. Der Hauptmacher ist der Regimentsarzt Tugut, der übrigens eine Mordssau hat, der Oberleutnant Wimmer ist auch gewöhnlich dabei, dann der Greising, von den Siebenundsiebzigern... den kennst du gar nicht. Er ist draußen in Behandlung – wegen einer alten G'schicht, auch ein paar Zivilisten sind dabei, ein Advokat von draußen, der Sekretär vom Theater, ein Schauspieler und ein älterer Herr, ein gewisser Konsul Schnabel. Der hat ein Verhältnis draußen mit einer Operettensängerin, bessere Choristin eigentlich. Das ist die Hauptwurzen. Der Tugut hat ihm vor vierzehn Tagen nicht weniger als dreitausend Gulden auf einem Sitz abgenommen. Bis sechs Uhr früh haben wir gespielt auf der offenen Veranda, die Vögel haben dazu gesungen; die Hundertzwanzig, die ich heut noch hab', verdank' ich übrigens auch nur meiner Ausdauer, sonst wär' ich ganz blank. Also, weißt du was, Otto, hundert von den hundertzwanzig werd' ich heute für dich riskieren. Ich weiß, die Chance ist nicht überwältigend, aber der Tugut hat sich neulich gar nur mit fünfzig hingesetzt, und mit dreitausend ist er aufgestanden. Und dann kommt noch etwas hinzu: daß ich seit ein paar Monaten nicht das geringste Glück in der Liebe habe. Also vielleicht ist auf ein Sprichwort mehr Verlaß als auf die Menschen.«

Bogner schwieg.

»Nun – was denkst du über meine Idee?« fragte Willi.

Bogner zuckte die Achseln. »Ich dank' dir jedenfalls sehr – ich sag' natürlich nicht nein – obwohl –«

»Garantieren kann ich selbstverständlich nicht«, unterbrach ihn Willi mit übertriebener Lebhaftigkeit, »aber riskiert ist am End' auch nicht viel. Und wenn ich gewinn' – respektive von dem, was ich gewinn', gehören dir tausend – mindestens tausend gehören dir. Und wenn ich zufällig einen besonderen Riß machen sollte –«

»Versprich nicht zu viel«, sagte Otto mit trübem Lächeln. – »Aber jetzt will ich dich nicht länger aufhalten. Schon um meinetwillen. Und morgen früh werde ich mir erlauben – vielmehr... ich warte morgen früh um halb acht drüben vor der Alserkirche.« Und mit bitterem Lachen: »Wir können uns ja auch zufällig begegnet sein.« Den Versuch einer Erwiderung vonseiten Willis wehrte Bogner ab und fügte rasch hinzu: »Übrigens, ich lasse meine Hände unterdessen auch nicht im Schoß liegen. Siebzig Gulden hab' ich noch im Vermögen. Die riskier' ich heut nachmittag beim Rennen – auf dem Zehn-Kreuzer-Platz natürlich.« Er trat rasch zum Fenster, sah in den Kasernenhof hinab –: »Die Luft ist rein«, sagte er, verzog bitter-höhnisch den Mund, schlug den Kragen hoch, reichte Willi die Hand und ging.

Wilhelm seufzte leicht, sann eine Weile nach, dann machte er sich eilig zum Gehen fertig. Mit dem Zustand seiner Uniform war er übrigens nicht sehr zufrieden. Wenn er heute gewinnen sollte, war er entschlossen, sich mindestens einen neuen Waffenrock anzuschaffen. Das Dampfbad gab er in Anbetracht der vorgerückten Stunde auf; in jedem Falle aber wollte er sich einen Fiaker zur Bahn nehmen. Auf die zwei Gulden kam es heute wirklich nicht an.

2

Als er um die Mittagsstunde in Baden den Zug verließ, befand er sich in gar nicht übler Laune. Auf dem Bahnhof in Wien hatte der Oberstleutnant Wositzky – im Dienst ein sehr unangenehmer Herr – sich aufs freundlichste mit ihm unterhalten, und im Coupé hatten zwei junge Mädel so lebhaft mit ihm kokettiert, daß er um seines Tagesprogramms willen beinahe froh war, als sie nicht zugleich mit ihm ausstiegen. In all seiner günstigen Stimmung aber fühlte er sich doch versucht, dem einstigen Kameraden Bogner innerlich Vorwürfe zu machen, nicht einmal so sehr wegen des Eingriffs in die Kasse, der ja durch die unglückseligen äußeren Verhältnisse gewissermaßen entschuldbar war, als vielmehr wegen der dummen Spielgeschichte, mit der er sich vor drei Jahren die Karriere einfach abgeschnitten hatte. Ein Offizier mußte doch am Ende wissen, bis wohin er gehen durfte. Er selbst zum Beispiel war vor drei Wochen, als ihn das Unglück beständig verfolgte, einfach vom Kartentisch aufgestanden, obwohl der Konsul Schnabel ihm in der liebenswürdigsten Weise seine Börse zur Verfügung gestellt hatte. Er hatte überhaupt immer gewußt, Versuchungen zu widerstehen, und jederzeit war es ihm gelungen, mit der knappen Gage und den geringen Zuschüssen auszukommen, die er zuerst vom Vater und, nachdem dieser als Oberstleutnant in Temesvar gestorben war, von Onkel Robert erhalten hatte. Und seit diese Zuschüsse eingestellt waren, hatte er sich eben danach einzurichten gewußt: der Kaffeehausbesuch wurde eingeschränkt, von Neuanschaffungen wurde Abstand genommen, an Zigaretten gespart, und die Weiber durften einen überhaupt nichts mehr kosten. Ein kleines Abenteuer vor drei Monaten, das vielverheißend begonnen hatte, war daran gescheitert, daß Willi buchstäblich nicht in der Lage gewesen wäre, an einem gewissen Abend ein Nachtmahl für zwei Personen zu bezahlen.

Eigentlich traurig, dachte er. Niemals noch war ihm die Enge seiner Verhältnisse so deutlich zum Bewußtsein gekommen als heute – an diesem wunderschönen Frühlingstag, da er in einem leider nicht mehr sehr funkelnden Waffenrock, in drap Beinkleidern, die an den Knien ein wenig zu glänzen anfingen, und mit einer Kappe, die erheblich niedriger war, als die neueste Offiziersmode vorschrieb, durch die duftenden Parkanlagen den Weg zu dem Landhaus nahm, in dem die Familie Keßner wohnte – wenn es nicht gar ihr Besitz war. Zum erstenmal auch geschah es ihm heute, daß er die Hoffnung auf eine Einladung zum Mittagessen oder vielmehr den Umstand, daß ihm diese Erwartung eine Hoffnung bedeutete, als beschämend empfand.

Immerhin gab er sich nicht ungern darein, daß diese Hoffnung sich erfüllte, nicht nur wegen des schmackhaften Mittagessens und des trefflichen Weins, sondern auch darum, weil Fräulein Emilie, die zu seiner Rechten saß, durch freundliche Blicke und zutrauliche Berührungen, die übrigens durchaus als zufällig gelten konnten, sich als sehr angenehme Tischnachbarin erwies. Er war nicht der einzige Gast. Auch ein junger Rechtsanwalt war anwesend, den der Hausherr aus Wien mitgebracht hatte und der das Gespräch in einem fröhlichen, leichten, zuweilen auch etwas ironischen Tone zu führen wußte. Der Hausherr war höflich, aber etwas kühl gegenüber Willi, wie er ja im allgemeinen von den Sonntagsbesuchen des Herrn Leutnant, der seinen Damen im vergangenen Fasching auf einem Ball vorgestellt worden war und eine Aufforderung, gelegentlich einmal zum Tee zu kommen, vielleicht allzu wörtlich aufgefaßt hatte, nicht sonderlich entzückt zu sein schien. Auch die noch immer hübsche Hausfrau hatte offensichtlich keinerlei Erinnerung mehr daran, daß sie vor vierzehn Tagen auf einer etwas abseits gelegenen Gartenbank einer unerwartet kühnen Umarmung des Leutnants sich erst entzogen, als das Geräusch nahender Schritte auf dem Kies vernehmbar geworden war. Bei Tische war zuerst in allerlei für den Leutnant nicht ganz verständlichen Ausdrücken von einem Prozeß die Rede, den der Rechtsanwalt für den Hausherrn in Angelegenheit seiner Fabrik zu führen hatte; dann aber kam das Gespräch auf Landaufenthalte und Sommerreisen, und nun war auch für Willi die Möglichkeit gegeben, sich daran zu beteiligen. Er hatte vor zwei Jahren die Kaisermanöver in den Dolomiten mitgemacht, erzählte von Nachtlagern unter freiem Himmel, von den zwei schwarzlockigen Töchtern eines Kastelruther Wirts, die man wegen ihrer Unnahbarkeit die zwei Medusen genannt hatte, und von einem Feldmarschalleutnant, der sozusagen vor Willis Augen wegen eines mißglückten Reiterangriffs in Ungnade gefallen war. Und wie es ihm beim dritten oder vierten Glas Wein leicht zu geschehen pflegte, wurde er immer unbefangener, frischer, ja beinahe witzig. Er fühlte, wie er allmählich den Hausherrn für sich gewann, wie der Rechtsanwalt im Ton immer weniger ironisch wurde, wie in der Hausfrau eine Erinnerung aufzuschimmern begann; und ein lebhafter Druck von Emiliens Knie an dem seinen gab sich nicht mehr die Mühe, als zufällig zu gelten.

Zum schwarzen Kaffee erschien eine wohlbeleibte, ältere Dame mit ihren zwei Töchtern, denen Willi als »unser Tänzer vom Industriellenball« vorgestellt wurde. Es ergab sich bald, daß die drei Damen sich vor zwei Jahren gleichfalls in Südtirol aufgehalten hatten; und war es nicht der Herr Leutnant gewesen, den sie an einem schönen Sommertag an ihrem Hotel in Seis auf einem Rappen vorbeisprengen gesehen hatten? Willi wollte es nicht geradezu in Abrede stellen, obzwar er bei sich sehr gut wußte, daß er, ein kleiner Infanterieleutnant vom Achtundneunzigsten, niemals auf einem stolzen Roß durch irgendeine in Tirol oder sonstwo gelegene Ortschaft gesprengt sein konnte.

Die beiden jungen Damen waren anmutig in Weiß gekleidet; das Fräulein Keßner, hellrosa, in der Mitte, so liefen sie alle drei mutwillig über den Rasen.

»Wie drei Grazien, nicht wahr?« meinte der Rechtsanwalt. Wieder klang es wie Ironie, und dem Leutnant lag es auf der Zunge: Wie meinen Sie das, Herr Doktor? Doch es war um so leichter, diese Bemerkung zu unterdrücken, als Fräulein Emilie sich eben von der Wiese her umgewandt und ihm lustig zugewinkt hatte. Sie war blond, etwas größer als er, und es war anzunehmen, daß sie eine nicht unbeträchtliche Mitgift erwarten durfte. Aber bis man so weit war – wenn man überhaupt von solchen Möglichkeiten zu träumen wagte –, dauerte es noch lange, sehr lange, und die tausend Gulden für den verunglückten Kameraden mußten spätestens bis morgen früh beschafft sein.

So blieb ihm nichts übrig, als sich zu empfehlen, dem einstigen Oberleutnant Bogner zuliebe, gerade als die Unterhaltung im besten Gange war. Man gab sich den Anschein, als wollte man ihn zurückhalten, er bedauerte sehr; leider sei er verabredet, und vor allem mußte er einen Kameraden im Garnisonsspitale besuchen, der hier ein altes rheumatisches Leiden auskurierte. Auch hierzu lächelte der Rechtsanwalt ironisch. Ob denn dieser Besuch den ganzen Nachmittag in Anspruch nähme, fragte Frau Keßner, verheißungsvoll lächelnd. Willi zuckte unbestimmt die Achseln. Nun, jedenfalls würde man sich freuen, falls es ihm gelänge, sich frei zu machen, ihn im Laufe des heutigen Abends wiederzusehen.

Als er das Haus verließ, fuhren eben zwei elegante junge Herren im Fiaker vor, was Willi nicht angenehm berührte. Was konnte in diesem Hause sich nicht alles ereignen, während er genötigt war, für einen entgleisten Kameraden im Kaffeehaus tausend Gulden zu verdienen? Ob es nicht das weitaus Klügere wäre, sich auf die Sache gar nicht einzulassen und in einer halben Stunde etwa, nachdem man angeblich den kranken Freund besucht, wieder in den schönen Garten zu den drei Grazien zurückzukehren? Um so klüger, dachte er mit einiger Selbstgefälligkeit weiter, als seine Chancen für einen Gewinst im Spiel indes erheblich gesunken sein dürften.

3

Von einer Anschlagsäule starrte ihm ein großes, gelbes Rennplakat entgegen, und es fiel ihm ein, daß Bogner in dieser Stunde schon in der Freudenau bei den Rennen, ja vielleicht eben daran war, auf eigene Faust die rettende Summe zu gewinnen. Wie aber, wenn Bogner ihm einen solchen Glücksfall verschwiege, um noch überdies sich der tausend Gulden zu versichern, die Willi indes dem Konsul Schnabel oder dem Regimentsarzt Tugut im Kartenspiel abgewonnen? Nun ja, wenn man einmal tief genug gesunken war, um in eine fremde Kasse zu greifen... Und in ein paar Monaten oder Wochen würde Bogner wahrscheinlich wieder geradeso weit sein wie heute. Und was dann?

Musik klang zu ihm herüber. Es war irgendeine italienische

Ouvertüre von der halb verschollenen Art, wie sie überhaupt nur von Kurorchestern gespielt zu werden pflegen. Willi aber kannte sie gut. Vor vielen Jahren hatte er sie seine Mutter in Temesvar mit irgendeiner entfernten Verwandten vierhändig spielen hören. Er selbst hatte es nie so weit gebracht, der Mutter als Partner im Vierhändigspiel zu dienen, und als sie vor acht Jahren gestorben war, hatte es auch keine Klavierlektionen mehr gegeben wie früher manchmal, wenn er zu den Feiertagen von der Kadettenschule nach Hause gekommen war. Leise und etwas rührend klangen die Töne durch die zitternde Frühlingsluft.

Auf einer kleinen Brücke überschritt er den trüben Schwechatbach, und nach wenigen Schritten schon stand er vor der geräumigen, sonntäglich überfüllten Terrasse des Café Schopf. Nahe der Straße an einem kleinen Tischchen saß Leutnant Greising, der Patient, fahl und hämisch, mit ihm der dicke Theatersekretär Weiß in kanariengelbem, etwas zerknittertem Flanellanzug, wie immer mit einer Blume im Knopfloch. Nicht ohne Mühe drängte sich Willi zwischen den Tischen und Stühlen zu ihnen durch. »Wir sind ja spärlich gesät heute«, sagte er, ihnen die Hand reichend. Und es war ihm eine Erleichterung, zu denken, daß die Spielpartie vielleicht nicht zustandekommen würde. Greising aber klärte ihn auf, daß sie beide, er und der Theatersekretär, nur darum hier im Freien säßen, um sich für die »Arbeit« zu stärken. Die anderen seien schon drin, am Kartentisch; auch der Herr Konsul Schnabel, der übrigens wie gewöhnlich im Fiaker aus Wien herausgefahren sei.

Willi bestellte eine kalte Limonade; Greising fragte ihn, wo er sich denn so sehr erhitzt habe, daß er schon eines kühlenden Getränkes bedürfe, und bemerkte ohne weiteren Übergang, daß die Badener Mädel überhaupt hübsch und temperamentvoll seien. Hierauf berichtete er in nicht sonderlich gewählten Ausdrücken von einem kleinen Abenteuer, das er gestern abend im Kurpark eingeleitet und noch in derselben Nacht zum erwünschten Abschluß gebracht habe. Willi trank langsam seine Limonade, und Greising, der merkte, was jenem durch den Sinn gehen mochte, sagte, wie zur Antwort, mit einem kurzen Auflachen: »Das ist der Lauf der Welt, müssen halt andere auch dran glauben.«

Der Oberleutnant Wimmer vom Train, der von Ungebildeten oft für einen Kavalleristen gehalten wurde, stand plötzlich hinter ihnen: »Was glaubt ihr denn eigentlich, meine Herren, sollen wir allein uns mit dem Konsul abplagen?« Und er reichte Willi, der nach seiner Art, obwohl außer Dienst, dem ranghöheren Kameraden stramm salutiert hatte, die Hand.

»Wie steht's denn drin?« fragte Greising mißtrauisch und unwirsch.

»Langsam, langsam«, erwiderte Wimmer. »Der Konsul sitzt auf seinem Geld wie ein Drachen, auf meinem leider auch schon. Also auf in den Kampf, meine Herren Toreros.«

Die anderen erhoben sich. »Ich bin wo eingeladen«, bemerkte Willi, während er sich mit gespielter Gleichgültigkeit eine Zigarette anzündete. »Ich werde nur eine Viertelstunde kiebitzen.«

»Ha«, lachte Wimmer, »der Weg zur Hölle ist mit guten Vorsätzen gepflastert.« – »Und der zum Himmel mit schlechten«, bemerkte der Sekretär Weiß. – »Gut gegeben«, sagte Wimmer und klopfte ihm auf die Schulter.

Sie traten ins Innere des Kaffeehauses. Willi warf noch einen Blick zurück ins Freie, über die Villendächer, zu den Hügeln hin. Und er schwor sich zu, in spätestens einer halben Stunde bei Keßners im Garten zu sitzen.

Mit den anderen trat er in einen dämmerigen Winkel des Lokals, wo von Frühlingsluft und -licht nichts mehr zu merken war. Den Sessel hatte er weit zurückgeschoben, womit er deutlich zu erkennen gab, daß er keineswegs gesonnen sei, sich am Spiel zu beteiligen. Der Konsul, ein hagerer Herr von unbestimmtem Alter, mit englisch gestutztem Schnurrbart, rötlichem, schon etwas angegrautem, dünnem Haupthaar, elegant in Hellgrau gekleidet, gustierte eben mit der ihm eigenen Gründlichkeit eine Karte, die ihm Doktor Flegmann, der Bankhalter, zugeteilt hatte. Er gewann, und Doktor Flegmann nahm neue Banknoten aus seiner Brieftasche.

»Zuckt nicht mit der Wimper«, bemerkte Wimmer mit ironischer Hochachtung.

»Wimperzucken ändert nichts an gegebenen Tatsachen«, erwiderte Flegmann kühl mit halbgeschlossenen Augen. Der Regimentsarzt Tugut, Abteilungschef im Badener Garnisonsspital, legte eine Bank mit zweihundert Gulden auf.

Das ist heute wirklich nichts für mich, dachte Willi und schob seinen Sessel noch weiter zurück.

Der Schauspieler Elrief, ein junger Mensch aus gutem Hause, berühmter um seiner Beschränktheit als um seines Talents willen, ließ Willi in die Karten sehen. Er setzte kleine Beträge und schüttelte ratlos den Kopf, wenn er verlor. Tugut hatte bald seine Bank verdoppelt. Sekretär Weiß machte bei Elrief eine Anleihe, und Doktor Flegmann nahm neuerdings Geld aus der Brieftasche. Tugut wollte sich zurückziehen, als der Konsul, ohne nachzuzählen, sagte: »Hopp, die Bank.« Er verlor, und mit einem Griff in die Westentasche beglich er seine Schuld, die dreihundert Gulden betrug. »Noch einmal hopp«, sagte er. Der Regimentsarzt lehnte ab, Doktor Flegmann übernahm die Bank und teilte aus. Willi nahm keine Karte an; nur zum Spaß, auf Elriefs dringendes Zureden, »um ihm Glück zu bringen«, setzte er auf dessen Blatt einen Gulden – und gewann. Bei der nächsten Runde warf Doktor Flegmann auch ihm eine Karte hin, die er nicht zurückwies. Er gewann wieder, verlor, gewann, rückte seinen Sessel nahe an den Tisch zwischen die andern, die ihm bereitwilligst Platz machten; und gewann – verlor – gewann – verlor, als könnte sich das Schicksal nicht recht entscheiden. Der Sekretär mußte ins Theater und vergaß, Herrn Elrief den entliehenen Betrag zurückzugeben, obwohl er längst einen weit höheren zurückgewonnen hatte. Willi war ein wenig im Gewinn, aber zu den tausend Gulden fehlten immerhin noch etwa neunhundertundfünfzig.

»Es tut sich nichts«, stellte Greising unzufrieden fest. Nun übernahm der Konsul wieder die Bank, und alle spürten in diesem Augenblick, daß es endlich ernst werden würde.

Man wußte vom Konsul Schnabel nicht viel mehr, als daß er

eben Konsul war, Konsul eines kleinen Freistaats in Südamerika und »Großkaufmann«. Der Sekretär Weiß war es, der ihn in die Offiziersgesellschaft eingeführt hatte, und des Sekretärs Beziehungen zu ihm stammten daher, daß der Konsul ihn für das Engagement einer kleinen Schauspielerin zu interessieren gewußt hatte, die sofort nach Antritt ihrer bescheidenen Stellung in ein näheres Verhältnis zu Herrn Elrief getreten war. Gern hätte man sich nach guter alter Sitte über den betrogenen Liebhaber lustig gemacht, aber als dieser kürzlich, während er Karten austeilte, an Elrief, der eben an der Reihe war, ohne aufzublicken, die Zigarre zwischen den Zähnen, die Frage gerichtet hatte: »Na, wie geht's denn unserer gemeinsamen kleinen Freundin?« war es klar, daß man diesem Mann gegenüber mit Spott und Späßen in keiner Weise auf die Kosten kommen würde. Dieser Eindruck befestigte sich, als er dem Leutnant Greising, der einmal spät nachts zwischen zwei Gläsern Kognak eine anzügliche Bemerkung über Konsuln unerforschter Landstriche ins Gespräch warf, mit einem stechenden Blick entgegnet hatte: »Warum frozzeln Sie mich, Herr Leutnant? Haben Sie sich schon erkundigt, ob ich satisfaktionsfähig bin?«

Bedenkliche Stille war nach dieser Erwiderung eingetreten, aber wie nach einem geheimen Übereinkommen wurden keinerlei weitere Konsequenzen gezogen, und man entschloß sich, ohne Verabredung, aber einmütig, nur zu einem vorsichtigeren Benehmen ihm gegenüber.

Der Konsul verlor. Man hatte nichts dagegen, daß er, entgegen sonstiger Gepflogenheiten, sofort eine neue Bank und, nach neuerlichem Verlust, eine dritte auflegte. Die übrigen Spieler gewannen, Willi vor allen. Er steckte sein Anfangskapital, die hundertundzwanzig Gulden, ein, die sollten keineswegs mehr riskiert werden. Er legte nun selbst eine Bank auf, hatte sie bald verdoppelt, zog sich zurück, und mit kleinen Unterbrechungen blieb ihm das Glück auch gegen die übrigen Bankhalter treu, die einander rasch ablösten. Der Betrag von tausend Gulden, den er – für einen andern – zu gewinnen unternommen hatte, war um einige hundert überschritten, und da eben Herr Elrief sich erhob, um sich ins Theater zu begeben, zwecks Darstellung einer Rolle, über die er trotz ironisch interessierter Frage Greisings nichts weiter verlauten ließ, benützte Willi die Gelegenheit, sich anzuschließen. Die andern waren gleich wieder in ihr Spiel vertieft; und als Willi an der Tür sich noch einmal umwandte, sah er, daß ihm nur das Auge des Konsuls mit einem kalten, raschen Aufschauen von den Karten gefolgt war.

4

Nun erst, da er wieder im Freien stand und linde Abendluft um seine Stirn strich, kam er zum Bewußtsein seines Glücks oder, wie er sich gleich verbesserte, zum Bewußtsein von Bogners Glück. Doch auch ihm selbst blieb immerhin so viel, daß er sich, wie er geträumt, einen Waffenrock, eine neue Kappe und ein neues Portepee anschaffen konnte. Auch für etliche Soupers in angenehmer Gesellschaft, die sich nun leicht finden würde, waren die nötigen Fonds vorhanden. Aber abgesehen davon – welche Genugtuung, morgen früh halb acht dem alten Kameraden vor der Alserkirche die rettende Summe überreichen zu können, – tausend Gulden, ja, den berühmten blanken Tausender, von dem er bisher nur in Büchern gelesen hatte und den er nun tatsächlich mit noch einigen Hunderter-Banknoten in der Brieftasche verwahrte. So, mein lieber Bogner, da hast du. Genau die tausend Gulden habe ich gewonnen. Um ganz präzis zu sein, tausendeinhundertfünfundfünzig. Dann hab' ich aufgehört. Selbstbeherrschung, was? Und hoffentlich, lieber Bogner, wirst du von nun ab – – Nein, nein, er konnte doch dem früheren Kameraden keine Moralpredigt halten. Der würde es sich schon selbst zur Lehre dienen lassen und hoffentlich auch taktvoll genug sein, um aus diesem für ihn so günstig erledigten Zwischenfall nicht etwa die Berechtigung zu einem weiteren freundschaftlichen Verkehr abzuleiten. Vielleicht aber war es doch vorsichtiger oder sogar richtiger, den Burschen mit dem Geld zur Alserkirche hinüberzuschicken.

Auf dem Weg zu Keßners fragte sich Willi, ob sie ihn auch zum Nachtmahl dortbehalten würden. Ah, auf das Nachtmahl kam es ihm jetzt glücklicherweise nicht mehr an. Er war ja jetzt selber reich genug, um die ganze Gesellschaft zu einem Souper einzuladen. Schade nur, daß man nirgends Blumen zu kaufen bekam. Aber eine Konditorei, an der er vorüberkam, war geöffnet, und so entschloß er sich, eine Tüte Bonbons und, an der Tür wieder umkehrend, eine zweite noch größere zu kaufen, und überlegte, wie er die beiden zwischen Mutter und Tochter richtig zu verteilen hätte.

Als er bei Keßners in den Vorgarten trat, ward ihm vom Stubenmädchen die Auskunft, die Herrschaften, ja die ganze Gesellschaft sei ins Helenental gefahren, wahrscheinlich zur Krainerhütte. Die Herrschaften würden wohl auch auswärts soupieren, wie meistens Sonntag abend.

Gelinde Enttäuschung malte sich in Willis Zügen, und das Stubenmädchen lächelte mit einem Blick auf die beiden Tüten, die der Leutnant in der Hand hielt. Ja, was sollte man nun damit anfangen! »Ich lasse mich bestens empfehlen und – bitte schön« – er reichte dem Stubenmädchen die Tüten hin –, »die größere ist für die gnädige Frau, die andere für das Fräulein, und ich hab' sehr bedauert.« – »Vielleicht, wenn der Herr Leutnant sich einen Wagen nehmen – jetzt sind die Herrschaften gewiß noch in der Krainerhütte.« Willi sah nachdenklich-wichtig auf die Uhr: »Ich werd' schaun«, bemerkte er nachlässig, salutierte mit scherzhaft übertriebener Höflichkeit und ging.

Da stand er nun allein in der abendlichen Gasse. Eine fröhliche kleine Gesellschaft von Touristen, Herren und Damen mit bestaubten Schuhen, zog an ihm vorbei. Vor einer Villa auf einem Strohsessel saß ein alter Herr und las Zeitung. Etwas weiter auf einem Balkon eines ersten Stockwerks saß, häkelnd, eine ältere Dame und sprach mit einer andern, die im Haus gegenüber, die gekreuzten Arme auf der Brüstung, am offenen Fenster lehnte. Es schien Willi, als wären diese paar Menschen die einzigen in dem Städtchen, die zu dieser Stunde nicht ausgeflogen waren. Keßners hätten wohl bei dem Stubenmädchen ein Wort für ihn zurücklassen können. Nun, er wollte sich nicht aufdrängen. Im Grunde hatte er das nicht nötig. Aber was tun? Gleich nach Wien zurückfahren? Wäre vielleicht das Vernünftigste! Wie, wenn man die Entscheidung dem Schicksal überließe?

Zwei Wagen standen vor dem Kursalon. »Wie viel verlangen S' ins Helenental?« Der eine Kutscher war bestellt, der andere forderte einen geradezu unverschämten Preis. Und Willi entschied sich für einen Abendgang durch den Park.

Er war zu dieser Stunde noch ziemlich gut besucht. Ehe- und Liebespaare, die Willi mit Sicherheit voneinander zu unterscheiden sich getraute, auch junge Mädchen und Frauen, allein, zu zweit, zu dritt, lustwandelten an ihm vorüber, und er begegnete manchem lächelnden, ja ermutigenden Blick. Aber man konnte nie wissen, ob nicht ein Vater, ein Bruder, ein Bräutigam hinterherging, und ein Offizier war doppelt und dreifach zur Vorsicht verpflichtet. Einer dunkeläugigen, schlanken Dame, die einen Knaben an der Hand führte, folgte er eine Weile. Sie stieg die Treppe zur Terrasse des Kursalons hinauf, schien jemanden zu suchen, anfangs vergeblich, bis ihr von einem entlegenen Tisch aus lebhaft zugewinkt wurde, worauf sie, mit einem spöttischen Blick Willi streifend, inmitten einer größeren Gesellschaft Platz nahm. Auch Willi tat nun, als suchte er einen Bekannten, trat von der Terrasse aus ins Restaurant, das ziemlich leer war, kam von dort in die Eingangshalle, dann in den schon erleuchteten Lesesaal, wo an einem langen, grünen Tisch als einziger Herr ein pensionierter General in Uniform saß. Willi salutierte, schlug die Hacken zusammen, der General nickte verdrossen, und Willi machte eilig wieder kehrt. Draußen vor dem Kursalon stand noch immer der eine von den Fiakern, und der Kutscher erklärte sich ungefragt bereit, den Herrn Leutnant billig ins Helenental zu fahren. »Ja, jetzt zahlt sich's nimmer aus«, meinte Willi, und geflügelten Schritts nahm er den Weg zum Café Schopf.

5

Die Spieler saßen da, als wäre seit Willis Fortgang keine Minute vergangen, in gleicher Weise gruppiert wie vorher. Unter grünem Schirm leuchtete fahl das elektrische Licht. Um des Konsuls Mund, der als erster seinen Eintritt bemerkt hatte, glaubte Willi ein spöttisches Lächeln zu gewahren. Niemand äußerte die geringste Verwunderung, als Willi seinen leergebliebenen Sessel wieder zwischen die andern rückte. Doktor Flegmann, der eben Bank hielt, teilte ihm eine Karte zu, als verstünde sich das von selbst. In der Eile setzte Willi eine größere Banknote, als er beabsichtigt hatte, gewann, setzte vorsichtig weiter; das Glück aber wendete sich, und bald kam ein Augenblick, in dem der Tausender ernstlich gefährdet schien. Was liegt daran, dachte sich Willi, ich hätt' ja doch nichts davon gehabt. Aber nun gewann er wieder, er hatte es nicht nötig, die Banknote zu wechseln, das Glück blieb ihm treu, und um neun Uhr, als man das Spiel beschloß, fand sich Willi im Besitz von über zweitausend Gulden. Tausend für Bogner, tausend für mich, dachte er. Die Hälfte davon reservier' ich mir als Spielfonds für nächsten Sonntag. Aber er fühlte sich nicht so glücklich, als es doch natürlich gewesen wäre.

Man begab sich zum Nachtmahl in die ›Stadt Wien‹, saß im Garten unter einer dichtbelaubten Eiche, sprach über Hasardspiel im allgemeinen und über berühmt gewordene Kartenpartien mit riesigen Differenzen im Jockeiklub. »Es ist und bleibt ein Laster«, behauptete Doktor Flegmann ganz ernsthaft. Man lachte, aber Oberleutnant Wimmer zeigte Lust, die Bemerkung krumm zu nehmen. Was bei Advokaten vielleicht ein Laster sei, bemerkte er, sei darum noch lange keines bei Offizieren. Doktor Flegmann erklärte höflich, daß man zugleich lasterhaft und doch ein Ehrenmann sein könne, wofür zahlreiche Beispiele seien: Don Juan zum Beispiel oder der Herzog von Richelieu. Der Konsul meinte, ein Laster sei das Spiel nur, wenn man seine Spielschulden zu zahlen nicht imstande sei. Und in diesem Fall sei es eigentlich kein Laster mehr, sondern ein Betrug; nur eine feigere Art davon. Man schwieg ringsum. Glücklicherweise erschien eben Herr Elrief, mit einer Blume im Knopfloch und sieghaften Augen. »Schon den Ovationen entzogen?« fragte Greising. – »Ich bin im vierten Akt nicht beschäftigt«, erwiderte der Schauspieler und streifte nachlässig seinen Handschuh ab in der Art etwa, wie er vorhatte, es in irgendeiner nächsten Novität als Vicomte oder Marquis zu tun. Greising zündete sich eine Zigarre an. »Wär' g'scheiter, du tät'st nicht rauchen«, sagte Tugut.

»Aber Herr Regimentsarzt, ich hab' ja nix mehr im Hals«, erwiderte Greising.

Der Konsul hatte einige Flaschen ungarischen Weins bestellt. Man trank einander zu. Willi sah auf die Uhr. »Oh, ich muß mich leider verabschieden. Um zehn Uhr vierzig geht der letzte Zug.« – »Trinken Sie nur aus«, sagte der Konsul, »mein Wagen bringt Sie zur Bahn.« – »Oh, Herr Konsul, das kann ich keinesfalls...«

»Kannst schon«, unterbrach ihn Oberleutnant Wimmer.

»Na, was is'«, fragte der Regimentsarzt Tugut, »machen wir heut noch was?«

Keiner hatte gezweifelt, daß die Partie nach dem Abendessen ihre Fortsetzung finden werde. Es war jeden Sonntag dasselbe. »Aber nicht lang«, sagte der Konsul. – Die haben's gut, dachte Willi und beneidete sie alle um die Aussicht, sich gleich wieder an den Kartentisch zu setzen, das Glück versuchen, Tausende gewinnen zu können. Der Schauspieler Elrief, dem der Wein sofort zu Kopf stieg, bestellte mit einem etwas dummen und frechen Gesicht dem Konsul einen Gruß von Fräulein Rihoschek, wie ihre gemeinschaftliche Freundin hieß. »Warum haben S' das Fräulein nicht gleich mitgebracht, Herr Mimius?« fragte Greising. – »Sie kommt später ins Kaffeehaus kiebitzen, wenn der Herr Konsul erlaubt«, sagte Elrief. Der Konsul verzog keine Miene.

Willi trank aus und erhob sich. »Auf nächsten Sonntag«, sagte Wimmer, »da werden wir dich wieder etwas leichter machen.« – Da werdet ihr euch täuschen, dachte Willi, man kann überhaupt nicht verlieren, wenn man vorsichtig ist. – »Sie sind so freundlich, Herr Leutnant«, bemerkte der Konsul, »und schicken den

Kutscher vom Bahnhof gleich wieder zurück zum Kaffeehaus«, und zu den übrigen gewendet: »aber so spät, respektive so früh wie neulich darf's heut nicht werden, meine Herren.«

Willi salutierte nochmals in die Runde und wandte sich zum Gehen. Da sah er zu seiner angenehmen Überraschung an einem der benachbarten Tische die Familie Keßner und die Dame von nachmittags mit ihren zwei Töchtern sitzen. Weder der ironische Advokat war da, noch die eleganten jungen Herren, die im Fiaker bei der Villa vorgefahren waren. Man begrüßte ihn sehr liebenswürdig, er blieb am Tisch stehen, war heiter, unbefangen – ein fescher, junger Offizier, in behaglichen Umständen, überdies nach drei Gläsern eines kräftigen ungarischen Weins, und in diesem Augenblick ohne Konkurrenten, angenehm »montiert«. Man forderte ihn auf, Platz zu nehmen, er lehnte dankend ab mit einer lässigen Geste zum Ausgang hin, wo der Wagen wartete. Immerhin hatte er noch einige Fragen zu beantworten: wer denn der hübsche junge Mensch in Zivil sei? – Ah, ein Schauspieler? – Elrief? – Man kannte nicht einmal den Namen. Das Theater hier sei überhaupt recht mäßig, höchstens Operetten könne man sich ansehen, so behauptete Frau Keßner. Und mit einem verheißungsvollen Blick regte sie an: wenn der Herr Leutnant nächstens wieder herauskäme, könnte man vielleicht gemeinsam die Arena besuchen. »Das netteste wäre«, meinte Fräulein Keßner, »man nähme zwei Logen nebeneinander«, und sie sandte ein Lächeln zu Herrn Elrief hinüber, der es leuchtend erwiderte. Willi küßte allen Damen die Hand, grüßte noch einmal hinüber zu dem Tisch der Offiziere, und eine Minute drauf saß er im Fiaker des Konsuls. »G'schwind«, sagte er dem Kutscher, »Sie kriegen ein gutes Trinkgeld.« In der Gleichgültigkeit, mit der der Kutscher dieses Versprechen hinnahm, glaubte Willi einen ärgerlichen Mangel an Respekt zu verspüren. Immerhin liefen die Pferde vortrefflich, und in fünf Minuten war man beim Bahnhof. In dem gleichen Augenblick aber setzte sich auch oben in der Station der Zug, der eine Minute früher eingefahren war, in Bewegung. Willi war aus dem Wagen gesprungen, blickte den erleuchteten Waggons nach, wie sie sich langsam und schwer über den Viadukt fortwälzten, hörte den Pfiff der Lokomotive in der Nachtluft verwehen, schüttelte den Kopf und wußte selbst nicht, ob er ärgerlich oder froh war. Der Kutscher saß gleichgültig auf dem Bock und streichelte das eine Roß mit dem Peitschenstiel. »Da kann man nix machen«, sagte Willi endlich. Und zum Kutscher: »Also fahren wir zurück zum Café Schopf.«

6

Es war hübsch, so im Fiaker durch das Städtchen zu sausen; aber noch viel hübscher würde es sein, nächstens einmal an einem lauen Sommerabend in Gesellschaft irgendeines anmutigen weiblichen Wesens aufs Land hinaus zu fahren – nach Rodaun oder zum Roten Stadl – und dort im Freien zu soupieren. Ah, welche Wonne, nicht mehr genötigt zu sein, jeden Gulden zweimal umzudrehen, ehe man sich entschließen durfte, ihn auszugeben. Vorsicht, Willi, Vorsicht, sagte er sich, und er nahm sich fest vor, keineswegs den ganzen Spielgewinn zu riskieren, sondern höchstens die Hälfte. Und überdies wollte er das System Flegmann anwenden: mit einem geringen Einsatz beginnen; – nicht höher gehen, bevor man einmal gewonnen, dann aber niemals das Ganze aufs Spiel setzen, sondern nur dreiviertel des Gesamtbetrages – und so weiter. Doktor Flegmann fing immer mit diesem System an, aber es fehlte ihm an der nötigen Konsequenz, es durchzuführen. So konnte er natürlich auf keinen grünen Zweig kommen.

Willi schwang sich vor dem Kaffeehaus aus dem Wagen, noch ehe dieser hielt, und gab dem Kutscher ein nobles Trinkgeld; so viel, daß auch ein Mietwagen ihn kaum hätte mehr kosten können. Der Dank des Kutschers fiel zwar immer noch zurückhaltend, aber immerhin freundlich genug aus.

Die Spielpartie war vollzählig beisammen, auch die Freundin des Konsuls, Fräulein Mizi Rihoschek, war anwesend; stattlich, mit überschwarzen Augenbrauen, im übrigen nicht allzusehr geschminkt, in hellem Sommerkleid, einen flachkrempigen

Strohhut mit rotem Band auf dem braunen, hochgewellten Haar, so saß sie neben dem Konsul, den Arm um die Lehne seines Sessels geschlungen, und schaute ihm in die Karten. Er blickte nicht auf, als Willi an den Tisch trat, und doch spürte der Leutnant, daß der Konsul sofort sein Kommen bemerkt hatte. »Ah, Zug versäumt«, meinte Greising. – »Um eine halbe Minute«, erwiderte Willi. – »Ja, das kommt davon«, sagte Wimmer und teilte Karten aus. Flegmann empfahl sich eben, weil er dreimal hintereinander mit einem kleinen Schlager gegen einen großen verloren hatte. Herr Elrief harrte noch aus, aber er besaß keinen Kreuzer mehr. Vor dem Konsul lag ein Haufen Banknoten. »Das geht ja hoch her«, sagte Willi und setzte gleich zehn Gulden statt fünf, wie er sich eigentlich vorgenommen hatte. Seine Kühnheit belohnte sich: er gewann und gewann immer weiter. Auf einem kleinen Nebentisch stand eine Flasche Kognak. Fräulein Rihoschek schenkte dem Leutnant ein Gläschen ein und reichte es ihm mit schwimmendem Blick. Elrief bat ihn, ihm bis morgen mittag punkt zwölf Uhr fünfzig Gulden leihweise zur Verfügung zu stellen. Willi schob ihm die Banknote hin, eine Sekunde darauf war sie zum Konsul gewandert. Elrief erhob sich, Schweißtropfen auf der Stirn. Da kam eben im gelben Flanellanzug der Direktionssekretär Weiß, ein leise geführtes Gespräch hatte zur Folge, daß der Sekretär sich entschloß, dem Schauspieler die am Nachmittag von ihm entliehene Summe zurückzuerstatten. Elrief verlor auch dies Letzte, und anders als es der Vicomte getan hätte, den er nächstens einmal zu spielen hoffte, rückte er wütend den Sessel, stand auf, stieß einen leisen Fluch aus und verließ den Raum. Als er nach einer Weile nicht wiederkam, erhob sich Fräulein Rihoschek, strich dem Konsul zärtlich-zerstreut über das Haupt und verschwand gleichfalls.

Wimmer und Greising, sogar Tugut waren vorsichtig geworden, da das Ende der Partie nahe war; nur der Direktionssekretär zeigte noch einige Verwegenheit. Doch das Spiel hatte sich allmählich zu einem Einzelkampf zwischen dem Leutnant Kasda und dem Konsul Schnabel gestaltet. Willis Glück hatte sich gewendet, und außer den tausend für den alten Kameraden Bogner hatte Willi kaum hundert Gulden mehr. Sind die hundert weg, so hör' ich auf, unbedingt, schwor er sich zu. Aber er glaubte selbst nicht daran. Was geht mich dieser Bogner eigentlich an? dachte er. Ich habe doch keinerlei Verpflichtung.

Fräulein Rihoschek erschien wieder, trällerte eine Melodie, richtete vor dem großen Spiegel ihre Frisur, zündete sich eine Zigarette an, nahm ein Billardqueue, versuchte ein paar Stöße, stellte das Queue wieder in die Ecke, dann wippte sie bald die weiße, bald die rote Kugel mit den Fingern über das grüne Tuch. Ein kalter Blick des Konsuls rief sie herbei, trällernd nahm sie ihren Platz an seiner Seite wieder ein und legte ihren Arm über die Lehne. Von draußen, wo es schon seit langem ganz still geworden war, erklang nun vielstimmig ein Studentenlied. Wie kommen die heute noch nach Wien zurück? fragte sich Willi. Dann fiel ihm ein, daß es vielleicht Badener Gymnasiasten waren, die draußen sangen. Seit Fräulein Rihoschek ihm gegenübersaß, begann das Glück sich ihm zögernd wieder zuzuwenden. Der Gesang entfernte sich, verklang; eine Kirchturmuhr schlug. »Dreiviertel eins«, sagte Greising. – »Letzte Bank«, erklärte der Regimentsarzt. – »Jeder noch eine«, schlug der Oberleutnant Wimmer vor. – Der Konsul gab durch Nicken sein Einverständnis kund.

Willi sprach kein Wort. Er gewann, verlor, trank ein Glas Kognak, gewann, verlor, zündete sich eine neue Zigarette an, gewann und verlor. Tuguts Bank hielt sich lange. Mit einem hohen Satz des Konsuls war sie endgültig erledigt. Sonderbar genug erschien Herr Elrief wieder, nach beinahe einstündiger Abwesenheit, und, noch sonderbarer, er hatte wieder Geld bei sich. Vornehm lässig, als wäre nichts geschehen, setzte er sich hin, wie jener Vicomte, den er doch niemals spielen würde, und er hatte eine neue Nuance vornehmer Lässigkeit, die eigentlich von Doktor Flegmann herrührte: halb geschlossene, müde Augen. Er legte eine Bank von dreihundert Gulden auf, als verstünde sich das von selbst, und gewann. Der Konsul verlor gegen ihn, gegen den Regimentsarzt und ganz besonders gegen Willi, der sich bald im Besitz von nicht weniger als dreitausend Gulden befand. Das bedeutete: neuer Waffenrock, neues Portepee, neue Wäsche, Lackschuhe, Zigaretten, Nachtmähler zu zweit, zu dritt, Fahrten in den Wienerwald, zwei Monate Urlaub mit Karenz der Gebühren – und um zwei Uhr hatte er viertausendzweihundert Gulden gewonnen. Da lagen sie vor ihm, es war kein Zweifel: viertausendzweihundert Gulden und etwas darüber. Die übrigen alle waren zurückgefallen, spielten kaum mehr. »Es ist genug«, sagte Konsul Schnabel plötzlich. Willi fühlte sich zwiespältig bewegt. Wenn man jetzt aufhörte, so konnte ihm nichts mehr geschehen, und das war gut. Zugleich aber spürte er eine unbändige, eine wahrhaft höllische Lust, weiterzuspielen, *noch* einige, alle die blanken Tausender aus der Brieftasche des Konsuls in die seine herüberzuzaubern. *Das* wäre ein Fonds, damit könnte man sein Glück machen. Es mußte ja nicht immer Bakkarat sein – es gab auch die Wettrennen in der Freudenau und den Trabrennplatz, auch Spielbanken gab es, Monte Carlo zum Beispiel, unten am Meeresstrand –, mit köstlichen Weibern aus Paris... Während so seine Gedanken trieben, versuchte der Regimentsarzt den Konsul zu einer letzten Bank zu animieren. Elrief, als wäre er der Gastgeber, schenkte Kognak ein. Er selbst trank das achte Glas. Fräulein Mizi Rihoschek wiegte den Körper und trällerte eine innere Melodie. Tugut nahm die verstreuten Karten auf und mischte. Der Konsul schwieg. Dann, plötzlich, rief er nach dem Kellner und ließ zwei neue, unberührte Spiele bringen. Ringsum die Augen leuchteten. Der Konsul sah auf die Uhr und sagte: »Punkt halb drei Schluß, ohne Pardon.« Es war fünf Minuten nach zwei.

7

Der Konsul legte eine Bank auf, wie sie in diesem Kreise noch nicht erlebt worden war, eine Bank von dreitausend Gulden. Außer der Spielergesellschaft und einem Kellner befand sich kein Mensch mehr im Café. Durch die offenstehende Tür drangen von draußen her morgendliche Vogelstimmen. Der Konsul verlor, aber er hielt sich vorläufig mit seiner Bank. Elrief hatte sich vollkommen erholt, und auf einen mahnenden Blick des Fräulein Rihoschek zog er sich vom Spiel zurück. Die anderen, alle in mäßigem Gewinn, setzten bescheiden und vorsichtig weiter. Noch war die Bank zur Hälfte unberührt.

»Hopp«, sagte Willi plötzlich und erschrak vor seinem eigenen Wort, ja vor seiner Stimme. Bin ich verrückt geworden? dachte er. Der Konsul deckte »Neun« auf, einen großen Schlager, und Willi war um fünfzehnhundert Gulden ärmer. Nun, in Erinnerung an das System Flegmann, setzte Willi einen lächerlich kleinen Betrag, fünfzig Gulden, und gewann. Zu dumm, dachte er. Das Ganze hätte ich mit einem Schlage zurückgewinnen können! Warum war ich so feig. »Wieder hopp.« Er verlor. »Noch einmal hopp.« Der Konsul schien zu zögern. »Was fallt dir denn ein, Kasda«, rief der Regimentsarzt. Willi lachte und spürte es wie einen Schwindel in die Stirne steigen. War es vielleicht der Kognak, der ihm die Besinnung trübte? Offenbar. Er hatte sich natürlich geirrt, er hatte nicht im Traum daran gedacht, tausend oder zweitausend auf einmal zu setzen. »Entschuldigen, Herr Konsul, ich habe eigentlich gemeint –«. Der Konsul ließ ihn nicht zu Ende sprechen. Freundlich bemerkte er: »Wenn Sie nicht gewußt haben, welcher Betrag noch in der Bank steht, so nehme ich natürlich ihren Rückzug zur Kenntnis.« – »Wieso zur Kenntnis, Herr Konsul?« sagte Willi. »Hopp ist hopp.« – War er das selbst, der sprach? Seine Worte? Seine Stimme? Wenn er verlor, dann war es aus mit dem neuen Waffenrock, dem neuen Portepee, den Soupers in angenehmer weiblicher Gesellschaft; – da blieben eben noch die tausend für den Defraudanten, den Bogner – und er selbst war ein armer Teufel wie zwei Stunden vorher.

Wortlos deckte der Konsul sein Blatt auf. Neun. Niemand sprach die Zahl aus, doch sie klang geisterhaft durch den Raum. Willi fühlte eine seltsame Feuchtigkeit auf der Stirne. Donnerwetter, ging das geschwind! Immerhin, er hatte noch tausend Gulden vor sich liegen, sogar etwas darüber. Er wollte nicht zählen, das brachte vielleicht Unglück. Um wieviel reicher war er immer noch als heute mittag, da er aus dem Zug gestiegen war. Heute mittag – Und es zwang ihn doch nichts, auf einmal die ganzen tausend Gulden aufs Spiel zu setzen! Man konnte ja wieder mit hundert oder zweihundert anfangen. System Flegmann. Nur leider war so wenig Zeit mehr, kaum zwanzig Minuten. Schweigen ringsum. »Herr Leutnant«, äußerte der Konsul fragend. – »Ach ja«, lachte Willi und faltete den Tausender zusammen. »Die Hälfte, Herr Konsul«, sagte er. – »Fünfhundert? –«

Willi nickte. Auch die anderen setzten der Form wegen. Aber ringsum war schon die Stimmung des Aufbruchs. Der Oberleutnant Wimmer stand aufrecht mit umgehängtem Mantel. Tugut lehnte am Billardbrett. Der Konsul deckte seine Karte auf, »Acht«, und die Hälfte von Willis Tausender war verspielt. Er schüttelte den Kopf, als ginge es nicht mit rechten Dingen zu. »Den Rest«, sagte er und dachte: Bin eigentlich ganz ruhig. Er gustierte langsam. Acht. Der Konsul mußte eine Karte kaufen. Neun. Und fort waren die fünfhundert, fort die tausend. Alles fort. – Alles? Nein. Er hatte ja noch seine hundertzwanzig Gulden, mit denen er mittags angekommen war, und etwas darüber. Komisch, da war man nun plötzlich wirklich ein armer Teufel wie vorher. Und da draußen sangen die Vögel... wie damals... als er noch nach Monte Carlo hätte fahren können. Ja, nun mußte er leider aufhören, denn die paar Gulden durfte man doch nicht mehr riskieren... aufhören, obzwar noch eine Viertelstunde Zeit war. Was für Pech. In einer Viertelstunde konnte man geradeso gut fünftausend Gulden gewinnen, als man sie verloren hatte. »Herr Leutnant«, fragte der Konsul. – »Bedauere sehr«, erwiderte Willi mit einer hellen, schnarrenden Stimme und wies auf die paar armseligen Banknoten, die vor ihm lagen. Seine Augen lachten geradezu, und wie zum Spaß setzte er zehn Gulden auf ein Blatt. Er gewann. Dann zwanzig und gewann wieder. Fünfzig – und gewann. Das Blut stieg ihm zu Kopf, er hätte weinen mögen vor Wut. Jetzt war das Glück da – und es kam zu spät. Und mit einem plötzlichen, kühnen Einfall wandte er sich an den Schauspieler, der hinter ihm neben Fräulein Rihoschek stand. »Herr von Elrief, möchten Sie jetzt vielleicht so freundlich sein, mir zweihundert Gulden zu leihen?«

»Tut mir unendlich leid«, erwiderte Elrief achselzuckend vornehm. »Sie haben ja gesehen, Herr Leutnant, ich habe alles verloren bis auf den letzten Kreuzer.« – Es war eine Lüge, jeder wußte es. Aber es schien, als fänden es alle ganz in Ordnung, daß der Schauspieler Elrief den Herrn Leutnant anlog. Da schob ihm der Konsul lässig einige Banknoten hinüber, anscheinend ohne zu zählen. »Bitte sich zu bedienen«, sagte er. Der Regimentsarzt Tugut räusperte vernehmlich. Wimmer mahnte: »Ich möcht' jetzt aufhören an deiner Stelle, Kasda.« Willi zögerte. – »Ich will Ihnen keineswegs zureden, Herr Leutnant«, sagte Schnabel. Er hatte die Hand noch leicht über das Geld gebreitet. Da griff Willi hastig nach den Banknoten, dann tat er, als wollte er sie zählen. »Fünfzehnhundert sind's«, sagte der Konsul, »Sie können sich darauf verlassen, Herr Leutnant. Wünschen Sie ein Blatt?« – Willi lachte: »Na, was denn?« – »Ihr Einsatz, Herr Leutnant?« – »Oh, nicht das Ganze«, rief Willi aufgeräumt, »arme Leute müssen sparen, tausend für'n Anfang.« Er gustierte, der Konsul gleichfalls mit gewohnter, ja übertriebener Langsamkeit. Willi mußte eine Karte kaufen, bekam zu seiner Karo-Vier eine Pik-Drei. Der Konsul deckte auf, auch er hatte sieben. »Ich tät' aufhören«, mahnte der Oberleutnant Wimmer nochmals, und nun klang es fast wie ein Befehl. Und der Regimentsarzt fügte hinzu: »Jetzt, wo du so ziemlich auf gleich bist.« – Auf gleich! dachte Willi. Das nennt er: auf gleich. Vor einer Viertelstunde war man ein wohlhabender junger Mann; und jetzt ist man ein Habenichts, und das nennen sie »auf gleich«! Soll ich ihnen das erzählen vom Bogner? Vielleicht begriffen sie's dann.

Neue Karten lagen vor ihm. Sieben. Nein, er kaufte nichts. Aber der Konsul fragte nicht danach, er deckte einfach seinen Achter auf. Tausend verloren, brummte es in Willis Hirn. Aber ich gewinn' sie zurück. Und wenn nicht, ist es ja doch egal. Ich kann tausend grad so wenig zurückzahlen wie zweitausend. Jetzt ist schon alles eins. Zehn Minuten ist noch Zeit. Ich kann auch die ganzen vier- oder fünftausend von früher zurückgewinnen. –

»Herr Leutnant?« fragte der Konsul. Es hallte dumpf durch den Raum; denn alle die anderen schwiegen, schwiegen vernehmlich. Sagte jetzt keiner: Ich möcht' aufhören an deiner Stelle? Nein, dachte Willi, keiner traut sich. Sie wissen, es wäre ein Blödsinn, wenn ich jetzt aufhörte. Aber welchen Betrag sollte er setzen? – er hatte nur mehr ein paar hundert Gulden vor sich liegen. Plötzlich waren es mehr. Der Konsul hatte ihm zwei weitere Tausender hingeschoben. »Bedienen Sie sich, Herr Leutnant.« Jawohl, er bediente sich, er setzte tausendfünfhundert und gewann. Nun konnte er seine Schuld bezahlen und behielt immerhin noch einiges übrig. Er fühlte eine Hand auf seiner Schulter. »Kasda«, sagte der Oberleutnant Wimmer hinter ihm. »Nicht weiter.« Es klang hart, streng beinahe. Ich bin ja nicht im Dienst, dachte Willi, kann außerdienstlich mit meinem Geld und mit meinem Leben anfangen, was ich will. Und er setzte, setzte bescheiden nur tausend Gulden und deckte seinen Schlager auf. Acht. Schnabel gustierte noch immer, tödlich langsam, als wenn endlose Zeit vor ihnen läge. Es war auch noch Zeit, man war ja nicht gezwungen, um halb drei aufzuhören. Neulich war es halb sechs geworden. Neulich... Schöne, ferne Zeit. Warum standen sie denn nun alle herum? Wie in einem Traum. Ha, sie waren alle aufgeregter als er; sogar das Fräulein Rihoschek, die ihm gegenüberstand, den Strohhut mit dem roten Band auf der hochgewellten Frisur, hatte sonderbar glänzende Augen. Er lächelte sie an. Sie hatte ein Gesicht wie eine Königin in einem Trauerspiel und war doch kaum etwas Besseres als eine Choristin. Der Konsul deckte seine Karten auf. Eine Königin. Ha, die Königin Rihoschek und eine Pik-Neun. Verdammte Pik, die brachte ihm immer Unglück. Und die tausend wanderten hinüber zum Konsul. Aber das machte ja nichts, er hatte ja noch einiges. Oder war er schon ganz ruiniert? Oh, keine Idee... Da lagen schon wieder ein paar tausend. Nobel, der Konsul. Nun ja, er war sicher, daß er sie zurückbekam. Ein Offizier mußte ja seine Spielschulden zahlen. So ein Herr Elrief blieb der Herr Elrief in jedem Falle, aber ein Offizier, wenn er nicht gerade Bogner hieß... »Zweitausend, Herr Konsul.« – »Zweitausend?« – »Jawohl, Herr Konsul.« – Er kaufte nichts, er hatte sieben. Der Konsul aber mußte kaufen. Und diesmal gustierte er nicht einmal, so eilig hatte er's, und bekam zu seiner Eins eine Acht – Pik-Acht –, das waren neun, ganz ohne Zweifel. Acht wären ja auch genug gewesen. Und zwei Tausender wanderten zum Konsul hinüber, und gleich wieder zurück. Oder waren es mehr? Drei oder vier? Besser gar nicht hinsehen, das brachte Unglück. Oh, der Konsul würde ihn nicht betrügen, auch standen ja all die anderen da und paßten auf. Und da er ohnehin nicht mehr recht wußte, was er schon schuldig war, setzte er neuerlich zweitausend. Pik-Vier. Ja, da mußte man wohl kaufen. Sechs, Pik-Sechs. Nun war es um eins zu viel. Der Konsul mußte sich gar nicht bemühen und hatte doch nur drei gehabt... Und wieder wanderten die zweitausend hinüber – und gleich wieder zurück. Es war zum Lachen. Hin und her. Her und hin. Ha, da schlug wieder die Kirchturmuhr – halb. Aber niemand hatte es gehört offenbar. Der Konsul teilte ruhig die Karten aus. Da standen sie alle herum, die Herren, nur der Regimentsarzt war verschwunden. Ja, Willi hatte schon früher bemerkt, wie er wütend den Kopf geschüttelt und irgend etwas in die Zähne gemurmelt hatte. Er konnte es wohl nicht mitansehen, wie der Leutnant Kasda hier um seine Existenz spielte. Wie ein Doktor nur so schwache Nerven haben konnte!

Und wieder lagen Karten vor ihm. Er setzte – wieviel, wußte er nicht genau. Eine Handvoll Banknoten. Das war eine neue Art, es mit dem Schicksal aufzunehmen. Acht. Nun mußte es sich wenden.

Es wendete sich nicht. Neun deckte der Konsul auf, sah rings im Kreis um sich, dann schob er die Karten von sich fort. Willi riß die Augen weit auf. »Nun, Herr Konsul?« Der aber hob den Finger, deutete nach draußen. »Es hat soeben halb geschlagen, Herr Leutnant.« – »Wie?« rief Willi scheinbar erstaunt. »Aber man könnte vielleicht noch ein Viertelstündchen zugeben –?« Er schaute im Kreis herum, als suche er Beistand. Alle schwiegen. Herr Elrief sah fort, sehr vornehm, und zündete sich eine Zigarette an, Wimmer biß die Lippen zusammen, Greising pfiff nervös, fast unhörbar, der Sekretär aber bemerkte roh, als handelte es sich um eine Kleinigkeit: »Der Herr Leutnant hat aber heut wirklich Pech gehabt.«

Der Konsul war aufgestanden, rief nach dem Kellner – als wäre es eine Nacht gewesen, wie jede andere. Es kamen nur zwei Flaschen Kognak auf seine Rechnung, aber der Einfachheit halber wünschte er die gesamte Zeche zu begleichen. Greising verbat sich's und sagte seinen Kaffee und seine Zigaretten persönlich an. Die anderen ließen sich gleichgültig die Bewirtung gefallen. Dann wandte sich der Konsul an Willi, der immer noch sitzen geblieben war, und wieder mit der Rechten nach draußen weisend, wie vorher, da er den Schlag der Turmuhr nachträglich festgestellt hatte, sagte er: »Wenn's Ihnen recht ist, Herr Leutnant, nehm' ich Sie in meinem Wagen nach Wien mit.« – »Sehr liebenswürdig«, erwiderte Willi. Und in diesem Augenblick war es ihm, als sei diese letzte Viertelstunde, ja die ganze Nacht mit allem, was darin geschehen war, ungültig geworden. So nahm es wohl auch der Konsul. Wie hätte er ihn sonst in seinen Wagen laden können. »Ihre Schuld, Herr Leutnant«, fügte der Konsul freundlich hinzu, »beläuft sich auf elftausend Gulden netto.« »Jawohl, Herr Konsul«, erwiderte Willi in militärischem Ton. – »Was Schriftliches«, meinte der Konsul, »braucht's wohl nicht?« – »Nein«, bemerkte der Oberleutnant Wimmer rauh, »wir sind ja alle Zeugen.« – Der Konsul beachtete weder ihn noch den Ton seiner Stimme. Willi saß immer noch da, die Beine waren ihm bleischwer. Elftausend Gulden, nicht übel. Ungefähr die Gage von drei oder vier Jahren, mit Zulagen. Wimmer und Greising sprachen leise und erregt miteinander. Elrief äußerte zu dem Direktionssekretär wohl irgend etwas sehr Heiteres, denn dieser lachte laut auf. Fräulein Rihoschek stand neben dem Konsul, richtete eine leise Frage an ihn, die er kopfschüttelnd verneinte. Der Kellner hing dem Konsul den Mantel um, einen weiten, schwarzen, ärmellosen, mit Samtkragen versehenen Mantel, der Willi schon neulich als sehr elegant, doch etwas exotisch aufgefallen war. Der Schauspieler Elrief schenkte sich rasch aus der fast leeren Flasche ein letztes Glas Kognak ein. Es schien Willi, als vermieden sie alle, sich um ihn zu kümmern, ja ihn nur anzusehen. Nun erhob er sich mit einem Ruck. Da stand mit einemmal der Regimentsarzt Tugut neben ihm, der überraschenderweise wiedergekommen war, schien zuerst nach Worten zu suchen und bemerkte endlich: »Du kannst dir's doch hoffentlich bis morgen beschaffen.« – »Aber selbstverständlich, Herr Regimentsarzt«, erwiderte Willi und lächelte breit und leer. Dann trat er auf Wimmer und Greising zu und reichte ihnen die Hand. »Auf Wiedersehen nächsten Sonntag«, sagte er leicht. Sie antworteten nicht, nickten nicht einmal. – »Ist's gefällig, Herr Leutnant?« fragte der Konsul. – »Stehe zur Verfügung.« – Nun verabschiedete er sich noch sehr freundlich und aufgeräumt von den andern; und dem Fräulein Rihoschek – das konnte nicht schaden – küßte er galant die Hand.

Sie gingen alle. Auf der Terrasse die Tische und Sessel glänzten gespenstisch weiß; noch lag die Nacht über Stadt und Landschaft, doch kein Stern mehr war zu sehen. In der Gegend des Bahnhofs begann der Himmelsrand sich leise zu erhellen. Draußen wartete der Wagen des Konsuls, der Kutscher schlief, mit den Füßen auf dem Trittbrett. Schnabel berührte ihn an der Schulter, er wurde wach, lüftete den Hut, sah nach den Pferden, nahm ihnen die Decken ab. Die Offiziere legten nochmals die Hand an die Kappen, dann schlenderten sie davon. Der Sekretär, Elrief und Fräulein Rihoschek warteten, bis der Kutscher fertig war. Willi dachte: Warum bleibt der Konsul nicht in Baden bei Fräulein Rihoschek? Wozu hat er sie überhaupt, wenn er nicht dableibt? Es fiel ihm ein, daß er irgend einmal von einem älteren Herrn erzählen gehört hatte, der im Bett seiner Geliebten vom Schlag getroffen worden war, und er sah den Konsul von der Seite an. Der aber schien sehr frisch und wohlgelaunt, nicht im geringsten zum Sterben aufgelegt, und offenbar um Elrief zu ärgern, verabschiedete er sich eben von Fräulein Rihoschek mit einer handgreiflichen Zärtlichkeit, die zu seinem sonstigen Wesen nicht recht stimmen wollte. Dann lud er den Leutnant in den Wagen ein, wies ihm den Platz auf der rechten Seite an, breitete ihm und sich zugleich eine hellgelbe mit braunem Plüsch gefütterte Decke über die Knie, und nun fuhren sie ab. Herr Elrief lüftete nochmals den Hut mit einer weitausladenden Bewegung, nicht ohne Humor, nach spanischer Sitte, wie er es irgendwo in Deutschland an einem kleinen Hoftheater als Grande im Laufe der nächsten Saison zu tun gedachte. Als der Wagen über die Brücke bog, wandte der Konsul sich nach den Dreien um, die Arm in Arm, Fräulein Rihoschek in der Mitte, eben davonschlenderten, und winkte ihnen einen Gruß zu; doch diese, in lebhafter Unterhaltung begriffen, merkten es nicht mehr.

8

Sie fuhren durch die schlafende Stadt, kein Laut war zu vernehmen als der klappernde Hufschlag der Pferde. »Etwas kühl«, bemerkte der Konsul. Willi verspürte wenig Lust, ein Gespräch zu führen, aber er sah doch die Notwendigkeit ein, irgend etwas zu erwidern, wäre es auch nur, um den Konsul in freundlicher Stimmung zu erhalten. Und er sagte: »Ja, so gegen den Morgen zu, da ist es immer frisch, das weiß unsereins vom Ausrücken her.« – »Mit den vierundzwanzig Stunden«, begann der Konsul nach einer kleinen Pause liebenswürdig, »wollen wir es übrigens nicht so genau nehmen.« Willi atmete auf und ergriff die Gelegenheit. »Ich wollte Sie eben ersuchen, Herr Konsul, da ich die ganze Summe begreiflicherweise im Augenblick nicht flüssig habe –« – »Selbstverständlich«, unterbrach ihn der Konsul abwehrend. Die Hufschläge klapperten weiter, nun tönte ein Widerhall, man fuhr unter einem Viadukt der freien Landschaft zu. »Wenn ich auf den üblichen vierundzwanzig Stunden bestände«, fuhr der Konsul fort, »so wären Sie nämlich verpflichtet, mir spätestens morgen, nachts um halb drei, Ihre Schuld zu bezahlen. Das wäre unbequem für uns beide. So setzen wir denn die Stunde« – anscheinend überlegte er – »auf Dienstag mittag zwölf Uhr fest, wenn es Ihnen recht ist.« Er entnahm seiner Brieftasche eine Visitenkarte, übergab sie Willi, der sie aufmerksam betrachtete. Die Morgendämmerung war schon so weit vorgeschritten, daß er imstande war, die Adresse zu lesen. Helfersdorfer Straße fünf – kaum fünf Minuten weit von der Kaserne, dachte er. »Also morgen, meinen Herr Konsul, um zwölf?« Und er fühlte sein Herz etwas schneller schlagen. »Ja, Herr Leutnant, das meine ich. Dienstag präzise zwölf. Ich bin von neun Uhr ab im Büro.« – »Und wenn ich bis zu dieser Stunde nicht in der Lage wäre, Herr Konsul – wenn ich zum Beispiel erst im Laufe des Nachmittags oder am Mittwoch...«

Der Konsul unterbrach ihn: »Sie werden sicher in der Lage sein, Herr Leutnant. Da Sie sich an einen Spieltisch setzten, mußten Sie natürlich auch gefaßt sein, zu verlieren, geradeso wie ich darauf gefaßt sein mußte, und falls Sie über keinen Privatbesitz verfügen, haben Sie jedenfalls allen Grund anzunehmen, daß – Ihre Eltern Sie nicht im Stich lassen werden.« –

»Ich habe keine Eltern mehr«, erwiderte Willi rasch, und da Schnabel ein bedauerndes »Oh« hören ließ – »meine Mutter ist acht Jahre lang tot, mein Vater ist vor fünf Jahren gestorben – als Oberstleutnant in Ungarn.« – »So, Ihr Herr Vater war auch Offizier?« Es klang teilnahmsvoll, geradezu herzlich. – »Jawohl, Herr Konsul, wer weiß, ob ich unter anderen Umständen die militärische Karriere eingeschlagen hätte.«

»Merkwürdig«, nickte der Konsul. »Wenn man denkt, wie die Existenz für manche Menschen sozusagen vorgezeichnet daliegt, während andere von einem Jahr, manchmal von einem Tag zum nächsten...« Kopfschüttelnd hielt er inne. Diesen allgemein gehaltenen, nicht zu Ende gesprochenen Satz empfand Willi sonderbarerweise als beruhigend. Und um die Beziehung zwischen sich und dem Konsul womöglich noch weiter zu befestigen, suchte er gleichfalls nach einem allgemeinen, gewissermaßen philosophischen Satz; und etwas unüberlegt, wie ihm gleich klar wurde, bemerkte er, daß es immerhin auch Offiziere gäbe, die genötigt seien, ihre Karriere zu wechseln.

»Ja«, erwiderte der Konsul, »das stimmt schon, aber dann geschieht es meistens unfreiwillig, und sie sind, vielmehr sie kommen sich lächerlicherweise deklassiert vor, sie können auch kaum wieder zurück zu ihrem früheren Beruf. Hingegen unsereiner – ich meine: Menschen, die durch keinerlei Vorurteile der Geburt, des Standes oder – sonstige behindert sind – – ich zum Beispiel war schon mindestens ein halbes dutzendmal oben und wieder unten. Und wie tief unten – ha, wenn das Ihre Herren Kameraden wüßten, wie tief, sie hätten sich kaum mit mir an einen Spieltisch gesetzt – sollte man glauben. Darum haben sie wohl auch vorgezogen, Ihre Herren Kameraden, keine allzu sorgfältigen Recherchen anzustellen.« Willi blieb stumm, er war höchst peinlich berührt und war unschlüssig, wie er sich zu verhalten habe. Ja, wenn Wimmer oder Greising hier an seiner Stelle gesessen wären, die hätten wohl die richtige Antwort gefunden und finden dürfen. Er, Willi, er mußte schweigen. Er durfte nicht fragen: Wie meinen das Herr Konsul, »tief unten«, und wie meinen das mit den »Recherchen«. Ach, er konnte sich's ja denken, wie es gemeint war. Er war ja nun selber tief unten, so tief, als man nur sein konnte, tiefer, als er es noch vor wenig Stunden für möglich gehalten hätte.

Er war angewiesen auf die Liebenswürdigkeit, auf das Entgegenkommen, auf die Gnade dieses Herrn Konsul, wie tief unten der auch einmal gewesen sein mochte. Aber würde der auch gnädig sein? Das war die Frage. Würde er eingehen auf Ratenzahlung innerhalb eines Jahres oder – innerhalb fünf Jahren – oder auf eine Revanchepartie nächsten Sonntag? Er sah nicht danach aus – nein, vorläufig sah er keineswegs danach aus. Und – wenn er nicht gnädig war – hm, dann blieb nichts anderes übrig als ein Bittgang zu Onkel Robert. Doch – Onkel Robert! Eine höchst peinliche, eine geradezu fürchterliche Sache, aber versucht mußte sie werden. Unbedingt... Und es war doch undenkbar, daß der ihm seine Hilfe verweigern könnte, wenn tatsächlich die Karriere, die Existenz, das Leben, ja, ganz einfach das Leben des Neffen, des einzigen Sohnes seiner verstorbenen Schwester, auf dem Spiel stand. Ein Mensch, der von seinen Renten lebte, recht bescheiden zwar, aber doch eben als Kapitalist, der einfach nur das Geld aus der Kasse zu nehmen brauchte! Elftausend Gulden, das war doch gewiß nicht der zehnte, nicht der zwanzigste Teil seines Vermögens. Und statt um elf, könnte man ihn eigentlich gleich um zwölftausend Gulden bitten, das käme schon auf eins heraus. Und damit wäre auch Bogner gerettet. Dieser Gedanke stimmte Willi zugleich hoffnungsvoller, etwa so, als hätte der Himmel die Verpflichtung, ihn unverzüglich für seine edle Regung zu lohnen. Aber das alles kam ja vorläufig nur in Betracht, wenn der Konsul unerbittlich blieb. Und das war noch nicht bewiesen. Mit einem raschen Seitenblick streifte Willi seinen Begleiter. Der schien in Erinnerungen versunken. Er hatte den Hut auf der Wagendecke liegen, seine Lippen waren halb geöffnet wie zu einem Lächeln, er sah älter und milder aus als vorher. Wäre jetzt nicht der Augenblick –? Aber wie beginnen! Aufrichtig einzugestehen, daß man einfach nicht in der Lage war – daß man sich unüberlegt in eine Sache eingelassen – daß man den Kopf verloren, ja, daß man eine Viertelstunde geradezu unzurechnungsfähig gewesen war? Und, hätte er sich denn jemals so weit gewagt, so weit vergessen, wenn der Herr Konsul – oh, das durfte man schon erwähnen – wenn der Herr Konsul nicht unaufgefordert, ja ohne die leiseste Andeutung, ihm das Geld zur Verfügung gestellt, es ihm hingeschoben, ihm gewissermaßen, wenn auch in liebenswürdigster Weise, aufgedrängt hätte?

»Etwas Wundervolles«, bemerkte der Konsul, »eine solche Spazierfahrt am frühen Morgen, nicht wahr?« – »Großartig«, erwiderte beflissen der Leutnant. – »Nur schade«, fügte der Konsul hinzu, »daß man immer glaubt, sich so etwas um den Preis einer durchwachten Nacht erkaufen zu müssen, ob man sie nun am Spieltisch verbracht oder noch was Dümmeres angestellt hat.« – »Oh, was mich betrifft«, bemerkte der Leutnant rasch, »bei mir kommt es gar nicht so selten vor, daß ich auch ohne durchwachte Nacht mich schon zu so früher Stunde im Freien befinde. Vorgestern zum Beispiel bin ich schon um halb vier Uhr im Kasernenhof gestanden mit meiner Kompagnie. Wir haben eine Übung im Prater gehabt. Allerdings bin ich nicht im Fiaker hinuntergefahren.«

Der Konsul lachte herzlich, was Willi wohltat, trotzdem es

etwas künstlich geklungen hatte. – »Ja, so was Ähnliches habe ich auch etliche Male mitgemacht«, sagte der Konsul, »freilich nicht als Offizier, nicht einmal als Freiwilliger, so weit hab' ich's nicht gebracht. Denken Sie, Herr Leutnant, ich habe meine drei Jahre abgedient seinerzeit und bin nicht weitergekommen als bis zum Korporal. So ein ungebildeter Mensch bin ich – oder war ich wenigstens. Nun, ich habe einiges nachgeholt im Laufe der Zeit, auf Reisen hat man ja dazu Gelegenheit.« – »Herr Konsul sind viel in der Welt herumgekommen«, bemerkte Willi zuvorkommend. – »Das kann ich wohl behaupten«, entgegnete der Konsul, »ich war nahezu überall – nur gerade in dem Land, das ich als Konsul vertrete, war ich noch nie, in Ecuador. Aber ich habe die Absicht, nächstens auf den Konsultitel zu verzichten und hinzufahren.« Er lachte, und Willi stimmte, wenn auch etwas mühselig, ein.

Sie fuhren durch eine langgestreckte, armselige Ortschaft hin, zwischen ebenerdigen, grauen, wenig gepflegten Häuschen. In einem kleinen Vorgarten begoß ein hemdärmeliger alter Mann das Gesträuch; aus einem früh geöffneten Milchladen trat ein junges Weib in ziemlich abgerissenem Kleid mit einer gefüllten Kanne eben auf die Straße. Willi verspürte einen gewissen Neid auf beide, auf den alten Mann, der sein Gärtchen begoß, auf das Weib, das für Mann und Kinder Milch nach Hause brachte. Er wußte, daß diesen beiden wohler zumute war als ihm. Der Wagen kam an einem hohen, kahlen Gebäude vorüber, vor dem ein Justizsoldat auf und ab schritt; er salutierte dem Leutnant, der höflicher dankte, als es sonst Mannschaftspersonen gegenüber seine Art war. Der Blick, den der Konsul auf dem Gebäude haften ließ, ein verachtungs- und zugleich erinnerungsvoller Blick, gab Willi zu denken. Doch was konnte es ihm in diesem Augenblick helfen, daß des Konsuls Vergangenheit aller Wahrscheinlichkeit nach nicht eben makellos gewesen war? Spielschulden waren Spielschulden, auch ein abgestrafter Verbrecher hatte das Recht, sie einzufordern. Die Zeit verstrich, immer rascher liefen die Pferde, in einer Stunde, in einer halben war man in Wien – und was dann?

»Und Subjekte, wie zum Beispiel diesen Leutnant Greising«, sagte der Konsul, wie zum Beschluß eines inneren Gedankengangs, »läßt man frei herumlaufen.«

Also es stimmt, dachte Willi. Der Mensch ist einmal eingesperrt gewesen. Aber in diesem Augenblick kam es auch darauf nicht an, die Bemerkung des Konsuls bedeutete eine nicht mißzuverstehende Beleidigung eines abwesenden Kameraden. Durfte er sie einfach hingehen lassen, als hätte er sie überhört oder als gäbe er ihre Berechtigung zu? »Ich muß bitten, Herr Konsul, meinen Kameraden Greising aus dem Spiel zu lassen.«

Der Konsul hatte darauf nur eine wegwerfende Handbewegung. »Eigentlich merkwürdig«, sagte er, »wie die Herren, die so streng auf ihre Standesehre halten, einen Menschen in ihrer Mitte dulden dürfen, der mit vollem Bewußtsein die Gesundheit eines anderen Menschen, eines dummen, unerfahrenen Mädels zum Beispiel, in Gefahr bringt, so ein Geschöpf krank macht, möglicherweise tötet –«

»Es ist uns nicht bekannt«, erwiderte Willi etwas heiser, »jedenfalls ist es mir nicht bekannt.« – »Aber, Herr Leutnant, es fällt mir doch gar nicht ein, Ihnen Vorwürfe zu machen. Sie persönlich sind ja nicht verantwortlich für diese Dinge, und keineswegs stünde es in Ihrer Macht, sie zu ändern.«

Willi suchte vergeblich nach einer Erwiderung. Er überlegte, ob er nicht verpflichtet sei, die Äußerung des Konsuls dem Kameraden zur Kenntnis zu bringen – oder sollte er mit Regimentsarzt Tugut vorerst einmal außerdienstlich über die Angelegenheit reden? Oder den Oberleutnant Wimmer um Rat fragen? Aber was ging ihn das alles an?! Um ihn handelte es sich, um ihn selbst, um seine eigene Sache – um seine Karriere – um sein Leben! Dort im ersten Sonnenglanz ragte schon das Standbild der Spinnerin am Kreuz. Und noch hatte er kein Wort gesprochen, das geeignet wäre, wenigstens einen Aufschub, einen kurzen Aufschub zu erwirken. Da fühlte er, wie sein Nachbar leise an seinem Arm rührte. »Entschuldigen Sie, Herr Leutnant, wir wollen das Thema lassen, mich kümmert's ja im Grunde nicht, ob der Herr Leutnant Greising oder sonstwer – – um so weniger, als ich ja kaum mehr das Vergnügen haben werde, mit den Herren an einem Tisch zu sitzen.«

Willi gab es einen Ruck. »Wie ist das zu verstehen, Herr Konsul?« – »Ich verreise nämlich«, erwiderte der Konsul kühl. – »So bald?« – »Ja. Übermorgen – richtiger gesagt: morgen, Dienstag.« – »Auf längere Zeit, Herr Konsul?« – »Vermutlich – so auf drei bis – dreißig Jahre.«

Die Reichsstraße war von Last- und Marktwagen schon ziemlich belebt. Willi, den Blick gesenkt, sah im Glanz der aufgehenden Sonne die goldenen Knöpfe seines Waffenrocks blitzen. »Ein plötzlicher Entschluß, Herr Konsul, diese Abreise?« fragte er. – »Oh, keineswegs, Herr Leutnant, steht schon lange fest. Ich fahre nach Amerika, vorläufig nicht nach Ecuador – sondern nach Baltimore, wo meine Familie wohnt und wo ich auch ein Geschäft habe. Freilich habe ich mich seit acht Jahren nicht persönlich an Ort und Stelle darum bekümmern können.«

Er hat Familie, dachte Willi. Und was ist es eigentlich mit Fräulein Rihoschek? Weiß sie überhaupt, daß er fortreist? Aber was kümmert mich das! Es ist höchste Zeit. Es geht mir an den Kragen. Und unwillkürlich fuhr er sich mit der Hand an den Hals. »Das ist ja sehr bedauerlich«, sagte er hilflos, »daß der Herr Konsul schon morgen abreisen. Und ich hatte, ja wirklich, ich hatte mit einiger Sicherheit darauf gerechnet« – er nahm einen leichteren, gewissermaßen scherzhaften Ton an –, »daß Herr Konsul mir am nächsten Sonntag eine kleine Revanche geben würden.« – Der Konsul zuckte die Achseln, als wäre der Fall längst abgetan. – Wie mach' ich's nur? dachte Willi. Was tu' ich? Ihn geradezu – bitten? Was kann ihm denn an den paar tausend Gulden liegen? Er hat eine Familie in Amerika – und das Fräulein Rihoschek –. Er hat ein Geschäft drüben – was bedeuten ihm diese paar tausend Gulden?! Und für mich handelt es sich um Leben oder Tod.

Sie fuhren weiter unter dem Viadukt der Stadt zu. Aus der Südbahnhalle brauste eben ein Zug. Da fahren Leute nach Baden, dachte Willi, und weiter, nach Klagenfurt, nach Triest –

und von dort vielleicht übers Meer in einen anderen Weltteil... Und er beneidete sie alle.

»Wo darf ich Sie absetzen, Herr Leutnant?«

»Oh, bitte«, erwiderte Willi, »wo es Ihnen bequem ist. Ich wohne in der Alserkaserne.«

»Ich bringe Sie bis ans Tor, Herr Leutnant.« Er gab dem Kutscher die entsprechende Weisung.

»Danke vielmals, Herr Konsul, es wäre wirklich nicht notwendig –«

Die Häuser schliefen alle. Die Gleise der Straßenbahn, noch unberührt vom Verkehr des Tages, liefen glatt und glänzend neben ihnen einher. Der Konsul sah auf die Uhr: »Gut ist er gefahren, eine Stunde und zehn Minuten. Haben Sie heute Ausrückung, Herr Leutnant?« – »Nein«, erwiderte Willi, »heute habe ich Schule zu halten.« – »Na, da können Sie sich doch noch eine Weile hinlegen.« – »Allerdings, Herr Konsul, aber ich glaube, ich werde mir heute einen dienstfreien Tag machen – werde mich marod melden.« – Der Konsul nickte und schwieg. – »Also, Mittwoch fahren Herr Konsul ab?« – »Nein, Herr Leutnant«, erwiderte der Konsul mit Betonung jedes einzelnen Wortes, »morgen, Dienstag abend.«

»Herr Konsul – ich will Ihnen ganz aufrichtig gestehen –, es ist mir ja äußerst peinlich, aber ich fürchte sehr, daß es mir total unmöglich sein wird in so kurzer Zeit – bis morgen mittag zwölf Uhr...« Der Konsul blieb stumm. Er schien kaum zuzuhören. »Wenn Herr Konsul vielleicht die besondere Güte hätten, mir eine Frist zu gewähren?« – Der Konsul schüttelte den Kopf. Willi fuhr fort. »Oh, keine lange Frist, ich könnte Herrn Konsul vielleicht eine Bestätigung oder einen Wechsel ausstellen, und ich würde mich ehrenwörtlich verpflichten, innerhalb vierzehn Tagen – es wird sich gewiß ein Modus finden...« Der Konsul schüttelte immer nur den Kopf, ohne irgendwelche Erregung, ganz mechanisch. »Herr Konsul«, begann Willi von neuem, und es klang flehend, ganz gegen seinen Willen, »Herr Konsul, mein Onkel, Robert Wilram, vielleicht kennen Herr Konsul den Namen?« Der andere schüttelte unentwegt weiter den Kopf. – »Ich bin nämlich nicht ganz überzeugt, daß mein Onkel, auf den ich mich im übrigen durchaus verlassen kann, die Summe augenblicklich flüssig hat. Aber selbstverständlich kann er innerhalb weniger Tage... er ist ein wohlhabender Mann, der einzige Bruder meiner Mutter, ein Privatier.« – Und plötzlich, mit einer komisch umschlagenden Stimme, die wie ein Lachen klang: »Es ist wirklich fatal, daß Herr Konsul gleich bis Amerika reisen.« – »Wohin ich reise, Herr Leutnant«, erwiderte der Konsul ruhig, »das kann Ihnen vollkommen gleichgültig sein. Ehrenschulden sind bekanntlich innerhalb vierundzwanzig Stunden zu bezahlen.«

»Ist mir bekannt, Herr Konsul, ist mir bekannt. Aber es kommt trotzdem manchmal vor – ich kenne selbst Kameraden, die in ähnlicher Lage... Es hängt ja nur von Ihnen ab, Herr Konsul, ob Sie sich vorläufig mit einem Wechsel oder mit meinem Wort zufrieden geben wollen bis – bis zum nächsten Sonntag wenigstens.«

»Ich gebe mich nicht zufrieden, Herr Leutnant, morgen, Dienstag mittag, letzter Termin... Oder – Anzeige an Ihr Regimentskommando.« –

Der Wagen fuhr über den Ring, am Volksgarten vorbei, dessen Bäume in üppigem Grün über dem vergoldeten Gitter wipfelten. Es war ein köstlicher Frühlingsmorgen, kaum noch ein Mensch auf der Straße zu sehen; nur eine junge, sehr elegante Dame in hochgeschlossenem, drapfarbigem Mantel, mit einem kleinen Hund, spazierte rasch, wie einer Pflicht genügend, längs dem Gitter hin und warf einen gleichgültigen Blick auf den Konsul, der sich nach ihr umwandte, trotz der Gattin in Amerika und des Fräulein Rihoschek in Baden, die freilich mehr dem Schauspieler Elrief gehörte. Was kümmert mich Herr Elrief, dachte Willi, und was kümmert mich das Fräulein Rihoschek. Wer weiß übrigens, wär' ich netter mit ihr gewesen, vielleicht hätte sie ein gutes Wort für mich eingelegt. – Und einen Augenblick lang überlegte er ernstlich, ob er nicht noch rasch nach Baden hinausfahren sollte, sie um ihre Fürsprache bitten. Fürsprache beim Konsul? Ins Gesicht würde sie ihm lachen. Sie kannte ihn ja, den Herrn Konsul, sie mußte ihn kennen... Und die einzige Möglichkeit der Rettung war Onkel Robert. Das stand fest. Sonst blieb nichts übrig als eine Kugel vor die Stirn. Man mußte sich nur klar sein.

Ein regelmäßiges Geräusch wie von dem herannahenden Schritt einer marschierenden Kolonne drang an sein Ohr. Hatten die Achtundneunziger nicht heute eine Übung? Am Bisamberg? Es wäre ihm peinlich gewesen, jetzt im Fiaker Kameraden an der Spitze ihrer Kompagnie zu begegnen. Aber es war kein Militär, das heranmarschiert kam, es war ein Zug von Knaben, offenbar eine Schulklasse, die sich mit ihrem Lehrer auf einen Ausflug begab. Der Lehrer, ein junger, blasser Mensch, streifte mit einem Blick unwillkürlicher Hochachtung die beiden Herren, die zu so früher Stunde im Fiaker an ihm vorüberfuhren. Willi hätte nie geahnt, daß er einen Moment erleben sollte, in dem sogar ein armer Schullehrer ihm als ein beneidenswertes Geschöpf vorkommen würde. Nun überholte der Fiaker eine erste Straßenbahn, in der ein paar Leute im Arbeitsanzug und eine alte Frau als Passagiere saßen. Ein Spritzwagen kam ihnen entgegen, und ein wild aussehender Kerl mit hinaufgekrempelten Hemdärmeln schwang in regelmäßigen Stößen, wie eine Springschnur, den Wasserschlauch, aus dem das Naß die Straße feuchtete. Zwei Nonnen, die Blicke gesenkt, überquerten die Fahrbahn in der Richtung gegen die Votivkirche, die hellgrau mit ihren schlanken Türmen zum Himmel ragte. Auf einer Bank unter einem weißblühenden Baum saß ein junges Geschöpf mit bestaubten Schuhen, den Strohhut auf dem Schoß, lächelnd, wie nach einem angenehmen Erlebnis. Ein geschlossener Wagen mit heruntergelassenen Vorhängen sauste vorüber. Ein dickes, altes Weib bearbeitete die hohe Fensterscheibe eines Kaffeehauses mit Besen und Scheuertuch. All diese Menschen und Dinge, die Willi sonst nicht bemerkt hätte, zeigten sich seinem überwachen Auge in beinahe schmerzhaft scharfen Umrissen. Aber der Mann, an dessen Seite er im Wagen saß, war ihm indes wie aus dem Gedächtnis geschwunden. Nun wandte er ihm einen scheuen Blick zu. Zurückgelehnt, den Hut vor sich auf der Decke, mit geschlossenen Augen, saß der Konsul da.

Wie mild, wie gütig sah er aus! Und der – trieb ihn in den Tod? Wahrhaftig, er schlief – oder stellte er sich so? Nur keine Angst, Herr Konsul, ich werde Sie nicht weiter belästigen. Sie werden Dienstag um zwölf Ihr Geld haben. Oder auch nicht. Aber in keinem Falle... Der Wagen hielt vor dem Kasernentor, und sofort erwachte der Konsul – oder er tat wenigstens so, als wenn er eben erwacht wäre, er rieb sich sogar die Augen, eine etwas übertriebene Geste nach einem Schlaf von zweieinhalb Minuten. Der Posten am Tor salutierte. Willi sprang aus dem Wagen, gewandt, ohne das Trittbrett zu berühren, und lächelte dem Konsul zu. Er tat noch ein übriges und gab dem Kutscher ein Trinkgeld; nicht zu viel, nicht zu wenig, als ein Kavalier, dem es am Ende nichts verschlug, ob er im Spiel gewonnen oder verloren hatte. »Danke bestens, Herr Konsul – und auf Wiedersehen.« – Der Konsul reichte Willi aus dem Wagen heraus die Hand und zog ihn zugleich leicht an sich heran, als hätte er ihm etwas anzuvertrauen, das nicht jeder zu hören brauchte. »Ich rate Ihnen, Herr Leutnant«, meinte er in fast väterlichem Ton, »nehmen Sie die Angelegenheit nicht leicht, wenn Sie Wert darauf legen... Offizier zu bleiben. Morgen, Dienstag, zwölf Uhr.« Dann laut: »Also, auf Wiedersehen, Herr Leutnant.« – Willi lächelte verbindlich, legte die Hand an die Kappe, der Wagen wendete und fuhr davon.

9

Von der Alserkirche schlug es dreiviertel fünf. Das große Tor öffnete sich, eine Kompagnie der Achtundneunziger marschierte mit strammer Kopfwendung an Willi vorbei. Willi führte dankend die Hand ein paarmal an die Kappe. – »Wohin, Wieseltier?« fragte er herablassend den Kadetten, der als Letzter kam. – »Feuerwehrwiese, Herr Leutnant.« Willi nickte wie zum Einverständnis und blickte den Achtundneunzigern eine Weile nach, ohne sie zu sehen. Der Posten stand immer noch salutierend, als Willi durch das Tor schritt, das nun hinter ihm geschlossen wurde.

Kommandorufe vom Ende des Hofs her schnarrten ihm ins Ohr. Ein Trupp von Rekruten übte Gewehrgriffe unter der Leitung eines Korporals. Der Hof lag sonnenbeglänzt und kahl, da und dort ragten ein paar Bäume in die Luft. Die Mauer entlang schritt Willi weiter; er sah zu seinem Fenster auf, sein Bursche erschien im Rahmen, blickte hinab, stand einen Augenblick stramm und verschwand. Willi eilte die Treppen hinauf; noch im Vorraum, wo der Bursche sich eben anschickte, den Schnellkocher anzuzünden, entledigte er sich des Kragens, öffnete den Waffenrock. – »Herr Leutnant, melde gehorsamst, Kaffee ist gleich fertig.« – »Gut ist's«, sagte Willi, trat ins Zimmer, schloß die Tür hinter sich, legte den Rock ab, warf sich in Hosen und Schuhen aufs Bett.

Vor neun kann ich unmöglich zu Onkel Robert, dachte er. Ich werde ihn für alle Fälle gleich um zwölftausend bitten, kriegt der Bogner auch seine tausend, wenn er sich nicht inzwischen totgeschossen hat. Übrigens, wer weiß, vielleicht hat er wirklich beim Rennen gewonnen und ist sogar imstande, *mich* herauszureißen. Ha, elftausend, zwölftausend, die gewinnen sich nicht so leicht beim Totalisator.

Die Augen fielen ihm zu. Pik-Neun – Karo-Aß – Herz-König – Pik-Acht – Pik-Aß – Treff-Bub – Karo-Vier – so tanzten die Karten an ihm vorüber. Der Bursche brachte den Kaffee, rückte den Tisch näher ans Bett, schenkte ein, Willi stützte sich auf den Arm und trank. »Soll ich Herrn Leutnant vielleicht Stiefel ausziehn?« – Willi schüttelte den Kopf. »Nicht mehr der Müh' wert.« – »Soll ich Herrn Leutnant später wecken?« – und da ihn Willi wie verständnislos ansah – »Melde gehorsamst, sieben Uhr Schul'.« – Willi schüttelte wieder den Kopf. »Bin marod, muß zum Doktor. Sie melden mich beim Herrn Hauptmann... marod, verstehen S', Dienstzettel schick' ich nach. Bin zu einem Professor bestellt, wegen Augen, um neun Uhr. Ich laß den Herrn Kadettstellvertreter Brill bitten, Schule zu halten. Abtreten. – Halt!« – »Herr Leutnant?« – »Um viertel acht gehn S' hinüber zur Alserkirche, der Herr, der gestern früh da war, ja, der Oberleutnant Bogner, wird dort warten. Er möcht' mich freundlichst entschuldigen – habe leider nichts ausgerichtet, verstehen S'?« – »Jawohl, Herr Leutnant.« – »Wiederholen.« – »Herr Leutnant laßt sich entschuldigen, Herr Leutnant haben nichts ausgerichtet.« – »Leider nichts ausgerichtet. – Halt. Wenn vielleicht noch Zeit wär' bis heut abend oder morgen früh« – er hielt plötzlich inne. »Nein, nichts mehr. Ich hab' leider nichts ausgerichtet und damit Schluß. Verstehn S'?« – »Jawohl, Herr Leutnant.« – »Und wenn Sie zurückkommen von der Alserkirche, so klopfen S' für alle Fälle. Und jetzt machen S' noch das Fenster zu.«

Der Bursche tat, wie ihm geheißen, und ein greller Kommandoruf im Hofe schnitt in der Mitte ab. Als Joseph die Tür hinter sich schloß, streckte sich Willi wieder hin, und die Augen fielen ihm zu. Karo-Aß – Treff-Sieben – Herz-König – Karo-Acht – Pik-Neun – Pik-Zehn – Herz-Dame – verdammte Kanaille, dachte Willi. Denn die Herzdame war eigentlich das Fräulein Keßner. Wär' ich nicht bei dem Tisch stehngeblieben, so wär' das ganze Malheur nicht passiert. Treff-Neun – Pik-Sechs – Pik-Fünf – Pik-König – Herz-König – Treff-König – Nehmen Sie's nicht leicht, Herr Leutnant. – Hol' ihn der Teufel, das Geld kriegt er, aber dann schick' ich ihm zwei Herren – geht ja nicht – er ist ja nicht einmal satisfaktionsfähig – Herz-König – Pik-Bub – Karo-Dame – Karo-Neun – Pik-Aß – so tanzten sie vorüber, Karo-Aß, Herz-Aß... sinnlos, unaufhaltsam, daß ihn die Augen unter den Lidern schmerzten. Es gab gewiß auf der ganzen Welt nicht so viele Kartenspiele, als vor ihm in dieser Stunde vorüberrasten.

Es klopfte, jäh erwachte er, auch vor seinen offenen Augen noch rasten sie weiter. Der Bursche stand da. »Herr Leutnant, melde gehorsamst, der Herr Oberleutnant laßt sich vielmals bedanken für die Mühe und laßt den Herrn Leutnant schönstens grüßen.« – »So. – Sonst – sonst hat er nix g'sagt?« – »Nein, Herr Leutnant, der Herr Oberleutnant hat sich umgedreht und ist gleich wieder gegangen.« – »So – hat er sich gleich wieder umgedreht... Und haben S' mich marod gemeldet?« – »Jawohl, Herr Leutnant.« Und da Willi sah, wie der Bursche grinste, fragte er: »Was lachen S' denn so dumm?« – »Melde gehorsamst, wegen dem Herrn Hauptmann.« – »Warum denn? Was hat er denn g'sagt, der Herr Hauptmann?« – Und immer noch grinsend, erzählte der Bursche: »Zum Augenarzt muß der Herr Leutnant, hat der Herr Hauptmann g'sagt, hat sich wahrscheinlich in ein Mädel verschaut, der Herr Leutnant.« – Und da Willi dazu nicht lächelte, fügte der Bursche etwas erschrocken hinzu: »Hat der Herr Hauptmann gesagt, melde gehorsamst.« – »Abtreten«, sagte Willi.

Während er sich fertigmachte, überdachte er bei sich allerlei Sätze, übte innerlich den Tonfall der Reden ein, mit denen er des Onkels Herz zu bewegen hoffte. Zwei Jahre lang hatte er ihn nicht gesehen. Er war in diesem Augenblick kaum imstande, sich Wilrams Wesen, ja auch nur dessen Gesichtszüge zu vergegenwärtigen; es tauchte immer wieder eine andere Erscheinung mit anderem Gesichtsausdruck, anderen Gewohnheiten, einer anderen Art zu reden vor ihm auf, und er konnte nicht vorherwissen, welcher er heute gegenüberstehen würde.

Von der Knabenzeit her hatte er den Onkel als einen schlanken, immer sehr sorgfältig gekleideten, immerhin noch jungen Mann im Gedächtnis, wenn ihm auch der um fünfundzwanzig Jahre Ältere damals schon als recht reif erschienen war. Robert Wilram kam immer nur für wenige Tage zu Besuch in das ungarische Städtchen, wo der Schwager, damals noch Major Kasda, in Garnison lag. Vater und Onkel verstanden einander nicht sonderlich gut, und Willi erinnerte sich sogar dunkel eines auf den Onkel bezüglichen Wortwechsels zwischen den Eltern, der damit geendet hatte, daß die Mutter weinend aus dem Zimmer gegangen war. Von dem Beruf des Onkels war kaum jemals die Rede gewesen, doch glaubte Willi sich zu besinnen, daß Robert Wilram eine Staatsbeamtenstelle bekleidet und, früh verwitwet, wieder aufgegeben hatte. Von seiner verstorbenen Frau erbte er ein kleines Vermögen, lebte seither als Privatmann und reiste viel in der Welt herum. Die Nachricht vom Tode der Schwester hatte ihn in Italien ereilt, er traf erst nach dem Begräbnis ein, und es blieb Willis Gedächtnis für immer eingeprägt, wie der Onkel, mit ihm am Grabe stehend, tränenlos, doch mit einem Ausdruck düsteren Ernstes auf die kaum noch verwelkten Kränze herabgesehen hatte. Bald darauf waren sie zusammen aus der kleinen Stadt abgereist; Robert Wilram nach Wien und Willi zurück nach Wiener-Neustadt in die Kadettenschule. Von dieser Zeit an besuchte er den Onkel manchmal an Sonn- und Feiertagen, wurde von ihm ins Theater oder in Restaurants mitgenommen; später, nach des Vaters plötzlich erfolgtem Tod, nachdem Willi als Leutnant zu einem Wiener Regiment eingeteilt worden war, bestimmte ihm der Onkel aus freien Stücken einen monatlichen Zuschuß, der auch während seiner gelegentlichen Reisen, durch eine Bank, pünktlich an den jungen Offizier ausbezahlt wurde. Von einer dieser Reisen, auf der er gefährlich erkrankt gewesen war, kam Robert Wilram auffällig gealtert zurück, und während der monatliche Zuschuß auch weiterhin regelmäßig an Willis Adresse gelangte, trat im persönlichen Verkehr zwischen Onkel und Neffe manche kürzere und längere Unterbrechung ein, wie denn die Epochen in Robert Wilrams Existenz überhaupt in eigentümlicher Weise abzuwechseln schienen. Es gab Zeiten, in denen er ein heiteres und geselliges Wesen zur Schau trug, mit dem Neffen wie früher Restaurants, Theater und nun auch Vergnügungslokale leichteren Charakters zu besuchen pflegte, bei welchen Gelegenheiten meist auch irgendeine muntere junge Dame anwesend war, die Willi bei diesem Anlaß gewöhnlich zum erstenmal und niemals ein zweites Mal wiedersah. Dann wieder gab es Wochen, in denen der Onkel sich vollkommen aus der Welt und von den Menschen zurückzuziehen schien; und wenn Willi überhaupt vorgelassen wurde, so fand er sich einem ernsten, wortkargen, früh gealterten Mann gegenüber, der in einen dunkelbraunen talarartigen Schlafrock gehüllt, mit der Miene eines vergrämten Schauspielers, in dem nie ganz hellen, hochgewölbten Zimmer auf und ab ging oder auch lesend oder arbeitend bei künstlichem Licht an seinem Schreibtisch saß. Das Gespräch ging dann meistens mühsam und schleppend, als wäre man einander völlig fremd geworden; einmal nur, da zufällig von einem Kameraden Willis die Rede war, der kürzlich aus unglücklicher Liebe seinem Leben ein Ende gemacht hatte, öffnete Robert Wilram eine Schreibtischlade, entnahm ihr zu Willis Verwunderung eine Anzahl beschriebener Blätter und las dem Neffen einige philosophische Bemerkungen über Tod und Unsterblichkeit, auch manches Abfällige und Schwermütige über die Frauen im allgemeinen vor, wobei er der Anwesenheit des Jüngeren, der nicht ohne Verlegenheit und eher gelangweilt zuhörte, völlig zu vergessen schien. Gerade als Willi ein leichtes Gähnen vergeblich zu unterdrücken versuchte, geschah es, daß der Onkel den Blick von dem Manuskript erhob; seine Lippen kräuselten sich zu einem leeren Lächeln, er faltete die Blätter zusammen, tat sie wieder in die Lade und sprach unvermittelt von anderen Dingen, wie sie dem Interesse eines jungen Offiziers näher liegen mochten. Auch nach diesem wenig geglückten Zusammensein gab es immerhin noch eine Anzahl von vergnügten Abenden nach der alten Weise; auch kleine Spaziergänge zu zweit, besonders an schönen Feiertagsnachmittagen, kamen vor; eines Tages aber, da Willi den Onkel aus der Wohnung abholen sollte, kam eine Absage und kurz darauf ein Brief Wilrams, er sei jetzt so dringend beschäftigt, daß er Willi leider bitten müsse, von weiteren Besuchen vorläufig abzusehen. Bald blieben auch die Geldsendungen aus. Eine höfliche, schriftliche Erinnerung wurde nicht beantwortet, einer zweiten erging es ebenso, auf eine dritte erfolgte der Bescheid, daß Robert Wilram zu seinem Bedauern sich genötigt sehe, »wegen grundlegender Veränderung seiner Verhältnisse« weitere Zuwendungen »selbst an nächststehende Personen« einzustellen. Willi versuchte, den Onkel persönlich zu sprechen. Er wurde zweimal nicht empfangen, ein drittes Mal sah er den Onkel, der sich hatte verleugnen lassen, eben rasch in der Türe verschwinden. So mußte er endlich die Aussichtslosigkeit jeder weiteren Bemühung einsehen, und es blieb ihm nichts übrig, als sich auf das Möglichste einzuschränken. Die geringfügige Erbschaft von der Mutter her, mit der er bisher hausgehalten, war eben erst aufgezehrt, doch hatte er sich seiner Art nach über die Zukunft bisher keinerlei ernste Gedanken gemacht, bis nun mit einemmal, von einem Tag, ja von einer Stunde zur anderen, die Sorge gleich in ihrer drohendsten Gestalt auf seinem Wege stand.

In gedrückter, aber nicht hoffnungsloser Stimmung schritt er endlich die gewundene, stets in Halbdunkel getauchte Offiziersstiege hinab und erkannte den Mann nicht gleich, der ihm mit vorgestreckten Armen den Weg versperrte.

»Willi!« Es war Bogner, der ihn anrief.

»Du bist's?« Was wollte der? »Weißt du denn nicht? Hat dir der Joseph nicht ausgerichtet?«

»Ich weiß, ich weiß, ich will dir nur sagen – für alle Fälle –, daß die Revision auf morgen verschoben ist.«

Willi zuckte die Achseln. Das interessierte ihn wahrhaftig nicht sehr.

»Verschoben, verstehst du!«

»Es ist ja nicht gar so schwer, zu verstehen«, und er nahm eine Stufe nach abwärts.

Bogner ließ ihn nicht weiter. »Das ist doch ein Schicksalszeichen«, rief er. »Das kann ja die Rettung bedeuten. Sei nicht bös, Kasda, daß ich noch einmal – – ich weiß ja, daß du gestern kein Glück gehabt hast –«

»Allerdings«, stieß Willi hervor, »allerdings hab' ich kein Glück gehabt.« Und mit einem Auflachen: »Alles hab' ich verloren – und noch etwas mehr.« Und unbeherrscht, als stände in Bogner die eigentliche und einzige Ursache seines Unglücks ihm gegenüber: »Elftausend Gulden, Mensch, elftausend Gulden!«

»Donnerwetter, das ist freilich ... was gedenkst du ...« Er unterbrach sich. Ihre Blicke trafen einander, und Bogners Züge erhellten sich. »Da gehst du ja doch wohl zu deinem Onkel?«

Willi biß sich in die Lippen. Zudringlich! Unverschämt! dachte er bei sich, und es fehlte nicht viel, so hätte er es ausgesprochen.

»Verzeih – es geht mich ja nichts an – vielmehr, ich darf ja da nichts dreinreden, um so weniger, als ich gewissermaßen mitschuldig – – na ja –, aber wenn du's schon versuchst, Kasda – –

ob zwölf- oder elftausend, das kann doch deinem Onkel ziemlich egal sein.«

»Du bist verrückt, Bogner. Ich werd' die elftausend so wenig kriegen, als ich zwölf kriegen tät.«

»Aber du gehst doch hin, Kasda!«

»Ich weiß nicht –«

»Willi – –«

»Ich weiß nicht«, wiederholte er ungeduldig. »Vielleicht – vielleicht auch nicht ... Adieu.« Er schob ihn beiseite und stürzte die Treppe hinab.

Zwölf oder elf, das war keineswegs gleichgültig. Gerade auf den einen Tausender konnte es ankommen! – Und es summte in seinem Kopf: Elf, zwölf – elf, zwölf – elf, zwölf! Nun, er müßte sich ja nicht früher entscheiden, als er vor dem Onkel stand. Der Moment sollte es ergeben. Jedenfalls war es eine Dummheit, daß er vor Bogner die Summe genannt, daß er sich überhaupt auf der Treppe hatte aufhalten lassen. Was ging ihn der Mensch an? Kameraden – nun ja, aber eigentliche Freunde waren sie doch nie gewesen! Und nun sollte sein Schicksal mit dem Bogners plötzlich unlöslich verbunden sein? Unsinn. Elf, zwölf – elf, zwölf. Zwölf, das klang vielleicht besser als elf, vielleicht brachte es ihm Glück ... vielleicht geschah das Wunder – gerade, wenn er zwölf verlangte. Und während des ganzen Weges, von der Alserkaserne durch die Stadt bis zu dem uralten Haus in der engen Straße hinter dem Stefansdom, überlegte er, ob er den Onkel um elf- oder um zwölftausend Gulden bitten sollte – als hinge der Erfolg, als hinge am Ende sein Leben davon ab.

Eine ältliche Person, die er nicht kannte, öffnete auf sein Klingeln. Willi nannte seinen Namen. Der Onkel – ja, er sei nämlich der Neffe des Herrn Wilram –, der Onkel möge entschuldigen, es handle sich um eine sehr dringende Angelegenheit, und er werde keineswegs lange stören. Die Frau, zuerst unschlüssig, entfernte sich, kam merkwürdig rasch mit freundlicherer Miene wieder, und Willi – tief atmete er auf – wurde sofort vorgelassen.

10

Der Onkel stand an einem der beiden hohen Fenster; er trug nicht den talarartigen Schlafrock, in dem Willi ihn anzutreffen erwartet hatte, sondern einen gutgeschnittenen, aber etwas abgetragenen, hellen Sommeranzug und Lackhalbschuhe, die ihren Glanz verloren hatten. Mit einer weitläufigen, aber müden Geste winkte er dem Neffen entgegen. »Grüß dich Gott, Willi. Schön, daß du dich wieder einmal um deinen alten Onkel umschaust. Ich hab' geglaubt, du hast mich schon ganz vergessen.«

Die Antwort lag nahe, daß man ihn die letzten Male nicht empfangen und seine Briefe nicht beantwortet hatte, aber er hielt es für geratener, sich vorsichtiger auszudrücken. »Du lebst ja so zurückgezogen«, sagte er, »ich hab' nicht wissen können, ob dir ein Besuch auch willkommen gewesen wäre.«

Das Zimmer war unverändert. Auf dem Schreibtisch lagen Bücher und Papiere, der grüne Vorhang vor der Bibliothek war halbseits zugezogen, so daß einige alte Lederbände sichtbar waren; über dem Diwan war, wie früher, der Perserteppich gebreitet, und etliche gestickte Kopfkissen lagen darauf. An der Wand hingen zwei vergilbte Kupferstiche, die italienische Landschaften darstellten, und Familienporträts in mattgoldenen Rahmen; das Bild der Schwester hatte seinen Platz, wie früher, auf dem Schreibtisch, Willi erkannte es an Umriß und Rahmen von rückwärts.

»Willst du dich nicht setzen?« fragte Robert Wilram.

Willi stand, die Kappe in der Hand, mit umgeschnalltem Säbel, stramm, wie zu einer dienstlichen Meldung. Und in einem zu seiner Haltung nicht ganz stimmenden Tone begann er: »Die Wahrheit zu sagen, lieber Onkel, ich wär' wahrscheinlich auch heute nicht gekommen, wenn ich nicht – – also, mit einem Wort, es handelt sich um eine sehr, sehr ernste Angelegenheit.«

»Was du nicht sagst«, bemerkte Robert Wilram freundlich, aber ohne besondere Teilnahme.

»Für mich wenigstens ernst. Kurz und gut, ohne weitere Umschweife, ich habe eine Dummheit begangen, eine große

Dummheit. Ich – habe gespielt und habe mehr verspielt, als ich im Vermögen gehabt habe.«

»Hm, das ist schon ein bißl mehr wie eine Dummheit«, sagte der Onkel.

»Ein Leichtsinn war's«, bestätigte Willi, »ein sträflicher Leichtsinn. Ich will nichts beschönigen. Aber die Sache steht leider so: Wenn ich meine Schuld bis heute abend sieben Uhr nicht bezahlt habe, bin ich – bin ich einfach –« er zuckte die Achseln und hielt inne wie ein trotziges Kind.

Robert Wilram schüttelte bedauernd den Kopf, aber er erwiderte nichts. Die Stille im Raum wurde sofort unerträglich, so daß Willi gleich wieder zu reden anfing. Hastig berichtete er sein gestriges Erlebnis. Er sei nach Baden gefahren, um einen kranken Kameraden zu besuchen, sei dort mit anderen Offizieren, guten alten Bekannten, zusammengetroffen und habe sich zu einer Spielpartie verleiten lassen, die, anfangs ganz solid, im weiteren Verlauf, ohne sein Dazutun, in ein wildes Hasard ausgeartet sei. Die Namen der Beteiligten möchte er lieber verschweigen mit Ausnahme desjenigen, der sein Gläubiger geworden sei, ein Großkaufmann, ein südamerikanischer Konsul, ein gewisser Herr Schnabel, der unglücklicherweise morgen früh nach Amerika reise und für den Fall, daß die Schuld nicht bis abends beglichen sei, mit der Anzeige ans Regimentskommando gedroht habe. »Du weißt, Onkel, was das zu bedeuten hat«, schloß Willi und ließ sich plötzlich ermüdet auf den Diwan nieder.

Der Onkel, den Blick über Willi hinweg auf die Wand gerichtet, aber immer noch freundlich, fragte: »Um was für einen Betrag handelt es sich denn eigentlich?«

Wieder schwankte Willi. Zuerst dachte er doch die tausend Gulden für Bogner dazuzuschlagen, dann aber war er plötzlich überzeugt, daß gerade der kleine Mehrbetrag den Ausgang in Frage stellen könnte, und so nannte er nur die Summe, die er für seinen Teil schuldig war.

»Elftausend Gulden«, wiederholte Robert Wilram kopfschüttelnd, und es klang fast ein Ton von Bewunderung mit.

»Ich weiß«, erwiderte Willi rasch, »es ist ein kleines Vermögen. Ich versuche auch gar nicht, mich zu rechtfertigen. Es war ein niederträchtiger Leichtsinn, ich glaub' der erste – gewiß aber der letzte meines Lebens. Und ich kann nichts anderes tun, als dir schwören, Onkel, daß ich in meinem ganzen Leben keine Karte mehr anrühren, daß ich mich bemühen werde, dir durch ein streng solides Leben meine ewige Dankbarkeit zu beweisen, ja, ich bin bereit – ich erkläre feierlich, auf jeden Anspruch für später, der mir etwa durch unsere Verwandtschaft erwachsen könnte, ein für allemal zu verzichten, wenn du nur diesmal, dieses eine Mal, – Onkel –«

Nachdem Robert Wilram bisher immer noch keine innere Bewegung gezeigt hatte, schien er nun allmählich in eine gewisse Unruhe zu geraten. Schon früher hatte er die eine Hand wie abwehrend erhoben, nahm nun die andere zu Hilfe, als wollte er den Neffen durch eine möglichst ausdrucksvolle Geste zum Schweigen bringen, und mit einer ungewohnt hohen, fast schrillen Stimme unterbrach er ihn. »Bedauere sehr, bedauere aufrichtig, ich kann dir beim besten Willen nicht helfen.« Und da Willi den Mund zu einer Erwiderung auftat: »Absolut nicht helfen; jedes weitere Wort wäre überflüssig, also bemühe dich nicht weiter.« Und er wandte sich dem Fenster zu.

Willi, zuerst wie vor den Kopf geschlagen, besann sich, daß er doch keineswegs hatte hoffen dürfen, den Onkel im ersten Ansturm zu besiegen, und so begann er von neuem: »Ich gebe mich ja keiner Täuschung hin, Onkel, daß meine Bitte eine Unverschämtheit ist, eine Unverschämtheit ohnegleichen; – ich hätte auch nie und nimmer gewagt, an dich heranzutreten, wenn nur die geringste Möglichkeit bestände, das Geld in irgendeiner anderen Weise aufzutreiben. Du mußt dich nur in meine Lage versetzen, Onkel. Alles, alles steht für mich auf dem Spiel, nicht nur meine Existenz als Offizier. Was soll ich, was kann ich denn anderes anfangen? Ich hab' ja sonst nichts gelernt, ich versteh' ja nichts weiter. Und ich kann doch überhaupt nicht als weggejagter Offizier – grad gestern hab' ich zufällig einen früheren Kameraden wiedergetroffen, der auch – nein, nein, lieber eine Kugel vor den Kopf. Sei mir nicht bös, Onkel. Du mußt dir das nur vorstellen. Der Vater war Offizier, der Großvater ist als Feldmarschalleutnant gestorben. Um Gottes willen, es kann doch nicht so mit mir enden. Das wäre doch eine zu harte Strafe für einen leichtsinnigen Streich. Ich bin ja kein Gewohnheitsspieler, das weißt du. Ich hab' nie Schulden gemacht. Auch im letzten Jahr nicht, wo es mir ja manchmal recht schwer zusammengegangen ist. Und ich habe mich nie verleiten lassen, obwohl man es mir direkt angetragen hat. Freilich, ein solcher Betrag! Ich glaube, nicht einmal zu Wucherzinsen könnte ich mir je einen solchen Betrag beschaffen. Und wenn schon, was käm' dabei heraus? In einem halben Jahr wär' ich das Doppelte schuldig, in einem Jahr das Zehnfache – und –«

»Genug, Willi«, unterbrach ihn Wilram endlich mit noch schrillerer Stimme als vorher. »Genug, ich kann dir nicht helfen; – ich möcht' ja gern, aber ich kann nicht. Verstehst du? Ich hab' selber nichts, nicht hundert Gulden hab' ich im Vermögen, wie du mich da siehst. Da, da...« Er riß eine Lade nach der anderen auf, die Schreibtischladen, die Kommodenladen, als wäre es ein Beweis für die Wahrheit seiner Worte, daß dort freilich keinerlei Banknoten oder Münzen zu sehen waren, sondern nur Papiere, Schachteln, Wäsche, allerlei Kram. Dann warf er auch seine Geldbörse auf den Tisch hin. »Kannst selber nachschaun, Willi, und wenn du mehr findest als hundert Gulden, so kannst du mich meinetwegen halten – wofür du willst.« Und plötzlich sank er in den Stuhl vor dem Schreibtisch hin und ließ die Arme schwer auf die Platte hinfallen, so daß einige Bogen Papier auf den Fußboden flatterten.

Willi hob sie beflissen auf, dann ließ er den Blick durch den Raum schweifen, als müßte er nun doch da oder dort irgendwelche Veränderungen entdecken, die den so unbegreiflich veränderten Verhältnissen des Onkels entsprächen. Aber alles sah genau so aus wie vor zwei oder drei Jahren. Und er fragte sich, ob sich denn wirklich die Dinge so verhalten müßten, wie es der Onkel versicherte. War der sonderbare alte Mann, der ihn vor zwei Jahren so unerwartet, so plötzlich im Stich gelassen hatte, nicht auch imstande, durch eine Lüge, die er durch Komödienspielerei glaubhafter machen wollte, sich vor weiterem Drängen und Flehen des Neffen schützen zu wollen? Wie? Man lebte in einer wohlgehaltenen Wohnung der inneren Stadt mit einer Art von Wirtschafterin, die schönen Ledereinbände standen wie früher im Bücherschrank, die mattgold gerahmten Bilder hingen noch alle an den Wänden –, und der Besitzer all dieser Dinge sollte indes zum Bettler geworden sein? Wo wäre denn sein Vermögen hingekommen im Verlauf dieser letzten zwei oder drei Jahre? Willi glaubte ihm nicht. Er hatte nicht den geringsten Grund, ihm zu glauben, und noch weniger Grund hatte er, sich einfach geschlagen zu geben, da er doch in keinem Fall mehr etwas zu verlieren hatte. So entschloß er sich zu einem letzten Versuch, der aber weniger kühn ausfiel, als er sich vorgenommen; denn mit einemmal, zu seiner eigenen Verwunderung, zu seiner Beschämung stand er vor Onkel Robert mit gefalteten Händen da und flehte: »Es geht um mein Leben, Onkel, glaube mir, es geht um mein Leben. Ich bitte dich, ich –« Die Stimme versagte ihm, einer plötzlichen Eingebung folgend ergriff er die Photographie der Mutter und hielt sie dem Onkel wie beschwörend entgegen. Der aber, mit leichtem Stirnrunzeln, nahm ihm das Bild sanft aus der Hand, stellte es ruhig auf seinen Platz zurück, und leise, durchaus nicht unwillig, bemerkte er: »Deine Mutter hat mit der Sache nichts zu tun. Sie kann dir nicht helfen – so wenig als mir. Wenn ich dir nicht helfen wollte, Willi, brauchte ich ja keine Ausrede. Verpflichtungen, besonders in einem solchen Fall, erkenne ich nicht an. Und, meiner Ansicht nach, kann man immer noch ein ganz anständiger Mensch sein – und werden, auch in Zivil. Die Ehre verliert man auf andere Weise. Aber so weit, daß du das begreifst, kannst du heute noch nicht sein. Und darum sage ich dir noch einmal: Hätte ich das Geld, verlaß dich drauf, ich würde es dir geben. Aber ich hab's nicht. Nichts hab' ich. Ich hab' mein Vermögen nicht mehr. Ich besitze nur mehr eine Leibrente. Ja, jeden Ersten und Fünfzehnten kriege ich so und so viel ausgezahlt, und heute« – er wies mit einem trüben Lächeln auf die Geldbörse –, »heute ist der Siebenundzwanzigste.« Und da er in Willis Augen plötzlich einen Hoffnungsstrahl erschimmern sah, fügte er gleich hinzu: »Ah, du meinst, auf meine Leibrente könnte ich ein Darlehen aufnehmen. Ja, mein lieber Willi, es kommt eben darauf an, woher man sie hat und unter welchen Bedingungen man sie gekriegt hat.«

»Vielleicht, Onkel, vielleicht wäre es doch möglich, vielleicht könnten wir gemeinsam –«

Robert Wilram aber unterbrach ihn heftig: »Nichts ist möglich, absolut nichts.« Und wie in dumpfer Verzweiflung: »Ich kann dir nicht helfen, glaub' mir, ich kann nicht.« Und er wandte sich ab.

»Also«, erwiderte Willi nach kurzem Besinnen, »da kann ich halt nichts tun, als dich um Verzeihung bitten, daß ich – adieu, Onkel.« Er war schon an der Tür, als die Stimme Roberts ihn wieder festbannte. »Willi, komm her, ich will nicht, daß du mich – ich kann's dir ja sagen, also kurz und gut, ich habe nämlich mein Vermögen, gar so viel war es ja nicht mehr, meiner Frau überschrieben.«

»Du bist verheiratet!« rief Willi erstaunt aus, und eine neue Hoffnung erglänzte in seinen Augen. »Also, wenn deine Frau Gemahlin das Geld hat, dann müßte sich doch ein Modus finden lassen – ich meine, wenn du deiner Frau Gemahlin sagst, daß es sich –«

Robert Wilram unterbach ihn mit einer ungeduldigen Handbewegung. »Gar nichts werde ich ihr sagen. Dring nicht weiter in mich. Wär' alles vergeblich.« Er hielt inne.

Willi aber, nicht gewillt, die letzte aufgetauchte Hoffnung gleich wieder aufzugeben, versuchte aufs neue anzuknüpfen und begann: »Deine – Frau Gemahlin lebt wahrscheinlich nicht in Wien?«

»O ja, sie lebt in Wien, aber nicht mit mir zusammen, wie du siehst.« Er ging ein paarmal im Zimmer hin und her, dann, mit einem bitteren Lachen, sagte er: »Ja, ich habe mehr verloren als ein Portepee und lebe auch weiter. Ja, Willi –«, er unterbrach sich plötzlich und begann gleich wieder von neuem: »Vor anderthalb Jahren habe ich ihr mein Vermögen überschrieben – freiwillig. Und ich habe es eigentlich mehr um meinetwillen getan als um ihretwillen... Denn ich bin ja nicht sehr haushälterisch angelegt, und sie – sie ist sehr sparsam, das muß man ihr lassen, und auch sehr geschäftstüchtig und hat das Geld vernünftiger angelegt, als ich das je getroffen hätte. Sie hat es in irgendwelchen Unternehmungen investiert – in die näheren Umstände bin ich nicht eingeweiht –, ich verstünde auch nichts davon. Und die Rente, die ich ausbezahlt bekomme, beträgt zwölfeinhalb Prozent, das ist nicht wenig, also beklagen darf ich mich nicht... Zwölfeinhalb Prozent. Aber auch keinen Kreuzer mehr. Und jeder Versuch, den ich anfangs unternommen habe, um gelegentlich einen Vorschuß zu bekommen, war umsonst. Nach dem zweiten Versuch habe ich es übrigens wohlweislich unterlassen. Denn dann habe ich sie sechs Wochen nicht zu sehen bekommen, und sie hat einen Eid geschworen, daß ich sie überhaupt nie wieder zu Gesicht bekomme, wenn ich jemals wieder mit einem solchen Ansinnen an sie herantrete. Und das – das hab' ich nicht riskieren wollen. Ich brauch' sie nämlich, Willi, ich kann ohne sie nicht existieren. Alle acht Tage sehe ich sie, alle acht Tage kommt sie einmal zu mir. Ja, sie hält unsern Pakt, sie ist überhaupt das ordentlichste Geschöpf von der Welt. Noch nie ist sie ausgeblieben, und auch das Geld war jeden Ersten und Fünfzehnten pünktlich da. Und im Sommer sind wir alljährlich ganze vierzehn Tage irgendwo auf dem Land beisammen. Das steht auch in unserm Kontrakt. Aber die übrige Zeit, die gehört ihr.«

»Und du selbst, Onkel, besuchst sie nie?« fragte Willi einigermaßen verlegen.

»Aber freilich, Willi. Am ersten Weihnachtsfeiertag, am Ostersonntag und am Pfingstmontag. Der ist heuer am achten Juni.«

»Und wenn du, verzeih Onkel, wenn es dir einmal einfiele, an irgendeinem andern Tag – du bist doch schließlich ihr Mann, Onkel, und wer weiß, ob es ihr nicht eher schmeicheln würde, wenn du einmal –«

»Kann ich nicht riskieren«, unterbrach ihn Robert Wilram. »Einmal – weil ich dir schon alles gesagt habe – also einmal bin ich am Abend in ihrer Straße auf und ab gegangen, in der Nähe von ihrem Haus, zwei Stunden lang –«

»Nun und?«

»Sie ist nicht sichtbar geworden. Aber am nächsten Tag ist ein Brief von ihr gekommen, in dem ist nur gestanden, daß ich sie in meinem Leben nicht wieder zu sehen bekomme, wenn ich es mir noch einmal einfallen ließe, vor ihrem Wohnhaus herumzupromenieren. Ja, Willi, so steht's. Und ich weiß, wenn mein eigenes Leben daran hinge – sie ließ' mich eher zugrunde gehen, als daß sie mir auch nur den zehnten Teil von dem, was du verlangst, außer der Zeit ausbezahlen würde. Da wirst du viel eher den Herrn Konsul zur Nachgiebigkeit bewegen, als ich jemals das Herz meiner ›Frau Gemahlin‹ zu erweichen imstande wäre.«

»Und – – war sie denn immer so?« fragte Willi.

»Das ist doch egal«, erwiderte Robert Wilram ungeduldig. »Auch wenn ich alles vorausgesehen hätte, es hätte mir nichts genützt. Ich war ihr verfallen vom ersten Moment an, wenigstens von der ersten Nacht an, und die war unsere Hochzeitsnacht.«

»Selbstverständlich«, sagte Willi, wie vor sich hin.

Robert Wilram lachte auf. »Ah, du meinst, sie ist eine anständige junge Dame gewesen aus einer guten bürgerlichen Familie? Gefehlt, mein lieber Willi, eine Dirne ist sie gewesen. Und wer weiß, ob sie es nicht heut noch ist – für andere.«

Willi fühlte sich verpflichtet, durch eine Geste seine Zweifel anzudeuten; und er hegte sie wirklich, weil er sich nach dem ganzen Bericht des Onkels dessen Frau unmöglich als ein junges und reizvolles Geschöpf vorzustellen imstande war. Er hatte sie die ganze Zeit über als eine hagere, gelbliche, geschmacklos gekleidete, ältliche Person mit einer spitzen Nase vor sich gesehen, und flüchtig dachte er, ob der Onkel nicht seiner Empörung über die unwürdige Behandlung, die er von ihr erleiden mußte, durch eine bewußt ungerechte Beschimpfung Luft machen wollte. Aber Robert Wilram schnitt ihm jedes Wort ab und sprach gleich weiter. »Also, Dirne ist ja vielleicht zu viel gesagt – Blumenmädel war sie halt damals. Beim ›Hornig‹ hab' ich sie zum erstenmal gesehen vor vier oder fünf Jahren; du übrigens auch. Ja, du wirst dich vielleicht noch an sie erinnern.« Und auf Willis fragenden Blick: »Wir waren damals in einer größeren Gesellschaft dort, ein Jubiläum von dem Volkssänger Kriebaum war's, ein knallrotes Kleid hat sie angehabt, einen blonden Wuschelkopf und eine blaue Schleife um den Hals.« Und mit einer Art verbissener Freude setzte er hinzu: »Ziemlich ordinär hat sie ausgesehen. Im nächsten Jahr beim Ronacher, da hat sie schon ganz anders ausgeschaut, da hat sie sich ihre Leute schon aussuchen können. Ich hab' leider kein Glück bei ihr gehabt. Mit anderen Worten: ich war ihr halt nicht zahlungsfähig genug im Verhältnis zu meinen Jahren – na, und dann ist es eben gekommen, wie es manchmal zu kommen pflegt, wenn sich ein alter Esel von einem jungen Frauenzimmer den Kopf verdrehen läßt. Und vor zweieinhalb Jahren habe ich das Fräulein Leopoldine Lebus zur Frau genommen.«

Also Lebus hat sie mit dem Zunamen geheißen, dachte Willi. Denn daß das Mädel, von dem der Onkel erzählte, niemand anders sein konnte als die Leopoldine – wenn Willi auch diesen Namen längst wieder vergessen hatte –, das war ihm in demselben Augenblick klar gewesen, da der Onkel den Hornig, das rote Kleid und den blonden Wuschelkopf erwähnt hatte. Natürlich hatte er sich wohl gehütet, sich zu verraten, denn wenn sich der Onkel auch über das Vorleben des Fräulein Leopoldine Lebus keinerlei Illusionen zu machen schien, es wäre ihm doch gewiß recht peinlich gewesen, zu ahnen, wie jener Abend beim Hornig geendet, oder gar zu erfahren, daß Willi nachts um drei, nachdem er den Onkel zuerst nach Hause gebracht, die Leopoldine heimlich wieder getroffen hatte und bis zum Morgen mit ihr zusammengeblieben war. So tat er für alle Fälle so, als könnte er sich des ganzen Abends nicht recht erinnern; und als gälte es, dem Onkel etwas Tröstliches zu sagen, bemerkte er, daß gerade aus solchen Wuschelköpfen manchmal sehr brave Haus- und Ehefrauen würden, während im Gegensatz dazu Mädchen aus guter Familie und mit tadellosem Ruf ihren späteren Gatten zuweilen schon recht schlimme Enttäuschungen bereitet hätten. Er wußte auch ein Beispiel von einer Baronesse, die ein Kamerad geheiratet hatte, also eine junge Dame aus feinster, aristokratischer Familie, und die man kaum zwei Jahre nach der Hochzeit einem andern Kameraden in einem »Salon«, wo »anständige Frauen« zu fixen Preisen zu haben waren, zugeführt hatte. Der ledige Kamerad hatte sich verpflichtet gefühlt, den Ehemann zu verständigen; die Folge: Ehrengericht, Duell, schwere Verwundung des Gatten, Selbstmord der Frau; – der Onkel mußte ja in der Zeitung davon gelesen haben! Die Affäre hatte ja so viel Aufsehen gemacht. Willi sprach sehr lebhaft, als interessiere ihn diese Angelegenheit plötzlich mehr als seine eigene, und es kam ein Augenblick, in dem Robert Wilram einigermaßen befremdet zu ihm aufsah. Willi besann sich, und obwohl doch der Onkel unmöglich auch nur im entferntesten den Plan ahnen konnte, der indes in Willi aufgetaucht und weitergereift war, hielt er es doch für richtig, den Ton zu dämpfen und das Thema, das doch eigentlich nicht hierher gehörte, zu verlassen. Und etwas unvermittelt erklärte er, daß er nach den Aufschlüssen, die ihm der Onkel gegeben, natürlich nicht weiter in ihn dringen dürfe, und er ließ sogar gelten, daß ein Versuch beim Konsul Schnabel immerhin noch eher Aussicht auf Erfolg haben könnte als bei dem gewesenen Fräulein Leopoldine Lebus; und dann wäre es immerhin nicht undenkbar, daß auch der Oberleutnant Höchster, der eine kleine Erbschaft gemacht, vielleicht auch ein Regimentsarzt, der gestern an der Spielpartie teilgenommen hatte, sich gemeinsam bereitfänden, ihn aus seiner fürchterlichen Situation zu retten. Ja, Höchster müsse er vor allem aufsuchen, der hatte heute Kasernendienst.

Der Boden brannte ihm unter den Füßen, er sah auf die Uhr, stellte sich plötzlich noch eiliger an, als er war, reichte dem Onkel die Hand, schnallte den Säbel fester und ging.

II

Nun aber kam es vor allem darauf an, Leopoldinens Adresse zu erfahren, und Willi machte sich unverzüglich auf den Weg zum Meldungsamt. Daß sie ihm seine Bitte abschlagen könnte, sobald er sie überzeugt hatte, daß sein Leben auf dem Spiel stand, erschien ihm in diesem Augenblick geradezu unmöglich. Ihr Bild, das im Laufe der seither vergangenen Jahre kaum jemals in ihm aufgetaucht war, jener ganze Abend erstand neu lebendig in seiner Erinnerung. Er sah den blonden Wuschelkopf auf dem grobleinenen weißen, rotdurchschimmerten Bettpolster, das blasse, rührend-kindliche Gesicht, auf das durch die Spalten der schadhaften grünen Holzjalousien das Dämmerlicht des Sommermorgens fiel, sah den schmalen Goldreif mit dem Halbedelstein auf dem Ringfinger ihrer Rechten, die über der roten Bettdecke lag, das schmale silberne Armband um das Gelenk ihrer Linken, die sie Abschied winkend aus dem Bett hervorstreckte, als er sie verließ. Sie hatte ihm so gut gefallen, daß er sich beim Abschied fest entschlossen glaubte, sie wiederzusehen; es traf sich aber zufällig, daß gerade damals ein anderes weibliches Wesen ältere Rechte an ihn hatte, die ihm als die ausgehaltene Geliebte eines Bankiers keinen Kreuzer kostete, was bei seinen Verhältnissen immerhin in Betracht kam; – und so fügte es sich, daß er sich weder beim Hornig wieder blicken ließ, noch auch von der Adresse ihrer verheirateten Schwester Gebrauch machte, bei der sie wohnte und wohin er ihr hätte schreiben können. So hatte er sie seit jener einzigen Nacht niemals wiedergesehen. Aber was immer sich seither in ihrem Leben ereignet haben mochte, so sehr konnte sie sich nicht verändert haben, daß sie ruhig geschehen ließe – was eben geschehen mußte, wenn sie eine Bitte zurückwies, die zu erfüllen für sie doch so leicht war.

Er hatte immerhin eine Stunde im Meldungsamt zu warten, bis er den Zettel mit Leopoldinens Adresse in der Hand hielt. Dann fuhr er in einem geschlossenen Wagen bis zur Ecke der Gasse, in der Leopoldine wohnte, und stieg aus.

Das Haus war ziemlich neu, vier Stock hoch, nicht übermäßig

freundlich anzusehen, und lag gegenüber einem eingezäunten Holzplatz. Im zweiten Stock öffnete ihm ein nettgekleidetes Dienstmädchen; auf seine Frage, ob Frau Wilram zu sprechen sei, betrachtete sie ihn zögernd, worauf er ihr seine Visitenkarte reichte: Wilhelm Kasda, Leutnant im k.u.k. Infanterie-Regiment Nr. 98, Alserkaserne. Das Mädchen kam sofort mit dem Bescheid wieder, die gnädige Frau sei sehr beschäftigt; – was der Herr Leutnant wünsche? Nun erst fiel ihm ein, daß Leopoldine wahrscheinlich seinen Zunamen nicht kannte. Er überlegte, ob er sich einfach als einen alten Freund oder etwa scherzhaft als einen Cousin des Herrn von Hornig ausgeben sollte, als die Tür sich öffnete, ein älterer, dürftig gekleideter Mensch mit einer schwarzen Aktentasche heraustrat und dem Ausgang zuschritt. Dann ertönte eine weibliche Stimme: »Herr Kraßny!« was dieser, schon im Stiegenhaus, nicht mehr zu hören schien, worauf die Dame, die gerufen, persönlich ins Vorzimmer trat und nochmals nach Herrn Kraßny rief, so daß dieser sich umwandte. Leopoldine aber hatte den Leutnant schon erblickt und, wie ihr Blick und ihr Lächeln verriet, sofort wiedererkannt. Sie sah dem Geschöpf nicht im geringsten ähnlich, das er in der Erinnerung bewahrt hatte, war stattlich und voll, ja anscheinend größer geworden, trug eine einfache glatte, beinahe strenge Frisur, und, was das Merkwürdigste war, auf der Nase saß ihr ein Zwicker, dessen Schnur sie um das Ohr geschlungen hatte.

»Bitte, Herr Leutnant«, sagte sie. – Und nun merkte er, daß ihre Züge eigentlich ganz unverändert waren. »Bitte nur weiterzuspazieren, ich stehe gleich zur Verfügung.« Sie wies auf die Tür, aus der sie gekommen war, wandte sich Herrn Kraßny zu und schien ihm irgendeinen Auftrag, zwar leise und für Willi unverständlich, aber eindringlich einzuschärfen. Willi trat indes in ein helles und geräumiges Zimmer, in dessen Mitte ein langer Tisch stand, mit Tintenzeug, Lineal, Bleistiften und Geschäftsbüchern; an den Wänden rechts und links ragten zwei hohe Aktenschränke, auf der Rückwand über einem Tischchen mit Zeitungen und Prospekten war eine große Landkarte von Europa ausgespannt, und Willi mußte unwillkürlich an das Reisebüro einer Provinzstadt denken, in dem er einmal zu tun gehabt hatte. Gleich darauf aber sah er das armselige Hotelzimmer vor sich, mit den schadhaften Jalousien und dem durchscheinenden Bettpolster – – und es war ihm sonderbar zumute, beinahe wie in einem Traum.

Leopoldine trat ein, schloß die Tür hinter sich, den Zwicker ließ sie nun in den Fingern hin und her spielen, dann streckte sie dem Leutnant die Hand entgegen, freundlich, aber ohne merkliche Erregung. Er beugte sich über die Hand, als wenn er sie küssen wollte, doch sie entzog sie ihm sofort. »Nehmen Sie doch Platz, Herr Leutnant. Was verschafft mir das Vergnügen?« Sie wies ihm einen bequemen Stuhl an; sie selbst nahm ihren offenbar gewohnten Platz auf einem einfacheren Sessel ihm gegenüber an dem langen Tisch mit den Geschäftsbüchern ein. Willi kam sich vor, als wäre er bei einem Advokaten oder Arzt. – »Womit kann ich dienen?« fragte sie nun mit einem beinahe ungeduldigen Ton, der nicht sehr ermutigend klang.

»Gnädige Frau«, begann Willi nach einem leichten Räuspern, »ich muß vor allem vorausschicken, daß es nicht etwa mein Onkel war, der mir Ihre Adresse gegeben hat.«

Sie blickte verwundert auf. »Ihr Onkel?«

»Mein Onkel Robert Wilram«, betonte Willi.

»Ach ja«, lächelte sie und sah vor sich hin.

»Er weiß selbstverständlich nichts von diesem Besuch«, fuhr Willi etwas hastiger fort. »Ich muß das ausdrücklich bemerken.« Und auf ihren verwunderten Blick: »Ich habe ihn überhaupt schon lange nicht gesehen, aber es war nicht meine Schuld. Erst heute, im Laufe des Gesprächs, teilte er mir mit, daß er sich – in der Zwischenzeit vermählt hätte.«

Leopoldine nickte freundlich. »Eine Zigarette, Herr Leutnant?« Sie wies auf die offene Schachtel, er bediente sich, sie gab ihm Feuer und zündete sich gleichfalls eine Zigarette an. »Also, darf ich nun endlich wissen, welchem Umstand ich das Vergnügen zu verdanken habe –«

»Gnädige Frau, es handelt sich bei meinem Besuch um die gleiche Angelegenheit, die mich – zu meinem Onkel geführt hat. Eine eher – peinliche Angelegenheit, wie ich leider gleich bemerken muß«, – und da ihr Blick sich sofort auffallend verdunkelte – »ich will Ihre Zeit nicht allzusehr in Anspruch nehmen, gnädige Frau. Ganz ohne Umschweife: ich würde Sie nämlich ersuchen, mir auf – drei Monate einen gewissen Betrag vorzustrecken.«

Nun erhellte sich sonderbarerweise ihr Blick wieder. »Ihr Vertrauen ist für mich sehr schmeichelhaft, Herr Leutnant«, sagte sie und streifte die Asche von ihrer Zigarette, »obzwar ich eigentlich nicht recht weiß, wie ich zu dieser Ehre komme. Darf ich in jedem Fall fragen, um welchen Betrag es sich handelt?« Sie trommelte mit ihrem Zwicker leicht auf den Tisch.

»Um elftausend Gulden, gnädige Frau.« Er bereute, daß er nicht zwölf gesagt hatte. Schon wollte er sich verbessern, dann fiel ihm plötzlich ein, daß der Konsul sich vielleicht mit zehntausend zufrieden geben würde, und so ließ er es bei den elf bewenden.

»So«, sagte Leopoldine, »elftausend, das kann man ja wirklich schon einen ›gewissen Betrag‹ nennen.« Sie ließ ihre Zunge zwischen den Zähnen spielen. »Und welche Sicherheit würden Sie mir bieten, Herr Leutnant?«

»Ich bin Offizier, gnädige Frau.«

Sie lächelte – beinahe gütig. »Verzeihen Sie, Herr Leutnant, aber das bedeutet nach geschäftlichen Usancen noch keine Sicherheit. Wer würde für sie bürgen?«

Willi schwieg und blickte zu Boden. Eine brüske Abweisung hätte ihn nicht minder verlegen gemacht als diese kühle Höflichkeit. »Verzeihen Sie, gnädige Frau«, sagte er. »Die formelle Seite der Angelegenheit habe ich mir freilich noch nicht genügend überlegt. Ich befinde mich nämlich in einer ganz verzweifelten Situation. Es handelt sich um eine Ehrenschuld, die bis morgen acht Uhr früh beglichen werden muß. Sonst ist eben die Ehre verloren und – was bei unsereinem sonst noch dazugehört.« Und da er nun in ihren Augen eine Spur von Teilnahme glaubte schimmern zu sehen, erzählte er ihr, geradeso wie eine Stunde vorher dem Onkel, doch in gewandteren und bewegteren Worten, die Geschichte der vergangenen Nacht. Sie hörte ihn mit immer deutlicheren Anzeichen des Mitgefühls, ja des Bedauerns an. Und als er geendet, fragte sie mit einem verheißungsvollen Augenaufschlag: »Und ich – ich, Willi, bin das einzige menschliche Wesen auf Erden, an das du dich in dieser Situation wenden konntest?«

Diese Ansprache, insbesondere ihr Du, beglückte ihn. Schon hielt er sich für gerettet. »Wär' ich sonst da?« fragte er. »Ich habe wirklich keinen andern Menschen.«

Sie schüttelte teilnehmend den Kopf. »Um so peinlicher ist es mir«, erwiderte sie und drückte langsam ihre glimmende Zigarette aus, »daß ich leider nicht in der Lage bin, dir gefällig zu sein. Mein Vermögen ist in verschiedenen Unternehmungen festgelegt. Über nennenswerte Barbeträge verfüge ich niemals. Bedauere wirklich.« Und sie erhob sich von ihrem Sessel, als wäre eine Audienz beendet. Willi, im tiefsten erschrocken, blieb sitzen. Und zögernd, unbeholfen, fast stotternd, gab er ihr zur Erwägung, ob nicht doch bei dem wahrscheinlich sehr günstigen Stand ihrer geschäftlichen Unternehmungen eine Anleihe aus irgendwelchen Kassenbeständen oder die Inanspruchnahme irgendeines Kredites möglich wäre. Ihre Lippen kräuselten sich ironisch, und seine geschäftliche Naivität nachsichtig belächelnd sagte sie: »Du stellst dir diese Dinge etwas einfacher vor, als sie sind, und offenbar hältst du es für ganz selbstverständlich, daß ich mich in deinem Interesse in irgendeine finanzielle Transaktion einließe, die ich in meinem eigenen nie und nimmer unternähme. Und noch dazu ohne jede Sicherstellung! – Wie komm' ich eigentlich dazu?« Diese letzten Worte klangen nun wieder so freundlich, ja kokett, als sei sie innerlich doch schon bereit nachzugeben und erwarte nur noch ein bittendes, ein beschwörendes Wort aus seinem Mund. Er glaubte es gefunden zu haben und sagte: »Gnädige Frau – Leopoldine – meine Existenz, mein Leben steht auf dem Spiel.«

Sie zuckte leicht zusammen; er spürte, daß er zu weit gegangen war, und fügte leise hinzu: »Bitte um Verzeihung.«

Ihr Blick wurde undurchdringlich, und nach kurzem Schweigen bemerkte sie trocken: »Keineswegs kann ich eine Entscheidung treffen, ohne meinen Advokaten zu Rate gezogen zu haben.« Und da nun sein Auge in neuer Hoffnung zu leuchten begann, mit einer wie abwehrenden Handbewegung: »Ich habe heute ohnehin eine Besprechung mit ihm – um fünf in seiner Kanzlei. Ich will sehen, was sich machen läßt. Jedenfalls rate ich dir, verlaß dich nicht darauf, nicht im geringsten. Denn eine sogenannte Kabinettsfrage werde ich natürlich nicht daraus machen.« Und mit plötzlicher Härte fügte sie hinzu: »Ich wüßte wirklich nicht, warum.« Dann aber lächelte sie wieder und reichte ihm die Hand. Nun erlaubte sie ihm auch, einen Kuß darauf zu drücken.

»Und wann darf ich mir die Antwort holen?«

Sie schien eine Weile nachzudenken: »Wo wohnst du?«

»Alserkaserne«, erwiderte er rasch, »Offizierstrakt, dritte Stiege, Zimmer vier.«

Sie lächelte kaum. Dann sagte sie langsam: »Um sieben, halb acht werd' ich jedenfalls schon wissen, ob ich in der Lage bin oder nicht – –«, überlegte wieder eine Weile und schloß mit Entschiedenheit: »Ich werde dir die Antwort zwischen sieben und acht durch eine Vertrauensperson übermitteln lassen.« Sie öffnete ihm die Tür und geleitete ihn in den Vorraum. »Adieu, Herr Leutnant.«

»Auf Wiedersehn«, erwiderte er betroffen. Ihr Blick war kalt und fremd. Und als das Dienstmädchen dem Herrn Leutnant die Tür ins Stiegenhaus auftat, war Frau Leopoldine Wilram schon in ihrem Zimmer verschwunden.

12

Während der kurzen Zeit, die Willi bei Leopoldine verbracht hatte, war er durch so wechselhafte Stimmungen der Entmutigung, der Hoffnung, der Geborgenheit und neuer Enttäuschung gegangen, daß er die Treppe wie benommen hinabstieg. Im Freien erst gewann er einige Klarheit wieder, und nun schien ihm seine Angelegenheit im ganzen nicht ungünstig zu stehen. Daß Leopoldine, wenn sie nur wollte, in der Lage war, sich für ihn das Geld zu beschaffen, war zweifellos; daß es in ihrer Macht lag, ihrem Rechtsanwalt zu bestimmen, wie es ihr beliebte, dafür war ihr ganzes Wesen Beweis genug; – daß endlich in ihrem Herzen noch etwas für ihn sprach –, dieses Gefühl wirkte so stark in Willi nach, daß er sich, im Geist eine lange Frist überspringend, plötzlich als Gatten der verwitweten Frau Leopoldine Wilram, nunmehriger Frau Majorin Kasda, zu erblicken glaubte.

Doch dieses Traumbild verblaßte bald, während er in Sommermittagsschwüle durch mäßig belebte Gassen eigentlich ziellos dem Ring zu spazierte. Er erinnerte sich nun wieder des unerfreulichen Büroraums, in dem sie ihn empfangen hatte; und ihr Bild, um das eine Weile hindurch eine gewisse weibliche Anmut geflossen war, nahm wieder den harten, beinahe strengen Ausdruck an, der ihn in manchen Momenten eingeschüchtert hatte. Doch wie immer es kommen sollte, noch viele Stunden der Ungewißheit lagen vor ihm; und auf irgendeine Weise mußten sie hingebracht werden. Es kam ihm der Einfall, sich, wie man das so nennt, einen »guten Tag« zu machen, und wenn – ja gerade wenn es der letzte wäre. Er entschloß sich, das Mittagessen in einem vornehmen Hotelrestaurant einzunehmen, wo er seinerzeit ein paarmal mit dem Onkel gespeist hatte, ließ sich in einer kühlen, dämmerigen Ecke eine vortreffliche Mahlzeit servieren, trank eine Flasche herbsüßen ungarischen Weins dazu und geriet allmählich in einen Zustand von Behaglichkeit, gegen den er sich nicht zu wehren vermochte. Mit einer guten Zigarre saß er noch geraume Zeit, der einzige Gast, in der Ecke des Samtdiwans, duselte vor sich hin, und als ihm der Kellner echte ägyptische Zigaretten zum Kauf anbot, nahm er gleich eine ganze Schachtel; es war ja alles egal, schlimmstenfalls vererbte er sie seinem Burschen.

Als er wieder auf die Straße trat, war ihm nicht anders zumute, als wenn ihm ein einigermaßen bedenkliches, aber doch im wesentlichen interessantes Abenteuer bevorstünde, etwa ein

Duell. Und er erinnerte sich eines Abends, einer halben Nacht, die er vor zwei Jahren mit einem Kameraden verbracht hatte, der am nächsten Morgen auf Pistolen antreten sollte; – zuerst in Gesellschaft von ein paar weiblichen Wesen, dann mit ihm allein unter ernsten, gewissermaßen philosophischen Gesprächen. Ja, so ähnlich mußte dem damals zumute gewesen sein; und daß die Sache damals gut ausgegangen war, erschien Willi wie eine günstige Vorbedeutung.

Er schlenderte über den Ring, ein junger, nicht übermäßig eleganter Offizier, aber schlank gewachsen, leidlich hübsch, und den jungen Damen aus verschiedensten Kreisen, die ihm begegneten, wie er an manchem Augenaufschlag bemerkte, ein nicht unerfreulicher Anblick. Vor einem Kaffeehaus im Freien trank er einen Mokka, rauchte Zigaretten, blätterte in illustrierten Zeitungen, musterte die Vorübergehenden, ohne sie eigentlich zu sehen; und allmählich erst, ungern, aber mit Notwendigkeit, erwachte er zum klaren Bewußtsein der Wirklichkeit. Es war fünf Uhr. Unaufhaltsam, wenn auch allzu langsam, schritt der Nachmittag weiter vor; nun war es wohl das klügste, sich nach Hause zu begeben und eine Weile der Ruhe zu pflegen, soweit das möglich war. Er nahm die Pferdebahn, stieg vor der Kaserne aus, und ohne irgendwelche unwillkommene Begegnung gelangte er über den Hof zu seinem Quartier. Joseph war im Vorzimmer beschäftigt, die Garderobe des Herrn Leutnant in Ordnung zu bringen, meldete gehorsamst, daß sich nichts Neues ereignet habe, nur – der Herr von Bogner sei dagewesen, schon am Vormittag, und habe seine Visitenkarte dagelassen. »Was brauch' ich dem seine Karten«, sagte Willi unwirsch. Die Karte lag auf dem Tisch, Bogner hatte seine Privatadresse darauf geschrieben: Piaristengasse zwanzig. Gar nicht weit, dachte Willi. Was geht das mich übrigens an, ob er nah oder weit wohnt, der Narr. Wie ein Gläubiger lief er ihm nach – der zudringliche Kerl. Willi war nah daran, die Karte zu zerreißen, dann überlegte er sich's doch –, warf sie nachlässig auf die Kommode hin und wandte sich wieder an den Burschen: Am Abend zwischen sieben und acht würde jemand nach ihm, nach dem Herrn Leutnant Kasda fragen, ein Herr, vielleicht ein Herr mit einer Dame, möglicherweise auch eine Dame allein. »Verstanden?« – »Jawohl, Herr Leutnant.« Willi schloß die Türe hinter sich, streckte sich auf das Sofa hin, das etwas zu kurz war, so daß seine Füße über die niedere Lehne herabbaumelten, und sank in den Schlaf wie in einen Abgrund.

13

Es dämmerte schon, als er durch ein unbestimmtes Geräusch erwachte, die Augen aufschlug und eine junge Dame in einem blau-weiß getupften Sommerkleid vor sich stehen sah. Schlaftrunken noch erhob er sich, sah, daß mit einem etwas ängstlichen Blick, wie schuldbewußt, sein Bursche hinter der jungen Dame stand, und schon vernahm er Leopoldinens Stimme. »Verzeihen Sie, Herr Leutnant, daß ich Ihrem – Herrn Burschen nicht erlaubt habe, mich anzumelden, aber ich habe lieber gewartet, bis Sie von selbst aufwachen.«

Wie lang mag sie schon dastehen, dachte Willi, und was ist denn das für eine Stimme? Und wie sieht sie aus? Das ist doch eine ganz andere als die von Vormittag. Sicher hat sie das Geld mitgebracht. Er winkte dem Burschen ab, der gleich verschwand. Und zu Leopoldine gewendet: »Also, gnädige Frau, bemühen sich selbst – ich bin sehr glücklich. Bitte, gnädige Frau –« Und er lud sie ein, Platz zu nehmen.

Sie ließ einen hellen, beinahe fröhlichen Blick im Zimmer herumgehen und schien mit dem Raum durchaus einverstanden. In der Hand hielt sie einen weiß-blau gestreiften Schirm, der ihrem blauen, weiß getupften Foulardkleid vortrefflich angepaßt war. Sie trug einen Strohhut von nicht ganz moderner Fasson, breitrandig, nach Florentiner Art, mit herabhängenden, künstlichen Kirschen. »Sehr hübsch haben sie's hier, Herr Leutnant«, sagte sie, und die Kirschen schaukelten an ihrem Ohr hin und her. »Ich habe mir gar nicht vorgestellt, daß Zimmer in einer Kaserne so behaglich und nett ausschauen können.« – »Es sind nicht alle gleich«, bemerkte Willi mit einiger Genugtuung. Und sie ergänzte lächelnd: »Es wird wohl im allgemeinen auf den Bewohner ankommen.«

Willi, verlegen und froh erregt, rückte Bücher auf dem Tisch zurecht, schloß den schmalen Schrank ab, dessen Tür ein wenig geklafft hatte, und plötzlich bot er Leopoldine aus der im Hotel gekauften Schachtel eine Zigarette an. Sie lehnte ab, ließ sich aber leicht in die Ecke des Diwans sinken. Entzückend sieht sie aus, dachte Willi. Eigentlich wie eine Frau aus guten, bürgerlichen Kreisen. Sie erinnerte so wenig an die Geschäftsdame von heute vormittag als an den Wuschelkopf von einst. Wo mochte sie nur die elftausend Gulden haben? Als erriete sie seine Gedanken, sah sie lächelnd, spitzbübisch beinahe zu ihm auf und fragte dann scheinbar harmlos: »Wie leben Sie denn immer, Herr Leutnant?« Und da Willi mit der Antwort auf ihre doch gar zu allgemein gehaltene Frage zögerte, erkundigte sie sich im einzelnen, ob sein Dienst leicht oder schwer sei, ob er bald avancieren werde, wie er mit seinen Vorgesetzten stehe und ob er oft Ausflüge in die Umgebung unternehme, wie zum Beispiel am vorigen Sonntag. Willi entgegnete, mit dem Dienst sei es bald so, bald so, über seine Vorgesetzten habe er sich im allgemeinen nicht zu beklagen, insbesondere der Oberstleutnant Wositzky sei sehr nett zu ihm, ein Avancement sei vor drei Jahren nicht zu erwarten, zu Ausflügen habe er natürlich wenig Zeit, wie sich die gnädige Frau denken könne, nur eben an Sonntagen – wozu er einen leichten Seufzer vernehmen ließ. Leopoldine bemerkte darauf, den Blick freundlich zu ihm erhoben – denn er stand noch immer durch den Tisch von ihr getrennt ihr gegenüber –, sie hoffe, daß er seine Abende auch nützlicher zu verwenden wisse als am Kartentisch. Und nun hätte sie wohl ungezwungen anknüpfen können: Ja, richtig, Herr Leutnant, daß ich nicht vergesse, hier, die Kleinigkeit, um die Sie mich heute morgen angingen – – Aber kein Wort, keine Bewegung, die so zu deuten war. Sie sah immer nur lächelnd, wohlgefällig zu ihm auf, und ihm blieb nichts anderes übrig, als die Unterhaltung mit ihr weiterzuführen, so gut es ging. So erzählte er von der sympathischen Familie Keßner und der schönen Villa, in der sie wohnten, von dem dummen Schauspieler Elrief, von dem geschminkten Fräulein Rihoschek und von der nächtlichen Fiakerfahrt nach Wien. »In netter Gesellschaft, hoffentlich«, meinte sie. Oh, keineswegs, er sei mit einem seiner Spielpartner hereingefahren. Nun erkundigte sie sich scherzhaft, ob das Fräulein Keßner blond oder braun oder schwarz sei. Das wisse er selbst nicht genau, antwortete er. Und sein Ton verriet absichtsvoll, daß es in seinem Leben keinerlei Herzenssachen von irgendwelcher Bedeutung gäbe. »Ich glaube überhaupt, gnädige Frau, Sie stellen sich mein Leben ganz anders vor, als es ist.« Teilnahmvoll, die Lippen halb geöffnet, sah sie zu ihm auf. »Wenn man nicht so allein wär'«, fügte er hinzu, »könnten einem so fatale Dinge wohl nicht passieren.« Sie hatte einen unschuldig-fragenden Augenaufschlag, als verstünde sie nicht recht, dann nickte sie ernst, aber auch jetzt benützte sie die Gelegenheit nicht; und statt von dem Geld zu reden, das sie doch jedenfalls mitgebracht hatte, oder einfacher noch, ohne viel Worte, die Banknoten auf den Tisch zu legen, bemerkte sie: »Alleinsein und Alleinsein, das ist zweierlei.« – »Das stimmt«, sagte er. Und da sie darauf nur verständnisvoll nickte und es ihm immer nur banger wurde, wenn die Unterhaltung stockte, entschloß er sich zu der Frage, wie es ihr denn immer gegangen sei, ob sie viel Schönes erlebt habe; und er vermied es, des älteren Herrn Erwähnung zu tun, mit dem sie verheiratet und der sein Onkel war, ebenso wie er es unterließ, vom Hornig zu reden oder gar von einem gewissen Hotelzimmer mit schadhaften Jalousien und rotdurchschimmerten Kissen. Es war ein Gespräch zwischen einem nicht sonderlich gewandten Leutnant und einer hübschen jungen Frau der bürgerlichen Gesellschaft, die beide wohl allerlei voneinander wußten – recht verfängliche Dinge einer von dem anderen –, die aber beide ihre Gründe haben mochten, an diese Dinge lieber nicht zu rühren, und wäre es auch nur aus dem Grunde, um die Stimmung nicht zu gefährden, die nicht ohne Reiz, ja nicht ohne Verheißungen war. Leopoldine hatte ihren Florentiner Hut abgenommen und vor sich hin auf den Tisch gelegt. Sie trug wohl noch die glatte Frisur von heute morgen, aber seitlich hatten sich ein paar Locken gelöst und fielen geringelt über die Schläfe hin, was nun ganz von ferne den einstigen Wuschelkopf in Erinnerung brachte.

Es dunkelte immer tiefer. Willi überlegte eben, ob er die Lampe anzünden sollte, die in der Nische des weißen Kachelofens stand; in diesem Augenblick griff Leopoldine wieder nach ihrem Hut. Es sah zuerst aus, als hätte das weiter keine Bedeutung, denn sie war indes in die Erzählung von einem Ausflug geraten, der sie voriges Jahr über Mödling, Lilienfeld, Heiligenkreuz gerade nach Baden geführt hatte, aber plötzlich setzte sie den Florentiner Hut auf, steckte ihn fest, und mit einem höflichen Lächeln bemerkte sie, daß es nun an der Zeit für sie sei, sich zu empfehlen. Auch Willi lächelte; aber es war ein unsicheres, fast erschrockenes Lächeln, das um seine Lippen irrte. Hielt sie ihn zum besten? Oder wollte sie sich nur an seiner Unruhe, an seiner Angst weiden, um ihn endlich im letzten Augenblick mit der Kunde zu beglücken, daß sie das Geld mitgebracht habe? Oder war sie nur gekommen, um sich zu entschuldigen, daß es ihr nicht möglich gewesen war, den gewünschten Betrag für ihn flüssig zu machen? Und fand nur die rechten Worte nicht, ihm das zu sagen? Jedenfalls aber, das war unverkennbar, es war ihr ernst mit der Absicht zu gehen; und ihm in seiner Hilflosigkeit blieb nichts übrig, als Haltung zu bewahren, sich zu betragen wie ein galanter junger Mann, der den erfreulichen Besuch einer schönen, jungen Frau erhalten und sich unmöglich darein finden konnte, sie mitten in der besten Unterhaltung einfach gehen zu lassen. »Warum wollen Sie denn schon fort?« fragte er im Ton eines enttäuschten Liebhabers. Und dringender: »Sie werden doch nicht wirklich schon fortwollen, Leopoldine?« – »Es ist spät«, erwiderte sie. Und leicht scherzend fügte sie hinzu: »Du wirst wohl auch etwas Gescheiteres vorhaben an einem so schönen Sommerabend?«

Er atmete auf, da sie ihn nun plötzlich wieder mit dem vertrauten Du ansprach; und es war ihm schwer, eine neu aufsteigende Hoffnung nicht zu verraten. Nein, er habe nicht das Geringste vor, sagte er, und selten hatte er etwas mit gleich gutem Gewissen beteuern können. Sie zierte sich ein wenig, behielt den Hut vorerst noch auf dem Kopf, trat zu dem offenen Fenster hin und blickte wie mit plötzlich erwachtem Interesse in den Kasernenhof hinab. Dort gab es freilich nicht viel zu sehen: drüben vor der Kantine, um einen langen Tisch, saßen Soldaten; ein Offiziersbursche, ein verschnürtes Paket unter dem Arm, eilte quer durch den Hof, ein anderer schob ein Wägelchen mit einem Faß Bier der Kantine zu, zwei Offiziere spazierten plaudernd dem Tore zu. Willi stand neben Leopoldine, ein wenig hinter ihr, ihr blau-weiß getupftes Foulardkleid rauschte leise, ihr linker Arm hing schlaff herab, die Hand blieb erst unbeweglich, als die seine sie berührte; allmählich aber glitten ihre Finger leicht zwischen die seinen. Aus einem Mannschaftszimmer gegenüber, dessen Fenster weit offen standen, drangen melancholisch die Übungsläufe einer Trompete. Schweigen.

»Ein bißl traurig ist es da«, meinte Leopoldine endlich – »Findest du?« Und da sie nickte, sagte er: »Es müßte aber gar nicht traurig sein.« Sie wandte langsam den Kopf nach ihm um. Er hätte erwartet, ein Lächeln um ihre Lippen zu sehen, doch er gewahrte einen zarten, fast schwermütigen Zug. Plötzlich aber reckte sie sich und sagte: »Jetzt ist es aber wirklich höchste Zeit, meine Marie wird schon mit dem Nachtmahl warten.« – »Haben Gnädigste die Marie noch nie warten lassen?« Und da sie ihn darauf lächelnd ansah, wurde er kühner und fragte sie, ob sie ihm nicht die Freude bereiten und bei ihm zu Abend essen möchte. Er werde den Burschen hinüberschicken in den Riedhof, sie könne ganz leicht noch vor zehn zu Hause sein. Ihre Einwendungen klangen so wenig ernsthaft, daß Willi ohne weiteres ins Vorzimmer eilte, rasch seinem Burschen die zweckdienlichen Aufträge erteilte und gleich wieder bei Leopoldine war, die, noch immer am Fenster stehend, eben mit einem lebhaften Schwung den Florentiner Hut über den Tisch auf das Bett fliegen ließ. Und von diesem Augenblick an schien sie eine andere geworden. Sie strich Willi lachend über den glatten Scheitel, er faßte sie um die Mitte und zog sie neben sich auf das Sofa. Doch als er sie küssen wollte, wandte sie sich heftig ab, er unterließ weitere Versuche und stellte nun die Frage an sie, wie sie denn eigentlich ihre Abende zu verbringen pflege. Sie sah ihm ernsthaft ins Auge. »Ich hab' ja tagsüber so viel zu tun«, sagte sie, »und ich bin ganz froh, wenn ich am Abend meine Ruh' hab' und keinen Menschen seh'.« Er gestand ihr, daß er sich von ihren Geschäften eigentlich keinen rechten Begriff zu machen vermöge; und rätselhaft erschiene es ihm, daß sie überhaupt in diese Art von Existenz geraten sei. Sie wehrte ab. Von solchen Dingen verstünde er ja doch nichts. Er gab nicht gleich nach, sie solle ihm doch wenigstens etwas von ihrem Lebenslauf erzählen, nicht alles natürlich, das könne er nicht verlangen, aber er möchte doch gern so ungefähr wissen, was sie erlebt seit dem Tage, da – da sie einander zum letztenmal gesehen. Noch mancherlei wollte sich auf seine Lippen drängen, auch der Name seines Onkels, aber irgend etwas hielt ihn zurück, ihn auszusprechen. Und er fragte sie nur unvermittelt, fast überstürzt, ob sie glücklich sei.

Sie blickte vor sich hin. »Ich glaub' schon«, erwiderte sie dann leise. »Vor allem bin ich ein freier Mensch, das hab' ich mir immer am meisten gewünscht, bin von niemandem abhängig, wie – ein Mann.«

»Das ist aber Gott sei Dank das einzige«, sagte Willi, »was du von einem Mann an dir hast.« Er rückte näher an sie, wurde zärtlich. Sie ließ ihn gewähren, doch wie zerstreut. Und als draußen die Türe ging, rückte sie rasch von ihm fort, stand auf, nahm die Lampe aus der Ofennische und machte Licht. Joseph trat mit dem Essen ein. Leopoldine nahm in Augenschein, was er mitgebracht, nickte zustimmend. »Herr Leutnant müssen einige Erfahrung haben«, bemerkte sie lächelnd. Dann deckte sie gemeinsam mit Joseph den Tisch, gestattete nicht, daß Willi mit Hand anlegte; er blieb auf dem Sofa sitzen, »wie ein Pascha« bemerkte er, und rauchte eine Zigarette. Als alles in Ordnung war und das Vorgericht auf dem Tische stand, wurde Joseph für heute entlassen. Ehe er ging, drückte ihm Leopoldine ein so reichliches

Trinkgeld in die Hand, daß er vor Staunen fassungslos war und ehrerbietig salutierte wie vor einem General.

»Dein Wohl«, sagte Willi und stieß mit Leopoldine an. Beide leerten ihre Gläser, sie stellte das ihre klirrend hin und preßte ihre Lippen heftig an Willis Mund. Als er nun stürmischer wurde, schob sie ihn von sich fort, bemerkte: »Zuerst wird soupiert« und wechselte die Teller.

Sie aß, wie gesunde Geschöpfe zu essen pflegen, die ihr Tagewerk vollbracht haben und es sich nach getaner Arbeit gut schmecken lassen, aß, mit weißen kraftvollen Zähnen, dabei doch recht fein und manierlich, in der Art von Damen, die immerhin schon manchmal in vornehmen Restaurants mit feinen Herren soupiert haben. Die Weinflasche war bald geleert, und es traf sich gut, daß der Herr Leutnant sich rechtzeitig erinnerte, eine halbe Flasche französischen Kognak, weiß Gott von welcher Gelegenheit her, im Schrank stehen zu haben. Nach dem zweiten Glas schien Leopoldine ein wenig schläfrig zu werden. Sie lehnte sich in die Ecke des Diwans zurück, und als Willi sich über ihre Stirn beugte, ihre Augen, ihre Lippen, ihren Hals küßte, flüsterte sie hingegeben, schon wie aus einem Traum, seinen Namen.

14

Als Willi erwachte, dämmerte es, und kühle Morgenluft wehte durch das Fenster herein. Leopoldine aber stand mitten im Zimmer, völlig angekleidet, den Florentiner Hut auf der Frisur, den Schirm in der Hand. Herrgott, muß ich fest geschlafen haben, war Willis erster Gedanke, und sein zweiter: Wo ist das Geld? Da stand sie mit Hut und Schirm, offenbar bereit, in der nächsten Sekunde den Raum zu verlassen. Sie nickte dem Erwachenden einen Morgengruß zu. Da streckte er, wie sehnsüchtig, die Arme nach ihr aus. Sie trat näher, setzte sich zu ihm aufs Bett, mit freundlicher, aber ernster Stirn. Und als er die Arme um sie schlingen, sie an sich ziehen wollte, deutete sie auf ihren Hut, auf ihren Schirm, den sie, fast wie eine Waffe, in der Hand hielt, schüttelte den Kopf: »Keine Dummheiten mehr«, und versuchte, sich zu erheben. – Er ließ es nicht zu. »Du willst doch nicht gehen?« fragte er mit umflorter Stimme.

»Gewiß will ich«, sagte sie und strich ihm schwesterlich übers Haar. »Ein paar Stunden möchte ich mich ordentlich ausruhen, um neun habe ich eine wichtige Konferenz.«

Es ging ihm durch den Sinn, daß dies vielleicht eine Konferenz – wie das Wort klang! – in seiner Angelegenheit sein könne –, die Beratung mit dem Advokaten, zu der sie gestern offenbar keine Zeit mehr gefunden. Und in seiner Ungeduld fragte er sie geradezu: »Eine Besprechung mit deinem Anwalt?« – »Nein«, erwiderte sie unbefangen, »ich erwarte einen Geschäftsfreund aus Prag.« Sie beugte sich zu ihm herab, strich ihm den kleinen Schnurrbart von den Lippen zurück, küßte ihn flüchtig, flüsterte »Adieu« und erhob sich. In der nächsten Sekunde konnte sie bei der Tür draußen sein. Willi stand das Herz still. Sie wollte fort? So wollte sie fort?! Doch eine neue Hoffnung wachte in ihm auf. Vielleicht hatte sie, aus Diskretion gewissermaßen, das Geld unbemerkt irgendwohin gelegt. Ängstlich, unruhig irrte sein Blick im Zimmer hin und her – über den Tisch, zur Nische des Ofens. – Oder hatte sie es vielleicht, während er schlief, unter die Kissen verborgen? Unwillkürlich griff er hin. Nichts. Oder in sein Portemonnaie gesteckt, das neben seiner Taschenuhr lag? Wenn er nur nachsehen könnte! Und zugleich fühlte, wußte, sah er, wie sie immer seinem Blick, seinen Bewegungen gefolgt war, mit Spott, wenn nicht gar mit Schadenfreude. Den Bruchteil einer Sekunde nur traf sein Blick sich mit dem ihren. Er wandte den seinen ab wie ertappt – da war sie auch schon an der Tür und hatte die Klinke in der Hand. Er wollte ihren Namen rufen, seine Stimme versagte wie unter einem Alpdruck, wollte aus dem Bett springen, zu ihr hin stürzen, sie zurückhalten; ja, er fühlte sich bereit, ihr über die Treppe nachzulaufen, im Hemd – geradeso – er sah das Bild vor sich –, wie er in einem Provinzbordell vor vielen Jahren einmal eine Dirne einem Herrn hatte nachlaufen sehen, der ihr den Liebeslohn schuldig geblieben war…; sie aber, als hätte sie von seinen

Lippen ihren Namen vernommen, den er doch gar nicht ausgesprochen, ohne nur die Klinke aus der Hand zu lassen, griff mit der andern in den Ausschnitt ihres Kleides. »Bald hätt' ich vergessen«, sagte sie beiläufig, trat nun näher, ließ eine Banknote auf den Tisch gleiten –, »da« – und war schon wieder bei der Tür.

Willi, mit einem Ruck, saß auf dem Rand des Bettes und starrte auf die Banknote hin. Es war nur eine, ein Tausender; Banknoten von höherem Wert gab es nicht, so konnte es nur ein Tausender sein. »Leopoldine«, rief er mit einer fremden Stimme. Doch als sie sich daraufhin nach ihm umwandte, immer die Türklinke in der Hand, mit etwas verwundertem, eiskaltem Blick, überfiel ihn eine Scham, so tief, so peinigend, wie er sie niemals in seinem Leben verspürt hatte. Aber nun war es zu spät, er mußte weiter, wohin immer, in welche Schmach er noch geriete. Und unaufhaltsam stürzte es von seinem Lippen:

»Das ist ja zu wenig, Leopoldine, nicht um tausend, du hast mich gestern wahrscheinlich mißverstanden, um elftausend habe ich dich gebeten.« Und unwillkürlich unter ihrem immer eisigeren Blick zog er die Bettdecke über seine nackten Beine.

Sie sah ihn an, als verstünde sie nicht recht. Dann nickte sie ein paarmal, als werde ihr jetzt erst alles klar: »Ach so«, sagte sie, »du hast gedacht...« Und mit einer verächtlich-flüchtigen Kopfwendung zu der Banknote hin: »Darauf hat das keinen Bezug. Die tausend Gulden, die sind nicht geliehen, die gehören dir – für die vergangene Nacht.« Und zwischen ihren halb geöffneten Lippen, ihren blitzenden Zähnen spielte ihre feuchte Zunge hin und her.

Die Decke glitt von Willis Füßen. Aufrecht stand er da, das Blut stieg ihm brennend in Augen und Stirn. Unbewegt, wie neugierig, blickte sie ihn an. Und da er nicht vermochte, ein Wort herauszubringen – wie fragend: »Ist doch nicht zu wenig? Was hast du dir denn eigentlich vorgestellt? Tausend Gulden! – Von dir hab' ich damals nur zehn gekriegt, weißt noch?« Er machte ein paar Schritt auf sie zu. Leopoldine blieb ruhig in der

Türe stehen. Nun griff er mit einer plötzlichen Bewegung nach der Banknote, zerknitterte sie, seine Finger bebten, es war, als wollte er ihr das Geld vor die Füße werfen. Da ließ sie die Klinke los, trat ihm gegenüber, blieb Aug' in Aug' mit ihm stehen. »Das soll kein Vorwurf sein«, sagte sie. »Ich hab' ja auf mehr nicht Anspruch gehabt damals. Zehn Gulden – war ja genug, zu viel sogar.« Und das Auge noch tiefer in das seine: »Wenn man's genau nimmt, gerade um zehn Gulden zu viel.«

Er starrte sie an, senkte den Blick, begann zu verstehen. »Das hab' ich nicht wissen können«, kam es tonlos von seinen Lippen. – »Hätt'st schon«, entgegnete sie, »war nicht so schwer.«

Er hob langsam wieder den Blick; und nun, in der Tiefe ihrer Augen, gewahrte er einen seltsamen Schimmer: der gleiche kindlich-holde Schimmer war darin, der ihm auch in jener längst verflossenen Nacht aus ihren Augen erglänzt war. Und neu lebendig stieg Erinnerung in ihm auf – nicht an die Lust nur, die sie ihm gegeben, wie manche andere vor ihr, manche nach ihr – und an die schmeichelnden Koseworte, wie er sie von anderen auch gehört; – auch der wundersamen, niemals sonst erlebten Hingegebenheit erinnerte er sich nun, mit der sie die schmalen Kinderarme um seinen Hals geschlungen, und verklungene Worte tönten in ihm auf –, der Klang und die Worte selbst, wie er sie von keiner andern je vernommen hatte: »Laß mich nicht allein, ich hab' dich lieb.« All dies Vergessene, nun wußte er es wieder. Und geradeso, wie s i e es heute getan – auch das wußte er nun –, unbekümmert, gedankenlos, während sie noch in süßer Ermattung zu schlummern schien, hatte e r sich damals von ihrer Seite erhoben, nach flüchtiger Erwägung, ob es nicht auch mit einer kleineren Note getan wäre, nobel einen Zehnguldenschein auf das Nachttischchen hingelegt; – dann, in der Tür schon den schlaftrunkenen und doch bangen Blick der langsam Erwachenden auf sich fühlend, hatte er sich eilig davongemacht, um sich in der Kaserne noch für ein paar Stunden ins Bett zu strecken; und in der Frühe, vor Antritt des Dienstes noch, war das kleine Blumenmädel vom Hornig vergessen.

Indessen aber, während jene längst verflossene Nacht in ihm so unbegreiflich lebendig ward, erlosch allmählich der kindlich-holde Schimmer in Leopoldinens Auge wieder. Kalt, grau, fern starrte es in das seine, und in dem Maße, da nun auch das Bild jener Nacht in ihm verblaßte, stieg Abwehr, Zorn, Erbitterung in ihm auf. Was fiel ihr ein? Was nahm sie sich heraus gegen ihn? Wie durfte sie sich anstellen, als glaubte sie wirklich, daß er für Geld sich ihr angeboten? Ihn behandeln wie einen Zuhälter, der sich seine Gunst bezahlen ließ? Und fügte solchem unerhörten Schimpf noch den frechsten Hohn hinzu, indem sie wie ein von den Liebeskünsten einer Dirne enttäuschter Lüstling einen Preis heruntersetzte, der ausbedungen war? Als zweifelte sie nur im geringsten daran, daß er auch die ganzen elftausend Gulden ihr vor die Füße geschmissen, wenn sie es gewagt hätte, sie ihm als Liebessold anzubieten?

Doch während das Schmähwort, das ihr gebührte, den Weg auf seine Lippen suchte, während er die Faust erhob, als wollte er sie auf die Elende herniedersausen lassen, zerfloß das Wort ihm ungesprochen auf der Zunge, und seine Hand sank langsam wieder herab. Denn plötzlich wußte er – und hatte er es nicht früher schon geahnt? –, daß er auch bereit gewesen war, sich zu verkaufen. Und nicht ihr allein, auch irgendeiner andern, jeder, die ihm die Summe geboten, die ihn retten konnte; – und so – in all dem grausamen und tückischen Unrecht, das ein böses Weib ihm zugefügt –, auf dem Grunde seiner Seele, so sehr er sich dagegen wehrte, begann er eine verborgene und doch unentrinnbare Gerechtigkeit zu verspüren, die sich über das trübselige Abenteuer hinaus, in das er verstrickt war, an sein tiefstes Wesen wandte.

Er blickte auf, er sah rings um sich, es war ihm, als erwache er aus einem wirren Traum. Leopoldine war fort. Er hatte die Lippen noch nicht aufgetan –, und sie war fort. Kaum faßte er, wie sie aus dem Zimmer so plötzlich – so unbemerkt hatte verschwinden können. Er fühlte die zerknitterte Banknote in der immer noch zusammengekrampften Hand, stürzte zum Fenster hin, riß es auf, als wollte er ihr den Tausender nachschleudern.

Dort ging sie. Er wollte rufen; doch sie war weit. Längs der Mauer ging sie hin in wiegendem, vergnügtem Schritt, den Schirm in der Hand, mit wippendem Florentiner Hut – ging hin, als käme sie aus irgendeiner Liebesnacht, wie sie wohl schon aus hundert anderen gekommen war. Sie war am Tor. Der Posten salutierte wie vor einer Respektsperson, und sie verschwand.

Willi schloß das Fenster und trat ins Zimmer zurück, sein Blick fiel auf das zerknüllte Bett, auf den Tisch mit den Resten des Mahls, den geleerten Gläsern und Flaschen. Unwillkürlich öffnete sich seine Hand, und die Banknote entsank ihr. Im Spiegel über der Kommode erblickte er sein Bild – mit wirrem Haar, dunklen Ringen unter den Augen; er schauderte, unsäglich widerte es ihn an, daß er noch im Hemde war; er griff nach dem Mantel, der am Haken hing, fuhr in die Ärmel, knöpfte zu, schlug den Kragen hoch. Ein paarmal, sinnlos, lief er in dem kleinen Raum auf und ab. Endlich, wie gebannt, blieb er vor der Kommode stehen. In der mittleren Lade, zwischen den Taschentüchern, er wußte es, lag der Revolver. Ja, nun war er soweit. Geradeso weit wie der andere, der es vielleicht schon überstanden hatte. Oder wartete er noch auf ein Wunder? Nun, immerhin, er, Willi, hatte das Seinige getan, und mehr als das. Und in diesem Augenblick war ihm wirklich, als hätte er sich nur um Bogners willen an den Spieltisch gesetzt, nur um Bogners willen so lange das Schicksal versucht, bis er selbst als Opfer gefallen war.

Auf dem Teller mit der angebrochenen Tortenschnitte lag die Banknote, so wie er sie vor einer Weile aus der Hand hatte sinken lassen, und sah nicht einmal mehr sonderlich zerknittert aus. Sie hatte begonnen, sich wieder aufzurollen; – es dauerte gewiß nicht mehr lange, so war sie glatt, völlig glatt wie irgendein anderes reinliches Papier, und niemand würde ihr mehr ansehen, daß sie eigentlich nichts Besseres war, als was man einen Schandlohn und ein Sündengeld zu nennen pflegt. Nun, wie immer, sie gehörte ihm, zu seiner Verlassenschaft sozusagen. Ein bitteres Lächeln spielte um seine Lippen. Er konnte sie vererben, wem er wollte; und wenn einer darauf Anspruch hatte. Bogner war es mehr als jeder andre. Unwillkürlich lachte er auf. Vortrefflich! Ja, das sollte noch besorgt werden, das in jedem Fall. Hoffentlich hatte Bogner nicht vorzeitig ein Ende gemacht. Für ihn war ja nun das Wunder da! Es kam nur darauf an, es abzuwarten.

Wo blieb nur der Joseph? Er wußte ja, daß heute Ausrückung war. Punkt drei hätte Willi bereit sein müssen, nun war es halb fünf. Das Regiment war jedenfalls längst fort. Er hatte nichts davon gehört, so tief war sein Schlaf gewesen. Er öffnete die Tür in den Vorraum. Da saß er ja, der Bursch, saß auf dem Stockerl neben dem kleinen, eisernen Ofen, und stellte sich stramm: »Melde gehorsamst, Herr Leutnant, ich habe Herrn Leutnant marod gemeldet.«

»Marod? Wer hat Ihnen das g'schafft... Ah so.« – Leopoldine –! Sie hätte auch gleich den Auftrag geben können, ihn tot zu melden, das wäre einfacher gewesen. – »Gut ist's. Machen S' mir einen Kaffee«, sagte er und schloß die Tür.

Wo war die Visitenkarte nur? Er suchte – er suchte in allen Laden, auf dem Fußboden, in allen Winkeln – suchte, als hinge sein eigenes Leben davon ab. Vergeblich. Er fand sie nicht. – So sollte es eben nicht sein. So hatte Bogner eben auch Unglück, so waren ihre Schicksale doch untrennbar miteinander verbunden. – Da plötzlich, in der Ofennische, sah er es weiß schimmern. Die Karte lag da, die Adresse stand darauf: Piaristengasse zwanzig. Ganz nah. – Und wenn's auch weiter gewesen wäre! – Er hatte also doch Glück, dieser Bogner. Wenn die Karte nun überhaupt nicht zu finden gewesen wäre –?!

Er nahm die Banknote, betrachtete sie lange, ohne sie eigentlich zu sehen, faltete sie, tat sie in ein weißes Blatt, überlegte zuerst, ob er ein paar erklärende Worte schreiben sollte, zuckte die Achseln: »Wozu?« und setzte nur die Adresse aufs Kuvert: Herr Oberleutnant Otto von Bogner. Oberleutnant – ja! – Er gab ihm die Charge wieder, aus eigener Machtvollkommenheit. Irgendwie blieb man doch immer Offizier – da mochte einer angestellt haben, was er wollte –, oder man w u r d e es doch wieder – wenn man seine Schulden bezahlt hatte.

Er rief den Burschen, gab ihm den Brief zur Bestellung. »Aber tummeln S' sich.«

»Is' eine Antwort, Herr Leutnant?«

»Nein. Sie geben's persönlich ab und – es ist keine Antwort. Und in keinem Fall wecken, wenn Sie zurückkommen. Schlafen lassen. Bis ich von selber aufwach'.«

»Zu Befehl, Herr Leutnant.« Er schlug die Hacken zusammen, machte kehrt und eilte davon. Auf der Stiege hörte er noch, wie der Schlüssel in der Tür hinter ihm sich drehte.

15

Drei Stunden später läutete es an der Gangtür. Joseph, der längst wieder zurückgekommen und eingenickt war, schrak auf und öffnete. Bogner stand da, dem er befehlsgemäß vor drei Stunden den Brief seines Herrn überbracht hatte.

»Ist der Herr Leutnant zu Hause?«

»Bitt' schön, der Herr Leutnant schlaft noch.«

Bogner sah auf die Tür. Gleich nach erfolgter Revision, in dem lebhaften Drang, seinem Retter unverzüglich zu danken, hatte er sich für eine Stunde freigemacht, und er legte Wert darauf, nicht länger auszubleiben. Ungeduldig ging er in dem kleinen Vorraum auf und ab. »Hat der Herr Leutnant keinen Dienst heute?«

»Der Herr Leutnant ist marod.«

Die Tür auf dem Gang stand noch offen, Regimentsarzt Tugut trat ein. »Wohnt hier der Herr Leutnant Kasda?«

»Jawohl, Herr Regimentsarzt.«

»Kann ich ihn sprechen?«

»Herr Regimentsarzt, melde gehorsamst, der Herr Leutnant ist marod. Jetzt schlaft er.«

»Melden S' mich bei ihm, Regimentsarzt Tugut.«

»Bitte gehorsamst, Herr Regimentsarzt, der Herr Leutnant hat befohlen, nicht zu wecken.«

»Es ist dringend. Wecken S' den Herrn Leutnant, auf meine Verantwortung.«

Während Joseph nach unmerklichem Zögern an die Tür pochte, warf Tugut einen mißtrauischen Blick auf den Zivilisten, der im Vorraum stand. Bogner stellte sich vor. Der Name des unter peinlichen Umständen verabschiedeten Offiziers war dem Regimentsarzt nicht unbekannt, doch tat er nichts dergleichen und nannte gleichfalls seinen Namen. Von Händedrücken wurde abgesehen.

Im Zimmer des Leutnants Kasda blieb es still. Joseph klopfte stärker, legte das Ohr an die Tür, zuckte die Achseln, und wie beruhigend sagte er: »Herr Leutnant schlaft immer sehr fest.«

Bogner und Tugut sahen einander an, und eine Schranke zwischen ihnen fiel. Dann trat der Regimentsarzt an die Tür und rief Kasdas Namen. Keine Antwort. »Sonderbar«, sagte Tugut mit gerunzelter Stirn, drückte die Klinke nieder – vergeblich.

Joseph stand blaß mit weitaufgerissenen Augen.

»Holen S' den Regimentsschlosser, aber g'schwind«, befahl Tugut.

»Zu Befehl, Herr Regimentsarzt.«

Bogner und Tugut waren allein.

»Unbegreiflich«, meinte Bogner.

»Sie sind informiert, Herr – von Bogner?« fragte Tugut.

»Von dem Spielverlust, meinen Herr Regimentsarzt?« Und auf Tuguts Nicken: »Allerdings.«

»Ich wollte sehen, wie die Angelegenheit steht«, begann Tugut zögernd. – »Ob es ihm gelungen ist, sich die Summe – wissen Sie etwa, Herr von Bogner –?«

»Mir ist nichts bekannt«, erwiderte Bogner.

Wieder trat Tugut an die Tür, rüttelte, rief Kasdas Namen. Keine Antwort.

Bogner, vom Fenster aus: »Dort kommt schon der Joseph mit dem Schlosser.«

»Sie waren sein Kamerad?« fragte Tugut.

Bogner, mit einem Zucken der Mundwinkel: »Ich bin schon der.«

Tugut nahm von der Bemerkung keine Notiz. »Es kommt ja vor, daß nach großen Aufregungen«, begann er wieder –, »es ist ja anzunehmen, daß er auch in der vergangenen Nacht nicht geschlafen hat.«

»Gestern vormittag«, bemerkte Bogner sachlich, »hatte er das Geld jedenfalls noch nicht beisammen.«

Tugut, als hielte er es für denkbar, daß Bogner vielleicht einen Teil der Summe mitbrächte, sah ihn fragend an, und wie zur Antwort sagte dieser: »Mir ist es leider nicht gelungen... den Betrag zu beschaffen.«

Joseph erschien, zugleich der Regimentsschlosser, ein wohlgenährter, rotbäckiger, ganz junger Mensch, in der Uniform des Regiments, mit den nötigen Werkzeugen. Noch einmal klopfte Tugut heftig an die Tür – ein letzter Versuch, sie standen alle ein paar Sekunden mit angehaltenem Atem, nichts rührte sich.

»Also«, wandte sich Tugut mit einer befehlenden Geste an den Schlosser, der sich sofort an seine Arbeit machte. Die Mühe war gering. Nach wenigen Sekunden sprang die Tür auf.

Der Leutnant Willi Kasda, im Mantel mit hochgestelltem Kragen, lehnte in der dem Fenster zugewandten Ecke des schwarzen Lederdiwans, die Lider halb geschlossen, den Kopf auf die Brust gesunken, schlaff hing der rechte Arm über die Lehne, der Revolver lag auf dem Fußboden, von der Schläfe über die Wange sickerte ein schmaler Streifen dunkelroten Bluts, der sich zwischen Hals und Kragen verlor. So gefaßt sie alle gewesen waren, es erschütterte sie sehr. Der Regimentsarzt als erster trat näher, griff nach dem herunterhängenden Arm, hob ihn in die Höhe, ließ ihn los, und sofort hing er wieder wie früher schlaff über die Lehne herab. Dann knöpfte Tugut zum Überfluß noch Kasdas Mantel auf, das zerknitterte Hemd darunter stand weit offen. Bogner bückte sich unwillkürlich, um den Revolver aufzuheben. »Halt!« rief Tugut, das Ohr an der nackten Brust des Toten. »Alles hat zu bleiben, wie es war.« Joseph und der Schlosser standen noch immer regungslos an der offenen Tür, der Schlosser zuckte die Achseln und warf einen verlegen-bangen Blick auf Joseph, als fühlte er sich mitverantwortlich für den Anblick, der sich hinter der von ihm aufgesprengten Tür geboten.

Schritte näherten sich von unten, langsam zuerst, dann immer rascher, bis sie stillestanden. Bogners Blick wandte sich unwillkürlich dem Ausgang zu. Ein alter Herr erschien in der angelehnten Tür in hellem, etwas abgetragenem Sommeranzug, mit der Miene eines vergrämten Schauspielers, und ließ das Auge unsicher in der Runde schweifen.

»Herr Wilram«, rief Bogner. »Sein Onkel«, flüsterte er dem Regimentsarzt zu, der sich eben von der Leiche erhob.

Aber Robert Wilram faßte nicht gleich, was geschehen war. Er sah seinen Neffen in der Diwanecke lehnen mit herabhängendem, schlaffem Arm, wollte auf ihn zu; – ihm ahnte wohl Schlimmes, das er doch nicht gleich glauben wollte. Der Regimentsarzt hielt ihn zurück, legte die Hand auf seinen Arm. »Es ist leider ein Unglück geschehen. Zu machen ist nichts mehr.« Und da der andre ihn wie verständnislos anstarrte: »Regimentsarzt Tugut ist mein Name. Der Tod muß schon vor ein paar Stunden eingetreten sein.«

Robert Wilram – und allen erschien die Bewegung höchst sonderbar – griff mit der Rechten in seine Brusttasche, hielt plötzlich ein Kuvert in der Hand und schwang es in der Luft. »Aber ich hab's ja mitgebracht, Willi!« rief er. Und als glaubte er wirklich, daß er ihn damit zum Leben erwecken könnte: »Da ist das Geld, Willi. Heut früh hat sie's mir gegeben. Die ganzen elftausend, Willi. Da sind sie!« Und wie beschwörend zu den andern: »Das ist doch der ganze Betrag, meine Herren. Elftausend Gulden!« – als müßten sie nun, da das Geld herbeigeschafft war, doch wenigstens einen Versuch machen, den Toten wieder zum Leben zu erwecken. »Leider zu spät«, sagte der Regimentsarzt. Er wandte sich an Bogner. »Ich gehe, die Meldung erstatten.« Dann im Kommandoton: »Die Leiche ist in der Stellung zu belassen, in der sie gefunden wurde.« Und endlich mit einem Blick auf den Burschen, streng: »Sie sind dafür verantwortlich, daß alles so bleibt.« Und ehe er ging, sich noch einmal umwendend, drückte er Bogner die Hand.

Bogner dachte: Woher hat er die tausend gehabt – für mich? Jetzt fiel sein Blick auf den vom Diwan weggerückten Tisch. Er sah die Teller, die Gläser, die geleerte Flasche. Zwei Gläser…?! Hat er sich ein Frauenzimmer mitgebracht für die letzte Nacht?

Joseph trat neben den Diwan an die Seite seines toten Herrn. Stramm stand er da wie ein Wachtposten. Trotzdem unternahm er nichts dagegen, als Robert Wilram plötzlich vor den Toten hintrat, mit aufgehobenen, wie flehenden Händen, in der einen immer noch das Kuvert mit dem Geld. »Willi!« Wie verzweifelt schüttelte er den Kopf. Dann sank er vor den Toten hin und war ihm nun so nahe, daß von der nackten Brust, dem zerknitterten Hemd ihm ein Parfüm entgegenwehte, das ihm seltsam bekannt vorkam. Er sog es ein, hob den Blick empor zum Antlitz des Toten, als wäre er versucht, eine Frage an ihn zu richten.

Aus dem Hof tönte der regelmäßige Marschtritt des zurückkehrenden Regiments. Bogner hatte den Wunsch, zu verschwinden, ehe, wie es wahrscheinlich war, frühere Kameraden das Zimmer beträten. Seine Anwesenheit war hier in jedem Fall überflüssig. Einen letzten Abschiedsblick sandte er dem Toten hin, der unbeweglich in der Ecke des Diwans lehnte, dann, von dem Schlosser gefolgt, eilte er die Treppe hinunter. Er wartete im Toreingang, bis das Regiment vorbei war, dann schlich er, an die Wand gedrückt, davon.

Robert Wilram, immer noch auf den Knien vor dem toten Neffen, ließ nun den Blick wieder im Zimmer umherschweifen. Jetzt erst gewahrte er den Tisch mit den Resten des Mahls, die Teller, die Flaschen, die Gläser. Auf dem Grund des einen schimmerte es noch goldgelb und feucht. Er fragte den Burschen: »Hat der Herr Leutnant denn gestern abend noch Besuch gehabt?«

Schritte auf der Treppe. Stimmengewirr; Robert Wilram erhob sich.

»Jawohl«, erwiderte Joseph, der immer noch stramm stand

wie ein Wachtposten, »bis spät in der Nacht – – ein Herr Kamerad.«

Und der sinnlose Gedanke, der dem Alten flüchtig durch den Kopf gefahren war, verwehte in nichts.

Die Stimmen, die Schritte kamen näher.

Joseph stand noch strammer als vorher. Die Kommission trat ein.

Ich

Novellette

Bis zu diesem Tage war er ein völlig normaler Mensch gewesen. Früh um sieben Uhr stand er auf, möglichst geräuschlos, um seine Frau nicht zu stören, die gern etwas länger schlief, trank eine Tasse Kaffee, küßte den achtjährigen Buben auf die Stirn, der in die Schule mußte, und bemerkte scherzhaft seufzend zu der sechsjährigen Marie: »Ja, nächstes Jahr kommst du auch dran.« Während er noch mit den Kleinen scherzte, pflegte seine Frau einzutreten, und es gab eine harmlose Unterhaltung, manchmal sogar recht vergnügt und immer ruhig, denn es war eine gute Ehe, ohne Mißverständnisse und ohne Unzufriedenheiten, sie hatten sich gegenseitig nichts vorzuwerfen. Um ein Uhr kam er aus dem Geschäft nach Hause, nicht einmal sonderlich müd, denn was er zu tun hatte, war weder sehr anstrengend noch sehr verantwortungsvoller Natur; er war Abteilungsvorstand, sogenannter Rayonchef in einem Warenhaus mäßigen Ranges in der Währingerstraße. Dann kam ein einfaches, wohlzubereitetes Mittagessen, die Kinder saßen dabei und waren brav und hübsch, der Bub erzählte von der Schule, die Mutter von einem Spaziergang mit der Kleinen, ehe sie den Großen von der Schule abgeholt, und der Vater berichtete allerlei von geringfügigen Erlebnissen, die sich im Warenhaus zugetragen, von neuen Créationen, Sendungen aus Brünn, erwähnte die besondere Trägheit des Chefs, der meist erst um zwölf im Geschäft erschien, [sprach] von irgendeiner komischen Erscheinung unter den Kunden, von einem eleganten Herrn, der weiß Gott durch welchen Zufall sich in das Vorstadtgeschäft verirrt, sich zuerst etwas hochnäsig benommen, dann aber von irgendeinem Krawattenmuster gerade zu entzückt gewesen, erzählte von Fräulein Elly, die wieder einmal einen neuen Verehrer hatte, aber ihn ging das eigentlich nichts an, sie war Verkäuferin in der Abteilung für Damenschuhe.

Dann legte er sich für ein halbes Stündchen hin, blickte flüchtig in eine Zeitung; um halb drei war er wieder im Geschäft, es gab viel zu tun, besonders zwischen vier und sechs, er konnte sich völlig den Kunden widmen, zu Hause ging ja alles den gewohnten Gang, die Frau ging mit den Kindern spazieren oder die verheiratete Schwägerin kam zu Besuch oder ihre Mutter; er traf sie manchmal noch zu Hause an.

Gegen acht aß man zu Abend; die Kinder waren schon früher zu Bett gebracht. An jedem zweiten Samstag erfolgte ein Theaterbesuch, dritte Galerie, dritte oder vierte Reihe, Operette zog er vor, aber zuweilen sah man sich auch ein ernstes Stück an, ein klassisches oder eine Gesellschaftskomödie, und den Beschluß solcher Abende machte ein bescheidenes Restaurant. Die Kinder waren indes in guter Obhut, Frau Wilheim, der kinderlosen Frau des Arztes vom ersten Stock, war es eine rechte Freude, so lange in der Wohnung bei den Kleinen zu wachen, bis die Eltern nach Hause kamen.

Auch an diesem Abend, dem Samstag vor Pfingsten, waren sie im Theater gewesen, das Ehepaar Huber hatte dann im Gasthaus genachtmahlt, und als sie zu Bette gingen, war der Ehegatte so gut aufgelegt gewesen, daß Anna bemerkte, ob er sie nicht vielleicht mit Frau Constantin verwechsle, die heute die Hauptrolle gespielt und ihm so besonders gut gefallen hatte.

Am nächsten Morgen begab er sich, wie es seine Sonntagsgewohnheit war, auf einen kleinen Ausflug, fuhr mit der Straßenbahn nach Sievering, wanderte auf den Dreimarkstein, wo er einem guten Bekannten begegnete, mit ihm stehenblieb und über das schöne Wetter plauderte, dann spazierte er allein hinab nach Neuwaldegg. Er überschritt eine kleine Brücke, wie er es schon hundert Mal vorher getan, die weite große Wiese mit prächtigen Baumgruppen lag vor ihm, die er weiß Gott wie oft gesehen, und sein Blick fiel von ungefähr auf eine roh hölzerne Tafel, die an einen Baum genagelt war und auf der mit großen schwarzen Buchstaben, wie von Kinderhand geschrieben, das Wort ›Park‹ zu lesen stand. Er erinnerte sich nicht, diese Tafel jemals früher gesehen zu haben. Sie fiel ihm auf, aber er dachte gleich: daß sie immer dagewesen war, man sah es ihr an, daß es eine ganz alte Tafel war. Ja natürlich, dies war ein Park, niemand konnte daran zweifeln, der Schwarzenbergpark war es, Privatbesitz des böhmischen Fürstengeschlechts, aber dem Publikum seit Jahrzehnten freigegeben. Doch da stand nicht Schwarzenbergpark oder Privatbesitz, sondern komischerweise einfach: Park. Man sah doch, daß es ein Park war, niemand konnte daran zweifeln. Er unterschied sich nicht sonderlich von der Umgebung, er war nicht abgeschlossen, es gab kein Entrée, er stand nicht unter besonderen Gesetzen, es war Wald und Wiese und Wege und Bänke, jedenfalls war es ziemlich überflüssig, daß da eine Tafel hing, auf der das Wort ›Park‹ geschrieben stand.

Immerhin mußte es seinen Grund haben. Vielleicht gab es Leute, die nicht so sicher waren, wie er, daß das ein Park war. Vielleicht hielten sie es für ganz gewöhnlichen Wald [an der] Wiese, wie den Wald und die Wiesen, von denen er eben herunterkam. Denen mußte man es freilich in Erinnerung bringen, daß dies ein Park war. Ein schöner Park übrigens, herrlich – vielleicht gab es Leute, die es für ein Paradies gehalten hätten, wenn die Tafel dort nicht gehangen wäre. Haha, ein Paradies. Und da hätte vielleicht einer sich danach benommen – seine Kleider abgeworfen und öffentliches Ärgernis erregt. Wie sollte ich [denn] wissen, sagte er auf der Polizei, daß es nur ein Park war und nicht das Paradies. Nun konnte das nicht mehr passieren. Es war höchst vernünftig gewesen, die Tafel dorthin zu hängen. Er begegnete einem Paar, einem nicht mehr sehr jungen, wohlbeleibten Paar, und er lachte so laut, daß sie erschraken und ihn groß ansahen.

Es war noch nicht spät, er setzte sich auf eine Bank. Ja, es war ganz sicher eine, obzwar nicht darauf geschrieben stand, daß es eine Bank war und der Teich drüben, der wohlbekannte, war ganz bestimmt ein Teich – oder ein Weiher – oder ein kleiner See oder ein Meer, ja, es kam nur darauf an, wie man ihn ansah, für eine Eintagsfliege war es wahrscheinlich ein Meer. Für solche Eintagsfliegen sollte man auch eine Tafel aufhängen: Teich. Aber für die Eintagsfliegen war es ja eben kein Teich, und nebstbei konnten sie nicht lesen. Nun, wer weiß, dachte er weiter, wir wissen verdammt wenig von den Eintagsfliegen. Da schwirrte eine um ihn. Mittag war es – die war just einen halben Tag alt, vielmehr fünfzig Jahre... im Verhältnis, denn am Abend war sie ja tot. Vielleicht feierte sie soeben ihren fünfzigsten Geburtstag. Und die andern kleinen Fliegen, die um sie schwirrten, die waren Gratulanten. Ein Geburtstagsfest, dem er beiwohnte. Es war ihm, als säße er sehr lange da und er blickte auf die Uhr. Er war nur drei Minuten da gesessen, ja, dies war bestimmt eine Uhr, wenn auch auf dem Deckel nicht eingegraben stand, daß sie eine war. Aber es konnte ja auch sein, daß er träumte. Dann war das keine Uhr, dann lag er im Bett und schlief und auch die Eintagsfliege war nur ein Traum.

Zwei junge Burschen gingen vorüber. Lachten sie über ihn? Über seine dummen Einfälle? Aber die wußten ja nichts davon. So sicher war das freilich nicht. Es gab ja Gedankenleser. Sehr möglich, daß dieser Junge mit der Hornbrille ganz genau wußte, was in ihm vorging und darüber lachte. Die Frage war nur, ob er Grund dazu hatte, dieser Jüngling mit der Hornbrille? Denn es wäre ja möglich, daß dies Ganze wirklich ein Traum war, dann träumte er auch das Lachen dieses Andern.

Mit einem plötzlichen Entschluß trat er sich selbst mit einem Fuß auf den andern, und zum Überfluß faßte er sich an der Nase. Er spürte alles ganz genau. Und das wollte er als Beweis für sein Wachsein gelten lassen. Kein sehr zwingender freilich, denn am Ende konnte er auch den Fußtritt und den Griff an die Nase träumen. Aber er wollte sich für diesmal zufrieden geben.

Er machte sich auf den Heimweg, um eins erwartete ihn das Mittagessen. Er fühlte sich sonderbar leicht, er lief geradezu, er schwebte, nicht nur figürlich. Es kam immer ein Bruchteil einer Sekunde, in der keiner seiner Füße den Boden berührte.

Er nahm die Straßenbahn. Die flog noch rascher als er; geheimnisvoll diese elektrische Kraft. Es war halb zwei. Nun feierte die Eintagsfliege ihren fünfundfünfzigsten Geburtstag. Die Häuser rasten an ihm vorbei. So, nun mußte er umsteigen. Er wußte genau, daß er hier umsteigen mußte. Sonderbar, das alles zu wissen. Wie wenn er vergessen hätte, daß er in der Andreasgasse wohnte? Andreasgasse vierzehn, zweiter Stock, Tür zwölf. Bestimmt. Was alles in einem Gehirne Raum hat. Er wußte auch, daß er morgen acht Uhr früh im Geschäfte sein wollte. Er sah es vor sich, er sah die Krawatten, sah jedes Muster. Hier war die blau-rotgestreifte, hier die gesprenkelte, hier die mit dem gelblichen Ton. Er sah sie alle, und er sah auch die Aufschrift über dem Fach, da stand: Halsbinden, obwohl doch jeder wußte, daß es Halsbinden waren. Ganz klug, daß dort an einem Baum die Tafel ›Park‹ hing. Nicht alle Menschen waren so geistesgegenwärtig und scharfsinnig wie er, daß sie ohne weiteres wußten, dies ist ein Park, und dies ist eine Halsbinde.

Er stand vor seiner Wohnungstür. Er hatte weder bemerkt, daß er die Straßenbahn verlassen, noch daß er durch seine Gasse gegangen, noch daß er durch das Haustor getreten, noch daß er die Treppe hinaufgegangen war. Möglich, daß er heraufgeflogen war. Man setzte sich zu Tisch. Dies war der Suppentopf, dies waren die Suppenteller, Löffel, Gabel, Messer. Er wußte es von allen ganz genau. Für ihn mußte man keine Bezeichnungen hinschreiben. Er betrachtete alle Gegenstände sehr sorgfältig. Es stimmte. Und er erzählte von der Eintagsfliege, die eben ihren Geburtstag feierte. Sie hatte große Assemblé. Das Wort flatterte durch die Luft. Niemals in seinem Leben hatte er dieses Wort ausgesprochen. Wo kam es her? Wo ging es wieder hin?

Nachmittags konnte er nicht schlafen. Er lag auf dem Diwan im Speisezimmer, niemand war bei ihm. Er nahm sein Notizbuch. Es war bestimmt sein Notizbuch und weder seine Brief- noch seine Zigarrentasche, und schrieb auf ein Blatt ›Kredenz‹, auf ein anderes ›Schrank‹, auf ein anderes ›Bett‹, auf ein anderes ›Sessel‹. Das mußte er einige Male schreiben. Dann befestigte er diese Blätter an die Kredenz, an den Schrank, schlich sich ins Schlafzimmer, wo seine Frau ihren Nachmittagsschlummer hielt, und mit einer Stecknadel befestigte er das Blättchen ›Bett‹. Er ging weg, ehe sie aus dem Mittagsschlaf erwacht war. Dann begab er sich in das Kaffeehaus und las Zeitung, vielmehr, er versuchte es nur. All das Gedruckte, das er vor sich sah, erschien ihm verwirrend und beruhigend zugleich. Hier standen Namen, Bezeichnungen, über die ein Zweifel nicht bestehen konnte. Aber die Dinge, auf die sich diese Namen bezogen, waren weit. Es war ganz sonderbar zu denken, daß eine Beziehung existierte zwischen irgendeinem Wort, das da gedruckt war, z. B.: Theater in der Josefstadt, und dem Haus, das ganz woanders in einer anderen Straße stand. Er las die Namen der Darsteller. Zum Beispiel Dubonet, Advokat – Herr Mayer. Diesen Herrn Dubonet, das war das Allerseltsamste, den gab es gar nicht. Den hatte irgendwer erfunden, aber hier stand sein Name gedruckt. Der Herr Mayer aber, der den Dubonet spielte, der existierte wirklich. Es konnte sein, daß er diesem Herrn Mayer schon oft auf der Straße begegnet war, ohne nur zu ahnen, daß es gerade Herr Mayer war. Er trug ja keine Aufschrift, wenn er auf der Straße spazierenging. Und täglich begegnete er so Hunderten Menschen, von denen er nicht im entferntesten ahnte, woher sie kamen, wohin sie gingen, wie sie hießen, es konnte sein, daß einer von ihnen, kaum um die Ecke, vom Schlag getroffen tot zusammenstürzte. Am nächsten Tag stand es wohl auch in der Zeitung, daß Herr Müller, oder wie er hieß, tot zusammengestürzt sei; er aber, Herr Huber, würde keine Ahnung haben, daß er ihm noch fünf Minuten vor seinem Tode begegnet war. Erdbeben in San Franzisko. Das steht auch hier in der Zeitung. Aber außer diesem Erdbeben, das hier in der Zeitung stand, gab es doch noch ein ganz anderes, das wirkliche. Dann fiel sein Blick auf Inserate, Ankündigungen. Es gab Geschäfte, die ihm bekannt waren. Bei diesem oder jenem Inserat stieg zu gleicher Zeit ein Gebäude vor ihm auf, in dem er jenes Geschäft wußte oder vermutete. Andere aber blieben tot. Er sah nichts als die gedruckten Buchstaben.

Er blickte auf. In der Kassa saß das Fräulein Magdalene. Ja, so hieß sie. Es war ein etwas außergewöhnlicher Name für eine Kaffeehauskassierin. Er hörte nur immer den Namen von den Kellnern ausgesprochen. Er selbst hatte nie das Wort an sie gerichtet. Da saß sie, etwas dick, nicht mehr ganz jung, immerfort beschäftigt. Niemals hatte er sich um sie im geringsten gekümmert. Jetzt plötzlich, nur weil er sie zufällig angesehen, trat sie aus all den andern hervor. Das Kaffeehaus war ziemlich gefüllt, mindestens sechzig, achtzig, vielleicht hundert Menschen waren da. Höchstens von zweien oder dreien kannte er den Namen. Unbegreiflich, daß diese gleichgültige Kassierin plötzlich die wichtigste Person war. Einfach dadurch, daß er sie ansah. Von allen andern wußte er gar nichts, alle waren sie Schatten. Auch seine Frau, seine Kinder, alle waren sie geradezu nichts im Verhältnis zu Fräulein Magdalene. Die Frage war jetzt nur, was für einen Zettel man ihr ankleben sollte. Magdalene? Fräulein Magdalene? Oder Sitzkassierin? Jedenfalls war es unmöglich, dieses Kaffee zu verlassen, ehe er sie richtig bezeichnet. Es war beruhigend zu wissen, daß draußen auf einer Tafel das Wort ›Park‹ geschrieben stand. Die ganze Landschaft, durch die er heute gewandert, verschwand wie hinter einem Vorhang. Sie existierte nicht mehr. Er atmete auf, wenn er an die hölzerne Tafel dachte. ›Park‹.

Indes hatte er seinen schwarzen Kaffee ausgetrunken, der Kellner räumte die Tasse mit Schale und Glas fort, die weiße Marmorplatte lag nackt vor ihm. Unwillkürlich nahm er seinen Bleistift und schrieb mit großen Buchstaben auf die Platte: ›Tisch‹. Auch das erleichterte ihn ein wenig. Aber wie viel gab es noch zu tun?

Als er wieder heimkam, waren alle Zettel entfernt, die er an die verschiedenen Gerätschaften befestigt hatte. Seine Frau fragte ihn, was ihm denn eigentlich eingefallen sei. Er fühlte, daß er sie vorläufig nicht einweihen durfte, und sagte, es sei ein Scherz gewesen. Immerhin, es sei doch ein nützlicher Scherz, nicht wahr? Man sollte die Kleinen rechtzeitig daran gewöhnen, von allen Dingen und Menschen auch zu wissen, wie sie heißen. Welche ungeheure Verwirrung war in der Welt. Niemand kennt sich aus.

Nachmittag kam die Schwiegermutter mit der verheirateten Schwägerin zu Besuch. Während sie drin ihren Kaffee trinken mit Marie (seiner Frau), benützt er die Gelegenheit, schreibt Zettel, ›Schwiegermutter‹, ›Schwägerin‹ und heftet sie an die Mäntel. Die merkten es nicht, als sie fortgingen.

Am nächsten Morgen versieht er die Kleidungsstücke von Sohn und Tochter, ehe sie in die Schule gehen, mit Zetteln.

Im Geschäft läßt er sich beim Chef melden, macht ihm Vorschläge: überall soll man Zettel hinspendeln, auch auf die Krawatten zum Beispiel, sogar die Farben muß man bezeichnen. Graue Krawatte, rote, es gibt ja Farbenblinde. Er besteht auch darauf, daß die einzelnen Verkäuferinnen betitelt werden.

Er kommt nach Hause, ist empört, daß alle Zettel wieder entfernt sind. Die Kinder kommen aus der Schule, er ist beruhigt, da er die Zettel, die aus irgendeinem Grunde nicht entfernt wurden, vorfindet.

Indessen hat die Frau den Arzt verständigt. Wie der hereintritt, tritt ihm der Kranke entgegen mit einem Zettel auf der Brust, auf dem mit großen Buchstaben steht: ›Ich‹. –

Abenteurernovelle

[Fragment]

Daß Anselmo am gleichen Tage Vater und Mutter verlor, bedeutete ein Schicksal, das zu diesen Zeiten manchem Jüngling beschieden war, dem jungen Rigardi wohl nicht einmal als dem einzigen in Bergamo, wo in den ersten Tagen des Jahres 1520 plötzlich die Pest ausgebrochen war, die wunderbarerweise bis dahin gerade diese kleine Stadt verschont hatte, und nun mehr als drei Viertel der Bevölkerung vernichtete. Ganze Familien waren ausgestorben, die meisten Häuser standen leer, Ärzte und Apotheker waren, wie es so oft geschah, gleich im Beginn dahingerafft worden. Die Familie Rigardi war zuerst verschont geblieben, obwohl das alte, ziemlich verfallene Haus mitten in der Stadt und nicht im gesündesten Teile stand, und schon hatten der Baron, seine Frau und Anselmo sich gefeit geglaubt, als das Übel ganz unvermutet, während sich die Überlebenden schon zu neuer Arbeit und neuer Freude rüsteten, das Ehepaar Rigardi überfiel und Anselmo, der abends vorher noch mit ihnen an der Tafel gesessen, am nächsten Morgen allein an der leeren Lagerstatt seiner Eltern stand. Die Magd und der Diener waren in Angst entflohen. Die Toten selbst waren nach der strengen Verordnung von den dazu Beamteten unverzüglich fortgeschafft worden, feierliche Leichenbegräbnisse, ja geordnete Begräbnisse gab es längst nicht mehr, und wer in diesen Pestzeiten verschieden war, dessen Ruhestatt suchte man später vergebens.

Zugleich mit seiner Einsamkeit und seinem Grauen aber fühlte Anselmo, als das Tor hinter den Särgen zugefallen war, noch ein Drittes, ihm gerade so ungewohnt wie die Einsamkeit und das Grauen und auch wie der Schmerz, der ihm übrigens noch kaum zum Bewußtsein gekommen war. Dieses Dritte war ein Gefühl von Freiheit, das er bisher nicht gekannt hatte. Mit einem Male war er plötzlich keinem Menschen, weder Vater noch Mutter, Rechenschaft schuldig. Er hätte den Abend, die

Nacht hinbringen dürfen, wo und wie es ihm beliebte, und des Morgens hätte ihn niemand gefragt, woher er käme. Doch war diesem Bewußtsein einer plötzlich gewonnenen Freiheit kaum noch das aufatmende Gefühl der Befreiung beigemischt, denn er war seiner Unselbständigkeit, seiner Gebundenheit noch nicht recht bewußt. Er war streng, aber eigentlich ohne Härte gehalten worden.

Die Rigardi waren ein uraltes Geschlecht von Baronen, aber der einstige Reichtum – fast ein Viertteil der Stadt war in ihrem Besitz gewesen, Häuser und Grund, auch Ländereien außerhalb der Gemarken – war allmählich zunichte geworden. Die Ahnen hatten an Kriegsunternehmungen teilgenommen, von denen sie im Siegesfalle wenig Nutzen gezogen, doch wenn sie der unterliegenden Partei angehörten, hatten sie immer aus eigener Kasse zusetzen müssen. Dazu kam, daß seit zwei Jahrhunderten kein Rigardi vermocht hatte, durch eine günstige Heirat, wie es vielen ihrer Standesgenossen geglückt war, seine Verhältnisse zu verbessern; und der Großvater hatte im Würfelspiel so viel verloren, daß Anselmos Vater, ein ernster und redlicher Mann, sein ganzes Leben lang an den Schulden der Familie abzuzahlen hatte. Und so war ihm außer einer verpachteten Landwirtschaft, die allerlei Nahrhaftes für den Hausstand lieferte, nichts verblieben als das Stammhaus, der Palazzo Rigardi, das freilich nicht mehr viel von einem Palast an sich hatte, nichts als den düsteren Bau der gewaltigen Quadern, die auch der Ewigkeit widerstanden hätten, das eiserne Tor, an dem vor hundertfünfzig Jahren der Ansturm der Veroneser Lanzenreiter zerschellt war und die hochgewölbte Halle mit den Reliefs des Bildhauers Giuliani, in der freilich längst keine Feste mehr stattfanden und in der es keinen anderen Lärm mehr gab als das Klingen und Klirren der Degen, wenn Anselmo mit seinem Fechtmeister übte, dem altberühmten Raboldi aus Neapel, nach dem ein gewisser unwiderstehlicher Primhieb jahrzehntelang den Namen beibehielt. Aber auch der hatte in den letzten Jahren für Anselmo keinen Schrecken mehr. Denn er selber war in der Fechtkunst sehr geschickt, ja im letzten Jahr beinahe ein Meister geworden, und es wunderte die paar jungen Herren von Bergamo, mit denen er, zum fast einzigen geselligen Vergnügen, unter Raboldis Leitung ein- oder zweimal im Monat kleine Turniere ausfocht, daß er bei alledem keine eigentlich kriegerischen Neigungen zeigte, sondern seine Fertigkeit nur um der Kunst willen auszuüben schien. Manche meinten, Raboldi auch, daß er schon um dieser in jenen Zeiten besonders gerühmten Gabe willen sicher seinen Weg machen müßte, wenn er sich auf Reisen begäbe und, was ihm mit seinem Namen nicht schwerfallen sollte, Zutritt an den Hof eines Fürsten oder Kardinals fände, deren es in diesem zerrissenen Land viele gab. Aber um Anselmo auszustatten, wie es für eine solche Unternehmung wenigstens nach des alten Rigardi Meinung, nötig gewesen wäre, waren nicht genügend Mittel vorhanden, und gerade in diesem letzten Jahr vor Ausbruch der Pest war vielmehr die Rede davon gewesen, daß Anselmo, der überdies, wenn nicht eben mit Begeisterung, doch mit leidlichem Fleiß unter der Führung seines Vaters sich im Lateinischen und in der Mathematik einigermaßen ausgebildet hatte, die Universität Padua beziehen sollte, um sich dort entweder dem Studium der Rechtsgelehrsamkeit oder der Heilkunde zu widmen. Mit dem rechten Ernste war dies alles freilich noch von keiner Seite erwogen worden. Keineswegs hätte Anselmo einer entschiedenen Mahnung sich widersetzt, denn er hatte noch nie Gelegenheit gehabt, auf einer eigenen Meinung zu bestehen. Auch schien es ihm und den wenigen Freunden des Hauses, daß weder Vater noch Mutter ihn leichten Herzens hätten fortziehen lassen, um so weniger, als seine einzige Schwester, ein blühendes Mädchen von fünfzehn, gerade im letzten Sommer, vor Ausbruch der Pest, als hätte sie sich vor der furchtbaren Seuche in einen schöneren Tod geflüchtet, bei einer Kahnfahrt im See von Iseo ertrunken war, zusammen mit den Geschwistern Decarli, Florio und Maria. Anselmo wußte nicht, um wen von den dreien er am meisten trauerte, um seine Schwester, um Florio, seinen besten Freund, oder um Maria, das einzige junge Mädchen bisher, das zärtliche Gefühle in ihm erregt hatte. Die Liebe zu ihr hatte ihn bis dahin vor jeder Verführung bewahrt, die dem Achtzehnjährigen in mancherlei anmutiger oder bedenklicher Gestalt genaht war. Und als bald nach dem Tod der drei blühenden jungen Menschen das Grauen über die Stadt hereingebrochen war, ergaben nur die sich dem Genuß, denen er schon früher vertraut gewesen und nun Rettung vor Angst und Grauen bedeutete. Oft geschah es dann, daß ein Mann in den Armen seiner Geliebten, eine Frau in den Armen ihres Geliebten erkrankte, und es dauerte selten eine Nacht und einen Tag, daß eines dem andern in den Tod folgte.

So jagten Bilder, Gedanken, Erinnerungen ungeordnet durch Anselmos Hirn, während er in der dunkelnden Halle ruhelos auf und ab ging. Keiner von den Freunden – es lebten nicht viele mehr – hatte sich, seit gegen Mittag die Leichen der Eltern fortgeschafft worden waren, in dem verpesteten Haus gezeigt, kein Diener hatte die Fackeln entzündet, die gestern um die gleiche Zeit noch den Raum erleuchtet, unbestimmt schimmerten von den Wänden her die Figuren des Giuliani – schäumende Pferde, trunkene Greise, bekränzte Weiber - bewegten sich, schienen selbst auf der Flucht, und die breite Treppe, die zu dem oberen Stockwerk führte und über die vor kurzem die schwarzen Bahren mit den verhüllten Leichen, von vermummten Trägern gestützt, geschwankt hatten, verlor sich nach oben, gleichsam in Nacht. Niemand auch hatte ihm ein Mahl zugerichtet, niemand die Schlafstatt bereitet, sinnlos unaufhörlich irrte er, den Wänden entlang, in der Halle umher, die, sich bald verengend, bald verbreiternd, bald ein Gefängnis, bald die Unendlichkeit selber schien.

Und plötzlich wußte Anselmo, daß er hier nichts anderes mehr zu erwarten hatte als den Tod. Was sollte er tun? Sollte er aus der Speisekammer sich Brot und Früchte holen, denen wohl das Pestgift anhaftete? Die Lippen letzen mit einem verpesteten Trunk an dem Brunnen? Sollte er hinauf in sein Gemach, das er seit den ersten Morgenstunden nicht mehr betreten, da die Todesschreie der Eltern ihn an ihr Lager gerufen? Sollte er sich auf sein Bett strecken, auf den Ausbruch der Krankheit warten bis zum eigenen Todesschrei, den niemand hören würde? Oder sollte er sich ans Fenster stellen und nach Menschen rufen? Was konnten sie ihm helfen? Dieses Haus, in dem er jetzt weilte, war das einzige noch verseuchte in Bergamo, es würde keiner wagen einen Fuß hineinzusetzen. Sonst wäre doch wenigstens einer schon gekommen. Nein, sie dachten wohl zu warten, bis auch ihn das Schicksal ereilt hatte, bis ihn die vermummten Träger hinausgeschleppt hätten, dann würde man kommen, um den Palazzo Rigardi auszuräuchern oder gar zu plündern.

So blieb ihm nur eines: zu fliehen. Und kaum hatte er diesen Entschluß gefaßt, schien auch schon die Gefahr geringer, die hier aus allen Ecken entgegendrohte. Mit einem Male erschien er sich gefeit.

Er entzündete ein Licht, begab sich in die Speisekammer, holte allerlei zum Essen, Backwerk, Früchte, auch ein gebratenes Huhn, das von dem gestrigen Nachtmahl noch übrig geblieben war, holte aus dem Keller eine Flasche roten Weins, entzündete die Fackeln in der Halle, ängstigte sich auch vor den irrenden Schatten nicht mehr, die über den Boden flatterten, rückte den Tisch aus der Ecke, an dem er noch gestern abend mit den Eltern gespeist, und ließ es sich vortrefflich schmecken. Und wunderbarerweise ward ihm so behaglich zu Mut, als hätte er seit gestern, seit heute nacht nicht all das Furchtbare erlebt, ja, er ward seiner Einsamkeit, seiner Ungestörtheit unbegreiflich froh. Daß er gänzlich allein war, völlig auf sich angewiesen, niemandem Gehorsam schuldig, gab ihm allmählich ein Gefühl des Stolzes, das er bisher nicht gekannt. Er war nicht mehr Anselmo Rigardi, der Sohn seiner Eltern, nicht ein junger Herr aus heruntergekommenem Hause, nicht einer, der sich, was immer er wollte oder tat, vor allem zu beraten, Rede und Antwort zu stehen hatte, nichts zwang ihn auf die Universität nach Padua zu gehen und dort zu studieren, er war der Jüngling Anselmo, durfte die Schritte lenken, wohin er wollte, und die Welt gehörte ihm.

Wie nun der Wein, von dem er mehr getrunken als je, durch seine Adern rollte, schwand auch die Angst vor Schlafzimmer und Bett. Er begab sich in das kleine Turmgemach, wo er von

Kind auf hauste, entkleidete sich, streckte sich aufs Lager hin. In seinen ersten Schlummer drang von der Straße her Lachen und Singen junger Menschen, ja, ihm war, als erkennte er manche Stimme, als hörte er das Lachen einer ganz bestimmten Frau, die in den letzten Tagen versucht hatte, ihn Maria vergessen zu machen. Auch sie hatte sich heute nicht in das Haus gewagt, und wäre er schon tot gewesen, sie hätte sich kaum darum gekümmert. Er hatte mit ihr, mit all den anderen Freunden und Freundinnen nichts zu schaffen, er dachte an die vielen, die die Pest vernichtet hatte, an die wenigen, die noch lebten, und bei manchen erinnerte er sich kaum, ob sie zu den Lebenden oder Toten gehörten.

Als er die Augen aufschlug, graute die erste Frühe durch das hohe schmale Turmfenster. Traumlos war sein Schlaf gewesen, niemals war er zu einem so klaren Tage erwacht. Er mußte sich nicht, wie es in solchen Morgenstunden nach ungeheuren Erlebnissen des vergangenen Tags der Fall zu sein pflegt, erst allmählich besinnen, er wußte gleich: Vater und Mutter waren tot, und es war, als hätte er auch schon den Schmerz um sie hinter sich gelassen, als hätte diese Nacht gewaltig in der Tiefe strömend auch die Eltern gleich zu den andern früher Verstorbenen hingerissen. Er erhob sich, über die hallende Treppe durch die noch immer dämmernde Halle lief er auf den Hof und wusch sich unter dem grauenden Himmel am Brunnen. Er zog sein bestes Linnen und sein bestes Gewand an, packte nur wenige Kleidungsstücke in sein Ränzel, aus einem Schrank, wo der Vater sein Geld verwahrte, nahm er, was sich an Goldstücken und Nickelmünzen noch vorfand, gürtete seinen Degen um und als einer, der sich anschickt eine Stätte des Grauens und des Fluchs auf immer zu verlassen, trat er auf die Straße. Beide Flügel des Tors ließ er offen stehen. Mochten sie mit dem Palazzo Rigardi machen, was sie wollten.

Noch war die Straße leer, seine Schritte klirrten über die Steine. An der nächsten Ecke, aus einer Seitengasse, trat ihm ein Paar entgegen, einer seiner Freunde mit einer jungen Person, die verschleiert war, sie starrten ihn an, unwillkürlich wollte er ihnen beiden die Hand zum Gruße reichen, sie aber, wie vor einem Gespenst, wandten sich, liefen davon und nicht einmal sein höhnisches Lachen ließ sie den Blick nach ihm zurückwenden.

In diesem Augenblick ward er sich völlig bewußt, daß er ein seltenes Schicksal trug und zu einem seltenen bestimmt war, und sein Lachen, ihm selbst unbegreiflich, wandelte sich in ein helles Jauchzen. Nicht wie ein Gezeichneter, nicht wie ein Flüchtling – als ein Jüngling, der über seinem Haupt den Segen der freien Wanderschaft fühlte, schritt er aus, dem östlichen Stadttor zu, an dem kein Wächter saß, und weiter auf die Landstraße hin zwischen ins Blaue gestreckten hohen Pappeln, den Blick der Sonne entgegen, so lang, bis sie aus der matten roten Scheibe zu goldenem Glanz erglühend ihn zwang fortzuschauen. An Ackerfeldern, Olivenpflanzungen, Weinhügeln, an kleinen Bächen, Brunnen, Wiesen schritt er vorbei, begegnete Landleuten, die zur Arbeit gingen, Karren, die Milch, Butter, Obst, Gemüse zur Stadt brachten, manchen ging der Fuhrmann zur Seite, bei anderen saß er auf schmalem Brett, auf gefüllten Säcken, einer gar auf einem Faß. Später begegnete er zwei jungen Bauernmädchen, die ihn scheu, fast erschreckt anstaunten in seiner sonderbaren Tracht, in der er halb wie ein junger Ritter aussah, und halb wie ein Landstreicher, mit Degen, Wams und dem Ränzel, das besser ein Knappe getragen hätte. Aber sein froher Blick und vielleicht die Sonne, die von seinem silberglänzenden Wams niederstrahlte, veränderte ihr ängstliches Schauen in ein bewunderndes. Auch an einem Wirtshaus kam er vorbei, wo ein paar Männer schon beim Weine saßen, von weit her sah er den kleinen, aber tiefen See blinken, auf dessen schweigendem Grund, nie wieder aufgefunden, Schwester, Freund und Braut lagen; an dem Gehöfte auch, das nun ihm gehörte, dessen Pächter ihm jetzt ohneweiters Aufnahme gewähren müßten – aber es trieb ihn vorwärts, fort von allem, was ihn noch an die Vergangenheit, an das Gestern erinnern wollte. Aufenthalt bedeutete ihm unbestimmte Gefahr, und je weiter er sich aus dem bekannten Gebiet entfernte, wohin Spaziergänge, Fahrten ihn zuweilen gebracht, um so freier, ungefährdeter ging er dem einen Ziel entgegen, das unbekannt ihn an sich heranzog. Zwar änderte sich Bild und Landschaft und Hauch der Luft nicht. Doch als wäre seinem Schritt Erinnerung gegeben, so war ihm allmählich, als begänne er über einen Erdboden zu gehen, der bisher von ihm noch unbetreten, Fremde und Abenteuer bedeutete.

Nach Stunden erst – die Sonne stand schon hoch, und der Frühlingstag wurde sommerlich warm – verlangsamte er den Schritt. Die Brünnlein, aus denen er da und dort einen Schluck Wasser getrunken, löschten ihm seinen Durst nicht mehr. Der Ranzen drückte seine Schultern, er wechselte ihn von rechts nach links und dachte an die ersten Wanderstunden wie an ein Fliegen, ein Flattern, ein Schweben; nun erst wandelte er seinen Weg wie andere Menschen.

Fast wie ein Geschenk empfand er es, als nun ein Olivenwäldchen ihm einigen Schatten bot und wie ein wahrhaftes Glück, als er in einer mäßigen Lichtung ein Haus schimmern sah, eine Art von Schenke, nicht eben sehr gastlich anzusehen, verfallen beinahe und nur daran zu erkennen, daß immerhin ein paar Tische davor standen, an deren einem zwei übel, fast wild aussehende Burschen saßen, zerbeulte Becher mit Wein vor sich. Zwei Mädchen, die offenbar zu ihnen gehörten, ruhten ein paar Schritte weit davon in nachlässiger, aber wie von einstigem Reichtum zeugender Kleidung im Schatten der Bäume, unter den Köpfen einen zusammengerollten Mantel. Sie schienen zu schlafen, was am Ende kein Wunder war, da ringsum völlige Stille herrschte. Auch die beiden Burschen saßen schweigend, wie versonnen, hatten nicht einmal Anselmos Schritt gehört, der in dem feuchten Wiesengrund versank.

Ein Wirt war nicht zu sehen, und so sehr Anselmo die Aussicht auf Trank, Speise und Ruhe anfangs gelockt hatte, nun, da er sich der bequemen Erfüllung gegenübersah, rührte ihn das Bild der beiden Männer am Tisch in ihrer wächsernen Unbeweglichkeit mit plötzlichem Schauern an. Irgend etwas mahnte ihn, hier lieber nicht zu verweilen und seinen Weg rasch fortzusetzen.

Doch als er, um sich selbst nicht am Ende ängstlich zu erscheinen, ganz hart an dem Tisch der beiden vorüberschritt und absichtsvoll den einen, älteren ins Auge faßte, dem ein feuerrotes Mal auf der Stirne glänzte, hob der plötzlich den Kopf, griff hastig nach der Mütze, die neben ihm lag, stülpte sie sofort, wie um das Brandmal zu verbergen, tief in die Stirne und reckte sich in die Höhe, drohend beinahe, so daß Anselmo, die Hand am Degen, vor ihm stehen blieb. Beide schwiegen vorerst und standen so sekundenlang Aug in Aug. Der dritte blieb gemächlich sitzen, er war vornehmer gekleidet als sein Genosse, mit Wams und Hosen aus gutem, doch verschlissenem, dunkelblauem Samt, junges, braunes Gelock fiel ihm in die Stirn und zugleich über eine sonderbare rote Binde, die sein linkes Aug bedeckte. Er trug ein dünnes Kinnbärtchen nach französischer Art, und man hätte ihn wohl für einen Kavalier halten können, wenn er nicht barfuß dagesessen wäre. Es schien nicht anders, als betrachte er es wie eine Art Schauspiel, als er die beiden anderen so herausfordernd gegeneinander aufgestellt sah. Dann sagte er mit sehr wohllautender Stimme: »Ich denke, der junge Herr nimmt an unserem Tisch Platz als unser Gast oder wir als die seinen, was so ziemlich aufs gleiche herauskäme, da der Wirt vor einer Stunde durch eigene Unhöflichkeit zu erheblichem Schaden gekommen ist und wir uns daher wohl selbst werden bedienen müssen.«

»Danke«, sagte Anselmo hell, dem die Art des Jüngeren nicht übel gefiel, obwohl er sich denken konnte, was es mit dem erheblichen Schaden des Wirtes auf sich haben mochte. Er entledigte sich des Ranzens, nahm sein Barett ab und warf es gleichfalls hin, reichte dem Älteren und Jüngeren die Hand und setzte sich rittlings, die Hände auf der Lehne, auf einen wurmstichigen Stuhl. »Ich heiße Anselmo«, sagte er dann. »Mein Familienname tut nichts zur Sache. Gestern um die gleiche Stunde starben Vater und Mutter an der Pest. Weitere Verwandte habe ich nicht. Heute früh habe ich mein Haus verlassen auf Nimmerwiederkehr. Was ich besitze trage ich mit mir, es ist nicht viel, den Degen zu brauchen lehrte mich der berühmte Fechtmeister Raboldi, und ehe die Sonne sinkt, wandre ich weiter.«

»Was Ihr nicht alles im voraus wißt«, meinte der Kavalier.

Der andere aber nahm die Mütze wieder ab, als wollte er zeigen, daß er sich des eingebrannten Males keineswegs schäme, ja vielleicht stolz darauf war. Seine Züge waren verwittert, hart, ja grausam, zugleich aber war in ihnen so viel Bitterkeit, ja Verzweiflung, daß Anselmo Mitleid mit ihm verspürte. Er nahm vom benachbarten Tisch, an dem wohl erst vor kurzem Leute gesessen sein mochten, einen Zinnbecher, schenkte sich ihn aus dem mit rotem Wein gefüllten irdenen Krug voll und trank den beiden anderen zu. Die taten ihm Bescheid, darauf wies der verkommene Kavalier den Älteren, Gezeichneten mit ziemlicher Grobheit an, sich ins Haus zu begeben und nachzusehen, was noch Eßbares zu finden wäre. Der, immer noch stumm, erhob sich, und nach einem ganz unmerklichen Zögern verschwand er durch das weit offene Tor in dem dunklen Flur.

»Böse Zeit«, bemerkte der Jüngere. »Die verdammte Seuche will nicht schwinden. Im Zickzack hin und her wie ein toller Hund rast sie von Stadt zu Stadt, von Haus zu Haus, glaubt man sie da und dort schon verschwunden, bricht sie wieder unversehens hervor, als wäre sie tückisch auf der Lauer gewesen. Auch wo man sich gefeit glauben möchte, in freier Natur, in lindester Frühlingsluft fällt sie über einen her. Wie Ihr uns da seht, sind wir zwei die letzten von sieben, die sich im vorigen Herbst zusammengetan. Drei hat die Seuche hingerafft, zwei – anderes Ungefähr. Der letzte stürzte vor ein paar Tagen auf einer Wiese hin, wie vom Blitz erschlagen. Dort liegt er wohl jetzt noch, wenn ihn indessen nicht hungrige Vögel gefressen haben.«

Anselmo wunderte die gewählte, wohl etwas gezierte Sprechart des Kavaliers, der aus gutem, vielleicht aus adeligem Hause schien. Doch er fühlte zugleich, daß er sich vor ihm besonders in acht nehmen müßte.

Indessen waren die beiden weiblichen Wesen am Waldrand erwacht und saßen aufgerichtet da. Der Kavalier winkte sie mit der Hand herbei, sie strichen ihre Röcke zurecht, steckten eilig ihre Haare auf, die Größere, Schlanke war ordentlich gekleidet wie ein Bürgerfräulein etwa, die Kleinere hatte ein völlig zerrissenes Kleid, so daß es unten in Fetzen hing, das Leibchen fehlte ganz, das Leinenhemd sank über die Schultern herab, sie hüllte sich in den roten Mantel, der ihnen früher als Kopfpolster gedient und hielt ihn mit einer Hand über der Brust zusammen. So traten sie beide an den Tisch, und Anselmo, der nun erst deutlich ihre jungen, frechen Gesichter sah, zweifelte nicht, daß sie irgendeinem schlechten Haus entlaufen oder aus ihm entführt worden waren. Sie begrüßten Anselmo mit höflichen Verneigungen, die zugleich zierlich und herausfordernd waren und wie ein eingelerntes Spiel anmuteten. Und ebenso, mit einer gespielten höfischen Grandezza, stellte der Kavalier sie vor: »Lorenza und Anita«, sagte er, »liebenswürdige Frauenspersonen, Witwen: die eine von siebenundsechzig, die andere von hundertdreiundzwanzig Männern nach ungefährer Zählung.« – »Morgen können es wohl schon hundertvierundzwanzig sein«, sagte die Dunkle und küßte Anselmo auf den Mund. Die andere sprach nichts, und immer noch den roten Mantel über der Brust festhaltend, betrachtete sie Anselmo mit großen, neugierigen, unschuldsvollen Augen, wie ein Kind.

Der Mann mit dem Brandmal auf der Stirn trat wieder aus dem Haus, brachte kaltes Fleisch, nicht in großen Mengen. »Das ist alles«, sagte er. »Und das noch.« Er zog aus dem Gürtel einen schmalen Lederbeutel, der Kavalier öffnete ihn, ein paar Silbermünzen fielen heraus. Der Kavalier verzog den Mund: »So hat der Schuft von Wirt nicht einmal gelogen.«

»Es wird noch was vergraben sein«, meinte die Dunkle. »Warum kitzelt Ihr es ihm nicht heraus?«

»Ihr habt etliches verschlafen«, sagte der Kavalier, »den kitzelt nichts mehr.«

Die Blonde setzte sich ganz langsam, als wäre sie plötzlich müde geworden.

Der Gezeichnete sprach: »Machen wir's rasch, es hat nicht Sinn, lange zu verweilen. Zur Ruhe legen wir uns ja doch wohl nicht hier im Hause.«

»Vorerst wollen wir das wenige«, sagte der andere, »was der Besitzer uns hinterlassen, in aller Ruhe verzehren. Solange wir hier vor dem Tor sitzen, wird keiner sich hineinwagen.«

Er ließ es sich schmecken, die anderen griffen gleichfalls zu, auch die Frauen ließen sich nicht nötigen, und Wein gab es zur Genüge. Dazwischen gab es eine in halben und etwas unverständlichen Worten geführte Unterhaltung zwischen den beiden Männern, in der von einem wohl ausgekundschafteten Weg, einem Landhaus, vom Neumond, von Fischern in Livorno, einem griechischen Segler, von Goldstücken und von einem Mönchsgewand die Rede war. Nahe bei Anselmo schwatzte die dunkle Frau von ihrer Schwester, die mit einem Arzt vermählt wäre, eine andere habe den Schleier genommen, von beiden habe sie nichts mehr gehört, ein Bruder sei als Soldat angeworben in den Kämpfen zwischen Pavia und Piacenza gefallen. Sie erzählte auch von einer Fahrt nach Rom in einem prachtvollen Reisewagen mit zwei alten Herren, dann von einem Haus nah bei Florenz, wo sie mit acht Weibern ihresgleichen gehaust, und für eine Nacht nie weniger als fünf Goldstücke erhalten habe, von einem gewissen Ernesto, den sie wirklich geliebt, von einem Kardinal, der sie bei sich in Rom hatte behalten wollen; währenddem erwies sie dem Anselmo, den das Geschwätz und der Wein ganz wirr gemacht hatten, Liebkosungen, doch wie aus Gewohnheit, ohne irgendwelche Zärtlichkeit oder Leidenschaft zu verraten. Die andere aber bettete das Haupt Anselmos, den der Wein immer schläfriger machte, an ihre Brust, der rote Mantel war zwischen ihrer weißen Haut und seinem dunklen Haar.

Aus seinem Schlummer weckte ihn ein sonderbares Klappern, das er im Traum für Hufschläge herannahender Pferde hielt. Doch als er die Augen blinzelnd auftat, merkte er, daß der Kavalier und der Gezeichnete aus einem Zinnbecher Würfel schüttelten und die paar Silbermünzen zwischen den beiden immer wieder hin und her wanderten. Als sie merkten, daß Anselmo erwacht war, reichte der Kavalier ihm ohne weiteres den Zinnbecher mit den Würfeln hin.

»Nun, schütt' aus, vielleicht hast du Glück.«

»Ich bin kein Spieler«, sagte Anselmo.

»Heute bist du's«, erwiderte der Kavalier sehr freundlich. »Setz' nur ein.«

Anselmo nahm einen Lederbeutel mit Silbermünzen hervor, einen zweiten hatte er wohlverborgen in einer versteckten Manteltasche. Er wußte, daß er sich nicht zur Wehr setzen konnte, am Ende hätten die beiden es auch einfacher mit ihm machen können. Er war entschlossen zu verlieren, und dachte, es würde ihm leicht genug werden, da ja die anderen wohl geschicktere und unbedenklichere Spieler waren als er. Doch er warf immer höher als sie und während der Gezeichnete das Spiel gleich aufgab, geschah das Unerwartete, daß der Kavalier immer wieder neue Münzen, endlich auch Goldstücke aus irgendwelchen verborgenen Falten seiner Gewandung, schließlich sogar aus der Tiefe seiner Stiefel, die neben ihm auf dem Boden standen, hervorzauberte, und am Ende, da auch die letzten Goldstücke zu Anselmo hinübergewandert waren, den Mantel als Einsatz vorschlug, der über der Schulter der blonden Schweigenden hing.

»Lassen wir's genug sein«, sagte Anselmo, dem in seinem Glück immer banger zumute wurde. »Ich wünsche nicht das Fräulein zu berauben.«

»Das Fräulein ist mein«, sagte der Kavalier, »ihr Leib so gut, wie alles, was sie am Leibe trägt. Und wenn es mir beliebt, setze ich auch sie zum Pfand.«

Anselmo warf einen Blick auf Anita, immer noch saß sie schweigend da, mit großen, klaren, stummen Augen, als ginge sie alles das, was um sie vorging, nicht im geringsten an oder, wie Anselmo zu vermuten anfing, als hielte irgendein entsetzliches Erlebnis, wer weiß wie lange schon, ihren Geist im Bann. Er ließ die Würfel rollen, ohne hinzusehen, er hoffte, daß er nun endlich verlieren würde, doch im nächsten Augenblick schon hörte er die Stimme des Kavaliers: »Der Mantel ist Euer«, und er sah, daß er mit den drei Würfeln achtzehn Augen geworfen. Schon ließ Anita, die Arme auseinanderbreitend, mit einer hingebungsvollen Bewegung den Mantel von der Schulter heruntergleiten, doch bückte sich Anselmo schnell und sagte: »Behaltet ihn, Fräulein, ich schenke ihn Euch« und breitete ihn selbst wieder über ihre weißen Schultern. Der Kavalier, ohne eine Miene zu verziehen, sagte: »Da er nun wieder ihr, also mir gehört, setze ich ihn ein zweites Mal.« Der Kavalier warf siebzehn, Anselmo achtzehn, wieder ließ Anita den Mantel sinken, Anselmo schenkte ihn ihr ein zweites Mal und legte ihn sorglich um ihre Schultern. »Noch einmal«, sagte der Kavalier und ließ die Würfel wohl sekundenlang im Becher kreisen – dann warf er sie auf den Tisch. Dreizehn war sein Wurf. Nun war es an Anselmo, auch er schüttelte lang, sah um sich und merkte, daß der Gezeichnete und die Dunkle spurlos in den Wald verschwunden waren, doch hörte er aus dem Schatten des Waldes Frauenlachen. Währenddem schüttelte er die Würfel aus, und mit siebzehn hatte er gewonnen.

Doch als Anita wieder den Mantel gleiten lassen wollte, duldete er es nicht, drückte ihn fest auf ihre Schultern, erklärte, daß er den Mantel unter keiner Bedingung nehme, daß für ihn das Spiel nunmehr beendet sei und daß nichts in der Welt ihn vermögen könne, den offenbaren Zauber, der hier zu seinen Gunsten walte, weiter zum Schaden seines Gegners auszunützen. »Denn ich sehe wohl, daß es nicht mit rechten Dingen zugeht, und Ihr seht es auch.« Was er dachte, war nun freilich nicht, daß sich ein gnädiger Geist seiner angenommen, sondern vielmehr, daß der Kavalier ihn aus irgendeiner tückischen Absicht gewinnen ließ, das Ganze eine Falle sei, aus der er am Ende doch nicht entkommen könne. Es war sonderbar, daß er im Laufe der letzten Viertelstunde schon manche Stimmen von Menschen vernommen, die gar nicht fern auf einem Waldpfad oder auf der großen Landstraße vorüberwandern mochten, und daß doch keiner den Weg zu der Lichtung suchte oder fand. Er dachte jetzt nur mehr daran, wie er so rasch als möglich sich davon machen könnte, denn so sicher er sich auch gegenüber dem gewandtesten Gegner seines Degens fühlte, vor der Übermacht der zwei Gesellen, mit denen auch gewiß die beiden Frauen im Bunde waren, wußte er sich wehrlos, und überdies war es keineswegs unmöglich, daß ein paar Kerle irgendwo in der Nähe sich versteckt hielten. Schon sah er sich in dem Innern des Hauses, im Keller etwa, erschlagen neben dem erschlagenen Wirte liegen, und es bangte ihm, daß er der Pest nur entkommen sein sollte, um zu Beginn der Wanderung in die Welt der Freiheit und Abenteuer ein unrühmliches Ende zu finden. Er erhob sich rasch und sagte: »Ihr müßt verzeihen, meine Rast hat sich über Gebühr ausgedehnt. Ich will vor Einbruch der Nacht noch eine gute Strecke wandern.« Er nahm seinen Ranzen auf, schnallte den Gürtel fester, setzte sein Barett auf und war verwundert und beunruhigt zugleich, daß der Kavalier keine Miene machte, ihn zurückzuhalten. Es schien ihm geraten, dem Kavalier zum Abschied die Hand entgegenzustrecken, doch der nahm sie nicht, sondern auf die Münzen weisend, die Anselmo auf dem Tisch hatte liegen lassen, bemerkte er: »Ihr vergeßt Euren Gewinn, Herr.«

»Ich vergess' ihn nicht«, erwiderte Anselmo, »ich schenke ihn dem Fräulein.«

Doch in diesem Augenblick sprang der andere auf, als wäre ihm die furchtbarste Beleidigung widerfahren, und Anselmo griff unwillkürlich nach seinem Degen, wobei er, als stiege von dem Eisen aus eine köstliche Kraft in seine Adern, seine angeborene Unerschrockenheit wiedergewann. Doch schon lösten sich die Züge des Kavaliers und er sagte: »Das Fräulein nimmt das Geschenk nicht an, aber wir wollen noch einmal würfeln, Ihr setzt Euren ganzen Gewinn und ich dagegen – Anita.«

Es war nicht Bangen allein, das nun Anselmos Blut nach dem Herzen strömen machte, er blickte auf Anita nieder, sah wie ihre Augen sich schlossen, ihr Haupt auf die Brust sank und wie sie den Mantel noch fester um sich zog, als wollte sie sich ihrer selbst versichern, als käme sie jetzt, da um sie, um ihr Schicksal gespielt wurde, nach dem Bann, der Tage oder Wochen oder Jahre auf ihr gelastet, zum Bewußtsein ihres Daseins und ihrer Menschenwürde. Doch auf Anselmo fiel kein Blick, er konnte nicht ahnen, was sie im Grunde ihrer Seele wünschte.

Der Gezeichnete und die dunkle Frau waren wieder aus dem Wald hervorgetreten. Über die beschattete Lichtung zog ein leiser Wind wie Ahnung der Nacht hin. Alle standen sie, nur Anita saß wie zusammengenommen und in sich gefestet. Anselmo war zum Abmarsch so gerüstet, daß er unwillkürlich den einen Fuß schon nach vorne gesetzt hatte.

Der Kavalier warf zuerst, die Würfel, als wären sie selbst unschlüssig, kollerten unbegreiflich lang auf dem Tisch hin und her. Endlich lagen siebzehn Augen zutage. Doch keiner staunte, als Anselmo achtzehn warf.

Ein Schweigen, das noch tiefer schien als vorher. Es dauerte fast eine Minute lang. Sie blieben alle wie unbeweglich stehen, auch Anselmo mit dem vorangesetzten Fuß. Nur Anita erhob sich langsam, immer noch mit dem gesenkten Blick.

»Geht«, sagte der Kavalier, »beide.«

Jedes Wort, jedes Zögern, Anselmo fühlte es, wäre sinnlos gewesen, hätte unentrinnbare Gefahr bedeutet. Er ging, ohne sich umzudrehen, hörte Anitas Schritte hinter sich, ja er vermeinte den Hauch ihrer Lippen zu fühlen, der Wald schloß sich hinter ihnen, nach wenigen Minuten schon traten sie auf die breite Landstraße hinaus, die er so nahe nicht vermutet hatte, und jetzt erst atmete er auf, als wäre er einem höllischen Bezirk der Gefahren entronnen. Er hätte sich kaum gewundert, wenn der Klang von Anitas Schritten nur eine Täuschung seines Gehörs gewesen und sie selbst von dem unheimlichen Zauber hinter ihnen gleichsam wieder eingeschlürft worden wäre; aber wie er sich umwandte, stand sie da, den Mantel um die Schultern und an die Brust gepreßt, der zerrissene Saum ihres Kleides streifte ihre nackten Füße, und ihr Antlitz, völlig erhellt, mit überwachen Augen, leuchtete in das seine.

»Willst du mich nicht endlich deine Stimme hören lassen?« fragte Anselmo.

»Ich bin dein«, sagte sie, neigte sich ein wenig, und er empfing sie in seinen Armen, aus denen sie sich gleich wieder löste.

Die abendliche Straße war menschenleer. Das Wäldchen, das sie verlassen, lag schmal und dürftig hinter ihnen wie ein Streif, und es war fast unbegreiflich, wie all das, was er gesehen, Raum darin gehabt hatte. Aber wie im Raum unbegreiflich, auch der Zeit nach lag dieses Erlebnis seltsam weit zurück. Es war, als sei er nun erst wieder in die wirkliche Welt eingetreten, wo auch die gewohnten Gesetze galten.

Menschliche Behausungen waren wenige zu sehen, auf etwas entfernteren Hügeln ragten da und dort Schlößchen und Burgen, Landleute, Bettelmönche, Eseltreiber begegneten ihnen. Die feinen Wölkchen spiegelten noch den Widerschein der Sonne, doch die Dämmerung war schon da, und so wurden die Begegnenden des merkwürdigen Aufzugs kaum recht gewahr, in dem Anselmo und Anita des Weges schritten. Sie mochten den Leuten wohl wie ein junges Paar aus adeligem Hause erscheinen, von einem der kleinen Kastelle, die auf den Hügeln thronten. Auch sah man zu dieser Zeit der Unordnung, Seuchen und Auflösung die sonderbar gemischtesten Trachten, besonders auf dem Lande außerhalb der Städte, wie das die Verwirrung aller Verhältnisse mit sich brachte.

»Lass' uns nur rasch weitergehen«, sagte Anita, »und erst an einer sicheren Stelle Halt machen. Denn die Wahrheit zu sagen, ich traue meinem Gatten nicht.«

»Dein Gatte?«

»Ja, wir sind richtig vermählt, und er hat mich nicht etwa entführt oder geraubt, wie du wohl denkst, nein, der Pater Celestus hat uns erst heute morgens um vier Uhr in der Klosterkapelle zur heiligen Anna zusammengegeben. Was blieb mir anderes übrig. Mir war so angst in unserem Schloß, wo der Wind durch die zerschlagenen Fenster blies und die Brüder der Mutter in der Halle die Nacht durch zechten und sangen.«

Sie erzählte noch allerlei, Wirres und Irres, Wahres, vielleicht Erdichtetes, Erlogenes, durcheinander. Anselmo entnahm aus dem Ganzen, daß ihr Vater vor einiger Zeit mit irgendeiner Frauensperson das Haus verlassen, daß dieses bald darauf von einer Bande völlig ausgeraubt worden war und sie selbst mit ihrer Mutter in den geplünderten Räumen bald gehungert, bald in Üppigkeit gelebt, daß der Mann, dessen Gattin Anita sich nannte, der letzte Liebhaber ihrer Mutter gewesen, um sie selbst aber beständig und in Ehren geworben, daß die Mutter sie gestern noch geschlagen, sie, Anita, erst heute morgen nach vollzogener Trauung das Haus verlassen und ihr Gatte, der Kavalier, sie gleich darauf in einer Schenke mit dem Gezeichneten und mit der Dirne zusammengeführt, die sie bis dahin nicht gesehen, ja von deren Dasein sie nichts gewußt, daß die drei irgendeinen Plan besprochen hatten, der in allernächster Zeit ausgeführt weden sollte, daß sie in jenem Wirtshaus der Wirt, obwohl er sie angeblich erwartet, feindselig empfangen, daß die beiden Männer ihn ins Haus gedrängt, wo sie ihn offenbar erschlagen hatten.

Doch berichtete sie das nicht als eine seltsame oder gar grauenhafte Geschichte, sondern wie irgendein fast alltägliches Erlebnis, das ihre tiefste Seele kaum berührte; oder wie ein Kind eine halbverstandene Geschichte nacherzählt, ungenau und übertrieben. Sie redete immerfort, richtete keine Frage an Anselmo, doch hielt sie im Weitergehen stets seine Hand gefaßt.

Es wurde dunkel, die Landstraße lag leer und lang vor ihnen und zog unter einem fernen Sternenhimmel fahl zwischen hohen Pappeln weiter. Anselmo hatte den Vorsatz, sobald irgendein bewohntes Haus sich zeigte, Einlaß und Nachtlager zu erbitten. Doch war kein Gehöft, kein Wirtshaus, kein Kastell, auch auf den Hügeln nicht, zu erspähen; auch begegnete ihnen kein Mensch mehr. Plötzlich hörte er ein Knarren von Rädern, das näher kam. Ein Lichtschein fiel auf die Straße, er kam von einer Laterne, die von der Deichsel eines Wagens herabhing. Anselmo blieb stehen, ließ den Wagen herankommen, rief den Lenker an, den er nicht sehen konnte, der Wagen hielt, unter dem aufgespannten Dach streckte sich ein Kopf hervor. Gleich darauf sprang ein hagerer Mann heraus, die Peitsche wie kampfbereit in der Hand und begann fürchterlich zu schreien, als wolle er vor allem sich selbst Mut machen. Er schrie so sehr, ohne sich dabei zu rühren, immer mit der Peitsche in der Hand, als wollte er seinen Wagen und sein Leben verteidigen, daß Anselmo laut lachen mußte und Anita mit einstimmte. Da trat der Mann näher an sie heran, und als er sah, daß das Paar sich in das Licht der

Laterne gestellt hatte, hielt er mit dem Schreien inne, beruhigte sich, lachte selbst und dankbar, daß nicht, wie er wohl gefürchtet, Räuber aus dem Hinterhalt ihn angefallen, ließ er Anselmo und seine Gefährtin einsteigen und erklärte sich bereit, sie beide nicht in irgendein Wirtshaus, wie Anselmo gebeten, sondern in sein eigenes Haus zu führen, das gar nicht weit von hier abseits von der Landstraße stehe. Er war, wie Anselmo nun sah, keineswegs ein Fuhrmann oder ein Bauer, sondern offenbar ein Mensch besseren Standes, und in seiner schwarzen, verschlossenen Tracht mit weißer Krause und spitzem Hut, unter dem weißes Haar quoll, sah er wie ein Arzt oder Apotheker oder Richter aus. Er sagte: »Ihr scheint aus gutem Hause, ich will nichts weiter wissen, denn sonst müßte ich Euch vielleicht die Aufnahme versagen. Ihr könnt bei mir ein Nachtlager haben.«

Das Gefährt setzte sich in Bewegung. Wie lange die Fahrt dauerte, wußte Anselmo nicht, denn er sowie Anita selbst schliefen sofort ein und erwachten erst, als der Wagen plötzlich hielt und vor ihnen vielleicht schon eine Minute lang der Weißhaarige stand, in der demütigen Haltung eines treuen Dieners, der das Aussteigen der Herrschaft erwartet, aber sich nicht getraut, sie aufzustören.

Als sie endlich ausgestiegen waren, geleitete er sie mit großer Höflichkeit durch ein kleines Vorgärtchen, in dem bunte hochgestielte Blumen standen, die die Nacht im nächsten Umkreis erhellten, in das Haus – es war ein niederes, sehr langgestrecktes, helles Gebäude mit flachem Dach –, ließ sie rechter Hand ins Wohnzimmer treten und, allein gelassen, standen sie beide in dem unbeleuchteten Gemach, Hand in Hand, erwartungsvoll wie Kinder. Allmählich erst zeigten sich die Umrisse zierlicher Möbel, wie sie für einen einfachen Landsitz paßten, und auf der Decke trat das verschlungene Gebälk der Verkleidung hervor. Der Alte trat wieder ein mit zwei hohen Leuchtern, in denen Wachskerzen brannten, stellte sie auf den kleinen viereckigen Tisch, ließ die beiden jungen Menschen auf zwei hochlehnigen Stühlen einander gegenüber Platz nehmen, ging wieder und schon nach einer Minute brachte er kaltes Fleisch, Früchte,

Backwerk, wozu er ihnen aus einer gläsernen Karaffe in zwei hohe Stengelgläser einen dunkelroten, herb-süßen Wein einschenkte. Sie ließen es sich schmecken und waren ihrer Geborgenheit froh. Er trat noch zwei- oder dreimal ein, um ihnen die Gläser nachzufüllen und die Teller zu wechseln. Als er sah, daß die Mahlzeit beendet, deutete er durch eine Gebärde an, daß der Augenblick gekommen sei aufzustehen, geleitete sie über den Gang zu dem gegenüberliegenden Gemach, von dessen niederer Decke eine grünverhangene Lampe mattes Licht über das breite weiße Ruhelager goß. An der Längswand stand ein Tisch mit Waschbecken, Krügen, Tüchern und allerlei, was man sonst zur Reinigung und Erfrischung benötigen mochte. Am Fußende des Bettes war ein Tischchen mit Wein und Früchten bereit. Der Alte selbst verschwand und schloß die Türe hinter sich, ehe ihm die beiden auch nur eine gute Nacht wünschen konnten.

Es war das erste Mal, daß Anselmo ein Weib in den Armen hielt, und in seiner Unerfahrenheit wußte er anfangs nicht oder machte sich wenigstens keine Gedanken darüber, daß es ein unberührtes Mädchen war, die sich ihm zuerst unter Tränen, dann in immer ungehemmterer Leidenschaft hingab und endlich in einer fast mütterlichen Inbrunst sein Haupt an ihr Herz bettete. Doch geradeso wie sie in dieser ersten Liebesnacht gleich völlig zur Frau wurde und zugleich mit den zärtlichen mütterliche Gefühle in ihr erwachten, wurde Anselmo in ihren Armen so völlig zum Mann, daß er nach dem Stolz der Eroberung und der Wonne der Ermattung aus seiner Seele schon die Sorge steigen fühlte, sich an die Frau zu verlieren, die Angst, festgehalten zu werden, und den Drang, gleich die Geliebte zu verlassen, die sich ihm so vertrauensvoll geschenkt. Der erste Frühdämmer, der durch den Vorhangspalt sich auf den Boden stahl, die erste Vogelstimme im Garten weckte Sehnsucht in ihm auf, und schon nicht mehr nach der Schlafenden, die blaß, mit geschlossenen Lidern, das blonde Haar über Stirne, Wangen und Schultern, unbegreiflich fremd in den Kissen lag – weckte Sehnsucht nach Ferne, Alleinsein, Freiheit – und anderen Frauen. Der Gedanke, die Wanderung mit ihr fortzusetzen, war ihm unerträglich, es war ihm, als müßte eine Gefährtin seiner Wanderung, wer immer sie sei, nicht besser sein als eine Kette, die er nachschleppte. Er war entschlossen, sich davonzumachen, ehe sie erwachte, und alles, was er an Verpflichtung gegen sie verspürte, war, ihr ein wenig Geld zurückzulassen, damit sie, ehe sie den Gatten wieder oder einen anderen Liebhaber fände, nicht etwa Mangel leide. Sie schlief so fest, daß er mit einiger Vorsicht im Dämmer des verhängten Raums, aber ganz in Ruhe sich ankleiden konnte. Übrigens war ihm auch vor ihrem Erwachen nicht bang. Er fühlte sein Herz so gepanzert oder so kühl, daß auch ihre Tränen, ihr Flehen, wenn solches zu erwarten war, keine Macht über ihn gehabt hätten, und er wußte, daß ihr kein Recht an ihn und an seine Freiheit zustand. Und wenn er den Alten noch sah, der in irgendeinem anderen Raum des Hauses schlafen mochte, so könnte der ihn weder mit Güte noch mit Gewalt festhalten. Nichts war in Anselmo als ein Drang, den Weg weiterzugehen, den er, wie vom Schicksal getrieben, aus seinem Heim unter so dunklen Umständen angetreten und an dessen Beginn ein so vertracktes, aber doch nicht unbedenkliches Abenteuer wie als Ankündigung bedeutungsvollerer ihn erwartet hatte.

Jetzt erst, zur Wanderung gerüstet, warf er einen Scheideblick auf die Schlafende und sah mit einiger Verwunderung, daß die Decke von ihrem Leib herabgeglitten war und durch den Vorhangspalt, während ihr Körper, ebenso wie Bett und Gemach, noch in Dämmer schwebte, ein schmaler Streif der Sonne zwischen ihren Brüsten, über ihre Lippen und ihre Stirn in ihre Lokken lief und die Schlafende gleichsam wie mit einem goldenen Dolch entzweischnitt. Er fühlte sich heftig zu ihr hingezogen, und die Versuchung war nicht gering, die goldene Spur der Sonne durch eine Umarmung zu beschatten, doch der Morgen draußen war nicht Lockung allein, er war auch Gefahr; und so sagte er sich, völlig erwacht, daß jedes weitere Verweilen ihn vielleicht nicht nur die Freiheit, sondern auch das Leben kosten konnte; und ohne auch nur die Stirn der Schlafenden mit seinen Lippen zu berühren – er hatte sich schon herabgebeugt –, mit einer kalten Entschlossenheit, die noch von der überwundenen Versuchung glühte, verließ er das Gemach und schloß leise die Türe hinter sich. Er trat in den schmalen Gang, der das Haus teilte und dessen Dunkelheit noch immer von der brennenden Fackel im Hintergrund durchglänzt wurde, öffnete die Haustür, die hochgestielten Blumen des Vorgartens prangten in leuchtender Buntheit ihm entgegen. Die Luft aber nach der süßen dumpfen Abgeschlossenheit des nächtlichen Gemachs in ihrer duftgewürzten Frische machte ihn beinahe schwindeln vor Staunen und Glück. Es war wie ein hundertfach erfüllter Morgen nach einer hundertfach erfüllten Nacht. An der Schwelle stehend atmete er tief auf, da stand, von der Seite hervortretend, der Kavalier vor ihm, der, wenn auch in der gleichen Tracht wie tags zuvor, viel stattlicher aussah und über den Augen nicht mehr die rote Binde trug. Anselmos Wachsein, sein Gefühl der Jugend in dieser köstlich frischen Stunde durchflutete mit solcher Kraft seine Adern, daß er nicht eine Spur von Schreck, ja kaum von Staunen spürte; auch der Gedanke, daß Verrat, von langer Hand vorbereitet, hier lauern könnte, flackerte nur wie eine trübe Flamme, um gleich wieder zu verlöschen. Und es war am Ende gleichgültig, ob man ein niederträchtiges Spiel mit ihm getrieben oder ob der Kavalier ihn durch List oder Glück zu finden gewußt. Dieser aber, als wäre er Anselmos Gedanken gefolgt, sagte:

»Mein Wort vorerst, daß nur meine gute Nase Euch aufspürte, Herr Rigardi. Ferner meine Versicherung, daß niemand in der Nähe, den ihr zu fürchten hättet, als mich – wenn Ihr überhaupt«, fügte er lächelnd hinzu, »geschaffen wäret, Euch zu fürchten. Endlich, damit Ihr doch wißt, mit wem Ihr es hier zu tun habt, mein Name und mein Stand, den ich gestern aus guten oder schlechten Gründen verschwieg: Francesco Graf Raspighi, der letzte meines Namens und auf dem Wege zu Ruhm oder zu frühem Tod, geradeso wie Ihr. Und nun kommen wir zur Sache.«

»Ich höre«, sagte Anselmo.

»Ihr habt mir gestern, Herr Anselmo, im redlichen Spiel

meine Frau abgewonnen. Ich denke, daß Ihr ohne weiteres geneigt sein werdet, wie es unter Kavalieren üblich, mir Revanche zu geben.«

Schon lag es auf Anselmos Lippen, daß er darauf verzichte, die Entscheidung den Würfeln anheimzugeben, und bereit sei, den Gewinn kampflos zurückzustellen. Doch er wußte, daß Raspighi sich das gewiß nicht gefallen lassen, ja ein solches Anerbieten eher als Beleidigung betrachten würde, und so erwiderte er: »Ich bin selbstverständlich bereit, aber wollt Ihr mir nicht sagen, was ihr als Gegenwert für Anita einzusetzen habt?«

»Mein Leben«, entgegnete der Kavalier mit völliger Ruhe.

»Ihr scherzt«, sagte Anselmo, »die Sätze sind zu ungleich. Ein Weib, und wäre es das schönste, es läßt sich immer ersetzen, Euer Leben aber – Ihr habt nur eins.«

»Mir ist eben beides, Weib und Leben, gleich viel oder gleich wenig wert, und darauf kommt es an.«

»Mir aber«, sagte Anselmo, »ist es nicht gleich viel wert, und mir ist Euer Leben gar nichts wert. Was wäre denn mein Gewinn, wenn Ihr nicht mehr am Leben seid?«

»Kein geringer, Anselmo: die Sicherheit des Euern.«

»Ich verstehe Euch nicht«, sagte Anselmo, der nun immer deutlicher merkte, daß all dies nicht gescherzt war.

»Das sollte so schwer nicht sein«, erwiderte Raspighi. »Wenn ich nämlich das Spiel gewinnen und Anita wieder haben sollte, dann stehen wir gleich zu gleich, Mann gegen Mann einander gegenüber, und unsere Degen werden sich miteinander messen.«

Anselmo runzelte die Stirn. »Ihr selbst schlugt gestern das Spiel um Anita vor, Ihr habt nicht Rechenschaft zu fordern.«

»Gestern war gestern, heut ist heut. Verlier' ich heute wieder oder weigert Ihr mir die Revanche, zu der ich Euch nicht zwingen kann und will, so bin ich in der nächsten Minute nicht mehr. Ihr müßt Euch in jedem Fall entscheiden.«

»Sei's drum, wir wollen spielen. Aber nur mein Leben gegen das Eure, anders nicht.«

Die hochgestielten Blumen umgaben sie rings in einem weitgespannten Kreis. Die beiden standen auf einem grünlich schillernden Kiesboden wie auf einem Spieltisch oder einem zweckvoll abgegrenzten Plan.

Der Kavalier schüttelte den Kopf: »Ich nehme nichts geschenkt.«

»Nichts geschenkt«, sagte Anselmo, »wir wollen sofort quitt sein. Wie wär's zum Beispiel, wenn ich Euch einen Schurken hieße?«

Ein sonderbares Lächeln spielte um die Lippen des Kavaliers. Die Starrheit seiner Züge löste sich, er sah jünger, sah gleichsam brüderlich aus, so daß Anselmo Neigung verspürte, ihm die Hand zu reichen.

»Nur Euch zu Gefallen, Herr Anselmo, will ich tun, als glaubte ich, daß Ihr mich wirklich für einen Schurken haltet. Doch werdet Ihr Schlimmeren begegnen, wenn Ihr überhaupt noch irgendeinem Menschen auf der Welt begegnen solltet.«

Und plötzlich mit völlig verändertem Antlitz, hoch aufgerichtet, fürstlich, zum ersten Male wirklich wie ein Kavalier, stand er da. Zwei Degen flogen im gleichen Augenblick aus der Scheide, die üblichen Grüße mit der Waffe wurden gewechselt, und sofort blitzten die Degen aneinander. Eine Weile ging das Gefecht unentschieden zwischen ihnen hin und her. Anselmo dachte, daß nun wohl Anita hinter den Vorhängen erwachen müßte, aber nichts regte, nichts zeigte sich. Doch im Haupttor erschien plötzlich der Weißhaarige, dessen Dasein Anselmo vergessen hatte, wie ein Traumgespenst, in einem langen Morgentalar, schien nicht zu verstehen, was sich begab, sah zu wie einem Turnierspiel, bis er plötzlich begriff, daß es um Tod und Leben ging. Und schon stürzte er vorbei an dem langgestreckten Hause um die Ecke, wieder mit jenem törichten, feigen Schreien, wie gestern, da er Anselmo begegnet war – stürzte davon. Die beiden kümmerten sich nicht um ihn und fochten weiter. Anselmo freute sich seiner Kunst, es war ihm wirklich wie ein Spiel, und obwohl er wußte, daß es keines war, vermochte er sich nicht vorzustellen, daß in jedem Augenblick er selbst oder der andere verwundet oder tot zu Boden sinken könnte.

Der andere war es, der niedersank. In dieser Sekunde zum ersten Male zuckte ein Schreck durch Anselmos Herz, nicht in dem Sinne, daß er sich vor irgendwelchen Folgen gefürchtet, es war das Grauen, daß der vor einem Atemzug noch so lebendig, so jung, so brüderlich-verwandt gewesen war, ein Verlorener und innerhalb der nächsten Sekunden für alle Zeit aus der Welt geschwunden sein würde. Seinen tödlichen Degen noch in der Hand, kniete er neben dem Kavalier; ein hellroter Strahl Bluts sprang aus des Kavaliers Hals in die Höhe. Unwillkürlich versuchte Anselmo mit seiner Hand den Quell zu schließen und rief nach Anita, als könnte sie Hilfe bringen. Der Kavalier öffnete die Augen und hatte noch die Kraft zu sprechen: »Geht zum nächsten Gericht und sagt, daß Ihr den Grafen Raspighi getötet. Eine gute Belohnung ist Euch sicher.« Dann faßte er mit der Linken nach Anselmos Arm und zog ihn fort, als wäre es völlig sinnlos, das Ende um ein paar Sekunden hinauszuschieben. Dann, mit einem Blick in Anselmos Augen über sich, sagte er noch: »Ich weiß, Ihr werdet es nicht tun«, hob sich plötzlich, als versuchte er aufzustehen, doch es war nur ein gewaltiges Zucken, das durch seinen Leib ging, dann sank er jäh zurück und war tot.

Anselmo richtete den Blick wie ratlos nach dem Hause. Anita stand am offenen Fenster mit weitgeöffnetem starren Aug', den purpurroten Mantel über ihrer Brust zusammengepreßt. Es war Anselmo nicht klar, ob sie überhaupt verstanden, was hier geschehen war, und er sagte: »Dein Gatte ist tot.«

Sie erwiderte nichts als: »Laß mich mit ihm allein.«

Anselmo trat zu ihr hin, sie wehrte ab, die Arme über dem Mantel gekreuzt, mit vorgestreckten Händen. »Geh fort«, sagte sie.

Es war kein Zorn und kein Schmerz, weder Auflehnung noch Ergebung in ihren Worten. Es war nur ein rätselhaft klares Wissen, die Gabe, zwischen dem, was nottut, und dem, was ohne Sinn und Wert ist, zu unterscheiden. Anselmo fühlte, daß sie in seine Seele schaute, durch alles, was die Begebnisse der letzten

Stunden in ihm aufgewühlt, durch das unruhige Wellentreiben an der Oberfläche bis auf den Grund, und dort las sie den Wahn, den einzigen, den unüberwindlichen Wunsch: ich will meinen Weg weitergehen.

Das Haus, der Garten, die hochgestielten bunten Blumen, der Tote auf dem Kies, die Frau am Fenster, wie das Purpurrot ihres Mantels löschten aus. Der Morgenhimmel spannte sich unendlich hoch und weit. Die ungeheure Stille fing zu klingen an. Anselmo wandte sich und ging.

Er wanderte tagelang, meist auf der breiten Landstraße, die gegen Süden führte, manchmal den Weg kürzend, indem er Feld, Ackerland und Baumpflanzungen kreuzte. An manchen Anzeichen oder auch aus innerem Gefühl allein merkte er, daß hier die Seuche schon lang erloschen war oder die Landschaft überhaupt verschont hatte. Von Stunde zu Stunde wurde die Welt lichter, verheißungsvoller und freudiger. Er nahm seine Mahlzeiten in wohlgehaltenen Schenken, auch in stattlichen Wirtshäusern und übernachtete auf reinlichen Lagerstätten. Die Namen der Ortschaften, kleinerer und größerer, klangen ihm meist unbekannt ins Ohr. Manche hatte er wohl schon in der Heimat vernommen und doch niemals daran gedacht, daß er all die Orte jemals betreten werde, die Ferne und Fremde bedeuteten. Auch die Menschen, mit denen er redete, in flüchtigen Begegnungen manchmal oder auch bei Gelegenheit längerer Rasten, wenn auch gleichen Stammes mit ihm, erschienen von anderer Art in Aussprache, Tonfall, durch ihre Haltung auch, die unbekümmerter, unbefangener, minder neugierig und zugleich verschlossen, gleichgültiger und großartiger schien als die der Leute, die er bisher gekannt hatte. Er schritt vorwärts – unbehelligter selbst von Blicken, sich selbst freier überlassen, trotz seines immerhin nicht gewöhnlichen Aufzugs, und seiner edlen, zugleich harten und knabenhaften Gesichtszüge, die, ihm zwar kaum bewußt, auch in diesem Lande nicht alltäglich waren. Die Landschaft, durch die er wanderte, lag breit und gefällig da, und trotz aller Schattenlosigkeit war das Blau des Himmels minder dunkel als sonst, und beinahe immer wehte ein milder Wind um ihn. Eine Berglinie begleitete ihn, langsam, aber stetig ansteigend, niemals sich nähernd, zuweilen leuchteten die Höhen in einem warmen Weiß – dünne Wölkchen oder letzter Schnee, den der Frühling allmählich forthauchte. Der Wind, der kam, brachte einen herben Duft mit. Der Geschmack auf Anselmos Lippen verriet ihm bald, daß er längs des Meeres seinen Weg nahm, das, so weitab es sein mochte, sich feucht im Blau des Himmels spiegelte. Er ging wunderbar leicht, wurde nicht müde auch nach stundenlanger Wanderung, manchmal war ihm, als wäre er aus jenem verschollenen Abenteuer wie aus einem zauberischen Bad emporgestiegen, das den Knaben erst zum Jüngling gebildet hatte. Jede Bangigkeit war geschwunden, jede Trauer, jede Sehnsucht, und war es ihm anfangs noch ein Schauer gewesen, daß die Vaterstadt, die dahingerafften Eltern, die dahingeschiedenen und die ungetreuen Freunde, daß die Schwester, der Gespiele und die Freundin, die auf dem Grund eines Sees lagen, so vollkommen hingeblaßt waren – nun war auch der Schauer fort und nur das Glücksgefühl, frei und allein zu sein und wundersam an einem Anfang zu stehen, war geblieben. Es hatten sich auf dem Wege manche Anknüpfung und Möglichkeiten aller Art geboten, aber er bewahrte sich in jeder Weise und hatte es leicht sich zu bewahren, denn wie an jenem ersten Tage, den er gewandert war, alles was ihm begegnete, sofort mit Heftigkeit an ihn gegriffen und sich seiner bemächtigt, jetzt glitt er durch alles gleichsam, ohne daß etwas an ihm haften blieb. Von zwei Mädchen, mit denen er eines Abends am Straßenrand Zärtlichkeiten tauschte, verabschiedete er sich lachend, als sie ihn in ein nahes Gehöft verlocken wollten, eine reichgekleidete junge Dame, die ihren Wagen halten ließ und ihm anbot, ihn eine Strecke weit mitzunehmen, ließ er mit höflichem Danke weiterfahren. Die Einladung zweier junger Herren nach einer lebhaften Unterhaltung in das Schloß ihrer Eltern, der Barone von Vincenti, lehnte er ab. Einen kleinen Trupp von Soldaten, sieben an der Zahl, mit denen er zechte, die sich eben zu dem Regiment des Grafen Tovaldi begaben, für das sie geworben waren, und die ihn ermuntern wollten, sich ihnen anzuschließen, ließ er allein weitermarschieren. Auch an einem Würfelspiel sich zu beteiligen, wozu ihn ein paar junge Leute aufforderten, mit denen er auf einem Kirchenplatz am hellichten Tag in eine Unterhaltung geraten war, gelüstete ihn kaum, so wenig er der Aufforderung eines alten Weibes zu folgen Lust hatte, die ihn in einer stillen Straße zum Abendessen mit ihren beiden Töchtern von zwölf und vierzehn Jahren einlud, für das er nicht einmal etwas bezahlen sollte. Und das Wunderbarste von allem: er kümmerte sich kaum um die Sticheleien, mit denen ihn ein paar freche Burschen zu reizen dachten, die ihm außerhalb des Städtchens, das er eben verlassen, aufzulauern schienen. Freilich machten sie sich plötzlich von dannen, als er, die Hand am Degengriff, stehenblieb und die Augen groß und ernst, eher neugierig als erzürnt, auf ihnen ruhen ließ. All dies, Sticheleien, Aufforderungen, Blicke, Lockungen jeder Art waren machtlos, als verlören sie auf dem Wege zu seinem Herzen und zu seinem Hirn jeden Sinn und jede Kraft. Er war nicht gelaunt, auch nur im geringsten sich zu verschwenden; es war in ihm ein sicheres, wenn auch nicht völlig bewußtes Gefühl, daß, was seiner warten mochte, in einer unmißverständlichen, über alle Zweifel klaren Bestimmtheit sich würde zu melden wissen, ja daß, was er an jenem ersten Tag seiner Wanderung erlebt, nichts gewesen war als ein ungeheurer Schatten, den ein ihm vorbestimmtes Schicksal vorausgeworfen, damit es ihn im rechten Augenblick bereit fände. Diese sieben Tage, die er jetzt gewandert war, schienen ihm ein Morgenschlummer nach einem wüsten Traum, und was in diesem Schlaf ihm begegnet, war vielleicht noch weniger als jener Traum gewesen, in den aber schon aus der Wirklichkeit von ferne und immer näher Stimmen und Rufe hineinklangen. Es konnte nicht lange dauern, bis er ganz erwacht war.

Gegen Abend des siebenten Tages, nach einer vielstündigen, nur durch eine kurze Mittagsrast unterbrochenen Wanderung fand sich Anselmo, vom Hauptweg ohne Absicht abgekommen, auf einem Wiesenplan, der von Feldblumen, roten, weißen, blauen, üppig bewachsen war. Nicht einmal der schmale

Waldpfad, den Anselmo zuletzt gegangen, schien sich fortzusetzen, der Blumenteppich hatte ihn gleichsam eingeschlungen. Ebensowenig vermochte Anselmo zu sehen, wo dieser Pfad gegenüber sich fortsetzen sollte, denn eine wie undurchdringliche Wand von Bäumen richtete drüben sich auf. Zur Rechten sah er, doch in beträchtlicher Entfernung, eine Mauer, so grün umwachsen, daß er nur etliche Zinnen zu sehen vermochte, hinter denen er sich wohl ein Schloß und einen Park denken konnte. Ohne daß er ein bestimmtes Ziel vor sich gehabt hatte, war ihm doch zumute, als wäre er abgeirrt, und er schaute nach rückwärts, um dort den Pfad wieder zu entdecken, auf dem er hierher geraten war. Doch der blieb verschwunden. Wenn Anselmo sich dies auch in natürlichster Weise erklären konnte und so sicher er war, irgendwo einen Ausgang zu finden – daß der so weitgedehnte Raum ihn gleichsam gefangennahm, bedeutete ihm wenn auch keinen Zauber so doch ein Zeichen, das allerlei Deutungen zuließ, günstige oder böse, vielleicht beides, Einladung und Gefahr. Er vertraute seinen Ahnungen um so mehr, als sie aus Tiefen seiner Seele emportauchten, wo auch seine Erwartung und sein Wille wohnte. Er blickte um sich, als müßte von irgendwoher das Abenteuer oder gar das Schicksal kommen, das ihm zugedacht war. Er war so wunderbar bereit und begierig, daß er, nachdem er den Blick lange in die Runde hatte gehen lassen, auch die blumige Wiese nach allen Seiten mit seinen Augen streifte und endlich zum Himmel aufsah, als könnte am Ende irgendein Wunder auch von dort kommen. Doch alles blieb leer, unbewegt und überdies so still, daß Anselmo seinen eigenen Atem zu hören vermeinte. So viel Einsamkeit und Schweigen er auch schon in den letzten Tagen erlebt hatte – denn auch dies waren ihm Erlebnisse – diesmal war es etwas Besonderes, es bedeutete nicht allein sich selbst, sondern gab sich als ein Vorher kund. Er fühlte, ja er sah sich gleichsam wie auf einem ungeheuren Turnierplatz stehen und reckte sich unwillkürlich, als stünde er nach großen Kämpfen als einziger, ja als Sieger da, und er wußte selbst nicht, wie er sich dieses innere Gefühl erklären sollte, das doch nicht aus Taten kam, sondern aus seiner

Gebärde und seiner Haltung. Er stand eine Weile da, ohne seine Stellung zu ändern, so lächerlich er sie allmählich zu empfinden anfing. Doch jede Bewegung, jede Veränderung schien ihm nutzlos, wenn sie nicht irgendwelchen Zwecken diente. Und er war vorerst völlig unschlüssig, ob er bleiben und sich im Grase lagern oder ob er nicht lieber die Lichtung wieder verlassen sollte, nach welcher Richtung es auch wäre. Da gewahrte er plötzlich zu seiner Linken, wo der Wald niederer, ja eigentlich nur in Büschen stand, eine menschliche Gestalt hervortreten; es war ein alter weißbärtiger Mann in dunkelbrauner Kutte, der ihn vorerst nicht bemerkte, nach wenigen Schritten längs des Buschwerks wieder stehenblieb, sich ein wenig niederbeugte und, wie Anselmo sich ihm nähernd wahrnahm, einen irdenen Krug unter eine Brunnenröhre hielt, aus dem Kruge trank, sich dann auf den Rand des Brunnens setzte, aus seinem Sack ein Stück Brot nahm und aß. Jetzt, da Anselmo immer näher zu ihm herantrat, winkte er ihm so vertraulich zu, als hätte er ihn erwartet, und nun, da der Jüngling ihm einen guten Abend wünschte, bot er ihm einen Trunk an.

»Es ist freilich nur Wasser«, sagte er mit einer sehr dünnen, wie absterbenden Stimme, »aber so köstlich wie kein anderes im Land.«

Anselmo trank und wußte jetzt erst, wie durstig er gewesen war. Und auch müde, so sehr, daß er sich neben dem Brunnen ins Gras streckte.

»Ihr seid wohl auf dem Weg in die Hauptstadt und wollt Euch werben lassen?« fragte der Alte.

Jetzt erst war sich Anselmo bewußt, daß er in den letzten Tagen mancherlei gesehen und gehört hatte, was auf Möglichkeiten, ja auf beginnende Vorbereitungen eines Krieges hindeutete. Doch war derartiges wie alles andere, was seinem Weg ein sicheres Ziel gegeben und ihn zu einem bestimmten Entschluß genötigt hätte, an seinem Ohr nur vorbeigeklungen, ja er hatte es überhört, als könnte, ja dürfte es ihn fürs erste nicht kümmern. Heute aber fühlte er sich von der Frage des alten Mannes innerlich berührt, wie eben einer, der beim Erwachen eine Stimme hört, die anders schon in seinen Schlummer hineingeklungen war. Und mit allmählich steigender Teilnahme hörte er den Alten an, der erzählte, daß der Fürst selbst krank, ja, wie manche meinten, auf den Tod darniederläge, daß der Erbprinz wegen Mißhelligkeiten mit seinem Vater auf Reisen außer Landes gegangen und seit Monaten so gut wie verschollen war, daß ein Edelmann aus dem vor Jahrzehnten entthronten Herrschergeschlecht namens Silvio allmählich eine gefährliche Macht zu entfalten beginne, daß der Nachbarstaat, lange schon in bedenklicher Haltung, ohne eigentliche Kriegserklärung unverkennbar zu einem Angriff rüste. Erst in den letzten Tagen werde hier im Lande auch in aller Hast geworben und gerüstet, doch nicht einheitlich, sondern zugleich von verschiedenen Seiten, und es bestände Gefahr, daß die Truppen, statt sich gemeinsam gegen den äußeren Feind in Bewegung zu setzen, in zwei Parteien geteilt, sich brudermörderisch zerfleischen und so das Land dem Feind als leichte Beute überlassen könnten. »Was Ihr also vor allem tun müßt, junger Herr«, schloß der Alte, »das wäre, Euch zu entscheiden, auf welcher Seite Ihr Euch schlagen wollt.«

Anselmo vermochte weder dem Alten noch sich selbst eine Antwort zu geben. Auf welcher Seite das Recht war, wußte er nicht, und es war ihm gleichgültig, da er kein Urteil darüber hatte. Und es schien ihm unsinnig, daß er sich auf eine der beiden Seiten stellen mußte, um überhaupt an dem Kampf, wenn er ihn lockte, teilzunehmen. So antwortete er dem Alten: »Ich weiß zwar noch nicht, ob ich mich überhaupt auf eine Seite schlagen werde, denn mir ist, seit ich aus dem Tor meiner Stadt, ja meines Elternhauses als plötzliche Waise ins Freie getreten und nachdem ich sieben Tage gewandert, als wäre ich ein Fremdling und das Land sei nicht das meine und die Streitigkeiten gingen mich nichts an.«

»Ich kann es verstehen«, erwiderte der Alte. »Unser Land hat ja hundert Provinzen, die miteinander oft in Fehde liegen, und in bittereren, als sie sie gemeinsam gegen ein fremdes Land führen. Aber die Dinge stehen nun so, daß Ihr Euch als ein junger Mensch, um nicht von beiden Seiten allerlei Unangenehmes zu erleben, wohl werdet entscheiden müssen.«

»Wie soll ich das, würdiger Mann? Ich weiß nicht, auf welcher Seite das Recht ist, ob der Fürst der bessere ist oder jener Gegenführer. Sagt mir ein Wort über die beiden und vor allem, wem Ihr selbst wünscht, daß er Sieger bliebe.« In diesem Augenblick war ein Knacken und Krachen wie von brechenden und fallenden Zweigen vernehmbar. Und am Rande des Waldes, der Stelle ungefähr gegenüber, an der Anselmo aus dem Wald auf den grünen Plan getreten, war ein bewaffneter Reiter zu sehen. Er sprengte mitten ins Feld, hinter ihm zeigte sich ein zweiter Berittener, nach seiner geringen Tracht wohl ein Diener, der zugleich außer seinem eigenen Pferd ein reiterloses, gesatteltes am Zügel hielt.

Der erste mitten im Feld ließ sein Auge in die Runde schweifen. »Hier ist doch die Stelle«, rief er endlich, »aber ich sehe nichts, keine Mauer und kein Haus.« Jetzt gewahrte er den Mönch und Anselmo, und, die Hand als Schalltrichter vor den Mund haltend, rief er: »He, Ihr, wo ist denn hier das Haus des Geronte?«

»Nur näher heran«, erwiderte der Alte und winkte dem Reiter zu, denn seine Stimme war kaum vernehmbar. Der andere setzte sein Pferd in Galopp und war sofort bei ihnen, während der Knecht mit den beiden anderen Rossen weiter in der Mitte des Feldes hielt.

»Nun, wo ist es?« fragte der Reiter nochmals. Er trug ein dunkles Wams, im Gürtel stak ihm eine Pistole, dabei war er barhaupt, und sein schwarzes gesträubtes Haar verlieh dem wilden Antlitz einen drohenden Ausdruck.

»Seht nur näher hin«, sagte der Alte. »Hinter dem Rankenwerk verbirgt sich die Mauer.«

»Die Mauer seh ich, doch seh ich kein Tor«, rief der andere grimmig, als wäre der Alte daran schuld, daß er das Tor nicht sah.

»Hier gerade vor Euch«, erwiderte der Greis. »Ihr merkt es, daß hier durch das Rankenwerk grünlich goldener Metallglanz bricht.«

Auch Anselmo sah dies alles erst jetzt. Der Ritter war abgesprungen, hielt sein Pferd noch beim Zügel und mit der Rechten streifte er das Tor entlang. »Die Klinke!« rief er.

»Es gibt keine«, sagte der Alte. »Herr Geronte erwartet und empfängt meines Wissens keinen Besuch. Ich zum mindesten, obwohl ich es vor vielen Jahren selbst durchschritt – damals glänzte es noch goldener und lag frei – habe seit den vielen Jahren, da ich hier meinen Abendspaziergang zu machen pflege, das Tor niemals sich öffnen und niemanden, auch Geronte nicht, es durchschreiten gesehen.«

»Aufgetan«, brüllte der Ritter, der immer wieder – Anselmo wußte nicht warum – auf ihn böse Blicke warf.

Der Alte sagte: »Da haben schon manche gebrüllt, aber noch niemals hat es sich geöffnet.«

Der Reiter warf Anselmo die Zügel zu und schlug mit beiden Fäusten auf das Tor, daß es dröhnte. Anselmo hielt die Zügel und lachte: »Ihr seid von sonderbaren Sitten, Herr«, sagte er.

»Sonderbar oder nicht, es geht hier nicht um Sitte. Das ist ein Pferd aus des Königs Marstall. Macht Euch der Ehre würdig, den Zügel zu halten.« Wieder schlug er an das Tor. »Aufgetan – in des Fürsten Namen!«

Indes war der Reitknecht mit den beiden anderen Rossen herangekommen, und zugleich, über dem Rande des Tores, erschien das zerfurchte Antlitz eines Mannes und zwei Hände, die sich oben festhielten. Ohne ein Wort zu reden blickte er hinab auf den wilden Menschen, der mit den Fäusten an das Tor dröhnte.

»Ist dies das Haus des Geronte?« rief der Ritter hinauf.

»Und wenn es das wäre?« erwiderte das Antlitz über dem Tor.

»So öffnet!«

»Hier wird niemand eingelassen«, erwiderte das Antlitz.

»So schickt Euren Herrn heraus.«

»Herr Geronte verläßt Haus und Garten nicht seit Jahren.«

»So wird er sich einmal noch dazu bequemen müssen. Der Fürst liegt auf den Tod, Unruhe ist im Land, Gefahr droht von draußen, der Prinz ist weit, wir brauchen einen Herrn; schon regen sich Anwärter da und dort, nur daß der Fürst noch lebt, hält sie nieder. Gerontes prophetischer Wunderblick ist nicht vergessen. Er soll an das Lager des Fürsten treten und seinen Räten sagen, ob er verloren ist und wann er sterben wird.«

Das Antlitz, unbeweglich über dem Tor, erwiderte: »Längst übt Geronte seine Kunst nicht mehr aus. Hundert haben in diesen letzten Jahren, seit er sich in die Einsamkeit zurückgezogen, versucht, ihn durch Gold und Edelsteine, durch Flehen und durch Drohungen zu bestimmen, ihnen die Stunde ihres Dahinscheidens zu verraten. Nichts hat ihn dazu vermocht. Er wird auch diesmal den Wunsch nicht erfüllen.«

»Er wird, es ist der Fürst, es ist das Land, es ist der Staat, dessen Schicksal auf dem Spiel steht.«

»Das Schicksal von Fürst und Land und Staat kümmert ihn nicht. Es ist alles vergebens. Reitet zurück.«

Der Ritter schrie: »Lauft nicht zu rasch davon. Hört und hört mich gut an! Sagt Eurem Herrn, wenn er sich nicht fügt, so ist in weniger als einer Viertelstunde eine Schar von Bewaffneten zur Stelle. Sie sind auch gehörig mit Leitern und sonstigen Werkzeugen versehen, und wenn er auch dann sich widersetzen sollte, so wird – sagt ihm das – sein Kind, seine sechzehnjährige schöne Tochter Lucrezia, die er bis heute so gut zu verbergen und zu bewahren wußte, dem ersten Mann gehören, der über die Mauer klettert – und allen anderen auch.« Da verschwand mit einem Mal das faltige Antlitz über dem Tor, in der nächsten Sekunde schon taten die Flügel sich auf und schlossen sich gleich wieder hinter dem schwarzen Ritter, der unverzüglich eingetreten war. Anselmo aber gewahrte nun am Waldesrand schattenhaft, so daß es wohl auch eine Täuschung des Dämmerlichts sein konnte, eine Schar von Reitern.

Wirr und erregt von allem, was er gehört und gesehen, wandte er sich an den Alten. »Was bedeutet dies alles? Es kann doch nicht die Wahrheit sein, daß hinter diesen Mauern einer lebt, dem die Gabe zu eigen ist, den Menschen die Stunde ihres Todes vorherzusagen.«

»Es ist die Wahrheit.« Und da Anselmo ungläubig den Kopf schüttelte, fügte er hinzu: »Wenn Ihr ein wenig Geduld habt, so sollt Ihr die Bestätigung selber sehen und an keinem anderen als an mir. Ich bin der letzte von sieben Freunden, denen Geronte vor fünfzig Jahren den Tod geweissagt, und an jedem hat sich die Prophezeiung genau zu der Stunde erfüllt, die Geronte bestimmt hatte. Ich allein bin noch übrig, und so fern trotz meines hohen Alters ich für Euer Aug dem Tod noch scheine, ich weiß, und durch nichts läßt es sich abwenden, daß ich heute um Mitternacht verlöschen werde, so wie es mir vor fünfzig Jahren prophezeit ward.«

Anselmo durchrieselte ein Schauer. Doch ehe er weiter fragen konnte, öffnete sich das Tor wieder, und der zuerst heraustrat, war ein hagerer Mann in schwarzem Talar und mit einem schwarzen Barett, unter dem weiße Haarsträhnen hervorquollen. Die Brauen aber waren tiefschwarz, und die Augen des Hundertjährigen glühten mit dunkler Macht wie die eines Jünglings. Seine Stimme auch klang nicht wie die eines Greises, als er sich nach rückwärts wandte und einem zwerghaften Menschen zudonnerte, dem das verwitterte Antlitz zugehörte, das früher über dem Tor erschienen war: »Mit deinem Leben haftest du mir für Lucrezia.«

»Keine Sorge, Herr Geronte«, meinte der Ritter, »die Drohung galt nur für den Fall, daß Ihr mir nicht gefolgt wäret. Nun ist Eure Lucrezia so sicher, als umschlössen sie hundert Eisengitter.«

»Vorwärts denn«, rief Geronte. Der Reitknecht mit den beiden Rossen war zur Stelle, und der Hundertjährige schwang sich zu Anselmos Staunen wie ein Jüngling, ohne daß der Knecht den Bügel halten mußte, aufs Pferd, der Knecht auf das andere, der Ritter auf das seine, das Anselmo bisher noch am Zügel gehalten hatte. Doch ehe die Türe wieder zufiel, erschien zwischen den Flügeln in weißem wallenden Kleid ein Mädchen, dessen helles Antlitz dämmerdurchstrahlend zwischen dunklem Gelocke stand, und rief angstvoll: »Wohin mein Vater, warum läßt du mich allein?«

»Ehe der Morgen graut, bin ich wieder da. Und du schließ das Tor, Zwerg.« Und im gleichen Augenblick war all das auch schon geschehen, der Zwerg und das Mädchen hinter den Flügeln verschwunden und die drei, Geronte, der Ritter, hinter ihnen der Reitknecht, davongesprengt, dem Waldrand entgegen, wo die Schattenschar der Reiter sie aufnahm, worauf alle im krachenden Gezweig verschwanden.

Aber in dieser Spanne Zeit, während die Flügel des Tores zufielen, hatten Anselmos und Lucrezias Blicke sich getroffen und aneinander entzündet, daß es wie glühende Funken in der Luft schwirrte, auch als das Tor schon zugefallen war. Zugleich mit dem letzten dumpfen Schlag des Tors war auch das Geklapper der Hufe verhallt, der Wald stand groß und finster, die weitgedehnte Wiese lag wie ein dunkler Teich, in dem die bunten Blumen gleich funkelnden Tropfen glitzerten. Und über Anselmos Haupt hing sternenlos und wolkenschwer der nächtliche Himmel. Und es war wie in weiter Ferne, ja wie aus einer anderen Welt, so nahe es klang, daß er die Stimme des Mönches hörte, dessen Dasein er schier vergessen hatte.

»Wir waren sieben«, sagte der und setzte seine Geschichte fort, als hätte ihm, was indes geschehen war, keinerlei Eindruck verursacht oder sei gar nicht gewesen, und als sei es dringend vonnöten, daß er dem fremden Jüngling Kunde gebe von seinem Schicksal und von dem, was ihm für diese Nacht noch bevorstand.

»Ich allein bin noch übrig von den sieben Freunden, denen Geronte die Stunde des Todes vor fünfzig Jahren vorausgesagt hat. Wir waren damals eine fröhliche Tafelrunde, und so sehr unsere Wege bei Tage auseinanderliefen, die Nacht fand uns immer wieder bei Trunk und Kurzweil aller Art zusammen. Auch die Weiber fehlten in unserer Gesellschaft nicht, manche gehörten nur einem, für eine Zeit wenigstens, andere jedem, der sie wollte, manchmal wurden sie auch getauscht nach Absicht und Zufall oder Leidenschaft, und so gab es bei allem Übermut und Leichtsinn auch manchen Streit und manche Wunde. Doch wie übel es sich zuweilen anließ, auch nach Drohung, Schimpf und

Fluch endete es mit Becherklang und Versöhnung. Nach einer bestimmten Nacht, sie liegt eben heute fünfzig Jahre zurück, kam, als der Morgen schon zu grauen anfing, die Rede auf den wunderbaren Geronte, der schon damals, man wußte kaum seit wie langer Zeit, in diesem gleichen Haus wohnte, das hinter diesen Mauern sich verbirgt. In seinen jungen Jahren, denn schon war er alt und er muß nun über hundert Jahre zählen, war er Arzt und Alchimist gewesen; eines Tages aber war er seiner Kunst und Wissenschaft überdrüssig geworden oder hatte sie gar vergessen und nichts war ihm geblieben als dies: den Kranken oder auch Gesunden, den Alternden, aber auch den Jungen aus irgendwelchen, keinem anderen Menschen verständlichen oder nur merkbaren Zeichen, vielleicht aus dem Blick, aus dem Glanz des Haars, dem Ton der Stimme, dem Hauch des Atems die genaue Stunde ihres Todes vorauszusagen, ob der nun im Hintergrund der Zeiten wartete oder nahe bevorstand, ob ihr Los sich in natürlicher Weise durch Krankheit oder Greisentum, ob es durch einen Unfall, einen Zweikampf, durch Selbstmord, durch heimliches oder öffentliches Gericht sich erfüllen sollte. Hunderte, Tausende gingen so mit dem furchtbaren Wissen um die Stunde ihres Todes umher, wenn sie so töricht gewesen waren, Geronte zu fragen. Ja, diese Voraussagung war so untrüglich, daß sich die Wissenden zu anderer Zeit in die schlimmsten Gefahren begeben, sich ins Schlachtgewühl stürzen, im Bett eines Verpesteten schlafen, ja Gift trinken oder sich einen Dolch ins Herz stoßen konnten, ohne den Tod zu finden. Sie waren gefeit bis zu dem vorbestimmten Tag, bis zu der vorbestimmten Stunde.

In jener Nacht also, einer lockenden Frühlingsnacht, waren wir sieben Freunde und sieben Frauen ins Freie gewandert, um das Fest, das in einer Schenke begonnen, unter dem nächtlichen Himmel weiter zu feiern. Und der Zufall führte uns hierher auf diesen selben weiten Wiesenplan, wo wir uns eben befinden. Keinem von uns war diese Landschaft von früher her bekannt oder keiner erkannte sie wieder. Wir lagerten uns hin, berauschten uns an der Frühlingsluft, an dem süßen Wein, den wir reichlich mitgenommen, und an den Umarmungen der Frauen. Es gab kein Besitzrecht, gab keine Wahl und keinen Widerstand in dieser Nacht, kein Band der Liebe und keine Sitte. Keine wußte, wem und wie vielen sie angehört hatte, und alle gehörten allen.

Beim Morgengrauen kam ein kühler Wind einhergestrichen, der uns aus dem dumpfen Schlummer weckte, in den wir gesunken waren, die Frauen aber mußten schon früher erwacht sein, denn wir sahen, wie sie, als hätte gemeinsame plötzliche Scham sie von unserer Seite davongetrieben, eine irrende Schar, aneinandergedrängt, im Waldesdämmer verschwanden. Wir Jünglinge aber sahen einander stumm an, in aller Augen war Haß und Rachebegier, denn jedem von uns war in dieser Nacht die Geliebte geschändet worden, jeder von uns war beleidigt, bestohlen und mit Schmach bedeckt. Und wir wären alle aufeinander losgestürzt, nicht mit den Fäusten, denn wir waren Edelleute, sondern mit dem Degen, und es hätte diesmal höchst blutig geendet, wenn nicht plötzlich das Tor dort drüben, wie heute, sich aufgetan hätte und der alte Geronte dagestanden wäre. Sein Anblick – Ihr werdet es vielleicht begreifen, da Ihr ihn heute gesehen habt – bewegte, ja erschütterte uns so sehr, als geschähe ein Wunder. Und es war auch eines. Denn ohne diese ungeheure Erscheinung wären unsere Degen aus der Scheide gefahren. Und es wird Euch nicht erstaunen, daß diesem geheimnisvollen und furchtbaren Menschen unsere dumpfe Lust, einander gegenseitig die Hälse abzuschneiden, nicht verborgen bleiben konnte. Er trat vor uns hin, als hätte er uns erwartet, und sprach zu uns, als meinte er, daß wir gekommen wären, wie so viele vorher, um von ihm zu erfahren, für welche Stunde jedem von uns das Ende bestimmt wäre. Und hatte auch keiner von uns an dergleichen gedacht, obwohl wir in der Sekunde vorher jeder bereit gewesen waren, dem anderen den Degen ins Herz zu stoßen und jeder auch sein Leben aufs Spiel zu setzen, so hätte doch mancher von uns sich gern davongestohlen, aber jung und töricht wie wir waren, scheute jeder sich, vor dem andern Angst zu verraten, und wie auf Verabredung nahmen wir Grontes Rede hin, als sei sie ganz nach unserm Sinn. Und als er nun mit großer Höflichkeit uns ins Haus lud, wo schon ein Imbiß bereit stehe, mit dem wir uns vor Empfangnahme seiner Weissagung zu stärken hätten, wie es hier üblich wäre, folgten wir ihm sofort, taten heiter und aufgeräumt, mancher übermütig und gar nicht erstaunt, als wir drin in einem keineswegs prächtigen, aber geräumigen Saal den Tisch gedeckt und mit allen erdenklichen Leckerbissen zugerüstet fanden. Geronte hieß uns Platz nehmen, ging als gefälliger Hausherr zwischen uns auf und ab, nötigte uns zum Essen und Trinken, fragte jeden nach Herkunft, Geschäften und Plänen, und allmählich aus unseren durch die Geschehnisse der verflossenen Nacht halb verwirrten und zerrütteten Sinnen tauchten wir gleichsam zu einer lauen, nüchternen Morgenstimmung empor. Das Wesen des Geronte wandelte sich aus dem Unheimlichen ins Ehrwürdige, ja Väterliche, und es hatte durchaus den Anschein, als wäre das Ganze nur auf einen lehrhaften Spaß abgesehen gewesen und er würde uns aus seinem behaglichen kleinen Haus, das er völlig allein zu bewohnen schien, unbelastet in unser junges Dasein entlassen. Doch als wir uns nach dem genossenen Frühstück erhoben hatten und uns mit Dank und Gruß entfernen wollten, reichte er jedem die Hand, und bei diesem Händedruck, keineswegs düster oder drohend, mit einem Blick in unsere Augen, nannte er ruhig eine Stunde zugleich mit Tag, Monat und Jahr – und jeder von uns wußte, daß ihm damit die Stunde seines Todes war verkündet worden.

Nun, ich will euch nicht mehr erzählen, wie wir das Haus verließen, was sich an diesem Tage weiter begab, wie die verschiedenen Lebensläufe sich gestalteten, wie Ungläubigkeit und Schauer, Übermut und Gleichgültigkeit, Auflehnung bei jedem wechselten – ich will euch nur sagen, daß es bei jedem von uns sieben auf die Sekunde eintraf, wie Geronte prophezeit hatte. Der eine, dies war der erste, stürzte sich bei einem Spaziergang über eine Baumwurzel zu Tode, der andere starb nach langer Krankheit, der dritte fiel im Krieg, der vierte ward von seinem Weib vergiftet, der fünfte ging an der Pest zugrunde, der sechste, der immer auf ewiger Flucht vor seinem Schicksal sich befand, starb in der Fremde und, wie ich später hörte, genau zur vorausgesagten Stunde. Ich allein bin noch übrig, ich habe nur mehr bis Mitternacht zu leben, nicht eine Sekunde mehr noch weniger. Und es wäre immerhin möglich«, doch lächelte er dazu, »daß Ihr zu meinem Mörder bestimmt seid.«

Damit schloß er unbewegt, als wenn er nicht von sich, sondern von einem anderen gesprochen hätte, oder wenn das Ganze erfunden wäre. Aber wenn Anselmo sich erinnerte, was er selbst mit angesehen, von der Ankunft des schwarzen Reiters an bis zu dessen Davonsprengen in Gerontes Gesellschaft – was doch kein Traum gewesen sein konnte, so verschlossen und unwirklich nun auch die Mauer vor ihm lag –, so konnte er doch an der Wahrheit dessen, was der Alte ihm erzählt, und an der Gewißheit von dessen baldigem Hinscheiden nicht zweifeln. Und so viele Fragen sich ihm auf die Lippen drängten, er vermochte, er wagte es nicht, irgendeine an diesen Greis zu richten, in dessen durch die Nähe des Todes verklärter Gegenwart er selbst in seiner Jugend, seiner Neugier, seiner Lebendigkeit sich seltsam unwürdig, töricht, ja unrein vorkam. Hier zu bleiben und als zufälliger Fremder dem Hinscheiden des Greises beizuwohnen, es abzuwarten – oder sich zu entfernen mit oder ohne Abschied, schien ihm in gleicher Weise unmöglich.

Die innere Unschlüssigkeit und die völlige Unfähigkeit, nur ein Wort zu finden, das er nun zu dem Alten sprechen könnte, wurde quälend, und erstaunlich, doch auch erlösend, ja beglükkend war es, als er plötzlich jenes Tor, das vor einer Stunde so unweigerlich sich geschlossen, sich leise öffnen sah. Es war nur ein schmaler Spalt, aber groß genug, um wie in einem Rahmen das schöne Mädchen einzuschließen, das Gerontes Tochter sein sollte. Ihr Erscheinen an sich schon, ohne daß ein Wink, ein Ruf erfolgt wäre, bedeutete nach jenem Blick vorher, in dem sich ihre Seelen gefunden hatten, Glück und Schicksal. Mit fliegendem Schritt über die Wiese hin, den Greis und dessen vorbestimmtes Los, Wiese und Wald, die Sicherheit des nächsten Augenblicks, ja, wie er fühlte, die ganze Zukunft hinter sich werfend, war er bei ihr. Das Tor schloß sich hinter ihnen, und wortlos, einander umschlungen haltend, als seien sie von Anbeginn der Zeiten einander anverlobt, gingen sie, schwebten sie durch den Garten, der in Millionen Blüten mondbeschienen stand, an das Haus heran, das hell und zierlich sie empfing. Eine schmale niedere Treppe führte sie in einen hellen hohen Raum, der rings von weißen Vorhängen umwallt, als wäre er zu zart, daß starre Wände ihn umschließen dürften, von schimmerndem, quellverborgenem Licht umglänzt, mit dem breiten weißen Ruhebett zum Brautgemach wie vorbestimmt erschien. Es war nicht anders, als hätte Lucrezia bisher nur gelebt, um Anselmo zu erwarten, und als wäre Anselmo nur darum auf die Wanderschaft gegangen, um sie zu finden. Sie vergaßen die ferne wie die nahe Welt und sanken einander in die Arme.

Wie eins des andern Atem, eins des andern Lippen, so tranken sie zuerst nur eines des andern Stimme ein, allmählich erst wurden Laute, Worte daraus, und da ihre Seelen so unaufhaltsam ineinander verrannen, wie es ihrem Blut geschehen war, wußten sie bald alles von einander, was ihnen von Bedeutung war: sie, daß Anselmo, plötzlich verwaist, vor wenig Tagen erst seine Heimat verlassen und nach nichtigen Erlebnissen einem hohen unbekannten Los entgegenzog – er, daß Lucrezia, so lange sie dachte, in diesem Haus allein mit ihrem Vater Geronte lebte, sich ihrer Mutter nicht erinnerte, niemals über die Grenzen dieses Parks hinausgekommen war, von dessen Ausdehnung sie freilich sprach, als wäre er eine Welt. Der Vater, dem sie alle Liebe entgegentrug, die andere Väter mit einer Mutter, mit Gespielinnen und Gespielen zu teilen pflegen, hatte sie von Kindheit auf in allem unterwiesen, was sonst einer Schar von Lehrern und Erziehern überlassen bleibt, nicht nur in den alltäglichen Gegenständen, wie man sie Mädchen beizubringen pflegt, auch in Sprachen, in der Geschichte der Welt, in der Sternenkunde, sie wußte von Recht und Unrecht, von Liebe und von Tod, vom Zweifel und vom Glauben, überdies war sie auch in allen ritterlichen Künsten des Leibes von ihm unterwiesen worden, und sie erzählte von Spazierritten an des Vaters Seite durch den Park, als wären es ungeheure Strecken, die sie mit ihm durchmessen, und von ihren Fechtübungen mit ihm, als gäbe es kein köstlicheres Spiel, als mit dem alten Mann die Degen zu kreuzen. Sie wußte wohl von der Welt, die jenseits der Mauern lag, doch kaum anders, als Menschen von der Unendlichkeit der Sternenwelt wissen, die ihnen doch verschlossen bleibt, und nicht mit größerer Sehnsucht. Doch wußte sie von ihrem Vater auch, dem sie glaubte wie einem über alles geliebten Lehrer, daß ihr Leben hier immer nur Vorgeschmack und Vorgefühl des geheimnisvoll wirklichen Lebens und der Menschen in der Welt bedeute und daß eines Tages, der nicht fern sein sollte, das Tor, durch das sie mit Anselmo eben eingetreten, sich weit auftun und das Dasein seinen Anfang nehmen würde. Geronte wußte den Tag, denn es war der seines Todes, der für ihn selbst kein Geheimnis war, wie keines Menschen Todesstunde, den er aber der eigenen Tochter nicht verriet.

»So weiß er auch den deinen?« fragte Anselmo in seltsamer Angst.

»Den weiß er nicht, gerade den meinen nicht. Denn so unfehlbar sein Blick in die Augen eines Menschen ihm verrät, wann für diesen das Ende kommen wird, das Auge eines Menschen, den er liebt, bleibt ihm stumm. So starb ihm auch meine Mutter und manche wohl, die er vor ihr geliebt, ohne daß er darauf gefaßt war. Darum bin ich heute das einzige Wesen auf der Welt, für das er wirklich bangt. Denn überall und immer sieht er Gefahr für mich, von der er nicht ahnt, wo und wann sie lauert.«

»Ist's darum, daß er dich so eingeschlossen hält? Glaubt er damit alle Gefahr von dir abgewendet?«

»Ob er dies nun glaubt oder nicht und ob er damit recht hat oder nicht, ich sehne mich nicht nach dem Tage, der mich aus dieser Umschlossenheit befreit, denn es wird ja der Tag seines Todes und der ewigen Trennung von ihm sein.«

»Nein, Lucrezia, er glaubt, ja er weiß vielmehr, daß der Tag seines Todes es sein wird, der dir diesen Kerker – denn es ist einer – öffnet, weil eben erst sein Tod dir die Freiheit gibt.«

»Ist es nicht dasselbe, Anselmo, da ich doch um keinen Preis der Welt, so lange er lebt, freiwillig dieses Haus verließe?«

»Auch nicht, wenn ich dich mit mir nehmen wollte?«

»Wenn du es auch wolltest, Anselmo, ich ginge nicht mit dir.«

»Du würdest mich also wieder davongehen lassen mit der Gewißheit, daß du mich niemals wiedersehen wirst?«

»Ich liebte dich im Augenblick, da ich dich zum ersten Mal sah und wußte, daß ich dir gehören müsse. Aber ich dachte und denke nicht daran, dich zu halten.«

»Und wenn ich mich entschließen könnte, hier zu bleiben, wo du bist, mit dir –«

Sie lächelte zum ersten Mal. »Du bist nicht geschaffen zu bleiben, wo es auch sei, und wärst du es, so hätte ich dich nie geliebt.«

»Und du liebst mich so wenig, daß du es vermöchtest, mich nach dieser Nacht davonzuschicken?«

»Damit du mich weiter liebst, dein Leben lang, wie ich dich lieben werde mit Sehnsucht, die nie erlischt.«

Der Augenblick war zu groß, als daß Anselmo ein Wort ihr hätte erwidern können, in dem nur ein Hauch von Liebe war. Und so sagte er nur, im Innersten ergriffen: »Du hast nicht gelebt bis heute? Niemanden gesprochen und gesehen und weißt so viel von Männer- und Frauenseelen?«

»Mein Vater ist Geronte«, erwiderte sie. »Seine Worte sind der Spiegel der Welt und durchsichtiger, klarer als alle Erfahrung und alles Geschehen. Und nun ist es Zeit, daß wir scheiden.«

Immer rätselvoller wurde ihm Lucrezia und völlig unfaßbar, daß in einem Märchenaug' zugleich solche Zärtlichkeit und so viel Entschlossenheit des Abschieds stehen konnte, und nie hätte er gedacht, daß er um ein Wesen, das er eine Nacht lang besessen und das er nun verlassen mußte, solchen Schmerz empfinden sollte. Aber er war zu stolz, als daß eine Bitte den Weg aus seiner Seele auf seine Lippen gefunden hätte. Er tat sein Gewand an, gürtete den Degen um und war bereit zu gehen. Sie aber warf einen Mantel um ihr Nachtgewand, öffnete die Tür und, ihre Hand in der seinen, geleitete sie ihn in den Garten, der im Morgendämmer lag. Auf der Zinne über dem Tor saß rittlings der Zwerg, ein tausendfaltiges Grinsen um den Mund.

»Was machst du da oben?« rief Lucrezia. Und zu Anselmos Staunen ohne irgendein Anzeichen von Ärger oder Schreck.

»Ich luge aus«, sagte er, »ob Geronte nicht zurückkommt. Es wäre ihm nicht lieb, einen jungen Herrn bei sich im Haus zu finden, und es könnte Euch so übel ergehen wie mir, der nun wohl sein Leben verwirkt hat. Oh, greift nicht nach Eurem Degen, der würde Euch wenig helfen gegen Geronte.«

Und er ließ sich längs der Mauer herab, ja er schien herunterzuschweben, ohne sich irgendwo festzuhalten. Und nun stand er da wie ein Wachthaltender mitten vor dem Tor.

»Öffne«, sagte Lucrezia. »Laß den Jüngling gehen.«

»Zu spät«, sagte der Zwerg, »eben habe ich von oben noch Geronte heransprengen sehen.« Und zu Anselmo: »Ich rate Euch, edler Herr, Euch eilends im Park zu verbergen. Es findet sich bald Gelegenheit, Euch herauszulassen.«

Anselmo schüttelte den Kopf. »Ich erwarte Herrn Geronte hier am Tor, um – im Augenblick, da er hereintritt – Lucrezia zum Weibe zu begehren.«

Noch ehe Lucrezia etwas erwidern konnte, war selbst auf dem weichen Wiesengrund dumpf das Heransprengen eines Pferdes zu hören, und der Zwerg öffnete das Tor, ohne ein Pochen abzuwarten. Anselmo sah noch, wie Geronte ohne jede Hilfe vom Pferde sprang, die Zügel dem Zwerg übergab und, vorerst anscheinend, ohne auf Lucrezia und den fremden Jüngling acht zu haben, sprach: »Sorge für das Tier. Sechs Stunden lang ist es auf dem Weg und hat während dieser Zeit nur eine halbe Stunde gerastet: so lange bin ich im fürstlichen Schloß gewesen, so lange stand ich am Totenbett des Fürsten. Er hat seine Seele ausgehaucht, im Augenblick als ich das Zimmer betrat, das Land ist ohne Herrn, in den Straßen der Stadt fechten die Edelleute und die Bürger gehen mit Stöcken aufeinander los. Schlimme Zeit bricht an.«

In diesem Augenblick erst schien er Anselmo und Lucrezia zu gewahren, doch veränderte sich seine Miene nicht im geringsten. Er öffnete die Arme und Lucrezia sank ihm an die Brust. Geronte aber wandte sich zugleich an Anselmo. »Ich sah Euch gestern abend, als ich fortritt. Ich danke Euch, daß Ihr mein Haus und meine Tochter in Eure Hut genommen habt, da dieser« – er wies verächtlich auf den Zwerg – »so wenig seiner Aufgabe gewachsen war. Fort mit dir!« Seine Miene jagte ihn davon. Und der Zwerg, das Pferd am Zügel, trollte sich.

Der uralte Mann, der seine Tochter immer noch in den Armen hielt, und diese Tochter, für die Anselmo nicht der Geliebte der vergangenen Nacht, kaum noch ein lebendiger Mensch, ja fast ein Luftgebild zu sein schien, beide waren ihm so unbegreiflich, daß ihm die Worte nichtig, wenn nicht gar lächerlich erschienen, die er doch eben noch entschlossen war an Geronte zu richten. Vielleicht hätte er jetzt ohne Gruß sich einfach entfernen können, vielleicht war es gerade das, was man von ihm erwartete. Aber auch in dieser Weise fortzugehen, erschien ihm unmöglich, und er stand da, unschlüssiger, geringer, knabenhafter in all seiner Männlichkeit, als er es je gewesen.

Geronte und Lucrezia standen abgewendet von ihm, und schon hatte es den Anschein, als wollten sie beide sich entfernen, ohne sich um Anselmo zu kümmern, da richtete mit einer halben Wendung Geronte plötzlich das Wort an ihn:

»Ihr habt heute vermutlich noch einen weiten Weg vor Euch, und ob Ihr je wieder hier vorbeikommen werdet, ist keineswegs gewiß. Wollt Ihr Euch nicht vor Antritt Eurer Wanderung stärken?«

Anselmo warf einen Blick auf Lucrezia, denn er konnte nicht anders denken, als daß etwas Höhnisches oder gar Hinterlistiges gegen ihn geplant sei. Doch Lucrezia nickte sehr freundlich zu des Vaters Worten und sagte einfach, als wäre Anselmo jetzt eben erst in den Garten getreten: »Ihr seid willkommen.«

Dies aber erbitterte Anselmo, daß die Frau, die er heute nacht gewonnen, zu ihm reden konnte wie zu einem gleichgültigen

Gast, und noch empörter war er darüber, daß Geronte sich nicht so zu ihm verhielt, wie Anselmos Meinung nach ein Vater dem Manne gegenüber tun mußte, der ihm die Tochter verführt, so als sei er kein Edelmann, ja überhaupt kein Mann, nicht einmal einer, den man niederschlägt.

Und so sprach er: »Herr Geronte, ich kann dieses Haus nicht betreten, und Ihr als Edelmann könntet mich nicht empfangen, wenn ich diese Schwelle nicht als Verlobter Eurer Tochter Lucrezia überschritte.«

»In diesem Falle«, sagte Lucrezia schnell, als käme es darauf an, dem Vater das Wort aus dem Munde zu nehmen, »in diesem Falle werdet Ihr, so sehr ich es bedaure, wohl draußen bleiben müssen.«

Anselmo nach seiner knabenhaft ungestümen Art griff nach dem Degen, so töricht ihm selbst die Gebärde schien, und doch war es die einzige Art, in diesem Augenblick seine Männlichkeit zu behaupten. Und er sagte: »Nach Eurem Belieben. Ich habe nicht geahnt, daß ich heute nacht bei einer Dirne zu Gaste war.«

Er wußte, daß er in diesem Augenblick im Gefühl seiner Ritterlichkeit das unritterlichste Wort gesprochen, das jemals ein Liebender über seine Lippen gebracht, er wußte es so sehr, daß er sich zugleich vollkommen bereit fühlte, dem Degen des Alten sein gequältes Herz zu bieten. Und er hielt seine Waffe noch in der Scheide, als Geronte die seine schon zum Ausfall gezückt hatte. Doch in dem gleichen Augenblick, das tödlich blitzende Aug' unter den weißen Brauen wie einen Dolch in Anselmos Aug' gebohrt, ließ er den Degen wieder sinken, und sein Blick verschleierte sich seltsam.

»Stoß zu«, rief Anselmo und legte sich in Parade, um damit zu künden, daß er zur Verteidigung bereit sei.

Doch Geronte schüttelte den Kopf und sagte: »Zieh in Frieden, uralter Jüngling.«

Anselmo sah Lucrezias Blick auf den Vater gerichtet, angstvoll zum ersten Mal. Anselmo aber hatte verstanden, was die Anrede Gerontes zu bedeuten hatte.

»Vollendet Euren Sieg«, sagte er, »da Ihr doch in meinem Aug' schon gelesen habt, daß ich verurteilt bin.«

»Du bist es wohl«, sagte Geronte, »aber nicht für diese Stunde.«

»Es liegt doch nur an Euch«, rief Anselmo und riß sein Wams auf. »Macht ein Ende.«

»Und wenn ich dir jetzt den Degen ins Herz bohrte«, sagte Geronte, »du hauchst deinen Atem doch erst heute über ein Jahr zur selben Stunde aus.«

Lucrezia stürzte an Anselmos Hals. »Bleib«, sagte sie, »und verzeih mir.«

Anselmo wehrte sie ab, und da sie sich heftiger an ihn drängte, stieß er sie von sich fort. Er sprach kein Wort, richtete sich mächtig auf und wandte sich zu gehen, ohne noch mit einem Blick Geronte und Lucrezia zu grüßen. Eine Sekunde lang hoffte er, so unmöglich er es wußte, daß ein Wort der Liebe, der Gnade an sein Ohr dringen werde, doch was er hörte war nur, daß das Tor sich hinter ihm schloß, und schon stand er im Freien, auf dem weiten Wiesenplan, im Licht der Morgensonne, einsam wie er es noch nie gewesen, ein Geheimnis hinter sich zurücklassend, vor sich ein größeres. Tautropfen glitzerten auf jedem Grashalm, die Blumen leuchteten in bunten Farben. Drüben am Brunnen lag wie schlafend ein Mönch, doch Anselmo wußte, daß der Mann tot war. Ungerührt warf er einen flüchtigen Blick auf den Leichnam und wanderte weiter durch den duftenden Frühlingstag, dem Tod entgegen – wie jeder Wanderer durch jeden Frühlingstag und jeden Herbsttag, der Fröhliche so gut wie der Düstere, der Junge wie der Alte, der Zaghafte wie der Kühne, der Verzweifelnde wie der Hoffende, der Gesunde wie der Genesende, wie jeder dem Tod entgegenwandert – und doch meinte er der einzige zu sein, dem solches Ziel gesetzt ist. In diesem Augenblick, unter allen Menschen, war er der einzige Sterbliche, denn er kannte seine Stunde.

Über den weiteren Verlauf der Erzählung
liegt folgende Skizze vor:

»Doch Geronte hat alles durchschaut. Er hat dem Anselmo den Tod prophezeit, um zu sehen, wie er sich in diesem Jahre bewähren wird, ob er Lucrezias würdig ist. Er selbst folgt ihm und läßt Lucrezia unter der Obhut des Gärtners zurück.

Indes naht der Prinz unerkannt seinem Land. Die Nachricht von des Königs Erkrankung hat ihn erreicht, er will sein Erbe übernehmen.

Er sendet Ferondo in die Stadt, um zu erfahren, wie die Dinge dort stehen. Insbesondere ob Silvio, der langjährige Minister, tatsächlich auf den Thron aspiriert. In diesem Falle wäre dem Prinzen der Tod gewiß, sobald er sich in der Stadt zeigte. Daher Vorsicht.

Ferondo geht.

Der Prinz bleibt zurück, Anselmo erscheint in sehr düsterer Stimmung. Es kommt zu einem Wortwechsel, zu einem Gefecht, in dem der Prinz fällt. Der Prinz rät Anselmo zu fliehen, doch er bleibt. Silvio kommt mit seinen Getreuen. Der König ist tot. Da der Prinz nicht zurückgekehrt ist, übernimmt er die Regierung. Er muß es um so mehr tun, als der Krieg an der Grenze droht.

Gegnerschaft gegen Silvio in seinen eigenen Reihen.

Ferondo zeigt sich: der Prinz ist auf dem Weg hierher.

Anselmo: Der Prinz kehrt nicht wieder, ich habe ihn getötet.

Silvio will ihn gefangensetzen lassen. Seine Gegner machen Anselmo als den Würdigsten, den, der stärker war als der Prinz selbst, zum Führer.

(Vielleicht ist es der sterbende Prinz, der ihn dazu vorschlägt.)

In der Menge sieht man auch Geronte.

Anselmo gewahrt ihn, läßt vor allem ihn gefangensetzen (blenden?): Der Blick dieses Menschen bringt Gefahr, er soll nicht mehr die Möglichkeit haben, den Tod zu prophezeien und dadurch die Seele eines Menschen zu zerstören.

Anselmo zieht an der Spitze des Heeres in den Krieg, kehrt als Sieger zurück.

Die verwitwete Königin will ihn, den Mörder ihres Sohnes, nicht sehen. Er hat sich im Kriege herrlich gehalten, hat dem Tod seine Geheimnisse abgefragt.

Begegnung mit der Königin in der Gruft. Ein Fest, das gefeiert wird.

Alle Lust wird ihm zu nichts.

Sein Gespräch mit dem zum Tod Verurteilten, der noch hofft.

Er und der Kopf des gerichteten Silvio.

Die Pest ist ausgebrochen, sie verschont ihn.

Er erhält die Nachricht, daß Lucrezia ein Kind von ihm hat.

Er hat vorher Gift genommen, da der Tag seines Todes herannaht und er, je näher ihm der Tod kommt, immer um so weniger die Kraft hat ihn zu erwarten.

Er kommt zu Lucrezia, läßt – auf ihre Bitte – den noch immer gefangenen Geronte holen.

Geronte kommt, hat erfahren, wie Anselmo sich als Fürst, als Held usw. bewährt, sagt ihm, daß die Prophezeiung falsch war. Geronte hat immer nur die Gabe besessen, Unbekannten zu weissagen. Sobald sein Herz von Liebe oder Haß verwirrt war, verläßt ihn diese Gabe. Doch wie er den Anselmo bei Lucrezia traf, war er von Haß gegen ihn erfüllt, und so konnte er auf dem Grund seines Auges nicht schauen, was er bei anderen Menschen zu schauen vermochte.

Es ist zu spät, das Gift wirkt, Geronte hat doch richtig prophezeit, Anselmo stirbt an dem prophezeiten Tage.«

Der Sekundant

Ich war damals dreiundzwanzig Jahre alt, und es war mein siebentes Duell – nicht mein eigenes, aber das siebente, an dem ich als Sekundant teilnahm. Lächeln Sie meinetwegen. Ich weiß, es ist in unserer Zeit üblich geworden, sich über derartige Veranstaltungen lustig zu machen. Man tut nicht recht daran, meine ich, und ich versichere Sie, das Leben war schöner, bot jedenfalls einen edleren Anblick damals – unter anderem gewiß auch darum, weil man es manchmal aufs Spiel setzen mußte für irgend etwas, das in einem höheren oder wenigstens anderen Sinn möglicherweise gar nicht vorhanden oder das wenigstens den Einsatz, nach heutigem Maß gemessen, eigentlich nicht wert war, für die Ehre zum Beispiel, oder für die Tugend einer geliebten Frau, oder den guten Ruf einer Schwester, und was dergleichen Nichtigkeiten mehr sind. Immerhin bleibt es zu bedenken, daß man im Laufe der letzten Jahrzehnte auch für viel Geringeres völlig nutzlos und auf Befehl oder Wunsch anderer Leute sein Leben zu opfern genötigt war. Im Zweikampf hat doch immer das eigene Belieben mitzureden gehabt, auch dort, wo es sich scheinbar um einen Zwang, um eine Konvention oder um Snobismus handelte. Daß man überhaupt mit der Möglichkeit oder gar der Unausweichlichkeit von Duellen innerhalb eines gewissen Kreises wenigstens rechnen mußte, das allein, glauben Sie mir, gab dem gesellschaftlichen Leben eine gewisse Würde oder wenigstens einen gewissen Stil. Und den Menschen dieser Kreise, auch den nichtigsten oder lächerlichsten, eine gewisse Haltung, ja den Schein einer immer vorhandenen Todesbereitschaft, wenn Ihnen dieses Wort auch in solchem Zusammenhang doch allzu großartig erscheinen sollte.

Aber ich schweife ab, noch ehe ich angefangen habe. Ich wollte Ihnen ja die Geschichte meines siebenten Duells erzählen, und Sie lächeln wie vorher, weil ich wieder von meinem Duell spreche, obwohl ich doch, wie es nun einmal meine Bestimmung war, auch in diesem Fall nur Zeuge, aber nicht Duellant gewesen bin. Schon mit achtzehn Jahren, als Kavalleriefreiwilliger, war ich zum ersten Male Sekundant in einer Ehrenaffäre zwischen einem Kameraden und einem Attaché der französischen Gesandtschaft. Bald darauf wählte mich der berühmte Herrenreiter Vulkovicz zu seinem Sekundanten in dem Duell mit dem Fürsten Luginsfeld und auch weiterhin, trotzdem ich weder Adeliger noch Berufsoffizier, ja sogar jüdischer Abstammung war, wandte man sich ganz besonders in schwierigen Fällen, wenn man eines Sekundanten bedurfte, mit besonderer Vorliebe an mich. Ich will gar nicht leugnen, daß ich es zuweilen ein wenig bedauerte, diese Dinge immer nur sozusagen als Episodist mitzumachen. Recht gern wäre ich einmal selbst einem gefährlichen Gegner gegenübergestanden und weiß nicht einmal, was ich im Grunde vorgezogen hätte – zu siegen oder zu fallen. Aber es kam niemals dazu, obzwar es wahrlich nicht an Gelegenheiten fehlte und, wie Sie sich wohl denken können, an meiner Bereitwilligkeit niemals der geringste Zweifel bestand. Vielleicht war übrigens das mit ein Grund, daß ich niemals eine Forderung erhielt, und daß in den Fällen, wo ich mich zu fordern genötigt sah, die Angelegenheiten stets ritterlich beigelegt wurden. Jedenfalls Sekundant war ich mit Leib und Seele. Das Bewußtsein, gewissermaßen mitten in ein Schicksal oder besser an die Peripherie eines Schicksals gestellt zu sein, hatte stets etwas Bewegendes, Aufrührendes, Großartiges für mich.

Dieses siebente Duell aber, von dem ich Ihnen heute erzählen will, unterschied sich von allen meinen andern, früheren und späteren dadurch, daß ich von der Peripherie gleichsam in den Mittelpunkt rückte, daß ich aus der Episodenfigur eine Hauptperson wurde, und daß bis zum heutigen Tage kein Mensch von dieser sonderbaren Geschichte etwas erfahren hat. Auch Ihnen mit Ihrem ewigen Lächeln hätte ich nichts davon erzählt, aber da Sie ja in Wirklichkeit gar nicht existieren, so werde ich Ihnen auch weiterhin die Ehre erweisen, zu Ihnen zu reden, junger Mann, der immerhin so viel Takt besitzt, zu schweigen.

So ist es auch ziemlich gleichgültig, wie und wo ich anfange. Ich erzähle die Geschichte, wie sie mir in den Sinn kommt, und beginne bei dem Augenblick, der mir zuerst in den Sinn kommt, also in dem, da ich in Gesellschaft des Doktor Mülling in den Zug stieg. Nämlich, um keinerlei Mißtrauen zu erregen, vor allem bei der jungen Gattin Eduards, verließen wir schon Montag vormittag den Villenort am See, ja, wir trieben die Vorsicht so weit, am Schalter Billetts bis Wien zu nehmen, stiegen aber natürlich in dem Bahnhof des Städtchens aus, wo am nächsten Morgen das Duell stattfinden sollte.

Doktor Mülling war ein langjähriger, fast gleichaltriger Freund Loibergers, fünfunddreißig etwa. Was mich anbelangt, verdankte ich die Ehre, zum anderen Zeugen auserwählt zu sein, außer meiner schon erwähnten allgemeinen Eignung dazu, dem Umstand, daß ich meine Ferien in der gleichen Sommerfrische verbrachte wie Loiberger und in seiner Villa ziemlich oft zu Gast war. Sonderlich sympathisch war er mir nie gewesen, aber das Haus war gesellig, viele angenehme Menschen gingen aus und ein, es wurde musiziert, Tennis gespielt, gemeinsame Ausflüge und Ruderpartien wurden unternommen, und endlich war ich dreiundzwanzig Jahre alt. Als Ursache des Duells war mir ein Wortwechsel angegeben worden zwischen Eduard Loiberger und dem Gegner, dem Ulanenrittmeister Urpadinsky. Den kannte ich kaum. Sonntags war er am See gewesen, besuchsweise aus seiner Garnison, offenbar nur zum Zwecke jenes Wortwechsels, der als Vorwand für das Duell dienen sollte, aber im Jahr vorher hatte er den ganzen Sommer mit seiner Frau hier verbracht.

Die Erledigung der Angelegenheit war den beiden Herren offenbar sehr eilig. Die Besprechung zwischen den Sekundanten hatte schon am Sonntag abend, wenige Stunden nach jenem Wortwechsel, und zwar in Ischl stattgefunden. Mülling und ich waren von Loiberger angewiesen, die Bedingungen der gegnerischen Sekundanten ohne Widerrede zu akzeptieren; sie waren schwer. Also am Montag kamen Mülling und ich in der kleinen Stadt an.

Wir besichtigten vor allem das Terrain, das zu dem Rendezvous-Platz für morgen bestimmt worden war. Auf einer kleinen Spazierfahrt, die sich daran schloß, sprach Mülling von seinen Reisen, längst verflossenen Universitätsstudien, Studentenmensuren, Professoren, Prüfungen, Villenbauten, Meisterschaften im Rudersport und allerlei zufälligen gemeinsamen Bekannten. Ich stand damals vor meinem letzten Staatsexamen. Mülling war ein schon recht bekannter Anwalt. Von dem, was für morgen bevorstand, redeten wir wie auf Verabredung kein Wort. Von den Gründen des Duells wußte Doktor Mülling zweifellos mehr, als er mir anzuvertrauen für gut fand.

Am Abend kam Eduard Loiberger an. Er hatte seinen Sommeraufenthalt unter dem Vorwand geplanter Klettertouren in den Dolomiten unterbrochen, wozu eben jetzt ein wundervolles Augustwetter glaubwürdigen Anlaß bot. Wir begrüßten ihn harmlos und brachten ihn in den altberühmten Gasthof auf dem Marktplatz, wo wir ihm das beste Zimmer hatten reservieren lassen. Wir nahmen zusammen im Gastzimmer das Abendessen, plauderten angeregt, tranken, rauchten und fielen in keiner Weise auf, auch nicht den paar Offizieren, die an einem Tisch in der gegenüberliegenden Ecke saßen. Vollkommen sachlich berichtete Doktor Mülling von dem Terrain, auf dem das Duell morgen stattfinden sollte. Es war die übliche Waldlichtung, wie vom Schicksal zu solchen Dingen ausersehen – und ein kleines Wirtshaus lag ganz nahe, darin, wie Mülling heiter bemerkte, schon manches Versöhnungsfrühstück stattgefunden hatte. Dies aber war die einzige Anspielung auf den Zweck unserer Anwesenheit; im übrigen sprachen wir von der für den nächsten Sonntag bevorstehenden Segelregatta, an der auch Loiberger, der Sieger vom vorigen Jahr, teilnehmen sollte – von einem geplanten Zubau für seine Villa, zu dem er, von Beruf Fabrikant, aber Dilettant auf allen möglichen anderen Gebieten, selbst den Grundriß entworfen hatte – von einer der Vollendung nahen Drahtseilbahn auf einen nahen Gipfel, deren Trassierung Loiberger bemängelte – von einem Prozeß, den Doktor Mülling für ihn zu führen hatte und in dem beträchtliche Vermögenswerte auf dem Spiel zu stehen schienen – und von mancherlei anderem, bis Doktor Mülling gegen elf Uhr mit lauem Lächeln bemerkte: »Es wäre vielleicht Zeit, zu Bett zu gehen, schadet nie bei solchen Gelegenheiten, wenn man gut ausgeruht ist, auch nicht den Sekundanten.« Wir verabschiedeten uns von Loiberger und schickten ihn zu Bette, wir beiden anderen aber spazierten in der schönen, warmen Sommernacht noch ein Stündchen in der kleinen Stadt herum. Von diesem nächtlichen Gang ist mir nichts anderes in Erinnerung geblieben als ein tiefschwarzer Schlagschatten, den die Häuser auf dem Hauptplatz auf das mondbeglänzte Pflaster warfen, und nichts von unseren Gesprächen. Ich weiß nur, daß wir von dem morgigen Duell überhaupt nichts geredet hatten.

Deutlich entsinne ich mich aber der Wagenfahrt am nächsten Morgen, ja, noch tönt mir gleichsam das Hufgeklapper der Rosse nach, die uns über die staubige Straße zur Waldlichtung brachten. Loiberger sprach mit übertriebener Wichtigkeit von einer gewissen, in Mitteleuropa neu eingeführten japanischen Strauchart, die er auch in seinem eigenen Garten anzupflanzen beabsichtigte und aus dem Wagen sprang er mit jener Elastizität, die man damals in Zeitungsnotizen immer wieder als besonderes Attribut regierender Fürsten erwähnt las. Das fiel mir ein und ich lächelte unwillkürlich. Loiberger sah mich in diesem Augenblick an und ich schämte mich ein wenig.

Das Duell selbst ist mir beinahe wie ein Marionettenspiel im Gedächtnis geblieben; als Marionette lag Eduard Loiberger da, als die Kugel seines Gegners ihn auf den Boden hingestreckt hatte, und eine Marionette war auch der Regimentsarzt, der den Tod feststellte, ein hagerer, ältlicher Mann mit polnischem Schnurrbart. Der Himmel über uns war wolkenlos, aber von einem merkwürdigen matten Blau. Ich sah auf die Uhr – es fehlten zehn Minuten auf acht. Das Protokoll und die sonst üblichen Formalitäten waren rasch erledigt. Eigentlich war ich froh, daß wir noch die Möglichkeit hatten, den Neun-Uhr-Schnellzug zu erreichen, es wäre unerträglich gewesen, auch nur eine Stunde länger in der unglückseligen Stadt bleiben zu müssen.

Auf dem Perron gingen wir schweigend und ziemlich unbemerkt auf und ab – zwei elegante Touristen auf einer Sommerreise; dann, während ich einen Kaffee trank, berichtete Mülling aus einer Zeitung, daß in den nächsten Tagen der König von England und sein Premierminister zum Besuche unseres Kaisers in Ischl erwartet würden. Wir gerieten in ein politisches Gespräch – es war eher ein Vortrag von Doktor Mülling, den ich nur überflüssigerweise durch ziemlich verständnislose Einwürfe unterbrach. Als der Wiener Zug einlief, atmete ich erleichtert auf, ungefähr so, als könne nun alles Geschehene ungeschehen und Loiberger wieder lebendig werden. In unserem Abteil blieben wir allein; erst nach langem Schweigen bemerkte Doktor Mülling wie zur Entschuldigung, daß er nicht schon früher gesprochen: »Man faßt es nicht gleich, so sehr man auch vorbereitet gewesen sein mag.« Dann sprachen wir beide von allerlei anderen Zweikämpfen, an denen wir als Sekundanten beteiligt gewesen waren, harmlosen und weniger glücklichen – keiner von uns hatte bisher ein tödliches Duell mitgemacht. Wir behandelten das heutige, so traurig beendete zuerst keineswegs sentimental, sondern eher vom ästhetisch-sportlichen Standpunkt. Loiberger, wie nicht anders zu erwarten war, hatte sich famos gehalten, der Rittmeister war minder ruhig und viel blässer gewesen, ja, man hatte deutlich gemerkt, daß vor dem ersten Kugelwechsel seine Hand zitterte. Beide schossen zugleich, keine Kugel traf; beim zweiten Gang war die Kugel des Rittmeisters hart an Loibergers Schläfe vorbeigegangen, und Loiberger hatte unwillkürlich nach der Stelle hingefaßt und nachher gelächelt. Beim dritten Gang aber, gleich nach dem Kommando, war er niedergesunken, noch ehe er selbst gefeuert hatte.

Und nun erst, als wäre er von einem gegebenen Worte entbunden, bemerkte Doktor Mülling: »Die Wahrheit zu sagen, ich habe es kommen gesehen; allerdings hatte ich es schon im vorigen Jahr erwartet. Beide, sowohl unser Freund Loiberger als Frau von Urpadinsky – Sie haben ja die Frau des Rittmeisters nie gesehen, schade – benahmen sich so unvorsichtig als nur möglich. Der ganze Ort wußte von der Sache, nur der Rittmeister selbst, obwohl er gar nicht selten aus seiner Garnison zu Besuch nach St. Gilgen kam, hatte keine Ahnung. Erst im Winter soll er anonyme Briefe erhalten haben, dann ging er der Sache nach, und endlich, offenbar unter der ewigen Marter seiner Fragen, scheint seine Frau gestanden zu haben. Dann machte sich das übrige von selbst.«

»Unbegreiflich«, sagte ich.

»Inwiefern unbegreiflich?« fragte Mülling.

»Wenn man eine solche Frau hat wie Loiberger – ich hielt es für die glücklichste Ehe.« Ich sah Frau Agathe vor mir, die aussah wie ein junges Mädchen, wie eine Braut, wahrhaftig, wenn man sie beide zusammen sah, Eduard und Agathe, hätte man sie eher für ein Liebespaar halten können – nach einer vier- oder fünfjährigen Ehe – als für ein Ehepaar. Der Ausflug vor vierzehn Tagen auf den Eichberg, als wir mittags in der Sonne lagerten – wir waren sieben oder acht Personen – eigentlich hasse ich ja diese Massenausflüge und ich für meinen Teil hatte mich nur wegen Mademoiselle Coulin angeschlossen – Agathe schien zu schlummern oder sie schloß nur die Augen, weil die Sonne sie blendete, er strich ihr mit den Fingern über Haar und Stirn, sie lächelten und flüsterten wie ein junges verliebtes Paar.

»Und glauben Sie«, sagte ich zu Mülling, »daß Frau Agathe irgend etwas geahnt hat?«

Mülling zuckte die Achseln. »Ich glaube nicht. Jedenfalls hat sie von dem bevorstehenden Duell nichts geahnt und weiß bis zu dieser Stunde nicht, daß ihr Mann tot ist.« Jetzt erst mit einer Art von Schrecken verspürte ich, daß uns der fahrende Zug der unglücklichen Frau immer näher brachte. »Wer soll es ihr sagen?« fragte ich.

»Es wird wohl nichts übrig bleiben, als daß wir beide –«

»Wir können unmöglich zu zweit antreten wie Komiteemitglieder«, dachte ich, »die eine Balleinladung überbringen.«

»Wir hätten doch gleich von dort aus telegrafieren sollen«, sagte ich laut.

»Die Depesche«, sagte Mülling, »hätte ja doch nur eine Art von Vorankündigung sein können. Über die mündliche Berichterstattung kommen wir doch nicht weg.«

»Ich will es übernehmen«, sagte ich.

Darüber gab es dann noch eine längere Diskussion. Sie war noch nicht zu Ende, als unser Zug im Bahnhof Ischl einfuhr. Es war ein herrlicher Sommertag, auf dem Bahnsteig ein Gedränge von Ankommenden, Ausflüglern, Erwartenden – auch Bekannte waren darunter, es war nicht ganz leicht, aus dem Stationsgebäude ungehindert auf die Straße zu gelangen; aber endlich saßen wir im Wagen, ohne daß einer an uns herangekommen wäre und sausten auch schon davon. Der Staub wirbelte hinter uns her, die Sonne brannte heftig, wir waren froh, als der Ort hinter uns lag und wir auf die Landstraße und bald in den Wald bogen.

Noch ehe wir von der letzten Straßenbiegung aus die ersten Bauernhäuser des Dorfes erblickten, hatte sich Doktor Mülling damit einverstanden erklärt, daß ich als der Fernerstehende Frau Agathe Loiberger die Trauernachricht bringen sollte.

Der See lag da glitzernd von tausend winzigen zerrissenen Sonnen. Vom gegenüberliegenden Ufer her, das im Dunste der Überhelligkeit sich verschleierte, näherte sich spielzeughaft das putzige Dampfschiff, dessen Schaukelwellen das badende junge Volk sich immer entgegenfreute. Bald hielten wir vor dem Gasthof, der sich ohne zureichenden Grund als »Grand Hotel« bezeichnete; ich stieg aus, Doktor Mülling ließ sich von dem Kutscher weiterfahren zu der Villa, in der er ein Zimmer gemietet hatte, drückte mir die Hand und erklärte, daß er mich um vier Uhr nachmittag aufsuchen wolle.

Ich vertauschte den Touristenanzug, der mir für meine Mission doch wenig angemessen schien, mit einem dunkelgrauen und wählte mit Bedacht eine schwarzgestreifte Krawatte. Ich war am Ende nur auf meinen Geschmack, ja auf meine Intuition angewiesen, denn für einen Besuch, wie er mir bevorstand, gab es begreiflicherweise keine allgemein gültigen Vorschriften. Bedrückten Herzens machte ich mich auf den Weg.

Seitab hinter dem Gasthof führte ein abkürzender Pfad mit gelegentlichen Ausblicken auf den See an etlichen kleineren Landhäusern vorbei zu der weißen, für meinen Geschmack etwas zu großartigen Villa, die Loiberger, natürlich nach eigenen Angaben, für sich hatte erbauen lassen. Ich ging übertrieben langsam, damit nicht gleich ein zu rascher Atem mich verriete, doch fühlte ich mich im ganzen ziemlich ruhig oder wenigstens gefaßt. Ich sagte mir, daß ich einfach eine Pflicht zu erfüllen hatte – das wollte ich in möglichst guter Haltung tun; von meiner innerlichen Beteiligung durfte ich nicht mehr merken lassen, als gute gesellschaftliche Form forderte und erlaubte.

Das Gartentor stand offen, das kunstvoll geordnete Blumenparterre leuchtete bunt, auf den weißen Bänken rechts und links lag die Sonne, über die breite Veranda mit den grellroten Korbsesseln war die rotweißgestreifte Markise gespannt, darüber im ersten Stockwerk standen die Fenster offen, der kleine Balkon vor der Mansarde lag im schiefen Sonnenglanz. Kein Mensch war zu sehen. Alles ringsum war still, nur der Kies unter meinem Schritt knirschte überlaut, wie mir schien. Die Speisestunde war nah, vielleicht saß man schon beim Mittagmahl, vielmehr Agathe allein, denn Eduard befand sich ja auf einer Dolomitentour. Ja, dies war mein erster Gedanke, noch ehe es mir schreckhaft zu Bewußtsein kam, daß er zu dieser Stunde in der Leichenkammer einer kleinen Garnisonsstadt aufgebahrt lag. Und plötzlich empfand ich, was mir für die nächsten Minuten bevorstand, als so grotesk, so unerträglich, so undurchführbar, daß ich mich ernstlich versucht fühlte, umzukehren, noch ehe mich jemand erblickt, ja einfach davonzulaufen, Doktor Mülling zu holen und ihm zu erklären, daß ich unmöglich allein Frau Agathe die grauenvolle Nachricht zu überbringen imstande war.

Da trat aus dem Dunkel des Innenraums der Diener auf die Veranda und grüßte. Offenbar hatte er meine Schritte von innen gehört. Es war ein junger, blonder Mensch in einer blauweißgestreiften Leinenjacke, ging ein paar Stufen hinab mir entgegen und er sagte:

»Die Herrschaften sind nicht zu Hause. Der gnädige Herr ist schon gestern fortgefahren und die gnädige Frau ist noch am See unten.« – Da ich nicht Miene machte, mich zu entfernen, fügte er hinzu: »Aber wenn Herr von Eißler sich vielleicht gedulden wollen – die gnädige Frau muß jeden Moment da sein.«

»Ich werde warten.«

Der Diener schien einigermaßen verwundert, vielleicht fiel ihm die Starrheit, der unverständliche Ernst meiner Züge auf, und mit rasch erkünstelter Leichtigkeit sah ich auf die Uhr und bemerkte: »Ich hab' der gnädigen Frau nur etwas zu bestellen«, und wiederholte: »Ich werde warten.«

Der Diener nickte, ging voraus, rückte einen Sessel zur Seite, der die Mitteltüre zum Salon verstellte, ließ mich vorbei, wies mit einer unbestimmten Geste auf die verschiedenen Sitzgelegenheiten ringsum, verschwand im Nebenzimmer, wo der Tisch zu sehen war, blitzblank mit zwei Gedecken, schloß die Tür hinter sich und ließ mich allein.

Wie ein in Haft Gesetzter vor schwerer Einvernahme stand ich in dem sommerlichen, aber kühl durchschatteten Raum. In ebenholzener Schwärze den Raum beherrschend stand das Piano da und weckte die Erinnerung an den letzten, noch nahen Musik-Abend, den ich hier verbracht hatte. Agathe begleitete ihre Freundin Aline zu einem Schubertschen Lied. Ich sah ihre schmalen Finger über die Tasten schweben, ja ich glaubte beinahe Alinens Stimme zu hören: »Dir Blumen und Kränze, Sylvia...« Später, während die übrige Gesellschaft noch im Salon geblieben war, saß ich draußen im Garten, allein, von der lauen Nachtluft, der Musik und wohl auch von dem Champagner, der bei den Gesellschaften im Hause Loiberger selten fehlte, leicht benommen, ja beglückt. Vielleicht schlummerte ich sogar; und wie durch einen Traum spazierte Agathe mit irgendeinem Herrn an mir vorbei. Ich saß im Dunkel, so bemerkten sie mich anfangs gar nicht. Plötzlich aber entdeckte mich Agathe, und im Vorübergehen glitt sie, wie zum Spaß, mit der Hand durch meine Haare, brachte sie in Unordnung und war wieder davon. Das fiel mir weiter nicht auf. Denn in dieser Weise benahm sie sich manchmal. Recht ungezwungen, aber immer mit wundervoller Anmut – wie sie auch die meisten Freunde des Hauses selten beim Namen oder gar mit einem Titel zu nennen pflegte, sondern für jeden irgendeine Bezeichnung gefunden hatte, die keineswegs immer zu dessen Art und Wesen passen mochte, ja oft geradezu das Gegenteil oder überhaupt nichts ausdrückte. Mich zum Beispiel – und das hatte einen gewissen Sinn, denn ich sah damals mit meinen dreiundzwanzig Jahren noch jünger aus, als ich war – nannte sie »das Kind«. – Ich blieb ruhig auf meiner Bank im Dunkel sitzen und wartete, daß die beiden wieder an mir vorüberkämen; was früher geschah, als ich es eigentlich erwartet hatte. Und nun nickte Agathe mir zu, ohne daß sie doch meine Züge deutlich zu erkennen imstande war. Das tat sie oft: zum Gruß immer gleich ein paarmal rasch hintereinander zu nicken. In dieser Art hatte ich sie grüßen gesehen, wenn sie in der Schwimmanstalt am Geländer lehnte, in ihren blauen Bademantel gehüllt; so auf Spaziergängen, wenn ein Bekannter ihr begegnete; in gleicher Weise aber nickte sie Blumen zu, ehe sie sie pflückte, und ebenso grüßte sie eine Almhütte, ehe sie eintrat; es schien ihr eingeboren, also mehr als eine Gewohnheit, sich mit allen Menschen und Dingen, zu denen sie in eine noch so flüchtige Beziehung trat, durch einen Gruß gleichsam persönlich bekannt zu machen. Dieser ihrer Eigenart ward ich mir jetzt erst so deutlich und zum erstenmal bewußt, während ich im sommerlich durchschatteten Salon ihr Kommen erwartete, und meine Finger ohne Sinn mit den Fransen des indischen Schals spielten, der als Klavierdecke diente.

Plötzlich hörte ich Frauenstimmen, Schritte über den Kies, alles immer näher, dann ein Frauenlachen, dann Schritte die Stufen hinauf – und das Herz stand mir stille.

»Wer ist denn das?« rief Agathe fast ein wenig erschrocken. Aber da sie mich erkannte, fügte sie gleich heiter hinzu: »Das Kind«, und reichte mir die Hand. Ich verbeugte mich tiefer, als es sonst meine Art war, und küßte ihre Hand. Sie wandte sich gleich zu Aline, die ein wenig hinter ihr stand, und meinte: »Nun bleibt ihr gleich beide zum Essen da.« Und wieder zu mir: »Ich bin nämlich allein. Eduard ist seit gestern auf einer Bergtour.« Und mit einem nicht ganz heiteren Lachen: »Wer's glaubt!«

Indes hatte ich auch Alinen die Hand geküßt, und als ich meinen Blick wieder erhob, sah ich den ihren mit einer Art mir unerwünschten Einverständnisses lustig in mein Auge sprühen. Da standen sie nun beide, die dunkle Aline ganz in leuchtendes Gelb, die blonde Agathe in sanftes Hellblau sommerlich gekleidet, und in all ihrer Gegensätzlichkeit fast schwesterlich anzusehen. Beide trugen die breitkrempigen Florentinerhüte, wie sie damals modern waren, Agathe nahm den ihren ab und legte ihn auf das Klavier.

»Nein Liebste«, sagte Aline, »ich kann leider nicht bleiben. Ich werde daheim zum Essen erwartet.«

Agathe redete ihr wohl noch ein wenig zu, aber es klang nicht sehr überzeugend. Und während sie zu der Freundin sprach, streifte mich ein fragender, ein verheißungsvoller, ja ein so lokkender Blick, daß mich beinahe schwindelte. Und ich wußte plötzlich, daß es keineswegs der erste Blick dieser Art war, den sie mir sandte. Aline verabschiedete sich. »Auf Wiedersehen, gnädige Frau«, sagte ich und war mir bewußt, daß es das erste Wort war, das ich sprach, und so hörte ich es übertrieben hell, gleichsam schmetternd durch den Raum klingen. Agathe begleitete die Freundin über die Veranda und die Stufen in den Garten hinaus.

Warum habe ich nicht gesprochen, solange Aline da war, dachte ich. Wäre es nicht tausendmal leichter gewesen? Schon im nächsten Augenblick stand Agathe wieder vor mir. »Gnädige Frau«, begann ich, »ich habe Ihnen eine traurige Botschaft zu bringen.« – Nein, ich sprach die Worte nicht aus. Für einen, der Gedanken zu lesen vermocht hätte, wären die Worte ganz vernehmlich gewesen, doch über meine Lippen kam kein Laut. Agathe stand vor mir, das hellblaue Kleid durchleuchtete mild die tiefen Schatten des Raums, sie lächelte nicht, ja mir war, als hätte ich ihr Antlitz niemals so ernst gesehen. Nun, da sie mit mir allein war, ich fühlte es deutlich, sollte alles, was auf Oberflächlichkeit, auf Koketterie, ja, auf etwas rein Gesellschaftliches hindeutete, ausgeschaltet sein.

»Ich freue mich ja so, daß Sie da sind«, sagte sie.

Ich erwiderte nichts, denn kein Wort wäre das rechte gewesen. Allerlei blasse Erlebnisse der letzten Tage leuchteten in meiner Seele plötzlich auf. Es fiel mir ein, wie sie sich auf jenem Ausflug neulich in meinen Arm gehängt hatte und mit mir den Waldpfad hinuntergelaufen war, dann erinnerte ich mich wieder, wie sie mir nachts im Garten mit ihren schmalen Fingern durch die Haare gefahren war, und jenes Grußwort klang mir zärtlich durch den Sinn: »Kind.« Ich hatte all das nicht verstanden, zu verstehen nicht gewagt. Denken Sie, wie jung ich war! Es war das erste Mal, daß eine schöne, junge Frau, eine Frau, die ich für eine liebende und geliebte Gattin hielt, mir das Geschenk ihres Herzens zu bieten schien. Wie hätte ich das erwarten dürfen? Und wenn sie nun ihrer Freude über mein Kommen so unverhohlen Ausdruck gab, so bedeutete das nichts anderes, als daß sie mich für ungeduldig und für verliebt genug hielt, um mit voller Überlegung die Abwesenheit ihres Gatten zu diesem unvermuteten und verwegenen Besuch zu benützen.

»Es ist serviert, gnädige Frau.«

Eine leichte Bewegung Agathens. Ich wandte mich um. Wir traten ins Nebenzimmer. Es war Agathens Boudoir, das Fenster stand offen, weiße Gardinen schlossen uns gegen draußen ab, Garten und Luft schimmerten mit unbestimmten Farben durch. Wir saßen einander gegenüber, Agathe und ich. Der Diener, jetzt in dunkelblauem Lüstersakko mit Goldknöpfen, ging aus und ein und servierte. Es war mit erlesenem Geschmack gedeckt. Ein einfaches Mahl, und als Getränk nichts als Champagner. Unser Tischgespräch war völlig harmlos und mußte es sein, dabei aber gänzlich ungezwungen, nicht nur von ihrer, sondern auch von meiner Seite. Doch während wir von den Alltäglichkeiten des Landlebens sprachen, von abgetanen und geplanten Ausflügen, von der bevorstehenden sonntäglichen Regatta, der voraussichtlichen Teilnahme und den Chancen Loibergers – obwohl ich keinen Augenblick vergaß, daß Eduard tot war, und daß ich nur hergekommen war, um es seiner Gattin zu berichten –, empfand ich mein Hiersein, dieses Aug in Aug-Sitzen und Sprechen mit Agathe, das leise Flattern der Fenstervorhänge, das schweigsame Erscheinen und Verschwinden des Dieners keineswegs als traumhaft, sondern eher als eine andere, geringere Art von Wirklichkeit. Aus dieser andern Wirklichkeit schrillte auch das Pfeifen des kleinen Dampfers zu uns her, in dieser Wirklichkeit wußte ich den See liegen unten im Mittagsglanz, in diese andere war auch Aline wieder zurückgekehrt, und dort lag auch der Mann, den ich heute morgens tot am Waldesrand hatte hinsinken sehen. Wirklicher als all das war, was zwischen Agathe und mir hin und her schwebte, war, nicht was sie sagte, doch der Ton ihrer Stimme, war ihr Blick, ihr Wunsch, war unser Verlangen.

Das Mahl war zu Ende. Der Diener kam nicht wieder, wir waren allein.

Agathe stand vom Tische auf, sie trat auf mich zu, nahm meinen Kopf in beide Hände und küßte mich auf die Lippen. Es war kein glühender Kuß, er war eher milde, mehr Güte als Leidenschaft war in ihm, er war geschwisterlich und doch berauschend, er war Feierlichkeit und Wollust zugleich.

Und später, von ihrem Arm umschlungen, glitt ich in tausend Träume.

Wir lagen auf einen Wiesenhang hingestreckt; es war der gleiche, auf dem sie neulich erst an Eduards Seite gelegen war. Ich wundere mich, daß sie so ruhig ist, ohne jede Angst, irgend etwas Furchtbares ist ja geschehen – ich weiß nicht was, denke auch nicht darüber nach, aber ich weiß, daß wir fort müssen, so weit als möglich. Dann sitzen wir in einem Eisenbahncoupé; das Fenster ist offen, die Vorhänge, nicht befestigt, fliegen hin und her, zerrissene Bilder wechselnder Landschaften rasen vorbei, Wälder, Wiesen, Zäune, Felsen, Kirchen, vereinzelte Bäume, unbegreiflich schnell und ohne jeden Zusammenhang. Rasch genug, niemand kann uns nach, nicht einmal die Leute, die im gleichen Zug fahren; es ist unfaßbar, aber doch ist es so. Plötzlich höre ich ihren Namen draußen rufen, ich weiß, es ist ein Telegraphenbote, der sie sucht. In mir ist nur die Angst, daß sie es hören könnte. Aber der Name klingt immer leiser, endlich verklingt er ganz, und der Zug rast weiter. Wir reisen, ja, wir reisen – wir reisen immerfort. Jetzt sind wir in einem Spielsaal – es wird wohl Monte Carlo sein. Wie kann ich nur zweifeln? Natürlich ist es Monte Carlo. Agathe sitzt am Spieltisch mitten unter anderen Leuten, sie ist schön, sie ist ganz ruhig, sie spielt, sie verliert, sie gewinnt, ich schaue nach allen Seiten aus, ob niemand da ist, der sie kennt und ihr vielleicht verraten könnte, daß ihr Gatte tot ist. Aber es sind ja lauter fremde Leute – braune, gelbe Gesichter, auch ein Indianer sitzt am Spieltisch mit einem ungeheuren roten Federnschmuck auf dem Kopf. Da steht Aline in der Türe. Wie, sie ist uns nachgereist? Nur um es ihr zu sagen? – Also fort, fort. Ich berühre Agathe an der Schulter, sie wendet sich nach mir um mit einem Blick voll Liebe. Und wieder rast der Zug mit uns davon. Durch das offene Fenster blickt irgendwer herein – wie ist das nur möglich? Er klammert sich offenbar draußen an die Fensterbrüstung. Er hält ein Stück Papier in der Hand: das Telegramm, gewiß. Ich stürze den Mann hinunter, er kollert hinab, ich weiß nicht wohin – ich seh' ihn ja auch gar nicht. Welches Glück, daß Agathe nichts bemerkt hat. Natürlich nicht. Sie hat ja ein großes englisches Journal in der Hand... und blättert darin, sieht sich die Bilder an. Wie komisch, da ist ein Bild, das den Spielsaal von früher darstellt und sie und mich unter den Spielern. Wie rasch die Nachrichten gehen. Wenn ihr Mann dieses Bild zu Gesicht bekommt – was wird mit uns geschehen? Wird er auch mich umbringen, so wie er den Rittmeister umgebracht hat?

Und mit einem Mal bin ich wieder in der Villa, in dem Zimmer, auf dem Diwan, wo ich wirklich bin. Es ist wirklich und zugleich doch ein Traum. Ich träume, daß ich wach bin, ich träume, daß meine Augen offen sind und riesengroß zu den flatternden Gardinen starren. Und ich höre Schritte, langsame Schritte von sechs Männern oder zwölf. Ich weiß, daß man jetzt die Bahre mit dem Leichnam bringt, und ich fliehe. Ich bin auf der Terrasse draußen. Ich muß hinab über die Stufen. Wo sind die Männer, wo ist die Bahre? Ich sehe sie nicht. Ich weiß nur, daß sie mir entgegenkommt und daß es mir unmöglich ist, ihr auszuweichen. Plötzlich stehe ich im Garten ganz allein, aber es ist kein wirklicher Garten, es ist einer wie aus einer Spielzeugschachtel; es ist genau der Garten, den ich vor vielen Jahren einmal zum Geburtstag geschenkt bekommen habe. Ich habe bisher gar nicht gewußt, daß man darin auch spazieren gehen kann. Auch kleine Vögel sitzen auf den Bäumen. Die hab' ich damals nicht bemerkt. Und jetzt fliegen sie alle weg, zur Strafe, weil ich sie bemerkt habe. Und beim Gartentor steht der Diener und verbeugt sich sehr tief. Denn eben tritt Herr Loiberger persönlich herein. Er hat keine Ahnung davon, daß er tot ist und dabei hat er doch einen weißen Regenmantel an. Ich muß ihn ins Haus hineinbegleiten, damit ihm kein anderer sagt, daß er tot ist; er würde es nicht überleben, denke ich – und lache zugleich. Und schon sitzen wir auch beide beim Mittagessen, und der Diener serviert; ich wundere mich, daß Eduard sich etwas zum Essen auf den Teller nimmt – er braucht es doch nicht mehr. Ihm gegenüber sitzt Agathe, ich bin überhaupt nicht mehr vorhanden. Aber ich sitze auf dem Fensterbrett, und die Gardinen schlagen jeden Augenblick über meiner Stirn zusammen. Ich möchte so gerne sehen, mit welchen Blicken sie einander betrachten. Plötzlich höre ich seine Stimme – ach Gott, wenn ich nur sehen könnte –, und ich höre ihn ganz deutlich sagen: »Also du frühstückst mit dem Herrn, der mich erschossen hat.« Es wundert mich gar nicht, daß er das sagt, denn ich habe es ja wirklich getan. Sonderbar finde ich nur, daß er eine so dumme Bemerkung macht. Er müßte doch wissen, daß es ganz üblich ist, nach einem Duell miteinander zu frühstücken.

Wieder Schritte im Garten – die Bahre – wie seltsam, der Tote zuerst und nachher die Bahre – was für ein Snob er ist – und Trauermusik. Eine Militärkapelle? Freilich, weil er einen Rittmeister erschossen hat. Und Applaus? Natürlich – er hat ja die Regatta gewonnen. Ich springe rasch aus dem Fenster, laufe, so geschwind ich kann, hinunter zum See. Warum sind denn so wenig Leute da – und gar keine Boote? Nur ein ganz kleiner Kahn und in dem Kahn Agathe und ich. Agathe rudert. Nun kann sie es plötzlich. Sie hat ja neulich gesagt, daß sie gar nicht rudern kann. Und nun hat sie gar die Regatta gewonnen. Jetzt plötzlich fühle ich eine Hand am Halse, Eduards Hand. Die Ruder entgleiten Agathen. Unser Kahn treibt nur so hin. Sie verschränkt die Arme. Sie ist sehr neugierig, ob es Eduard gelingen wird, mich ins Wasser zu werfen. Wir versuchen uns gegenseitig unterzutauchen. Agathe ist gar nicht mehr neugierig. Sie treibt auf dem Kahn davon. Es ist ja doch ein Motorboot, denke ich. Ich tauche immer tiefer. Warum, warum, frage ich mich, und ich will zu Loiberger sagen: Es ist ja gar nicht der Mühe wert, daß wir einander wegen einer solchen Frau umbringen. Aber ich sage es nicht, am Ende würde er glauben, daß ich mich fürchte. Und ich tauche wieder empor. Der Himmel ist so unendlich groß, wie ich ihn noch niemals gesehen. Und wieder sinke ich hinab und noch tiefer als vorher. Ich müßte ja gar nicht, ich bin ja allein, der ganze See gehört mir. Und der Himmel dazu. Und wieder tauche ich empor aus Flut und Tod und Traum. Ja, so tief ich gewesen, so unerbittlich komm' ich wieder empor, und plötzlich bin ich wach – vollkommen wach. Agathe aber schlief, jedenfalls lag sie mit geschlossenen Augen da. Die Gardinen bewegten sich stärker in dem Sommerwind, der um diese nachmittägige Stunde immer vom See heranzuwehen pflegte. Es konnte ja noch nicht spät sein. Nach dem Stand der Sonne kaum mehr als vier, die Stunde also, in der Mülling mich im Hotel aufsuchen wollte. War dies auch noch Traum? Alles vielleicht? Auch das Duell? Und Loibergers Tod? War es vielleicht Morgen und ich schlief – ich in meinem Zimmer im Hotel? Dies aber war gleichsam mein letzter Fluchtversuch. Ich konnte nicht zweifeln, ich war wach, und hier lag Agathe und schlief, und sie wußte nichts. Nun hatte ich nur mehr die Wahl auf und davon zu fliehen, in dieser Sekunde noch – oder reden, ohne noch eine Sekunde zu zögern, Agathe aufwecken und reden. Jeden Augenblick konnte die Nachricht da sein. Hörte ich nicht schon Schritte im Garten? War es nicht fast ein Wunder, daß wir bisher nicht gestört worden waren? Und in jedem Fall, wenn in diesem Haus, wenn hier im Ort noch keiner etwas wußte, blieb es nicht ein unfaßbarer Leichtsinn in diesem doch von überallher zugänglichen Gemach, nun, da die Zeit der allgemeinen Nachmittagsruhe vorbei war, noch weiter zu verweilen? Ich selbst hatte mich rasch erhoben – nun, als ich eben Agathe an der Schulter berühren wollte, als hätte mein Blick sie erweckt, blinzelte sie, strich sich mit der Hand über die Stirn und über die Haare, sah einem kleinen Mädchen ähnlich, das sich den Schlaf aus den Augen reibt, und sie sah mich gewiß nicht anders als wie ein entschwindendes Traumbild. Dann aber hörte sie meine Stimme, denn unwillkürlich hatte ich ihren Namen geflüstert, jetzt beschattete sich ihr Antlitz, sie sprang auf, strich sich das Kleid zurecht, strich auch die Kissen glatt und legte sie in flüchtiger Ordnung hin. Dann wandte sie sich rasch zu mir und sagte nichts anderes als: »Geh!« Ich aber blieb wie angewurzelt stehen, völlig unfähig, ihr zu sagen, was ich sagen mußte, ja unfähig, überhaupt ein Wort zu reden. Welch ein Feigling war ich! – Mich umbringen, nichts anderes blieb mir übrig. Aber ich konnte ja nicht einmal einen Schritt tun. Und nur ihren Namen brachte ich jetzt wieder hervor, lauter, flehender als vorher. Sie faßte zart meine Hand und sprach weiter: »Ich liebe dich sehr. Ich habe es nicht gewußt, wie sehr ich dich liebe. Du mußt es ja nicht glauben. Aber warum sollte ich es dir sagen, wenn es nicht so wäre. Du sollst es nur wissen, ehe du gehst.«

»Wann seh' ich dich wieder?« fragte ich. Ich sagte nicht: Eduard ist tot. Ich sagte nicht: Verzeih' mir. Ich sagte nicht: Ich war zu feig, um es dir gleich zu sagen. Nein, ich fragte: »Wann seh' ich dich wieder?«, als gäbe es keine andere Frage, die jetzt zu beantworten wäre, als gäbe es kein anderes Wort zu sagen.

»Du wirst mich nie wieder sehen«, sagte sie. »Wenn du mich lieb hast, wirst du dieser Stunde dankbar sein wie ich. Wenn du nicht willst, daß diese Stunde aus einem wunderbaren, unvergeßlichen Traum eine trübe Wirklichkeit, eine Lüge, hundert Lügen, eine Kette von Betrug und Häßlichkeit werde, dann geh, geh gleich, reise ab und versuche niemals mich wiederzusehen.«

In mir raunte es: Eduard ist tot – dein Mann ist tot, alles, was du sprichst, ist Unsinn, und du ahnst es nicht. Es gibt keine Lüge, keinen Betrug, keine Häßlichkeit mehr, du bist frei. – Aber all das sagte ich nicht, alles wurde plötzlich so klar in mir, wie ich es noch vor einer Minute nicht für möglich gehalten hätte. Und ich sagte: »Es ist kein Betrug, es ist keine Lüge. Betrug und Lüge wäre es nur, wenn du nach dieser Stunde noch länger in diesem Hause bliebst und wieder einem andern gehörtest.« Es war mir, als bekäme jener Reisetraum von früher Gewalt über mich, oder als bekäme ich Macht über ihn.

Agathe erblaßte. Sie sah mich an, und ich fühlte, daß mein Antlitz ganz starr geworden war. Sie berührte meinen Arm, als wollte sie mich beruhigen. »Wir wollen doch vernünftig sein«, sagte sie. »Oder wir wollen es wenigstens wieder werden. Ich liebe dich, ja, aber ich gehöre nicht dir, so wenig wie du mir. Wir wissen es ja beide. Es war nur ein Traum, ein Wunder, ein Glück, unvergeßlich, ja, aber vorbei.«

Ich schüttelte heftig den Kopf. »Alles, was *vor* dieser Stunde war, ist vorbei, diese Stunde aber hat alles geändert. Du kannst dem andern nie wieder gehören, du gehörst mir allein.«

Noch immer hielt sie meinen Arm berührt, ja nun ergriff sie ihn, hielt ihn fest. Ja, sie bewegte ihn leise hin und her, als hoffte sie mich damit aus einer unbegreiflichen Verstörung, aus einem Wahn zu erwecken. Meine Augen aber blieben starr, ich wußte, daß kaum Liebe in ihnen war, nur Wille, Drohung beinahe. Und ich merkte, daß ihre Angst wuchs, und so versuchte sie's nun mit einem scherzhaften Ton: »Kind«, sagte sie, »hab ich nicht recht gehabt? Ich habe schon immer gewußt, warum ich dich Kind nenne. Soll ich nun vernünftig sein für uns beide? Leicht ist es ja nicht. Nicht einmal für mich allein. Aber wir müssen, wir müssen verständig sein.«

»Warum müssen wir?« fragte ich hartnäckig und haßte mich zugleich.

»Wir müssen«, sagte sie, und in immer steigender Angst war sie gleich mit den stärksten, den unwidersprechlichsten Argumenten zur Stelle: »Wir müssen vernünftig sein und dürfen uns nicht verraten, weil du verloren wärst, wenn er ahnte...«

Ich lächelte. Ich konnte nicht anders. Aber ihre Entgegnung, ihre Warnung, der Versuch, mir Angst vor dem Toten einzuflößen, wirkte auf mich nicht nur grauenhaft, sondern wie mit einer unergründlichen Komik. Es lag mir in diesem Augenblick gar nicht fern, irgend etwas Teuflisches zu erwidern, der ganzen Unerträglichkeit, der Furchtbarkeit dieses Gesprächs durch ein vernichtendes und zugleich erlösendes Wort ein Ende zu machen. Aber ich tat es nicht. Ich fühlte meine Ohnmacht grade in diesem Augenblick, ich fühlte, daß der Tote stärker war als ich, und wie in verzweifelter Gegenwehr vermochte ich keine andere Erwiderung zu formen, als das törichte Wort: »Und wenn das Schicksal am Ende für mich entschiede?«

Sie faßte mich an der Schulter. Angst war in ihren Augen. »Was sagst du da? Wo verirrst du dich hin? Wo verirren wir uns hin?«

Und in diesem Augenblick fühlte ich, daß sie für ihn bangte, für ihn und nicht im geringsten für mich – daß er alles, und daß ich nichts für sie war... Und in diesem Augenblick hörten wir Schritte über den Gartenkies. Nur wenige Sekunden noch blieben mir. Es war nicht möglich, ihr in diesen wenigen Sekunden zu berichten, was geschehen war und überdies noch mich zu rechtfertigen, daß ich bisher geschwiegen. Vor einigen Minuten noch hätte sie verstanden, hätte sie vielleicht verziehen. Ja, vielleicht hätte ich einen wahrhaften, einen unvergänglichen Sieg über den Toten davongetragen. Jetzt aber war ich der Gefallene, der Erschlagene, ja, in dieser Sekunde empfand ich mich selbst gleichsam wie ein Gespenst, und die Schritte draußen im Garten – so sehr ich wußte, daß jeder andere im nächsten Augenblick hier hereintreten könne, als grade er – kündigten für mich in unbegreiflicher Weise das Nahen Loibergers an; wie er es in meinem Traume getan, schritt er durch den Garten und über die Stufen zur Terrasse herauf. Aber wer immer es sein mochte, unmöglich war es, das, was auf dem Wege war, herankommen zu lassen, ohne sie im allergeringsten vorzubereiten. Doch nur das eine Wort drängte sich auf meine Lippen: »Erschrick nicht.« Und während ich das Wort aussprach, war mir wahrhaftig nicht anders zumute, als müßte im nächsten Augenblick ihr toter Gatte eintreten. Zuerst sah sie mich mit einem unsicheren Lächeln an, als wollte sie mir zu verstehen geben, daß ich mich nicht zu sorgen brauche, und daß ihr niemand auch nur im geringsten anmerken werde, was in der letzten Stunde vorgefallen war. Aber gleich las sie offenbar in dem verzweifelten Ernst meines Blickes, daß meine Mahnung doch etwas anderes bedeutet haben müßte als die kleinliche Besorgnis, sie könne sich etwa verraten. Sie hatte eben noch Zeit zu fragen: »Was ist geschehen?« Ich aber nicht mehr die Möglichkeit, zu antworten.

Die Schritte hallten schon im benachbarten Raum. Agathe, ohne sich nur nach mir umzuwenden, trat in den Salon, und ich folgte ihr. Aline stand da in der Türe zwischen Salon und Terrasse, streifte mich nur mit einem ratlos-verwunderten Blick, faßte die Hände der erblassenden Freundin und, in Tränen ausbrechend, schloß sie sie in die Arme. Agathens Augen aber starrten vorbei an Aline mit so unerbittlicher Frage in die meinen, als wollte sie die Antwort aus meiner Stirn saugen; ich legte den Finger an meinen Mund und spürte selbst, daß diese armselige Gebärde die Bitte an Agathe bedeutete, eher mich als sich zu verraten. In ihrem Blick aber war mehr, als ich je in einem Menschenblick gesehen: Ahnung, Wissen sogar, auch Empörung, Verstehen, Verzeihen, ja, vielleicht etwas wie Dank.

Nun stand auch Mülling in der Türe zwischen Salon und Terrasse, zwischen Schatten und Licht. Sein Auge streifte mich wie fragend. Meine Anwesenheit erklärte sich für ihn gewiß ohne weiteres so, daß ich es nicht über mich gebracht, die unglückliche Frau, nachdem ich ihr die traurige Kunde gebracht, allein zu lassen. Er trat auf sie zu und drückte ihr wortlos die Hand. Wieder suchte sie, vorbei an Mülling, meinen Blick. Niemand sprach, nicht sie, Aline nicht und nicht Mülling, ich aber, so schien mir, schwieg noch tiefer in mich hinein als die andern. Die sommerliche Stille des Gartens klang herein. Endlich sagte Agathe – und mir stand das Herz still, als sie die Lippen öffnete –: »Nun will ich«, sagte sie, »die ganze Wahrheit hören« – und da sie in den Mienen der andern Befremden, in den meinen vielleicht einen Ausdruck des Erschreckens gewahrte, fügte sie, zu mir gewandt, in bewunderungswürdiger Ruhe hinzu: »Sie wollten mir gewiß nichts verschweigen, aber Sie haben unwillkürlich vielleicht versucht, mich zu schonen. Ich danke Ihnen. Aber glauben Sie mir, ich bin nun gefaßt genug, um alles zu hören. Berichten Sie, Doktor Mülling, von Anfang bis Ende. Ich will keine Frage stellen, ich werde Sie nicht unterbrechen«, und mit erlöschender Stimme fügte sie hinzu: »Erzählen Sie!«

Sie lehnte am Klavier, und ihre Finger spielten mit den Fransen des Schals, und mit keinem Zucken ihrer Lippen verriet sie sich oder mich, während Mülling erzählte. Aline hatte sich auf den Stuhl am Klavier sinken lassen und stützte den Kopf in die Hände. In all seiner inneren Bewegung kam Mülling die berufsmäßige Gewohnheit zustatten, wohlgesetzt vor der Öffentlichkeit zu reden. Er berichtete den Verlauf der Angelegenheit, von dem Moment an, da wir beide, Doktor Mülling und ich, Eduard am Bahnhof der kleinen Stadt erwartet hatten, bis zu dem Augenblick, da Eduard am Waldesrand tot hingesunken war, und es war mir offenbar, daß er seinen Bericht schon ein oder mehrere Male zum besten gegeben, seit wir uns am Tor seines Gasthofs voneinander getrennt hatten. Er sprach im übrigen, als hielte er ein Plädoyer für jemanden, der ein längst abgetanes, vergessenes, schon an sich nicht bedeutungsvolles Vergehen allzu schwer gesühnt hatte, und dessen Andenken von jeder Schuld freizusprechen sei. Agathen aber gelang es tatsächlich, ihn nicht mit einer Silbe zu unterbrechen. Und erst als Mülling geendet, wandte sie sich mit der Frage an ihn, ob schon irgendwelche Verfügungen an Ort und Stelle getroffen worden seien. Und als Mülling erwiderte, daß der Leichnam spätestens morgen früh von der Behörde freigegeben werden dürfte, sagte sie: »Ich werde noch heute abend zu ihm fahren.« Mülling riet ihr ab, der heutige Abendzug käme in der kleinen Garnisonsstadt erst nach Mitternacht an, sie aber sagte nur: »Ich will ihn noch heute nacht sehen«, und es war uns allen klar, daß sie sich noch heute nacht Eingang in die Totenkammer verschaffen wollte. Nun trug sich Mülling an, sie zu begleiten, es seien allerlei Dinge zu besorgen und anzuordnen, die unmöglich Agathe allein durchführen könne. Sie wehrte mit einer Entschiedenheit ab, die jede Widerrede ausschloß. »All das gehört mir zu«, sagte sie.

»Erst wenn alles vorüber ist, Herr Doktor Mülling, sprechen wir uns wieder.« Ich war von Bewunderung und von Grauen zugleich erfüllt. Sie richtete kein Wort an mich. Sie wünschte nun allein zu sein, nur Aline sollte später wiederkommen, um ihr bei den Reisevorbereitungen behilflich zu sein und Weisungen für die Dauer ihrer Abwesenheit entgegenzunehmen.

Sie drückte uns allen die Hand. Mir nicht anders als Aline und Mülling. Sie wich nicht einmal meinem Blick aus, als wir schieden.

Sie reiste tatsächlich noch am gleichen Abend ab – allein – und brachte den Leichnam ihres Gatten am nächsten Morgen nach Wien. Am Tage darauf fand das Begräbnis statt, an dem natürlich auch ich teilnahm. Agathe war an diesem Tag für niemanden zu sehen. An den See kehrte sie niemals wieder zurück.

Viele Jahre später begegneten wir einander wieder in Gesellschaft. Sie hatte indes wieder geheiratet. Niemand, der uns miteinander sprechen sah, hätte ahnen können, daß ein seltsames, tiefes, gemeinsames Erlebnis uns verband. Verband es uns wirklich? Ich selbst aber hätte jene sommerstille, unheimliche und doch so glückliche Stunde für einen Traum halten können, den ich allein geträumt hatte; so klar, so erinnerungslos, so unschuldsvoll tauchte ihr Blick in den meinen.

Nachwort

Neben der Novellette *Ich* versammelt der dritte Band dieser Auswahlausgabe die großen Erzählungen aus Arthur Schnitzlers Alterswerk. Die Texte, die Schnitzler nach dem Ersten Weltkrieg vollendet, sind auch hier nach der Chronologie ihres Entstehens geordnet. (Wie in den vorhergehenden Bänden zählt das Datum, an dem die meist im Verlauf eines langwierigen Arbeitsprozesses wiederholt überarbeiteten Werke fertiggestellt werden.)

Für Österreich bedeutet der verlorene Weltkrieg die Auflösung der Donaumonarchie und den Sturz von der Großmacht zu einem Kleinstaat in politischem und wirtschaftlichem Elend. Als scharfsichtiger Beobachter seiner Zeit empört sich Schnitzler, der die allgemeine Kriegsbegeisterung von Anfang an abgelehnt hat, nunmehr über die »Phrasen von Gerechtigkeit und Völkerfrieden«[1], unter deren Deckmantel die Siegermächte ihre harten Friedensbedingungen diktieren. Die Aufstände, Hungersnöte und tiefgreifenden Umwälzungen in den Gründungsjahren der Ersten Österreichischen Republik erlebt er als »Zeit des Grauens und der Schurkerei«[2]. Auch Schnitzler muß in diesen Jahren kräftige finanzielle Einbußen hinnehmen, lebt aber immer noch vergleichsweise gut. Die Aufführung seiner Stücke im Ausland verschafft ihm eine hilfreiche Summe der während der Inflationszeit so kostbaren Devisen, und mit dem Verkauf von Filmrechten vermag er sich bald eine neue Geldquelle zu erschließen. (1920 erhält er viertausend Dollar für die Filmrechte an *Anatol*; später werden neben anderen Theaterstücken auch die Erzählungen *Fräulein Else* und *Spiel im Morgengrauen* verfilmt, während eine seit längerem geplante und mit einer Drehbuchfassung von Schnitzler bereits vorbereitete Verfilmung der *Traumnovelle* zu Lebzeiten nicht mehr verwirklicht wird.)

Sieht man von seiner in materieller Hinsicht relativ gesicherten Lage ab, so ist Schnitzlers persönliche Situation in den Jahren nach dem Ersten Weltkrieg alles andere als glücklich. Seinen sechzigsten

Geburtstag am 15. Mai 1922 verbringt er ohne Begleitung auf einer Reise in Nürnberg, und wenige Monate zuvor stellt er fest: »Mir ist manchmal als hätt ich noch so manches, ja allerlei ganz schönes aufzuschreiben; – mit meinem Geist käm ich auch meinen Plänen nach, das fühl ich; .. aber meine Seele wechselt zwischen Starrheit und Unruhe; – es fehlt ihr die edel-ruhige rhythmische Bewegung, in der künstlerische Arbeit gedeihen kann.«[3] Die Bedrohung seiner Schaffenskraft, die Schnitzler gegenüber einer langjährigen Freundin in wohlgesetzten Worten beklagt, ließe sich weniger euphemistisch auch als zunehmende Niedergeschlagenheit bis hin zu tiefen Depressionen beschreiben. Neben einer entsprechenden körperlichen Disposition und seiner Verzweiflung über die Wirren der Zeit hat Schnitzlers schlechte psychische Verfassung verschiedene persönliche Gründe. Schnitzler leidet unter dem physiologischen Prozeß des Alterns (»›Zeit ist nur ein Wort.‹ – Ja – aber Altwerden ist eine Thatsache. – « notiert er Anfang 1919 in sein Tagebuch[4]), wobei ihn insbesondere eine wachsende Schwerhörigkeit quält, in deren Folge er nahezu unablässig irritierende Geräusche in seinem Ohr vernimmt. Vor allem aber machen ihm die zermürbenden Auseinandersetzungen mit seiner Frau zu schaffen. Die sich im Grunde schon bei der Hochzeit mit der um zwanzig Jahre jüngeren Schauspielschülerin Olga Gußmann abzeichnende Krise seiner Ehe erreicht in den Nachkriegsjahren ihren Höhepunkt. Olga, die sich von Schnitzler unterdrückt und in ihrer künstlerischen Entwicklung als Sängerin behindert sieht, beginnt 1918 ein Verhältnis mit Wilhelm Gross, einem begabten Komponisten und Musiker, der in Schnitzlers Haus verkehrt. Gross betrügt Olga bald mit einer anderen Sängerin, und eine längere Konzertreise, die Olga 1919 unternimmt, führt von einem Mißerfolg zum andern. Als Olga wieder zu Schnitzler zurückkehren will, lehnt dieser jedoch ab und leitet nach siebzehn Jahren Ehe nunmehr entschlossen die Scheidung ein, die im Juni 1921 vollzogen wird. (Der achtzehnjährige Sohn Heinrich geht bald seine eigenen Wege als Schauspielschüler, die elfjährige Tochter Lili bleibt bei ihrem Vater, der weiterhin engen Kontakt zu ihrer Mutter behält und diese bis zum Ende seines Lebens finanziell großzügig unterstützt; Olgas wiederholte Versuche einer Wiederaufnahme des Zusammenlebens weist er jedoch stets entschieden zurück.)

Vor allem drei Erzählungen arbeitet Schnitzler in den Nachkriegs- und frühen zwanziger Jahren teilweise nebeneinander aus: *Fräulein Else*, *Die Frau des Richters* und *Traumnovelle*. Wie die anderen Texte des Alterswerks variieren und vertiefen sie die Darstellung von sozialen Konstellationen und menschlichen Verhaltensmustern, die Schnitzler zeit seines Lebens beschäftigt haben.

Die Ende 1923 vollendete Monolog-Novelle *Fräulein Else* bildet gewissermaßen das Gegenstück zu der mehr als zwanzig Jahre zuvor geschriebenen Erzählung *Leutnant Gustl*. Hier wie dort verzichtet Schnitzler auf jegliche Erzählinstanz und schafft die Illusion, daß der Leser unmittelbar am Denken der Figur teilhaben kann. Dabei wird auch in *Fräulein Else* das Bewußtseinsprotokoll eines repräsentativen Typus in einer besonderen Situation gegeben. An die Stelle des Leutnants, der männlichen Leitfigur der Jahrhundertwendegesellschaft, rückt nun eine junge Frau, die ihren Ort in dieser Gesellschaft noch finden muß.

Fräulein Else ist die neunzehnjährige Tochter eines bekannten jüdischen Wiener Advokaten, sie ist klug, schön, sportlich und noch unberührt. Mitten in den Ferien, die Else mit wohlhabenden Verwandten in den italienischen Dolomiten verbringt, läßt Schnitzler dieses »anständige Mädchen aus guter Familie« (S. 45) in eine außerordentliche Situation geraten: Else, so will es ein Expreßbrief der im Namen des Vaters schreibenden Mutter, soll die durch die Spielleidenschaft des Vaters plötzlich vor dem Bankrott stehende Familie retten, indem sie von einem zufällig im gleichen Hotel wohnenden Geschäftsfreund schnellstmöglich eine große Geldsumme beschafft. Die »Bitte« des alternden Herrn von Dorsday, als Gegengabe vor dem nackten Mädchen »eine Viertelstunde dastehen (zu) dürfen in Andacht vor Ihrer Schönheit« (S. 33), stellt Else vor ein kaum zu lösendes Problem: Um den sozialen Status ihrer Familie und auch ihre eigene Reputation zu erhalten, soll sie den Anstand und damit genau das verletzen, was ihr Ansehen als gutbürgerliches Mädchen in den Augen der Gesellschaft begründet. Wie in *Leutnant Gustl* ist auch in diesem Fall von entscheidender Bedeutung, daß der Angriff auf die

Integrität der Figur zwar in einem öffentlichen Raum erfolgt (das Gespräch mit Dorsday findet auf einer Promenade statt, unmittelbar vor dem Foyer des Hotels), gleichwohl aber nur die beiden Beteiligten zum Zeugen hat. Wie der Leutnant Gustl steht Else vor einem Dilemma, und wie Gustl zur Frage der Ehre, muß sich Else zur Frage des Anstands in einem inneren Prozeß nunmehr allein ins Verhältnis setzen.

Wenn sich Else schließlich vor den Augen Dorsdays *und* anderer Gäste des mondänen Hotels entblößt, handelt sie aus ihrer Sicht durchaus »vernünftig« (S. 53). Sie zieht den Akt, der die soziale Existenz ihrer Familie retten soll, in die Öffentlichkeit eben der Gesellschaft, deren Doppelmoral von ihr die Preisgabe des Anstands im Verborgenen verlangt. Die wahren Gründe von Elses scheinbar skandalösem Verhalten werden allerdings nicht den beteiligten Figuren, sondern nur dem Leser bewußt. Ihm entdeckt die Geschichte von Elses Enthüllung die Verlogenheit einer ›guten Gesellschaft‹, deren Werte sich im Aufrechterhalten des bloßen Scheins erschöpfen und die dem Eros der Frau huldigt, ohne ihr eine autonome Sexualität zu erlauben. Eine junge Frau wie Else, die – im Gegensatz zum Leutnant Gustl – ihre persönliche Integrität wahren möchte, hat in dieser »Schwindelbande« (S. 67) keinen Platz. Der von Vater und Mutter verlassenen, buchstäblich von allem Schutz und Schein entkleideten Else bleibt am Ende nur die Flucht in einen hysterischen Anfall und die Zerstörung ihres bewußten Selbst. (Die angesichts der relativ geringen Menge von sechs Tabletten Veronal wiederholt gestellte Frage, ob Schnitzler für seine Protagonistin tatsächlich auch die physische Selbstvernichtung vorgesehen hat, ist da nur von sekundärem Interesse.)

Der historischen Rolle der Geschlechter im Selbstverständnis der Jahrhundertwendegesellschaft entspricht, daß Schnitzler den Mann in seinen beiden Monolog-Erzählungen als Täter und die Frau als Opfer modelliert. Vergleicht man die erzählerische Umsetzung des Inneren Monologs in *Leutnant Gustl* und *Fräulein Else*, so zeigt sich überdies Schnitzlers Entwicklung im Zeichen der Moderne. In dem Spätwerk leuchtet Schnitzler tiefer in das Innere seiner Figur. Der Raum des Bewußtseins ist um die Darstellung von Träumen und bildhaften Assoziationen erweitert, das Denken der Figur scheint weniger rational gesteuert und radikaler in seiner Inkohärenz erfaßt. Wie weit die Auflösung von Elses bewußtem Selbst reicht und in welchem Ausmaß sich dieser psychische Prozeß dem Medium einer diskursiv geordneten Sprache entzieht, versucht Schnitzler am Ende auch mit musikalischen Mitteln in Form der ungewöhnlichen Wiedergabe einer Notenschrift zu illustrieren.

Eindrücklich zeigt *Fräulein Else* die Tragödie einer begabten jungen Frau, die sich den herkömmlichen Frauenrollen der Mutter oder Dirne verweigern will und die ihre körperlichen und geistigen Möglichkeiten in keinem gesellschaftlich anerkannten Handlungsmodell zu realisieren vermag. Die historische Szenerie des vorrevolutionären 18. Jahrhunderts erlaubt es Schnitzler, in *Die Frau des Richters* zumindest für das Drama des weiblichen Körpers einen glücklicheren Ausgang zu inszenieren. Sieht man von der besonderen Bedeutung des Paares Adalbert Wogelein und Tobias Klenk ab (mit dem sich nicht zuletzt Reminiszenzen an Schillers Karl Moor und Kleists Richter Adam verbinden), so steht hier die eruptive Kraft der weiblichen Sexualität im Blickpunkt. Die kinderlose Agnes, die zu ihrem Unglück an einen schwachen Mann gebunden ist, flüchtet sich in die Arme ihres Landesherrn, als sie Adalberts Feigheit erkennt. Als allseits respektierte Kurtisane findet sie dort in aller Offenheit endlich Erfüllung. Zur Ironie der erzählten Geschichte gehört allerdings, daß Agnes' sexuelle Befreiung zugleich den Versuch eines politischen Neuanfangs beendet: Gegen den erklärten Willen des reformwilligen jungen Monarchen bewirkt Agnes' Begehren die Wiedereinführung der überkommenen Institution des »Gartenmägdleins« und beschleunigt damit einen Prozeß, in dessen Folge alles beim alten bleibt und auch der neue Landesherr der Genußsucht seiner Vorfahren verfällt.

In der Welt von *Die Frau des Richters* scheint neben dem sozialen Fortschritt auch die eheliche Gemeinschaft unmöglich. Blickt man auf die zum Teil zeitgleich mit dieser Erzählung ausgearbeitete *Traumnovelle*, ist ein so umfassender Pessimismus allerdings nicht Schnitzlers letztes Wort.

Der Stoff der 1925 fertiggestellten *Traumnovelle* hat Schnitzler über einen langen Zeitraum hinweg beschäftigt. Der Blick auf eine Tagebuchnotiz von 1907 verdeutlicht die Entwicklung des Sujets: »N(ach)m(ittags) zu O(lga) über mein Sujet: Der junge Mensch, der von seiner schlafenden Geliebten fort in die Nacht hinaus zufällig in die tollsten Abenteuer verwickelt wird – sie schlafend daheim findet wie er zurückkehrt; sie wacht auf – erzählt einen ungeheuern Traum, wodurch der junge Mensch sich wieder schuldlos fühlt. ›Gutes Geschäft‹ sagte Olga; die den Stoff sehr charakteristisch für mich fand. – «[5] Am Ende ist der unmittelbar nach der Scheidung von Olga ausgearbeitete Stoff entscheidend verändert: Im Mittelpunkt steht nicht ein Liebes-, sondern ein Ehepaar, und die Möglichkeit einer ausgeglichenen, über den Augenblick hinausgehenden Gemeinschaft von Mann und Frau wird offenbar bejaht: Auf den Abend und das Dunkel in der Eingangsszene folgen am Schluß ein »sieghafter Lichtstrahl« (S. 214), ein morgendliches Kinderlachen und die Rückkehr in den bürgerlichen Familienalltag, mit dessen Schilderung die nach dem Muster einer deutlichen Kreisbewegung komponierte Erzählung begann. Obwohl Albertine in einem ungeheuerlichen Traum davon träumte, ihren Ehemann lachend zu betrügen und ihn foltern und ans Kreuz schlagen zu lassen, und trotz Fridolins rachsüchtiger Suche nach sexuellen Abenteuern im nächtlichen Wien finden die Eheleute wieder zusammen.

Daß Schnitzler sich inmitten einer schweren persönlichen Krise zu entlasten versucht, indem er in seiner *Traumnovelle* eine Art Gegenwelt imaginiert, ist eine mögliche autobiographische Erklärung für den ungewohnt hoffnungsvollen Schluß seiner Geschichte. Interessant ist aber vor allem, was diesen Schluß im Rahmen der Fiktion ermöglicht.

Zu Beginn der *Traumnovelle* führt Schnitzler vor, wie die Eheleute sich selbst und ihrem Partner bis dahin unausgesprochene Wünsche entdecken und damit aus der Illusion konventionell begründeter Rollenbilder und eines scheinbar selbstverständlichen Miteinanders erwachen. Im folgenden betreten sie, was ihr Autor im Verlauf seiner kritischen Auseinandersetzung mit dem orthodoxen Lehrgebäude der Freudschen Psychoanalyse als »eine Art fluktuierendes Zwischenland zwischen Bewußtem und Unbewußtem« bezeichnet hat. (Schnitzler versteht darunter einen Bereich des »Halbbewußten«[6], in dem sich sowohl Elemente von Freuds Über-Ich wie auch des sogenannten Es versammeln, und zu dem sich das Individuum – im Gegensatz zum Unbewußten – jederzeit Zutritt verschaffen kann. Freuds schematische Trennung in Ich, Über-Ich und Es hält Schnitzler dagegen für »geistreich, aber künstlich«[7].) Für den Aufenthalt in diesem »Zwischenland« sind die beiden Figuren allerdings ungleich gerüstet. Während Albertines Erzählungen von Beginn an dokumentieren, daß sie die Fähigkeit zur genauen Selbstbeobachtung besitzt (was die Erzählung ihres Traums bestätigt), vermag der »mit verschleierter, etwas feindseliger Stimme« (S. 136f.) erzählende Fridolin offenbar weder zum Inneren seiner Frau noch zu seinem eigenen Inneren Zugang zu finden. In seinem Fall gilt, wie in vielen Erzählungen Schnitzlers, daß der Leser Einblick in innere Vorgänge erhält, die sich die Figur selbst nicht immer bewußt machen will oder kann. Dank der Hilfe eines unbeteiligten Erzählers kann der Leser scheinbar unmittelbar verfolgen, wie der seiner selbst einst so sichere Arzt »immer weiter fort (...) in irgendeine andere, ferne, fremde Welt« (S. 153) entrückt und wie der Aufenthalt in dieser Welt seine starren Denk- und Verhaltensmuster so offensichtlich überfordert, daß er schließlich einsehen muß, was Albertine längst begriffen hat und mit der Plazierung der Maske auf seinem Kopfkissen sinnfällig zum Ausdruck bringt: Nicht nur zu Albertines, sondern auch zu Fridolins alltäglichem Leben gehören »Schein und Lüge« (S. 196) und ein Inneres, das bei näherem Hinsehen voller geheimer Ängste und Wünsche ist.

Daß Fridolin am Ende selbst die Rolle eines Erzählers übernimmt, um sich und Albertine seine Erfahrungen im Reich des Halbbewußten bewußtzumachen (»Ich will dir alles erzählen«, erklärt er Albertine), ist die Bedingung dafür, daß beide Ehepartner sich »für lange« als »erwacht« betrachten können. Die Fortsetzung der ehelichen Gemeinschaft ermöglicht letztlich jedoch nicht dieser Bewußtwerdungsprozeß, sondern die Erfahrung beider Protagonisten, daß die Bindung an den Partner zwar nicht ihrer natürlichen Sexualität, wohl aber ihren individuellen psychischen Bedürfnissen entspricht. Psychologisch betrachtet, ist Schnitzlers Konstruktion einer vollkommenen Parallelität dieser Erfahrung ebensowenig wahrscheinlich wie etwa die Tatsache, daß Albertines Traum zahlreiche Analogien zu den nächtlichen Erlebnissen Fridolins enthält. Bereits das Kompositum des Titels *Traumnovelle* signalisiert denn auch die Spannung zwischen einer psychologischen und einer ästhetischen Begründung der erzählten Wirklichkeit. In ihrem Sinne ist das Märchenzitat am Anfang des Textes als ein Fiktionssignal zu lesen, das auf das literarische Vorbild einer Geschichte aus *Tausendundeine Nacht* verweist. Ihm entspricht sowohl das versöhnliche Ende als auch die streng symmetrische Komposition der als »Doppelgeschichte« angelegten Erzählung.[8]

Die Systembildungen der Freudschen Psychoanalyse, aber auch der Wissenschaften im allgemeinen, hat Schnitzler als eine »Flucht aus der chaotischen Wahrheit (...) in den trügerischen Trost einer willkürlich geordneten Welt«[9] empfunden. In der *Traumnovelle* versucht er die Entdeckung einer alle sozialen Bindungen gefährdenden Triebwelt glaubhaft in die Form einer stabilisierten Gegenwelt einzubinden, indem er deren tröstende Ordnung erkennbar als Fiktion gestaltet.

Die Figuren der *Traumnovelle* machen das »Zwischenland« des Halbbewußten sich selbst und ihrem Partner verfügbar, indem sie es sprachlich erschließen. Der Unzulänglichkeit dieser Form von Erschließung war sich Schnitzler wohl bewußt. Gleichwohl hat er die um die Jahrhundertwende so populäre Haltung einer radikalen Sprachkritik nicht geteilt. Auf die Frage »Was sind Worte?« lautet seine Antwort: »Worte sind gewiß nicht alles, es gibt immer noch etwas zwischen den Worten, hinter den Worten – aber all dies Unaussprechliche bekommt ja erst einen Sinn dadurch, daß die Worte da sind, und durch die verschiedene Distanz, das verschiedene Verhältnis, das es eben zu den Worten hat.«[10] Für den Skeptiker Schnitzler sind Worte das immer noch beste Hilfsmittel zur menschlichen Verständigung und eine Art unverzichtbares Negativ, das dem Unaussprechlichen überhaupt erst Kontur verleiht. Die 1927 entworfene Novellette *Ich* ist in diesem Sinne das parodistische Gegenstück zu Hugo von Hofmannsthals berühmtem »Chandos-Brief« (1902), in dem Lord Chandos auf höchst beredte Weise die Diagnose vom totalen Zerfall der Sprache stellt. Die Voraussetzung der Diagnose des »Zerfalls«, nämlich ein realistischer Sprachbegriff, der Sprache und Wirklichkeit für identisch hält, wird mit der Geschichte des verwirrten Biedermanns Huber ad absurdum geführt. Aus Schnitzlers Sicht ist die Suche des Dichters Chandos nach einem Zustand der Ursprünglichkeit jenseits einer für korrupt befundenen Sprache kaum weniger müßig als Hubers Bestreben, für Sicherheit und Ordnung in der Welt zu sorgen, indem er allen Dingen ein unmißverständliches Wort anheftet.

Am 26. Juli 1928 erschießt sich in Venedig die seit rund einem Jahr mit dem italienischen Faschisten Arnoldo Capellini verheiratete Lili Schnitzler mit der Pistole ihres Ehemanns. Der Tod seiner abgöttisch geliebten Tochter hat Schnitzler einen letzten schweren Stoß versetzt. Im Oktober 1929 notiert er in sein Tagebuch: »Mit jenem Julitag war mein Leben doch zu Ende. Die andern wissens nicht – und manchmal ich selber auch nicht.«[11] In den Jahren vor dieser Katastrophe hat Schnitzler noch die spannende Novelle *Spiel im Morgengrauen* vollendet, in der er die zerstörerische Macht des Geldes im Milieu der Offizierswelt vorführt. Abgesehen davon, daß Schnitzler in der Figur der Leopoldine die Rache einer Frau für ihre Instrumentierung als »süßes Mädel« zeigt, hat er hier der in *Fräulein Else* nur am Rande angesprochenen Faszination des Spiels ein unvergeßliches Denkmal gesetzt. »Wer aber nur die Gegenwart hat, der hat nur den Augenblick, somit eigentlich nichts«[12] - diese Bemerkung Schnitzlers, die das Lebensproblem so vieler seiner Figuren bezeichnet, trifft auch auf den Leutnant Wilhelm Kasda zu, der dem Spiel von Augenblick und Zufall widerstandslos unterliegt und erst im Selbstmord seine Würde findet.

Im Sommer 1928 hat Schnitzler noch einmal das Verhältnis von Schicksal und freiem Willen gestalten wollen und sich in der *Abenteurernovelle* einem Motiv zugewandt, das in unterschiedlichen Varianten schon in *Sterben*, *Die Weissagung* und *Das Schicksal des Freiherrn von Leisenbohg* bearbeitet ist: die Todesweissagung, die sich nicht zuletzt deshalb erfüllt, weil die betroffene Figur an diese Weissagung glaubt. Nach Lilis Selbstmord bleibt diese ursprünglich als Drama konzipierte Arbeit jedoch Fragment. Bis zu seinem Tod am 21. Oktober 1931 kann Schnitzler nur noch die bereits in einer ersten Fassung von 1927 vorliegende Erzählung *Der Sekundant* vollenden. Am Ende seines Lebens und inmitten der Morgendämmerung einer neuen Epoche entwirft Schnitzler hier die Figur eines gealterten Mannes, der sich das Bild eines fiktiven Zuhörers imaginieren muß, um endlich die Geschichte seines Abenteuers aus einer längst verlorenen Zeit zu erzählen.

Michael Scheffel

1 Vgl. Tagebucheintragung v. 3. 6. 1919, *Tagebuch, 1917–1919*, S. 257.

2 Vgl. z. B. Schnitzlers Brief an Georg Brandes v. 16. 8. 1920 in: *A.S: Briefe 1913–1931*, hg. v. P. M. Braunwarth u. a., Frankfurt/M. 1984, S. 212–215, hier zit.: S. 212.

3 Vgl. Schnitzlers Brief an Dora Michaelis v. 11. 11. 1920, ebd, S. 217–219, hier zit.: S. 218.

4 Tagebucheintragung v. 17. 3. 1919, *Tagebuch, 1917–1919*, S. 239.

5 Tagebucheintragung v. 15. 6. 1909, *Tagebuch, 1903–1908*, S. 283.

6 Vgl. *Aphorismen und Betrachtungen*, hg. v. R. Weiss, Frankfurt/M. 1967, S. 455.

7 Vgl. A. S. »Über Psychoanalyse«. *Protokolle*, 2, 1976, S. 277–284, hier: S. 283.

8 Zur komplexen Funktion der auch von Hofmannsthal bearbeiteten »Geschichte von den Prinzen Amgiad und Assad« ausführlich M. Scheffel: *Formen selbstreflexiven Erzählens*, Tübingen 1997, S. 175–196.

9 AuB, S. 26.

10 AuB, S. 337.

11 Vgl. Tagebucheintragung v. 3. 10. 1929, *Tagebuch 1927–1930*, S. 281.

12 AuB, S. 149.

Bibliographischer Nachweis

Fräulein Else. (1923). Erstmals in ›Die Neue Rundschau‹, Berlin, 35. Jg., H. 10, Oktober 1924. Erste Buchausgabe: Paul Zsolnay Verlag, Berlin–Wien–Leipzig 1924 (= Textvorlage).

Die Frau des Richters. (1924). Erstmals in ›Vossische Zeitung‹, Berlin, 7.–15. August 1925. Erste Buchausgabe: Propyläen-Verlag, Berlin 1925 (= Textvorlage).

Traumnovelle. (1925). Erstmals in ›Die Dame‹, Berlin, 53. Jg., H. 6 (1. Dezemberheft 1925) – 12 (1. Märzheft 1926). Erste Buchausgabe: S. Fischer Verlag, Berlin 1926 (= Textvorlage).

Spiel im Morgengrauen. (1926). Erstmals in ›Berliner Illustrirte Zeitung‹, 5. Dezember 1926 bis 9. Januar 1927. Erste Buchausgabe: S. Fischer Verlag, Berlin 1927 (= Textvorlage).

Ich. (1927). Erstmals u. d. T. ›Novellette‹ in ›[S. Fischer] Almanach. Das zweiundachtzigste Jahr‹, Frankfurt am Main 1968, S. 53–61. Aufgenommen in A. Schnitzler, ›Entworfenes und Verworfenes‹, Aus dem Nachlaß, Herausgegeben von Reinhard Urbach, S. Fischer Verlag, Frankfurt am Main 1977 (= Textvorlage).

Abenteurernovelle. (1928). Erste Buchausgabe mit 16 Zeichnungen von W. Müller-Hofmann: Bermann-Fischer Verlag, Wien 1937 (= Textvorlage).

Der Sekundant. (1927/1931), Erstmals in ›Vossische Zeitung‹, Berlin, 1.–4. Januar 1932 (= Textvorlage).

Nachwort. Aus Schnitzlers Tagebüchern wird zitiert nach: *A. Schnitzler,* ›Tagebuch‹. 1879–1931. Unter Mitwirkung von P. M. Braunwarth, R. Miklin, S. Pertlik, W. Ruprechter und R. Urbach herausgegeben von der Kommission für literarische Gebrauchsformen der Österreichischen Akademie der Wissenschaften. Obmann: W. Welzig. 9 Bde., Wien 1987ff. – Zur umfangreichen Forschungsliteratur zu Schnitzlers Erzählwerk vgl. die ›Internationale Arthur-Schnitzler-Bibliographie‹ von Nicolai Riedel in: ›Arthur Schnitzler‹, *Text + Kritik*, 138/139, München 1998.

Notiz des Herausgebers

Arthur Schnitzler war ein empfindsamer Zeichner der menschlichen Seele und ein genauer Maler seiner Zeit. Als solchen will ihn diese achtbändige Auswahlausgabe zeigen und zur immer wieder neuen Lektüre empfehlen.

Die Auswahl aus dem erzählerischen Werk folgt im wesentlichen Schnitzlers eigener Komposition, wie er sie in den ›Gesammelten Werken in zwei Abteilungen‹ von 1912 und 1922 und in den sechs Bänden der ›Erzählenden Schriften‹ von 1928 selbst vorgeschlagen hat; die Erzählungen stehen nun freilich in, zum Teil korrigierter, chronologischer Folge entsprechend ihrer verifizierten Entstehung. Hinzugenommen habe ich die 1917 entstandene, noch zu Schnitzlers Lebzeiten im Mai 1931 erstmals veröffentlichte Erzählung *Flucht in die Finsternis*, die 1926 entstandene und veröffentlichte Erzählung *Spiel im Morgengrauen* und aus dem Nachlaß die Novellette *Ich* (1927), die fragmentarische *Abenteurernovelle* (1928) und die Erzählung *Der Sekundant* (1927, bearbeitet 1931).

Die Auswahl des dramatischen Werks folgt zum einen Schnitzlers eigenem Bekunden, er sei vor allem ein Theater-Autor des Einakters, und versammelt in der Reihe ihres Entstehens alle dieser Definition folgenden Stücke – auch der *Reigen* ist danach eine Folge von Einaktern – in dem Band *Anatols Größenwahn*. Zum anderen habe ich auf die historisierenden Stücke verzichtet und alle immer noch spannend zu lesenden Zeitstücke, ebenfalls in der Chronologie ihres Entstehens, zusammengestellt; sie geben ein farbiges Panorama der gesellschaftlichen Umbruch- und Aufbruchszeit, die Schnitzler erfahren, erkannt und vorgestellt hat. Im übrigen wird mit dem Einakter *Paracelsus* auch die historisierende Farbe und mit der nie aufgeführten Zeit-Pantomime. *Die Verwandlungen des Pierrot* auch diese von Schnitzler verwendete Form gezeigt.

Alle anderen Texte aus dem Nachlaß sind in der Taschenbuchausgabe ›Das erzählerische Werk‹ und ›Das dramatische Werk‹ (beide »in chronologischer Folge«) veröffentlicht und jederzeit erreichbar. Dem überprüften Textstand dieser Taschenbuchausgabe und ihrer Entstehungs-Chronologie folgt diese achtbändige Auswahlausgabe, auch die beiden Romane *Der Weg ins Freie* (1905–1907, erschienen 1908) und *Therese* (entstanden und erschienen 1928).

Weder darf hier also eine Gesamtausgabe erwartet werden – die liegt im Taschenbuch bereits vor – noch gar eine historisch-kritische Edition, sondern, wenn man so will, der mit den subjektiven Augen des Herausgebers und an seinen eigenen objektiven Vorgaben gemessene *wesentliche* Erzähler und Dramatiker Arthur Schnitzler.

H. L. A.

Übersicht über die Ausgabe

Arthur Schnitzler
Ausgewählte Werke in acht Bänden
Herausgegeben von Heinz Ludwig Arnold

Leutnant Gustl
Erzählungen 1892–1907
Mit einem Nachwort von Michael Scheffel
Sterben – Blumen – Ein Abschied – Die Frau des Weisen – Der Ehrentag – Die Toten schweigen – Andreas Thameyers letzter Brief – Frau Berta Garlan – Leutnant Gustl – Der blinde Geronimo und sein Bruder – Die Fremde – Die griechische Tänzerin – Die Weissagung – Das Schicksal des Freiherrn von Leisenbohg – Das neue Lied – Der tote Gabriel – Der Tod des Junggesellen.

Casanovas Heimfahrt
Erzählungen 1909–1917
Mit einem Nachwort von Michael Scheffel
Die Hirtenflöte – Das Tagebuch der Redegonda – Der Mörder – Die dreifache Warnung – Frau Beate und ihr Sohn – Doktor Gräsler, Badearzt – Casanovas Heimfahrt – Flucht in die Finsternis.

Spiel im Morgengrauen
Erzählungen 1923–1931
Mit einem Nachwort von Michael Scheffel
Fräulein Else – Die Frau des Richters – Traumnovelle – Spiel im Morgengrauen – Ich – Abenteurernovelle – Der Sekundant.

Der Weg ins Freie
Roman
Mit einem Nachwort von Michael Scheffel

Therese

Chronik eines Frauenlebens

Mit einem Nachwort von Ruth Klüger

Anatols Größenwahn

Einakter

Mit einem Nachwort von Hermann Korte

Anatol (Einleitung. Von Loris / Die Frage an das Schicksal / Weihnachtseinkäufe / Episode / Denksteine / Abschiedssouper / Agonie / Anatols Hochzeitsmorgen) – Anatols Größenwahn – Die überspannte Person – Halbzwei – Reigen – Paracelsus – Die Gefährtin – Der grüne Kakadu – Lebendige Stunden (Lebendige Stunden / Die Frau mit dem Dolche / Die letzten Masken / Literatur) – Marionetten (Der Puppenspieler / Der tapfere Cassian / Zum großen Wurstel) – Komödie der Worte (Stunde des Erkennens / Große Szene / Das Bacchusfest).

Der einsame Weg

Zeitstücke 1891–1908

Mit einem Nachwort von Hermann Korte

Das Märchen – Liebelei – Freiwild – Das Vermächtnis – Der einsame Weg – Zwischenspiel – Die Verwandlungen des Pierrot.

Komödie der Verführung

Zeitstücke 1909–1924

Mit einem Nachwort von Hermann Korte

Das weite Land – Professor Bernhardi – Fink und Fliederbusch – Komödie der Verführung.